普通高等教育"十五"国家级规划教材

上册 二十世纪
中国文学史

20 Shiji Zhongguo Wenxueshi

严家炎　主编

撰稿者（以姓氏笔画为序）
王光明　方锡德　关爱和　陈思和　严家炎
孟繁华　袁　进　程光炜　解志熙　黎湘萍

高等教育出版社·北京

内容提要

本书分上、中、下三册，由著名学者严家炎先生主编，参编作者都是有影响的专家学者和学术带头人，可以说集国内近代和现当代文学研究界之大成，是多方面协同研究所取得的重要成果，该书具有比较丰厚的学术原创性，提出了诸多富有开创性、启发性的论点，有些资料和见解在学术上属于首次发现，带来重要的突破。时间上，它将现代文学的起点定在十九世纪八十年代末、九十年代初，向前推进了多年。空间上，它将文学史的叙述面真正覆盖到了全中国，填补了此前留下的种种空白。书中的许多章节，都体现出内容厚重而富有深度的特点。结构上只设章节二级的设计形式，类似于专题讲座的编写理念，也比较适合教学实际的需要。

图书在版编目(CIP)数据

二十世纪中国文学史.上册/严家炎主编.—北京：高等教育出版社，2010.4(2022.12重印)

ISBN 978-7-04-028907-7

Ⅰ.①二… Ⅱ.①严… Ⅲ.①文学史-中国-二十世纪-高等学校-教材 Ⅳ.①I209.6

中国版本图书馆CIP数据核字(2010)第023515号

首席策划	徐 挥	策划编辑	于晓宁	责任编辑	轩红芹	封面设计	张 楠
版式设计	王 莹	责任校对	胡晓琪	责任印制	田 甜		

出版发行	高等教育出版社	咨询电话	400-810-0598
社　　址	北京市西城区德外大街4号	网　　址	http://www.hep.edu.cn
邮政编码	100120		http://www.hep.com.cn
印　　刷	北京市白帆印务有限公司	网上订购	http://www.landraco.com
开　　本	787×960　1/16		http://www.landraco.com.cn
印　　张	24.25	版　　次	2010年4月第1版
字　　数	440 000	印　　次	2022年12月第8次印刷
购书热线	010-58581118	定　　价	33.80元

本书如有缺页、倒页、脱页等质量问题，请到所购图书销售部门联系调换
版权所有　侵权必究
物 料 号　28907-A0

目 录

引论
二十世纪中国文学的现代性特征 …………………………………………… 1

第一章
甲午前夕的文学 ……………………………………………………………… 7
    第一节　中国现代文学的发端及其标志 …………………………………… 7
    第二节　陈季同的《黄衫客传奇》 ………………………………………… 13
    第三节　韩邦庆的《海上花列传》与狭邪小说 …………………………… 18

第二章
梁启超与戊戌变法前后的文学 …………………………………………… 24
    第一节　维新运动与"新民"文学思潮的勃兴 …………………………… 24
    第二节　别创诗界的黄遵宪 ………………………………………………… 28
    第三节　梁启超的"诗界革命"、"文界革命"和其他维新志士的
             诗文创作 ………………………………………………………… 36
    第四节　丘逢甲和日据后的台湾诗坛 ……………………………………… 50
    第五节　戏曲界革命和京剧改革 …………………………………………… 53
    第六节　王国维:"文学的觉醒"的重要代表 …………………………… 59

第三章
"小说界革命"与清末小说的兴盛 ………………………………………… 67
    第一节　小说盛行的诸多条件与"小说界革命"的提出 ………………… 67
    第二节　《老残游记》与《官场现形记》、《二十年目睹之怪现状》等
             谴责小说 ………………………………………………………… 75
    第三节　曾朴的《孽海花》与历史小说 …………………………………… 83
    第四节　翻译小说的兴起与林纾译作的影响 ……………………………… 87

第四章
辛亥革命前后的文学 …… 96

- 第一节　章太炎的文学思想和秋瑾等人的文学创作 …… 96
- 第二节　南社诗人柳亚子等的诗文 …… 102
- 第三节　苏曼殊的小说和民初言情小说的突破与局限 …… 108
- 第四节　《广陵潮》与民初社会小说 …… 115
- 第五节　短篇小说的发展 …… 120
- 第六节　戊戌至辛亥前后的宋诗派、桐城派、常州词派的古体诗文 …… 126
- 第七节　早期话剧 …… 147

第五章
五四文学革命与新文学的诞生 …… 151

- 第一节　文学革命及其历史性胜利 …… 151
- 第二节　五四时期外国作品的译介与西方文学思潮的传入 …… 158
- 第三节　新文学社团的蜂起和流派的产生 …… 162
- 第四节　批判黑幕派、鸳鸯蝴蝶派与雅俗文学对峙的形成 …… 168

第六章
鲁迅　新文学的开路人 …… 174

- 第一节　《呐喊》与《彷徨》 …… 175
- 第二节　《阿Q正传》 …… 183
- 第三节　《野草》与《朝花夕拾》 …… 187
- 第四节　《故事新编》 …… 192
- 第五节　杂文 …… 196

第七章
五四后的新诗与散文 …… 203

- 第一节　《尝试集》与初期新诗 …… 203
- 第二节　郭沫若的《女神》等诗集 …… 209
- 第三节　二十年代诗体诗风流变与初期象征派诗 …… 215
- 第四节　闻一多、徐志摩与新月诗派 …… 221
- 第五节　周作人与随笔体散文 …… 230
- 第六节　冰心、朱自清等文学研究会作家的散文 …… 237

第七节　郁达夫、郭沫若、徐志摩的散文 …………………………… 245

第八章
五四后的小说与戏剧 …………………………………………………… 256

　　第一节　"为人生"的思潮与文学研究会诸作家的小说 ……………… 256
　　第二节　叶绍钧的小说 …………………………………………………… 267
　　第三节　郁达夫和创造社作家的小说创作 ……………………………… 272
　　第四节　语丝社、未名社、沉钟社作家的小说创作 …………………… 279
　　第五节　五四后的话剧与田汉、丁西林的剧作 ………………………… 286

第九章
"普罗文学"运动和三十年代文学潮流 ………………………………… 295

　　第一节　从文学革命到"革命文学" …………………………………… 295
　　第二节　中国左翼作家联盟 ……………………………………………… 301
　　第三节　三十年代文学思想论争 ………………………………………… 307
　　第四节　三十年代文学潮流 ……………………………………………… 315

第十章
茅盾与左翼小说创作 …………………………………………………… 321

　　第一节　对公式化的厌弃与丁玲、张天翼的出现 ……………………… 321
　　第二节　茅盾的《蚀》与《虹》 ………………………………………… 328
　　第三节　《子夜》《霜叶红似二月花》等长篇小说 …………………… 334
　　第四节　社会剖析小说的兴起与吴组缃、艾芜等新人的作品 ………… 341
　　第五节　萧军、萧红、端木蕻良与东北作家群 ………………………… 348

第十一章
巴金和老舍的创作 ……………………………………………………… 355

　　第一节　巴金的文学创作历程 …………………………………………… 355
　　第二节　《家》与《寒夜》的思想艺术特色 …………………………… 361
　　第三节　老舍的文学创作历程 …………………………………………… 366
　　第四节　《骆驼祥子》《四世同堂》的思想艺术特色 ………………… 371

引论
二十世纪中国文学的现代性特征

历史悠久的中国文学，到清王朝晚期，发生了前所未有的重大转折：开始与西方文学、西方文化迎面相遇，经过碰撞、交汇而在自身基础上逐渐形成具有现代性的文学新质，至五四文学革命兴起达到高潮。从此，中国文学史进入一个明显区别于古代文学的崭新阶段。

这些重大变化，是由近代以来种种内外条件所制约、所造就的。

早在1827年，歌德就在《谈话录》和文章中预言了"世界文学正在形成"。二十年后，马克思、恩格斯又在《共产党宣言》中指出：随着世界市场的开拓，民族的封闭和局限日益成为不可能，物质生产与精神生产都是如此。"于是由许多种民族的和地方的文学形成了一种世界的文学"。

应该说，各民族的文学汇入"世界文学"的时间、途径各有不同。在中国，它的开端大体可从十九世纪八十年代末、九十年代初算起，迄今已有一百多年的历史。由于这一过程远未完成，它的下限止于何时还很难设定。

西方列强用军舰、枪炮迫使清王朝签订一系列丧权辱国条约，始于十九世纪四十年代。但最初，这一严重危机并未直接触动中国文学的改革。除了救亡宣传，没有人想到文学能和国运有什么关系。直至数十年后，在"器物"层面的改革（洋务运动）、"知识"层面的改革（官派留学）、"制度"层面的改革（变法维新）这三次大的尝试，或难以立竿见影，或遭遇血腥镇压而宣告失败时，人们才或早或迟地将目光转到通过文学进行国民的启蒙上来。谭嗣同在《仁学》中首揭"个人自主之权"，力主启蒙；他和夏曾佑等还酝酿过诗歌革新。新派诗人黄遵宪很早就有"言文合一"（以口头语为基础形成书面语），"欲令天下之农工商妇女幼稚皆能通文字之用"的主张。裘廷梁等戊戌年间也提出"白话为维新之本"、"开民智莫如改革文言"的想法。稍后，梁启超更倡导"新民"说，推行"新文体"，呼吁"诗界"、"文界"、"小说界"、"曲界"的"革命"，尤其主张通过小说来"新民"。青年鲁迅则弃医从文，提出"首在立人，人立而后凡事举"，主张"尊个性而张精神"，通过文学来改变国民性。可以说，从甲午战争前后起，中国知识界中已出现了"人的觉醒"与"文的觉醒"的最初倾向。随着五四新文学运动的到来，中国文学发生全方位的变化:语言从文言转为白话,文学形态、文学内涵以及文学观念都出现了史无前例的新的更迭。"国语的文学,文学的国语"以及"人的文学"、"平民文学"、"思想革命"等口号的提出,尤其显示了这场文学革命与建立现代民族国家目标的一致性。

清末民初文学变革得以实现,也与现代都市开始崛起、传播媒体发生变化这些社会物质条件的变更密切相关。其中传播媒体的变革,更是具有现代性的文学能够诞生与成长的重要条件。

近代传媒的变革,主要体现在报刊与平装书成为主要传播媒体上。报刊与平装书是用机器印刷的,还要运用铅字排版或者纸型技术。这种书籍复制方式就是工业化的产物,没有近代大工业,仅仅依靠手工业作坊无法形成从线装书到报刊、平装书的转换。近代传播媒体又是运用资本主义商业化的方式运作的。像《申报》馆和商务印书馆都是股份制企业,在全国各地广泛建立分支机构,运用西方股份制公司的运作方法来管理和经营,因而使得这些传媒比起传统媒体来,显示出极大的优势:出版物容量大(用较小的字排印),周期大大缩短(可以短到一天之内),效率大大提高(几千、几万、十几万份地大规模发行销售),价格则大大降低。传媒的这种变革,对文学的影响非常大。它一方面影响着作者,促使文学作者由古代的士大夫转变成近代的依靠稿费和版税为生、具有独立地位的知识分子,催生出一批真正具有独立思想的作家。以女性作家为例,几千年中国文学史上只出现过班昭、蔡琰、李清照、朱淑真、叶小纨、王筠、吴藻等约三十多位人士,而五四以后短短十年内,则涌现出了陈衡哲、冰心、庐隐、淦女士、苏雪林、凌叔华、石评梅、白薇、濮舜卿、丁玲、陆晶清、谢冰莹、袁昌英、林徽因、冯铿等一大群作家,其中就有近代传媒所起的巨大作用。五四时期涌现的大量新文学社团,几乎每个社团都有报纸、刊物或丛书作后盾。另一方面,近代传媒又培养和造就着成千上万新的文学读者。其中有两部分人:喜欢新文学的读者大多是青年学生和一部分知识分子。他们读新文学刊物上的作品,也读报纸连载小说(如《晨报副刊》上的《阿Q正传》)。但大量的读者则是市民。由于商业利益的驱使,报刊与平装书必须面向多数市民大众,必须适应近代市民周末、周日休息和娱乐的阅读需求。这就促使报纸大量刊登通俗性连载小说,更多关心市民的民主诉求,帮助他们逐步摆脱宗法制的束缚;同时又促使文学读物的形式通俗化,情趣趣味化,内容带上更多世俗化的色彩。反过来,这类文学趋向又熏陶出大批大批的读者,并决定着通俗文学的走向。朱光潜甚至说过:"在现代中国,一个有势力的文学刊物比一个大学的影响还要更大,更深长。"(《孟实文钞·论小品文》)中国古代文学以诗文为中心,到戊戌变法以前开始转变为以小说、戏剧为中心,这一方面是由于维新派人士的倡导,另一方面又同近代报纸、出版业这些传媒的推动有很大关系。

二十世纪中国文学的成分是复杂多元的,其发展过程也是曲折起伏有时甚至要付出沉重代价的;但毫无疑问,现代性不仅构成这阶段文学的重要脉络,并且也是它区别于中国古代文学的根本标志。

所谓"现代性",除了现代物质生活条件外,更指传统社会转变为现代社会过程中形成的一系列新的知识理念与价值标准。世界各国的这一转变过程各有自己的特点,但也有大致相似的轨迹:如工业、科技的发展,物质生活的改善,社会结构上则是由宗教或者宗法主导的传统等级制社会,经过市场化、契约化、法制化、世俗化的途径,逐步转变成以个体为本位的现代社会,原有的传统观念也逐步为现代意识所替代。按照美国学者马泰·卡林内斯库(Matei Calinescu)的研究①,这种现代意识大体包括:进步与发展的观念(不排除进步中可能有的曲折乃至倒退);对科技潜能的信心(十九世纪被称为"科学的世纪",二十世纪更是"信息的世纪");对理性的崇拜;对时间的重视与关切;以人本主义为基础的人文理想(自由、平等、博爱、人权);注重实践和行动的功利观等。在文学艺术上,则体现为对真、善、美的追求。后来的西方现代主义文艺,又在个人本位基础上发展出与外在现实对抗,面向内心,反对理性(认为人性本身就有非理性的成分),重视创新,反抗庸俗势利的另一种"现代意识"。根据这些见解,可以说,从西方文艺复兴、启蒙运动到十九世纪达尔文、马克思、弗洛伊德诸人的重要发现,无不包容和体现在"现代性"之中。所有这些,都从思想与审美方面为二十世纪中国文学留下了显著而深刻的印记。

变革时期的文学主要是启蒙与关心现实的文学,是"为人生"而且"改良这人生"的文学。这些文学当然也可以说是传统的"经世致用"态度的一种继承。但在两个层面上,它们又与传统文学很不相同:一是用来启蒙的思想具有现代人文关怀,与封建的"道"及"三纲"观念根本对立;二是肯定文学具有自己的独立价值,反对简单地将文学只当做"载"某种观念的工具。发动文学革命的陈独秀就说:"状物达意之外,倘加以他种作用,附以别项条件,则文学之为物,其自身独立存在的价值,不已破坏无余乎?"可见,这种"为人生的文学"是一种具有强烈现代性的文学。五四以后也有些人倡导过"为艺术而艺术",但这种文学正像鲁迅所说,在反对封建的"文以载道"方面具有革命的意义;更何况,那些倡导"为艺术"论的人们自身也不否认"文学的社会使命"。从这样的意义上说,无论是"为人生的文学"或是"为艺术的文学",同样都是具有现代性的。

在创作方法上,二十世纪中国文学是写实主义(亦称现实主义)、浪漫主义、

---

① 可参阅《现代性的五副面孔》,顾爱彬、李瑞华译,商务印书馆2002年出版。

象征主义、现代主义①的多元共存。随着科学"求真"思维的进入,传统美学以"善"为最重要价值判断的理念得到改变,"真实"逐步成为最重要的审美标准,写实主义就成为文学创作的主流,并且分别演化出重诗意抒情、重风俗描画、重工笔再现等多种形态。据文艺理论家韦勒克的考察,写实主义本是一个不断调整的概念,它"意味着'当代社会现实的客观再现',它的主张是题材的无限广阔,目的是在方法上做到客观,即便这种客观几乎从未在实践中取得过。现实主义是教谕性的、道德的、改良主义的。它并不是始终意识到它在描写和规范二者之间的矛盾,但却试图在'典型'概念中寻求二者的弥合"②。在 1949 年之后很长一个时期独尊写实主义的年代,人们只承认写实主义为"唯物",把其他方法都称作"唯心",竟至得出"一部中国文学史就是现实主义与反现实主义斗争的历史"这类公式。在二十世纪的最后二十多年,又出现"只有现代主义才是真正现代化的文学"的简单论断。其实,文学的"现代化"或"现代性"既不会被写实主义所独占,也不可能被现代主义所包办。写实主义之外的其他各类创作方法,不但于整个世纪内存在,并且都为中国文学的发展作出过贡献。浪漫主义由于对"情"的推崇,导致对"礼"的逾越,因而产生对传统美学规范"中和之美"的突破,自有其现代审美价值。只要读读苏曼殊的《断鸿零雁记》,郭沫若的《女神》、《屈原》等作品,就可知道这种方法并非"早已过时"。象征主义也被不少作家运用,产生过若干杰出作品。至于新感觉派代表作家穆时英的小说,具有与现代都市脉搏相适应的快速节奏,有电影镜头般不断跳跃的结构;它们犹如街头的霓虹灯般闪烁不定,交错变幻,充满着现代都市的急促和喧嚣,与传统小说那种从容舒缓的叙述方法和恬淡宁静的艺术氛围完全不同。应该说,它们与茅盾的《子夜》一起,对现代都市文学的建立,起到了重要的开拓作用。四十年代汪曾祺的《绿猫》、《礼拜天早晨》等相当圆熟的意识流小说,则深刻地写出了现代人的孤独感,它们都具有鲜明的现代性。新文学奠基人鲁迅,既写出了《呐喊》、《彷徨》这些以写实主义为主同时与象征主义渗透交融的杰作,又写了《故事新编》中那些表现主义的、令读者非常感兴趣的小说,还写了《野草》这部基本上是象征主义的散文诗集,可见,在艺术方法上主观地画圈圈、定框框,是多么脱离实际。"现代性"本身极为宽广而多样:鲁迅的反对礼教"吃人",主张每个人既要懂得自尊、又要懂得尊重别人,既不让自己当别人的奴隶、又不让别人当自己的奴隶,既不做狼、也不做羊,而要做"真的人",这是一种现代性——启蒙的现代性;曾朴《孽海花》那样以

---

① 现代主义乃表现主义、未来主义、达达主义、新浪漫主义、新感觉主义、意识流、魔幻现实主义等多种先锋文学形态的总称。
② (美)韦勒克:《批评的诸种概念》,四川文艺出版社 1988 年版,第 241 页。

"生活史"和"精神史"的方式来写近代士大夫与孽海名花,写得"元气淋漓",令人荡气回肠,这也是一种现代性——审美的现代性;张爱玲那样专写日常生活,专写大都市的中上层女性心理,表现包括欲望在内的世俗化的内容,有的表现得很深刻,这又是一种现代性;沈从文那样以湘西少数民族的本真、雄强、朴实、真诚、敢爱敢恨来反衬现代都市中某些人的虚伪、自私、怯懦、无能、不负责任,这同样是一种现代性,完全不能像过去那样称之为"向后看"。像王蒙的《活动变人形》,王安忆的《长恨歌》,或表现转型时期新知识者的深沉痛苦,或抒写动荡年代青年女性的无奈命运,都包涵了某种刻骨铭心的人生体验和深切的人文关怀,当然更属于境界各不相同的另一类现代性了。至于"后现代",应该说是对现代性的一种补充、延伸和纠偏,虽然它很重要,却并不能开辟一个独立的时代,而是从属于现代性范围之内的。

中国文学的近代变革,也是一个文学概念重新明确,文学与其他文字门类分离而获得独立地位的过程。由于文学使用语言文字符号,所以它很容易与其他使用语言文字的学科如哲学、历史、宗教等混同。事实上,无论在中国还是在西方,都曾经历过一个把所有的文字著述(小说、戏剧除外)都称作"文学"的时代。在这样的时代,今天意义上的"文学"当时反倒成为宗教、政治的附庸,这时的宗教、政治,因为文学所具的独特感染力,而把它作为实用的宣传、治国的工具,达到艺术审美之外的其他目的。在西方,直到十九世纪,文学观念才产生了变革,才使小说、戏剧之外的所有文字著述都称为"文学"的大"文学"观念解体,文学与其他的文字著述分离,专属于表现人生情感的虚构想象作品,从而也成为独立的人文学科。这一变革自然与近代"人"的解放,"人"获得更多的自由,具有更多的独立自主精神有关;也与西方学科的精细化,学科的分类变得更为明确有关。西方文学独立之后,作家从文学角度对"人"的内心世界的表现,远远超过他们的前辈。

中国文学观念在十九世纪八十年代末到五四前后曾经发生过一次重要的变革,这从五四文学革命时提倡的"新文学"名称上也可看出。之所以强调"新文学",正是为了区别于"旧文学"。中国古代尽管历朝都有一些创新的文学家,不断提出一些新观点,但就总体而言,一直是儒家文学观占据统治地位。儒家有自己的"道统",他们把"文"看成"道"的显现,"道"主要指的又是政教。五四时的新文学已经意识到文学是表现人生的,"人生"就是人的生命体验。这样,文学也就由"道"转向了"人"。过去的文学崇尚"征实",排斥虚构想象,因此历史著作、议论文、碑铭、书信等应用文都是"文学",反倒把小说戏曲排斥于"文学"之外。五四新文学在文学范围上作了大幅度调整,把形象的"虚构"作为文学的特征,因此,小说戏曲成为文学的正宗,而大部分纪实作品如历史著作以及论著、应用文,则被请出文学的圈子。过去的文学把"中和"之美看成最高的审美规范,五四新文学打破了这一规范,主张要正视人生,正视现实,于是悲剧才有了重要地位(在此之前的《玉梨魂》《孽冤镜》也已在新的悲剧观上初露端倪)。而中西审美观念的互补,在喜剧方面则形成多种类型:不但有张天翼、沙汀、陈白尘、马凡陀等的尖锐泼辣型讽刺,而且有丁西林、老舍、彭家煌、钱钟书等的含蓄幽默型嘲讽。过去的文学把先秦典籍作为文学语言的规范,五四新文学却认为这样的语言已经难以表现现代人的生命体验,提倡运用生活中使用的白话来表现人生。五四文学革命最初在对待诗歌语言、传统戏曲等方面也曾出现简单、偏激的倾向,后来则在实践过程中逐步有所纠正,走上基本健康的发展道路。只要对比一下二十世纪文学与中国古代文学,不难发现几乎所有的文学体裁如诗歌、散文、戏剧、小说这时都已发生了重大变化:诗歌中白话新诗占据主导地位,同时也还有古体诗(或称旧体诗)长期地存在;散文引进了西方的随笔(essay),却也继承了传统的体式和境界;戏剧中既有外来话剧,也有传统戏曲;小说品种则更是中西杂陈,几乎到了包罗万象的地步。每一门类内部,都体现着不同品种的多元共存与相互交融。在语言上,不但成功的汉语作品能拥有众多读者并进入文学史;以各少数民族语言写的出色作品,也都能活跃地传播并进入中国文学史;甚至中国作家用外语(如陈季同用法语,林语堂用英语)写的作品,也都能进入中国文学史。所有这些变化,实际上都印证了文学观念的现代性变革,显示了文学观念与文学创作之间的互动。

　　中国五四时期发生的新文学运动,自然不能简单地理解为是一些作家振臂一呼的结果。必须承认,中国传统文学观念确实有它的缺陷,难以适应新的时代的需要。西方近代文学观念与当时统治中国的"载道"的文学观念相比,确实具有优越性,它更准确,更系统,更能显示文学的艺术特性,扣紧文学与"人"的关系,因此它才能取代中国传统的文学观念。事实上,到了清代,传统文学观念已经成为文学发展的桎梏。只要看看中国能够贡献于世界的文学巨著《红楼梦》都不得进入传统"文学"之林,以致作者的身世、作品创作的过程至今还莫衷一是,仍为一个谜,就不难明了这一点。其实西方在文学观念近代变革之前也曾出现过类似的情况:贡献给世界文学以第一流剧本的莎士比亚,其身世经历至今仍有不少谜团,那些第一流的剧本当时也遭到轻视。所以近代文学观念取代传统文学观念,对文学来说是一种解放,促进了文学的发展繁荣。

第一章
甲午前夕的文学

第一节 中国现代文学的发端及其标志

中国的现代文学起于何时,这是一个大可讨论的问题。

像过去那样,现代文学史就从五四文学革命写起,如今的学者恐怕已多不赞成。相当多的学者认为:中国的现代文学史或二十世纪文学史,应该从戊戌变法也就是十九世纪末年写起。但实际上,这些年陆续发现的一些史料证明,现代文学的源头,似乎还应该从戊戌变法向前推进十年,即从十九世纪八十年代末、九十年代初算起。

根据何在?我们在这里提出三个方面的史实来进行讨论。

首先,五四倡导白话文学所依据的"言文合一"(书面语与口头语相一致)说,早在黄遵宪(1848—1905)1887年定稿的《日本国志》中就已提出,它比胡适的《文学改良刍议》、《建设的文学革命论》等同类论述,足足早了三十年。"言文合一"这一思想,源于文艺复兴时期的西欧各国,他们在建立现代民族国家的过程中,为改变古拉丁文所造成的言文分离状态,以各自的民族语言为基础,实现了书面语与口头语的统一。黄遵宪作为参赞自1877年派驻日本后,由间接途径得知这一思想,用来观察、分析日本和中国的言文状况,并接受了这一理论主张。我们如果打开《日本国志》卷三十三的《学术志二》文学条,就可读到作者记述日本文学的发展演变之后,用"外史氏曰"口吻所发的这样一段相当长的议论:

> 余观天下万国,文字言语之不相合者莫如日本。……
> 余闻罗马古时仅用腊丁语,各国以语言殊异,病其难用。自法国易以法音,英国易以英音,而英法诸国文学始盛。耶稣教之盛,亦在举旧约、新约就各国文辞普译其书,故行之弥广。盖语言与文字离,则通文者少;语言与文字合,则通文者多,其势然也。然则日本之假名有裨于东方文教者多矣,庸可废乎!泰西论者谓五部洲中以中国文字为最古,学中国文字为最难,亦谓

语言文字之不相合也。然中国自虫鱼云鸟①屡变其体而后为隶书为草书，余乌知乎他日者不又变一字体为愈趋于简、愈趋于便者乎！自凡将训纂逮夫广韵集韵增益之字，积世愈多则文字出于后人创造者多矣，余又乌知乎他日者不有孳生之字为古所未见，今所未闻者乎！周秦以下文体屡变，逮夫近世章疏移檄、告谕批判，明白晓畅，务期达意，其文体绝为古人所无。若小说家言，更有直用方言以笔之于书者，则语言文字几几乎复合矣。余又乌知夫他日者不更变一文体为适用于今，通行于俗者乎！嗟乎，欲令天下之农工商贾妇女幼稚皆能通文字之用，其不得不于此求一简易之法哉！

（标点符号为引者所加）

胡适在写《五十年来中国之文学》时，大概只读过黄遵宪的诗而没有读过《日本国志》中这段文字，如果读了，他一定会大加引述。这段文字所包涵的见解确实很了不起。首先黄遵宪找到了问题的根子："语言与文字离，则通文者少；语言与文字合，则通文者多"，这可能是西欧各国文艺复兴后社会进步很快，国势趋于强盛的一个重要原因。胡适在二十世纪三十年代谈到白话文学运动时曾说："我们若在满清时代主张打倒古文，采用白话文，只需一位御史的弹本就可以封报馆捉拿人了。"②可黄遵宪恰恰就在"满清时代"主张撇开古文而采用白话文。胡适说："白话文的局面，若没有'胡适之陈独秀一班人'，至少也得迟出现二三十年。"③可是黄遵宪恰恰就在胡适、陈独秀之前三十年，早早预言了口语若成为书面语就会让"农工商贾妇女幼稚皆能通文字之用"的局面。黄遵宪得出的逻辑结论是：书面语不能死守古人定下的"文言"这种规矩，应该从今人的实际出发进行变革，让它"明白晓畅"，与口头语接近乃至合一。事实上，黄遵宪所关心的日本"文字语言之不相合"问题，也已在1885—1887年间由坪内逍遥、二叶亭四迷发动的文学革命④中倡导以口语写文学作品，真正实行"言文一致"时解决；只是黄遵宪撰写《日本国志》时，早已离开了日本，因而可能不知道罢了。应该说，黄遵宪所谓"更变一文体为适用于今，通行于俗者"，这种文体其实就是白话文。不过，由于黄遵宪毕竟由科举考试中举进入仕途，而且是位诗人，他缺少将小说、戏曲亦视

---

① 此处"虫""鱼""云""鸟"四字，当指最初的象形字。
② 胡适：《中国新文学大系·建设理论集导言》，上海良友图书公司1935年版，第28页。
③ 胡适：《中国新文学大系·建设理论集导言》，上海良友图书公司1935年版，第29页。
④ 坪内逍遥从研究欧洲近代文学中得到启发，1885年发表《小说神髓》，提倡写实主义，反对江户时代一味"劝善惩恶"的主观倾向；二叶亭四迷则于1887年听取坪内逍遥的意见，用口语写出了小说《浮云》，体现了"言文一致"的成功。这是日本近代文学史上一场很大的变革。请参阅《中日文化交流史大系·文学卷》，浙江人民出版社1996年版，第六章，日本学者山田敬三撰写。

为文学正宗的意识,自己又未能通晓一两种欧洲语言(只是稍通日语),这些局限终于使黄遵宪未能明确提出"白话文学运动"的主张。虽然如此,黄遵宪在《日本国志》中所鼓吹的"言文一致"的思想依然产生了很大的影响,尤其当清廷甲午战败,人们纷纷思考对手何以由一个小国突然变强,都希望从《日本国志》中寻找答案的时候,"言文合一"、"办白话报"等措施就成了变法维新的组成部分,声势猛然增大①。可见,黄遵宪在中国应该变法维新方面的立场始终是坚定的,一直到百日维新失败、被放归乡里的1899年,他还对其同乡、原驻日大使何如璋说:"中国必变从西法。其变法也,或如日本之自强,或如埃及之被逼,或如印度之受辖,或如波兰之瓜分,则吾不敢知,要之必变。"他并预言说:"三十年后,其言必验。"②只是他自己在1905年就因病去世,早已看不到了。

黄遵宪的局限,却由同时代的另一位外交家兼文学家来突破了,此人就是陈季同。下面我们的讨论也就逐渐转向第二个方面。

陈季同(1852—1907)和黄遵宪不一样,他不是走科举考试的道路进入仕途的。他读的是福州船政学堂,进的是造船专业,老师是从法国聘请来的,许多教材也是法文的。而为了学好法国语文,老师要求学生陆续读一些法国小说以及其他法国文学作品。出身书香门第的陈季同16岁进船政学堂之前,已经受过良好的中国文化和文学方面的传统教育,根基相当厚实。据《福建通志》列传卷34记载:"时举人王葆辰为所中文案。一日,论《汉书》某事,忘其文,季同曰:出某传,能背诵之。"③可见他的聪明好学、博闻强记和求知欲的旺盛。西学、国学两方面条件的很好结合,使他成为相当了不起的奇才。他先后在法国16年,虽然身份是驻法大使馆的武官,人们称他为陈季同将军,但他又从事大量文学写作和文化研究活动,是个地道的"法国通"。他在巴黎曾不止一次地操流利的法语作学术演讲,倾倒了许多法国听众。罗曼·罗兰在1889年2月18日的日记中写道:

> 在索邦大学的阶梯教室里,在阿里昂斯法语学校的课堂上,一位中国将军——陈季同在讲演。他身着紫袍,高雅地端坐椅上,年轻饱满的面庞充溢着幸福。他声音洪亮,低沉而清晰。他的演讲妙趣横生,非常之法国化,却更具中国味,这是一个高等人和高级种族在讲演。透过那些微笑和恭维话,

---

① 《日本国志》1890年由广州富文斋刊刻后,曾多次印刷,对梁启超、裘廷梁均有重要影响,到1898年,更有杭州浙江书局、上海图书集成印书局以木刻或铅印的三种版本争相出版,促进了白话报纸的兴起。
② 见黄遵宪为《己亥杂诗·滔滔海水日趋东》诗作的自注。
③ 转引自李华川:《晚清一个外交官的文化历程》,北京大学出版社2004年版,第11页。

> 我感受到的却是一颗轻蔑之心；他自觉高于我们，将法国公众视作孩童……他说，他所做的一切，都是在努力缩小地球两端的差距，缩小世上两个最文明的民族间的差距……着迷的听众，被他的花言巧语所蛊惑，报之以疯狂的掌声。①

可见陈季同法语讲演之成功。他还用法文写了八本书，有长篇小说创作，剧本创作，学术著作，小品随笔，《聊斋》故事译文，来传播中国文学和文化。这些书在法国销路相当好，有的还被译成意大利文、英文、德文等出版。值得注意的是，八本书中竟有四本都与小说和戏剧有关，占了半数以上，可见陈季同早已突破中国传统的陈腐观念，在他的心目中小说戏剧早已是文学的正宗了。尤应重视的是，陈季同用西式叙事风格，创作了篇幅达三百多页的长篇小说《黄衫客传奇》，成为由中国作家写的第一部现代意义上的小说作品（1890年出版）。他更早出版的学术著作《中国人的戏剧》（1886年），则在中西两类戏剧的比较中准确阐述了中国戏剧的特点。"作者认为中国戏剧是大众化的平民艺术，不是西方那种达官显贵附庸风雅的艺术。在表现方式上，中国戏剧是'虚化'的，能给观众以极大的幻想空间，西方戏剧则较为写实。在布景上，中国戏剧非常简单，甚至没有固定的剧场，西方戏剧布景则尽力追求真实，舞台相当豪华，剧院规模很大。作者的分析触及中西戏剧中一些较本质的问题，议论切中肯綮，相当精当。"②后来，陈季同回到国内还采用不同于传统戏曲的西方话剧的方式，创作了剧本《英勇的爱》（1904年由东方出版社在上海出版），虽然由法文写成，却无疑是出自中国作家笔下的最早一部话剧作品，把中国的话剧史向前推进了好几年。陈季同所有这些写作实践活动，不但在法国和欧洲产生了影响，而且都足以改写中国的现代文学史。

陈季同的更大贡献，还在于当历史的时针仅仅指在十九世纪八九十年代，他就已经形成或接受了"世界的文学"这样的观念。他的学生曾朴（《孽海花》的作者，1897年就认识陈季同）曾记下老师的一段谈话：

> 我们在这个时代，不但科学，非奋力前进，不能竞存，就是文学，也不可妄自尊大，自命为独一无二的文学之邦；殊不知人家的进步，和别的学问一样的一日千里，论到文学的统系来，就没有拿我们算在数内，比日本都不如哩。我在法国最久，法国人也接触得最多，往往听到他们对中国的论调，活

---

① 转引自《罗曼·罗兰高师日记》中译文，译者孟华。见孟华为李华川著《晚清一个外交官的文化历程》一书所写的《前言》，北京大学出版社2004年版。

② 李华川：《晚清一个外交官的文化历程》，北京大学出版社2004年版，第57页。

活把你气死。除外几个特别的:如阿培尔·娄密沙(Abel Rémusat),是专门研究中国文字的学者,他做的《支那语言及文学论》,态度还公平;瞿亚姆·波底爱(M. Guillaume Pauthier)是崇拜中国哲学的,翻译了《四子书》(Confucius et Menfucius),和诗经(Ch'iking)、《老子》(Lao—Tseu),他认孔孟是政治道德的哲学家,《老子》是最高理性的书。又瞿约·大西(Guillard d'Arcy),是译中国神话的(Contes chinois);司塔尼斯拉·许连(Stanislus Julien)译了《两女才子》(Les Deux Jeune Filles Lettrée),《玉娇李》(Les Deux Cousines);唐德雷·古尔(P. d' Entre—Colles)译了《扇坟》(Histoire de La Dame a L' éventail blanc),都是翻译中国小说的,议论是半赞赏半玩笑。其余大部分,不是轻蔑,便是厌恶。就是和中国最表同情的服尔德(Voltaire),他在十四世纪哈尔达编的《支那悲剧集》(La Tragédie Chinoise, Par le Pére du Halde)里,采取元纪君祥的《赵氏孤儿》,创造了《支那孤儿》五折悲剧(L'orphelin de la chine),他在卷头献给李希骝公爵的书翰中,赞叹我们发明诗剧艺术的早,差不多在三千年前(此语有误,怕是误会剧中事实的年代,当做作剧的年代),却怪诧我们进步的迟,至今还守着三千年前的态度。至于现代文豪佛朗士就老实不客气的谩骂了。他批评我们的小说,说:不论散文或是韵文,总归是满面礼文满腹凶恶,一种可恶民族的思想;批评神话,又道:大半叫人读了不喜欢,笨重而不像真,描写悲惨,使我们觉到是一种扮鬼脸,总而言之,支那的文学是不堪的。这种话都是在报纸上公表的。我想弄成这种现状,实出于两种原因:一是我们太不注意宣传,文学的作品,译出去的很少,译的又未必是好的,好的或译得不好,因此生出重重隔膜;二是我们文学注重的范围,和他们不同,我们只守定诗古文词几种体格,做发抒思想情绪的正鹄,领域很狭,而他们重视的如小说戏曲,我们又鄙夷不屑,所以彼此易生误会。我们现在要勉力的,第一不要局于一国的文学,嚣然自足,该推扩而参加世界的文学。既要参加世界的文学,入手方法,先要去隔膜,免误会。要去隔膜,非提倡大规模的翻译不可,不但他们的名作要多译进来,我们的重要作品,也须全译出去。要免误会,非把我们文学上相传的习惯改革不可,不但成见要破除,连方式都要变换,以求一致。然要实现这两种主意的总关键,却全在乎多读他们的书。①

(着重号为引者所加)

---

① 曾朴答胡适书,收入胡适《论翻译》文后附录,见《胡适全集》第3卷,安徽教育出版社2003年版,第807—809页。

作为中国的文学家和外交家,陈季同付出了许多痛苦的代价,才得到这样一些极宝贵的看法。他发现,首先该责怪的是中国的"妄自尊大,自命为独一无二的文学之邦",不求进步,老是对小说戏曲这些很有生命力的文学品种"鄙夷不屑"。其次,陈季同也谴责西方一些文学家的不公平,他们没有读过几本好的中国文学作品甚至连中文都不太懂,就对中国文学说三道四,轻率粗暴地否定,真要"活活把你气死",这同样是一种傲慢、偏见加无知。陈季同在这里进行了双重的反抗:既反抗西方某些人那种看不起中国文学、认为中国除了诗就没有文学的偏见,也反抗中国士大夫历来鄙视小说戏曲、认为它们"不登大雅之堂"的陈腐观念。他提醒中国同行们一定要看到大时代在一日千里地飞速发展,一定要追踪"世界的文学",参加到"世界的文学"中去,要"提倡大规模的翻译",而且是双向的翻译:"不但他们的名作要多译进来,我们的重要作品,也须全译出去",这样才能真正去除隔膜和避免误会,才能取得进步。正是在陈季同的传授和指点下,曾朴在后来的二三十年中才先后译出了五十多部法国文学作品,成为郁达夫所说的"中国新旧文学交替时代的这一道大桥梁"。(郁达夫:《记曾孟朴先生》)事实上,当《红楼梦》经过著名翻译家李治华和他的法国夫人雅歌再加上法国汉学家安德烈·铎尔孟三个人合作翻译了整整 27 年(1954—1981)终于译成法文时,我们才真正体会到陈季同这篇谈话意义的深刻和正确。可以说,陈季同作为先驱者,参与了文学上的维新运动,并为五四新文学的发展预先扫清道路。他远远高于当时国内的文学同行,真正站到了时代的巅峰上,指明着方向。此为第二个方面。

　　这里再说第三个方面,就是当时有无标志性的文学作品可供人们指认。答案是肯定的:继陈季同 1890 年在法国出版第一部现代意义上的中长篇小说《黄衫客传奇》之后,1892 年,韩邦庆的《海上花列传》也开始在上海《申报》附出的刊物《海上奇书》上连载。《海上花列传》可以说是首部有规模地反映上海这样现代都市生活的作品。如果说《黄衫客传奇》借助新颖的小说结构、成功的心理刻画、亲切的风俗描绘与神秘的梦幻氛围,构织了一出感人的浪漫主义爱情悲剧,那么《海上花列传》则以逼真鲜明的都市人物、"穿插藏闪"的多头叙事与灵动传神的吴语对白,突现了"平淡而自然"(鲁迅语)的写实主义特色。它们各自显示了现代意义上的成就,同属晚清小说中的上乘作品。《海上花列传》将在本章第三节中展开详尽讨论,此处不再赘述。

　　以上我们分别从文学主张、对外交流、创作成就三种角度,考察了中国现代文学发端时的状况。这些事例都发生在十九世纪八十年代末、九十年代初,它们看起来似乎只是文学海洋上零星浮现出的若干新的岛屿,但却预兆了文学地壳不久将要发生的重大变动。它们在各自的范围内,分别提出了书面语与口头语合一,表现现实的复杂的人性,小说戏曲由边缘向中心移位,关注"世界的文学"并与之沟通等历史的诉求,因此它们不但与百日维新失败后的"诗界"、"文界"、"曲界"、"小说界"的"革命"相传承,而且与二三十年后的五四新文学革命相呼应,为这场大变革做着准备。新文学实际上是经过三代人共同努力才得以胜利的。

第二节　陈季同的《黄衫客传奇》

陈季同用法文写的《Le roman de l'homme jaune 黄衫客传奇》1890 年出版于巴黎。它并不属于大气磅礴的宏大叙事,只是一部爱情题材的中篇小说,但却在思想上、艺术上都有不少重要的具有现代意义的开拓。

首先,《黄衫客传奇》早在五四前约三十年,就已对家长包办儿女婚姻的制度以及"门当户对"等旧观念、旧习俗提出了质疑。小说通过新科状元李益与霍小玉的自主而美满的婚姻受到摧残所导致的悲剧,振聋发聩地对此进行了控诉,促使读者去思考。虽然《黄衫客传奇》以唐代蒋防的《霍小玉传》为基础,作者在人物性格与相互关系上却进行了许多改造和变动,完全可以说,这是陈季同自己的重新创作。《霍小玉传》中的男主人公李益,是个"虚词诡说,日日不同"的负心郎。《黄衫客传奇》中的李益则有很大的不同。小说借其表兄崔允明之口来这样评点李益的性格:"你有想压倒天朝男儿的雄心壮志,但你又会为了一个穷人而两手空空。当你想当一个恶棍的时候,你又忍不住要去行善。"在作者看来,李益虽然有点软弱,也少一点果决,但却是善良而真诚的。他一再给寡母去信,恳请寡母同意自己与小玉成婚。但冷酷、专横、严厉的母亲,却因对方郑氏家社会地位低微而坚决反对。母亲利用李益性格中软弱、犹豫的一面,处心积虑地采用突然袭击的方式,将自己选定的另一场婚姻强加到他头上。当她得知李益将于某日回到家乡的消息,便迅速布置了一整套对付自己儿子的密谋,还搬来了甘肃省总督大人压阵。李益刚到家,母亲不许他申诉任何理由,便将他引进点燃着烛光的宗祠,关闭大门,面对着列代祖先的牌位,怒气冲冲地宣称:"这次让列祖列宗来回答你!"接着是连篇累牍的训斥:

> 看看这些牌位!每一位先人都有既体面又受人尊敬的头衔:他们都在那里望着你,都在质问你怎么能让他们蒙羞,这是没有先例的。你看!在他们每人的名字旁边都写有头衔和对他们为官的评语,你还能看到一个个妇人的名字:每个都与我们家门当户对。
>
> 而你呢?当你有能力继承他们的传统而且可以光宗耀祖的时候,你做了什么?你要把未来寄托在一个没有父亲的女子身上吗?正是她,在某一

晚上,像花船上跑出来的歌女一样,投入你的怀抱;你竟想让这样一个女子跻身于我们高贵清华的门第吗!

……

她在一种狂怒的状态中,不停地讲着、喊着、威胁着:如果他不放弃原来的计划,她就呼唤神明的报复和先人无可逃避的仇恨,向他、她自己,还有整座宅院。

这是在祖宗灵位面前对李益进行的一场严厉审判——而且是不许李益说一句话的审判! 这是从精神上朝李益打去的一闷棍,打得李益晕头转向,"他像醉汉一样脚步踉跄,心如死灰,唇上带着苦笑,不知自己身在何处"。接着,母亲又进行第二步:押送李益离开宗祠,"在惊愕的年轻人还没明白母亲要干什么的时候,她已将新郎的红色绶带递过来,又飞速给他戴上婚礼时才用的金花冠;然后,不给他恢复正常的机会,她打开大门,将他推入灯火通明的大厅,她向众人鞠躬致意,高声宣布:'承蒙总督大人光临寒舍,令蓬荜生辉。今以亡夫的名义宣布,同意爱子李益与卢小姐喜结连理!'"于是,接下来就是中国传统婚姻的"拜堂"场面。"神志不清的李益",被妈妈推到一个年轻女子的身边。

——跪下! 她用坚决的语气说。看到一旁的卢小姐已经俯身而拜,而他还没有跪倒,妈妈一手放在他肩上,重复道:

——跪下! 你没看到你在这儿多丢脸么?

僵硬地,他拜倒又起来……成了礼。

他好像处于一场噩梦当中:朦胧中,他看到人们来到身前,笑着向他说些他无法理解的言辞。恍惚中,他意识到自己走来走去,好像有另一个像自己的人,向宾客施礼,拜谢总督,总督又颔首答礼。

他目光呆滞,觉得心中痛楚万分。他是在哪里? 人们对他做了什么?

小玉呢? 为什么小玉不在这里?

——您的儿子怎么了,夫人? 他好像不太舒服。

——很可能的,他太累了,可怜的孩子! 多年的用功,多次的考试,还有旅途疲倦;刚刚重逢的激动,马上又是婚礼的激动。

当他一恢复知觉,马上明白了上面的问话和对答。可是,他又陷入了麻木的状态。

他觉得透过一层面纱,又看到一张曾经微笑着的面容,现在,面容上凝结着可怕的怨恨:在他对面,云雾之中,黄衫客抖动他的箭囊,发出令人恐惧的声音,然后,用弓箭瞄向自己。他听到弓弦的颤动,耳边响起羽箭的蜂鸣。

猛然间,一道闪电划过眼前,他头痛欲裂,之后,一切都消失了!……他昏了过去。

从此,"三个星期中,李益处在生死一线之间"。他大病一场。也从此,他把妈妈当做"一个怪物,一个追逐他、啃噬他的心的吸血鬼。一见到她,他就觉得厌烦,生出疯狂的愤怒"。这是写得很有震撼力的一章。其中李益母亲的形象,她的许多言行,确实令人震惊,也让人颤栗。张爱玲在《金锁记》中写过一个曹七巧,她因为自己没有得到过幸福,就千方百计破坏子女的幸福。作者写得很深,挖到人物心灵的深处,刻画出了一个典型。陈季同在《黄衫客传奇》中,同样塑造了一个典型人物,那就是李益的母亲。这个母亲从28岁起就守寡,她当然吃过很多苦,于是,她觉得自己必须获得在子女面前的绝对权威地位来作为补偿。她必须让子女绝对服从自己的一切决定,而不必考虑子女本身幸福与否。正像第十八章中李益谴责母亲时所说的那样:"为了满足你的虚荣心,要以我的生命为代价。"最后,终于逼得李益在23岁的青春年华就发疯致死。《黄衫客传奇》确实写了一出震撼人心的专制包办婚姻的悲剧,完成了连后来的五四新文学都未能较好完成的任务。这是陈季同的一个突出贡献。

其次,《黄衫客传奇》艺术上的一个贡献,在于相当出色的心理描写和心理分析。中国传统小说并非没有心理描写,《红楼梦》里就写了不少,但那是作家从生活中撷取原生态素材的自然结果。真正与现代心理科学相伴随的心理分析与描写,应该说源自近代欧洲文学。陈季同小说中的心理描写,正是受此影响。但他又摈弃了欧洲近代小说心理描写有时过于琐细繁腻的倾向。《黄衫客传奇》中的心理描写,往往简洁,精当,内涵却又比较丰富。以第三章会试发榜时主人公的心理期待为例,就写得相当精彩:

只剩下四个名字待写了。李益面色苍白,看着他的朋友。(已知自己获得第十五名进士的)崔生握住他的手,用笑容鼓励他。

又写了一个,不是。下一个、再下一个,都不是。

现在,只剩下一个空缺了:这是第一名,状元。

在这个庄重的时刻,四周一下子变得非常安静。大家能听到所有年轻而兴奋的心脏在跳动。书吏停了一下。他不慌不忙,将毛笔蘸在墨汁中,仔细地沥干,又朝身后的人群看了一眼。这一刻,尽管职位卑微,他却是场上的主宰。他写下最后一个名字:

"李益,甘肃省。"

"李益",数千个声音重复着。

> 雷鸣般的欢呼声响起来,在贡院的天空回荡。
>
> 此刻的李益十分平静;反而是他的朋友无法抑制喜悦的心情,在欢呼中出尽风头。

只有真正懂得心理学的作家,才能将紧张时刻的心理悬念写得如此扣人心弦。

《黄衫客传奇》中心理活动的描写,涉及方面比较宽广多样:有纯情,有欲望,有期盼,有密谋,有幻觉,有梦境;心理变化从波峰到波谷,幅度非常之大;写法上也或含蓄、或直露、或正面描写、或侧面提示等差别。然而最为精彩的,还是那些心理分析的笔墨。陈季同的心理分析,常常与事件的叙述、性格的刻画巧妙地交融在一起:叙述中寄寓着分析,分析中体现着性格,有时简直难以分辨。上面引录的李益在事先全不知情的状况下被母亲强迫与卢氏拜堂成亲的那段文字中,就有不少笔墨实际上是心理分析,它们折射出母亲的专横与冷酷,也反映了李益的痛苦与愤懑以及精神上受到的严重伤害。至于第二十四章中李益被朋友引往郑氏家里与霍小玉再次见面的情景,更是大量地运用了心理分析,这些笔墨收到了特殊的感人的效果,也显示了李益性格上的弱点以及悲剧的终于无可避免。这类笔墨,在全书中非常多,构成了《黄衫客传奇》艺术上的一个重要特色。

正是为了要写好心理分析,增强幻觉与梦境在全书情节发展中的效果,陈季同才毅然改变《霍小玉传》中那个侠士黄衫客的时代和身份,把他向前推早了两百年,成为一个带有神秘色彩的古人,让他的肖像悬挂在郑家墙上,并且使李益对他的眼神留下极为深刻的简直终生难忘的印象。请看第九章中的这一段描述:

> 饭后,大家回到客厅喝茶。李益请小玉轻歌一曲。……
>
> 李益以琴声相和。他偶然抬头,瞥见墙上一幅写真,心中猛然一动。
>
> 这是一个在绿荫中的男人肖像,本人一定风神俊逸。这个人已经上了年纪,在高大的白马衬托下,面容十分端正。同时,他的身形轮廓显示其既十分亲切,又比一般男人精力充沛。身披一件黄袍,肩背弓箭,眼神傲然射向李益,好像一直要看穿他的心底。
>
> 一曲终了,李益很高兴,走近未婚妻,说自己又发现了她的一个新本事。站起时,他无意间又注视起那幅写真。
>
> 此时,他觉得那位老人的目光似乎一直在注视自己。
>
> 他走近几步,抬头看着这幅栩栩如生的面孔,身背弓箭的这位总是以一种既柔和又有些悲伤的眼神,盯着自己。
>
> "您看的是黄衫客",——郑夫人说,"传说是我们的一位先祖"。

> "我们家族很久以来流传着一个古老的故事。据说二百年前,一位先祖遭逢大难,是黄衫客将我们解救,并且为我们报了大仇。所以,您可要小心,"——她抬手指着肖像说,"如果对不起小玉,他会找您算账的。"
>
> 她又笑道,"当然,我们从来不相信这种传说。但先人喜欢制造这类神怪故事,他们可以从中获得安慰和希望。我觉得这只是一幅先祖的写真,他比其他人身份更为显赫,所以人们不愿忘记他。"
>
> 李益觉得女主人说的有理,但这番解释给他留下一种可怕的印象,自己也说不清缘由。
>
> (着重号为引者所加,下同)

这是一段为全书垫底、为后来情节预设伏笔的关键性描写,它是《霍小玉传》所没有而《黄衫客传奇》作者所特意设计的一段文字。这自然也还是陈季同走的一步险棋,却已经避开了《霍小玉传》情节上那类中世纪的"怪异"和"迷信"色彩。从小说艺术描写的实际来看,应该说作者总体上把握得恰到好处,处理得相当成功。因为,作品中男女主人公几次眼前出现黄衫客的幻影,都处在特定的心理情境之中:李益是在深感对小玉负疚,对黄衫客怀着潜在的敬畏之心,又当自己神志不清、产生幻觉,临终前更精神失常之时;霍小玉则由于从小就将黄衫客视为保护神,自己又进入了梦境,因而更显得十分自然。作为小说,黄衫客幻影的作用仅限于构成某种神秘氛围。从心理学上说,它们属于合情合理,完全可能的情节,作者的处理可谓无可挑剔,反而于神秘气氛中增强了悲剧在艺术上的震撼力。在这个意义上,小说作者将书名定为《黄衫客传奇》,也是很有理由的。

再次,《黄衫客传奇》艺术上的另一个特色,在于具有相当浓郁的风俗画色彩。这既显示了十九世纪法国文学对作者的影响,也显示了二者在具体路子上的不同。如果说巴尔扎克《人间喜剧》中的风俗画写的是近代法国的社会风尚史,那么,陈季同《黄衫客传奇》中的风俗画却主要是描绘中国传统的民俗场景与画面。作者将这种民俗描绘化入小说情节之中,与具体情节紧密结合,因而成为小说内容的有机组成部分。陈季同自觉地向欧洲读者介绍中国的民俗,目的是希望能增进西方人对中国文化的兴趣;但就今天的中国读者而言,直接效果却是大大丰富了小说本身的生活意蕴,加深了读者对艺术的理解。例如,写到大家闺秀在彩楼上抛绣球招亲的习俗,正便于衬托出李益与小玉的婚姻更具自由、自主的性质;写到李母在宗祠中以专横态度厉声训斥,使读者更能体会宗法制度与礼教践踏人性的一面;写到"花朝"游崇敬寺赏牡丹,李益在佛像前虔诚跪拜,更能突现男主人公心中对小玉的强烈"负罪感";诸如此类,读来都令人感到真实和亲切,为小说增色不少。

还应该说,《黄衫客传奇》在中国小说的叙事体式上也实现了变革和创新。它最早在中长篇小说领域内突破章回体的框架,改以情节的自然发展为序,组成二十八个章节。由于法文本《黄衫客传奇》是面向法国读者,作者顺理成章地采取欧洲习惯的叙事方式和艺术结构。但同时,作者并没有采用欧洲小说常用的倒叙之类技法,这也许是因为小说本身只是一个中篇,故事情节也相对单纯的缘故。

总体看来,《黄衫客传奇》是一部艺术上几乎称得上珠圆玉润、相当纯熟的作品,但却并非不存在某种疏漏。最明显的例子,便是陈季同把《霍小玉传》中的京都从长安改到了南京,其原因大概由于他本人对南京比较熟悉而对长安则较为陌生,担心无法落笔展开描写。作为小说创作,变更地点本来是允许的。问题在于,改了京都地点之后,朝代也必须随即变更。然而,奇怪的是,小说的行文中仍然口口声声说"我们讲述的这个时代是在大历时期"(见第三章;第四章中也有"大历皇帝"的说法)。"大历"是唐朝代宗的年号,这就等于将南京说成是唐朝的首都,岂非闹了大笑话?!即使一般法国读者未必都能发现这类差错,作者自己也不应该允许这种疏漏存在。这大概不能算是晚辈对前人的一种苛求吧!

第三节 韩邦庆的《海上花列传》与狭邪小说

与中篇《黄衫客传奇》相比较,《海上花列传》则是长篇,它的规模较大,人物众多,结构复杂,写的也是上海这样现代大都市的生活。

《海上花列传》被归入"狭邪小说",是从鲁迅的《中国小说史略》开始的。"狭邪小说"专指描写妓院或优伶生活的小说。它并不是在晚清小说界革命后才问世,在中国有着悠久的传统。早在唐代,就有描写妓院生活的传奇《李娃传》、《霍小玉传》等等。此后,狭邪题材的小说不绝如缕,甚至扩展到戏曲。到清代后期,狭邪小说从《风月梦》(1848)算起,可考的就有四十余种,但在一个时期内,这些小说与近代都市关系不大,它们还缺乏后来的狭邪小说所具有的现代意识,与二十世纪文学的直接联系较少。中国近代最著名的狭邪小说《海上花列传》是在1892年问世的,比梁启超提出小说界革命要早了十年,它可以算是近代狭邪小说的发端。这些狭邪小说与以前的狭邪小说不同的地方就在于,它们是中国近代最早描写都市的小说,它们本身就是近代都市的产物。

城市在中国有悠久的历史,很可能在夏代已经具有相当规模的城市。唐代的长安、北宋的汴梁、南宋的临安、元代的大都都是规模很大、人口在百万以上的大城市,但是它们都不是现代意义上的大都市。在古代,"中国城市的繁荣不是依靠企业家的本领,或城市公民政治上的魄力和干劲,而是依靠皇帝的行政管理机构,特别是水路上的管理机构"。① 城市是封建专制统治的中心,市民很少有独立自主性,城市化水平处在低迷状态,与西方近代崛起的城市不同。从世界范围来说,十八世纪到二十世纪是城市现代化的时期,西方产业革命把城市文明推向现代化,现代城市意味着运用现代管理方式,以现代科技为基础建立的现代商业和现代工业体系,创造的现代居住环境。它把金钱关系变为人们相互之间最重要的关系,从而解放了人们,"使个性本身独立,给予它一种无与伦比的内在和外在的活动自由"。② 十九世纪西方对中国的殖民侵略,导致了华洋杂居的租界在上海问世,逐步建立了与中国古代城市不同的现代都市。在现代城市的建立过程中,上海的娼妓业也畸形发展起来。1917 年,英国学者甘博耳对世界八个大都市的娼妓人数和城市总人口的比率作了调查:伦敦 1:906,柏林 1:582,巴黎 1:481,芝加哥 1:437,名古屋 1:314,东京 1:277,北京 1:259,上海 1:137。③ 可见在当时的世界大都市中,上海的娼妓业的发达程度。晚清狭邪小说对如此发达的娼妓业的描绘与揭露,其实也是对现代大都市的描绘与揭露。这是中国最早的描写批判现代都市的小说,其意义自不待言。

真正写出上海"狭邪小说"特色的,还数韩邦庆的《海上花列传》,它可谓开了狭邪小说新的风气。韩邦庆(1856—1894),字子云,号太仙,江苏松江(今属上海市)人。父亲曾任刑部主事。韩邦庆自幼随父居北京,后来回到南方考取秀才,屡考举人不第,曾任幕僚,后因性情不合,到上海来任《申报》撰述。他在 1892 年创办了中国第一份小说期刊《海上奇书》,由《申报》馆代售,《海上花列传》就连载在《海上奇书》上,"惜彼时小说风气未尽开,购阅者鲜,又以出版屡屡愆期,尤不为阅者所喜,销路平平实由于此"。④《海上奇书》由半月刊改为月刊,坚持了 8 个月,终于停刊。韩邦庆也在《海上花列传》出版后不久即逝世了。

就艺术魅力而论,《海上花列传》称得上是中国近代最为杰出的小说。《红楼梦》问世后,不乏模仿之作,但大都是借模仿《红楼梦》为名,向《红楼梦》否定的才子佳人小说回归。只有《海上花列传》继承了曹雪芹那种刻意真实地表现人生,深入人物内心世界的现实主义精神。倘若要说晚清小说描写人物最为成功的,也首先是此书。

《海上花列传》专门描写上海的妓院之中,一对一对的嫖客与妓女之间的关系和情感生活。在此之前,写妓女的狭邪小说大都将妓女理想化,作为"才子"的

---

① 韦伯:《文明历史的脚步——韦伯文集》,上海三联书店 1998 年版,第 62 页。
② 西美尔:《金钱、性别、现代生活风格》,学林出版社 2000 年 12 月版,第 1 页。
③ 杨洁曾、贺皖南:《上海娼妓改造史话》,上海三联书店 1988 年版,第 1 页。
④ 颠公:《懒窝随笔》,转录自《海上花列传》,人民文学出版社 1982 年版,第 615 页。

"知己",所谓唯妓女能识沦落的"才子",唯"才子"能识风尘中的"佳人",借以抒发作者"怀才不遇"的牢骚。《海上花列传》之后的狭邪小说,又以暴露妓院的奸诡为目的,"所写的妓女都是坏人,狎客也近于无赖"。唯有《海上花列传》却是将妓女作为"人"来写,"以为妓女有好,有坏,较近于写实了"①。封建社会流行包办婚姻,只要有一定的资产,婚姻是不成问题的,但是"爱情"则不同,于是便不乏嫖客到妓院中寻觅爱情。近代上海的移民,许多人没有带来家小,男性与女性比例失调,也需要到妓院去寻找慰藉。男女之间的性关系以情爱为基础,但妓院是商业性的,以盈利为目的,从而造成嫖客与妓女复杂的金钱与感情纠葛。《海上花列传》有着明显模仿《红楼梦》的痕迹,除同样以梦开头之外,小说中如华铁眉与孙素兰的争吵和言归于好,让人想到宝玉和黛玉;而琪官、瑶官等小女伶住在梨花院,让人想到《红楼梦》中小女伶芳官龄官住的梨香院等等痕迹更是常常出现。但是《海上花列传》比《红楼梦》也有不少发展。首先,《红楼梦》仍然有中国小说"传奇"的痕迹,不要说大荒山青埂峰的木石因缘,就是作者的本意,也是要想传他所见到的奇女子;而《海上花列传》便淡化了"传奇"的色彩,它描绘的就是发生在上海都市妓院实实在在的现实生活,刻画那些平凡的妓女,没有什么"猎奇"的心理,也不去搜罗妓院的话柄。因此,它显得平淡、自然,没有离奇曲折的情节,也没有趣味浓厚的戏剧性冲突,但是它的笔触却深入人物的内心世界,作者带着一种对人世的悲悯,俯视小说中的芸芸众生,时而触及人物的潜意识层。《海上花列传》有着一种中国传统文学崇尚的"平和冲淡"的写实风格,在这方面它甚至超越了《红楼梦》,这是以往的中国小说中罕见的。在这种描写平淡的人和平淡生活的背后,其实也带有现代都市人的平等意识。

其次,在人物塑造的自觉性和理论性上,《海上花列传》有所发展。小说是需要塑造人物的,以往的中国小说虽然也注意到这一点,但是很少有人从小说特性上去概括小说与塑造人物的关系。《红楼梦》的作者只是从感性上觉得要表现他所见到的"异样女子";金圣叹总结了大量塑造人物性格的理论,但把他的理论局限在《水浒》一部书上,没有上升到对"小说"总体的认识。这是因为中国"小说"的概念过于芜杂,大量与文学关系很小的杂俎、笔记都被归入小说,小说的艺术特征反倒难以概括。真正将小说与塑造人物联系在一起,将塑造人物作为小说基本特征的还数韩邦庆。他认为"合传之体有三难:一曰无雷同,一书百十人,其性情言语面目行为,此与彼稍有相仿,即是雷同。一曰无矛盾,一人而前后数见,前与后稍有不符,即是矛盾。一曰无挂漏,写一人而无结局,挂漏也;叙一事而无

---

① 鲁迅:《中国小说史略·中国小说的历史变迁》,《鲁迅全集》第 9 卷,人民文学出版社 2005 年版,第 349 页。

收场,亦挂漏也。知是三者而后可与言说部"①。三条之中,两条说的都是人物性格塑造。《海上花列传》在塑造人物性格时,确有独到之处,不仅是"其形容尽致处,如见其人,如闻其声",而且在描写对象的意境和类型上有较大的拓展,描绘的人物达到某种诗的意境,并且描绘了一些过去小说中很少见到的人物,表现出人性的复杂性。像小说描写王莲生与沈小红的关系,这是两个性格完全相反的人复杂的感情纠葛,即使到了花钱买罪受的程度,王莲生仍然恋着她。刘半农曾经推崇《海上花列传》五十七回的一段白描:

> 阿珠只装得两口烟,莲生便不吸了,忽然盘膝坐起,意思要吸水烟。巧囡送上水烟筒,莲生接在手中,自吸一口,无端吊下两点眼泪。阿珠不好根问。双珠、双玉面面相觑,也自默然。房内静悄悄地,但闻四壁厢促织儿唧唧之声,聒耳得紧。

写的便是王莲生因为沈小红背叛了他,幻想彻底破灭,但是仍然余情未了。作者写这样一位慵懦不堪的嫖客,也能将他作为"人"写出复杂的心理活动,而又运用白描手法写得如此凄清,达到诗的意境,在小说中诚为难能可贵,其描写人物的笔力也由此可见一斑。

更为重要的是:《红楼梦》描写的是中国传统城市中的人物,《海上花列传》在中国小说史上首先描写了现代都市中的人物,他们与《红楼梦》中的人物不同,他们不受家族的束缚,在现代金钱关系的连接下,妓女们更为自由。她们与古代文学中的传统妓女也不同,是现代都市市场经济的产物,在现代金钱关系的影响下,她们没有古代官妓对官员的依附关系,在金钱面前,商人、官员、妓女都是平等的,只要有钱就行。因此,人们对金钱更为崇尚,更为贪婪,人性更加受到异化。从现代都市问世时开始,古今中外的许多作家就把现代都市看作是人类欲望的代表,是对"自然"的扭曲,一直延续到现在。韩邦庆也不例外。如果说中国古代狭邪小说中的妓女,大多还是温柔贤淑,多愁善感的受害者形象,这时的妓女在这个金钱社会中,已经把自己的卖身看作是"做生意",她们大部分不再依附于老鸨,开始表现出职业妇女的独立性。她们已经像都市妇女一样表现出对时尚的追求,对金钱的追求,对欲望的追求,这种追求不再是偷偷摸摸,而开始理直气壮。第23回写妓女卫霞仙敢于搬出上海夷场(租界)的"规矩"来当面羞辱与顶撞姚季莼的夫人,便说明了这一点。为了这种追求,她们可以不择手段。妓女与嫖客之间,妓女与妓女之间,钩心斗角,互相算计,设计骗局,布置陷阱,两性关

---

① 韩邦庆:《海上花列传》例言,《海上花列传》,人民文学出版社1982年版,第3页。

系变成一场战争。在此之前,很少有作家把两性关系写成为一场战争。作者宣称"此书为劝戒而作"①,以"一过来人为之现身说法"②。但是他的艺术表现能力和对人物的悲悯使作品超越了"劝戒"的宗旨,它成为近代上海妓院的人生画像。如果说《红楼梦》主要是批判了封建大家庭的黑暗;那么,《海上花列传》则是对现代都市的揭露,从两性关系上最能够看出人性的异化。

《海上花列传》为表现现代都市生活提供了新的小说结构。作者自承"全书笔法自谓从《儒林外史》脱化出来,惟穿插藏闪之法,则为从来说部所未有"③。所谓"穿插藏闪"之法,是一种以空间为中心的结构,就是将许多故事拆开,让几个故事同时并进,这个故事叙述了开头,又接着叙述另一个故事,时而打破叙述的顺时性,"劈空而来,使阅者茫然不解其如何缘故,急欲观后文,而后文又舍而叙他事矣;及他事叙毕,再叙明其缘故,而其缘故仍未尽明,直至全体尽露,乃知前文所叙并无半个闲字"④。利用读者急于知道结局的阅读心理,增加小说的吸引力,同时将分散的各个故事通过"穿插藏闪",扭结在一起,形成一种以空间为中心的立体型网状结构。《儒林外史》是在近代影响最大的古典小说,近代"社会小说"便是模仿《儒林外史》的。但是《儒林外史》叙述完一个故事再叙述一个故事,这种"虽云长篇,形同短制"的写法,是一种以时间为中心的平面式"链式结构"。这种古代适用的小说结构比较单一,用来表现现代都市生活时便显得有点不够用了。与古代相比,现代都市的空间大大扩展,都市人生活在这宏大的空间中,允许他们扮演多重角色,于是,他们的生活多侧面,立体感强,节奏快,旋律丰富;都市的空间观念和时间观念都与古代的农业社会大不相同,需要有一种新型小说结构来表现复杂的都市社会。《海上花列传》正是适应了这一需要,它所做出的尝试,为后来的狭邪小说、社会小说等所仿效,一直到今天,大量的小说和电视连续剧依然在沿用这一网状结构。

如果早期《瀛寰琐记》连载的译作英国长篇小说《昕夕闲谈》不算,《海上花列传》便是中国最早连载的长篇小说。从中显然可以看到自"章回体"向"连载小说"发展的痕迹。除了"穿插藏闪"适应连载小说的结构而外,章回体保留的"欲知后事如何,且听下回分解"说书人套语,也已经改为"第×回终"。开头也不用"话说",而用"按",变口头文学套语为书面语。尤可注意的是小说的结局,尽管作者声称"无挂漏",一一交代书中人物结局是小说的特征,但是《海上花列传》却是戛然而止,突破了章回体小说有头有尾的格局。这或许是由于作者还想做一部续集而因早夭终于未作,或许是作者为了照顾读者想知道人物结局的情绪而

---

① ③ ④ 韩邦庆:《海上花列传》例言,《海上花列传》,人民文学出版社1982年版,第2—3页。
② 韩邦庆:《海上花列传》第一回,人民文学出版社1982年版,第1页。

写了一篇《跋》,其中交代了一些主要人物的结局,但无论如何,这种结法颇具有现代色彩,而使它与以前的中国小说完全不同。

《海上花列传》继承《何典》,用的是吴语方言。但两书又有不同,《何典》是大量运用吴语方言作典故,《海上花列传》则是人物对话完全运用吴语方言。此举加强了小说的生活气息和真实感,帮助读者更进一步了解当时的民俗。但也因此减少了不少读者,尤其是那些生活在其他方言区域的读者,因看不懂吴语方言而只能对这部杰作望洋兴叹。中国小说历来是京语的天下,曹雪芹的《红楼梦》,文康的《儿女英雄传》等等都用北京话写成,直到嘉庆年间才有了吴语方言的小说《何典》,而到近代,《海上花列传》之后,又有《九尾龟》等也用吴语方言。一批吴语方言小说的崛起,改变了小说由官话和北方方言一统的局面,丰富了当时的文坛。吴语是在上海附近地区流行的方言,它的崛起本身就与上海作为一个近代型大都市的崛起有着很大的关系,传递出北方文化中心南移的信息。

韩邦庆颇富艺术宗师的自我意识,他创作《海上花列传》,力图"自我作古,得以生面别开"①。《海上花列传》是一部杰作,代表了当时中国纯文学的艺术水平。在狭邪小说中,《海上花列传》走的主要是表现人生的路子,而与《海上花列传》差不多同时创作的《海上繁华梦》(孙玉声著)②,走的便是主要暴露妓家奸诡,揭露其欺骗嫖客伎俩的"溢恶"路子。只是狭邪小说后来的发展,反倒是《海上繁华梦》"溢恶""媚俗"的通俗小说渐成气候,而《海上花列传》那种艺术地再现人生的写法还未形成气候,便由于"小说界革命"的问世而中断了。

---

① 孙玉声:《退醒庐笔记》,上海书店1997年版。
② 孙玉声:《退醒庐笔记》,上海书店1997年版。

第二章
梁启超与戊戌变法前后的文学

第一节 维新运动与"新民"文学思潮的勃兴

甲午战败和《马关条约》的签订,大大加深了中国半殖民地化的程度,并引发列强瓜分中国的"割地狂潮"。继日本割占台湾与澎湖列岛之后,1897年底和次年初,德国强占胶州湾;沙俄强占旅顺、大连;法国强租广州湾,并要求清廷不许把两广、云南割让于别国;英国强租九龙半岛与威海卫,还强迫清政府不许把长江流域各省割让或租与他国。中华民族的生存受到严重威胁。面对如此严酷的形势,爱国志士无不义愤填膺。以康有为、梁启超为代表的维新派1895年8月创办《万国公报》并成立强学会,二者在北京遭取缔后,次年8月又在上海创办《时务报》(梁启超为主笔),鼓吹变法图存,产生很大影响,使上海成为维新运动的中心。维新思想家严复,连续在天津《直报》上发表《论事变之亟》等论文,提出鼓民力、开民智、新民德的变法思想。他还翻译英国生物学家赫胥黎的《天演论》,书中所阐发的"优胜劣汰"、"适者生存"的思想,猛烈地震撼了中国士人的心灵。1897年12月,康有为上书光绪皇帝(即《上清帝第五书》),直言不讳地指出:朝廷如果再不变法维新,"恐自尔之后,皇上与诸臣虽欲苟安旦夕、歌舞湖山而不可得矣!且恐皇上与诸臣,求为长安布衣而不可得矣!"次年1月,康又上了《应诏统筹全局折》(即《上清帝第六书》),恳请光绪仿效日本明治维新,实行变法,并开列出一系列具体举措。在朝野各方的推动下,光绪皇帝自1898年6月11日"诏定国是",并在此后的103天中,颁行一系列有关政治、经济、军事、文教等方面的新政,史称"百日维新"。

百日维新最终以光绪被囚,戊戌六君子被杀而宣告失败。政治变法虽然失败,但维新思潮却如天风浩荡,给近代中国思想文化的变革带来了巨大的影响。维新派为挽救民族危亡所进行的古今中外全方位的思想求索,促进了中西文化空前剧烈的交汇、撞击。中国人华夏中心、天朝至上的思维定势被轰毁,自我封闭、妄自尊大的思想文化体系被打破,中华民族开始重新认识世界,审视自身,寻求自强新生之路。在维新思潮中,"物竞天择、适者生存"观念的引入,使人们从弱肉强食的生物学道理中,领悟到民族危机问题的严峻;进化论与公羊三世说的奇特结合,成为维新思想家鼓吹变法图强的重要理论根据。民权论的传播,煽动起人们对民主政体的向往;民权论与明末清初思想家顾炎武、黄宗羲对君主制的批判思想交汇,铸就了维新思想家的实行君主立宪制为核心的政治理想。

维新变法失败后流血的现实,促使维新思想家进一步探求影响政治变革成败的原因。他们认为:变法的流产很大程度上是由于思想与文化方面的变革进行得还相当不充分,于是,一场以"鼓民力、开民智、新民德"为主要内容的新民救国运动在变法失败后很快达到高潮。

百日维新失败之后,康有为、梁启超逃亡海外。1898年底,梁启超在日本横滨创办《清议报》,仍以"维新支那之清议,激发国民之正气"作为办报宗旨。明治维新之后的日本,大量译介西方经济、哲学、社会学方面的著作,这些著作对于从"学问饥荒时代"走来的梁启超来说,如同久旱而逢甘露。在海外重整旗鼓,继续读书宣传的梁启超,利用《清议报》、《新民丛报》、《新小说》等报刊作为阵地,策动了一场持续多年,影响深巨的新民救国风暴。

新民救国运动的实质是全民性的思想启蒙和思想维新。梁启超写于1901年的《过渡时代论》,回望百日维新失败后的中国,以为"今日中国之现状,实如驾一扁舟,初离海岸线而放于中流,即俗话所谓两头不到岸之时代",这是一个"一切方死未死,方生未生"的过渡性时代。梁氏在《新民说》等文中认为:在世界各国以民族主义精神立国的时代,民弱则国弱,民强则国强。中国言变法数十年而无成效者,皆因于新民之道未有留意。苟有新民,何患无新制度,无新政府,无新国家?中国要抵御列强以杜外患,拯救危亡以求自强,当以更新国民精神为第一要务。新民之道有二:一是"淬厉其所本有而新之",即发扬光大本民族已有的思想精蕴、优秀品格;二是"采补其所本无而新之",即借鉴他民族之优长以补我之未及。新的国民精神一定是在继承借鉴、中西文明交融汇合中生成。围绕着新民救国的宗旨,梁启超一方面以"梁启超式的输入"向国人连篇累牍地介绍亚里斯多德、柏拉图、培根、笛卡尔、康德、孟德斯鸠、卢梭、达尔文等人的学说,另一方面,积极鼓励国民以民族主义、爱国主义为指导,建立利群、自尊、自信、冒险、竞争、进取、尚武的国民道德,养成刚毅、坚忍、百折不挠的民族品格,携手共创"波澜侗傥、五光十色,更有壮奇于前世纪之欧洲者"的20世纪少年之中国。

出于更新国民精神和新学建设的需要,梁启超踌躇满志地开列出一系列需要"革命"的领域。

> 夫淘汰也，变革也，岂惟政治为然耳。凡群治中一切万事万物莫不有焉。以日人之译名言之，则宗教有宗教之革命，道德有道德之革命，学术有学术之革命，文学有文学之革命，风俗有风俗之革命，产业有产业之革命，即今日中国新学小生之恒言，固有所谓经学革命、史学革命、文界革命、诗界革命、曲界革命、小说界革命、音乐界革命、文字革命等种种名词矣……其本义实变革而已。（梁启超《释革》）

上述种种革命，均属国民变革的范畴。文界革命、诗界革命、小说界革命、曲界革命等项内容，无不从属于世纪之交国民性改造与国民精神革新的整体工程。在古与今的现代转换，中与西的学术融合的矩阵中，探索中国文学变革与发展之路，梁启超既是思者，又是行者。

梁启超以国民启蒙、国民自新、国民变革为基本目标，以文体革命为触介点的文学革命思想，蕴含着许多具有划时代意义的理论命题并具有极强的可实践性。以梁启超为旗手的文学界革命的不断推进与深化，给世纪之交的文坛，带来了前所未有的喧嚣与骚动：

——随着进化如飞矢观念的深入人心，明清以来愈演愈甚的拟古、复古主义思潮受到唾弃。以西欧、日本近代文学为鉴镜，反思祖国文学之缺陷，服从于新民救国的需要，清理传统文学之弊端，改弦更张，创新求奇，向西哲看齐，不倚傍古人，渐成为新的文学风尚。同时，以进化的观点看待中外文学史的递进，"文学之进化有一大关键，即由古语之文学，变为俗语之文学是也。各国文学史之开展，靡不循此轨道"（梁启超《小说丛话》）。言文合一，古语之文学变为俗语之文学被看作是文学进化历史发展的必然。

——随着维新志士把政治革命的热情转移到以新民为核心的思想启蒙运动上来，文学因其具备左右人心之"不可思议之力"而被认作是开启国民智识、振刷国民精神、改造国民品质最好的形式和最便利的途径。二十世纪中国文学对改造国民性问题的执著关注，从此时开始。这一时期，域外文学救国的神话不胫而走，域外文学家对文明进化的作用与贡献在不经意中扩大，"读泰西文明史，无论何代，无论何国，无不食文学家之赐，其国民于诸文豪，亦顶礼而尸祝之"。（梁启超《饮冰室诗话》）文学崇高地位的确立和文学家地位的提高，加上自由职业选择的社会条件的成熟，更多的城市知识分子加入文学写作、文学翻译的队伍。

——文学重在表现人的情感与想象的观念被普遍接受。严复、夏曾佑试图从人类普遍性情的角度探求"英雄""男女"何以成为文学作品常久不衰的表现主题，提醒读者不能因虚构特征而轻诋小说。梁启超以薰、浸、刺、提来概括小说支配人道的力量，以"烟士披里纯"（灵感）描述文学的创作过程。稍后，接受康德、叔本华美学思想的王国维,其对文学的情感与想象特征的认识则更加明确:"若夫知识、道理之不能表以议论,而但可表以情感者,与夫不能求诸实地而但可求诸想象者,此则文学之所有事也"(王国维《国学丛刊序》)。这种对文学特质的认识,完成了对中国传统杂文学体系的超越,"文学"概念的使用,已近于现代的规范。

——小说戏曲被引进文学的殿堂。小说被推为文学之最上乘,改变了诗文被视为正宗、而小说戏曲不被人看重的传统观念。随着小说队伍的壮大,各种小说刊物与新小说如雨后春笋,令人目不暇接。政治小说,谴责小说,言情小说,侦探小说和科幻小说,品种繁富,形式多样,给文学界带来异常喧闹的热烈气氛。小说堂而皇之成为二十世纪中国文学中的巨大家族,而观念的转变,却是从这里开始的。随着小说戏曲地位的提高,诗、文、小说、戏曲并列为文学的四大门类,与现代西方文学体裁的分类取得统一。梁启超"诗界革命"、"文界革命"、"小说界革命"以及"戏曲界革命"口号的提出,即是对文学体裁现代而规范的表述。

——创作方法的区分与文学批评的更新。梁启超在《论小说与群治之关系》中把小说区分为表现理想和反映现实两种。表现理想的称之为理想派小说,反映现实的称之为写实派小说,表明在这一时期中国文学家对艺术地把握世界的不同方式——创作方法的区分有了初步的认识,而五四时期浪漫主义和现实主义创作的双峰对峙,双水并流,则是这种认识的进一步深化并走向了创作的自觉。这一时期随着《清议报》、《新民丛报》、《新小说》等报刊文艺评论专栏的开设,文学批评也日趋活跃,中国传统的诗话、词话、小说评点等文学批评方式虽仍被沿用,但批评的原则和方法却有了更新的趋势。

——文学变革张扬"雌黄古今,吐纳欧亚",思想自由、融汇兼收的气度精神,文体革命则遵循旧风格含新意境的基本规制。前者是灵魂,后者是形质。"精神既立,则形式随之而进。""但有精神之维新,而形式之维新自应弦赴节而至矣。"(梁启超《中国积弱溯源论》)在文体革命中,新意境即文界革命所说的"欧西文思",诗界革命所说的"欧洲之真精神、真思想",小说界革命所说的"其身之所经历,及胸中所怀,政治之议论",戏曲界革命所说的"寄托之遥远"。旧风格在文为浅近文言,在诗为汉唐格律,在小说为章回体裁,在戏曲是曲词宾白。"当革其精神,非革其形式"(梁启超《饮冰室诗话》)。文学界革命的主将把革其精神的旗帜高高举起,把革其形式的任务留给了后来者。

——语言出现变革的趋势。语言是民族文化与文学变革中最稳定与最保守的因素。随着新名词的介入和表达新思想的需要,以及文学变革文体革命的推进,这一时期文学语言出现了变革的趋势,诗中形式较为自由的歌行体诗逐渐增多,文中时杂以俚语、韵语及外国语法、词汇的报章文体日益为人们所喜闻乐见。

以启蒙民众为目的的晚清的白话文运动明确提出"崇白话而废文言"的口号,小说的创作与翻译也越来越多地使用白话。

文学界革命是二十世纪中国文学自我更新艰难变革的起点。文学界革命与戊戌变法失败后兴起的国民启蒙、国民自新运动同生共荣。文学界革命借助西方异质文化的撞击力量,打破了中国文学的因循死寂,勉力担负起民族精神革新、民族文明再造的重任,并在历史的废墟上,初步构造了新文学的殿堂。

第二节　别创诗界的黄遵宪[①]

1902年11月,正当梁启超在《新民丛报》上连载《饮冰室诗话》,鼓吹诗界革命,称赞"近世诗人能熔铸新理想以入旧风格者,当推黄公度","公度之诗,独辟境界,协然自立于二十世纪诗界中,群推为大家"的时候,蛰居家乡广东梅州的黄遵宪已步入生命垂暮之年,他在给诗人邱炜萲的信中不无遗憾地写道:"少日喜为诗,谬有别创诗界之论。然才力薄弱,终不克自践其言,譬之西半球新国,弟不过独立风雪中清教徒之一人耳;若华盛顿、哲非逊、富兰克令,不能不属望于诸君子也。诗虽小道,然欧洲诗人,出其鼓吹文明之笔,竟有左右世界之力;仆老且病,无能为役矣。"但开风气而志有未逮的黄遵宪把自己一生孜孜以求的"别创诗界"的期望留给了后来者。

黄遵宪(1848—1905),字公度,广东嘉应州(今梅州市)人,1876年中举,次年随同乡何如璋以参赞身份出使日本。1882年,调任驻美国旧金山总领事。1885年回国,以三年时间,修《日本国志》四十卷成。1889年再次以参赞身份随薛福成出使英、法、意、比。1891年调任新加坡总领事。1894年冬回国,曾在两江总督府办理教案。后加入强学会,助汪康年、梁启超创办《时务报》。1897年夏至湖南襄助新政。1898年6月充任使日本大臣,因政变,被放还乡里,1905年3月病逝。著有《人境庐诗草》、《日本杂事诗》、《日本国志》,今人辑其诗文为《黄遵宪集》。

《人境庐诗草》计十一卷,为诗人生前手定而成,收入其1868年至1904年所作古近体诗六百四十二首,是诗人一生心血的凝聚。《人境庐诗草》为风云变幻的时代、为命运多舛的中国留此存照,同时也真实地记录了一位"无师无友,踽踽独行"的乡村书生成为"东西南北人"的心路历程。作为外交家、维新思想家和诗人的黄遵宪,其思想情感经历与诗歌创作大致可从三个时期予以分述。

第一时期:读书科考时期(1864—1877)

[①] 本节黄遵宪作品均引自《黄遵宪集》,天津人民出版社2003年版。

鸦片战争与太平天国时期的中国,正经历着亘古未有的奇变,外患与内忧纷至沓来,促使中国士大夫中最为敏感最先觉醒的先进人士,把目光转向社会现实问题的研究和对中国之外世界的注意。但这种曙光初现式的觉悟,并没有太多地触动汉宋之学一统天下的传统学术格局,也没有太多的改变读书士子通过科举进入士大夫官僚阶层的旧有秩序。已经感受到"七万里戎来集此,五千年史未闻诸"风云变幻气息的黄遵宪,也不得不在一次次的科考中消磨心志,其愤慨郁闷也由此而生。这一时期的诗作,集中表现了诗人走出传统学术窠臼,告别传统人生道路的渴望与苦闷。年青的黄遵宪最为心仪的是作一个冲破"俗儒"尊古罗网,敢于直面现实世界,"我手写我口"的诗人:

俗儒好尊古,日日故纸研;六经字所无,不敢入诗篇。古人弃糟粕,见之口流涎。沿习甘剽盗,妄造丛罪愆。黄土同抟人,今日何愚贤?……,我手写我口,古岂能拘牵。即今流俗语,我若登简编,五千年后人,惊为古烂斑。
(黄遵宪《杂感》诗之二)

"我手写我口"是怀抱"别创诗界"志向诗人震惊流俗的第一声宣言。稍后的1872年,在"语无古今"的基础上,黄遵宪又提出"诗无古今"之说。其《与朗山论诗书》云:

诗固无古今也。苟能即身之所遇,目之所见,耳之所闻,而笔之于诗,何必古人?我自有我之诗在矣。夫声成文谓之诗,天地之间,有声皆诗也,即市井之谩骂,儿女之嬉戏,妇姑之勃谿,皆有真意以行其间者,皆天地之至文也。不能率其真,而舍我以从人,而曰吾汉吾魏吾六朝吾唐吾宋,无论其非也,即刻画求似而得其形,肖则肖矣,而我则亡也。我已忘我,而吾心声皆他人之声,又乌有所谓诗者在耶?

"我手写我口"与"诗无古今"之说所体现出的打通古今壁垒,关注现实世界,真我自作主宰的精神,成为黄遵宪"别创诗界"理想的重要基石。

1867年至1876年的十余年间,黄遵宪四次参加乡试,均告失败。屡试屡败百感交集的科场失意,应试途经广州、香港、天津、北京等地的所见所闻,使其这一时期的诗作交织着家国与身世之感。1876年,黄遵宪在顺天乡试中被录为举人,入赀以五品衔拣选知县用,同年列入派往日本的使馆成员名单中,十余年科考的恶梦终告结束。面对迟来的功名,已届而立之年的诗人留下了"学剑学书无一可,摩挲两鬓渐成丝"的叹喟。

第二时期:海外使节时期(1877—1894)

1877年11月26日,黄遵宪随何如璋从上海乘船前往日本,开始了他长达十余年,辗转于日本、美国、英国、新加坡的海外使节生涯。此前"足迹殊难出里闾"的诗人幸运地成为走向西方世界的第一代知识分子。

初到日本,黄遵宪对明治维新后日本新政新学持谨慎与保留的态度。在编写《日本国志》的过程中,出于网罗旧闻、参考新政的需要,辄取日本杂事衍为小注,串之以为诗,充任《日本国志》的编写草本,名《日本杂事诗》。《日本杂事诗》为七言绝句,或一诗记一事,或数事合一诗,诗后附有长短不等的自注,这些自注的不少段落成为《日本国志》写作的基础。《日本杂事诗》初刊于1879年,计诗一百五十四首。1890年,《日本杂事诗》重订,计诗二百首。重订后的《日本杂事诗》显示着黄遵宪对日本及欧美政治学术认识的进步。走出国门而又以"别创诗界"为职志的黄遵宪,以其海外使节时期的诗作,为国人打开了一扇认识中国之外世界的窗户。

"年来足迹遍五洲,浮槎曾到天尽头",黄遵宪十余年漂洋过海,折冲樽俎的外交生涯,是一种"前望古人,后望来者,无得与吾争之者"的独特经历,而作为诗人,又有着"吾身之所遇,吾目之所见,吾耳之所闻,吾愿笔之于诗"的愿望,黄遵宪的海外诗展示了诗人亲历而为国人所陌生的一个新象迭起、新理层出的世界。经过工业革命风暴的欧西各国,物质文明得以飞快发展,"同一乘舟,昔以风帆,今以火轮;同一行车,昔以骡马,今以铁道;同一邮递,昔以驿传,今以电线;同一兵器,昔以弓矢,今以枪炮"。现代物质文明的进步,使世界变得更小,更奇妙,工业文明时期人们的时空观念与存在方式与农业文明时期有了很大的不同,周游世界的诗人所遇所见所闻也日新月异。诗人脍炙人口的《今别离》四首,即是写给轮船火车、电信等新兴工业文明的赞歌。传统诗歌中所常见的离愁别绪黯然神伤,因诗人对现代工业文明的欣赏而不复存在。

描述异国风物、礼赞文明之文化之外,黄遵宪的海外诗还涌动着"忧天热泪几时揽"的渴望。以人为鉴,以史为鉴,诗人在对外部世界的观察感受中,思考着国家与民族的命运。1881年,闻听中国政府因些微小事而有裁撤派往美国的留学生之议,他深感惋惜和痛心,以为裁撤之举有悖"欲当树人计,所当师四夷"的留学生派遣之初衷,当权者不审时度势,终将贻害无穷。次年,美国又有禁华工之议,诗人身为使美官员,倍觉刻骨铭心。昔日天朝上国的尊严何在? 旧时皇华大汉的威风何在? 诗人期待着中华民族在逆境中崛起,开工化物,励精图治,免蹈罗马、希腊沦亡、波兰四分五裂之覆辙。此类诗作慷慨激昂,充满着忧国忧民的情怀。

1891年,黄遵宪在伦敦使署自辑《人境庐诗草》并自序云:"士生古人之后,古人之诗号专门名家者,无虑百数十家,欲弃去古人之糟粕,而不为古人所束缚,诚戛戛乎其难。虽然,仆尝以为诗之外有事,诗之中有人:今之世异于古,今之人亦何必与古人同。"黄遵宪的海外诗以表现古人未有之物、未辟之境的努力,践履了诗之外有事、诗之中有人的诗歌主张。诗人用诗的语言记录描述了近代以来走出国门的中国士人的见闻感触和情感世界,开辟了古近体诗表现现实生活的新空间新境界。海外诗是黄遵宪"别创诗界"和"新派诗"最具代表性的收获。

第三时期:变法与居家时期(1894—1905)

中日战争爆发的当年年末,黄遵宪由新加坡回到国内,参与变法维新与湖南新政,于1898年10月被革职回乡。回乡后的诗人百感交集,心事浩茫。其《仰天》诗云:"仰天击缶唱乌乌,拍遍阑干碎唾壶。病久忍摩新髀肉,劫馀惊抚好头颅。箧藏名士株连籍,壁挂群雄豆剖图。敢托鸩媒从凤驾,自排阊阖拨云呼。"抒写了劫后余生,回天无力,壮志难酬的愤恨之情。诗人在稍后给人的信中写其心境说:"仆杜门六载矣,所最苦者,即赵佗告陆大夫语,谓郁郁无可语者,抑塞磊落无可发泄。"

乡居之后,诗人有暇将海外时期与甲午战争时期所经所闻所见而未及入诗者,一一补写出来。前者如《日本国志书成志感》、《锡兰岛卧佛》、《伦敦大雾行》、《以莲菊桃杂供一瓶作歌》、《番客篇》等。后者如《东沟行》、《哀旅顺》、《哭威海》、《马关纪事》、《台湾行》等。

黄遵宪描写甲午战争的组诗历来为评论家所看重,称之为"诗史"。诗人以史家笔法记录了甲午战争的主要战事,描画了战事中的若干军事人物。《悲平壤》写中日平壤初战,清军落败。《哀旅顺》写装备精良、据险可守的旅顺口"一朝瓦解成劫灰"的惨烈。《哭威海》记述在决定战争胜负的关键海战中,北洋舰队避居港内,腹背受敌,而遭全军覆没。《降将军歌》、《度辽将军歌》写清政府军队中的两类将领,前者胆小畏死,主动向敌军乞降;后者虚骄自大,实际却是银样镴枪头。如此人等充作国家干城,战如何不败,国如何可守。

1899年为己亥之年,黄遵宪仿龚自珍《己亥杂诗》之例,作《己亥杂诗》八十九首,杂忆一生可圈可点当记当叙之事:"我是东西南北人,平生自号风波民。百年过半洲游四,留得家园五十春"。诗人虽身困梅州,但仍心念天下。他关注义和团起事,八国联军攻入北京,慈禧、光绪出逃西安等事变,写下了几十首咏事述怀之作,其悲凉慷慨之气,充溢于字里行间。

能给荒江野老、抑塞磊落的诗人带来希望和生机的,还是国家民族的维新事业。1902年起,黄遵宪与严复、梁启超等人有了通信联系,并为他们所从事的开民智、新民气、鼓民力的事业所鼓舞所吸引。受梁启超"诗界革命"精神的鼓舞,黄遵宪作《出军歌》、《军中歌》、《旋军歌》等二十四首寄梁启超,发表在《新小说》第一号上。梁启超《饮冰室诗话》评论说:"其精神之雄壮活泼、沉浑深远不必论,即文藻亦二千年所未有也。诗界革命之能事至斯而极矣。吾为一言以蔽之曰:读此诗而不起舞者必非男子。"黄遵宪对《军歌》二十四首的写作,也颇引为得意,以为"如上篇之敢战,中篇之死战,下篇之旋张我权,吾亦自谓绝妙也。此新体,择韵难,选声难,着色难"。歌体之作,是黄遵宪晚年诗歌创作的一次新尝试。除《军歌》外,诗人还有《幼稚园上学歌》等,旨在以歌谣写作培育国民新精神。

1904年冬天,因肺病加重而预感走到生命尽头的诗人作《病中纪梦述寄梁任公》一诗,抒写对海外友人的思念,对生命的眷恋和对国家命运的担忧:

呜呼专制国,今既四千岁,岂谓及余身,竟能见国会。以此名我名,苍苍果何意!人言廿世纪,无复容帝制。举世趋大同,度势有必至。怀刺久磨灭,惜哉吾老矣。日去不可追,河清究难俟。倘见德化成,愿缓须臾死。

重疴缠身,凄凉孤寂中的维新思想家和诗人,带着睡狮未醒,立宪未成,河清难俟,以及"平生怀抱,一事无成,惟古近体诗能自立耳,然亦无用之物,到此已无可望矣"(《人境庐诗草跋引》)的诸多遗憾,与亲友作别。人去诗留,黄遵宪亲自编定的《人境庐诗草》原稿稍后由黄氏亲属交梁启超代为付梓。1908年,康有为序《人境庐诗草》,谓公度之诗"上感国变,中伤种族,下哀生民,博以环球之游历,浩渺肆恣,感激豪宕,情深而意远"。

黄遵宪对近代诗歌发展的贡献,主要体现在以下方面:

一、以"诗外有事,诗中有人"的诗学理想,为"别创诗界"选择了一条面向现实世界,走出复古拟古泥潭的诗歌创新之路

中国古典诗歌在长期的发展过程中,渐渐成为一个凝固的与现实世界隔绝的经验世界。在这个封闭的世界里,诗的题材,诗的组织,诗的语言被格式化、固定化。诗的现实关怀,诗的个性色彩,诗的创新精神,被淹没在此消彼长的学古拟古的诗歌潮流之中。面对林林总总的诗歌大家,名目繁多的诗歌流派,黄遵宪有过"士生古人之后,欲于古人范围之外成一家言,固其难;即求其无剿说,无雷同者,吾见亦罕"的感喟。身处国家民族亘古未有之变局的黄遵宪,选择"诗外有事,诗中有人"作为"别创诗界"的突破口,意在使诗从经验的天国,苦吟的书斋中走向现实,走向人境。"诗外有事,诗中有人"是黄遵宪诗学理想的概括性描述,是其诗学主张与创作实践的总纲。黄遵宪1902年《致梁启超书》中自述个人学术思想的形成并再论"诗外有事、诗中有人"诗学理想说:

> 意欲扫词章家一切陈陈相因之语,用今人所见之理,所用之器,所遭之时势,一寓之于诗,务使诗中有人,诗外有事,不能施之于他日,移之于他人,而其用以感人为主。

《人境庐诗草》中,写太平天国、甲午战争、庚子事变而被称为"诗史"的诗作之所以为人所看重,是因为此类诗描写了"今人所遭之时势";写轮船、电报、东西半球昼夜相反、四时鲜花杂供一瓶等海外风情人物诗之所以为人所珍视,是因为此类诗所写为"今人所用之器","所历之境"。诗人频频以立宪、变法、国会、帝制入诗,其所言又是"今人所见之理",此皆是"诗外有事"。诗人徘徊于科举与功名、汉宋之学与诗学之间的苦闷,走出国门,亲历世界,触见异域文明的惊奇与喜悦,由尊王攘夷,所可变者轮船铁道,所不可变者伦常纲纪的士大夫立场,到"人言廿世纪,无复容帝制。举世趋大同,度势有必至"的维新派境界,其心路历程于诗中脉络可见,此可谓"诗中有人"。黄遵宪在诗歌创作中注目瞬息万变的现实世界,描摹痛苦复杂的士人情感方面的努力,奠定了他在近代诗歌史上的重要地位。

二、以出入古今、转益多师、融会新旧、开敞通达的创作心态,致力于古典诗学传统的现代转换

生活在"东西文明,两相结合"的时代,黄遵宪对古与今、新与旧的冲突融合保持着积极健康的态度。其《人境庐诗草自序》描述心目中出入古今,融汇新旧之诗境道:

> 尝于胸中设一诗境:一曰复古人比兴之体;一曰以单行之神,运排偶之体;一曰取《离骚》乐府之神理而不袭其貌;一曰用古文家伸缩离合之法以入诗。其取材也,自群经三史,逮于周秦诸子之书,许郑诸家之注,凡事各物名切于今者,皆采取而假借之。其述事也,举今日之官书会典,方言俗谚,以及古人未有之物,未辟之境,耳目所历,皆笔而书之。其炼格也,自曹、鲍、陶、谢、李、杜、韩、苏,讫于晚近小家,不名一格,不专一体,要不失乎为我之诗。

上述种种,构成了黄遵宪称为"虽不能至,心向往之"的诗歌境界,同时也勾勒了诗人致力于古典诗歌传统转换的基本途径和目标。

《人境庐诗草》中的名篇以古体居多。秉承文章为时而著,歌诗为事而作的文学传统和理切事信、秉笔直书的史家笔法写所见所闻,以古文家抑扬变化之法入诗,是黄遵宪出入古今,融合新旧的重要创获。《人境庐诗草》中的五古之作擅长明理,擅长以议论入诗。如《感怀》诗对"识时贵知今,通情贵阅世"道理的阐

发,《杂感》诗对"我手写我口,古岂能拘牵"诗志的抒写,《述怀再呈霭人樵野丈》对六百年科举弊端"到此法不变,终难兴英贤"的讨伐,《逐客篇》对华人在美国被逐,"噫嘻六州铁,谁实铸大错"的质问,《登巴黎铁塔》"一览小天下,五洲如在掌"的凌风之想,《病中纪梦述寄梁任公》"日去不可追,河清究难俟"的生命感慨,都显示着以文为诗,铺叙直写,明白朴实,意脉贯通的创作特点。诗人注重对时或事发表议论,谈道说理,优游不迫,读者可以从诗中比较清楚完整地感受到诗人的评判和情感。《锡兰岛卧佛》、《番客篇》为《人境庐诗草》中的五古长篇,均为诗人戊戌返乡后补作。《锡兰岛卧佛》追忆随薛福成出使英国,路经锡兰岛,参观卧佛像后的所见所想。全诗洋洋洒洒二千余言,梁启超在《饮冰室诗话》中称之为"空前之奇构","以文名名之,吾欲题为印度近史,欲题为佛教小史,欲题为地球宗教史,欲题为宗教政治关系说。然是固诗也,非文也。"《番客篇》补录出使新加坡期间,参加当地华人婚礼,与海外番客交谈的所闻所感。诗中对在异国他乡举行的中国式的迎亲仪式的描述极为详尽细腻。全诗二千余言,是一部用诗体写成的南洋华人的风俗与生活画卷。

如果说黄遵宪的五古诗偏重于"理切",其七古诗则偏重于"事信"。诗人写日本明治维新前后故事的《西乡星歌》、《赤穗四十七义士歌》,写甲午战争事件被后人称为诗史的诗作如《悲平壤》、《东沟行》、《哀旅顺》、《降将军歌》、《度辽将军歌》、《台湾行》等均为七古。在上述诗作中,诗人既表现出以史家笔法记叙所闻所见现实与历史事件的兴趣,又秉承着美刺补察褒贬惩劝的传统诗学精神。甲午海战的失败给诗人心灵带来巨大的创痛。戊戌返乡后,诗人痛定思痛,以诗笔记录下甲午战争中的主要战事,为给中国带来割地赔款耻辱的历史事件立此存照。《哀旅顺》一诗先写旅顺口兵备充足,天险可依,固如金汤,而结束两句笔锋陡转,"一朝瓦解成劫灰,闻道敌军蹈背来",旅顺要塞陷落之咎,在人谋不周。此诗采用欲抑先扬的手法,铺叙在前,点睛在后,诗人的美刺褒贬之意,跃然于纸上。《降将军歌》记北洋海军副提督英人马格禄等,在"此岛如城海如池,横排各舰珠累累。有炮百尊枪千枝,亦有弹药如山齐"的情况下,向日军乞降。爱国将领丁汝昌以服毒自杀拒降,"可怜将军归时,白幡飘飘丹旐落,中一丁字悬高桅,回视龙旗无孑遗,海波索索秋风悲"。诗人为丁汝昌殉难伤悲,更为国家与民族的命运伤悲。《台湾行》记《马关条约》签订割让台湾全岛的举国之痛。诗人问天:"天胡弃我天何怒,取我脂膏供仇虏,"诗人相信:"亡秦者谁三户楚,何况闽粤百万户。"台湾归来,当指日可待。黄遵宪的七古诗作,评判笔力沉重,褒贬抑扬分明。

三、在诗歌语言上,黄遵宪从早年主张的"我手写我口",后期更向"适用于今,通行于俗"的言文一致方向去努力实践

黄遵宪是一位具有巨大热情把对外部世界和现代文明的感受,熔铸到传统

诗歌框架之中的诗人,这种以新理想入旧格式的努力,相应要求诗体的自由表达程度和语言的丰富性通俗性随之加大。在《人境庐诗草》中,诗体和诗歌语言呈现出渐趋解放的趋势。集内古歌行体诗数量居多,且基本不用旧典,诗人得以在较大自由度的形式空间里驰骋情思。近体律诗大都是一个题目下多首组合,以求思想与情感的充分表达,且旧典渐少,新典增多。如其归乡后写作的《放歌用前韵》叙写放逐心情道:"我乡我土大有好山水,犹能令我颜丹鬓绿不复齿发嗟凋零。肩囊腰剑手钵瓶,归来归来兮左楼右阁中有旋马厅。二松五柳四周染桃李,坐看风中飞絮波中萍,寒梅著花幽兰馨,《小山》《招隐》君其听。归来归来兮菜香饭熟茶余睡觉独自语,京华北望恋恋北斗星。"信手写来,挥洒自如。《都踊歌》中"长袖飘飘兮髻峨峨,荷荷;裙紧束兮带斜托,荷荷。"节奏明快、载歌载舞的日本爱情歌谣,《哭威海》中"遁无地,谋无人;天盖高,天不闻",描写战事短促而急迫的三字句诗,其诗体结构与诗歌节奏因内容表现需要充满着自由变化。在诗歌语言的运用上,一是出于写外国事、记叙时事和表情达意的需要,恰当而有节制地使用译语,如地球、赤道、国会、共和维新、革命、殖民地、五大洲、南北极等新词,欧罗巴、美利坚、亚细亚、华盛顿、拿破仑、嘉富洱、玛志尼等专用译名,这些新语句与古近体诗传统表现风格的和谐统一,凸现出黄遵宪新派诗特有的面貌与境界。二是诗中不避方言俗语,力求平易自然,明白晓畅。《拜曾祖母李太夫人墓》忆孩提琐事,写家庭亲情的诗句如"上树不停脚,偷芋信手爬。昨日探鹊巢,一跌败两牙。嚖血喷满壁,盘礴画龙蛇",平白如话,语语本真。"我手写我口"昭示着古典诗歌向现代诗歌转换的基本方向。

1902年,梁启超写作《饮冰室诗话》时,盛推黄遵宪其人为二十世纪诗界中独辟境界的大家,其诗是能镕铸新理想以入旧格式者的典范。这一时期受梁启超文学革命热情的鼓舞感染,黄遵宪别创诗界、致力于古典诗学传统转换的创新意识,更趋明确与活跃。黄遵宪论诗主张世变无穷,诗文也当随时而变。在《与严复书》中论严复与梁启超关于文界革命的争论时,黄遵宪以为:"以四千余岁以前创造之古文","书写中国中古以来之物之事之学,已不能敷用,况泰西各科学乎?"因而造新字、变文体势在必行。"公以为文界无革命,弟以为无革命而有维新。"文学之道,当以"人人遵用之乐观之"为准则。适应现时代人交流使用,为现时代人所喜闻乐见,应成为文学文体革新的依据和出发点。文学文体的变革,又当以言文合一为基本方向。其《日本国志·学术志》中,提出中国的文学和文体要朝"明白晓畅,务期达意""适用于今,通行于俗"的方向努力。1901年,黄遵宪在《梅水诗传序》中重提言文合一问题,以为语言文字扞格不入,造成了农工商贾妇女幼稚通文之难。黄遵宪晚年在与梁启超、严复的信中,提出诗"当斟酌于弹词粤讴之间",文"或者以流畅锐达之笔为之,能使人人同喻",小说则"举今日社会中所有情态一一饱尝烂熟,出于纸上,而又将方言谚语一一驱遣",其说无不体现着"适用于今,通行于俗"的价值取向。步入生命晚年的黄遵宪,成为梁启超倡导的文学界革命的支持者和实践者,也正是在文学界革命的推动下,黄遵宪"别创诗界"的视野得到了大大的拓展与深化。

黄遵宪是晚清诗界革命的一面旗帜和主将。在亘古未有的社会变革中,选择"诗外有事,诗中有人"的诗学路径,力主以今人所见之理,所历之境,所遭之时势入诗,为了无生气的诗坛吹进若干时代与生命的气息;在近代古今中外新旧杂陈的文化矩阵中,自觉调整自己的认识和心态,以兼容宏通的气度,致力于古典诗学传统的现代转换;穿越诗坛复古拟古的迷雾,以"我手写我口"的胆识和倡言,昭示并身体力行于诗体、诗歌语言变革创新之路。一生以"别创诗界"自期的黄遵宪,因此而成为中国诗歌从古典走向现代历史过程中一位承先启后的探索者、开拓者。

第三节　梁启超的"诗界革命"、"文界革命"和其他维新志士的诗文创作[①]

二十世纪初年中国思想界和文学史上成绩与影响最为卓著的人物当推梁启超。梁启超(1873—1929),字卓如,号任公,别署饮冰室主人。广东新会人。光绪十五年(1889)举人。1895年至北京参加会试,随康有为发动公车上书,此年至上海,任《时务报》总撰述。戊戌政变后逃亡日本。1898年冬在日本横滨创办《清议报》,1902年主办《新民丛报》、《新小说》。辛亥革命后回国,出任袁世凯政府的司法总长,段祺瑞政府的财政总长。其间参与蔡锷发动的"护国战争",五四前后,出游欧洲,回国后脱离政界,出任清华研究院导师。1929年1月,这位在中国近代史上叱咤风云的文化巨匠溘然长逝,国内文化名流追忆他襄助变法,历经成败风雨的一生,最为推重的是梁氏以书生救国,以文学新民的功绩。梁启超是中国二十世纪初思想启蒙运动的主将和文学界革命的陶铸者。

维新变法时期,梁启超是凭借其在《时务报》上所发表的文章而名声噪起的。国人接受梁启超,是他善于以报章文体的形式,以充满激情而流畅平易的笔触把救亡图存的道理条分缕析地传达给读者。东渡日本后,梁启超重操旧业,创办以主持清议、开发民智为宗旨的《清议报》,1902年,复创办《新民丛报》。梁氏在《夏威夷游记》、《论学日本文之益》等文中自言道:"自东居以来,广搜日本书而读之。若行山阴道上,应接不暇"。"畴昔所未见之籍,纷触于目,畴昔所未穷之理,

---

[①] 本节梁启超作品均引自《饮冰室文集》,中华书局1989年版。

腾跃于脑,如幽室见日枵腹得酒。"由所读西学之书,反观中国新学的各个领域,梁氏深感需重新建构,全面革命之处尚多。所谓"革命","其本义实变革而已"。出于更新国民精神和新学建设的需要,东渡后的梁启超,踌躇满志地提出"经学革命"、"史学革命"、"文界革命"、"诗界革命"、"小说界革命"、"曲界革命"等一系列的主张,企望在输入欧洲之精神思想的前提下,推动二十世纪中国知识学术体系的转型,在民族精神的改造与重建工程中,促进中国政治的渐进和社会的文明化。

梁启超在构筑他新民救国的理想时,充分意识到文学的价值和意义。"文学之盛衰,与思想之强弱,常成比例。"(《论中国学术思想变迁之大势》)新民救国既然是一场更新国民精神、改造国民性的思想启蒙运动,文学作为国民精神的重要表征,无疑是"新民"所不可忽视的内容;而文学自身所具有的转移情感,左右人心的特性,又是"新民"最有效的手段。从国民精神进化而言,文学需要"自新";从促进国民精神进化而言,文学又担负着"他新"的责任。对文学,梁启超抱有"自新"与"他新"的双重期待。

一、文界革命

文界革命在思想与文学革命的链条中具有最重要的意义。梁启超为文界革命设置的目标,就是要在传统的抒写个人情志的文人之文和以经术为本源的述学之文之外,创造出会通中外,融汇古今,热情奔放,悲壮淋漓,自由抒写,流畅锐达的文章新体。

维新变法时期,新学家的智慧和精力大多集中在政体变革方面,"以政学为主义,以艺学为附庸"的思路,使梁启超对文学启蒙的认识停留在倡导言文合一,以文字开通民智、导愚觉世的层面。作为《时务报》主笔,梁启超以为报章文体当与著述文体有别:"故创此报之意,亦不过为椎轮,为土阶,为天下驱除难,以俟继起者之发挥光大之"。(梁启超《与严又陵先生书》)梁启超在《湖南时务学堂条约》中又别出心裁地把文分为传世与觉世两种:"学者以觉天下为己任,则文未能舍弃也。传世之文,或务渊懿古茂,或务沈博绝丽,或务瑰奇奥诡,无之不可。觉世之文,则词达而已,当以条理细备,词笔锐达为上,不必求工也。"以改造国民精神为己任的梁启超,其所属意的自然是觉世之文。

1899 年 12 月,梁启超在《夏威夷游记》中明确提出"文界革命"的口号:"(德富苏峰)其文雄放隽快,善以欧西文思入日本文,实为文界别开一生面者。中国若有文界革命,当亦不可不起点于是也。"1902 年,在《新民丛报》创刊号上,梁启超在介绍严复的译作《原富》时,对其译笔提出"其文笔太务渊雅,刻意摹仿先秦文体,非多读古书之人,一翻殆难索解"的批评,并由此重提文界革命:"夫文界之宜革命久矣。欧美日本诸国之变化,常与其文明程度成比例,况此等学理邃赜之书,非以流畅锐达之笔行之,安得使学童受其益乎?著译之业,将以播文明思想于国民也,非为藏山不朽之名誉也。"梁启超从传播文明思想于国民的角度,提出译文当以流畅锐达之笔行之,而不可过于艰深。本年十月,《饮冰室文集》编成,梁启超为序一篇,再次申明:"天下大局日接日急,如转巨石于危崖。吾辈为文,应于时势,发胸中所欲言,行吾心之所安,被之报章,供一岁数月之迢铎而已;欲以此种文字厕身作者之林,或作藏山名世之想,非为个人之惭,亦是一国之耻。"其对于自己已经作出的选择可谓矢志不移。

梁启超不仅是文界革命的倡导者,还是文界革命的实践者。梁启超自称:"我是感情最富的人",视启发国民蒙昧、洗礼民族精神的新民救国运动为无比崇高神圣的事业。这一事业赋予他拯救者的激情,也赋予他诗人般的灵感和情思。《时务报》时期,年青热情的梁启超新学中学根柢虽难免粗糙浮泛,但他善于用流畅明白的笔触,把康有为过于经术化的托古改制理论,中土翻译的西方学术著作中过于艰涩深奥的学说,转换为平易通俗的语言,把亡国灭种之惨祸,清廷腐朽之秕政,"变亦变,不变亦变"的道理,一一条分缕析给读者,从而取得了"士大夫爱其语言笔札之妙,争礼下之,自通都大邑,下至僻壤穷陬,无不知新会梁氏者"的轰动。东渡后《清议报》《新民丛报》时期,梁启超对新学理的推介,不遗余力,对国民性的批判痛快淋漓,对国内时政的纠弹也无所忌惮。破坏的快意,创造的渴望,深广的忧患意识,浓烈的爱国情感,聚拢于胸臆,流淌在笔端,梁氏成为二十世纪初执舆论界之牛耳,开文章之新体的人物。其在《清代学术概论》中回忆这一时期思想与文字的影响时写道:

> 自是启超复专以宣传为业,为《新民丛报》、《新小说》等诸杂志,畅其旨义,国人竞喜读之,清廷虽严禁不能遏。每一册出,内地翻刻本辄十数。二十年来学子之思想,颇蒙其影响。启超夙不喜桐城派古文,幼年为文,学汉魏晋,颇尚矜炼。至是自解放,务为平易畅达,时杂以俚语韵语及外国语法,纵笔所至不检束,学者竞效之,号新文体。老辈则痛恨,诋为野狐。然其文条理明晰,笔锋常带情感,对于读者,别有一种魔力焉。

梁启超曾把学校、报纸、演说看作是传播文明的三大利器。梁启超思想与文学时代的形成,得益于他对现代舆论媒体的成功运作。维新变法时期以《时务报》为代表的政论性报纸杂志的出现,即构成了士大夫议论时政、参与变革的公共交往与公众舆论空间。而东渡后的梁启超,复以《清议报》《新民丛报》《新小说》,为新思想、新文体的传播搭起了广阔而坚实的平台。

梁启超"新文体"的魔力,首先来自于作者对社会变革和公共事物发表言论

第三节　梁启超的"诗界革命"、"文界革命"和其他维新志士的诗文创作

的思想力量。身居海外的梁启超断言：处在一切方死未死、方生未生这一过渡时代的中国，必非补苴掇拾一二小节，模拟欧美日本现时所以改革者，而遂可以善其后者。"凡一国之能立于世界，必有其国民独具之性质，上自道德法律，下至风俗习惯文学美术，皆有一种独立之精神。"这种国家民族独立之精神，在二十世纪的中国，需要更新和重建。重建民族精神，又当以重建现代学术为关键。"学术思想在一国，犹人之有精神也，而政事、法律风俗及历史上种种之现象，则其形质也"。形质之维新，固然必不可少，而精神之维新，则更重要，"但使有精神之维新，而形质之维新，则应弦赴节而至矣"。新学术当在中西文明交融汇聚中生成：

> 盖大地今日只有两种文明，一泰西文明，欧美是也；二泰东文明，中华是也。二十世纪，则两文明结婚之时代也。吾欲我同胞张灯置酒，迓轮俟门，三揖三让，以行亲迎之大典。彼西方美人，必能为我家育宁馨儿以亢我宗也。（梁启超《论中国学术思想变迁之大势》）

有鉴于此，梁启超预言："自今以往，思想界之革命，沛乎莫之能御矣"，"吾侪今日，只能对于后辈而尽播种之义务，耘之获之，自有人焉"。这种播种文明思想，再造民族精神的伟大事业，其所构成的精神境界和思想张力，对每一个有爱国之心的读者来讲都是不可抗拒的。

梁启超"新文体"的魔力，其次来自于作者先知有责，觉后是任的精神力量。梁氏 1902 年所作《三十自述》，在感慨国家多难，岁月如流，眇眇之身，力小任重的同时，决心以《新民丛报》、《新小说》，"述其所学所怀抱者，以质于当世达人志士，冀以为中国国民遒铎之一助"，以尽国民责任于万一。这种先知有责，觉后是任的承担精神渗透于梁启超的一生，也渗透在新文体的字里行间。其论自信与承担精神道：

> 居今日之中国，上之不可不冲破二千年顽谬之学理，内之不可不鏖战四百兆群盲之习俗，外之不可不对抗五洲万国猛烈侵略、温柔笼络之方策，非有绝大之气魄，绝大之胆量，何能于此四面楚歌中打开一条血路，以导我国民于新世界乎？伊尹曰："余天民之先觉者也，余将以斯道觉斯民也。非余觉之而谁也？"孟子曰："夫天未欲平治天下也。如欲平治天下，当今之世，舍我其谁也！"抑何其言之大而夸欤？自信则然耳。……欲求国民全体之信力，必先自志士仁人之自信力始。（梁启超《十种德性相反相成义》）

这种承担精神，在二十世纪初年，既有中国传统士人天下兴亡、匹夫有责的情愫，

又有现代知识分子终极关怀的精神:"欲以身救国者,不可不牺牲其性命;欲以言救国者,不可不牺牲其名誉。甘以一身为万矢敌,曾不于悔,然后所志所事,乃庶有济。"拯生民于水火,放眼光于未来,其所具有的胆识和人格魅力,最易赢得读者的青睐与尊敬。梁启超在《清议报》《新民丛报》时期的文章,以特有的自信、乐观、热情,给闭塞委靡中的中国读者以亮色的希望,表现出新一代士人坚毅向上百折不挠的精神风貌,并给文字本身带来无穷的魅力。

梁启超"新文体"的魔力,还来自条理明晰,平易畅达,笔锋常带情感的文字力量。梁启超在《中国各报存佚表》中说:"自报章兴,吾国之文体为之一变,汪洋恣肆,畅所欲言,所谓宗法家法,无复问者。"《清议报》《新民丛报》时期的梁启超,在"传播文明思想于国民"的宗旨下,以"烈山泽以辟新局"的气度和兼收并蓄、取精用弘的态度,打破骈文散文、古文时文、文言白话、中语西语等文体与语言的界限,身体力行于著译之文文风、文体、语言的改革,努力拓展完善以报纸杂志为主要载体的著译之文表情达意功能,使之走向议论、记叙、言志、抒情更为广阔的天地。

梁启超这一时期写作的《中国积弱溯源论》《释革》《新民说》等政论文,《南海先生传》《李鸿章》《罗兰夫人传》等传记文,《过渡时代论》《少年中国说》《呵旁观者》《饮冰室自由书》等杂文,《论中国学术思想变迁之大势》《新史学》等述学文,或议论风发,纵横捭阖,或娓娓而谈,深中肯綮,无一不真情贯注,流丽生动,其中外兼采,感情充沛,骈散杂糅,文白合一,富有感染力和表现力的文字,显示着文界革命的实绩。梁启超引以为"开文章之新体"的《少年中国说》,在描述心目中少年中国之形象时写道:

> 老年人如夕阳,少年人如朝阳;老年人如瘠牛,少年人如乳虎;老年人如僧,少年人如侠;老年人如字典,少年人如戏文;老年人如鸦片烟,少年人如泼兰地酒;老年人如别行星之陨石,少年人如大洋海之珊瑚岛;老年人如埃及沙漠之金字塔,少年人如西伯利亚之铁路;老年人如秋后之柳,少年人如春前之草;老年人如死海之潴为泽,少年人如长江之初发源。此老年与少年性格不同之大略也。梁启超曰:人固有之,国亦宜然。……故今日之责任,不在他人,而全在我少年。少年智则国智,少年富则国富,少年强则国强,少年独立则国独立,少年自由则国自由,少年进步则国进步,少年胜于欧洲,则国胜于欧洲,少年雄于地球,则国雄于地球。红日初升,其道大光。河出伏流,一泻汪洋。潜龙腾渊,鳞爪飞扬。乳虎啸谷,百兽震惶,鹰隼试翼,风尘吸张。奇花初胎,矞矞皇皇。干将发硎,有作其芒。天戴其苍,地履其黄。纵有千古,横有八荒。前途似海,来日方长。美哉我少年中国,与天不老;壮哉

我少年中国，与国无疆。

文中生动形象的比喻，铺陈渲染的笔法，激情飞扬的文字，无不体现着梁启超新文体的神韵风采。

从《清议报》到《新民丛报》是梁启超新文体渐至成熟的时期。新文体勉力承载起传播文明思想于国民的责任，并不断丰富着自身的表现力。新文体在体制、文风、语言等方面适应报刊等现代舆论媒体表情达意的需要，并带有梁启超个人鲜明独特的为文风格，其在笔锋常带感情、纵笔所至不检束的同时，也存在芜杂、重复、每言必尽的缺陷。新文体不断输入的新知识、新名词，丰富了现代汉语的语言词汇，它所坚持的从众向俗的价值取向和所运用的浅近平易的文言，为五四时期的白话文运动作了坚实的铺垫。

二、诗界革命

梁启超明确提出"诗界革命"的主张是在1899年12月写作的《夏威夷游记》中。在此文中，梁启超有感于"诗之境界，被千余年来鹦鹉名士（余常戏名词章家为鹦鹉名士自觉过于尖刻）占尽矣，虽有佳章佳句，一读之似在某集中曾相见过"的诗界现状，而生"支那非有诗界革命，则诗运殆将绝"的感慨。诗界革命呼唤能为诗界开辟新疆土新领域的"诗界之哥伦布、玛赛郎"出现："欲为诗界之哥伦布、玛赛郎，不可不备三长：第一要新意境，第二要新语句，而又须以古人之风格入之，然后成其为诗。"宋明人善以印度之意境语句入诗，为诗别开生面，但佛学之境至今，已成为旧世界。"今欲易之，不可不求之于欧洲。欧洲之意境语句，甚繁富而玮异，得之可以陵轹千古，涵盖一切。"

稍后，梁启超在《清议报》、《新民丛报》、《新小说》上开辟"诗界潮音集"、"饮冰室诗话"、"杂歌谣"等专栏，推介诗歌作品。"饮冰室诗话"连载于《新民丛报》第四至九十五期，偶有间断，计204条。后单独成书，仅辑录至1905年的第72期，共174条。梁启超以传统的诗歌批评方式，评介诗友诗作，进一步阐发诗界革命的主张并推动其发展。

在《饮冰室诗话》中，梁启超仍然坚持以新意境、新语句、古人之风格作为诗界革命成功之作必备的三个要素，但对在《夏威夷游记》中已意识到的"新语句与旧风格常相背驰"的矛盾有了更加细致的体察："过渡时代，必有革命；然革命者，当革其精神，非革其形式。吾党近好言诗界革命。虽然，若以堆积满纸新名词为革命，是又满洲政府变法维新之类也。能以旧风格含新意境，斯可以举革命之实矣。苟能尔尔，则虽间杂一二新名词，亦不为病。"在诗界革命的实践过程中，新语句与新意境、旧风格的和谐是更为重要更为关键的问题。

从改造国民品质的愿望出发，梁启超提倡诗界革命应当陶铸雄壮活泼沉浑深远的国民精神，诗歌音乐教育应成为精神教育的要件："读泰西文明史，无论何代，无论何国，无不食文学家之赐，其国民于诸文豪，亦顶礼而尸祝之。若中国之词章家，于国民岂有丝毫之影响耶？""至于今日，而诗词曲三者，皆成为陈设之古玩，而词章家真社会之蠹者。"梁启超为《江苏》杂志提倡音乐改革，并为已谱出军歌校歌多首拍案叫绝，以为此开中国文学复兴之先河。对黄遵宪《出军歌》四章，梁启超亦赞赏有加，"读之狂喜，大有含笑看吴钩之乐"。

《饮冰室诗话》坚持创新求奇，为诗界开疆辟域的价值取向。其品评诗作，裒录于诗友，取材于近世，标榜声气，鼓动风潮的意图十分明确。梁启超以为："中国结习，薄今爱古，无论学问文章事业，皆以古人为不可几及。余生平最恶闻此言。窃谓自今以往，其进步之远轶前代，固不待蓍龟；即并世人物，亦何遽让于古所云哉！"今时胜于旧时，今人不让古人，进化论给予新学家从复古拟古迷雾中走出的信心与勇气。

《饮冰室诗话》在以诗友之作诠释诗界革命的主张时，分别以夏曾佑、谭嗣同等人的"新学诗"与黄遵宪等人的"新派诗"作为反正两个方面的借鉴。作为"新学诗"的始作俑者，夏曾佑喜欢把"自己的宇宙观人生观""用诗写出来。"新学诗作者"相约以作诗非经典语不用，所谓经典者，盖指'佛、孔、耶三教之经'。"这类"经子生涩语、佛典语、欧洲语杂用"的情况，使新学诗成为几乎难以解读的诗谜。新学诗另辟诗境的勇气是可贵的，但其诗意艰涩，"挦扯新名词以表自异"的做法过于生硬，未能做到与新意境、旧风格的和谐交融。诗界革命应引以为前车之鉴。

《诗话》给予高度评价的是黄遵宪等人的"新派诗"。《诗话》对于黄遵宪诗"友视骚汉而奴蓄唐宗"（黄遵宪《人境庐诗草笺注》）的旧风古韵及"吟到中华以外天"的视野境界，给予极高的评价，以为"公度之诗，独辟境界，卓然自立于二十世纪诗界中"，"近世诗人能熔铸新理想以入旧风格者，当推黄公度"。认为与黄遵宪同样"理想深邃宏远"，并列为近世诗界三杰的还有夏曾佑、蒋智由，以诗人之诗论可以称为天下健者的当数丘炜萲、丘逢甲。新派诗才应成为诗界革命推进发展的凭借和基础。

上述可知，新意境、新语句、旧风格三要素及其和谐融合，构成了梁启超诗界革命主张的核心。作为诗界革命最重要因素的新意境，在《夏威夷游记》中被表述为"欧洲之精神思想"，在《诗话》中被表述为"新理想"，它既包含西风东渐背景下纷至沓来的新事物、新知识等未有之物，也包含繁富玮异、日渐传播的西方社会新精神新思想等未有之意，更包含国民自新、民族文明进化而激发的新理想、新情感等未有之境。"新语句"是指与新事物、新知识、新思想相辅相成的话语载体，它包含新名词、新语汇、新句式。这些源于西方学术，与民族传统诗歌语言差异较大的新话语运用得当,正如唐宋人援佛典入诗一样,会给读者带来耳目一新的阅读感受。旧风格是指中国古典诗歌中诸如格律、节奏、气韵、物象意蕴等特有的表现形式、表现风格和审美特征。新意境、新语句、旧风格三大要素中,新意境是诗界革命之诗的内容方面的支配性要素,旧风格是形式方面的支配性要素,前者决定了诗能否推陈出新,后者决定了诗如何不失为诗。于是,"以旧风格含新意境",便成为诗界革命主张更为简约的表述。

  梁启超不仅是诗界革命的倡导者,也是诗界革命的实践者。其现存的四百余首诗作、六十余首词作,大部分写作在日本的十余年间,而作者致力于"以旧风格含新意境"实践的作品,又集中在东渡后的1899年至1902年之间。此数年是梁启超读书最为广博、思想最为活跃、情感最为高昂的年头。其诗作也最少羁绊,最富激情。梁诗对"欧风卷亚雨"理想的追寻,对"牺牲一身觉天下"志向的描述,使用了很多新语句,也创造了很多新意境。其《广诗中八贤歌》以"远贩欧铅掺亚椠"之句,称赞严复之诗思想知识融汇中西,以"驱使教奠苞丁刀"之句,称赞蒋智由之诗古籍旧典,生发新意。梁诗独辟境界处也是朝着这两个方向努力的。以写作于1899年的《壮别二十六首》为例,其诗中"共和"、"思潮"、"自由"、"以太"、"团体"、"机会"、"责任"、"世纪"、"远洋"等为新词句,"一厄酹易水"、"齐州烟九点"、"更劳陟岵思"、"大陆成争鹿"、"劳劳精卫志"等用旧典,"阁龙"、"玛志"、"华拿"、"卢孟"为外国人名,虽是纷纭繁复,给人"乱花渐欲迷人眼"的感觉,但这些诗作已明显脱去"捋扯新名词以表自异"的生硬,也没有了"金星动物入地球"的怪异。其稍后所写的《太平洋遇雨》诗云:"一雨纵横亘二洲,浪淘天地入东流。劫馀人物淘难尽,又挟风雷作远游。"诗中纯用白描手法,写出一雨纵横两洲的新奇景象和诗人首次远洋、"学作世界人"的新奇感受,清新自然。而梁启超这一时期的歌行体诗,如《留利梁任南汉挪路卢》、《赠别郑秋蕃兼谢惠画》、《志未酬》等诗,则又显示出以文为诗的倾向。其《志未酬》云:"世界进步靡有止期,吾之希望亦靡有止期。众生苦恼不断乱如丝,吾之悲悯亦不断乱如丝。登高山复有高山,出瀛海更有瀛海。任龙腾虎跃以度此百年兮,所成就其能几许?"突兀奔放的情感,推理诘问式的表述,使诗体句式、节奏呈现出自由解放的趋势。梁启超1901年在《赠别郑秋蕃兼谢惠画》一诗中称自己诗界革命的言论为"狂论",称自己的诗作为"诗半旧",包含着诗人对自己在"旧风格含新意境"方面所作努力的自我肯定。

  1903年,梁启超访问美国,其亢奋激进的政治情绪渐趋低落。是年,诗人31岁初度,用"一事无成已中年,海云凝望转低迷"的诗句抒写此时心情。此后的诗作,"献身甘作万矢的,著论求为百世师"的豪情渐少,"临水登山供怅望,搔头负手费沉吟"的惆怅增多。君恩友仇,身世家国之感,被中年哀乐的愁云惨雾所笼罩,

"尊前百感君休问,哀乐中年未易收","中原多故吾将老,青眼歌馀将望谁?""清时我亦成樗散,分作神州袖手人"。(《饮冰室文集第四十五下》)当康有为等人频频称赞梁启超诗"渊懿朴茂,深入昌黎之室",而梁启超也频频与同光体诗人交往,在拜赵熙为师时,其诗作已与诗界革命"以旧风格含新意境"的革新精神相去甚远了。

与梁启超诗界、文界革命形成呼应之势并显示出创作实绩的还有康有为、谭嗣同等维新志士的诗文创作。

康有为(1858—1927),一名祖诒,字广厦,号长素,广东南海人。光绪二十一年(1895)进士,授工部主事。甲午(1894)战争后,策动参与了"公车上书"和"戊戌变法"运动,成为最负盛名的维新派领袖。戊戌政变后流亡海外,踪迹遍亚、美、欧、非各洲;组织保皇党会,鼓吹君主立宪。清亡后,鼓吹"虚君共和",参与张勋复辟活动,失败后以遗老终其身。一生著述宏富,著作有《新学伪经考》《孔子改制考》《戊戌奏稿》《大同书》《康南海文集》《南海先生诗集》等,今人辑有《康有为全集》。

康有为不仅是维新时期杰出的思想家和政治活动家,而且也是近代卓有成就的文学家。他一生创作了大量诗文,都曾产生过重大影响。其诗歌想象奇特,感情充沛,辞采瑰丽,具有浓郁的浪漫主义特色;其政论文打破传统古文程式,汪洋恣肆,骈散不拘,开"新文体"之先河。

康有为的诗,今存1500余首,多为政治抒情诗,是其平生社会理想、政治抱负及其曲折的生活阅历的写照。以戊戌政变为界,康有为的诗歌创作大致可划分为前后两个时期。

前期以政治抒情诗为主,以抒发自己的政治抱负和爱国热忱为特色,突出地表现出一个关心国家命运、矢志挽救民族危亡的志士仁人的崇高精神境界,感情充沛,虎虎有生气。写于1899年的《出都留别诸公》组诗,是诗人前期具有代表性的诗歌作品之一。其中第一、二首云:

> 沧海惊波百怪横,唐衢痛哭万人惊。
> 高峰突出诸山妒,上帝无言百鬼狞。
> 岂有汉庭思贾谊?拼教江夏杀祢衡!
> 陆沉预为中原叹,他日应思鲁二生。

> 天龙作骑万灵从,独立飞来缥缈峰。
> 怀抱芳馨兰一握,纵横宙合雾千重。
> 眼中战国成争鹿,海内人才孰卧龙?

> 扶剑长号归去也,千山风雨啸青锋。

第一首抨击了顽固派对变法的阻挠,表达了甘愿为变法而献身的一片爱国赤忱。第二首则谴责了帝国主义列强瓜分中国的罪行,抒写了自己变法图强的抱负。诗篇意象奇丽飞动,大笔淋漓,极富感染力。

即便是写景咏物的山水游历之作,也往往寄托其心胸抱负,自有一种恢宏不凡的气度。如《过昌平城望居庸关》:

> 城堞逶迤万柳红,西山岧嶭霁明虹。
> 云垂大野鹰盘势,地展平原骏走风。
> 永夜骆驼传塞上,极天树影递关东。
> 时平堡埃生青草,欲出军都吊鬼雄。

后期诗歌以取材异域的海外诗为主,承黄遵宪海外诗而大之,内容丰富,诗境宏阔,颇能体现"以欧洲之意境、语句"入诗的"诗界革命"精神。康有为的海外诗不仅表达了对西方近代文明的赞美,更时时流露出强烈的民族自尊心和自信心,洋溢着浓郁的爱国主义情怀,寄托着振兴中华的殷切期望。这些海外诗,与前期诗相比更加汪洋恣肆,瑰丽雄放,部分诗作确实达到了如其所言的"新世瑰奇异境生,更搜欧亚造新声"的诗歌革新目标,成为"新派诗"的重要组成部分。

康有为在诗风上远法屈原、杜甫,近取龚自珍,境界壮阔,大气磅礴,雄浑豪健。梁启超将其与金和、黄遵宪并列,赞其诗"元气淋漓,卓然称大家"。

康有为也是维新派的散文大家。前期散文以政论、杂文居多,分别以关于变法的奏折和书信、序言为代表;流亡海外时写下的大量纪游散文,则是其后期散文创作的重要收获。

康有为的政论文笔锋常带感情,文气纵横恣肆,词驳今古,理融中外,具有巨大的政治鼓动性和强烈的艺术感染力。广为传诵的《上清帝第二书》、《上清帝第五书》等文,将这一特点表现得淋漓尽致。《上清帝第二书》即著名的"公车上书",文章以洋洋万言,痛陈割台之无穷后患,恳请光绪皇帝"下诏鼓天下之气,迁都定天下之本,练兵强天下之势,变法成天下之治"。奏折虽未上达,但经"索稿传钞",很快哄传海内,产生了巨大的社会影响。

康有为的政论文不为古文、骈文所拘,散行俪句相杂,大大解放了散文文体,实乃梁启超"新文体"之先导。

康有为的纪游散文结集为《欧洲十一国游记》,大量游记在记述异域风物政教的同时,往往联系故国情况,感时伤事,寄寓忧思;其中许多优美的写景文字,显示出康有为散文创作的别样风致。

谭嗣同(1865—1898),字复生,号壮飞,湖南浏阳人,父继洵,官湖北巡抚。嗣同曾六赴省试,均不中。在京与梁启超结识。旋来往于沪宁之间,与杨文会、梁启超商讨学术,著《仁学》等文。1897年与湖南维新志士开办时务学堂。1898年2月回湘创办《湘报》,参与湖南维新,鼓吹变法。6月11日,光绪颁布"定国是诏",谭嗣同得侍读大学士徐致靖的保荐,被擢为四品卿衔军机章京,与杨锐、林旭、刘光第参议新政。新政失败后,四章京与杨深秀、康广仁等被执下狱,9月28日被杀于菜市口,史称"戊戌六君子"。今人辑其诗文为《谭嗣同全集》。

谭嗣同少从欧阳中鹄学,得到的是旧学的熏陶训练。十四岁随父去甘肃任所,二十岁以后又有十年漫游,走遍西北东南各省,其早期诗文之作,表现出传统士人经国济世的抱负和民胞物与的情怀。其十七岁时写的《述怀》一诗,以"黄鹄""白鹤"自比,决心要翱翔云间,"高飞语众鸟,饮啄非吾曹"。写于兰州读书时的《夜成》,更是表现出其抱膝危坐、拥书苦读而心念天下的志向。《和仙槎除夕感怀四篇》,想到将至而立之年,却一事无成,而有"我辈虫吟真碌碌"之叹。谭嗣同最终献身于变法运动的壮举,正是他青年时期经国济世壮志的升华。

谭嗣同早年的散文,刻意规模桐城派之文,以清淡简朴,明察物情见长。其《刘云田传》,记述了随父赴甘肃路上冒暑而行,跋涉山川,"宾从死二人,厮隶死十余人"的艰苦情形。而极笔力写家仆刘云田"夜持火十里市药"的险难,一个"奋发敢任,无择劳辱"的仆役形象跃然纸上。

1894年甲午战争爆发,面对"方今天下多敌",亟待变革的局势,谭嗣同大声疾呼,"更张之时,其在斯乎?"同年,谭嗣同将其三十年所作诗辑为《莽苍苍斋诗》,诗叙云:"天发杀机,龙蛇起陆,犹不自惩,而为此无用之呻吟,抑何靡与?三十前之精力,敝于所谓考据辞章,垂垂尽矣。勉于世,无一当焉。愤而发箧,毕弃之。"这段文字是与旧学术旧文学决绝的声明,也是提倡创造"勉于世",有当救国救民之用的新学术、新文学的宣言。两年后,代表谭嗣同新学思想成果的《仁学》问世,在五万余言的《仁学》中,作者试图以"以太说"解释世界的本原和存在,同时又从民主民权和民族革命的角度,激烈抨击清代的种族压迫和封建专制制度。其立言之大胆,文词之凌厉,都令世人叹服。《仁学自叙》中脍炙人口的"冲决网罗说"写道:

> 网罗重重,与虚空而无极。初当冲决利禄之网罗,次冲决俗学若考据、若词章之网罗,次冲决全球群学之网罗,次冲决君主之网罗,次冲决伦常之网罗,次冲决天之网罗,次冲决全球群教之网罗,终将冲决佛法之网罗。

第三节 梁启超的"诗界革命"、"文界革命"和其他维新志士的诗文创作

谭嗣同痛快淋漓的言辞,显示出新学家无所羁绊的勇气和信心。

甲午战后,随着变法维新运动的高涨和报刊的盛行,浅显平易,富有号召力和煽动性的报章文体大行于世。对这种解放的文体,谭嗣同极力赞赏并积极实践。他在《报章文体说》一文中,把天下文章分为三类十体,以为天下文体,"未有如报章之备哉灿烂者也",报章文体的好处不仅在于浅显平易,更重要的是它能够较多地反映出民众的意志和呼声。他为《湘报》的发行而欢呼,原因是借此而"国有口矣"。

谭嗣同甲午之后热心于报章文体的写作,其《仁学》中的文字,即带有明显的报章文体的特点:

> 法人之改民主也,其言曰:"誓杀尽天下之君主,使流血满地球,以泄万民之恨。"朝鲜人亦有言曰:"地球上不论何国,但读宋明腐儒之书,而自命为礼仪之邦者,即是人间地狱。"夫法人之学问,冠绝地球,故能唱民主之义,未为奇也。朝鲜乃地球上最愚暗之国,而亦为是言,岂非君主之祸,至于无可复加,非生人所能任耶?夫其祸为前朝所有之祸,则前代之人,既已顺受,今之人或可不较;无如外患深矣,海军潜矣,要害扼矣,堂奥入矣,利权夺矣,财源竭矣,分割兆矣,民倒悬矣,国与教与种将偕亡矣。唯变法可以救之,而卒坚持不变。岂不以方将愚民,变法则民智;方将贫民,变法则民富;方将弱民,变法则民强;方将死民,变法则民生;方将私其智其富其强其生于一己,而以愚贫弱死归诸民,变法则与己争智争富争强争生,故坚持不变也。

这种纵横捭阖的句势文体,与《刘云田传》截然不同。

1896年前后,谭嗣同在北京与夏曾佑、梁启超相约写作新学诗,以经子生涩语、佛典语、欧洲语杂合入诗,探求诗歌走出陈陈相因困境的途径。谭嗣同《金陵听说法》其三云:

> 而为上首普观察,承佛威尘说偈言。一任法田卖人子,独从性海救灵魂。纲伦惨以喀私德,法令盛于巴力门。大地山河今领取,庵摩罗果掌中论。

梁启超的《饮冰室诗话》解释道:"喀私德(caste)、巴力门(parliament)皆译音。巴力门,英国议院名,喀私德,盖指印度分人为等级之制也。"这种"挦扯新名词以自表异"的新学诗很快因其艰涩难懂而寿终正寝,但谭嗣同等人新学诗的探索精神,推动了"诗界革命"的发展。

除新学诗外,谭嗣同甲午战后的诗歌,主要表现出对亡国之危的伤感和渴望

变革的热情,其《有感一章》云:"世间无物抵春愁,合向苍冥一哭休。四万万人齐下泪,天涯何处是神州。"被捕入狱后,有《狱中题壁》一诗:"望门投止思张俭,忍死须臾待杜根。我自横刀向天笑,去留肝胆两昆仑",表现出为理想捐躯的牺牲精神和千秋功罪留与后人评说的英雄气概。

夏曾佑(1863—1924),字穗生、穗卿等,号碎佛、碎庵,笔名别士,浙江钱塘(今杭州)人。光绪十六年(1890)进士,任礼部主事。1894年结识梁启超、谭嗣同,开始研讨"新学",参与维新政治活动。1897年与严复等在天津编《国闻报》,宣传维新变法思想,成为维新运动宣传家。1905年,随五大臣出洋考察,归国后鼓吹宪政。辛亥革命后,任北洋政府教育部社会司司长,后调任北京图书馆馆长。他与严复合著的《本馆附印说部缘起》是近代中国学人首次论述小说社会功能的文艺理论文章,为日后崛起的"小说界革命"之先声。所著《小说原理》(1903)是"小说界革命"时期重要的小说理论创获。其诗多散佚,诗集仅存抄本,今刊为《夏曾佑诗集校》。

夏曾佑是"诗界革命"初期"新诗"的首倡者,"盖当时所谓新诗者,颇喜挦扯新名词以自表异。丙申、丁酉间,吾党数子皆好作此体,提倡之者为夏穗卿"。(梁启超:《饮冰室诗话》)正是由于夏氏对"新诗"创作的首倡之功,梁启超誉其为"近世诗界三杰"之一。

夏曾佑当年写下的几十首"新诗",喜用西学名词及孔、佛、耶三教经典语入诗,用语奥僻,艰涩难懂。其中一首云:

> 冰期世界太清凉,洪水茫茫下土方。
> 巴别塔前分种教,人天从此感参商。

诗中几乎每句都出自西学知识和《圣经》典故,"冰期"、"清凉"、"洪水"等语,还暗含对现实社会乃至世界局势的隐喻。诗人将西方自然科学知识与宗教故事糅合在一起,表达了一种追溯古今、探索宇宙人生的欲望。这首诗经梁启超的解读,人们方能略知其大意。此类怪异的新诗,是夏曾佑等人崇拜迷信"新学"、追求思想解放的产物,由于艰涩难懂,"苟非当时同学者,断无从索解",自然难以为继。戊戌之后,他就不再作此类诗了。

夏曾佑取材于传统题材的诗,"亦颇有意境深邃之作,不尽以新名词眩新异也"(钱仲联:《近百年诗坛点将录》)。创作于甲午、戊戌间的部分诗作,表现了一位爱国知识分子(维新志士)对祖国危亡局势的关注和忧虑,蕴含强烈的爱国情思和浓郁的时代气息。写于中日甲午战争期间的《送汪毅白出都》(六首),集中表现了这种忧国之思。其四云:

第三节 梁启超的"诗界革命"、"文界革命"和其他维新志士的诗文创作

> 长江直贯中原下,两岸青山挽不留。
> 大泽几人书帛待,庸奴循例处堂游。
> 金缯日见归鞮译,兵气宵来接斗牛。
> 太息湘淮龙虎地,谁人慷慨策神州?

身为积弱不振、频遭侵凌的"老大帝国"的子民,诗人对清廷割地赔款、屈辱求和的做法深感焦虑。值此国家危急存亡之秋,诗人渴望有人能力挽狂澜,拯救危局:"凌烟将相今何在?"(《送汪毅白出都》之三)"谁人慷慨策神州?"感情真挚,蕴含深远。

夏曾佑在天津编《国闻报》期间,有大量议论时政的文章见诸报端,其中充满救亡图存的爱国热情与思变求新的进步思想。从其时代品格来看,它们属于文界革命的组成部分,在推动晚清政治改革与文学革新的进程中发挥过积极作用。

蒋智由(1865—1929),字心斋,一字观云,号愿云,又号因明子、雨尘子等,浙江诸暨人。1901年游学日本,结识梁启超,参与《新民丛报》的编辑工作,成为思想激进的维新派宣传家,曾一度倾向革命,与蔡元培等人发起中国教育会,参加光复会。1907年与梁启超发起成立宪派组织政闻社,参与立宪保皇活动。晚年寂居上海,凄凉以终。有《居东集》、《蒋智由诗钞》、《蒋观云先生遗诗》行世,另有部分诗篇散见于《清议报》、《新民丛报》等报刊。

蒋智由早年积极参与维新运动,鼓吹新学,大力译介西方政治学说和文化思想,是文界革命的重要支持者和鼓吹者,也是诗界革命的主将之一,与黄遵宪、夏曾佑一起被梁启超推为"近世诗界三杰"。其诗歌的思想价值主要体现在前期创作上。他以自己充满激情的诗歌创作,奏响了诗界革命的主旋律,成为诗歌创作风气转换的信号,也成为二十世纪初时代思潮转换的信号。蒋智由的诗有着丰富的思想内涵,部分诗作表达了对民族危机日益加深的忧虑、山河破碎的悲愤及国家、民族意识的觉醒,流露了一种拯时救世的急切心情和炽烈的爱国主义情感;尤为引人注目的是,他的部分诗作用新事、新典、新名词直接宣传了西方资产阶级的民主、平等、自由的新思想,引领了时代潮流,也代表了一种新的诗歌风格。那篇脍炙人口的《有感》,即以痛切的口吻,沉郁悲壮的基调,表达了诗人拯时济世的愿望,抒发了一腔忧愤:

> 落落何人报大仇?沉沉往事泪长流。
> 凄凉读尽支那史,几个男儿非马牛?

传诵一时的《卢骚》(1902),则以流利畅达、极富鼓动性的语言,表达了诗人对西方资产阶级自由、民主、平等思想的向往和追求:

> 世人皆欲杀,法国一卢骚。
> 民约倡新义,君威扫旧骄。
> 力填平等路,血灌自由苗。
> 文字收功日,全球革命潮。

该诗在新词新意的运用上,一扫新学诗喜用隐语怪典、艰涩难懂的弊端,语言流畅明达,与新学诗相比,风格顿异。

蒋智由早期诗歌的启蒙思想内涵和思想启蒙的目的,鲜明地体现了梁启超所倡导的诗界革命"当革其精神,非革其形式"的基本精神。蒋智由也试图寻求新意境、新语句和旧风格的统一,以达到"以旧风格含新意境"的新诗创作佳境,惜并不成功。他的绝大部分诗歌以新的理性色彩见长,鲜有意境隽永之作。

进入民国时期,蒋智由思想渐趋颓唐,诗作也失去了昔日的思想光芒。

第四节 丘逢甲和日据后的台湾诗坛[①]

在晚清诗界革命的浪潮中,丘逢甲是与康有为、梁启超和黄遵宪等相过从、且以自己的创作显示出诗界革命实绩的一位重要诗人。

丘逢甲(1864—1912)又名仓海,字仙根,号蛰仙,又号仲阏,台湾苗栗人。祖籍广东镇平,出身于寒士之家。光绪十五年(1889)中进士,授工部主事,无意仕途,回台讲学和游幕。甲午战争爆发后,他深以国事为忧,奔走呼号,动员台民自主抗战。《马关条约》签订后,他刺血上书《重送颂臣》,恳求朝廷废约抗战,未果。乃举义师以抗日,失败后离台内渡,定居镇平,往来潮州、汕头、广州之间,致力于兴办学校,推行新学,培植人才。先后担任两广学务处视学、广东教育总会会长、广东咨议局副议长等。辛亥革命后,出任广东革命军政府的教育部长,并在南京组建中央临时政府的会议上当选为中央参议员。1912年2月留下"葬须南向,吾不忘台湾也!"的遗嘱,溘然长逝于故里蕉岭。

丘逢甲夙喜诗文,平生诗作甚丰,但诗人"雅不欲以诗文传人","所为文,皆不缮稿"丘复(《仓海先生墓志铭》),加之战火兵燹的毁坏,诗人又数度迁徙,散佚者众。长期流传的只有《岭云海日楼诗钞》。近年来,诗人青少年时代的部分作品

[①] 本节丘逢甲作品均引自《丘逢甲集》,岳麓书社2001年版。

以及《柏庄诗草》等相继被发现整理面世。今人辑上述全部诗文成《丘逢甲集》。

丘逢甲幼负大志,早期诗作,虽往往是吟花咏月酬酢往来,但已然崭露头角。不过能充分体现诗人的诗歌思想和艺术成就的,当是内渡后的作品。乙未内渡之后,诗人"杜门不出,日以赋诗为事,而故国之思,以及郁抑无聊之气,尽托于诗。诗本其夙昔所长,数十年来复颠顿于人事世故家国沧桑之馀,皆足以锻炼而淬砺之。其所为诗,益苍凉慷慨,有渔阳参挝之声。……平日执干戈卫社稷之气概,皆腾越纸上"(江瑔《丘仓海传》)。所作经诗人手定而成的《岭云海日楼诗钞》,计十三卷,收诗一千八百余首。《岭云海日楼诗钞》是丘诗精华所在。被梁启超盛赞为"若以诗人之诗论,则丘仓海其亦天下健者矣"的,亦指此编。

丘逢甲的诗诞生在故土沦陷、国势日危、救亡图存的壮阔背景之下,其最重要的主题便是倾诉台湾沦于异族的悲愤,抒写思念故园的拳拳深情和恢复失土的壮志雄心。诗人内渡时仓促作《离台诗》,其一云:"宰相有权能割地,孤臣无力可回天。扁舟夫作鸱夷子,回首河山意黯然。"从此,诗人成了漂泊之"客"。终其馀生,诗人失土之痛从没少舒,复土之志亦从没稍堕,而身为去国怀乡之"客",其哀伤愁苦的情绪更是挥之不去:"春愁难遣强看山,往事惊心泪欲潸。四万万人同一哭,去年今日割台湾。"(《春愁》)"四载故山今夜月,不曾流照到金城。"(《元夕无月感赋》)"啼鹃唤起东都梦,沈郁风云已五年。"(《有感书赠义军旧书记》)"流落天南今八载……"(《次韵答维卿诗》)"十四年来无一事,愧教双鬓老边愁。"(《十九叠韵仍前居奥之感也》)岁月流逝,壮怀未遂,诗人字字皆泣。但诗人决不放弃故土必复的信念:"热血填胸郁不凉,骑麟披发走南荒。未酬戎马书生老,依旧吾庐榜自强。"(《忆旧述今次韵答晓沧见赠十绝句》)"卷土重来心未已,移山自信事非难。……地老天荒留此誓,义旗东指战云寒。"(《再叠前韵》)诗人用这些诗句既励人更自励,今天我们仍能感受到诗人炽热的爱国主义激情。

这样的背景还决定了丘诗的另一重要主题,即感愤国事,哀虑时局,希冀维新自强。他的很多诗如《闻胶州事书感》、《述哀答伯瑶》、《海军衙门歌同温慕柳同年作》等就是通过反映当时一系列重大历史事件,痛斥帝国主义列强瓜分中国,谴责清政府的昏聩无能,呼吁富国强兵,变革图强。诗人通过这些真实反映时代风云,展现自我心路历程,具有鲜明时代内容的诗,体现其"重开诗史作雄谈"(《论诗次铁庐韵》)、"读书贵用世,宁止求诗名?"(《…述怀五古四章》)的创作追求。其有感于甲午之战而作的《海军衙门歌同温慕柳同年作》控诉朝廷的投降卖国,抨击将领的贪生怕死,哀悼无辜葬身的百万冤魂,字字不虚,谓之"诗史"庶几近矣。戊戌变法后,诗人激愤难抑、长歌当哭,作《感事》五律20首,诗人对顽固派残酷愚昧的憎恨,对维新党人横遭迫害的痛惜,对国势几近瓜分的愤懑,无不倾注于字里行间,哀恸欲绝,感人至深。时人有评云:"其为杜子美之血泪耶!……读

此诗而不下泪者,其人必不忠!"(《感事二十首·跋》)

1899年前后,诗人与康有为、梁启超以及黄遵宪等维新党人往来频繁。在他们的影响下,丘逢甲的诗无论内容还是形式都发生了较大变化,诗人认识到"尔来诗界唱革命"(《论诗次铁庐韵十首》),"应有新诗写新政"(《东山寄怀南海裴伯谦县令二首》),热烈支持和积极参与"诗界革命"。在内容上,诗人进一步突破文人诗歌感事抒怀的逼仄天地,更加注重"直书时事",以新的题材开辟"诗中新世界",写了一些反映新世界的奇异风物以及新思想的诗。如《送季平之澳门兼定来约》、《海中观日出歌由汕头抵香港作》等诗写新事物,新文化,反映了近代社会生活的变化,深得"诗界革命"所倡新派诗的精髓况味。在语言形式上,诗人一向注重从民间文化中吸收营养,诗中多俗语口语,这一时期,响应"诗界革命"的倡导,诗人更加自觉地采俗语新词入诗,语言更趋明朗与通俗。"东半球归西半球,偃然有国卧亚洲。逢人莫说华盛顿,厉禁方悬民自由。"(《有客自美洲归作仗剑东归图为题卷端三首》)"逢着人天安息日,亚当亲挟夏娃来。"(《澳门杂诗十五首》)"谁遣拿破仑再出,从来岛上有英雄。"(《饮新加坡舫詠楼次菽园韵》)这些诗中的华盛顿、自由、拿破仑均属新名词,而亚当、夏娃与人天安息日,更是运用了西方宗教的典故。其《游姜畬题山人壁二首》更直接取材于俗谚"蟾蜍落塘,宜下谷种"、"畜羊种姜,利息难当"和童谣"月光光,好种姜",平白如话,朴实明快,琅琅上口。梁启超对丘氏实践新派诗的努力,推崇有加,认为其"以民间流行最俗最不经之语入诗,而能雅驯温厚乃尔,得不谓诗界革命巨子耶?"

丘诗最鲜明的艺术风格就是凌厉雄迈、悲凉慷慨。诗所以言志也,丘逢甲夙负大志,惜时运不济,平生不得志十之八九,但诗人始终坚信"凤皇语大鹏,冲天终有时"(《凤皇别寄季平》),故其诗往往既悲且壮、沉郁之中有豪气。对此丘氏自己亦有认识,并颇以此自诩。

丘氏论诗"贵真",强调"真气",他说:"自《三百篇》以至本朝诗,其可传者,无论家数大小,皆有真气者也。诗之真者,诗中有人在焉。……吾诗不诣大家、名家,但自成吾家耳。"(《复菽园》)正是强调诗中"有人"、有"真气",丘逢甲的诗,始终洋溢着真挚而充沛的感情,元气淋漓。用情深,动人亦深,这也是丘诗的显著特征。

丘诗直抒胸臆,驰笔而书,往往一发难收,加之不少诗内容雷同,有些句、词反复使用,容易给人拉杂成咏、不加节制之感。或有人因此病其有气无韵,韵味不足。考虑到诗人所处"万方多难"、"时局艰危"之仓促时代,我们或者不应苛责。

甲午战争后,台湾沦为日本殖民地。丁日昌、唐景崧时代台湾诗人雅集唱和、诗酒风流的盛景已不复存在,诗坛趋于凋敝。许多诗人像丘逢甲一样,抱着"子胥在吴,寄子齐国;鲁连蹈海,义不帝秦"的信念,内渡祖国。而留守在台湾的诗人,尽管处境艰难,却以"绝不赧颜事仇"相激励,并以自己的声音发出虽然微弱但是顽强的呼喊与歌唱,显示了高贵的民族气节。他们的诗,与内渡诗人之诗共同汇成一股压抑不住的爱国主义诗潮,在文学史上留下了不可忽视的一页。连横、胡殿鹏和以林朝崧、赖绍尧、林献堂、林资修等为代表的"栎社"诗人群就是其中的代表。

连横(1878—1936),字武公,号雅堂,台南人。日据台湾后,连横写下了大量的爱国主义诗篇,抒发故土沦丧、人民流离的深哀巨痛和不降其志,不辱其身,志在光复的壮志雄心;同时,秉持"国可亡而史不可灭"之信念,连横撰《台湾通史》、《台湾语典》及《台湾诗乘》等著作,企望以此铸造台湾同胞的爱国心。有《剑花室诗集》行世。胡殿鹏(1869—1933),字子程,号南溟,台南人。台湾沦陷后曾内渡,复返台湾。著有《南溟诗草》和《大冶一炉诗话》。

林朝崧(1875—1915),字俊堂,号痴仙,有《无闷草堂诗存》5卷行世;林献堂(1881—1956),号灌园,存有《海上唱和集》、《东游吟草》;林资修(1879—1939),字幼春,号南强,著有《南强诗草》、《南强文集》。上述三人均来自台中雾峰林家。"栎社"既在雾峰地区发起,也主要在此活动。赖绍尧(?—1917),彰化人,曾任"栎社"社长,有诗集《逍遥诗草》。"栎社"是日据后台湾诗人自行组织的第一个古体诗诗社,栎为不材之木,寓不与日人合作之意。社中诸人时相唱和,砥砺学行,宣泄对现实不满,为维系民族文化作出了贡献。

日据时期台湾诗人共同的境遇决定了他们诗作大致相同的主题,即身世之痛,家国之感以及光复的渴望,哀伤而不消沉,充满不屈的斗争意志和强烈的爱国主义激情,风格昂扬激越,真挚动人。李渔叔《鱼千里斋随笔》曾评林资修诗云"……论其诗志节,皎然不磨,不仅诗之可传已耳。"以此评日据时期台湾爱国诗词,亦属确切。

第五节 戏曲界革命和京剧改革

戏曲是一种合言语、动作、歌唱为一体的综合艺术形式。其叙事特征,与小说相似,其抒情特征,与诗歌为近。梁启超在《释革》一文中,将"曲界革命"与"诗界革命"、"文界革命"、"小说界革命"并提,他在论及诗界革命与小说界革命时,都曾涉及戏曲界革命问题。

《饮冰室诗话》中,梁启超把诗歌音乐视为改造国民品质,进行精神教育的"要件"。他追述中国诗乐合一的传统,以为自明代以后,士大夫无复过问音律之学,将雅乐剧曲委诸教坊优伎之手,"至于今日,而诗词曲三者,皆为陈设之古玩,词章家真社会之虱矣"。梁启超为《江苏》杂志专谱写军歌校歌而拍案叫绝,称之"此中国文学复兴之先河",并号召有志诸君:"自今以往,更委身于祖国文学,据今所学,而调和之以渊懿之风格,微妙之辞藻,苟能为索士比亚、弥尔顿,其报国之恩,不已多乎?"鉴于"声音之道,感人至深"的原因,诗乐革命,还应提倡尚武精神,提倡发扬蹈厉之气,以宏大民族精神。

自严复、夏曾佑在《本馆附印说部缘起》中把戏曲笼括在小说名下之后,梁启超在使用"小说"概念时,也包含戏曲。其论及小说界革命时,常将《西厢记》、《长生殿》与《水浒传》、《红楼梦》相提并论。戏曲与小说共同具有浅而易解,乐而多趣和不可思议支配人道之力的文体特征。梁启超在"小说丛话"中推曲本是中国韵文文学发展进化的顶点,他以为戏曲文学在表情达意中,有唱白相间,淋漓尽致;描画数人,各尽其情;每折数调,极自由之乐;任意缀合诸调,别为新调等优于他体文学的四大优长。在戏曲作品中,他最为推重的是《桃花扇》。《桃花扇》除了"结构之精严,文藻之壮丽,寄托之遥远"冠绝前古之外,充溢在剧中的种族之感,沉重地叩击着有家国之感读者与观众的心扉,"读此而不油然生民族主义之思想者,必其无人心者"。

从改造国民品格,振刷国民精神的愿望出发,梁启超在1902年前后,身体力行于戏曲革新,创作了《劫灰梦》、《新罗马》、《侠情记》传奇三种,《班定远平西域》粤剧一种,分别在《新民丛报》、《新小说》上刊出。

《劫灰梦》与《侠情记》都仅有一出。《劫灰梦》一出题为《独啸》,主人公名杜撰,上场后历数甲午与庚子两大劫难,造就了物是人非、生灵涂炭的种种惨状。《侠情记》一出题为《纬忧》,以意大利女孩马尼他为剧中主角。此剧是《新罗马》的副产品,作者试图为意大利建国三杰之一加里波的演绎一段情感故事。《新罗马》写意大利建国三杰玛志尼、加里波的、加富尔从事统一大业的故事,全剧在完成八出之后,作者便中止了原计划四十出剧作的写作。《班定远平西域》演绎东汉班超平定西域的故事,成为梁启超剧作中仅有的一部全部完成的作品。

"借雕虫之小技,寓遒铎之微言",梁启超的每部剧作,无不对域外文学导引民众的事例传闻频频引述,对启发蒙昧,改良群治的创作宗旨再三致意。《劫灰梦》中,作者借主人公杜撰之口表白道:"你看从前法国路易十四的时候,那人心风俗不是和中国今日一样吗?幸亏有一个文人叫福禄特尔(今译伏尔泰),做了许多小说戏本,竟把一国的人从睡梦中唤起来了。想俺一介书生,无权无勇,又无学问可以著书传世,不如把俺眼中所看看的几桩事情,俺心中所想着那几成道理编成一部小小传奇,等那大人先生,儿童走卒,茶前酒后,作一消遣,……这就算我尽自己面分的国民责任罢了。"《新罗马》中作者借但丁之口说道:"老夫生当数百年前,抱此一腔热血,楚囚对泣,感事欷歔。念及立国根本,在振国民精神,因此著了几部小说传奇,佐以许多诗词歌曲,庶几市衢传诵,妇孺知闻,将来民气渐伸,或者国耻可雪。"正是从域外硕彦鸿儒身体力行的示范作用中,从国民自新、民族自新的崇高目标中,作者获得了思想的激情、创作的灵感和对戏曲传统大胆革新的冲动。其戏剧创作实践主要具有以下两方面的创新意义:

首先,梁启超的戏曲创作开启了"熔铸西史,捉紫髯碧眼儿,被以优孟衣冠","以中国戏演外国事"的先例。用中国传统的生末净旦丑的戏曲行当、曲词宾白作唱念打的表演形式,演绎外国历史故事,表现紫髯碧眼人物,并在这种演绎过程中输入文明思想,引发中国读者观众的思考与觉悟,确实是一种大胆的创意。作者凭借其中西文化的深厚根底和匠心独具的艺术构思,将大胆的创意变成"石破天惊"的创举。《新罗马》以意大利诗人但丁的灵魂出场,作为全剧的楔子,交待故事发生的有关背景,剧作的主要情节及创作者演说他国兴亡成败故事的意图。"以中国戏演外国事,复以外国人看中国戏",《新罗马》的艺术魅力正在于此。

其次,梁启超的戏曲创作在剧作结构上凸现出重视议论寄托,淡化情节冲突的整体特征。梁启超曾从结构、文藻、寄托三个方面高度评价《桃花扇》所取得的艺术成就,而对《桃花扇》的思想寄托和家国之感更为看重。作为戏曲革命的倡导者先行者,梁启超借助戏曲媒介发表政见启发蒙昧的欲望依然炽烈,而抒写漂流异域家国之感、驰骋才情的念头也在暗流涌动。他在戏曲关目的安排,戏曲角色的处理上,更多地考虑政治见解和思想情感如何完整顺畅地表达宣泄,而对戏曲情节的设置,戏曲冲突的构成并不十分关注,其戏剧作品中的主要人物,也常常扮演着历史事件见证人,道理议论讲述者的角色。梁剧情节冲突淡化,人物平面化特点的形成,与作者新民的创作思想有关,也与发表在报刊上的戏曲作品逐渐告别舞台,走向案头的发展趋势有关。正是在用来"阅读"的戏曲文学曲词宾白错综杂陈的空间里,梁启超获得了充分驰骋才情的自由。明清传奇大多围绕一生一旦展开剧情,正旦或正生必须在第一出即出场,而《新罗马》一书中主人翁及四五人,主要人物玛志尼至第四出才出场,人们也并不感到突兀怪异。考虑到旦、生角色的搭配,作者在第三出《党狱》中加入女烧炭党人角色,也属别出心裁之举。在装扮和表演方面,《新罗马》中的人物可以着燕尾礼服,作"互相握手接吻介",《班定远平西域》中,剧中的匈奴钦差说话中英文夹杂,随员说话中日文夹杂,为剧作平添若干诙谐气氛。剧中的曲文写作,或激昂慷慨,壮志激烈,或美人芳草,哀感顽艳;其宾白语言,或引用化用前人诗词,赋予新意,或将新名词,音译外来词,地方方言尽情拿来,为我所用,却无不熨帖自然,收放自如。《班定远平西域》一剧中,作者将黄遵宪发表在《新小说》杂志上的《军歌》信手拈来,作为汉人出征与凯旋的《出军歌》、《旋军歌》,在气势境界上,为全剧增色许多。扣虱谈虎客评《新罗马》说:"作者为文无他长,但胸中有一材料,无不捉之以入笔下耳"。

作者的学养才情在戏曲作品中得以充分展示。

正如小说界革命一样,梁启超推动的戏曲界革命获得了强烈的社会反响。借三尺舞台演绎中外兴亡故事,以曲词宾白抒写新民救国情怀,成为时尚,众多的报刊成为发表新剧作品的主要阵地。与此同时,一批讨论戏曲改良的文章相继在报刊上发表,共同为戏曲改良出谋划策,擂鼓助阵。

1904年,蒋观云在《新民丛报》上发表《中国之戏剧界》一文,认为我国戏剧界的最大缺憾,在于缺少震撼人心的悲剧。舞台上演出的多是助人淫思的才子佳人剧。欧洲各国却恰好相反,剧界佳作,皆为悲剧,"夫剧界多悲剧,故能为社会造福,社会所以有庆剧也;剧界多喜剧,故能为社会种孽,社会所以有惨剧也",因而,"欲保存剧界,必以有益人心为主,而欲有益人心,必以有悲剧为主"。蒋观云对我国及欧洲悲剧、喜剧的认识与评价未必准确,但作者对具有"陶成英雄之力"功能与泣风雨、动鬼神力量的悲剧的审美意识的召唤,则传达出民族蒙难时期所特有的焦灼感与悲壮的审美意识。

这种因民族蒙难而产生的焦灼感与以悲壮为美的审美意识,在柳亚子、陈去病的文章中,与驱逐鞑虏、建立共和的历史使命感相融合,变得更加炽烈、更加明确。1904年9月,柳亚子、陈去病、汪笑侬在上海创办了我国第一个戏剧杂志——《二十世纪大舞台》。柳亚子、陈去病在创刊号上撰写的《发刊词》与《论戏剧之有益》,以澎湃的热情,阐述了他们戏剧启蒙的主张。从戏剧拥有处于社会最下层的广大观众这一基本事实出发,他们认为戏曲是最通俗的、最有效的启迪民众的手段,甚至"其奏效之捷,必有过于劳心焦虑、孜孜矻矻以作《革命军》、《驳康书》、《黄帝魂》、《落花梦》、《自由血》者,殆千万倍"。"世有持运动社会、鼓吹风潮之大方针者乎?盍一留意于是乎?"至于如何改良戏曲,他们认为首当革新戏曲内容,写异域革命之成功,独立光复之光荣,以唤起民主精神,这样"他日民智大开,河山还我,建独立之阁,撞独立之钟,以演光复旧物,推倒虏朝之壮剧,则中国万岁,《二十世界大舞台》万岁",字里行间,充满着热情的骚动。

与柳亚子、陈去病文中所表现的诗人气质相较,陈独秀1905年所写的《论戏曲》则透露出较多的理性主义的思想色彩,论文以资产阶级人权说为武器,提出"戏园者,实普天下人之大学堂也,优伶者,实普天下人之大教师"的命题。其次,他提出改良戏曲的五项基本措施:宜多编"做得忠孝义烈,唱得激昂慷慨,于世道人心极有益"的戏,采用西法戏中演说,最可长人之见识;或演光学,电学各种戏法,则又可练习格致之学,不可演神仙鬼怪之戏,不可演淫戏,革除富贵功名之俗套。从陈独秀戏曲改良的主张中,我们已经可以看出虽淡薄但颇新鲜的民主、科学思想的色彩。

综观这一时期戏曲改良的主张,主要有以下几点:一、从社会学的角度,考察了戏曲移风易俗的功用,为达到改良社会、改良民众精神的目的而看重戏曲。二、悲壮苍凉的审美意识被普遍接受。三、民主平等的思想,渗透到提高戏曲演员社会地位的呼吁之中。四、旧戏曲中宣扬神仙鬼怪、富贵功名以及才子佳人为主角的戏被看作革除的对象,反映民族灾难,表彰民族英雄,以及表现欧洲资产阶级革命历史的题材得到提倡。

以上戏曲改良的主张,有力地指导了改良戏曲的创作。1903年以后,各类新型剧本纷纷问世,据阿英《晚清戏曲小说目》提供的资料,约有150余种。新剧本多采用传奇杂剧的形式。这些剧本从取材时间,地域,表现手法上可分为时事剧、历史剧、神话寓言剧几种。

时事剧是指那些直接取材于现实斗争或事件的剧作。时事剧选取人们最关心的政治事件及人物活动,加以艺术再现,显示出巨大的左右人心的力量。如作者署名为浴血生的《革命军传奇》,谱邹容因撰写《革命军》入狱事,并在邹容入狱后不久发表,对披露冤狱真相,向社会揭发清政府迫害革命志士的罪恶及让更多的人认识革命者,起到了极好的作用。

历史剧有取材于中国历史与取材于外国历史的区别。取材于中国历史的剧作,重在表彰具有民族气节,为民族利益勇于流血牺牲的英雄人物及事迹;取材于外国历史的剧作,重在宣传民主、自由思想,表现西方资产阶级为争取自身利益和权力所进行的斗争,以及异域民族被瓜分灭亡的惨状。前者如写南明抗清将领瞿式耜、张苍水的《风洞山传奇》、《悬岙猿传奇》等,后者如写意大利烧炭党人事迹的《新罗马》,写朝鲜沦亡的《亡国恨》等。这些历史剧的创作,大多以借古喻今为宗旨,因而历史事实本身并不十分重要,作者力图在拉开历史帷幕之后,编排出时代的新剧来。

神话寓言剧在这里是指运用非写实的表现手法,依靠艺术形象的折射,表述一种哲理或讽喻的剧作。洪楝园的《警黄钟》与《后南柯》是这类作品的代表。两剧写蜂蚁之间的争斗,影射人世间的战争,以动物中的弱肉强食,喻民族间的优胜劣败,谱"子虚乌有"事,为"警黄种之钟",可谓用心良苦。

这个时期的剧作,不论所表现出的政治倾向如何,剧作家对自己所追求的政治目的都表现出一种不可动摇的自信,加之充满历史使命感的自我认同,给他们的作品带来神圣与正义的气氛。他们笔下的英雄,大都具有明确的政治信仰和"我不入地狱,谁入地狱"的献身精神,诸如地方戏《维新梦》中慷慨赴难的戊戌六君子,《潘烈士投海》中杀身以戒国人的潘英伯,《革命军传奇》中高唱"我若下地狱,地狱自消灭"的周榕(邹容),都是如此。因此,悲壮便成为这一时期剧作的主要审美特征。

在这个时期的剧作中,文学的社会功利作用得到了超量的开掘与发挥,它必然导致戏剧文学中的非文学因素的增长,这就是把艺术创造等同于政治宣传,把演剧看作是化妆的政治演说。譬如《少年登场杂剧》,全剧只有一出,没有故事情节,一青年上台演唱一番自由救国的道理,剧便告结束。剧中有词:"挥毫组织南北套,苦心演说兴亡腔",可见剧作者并不掩饰其将演剧变为政治演说的意图。这个时期由文人创作的新剧作固然很多,但上演率却很低,主要原因在于剧本作者在安排关目上,并不十分注重戏曲演出的程式化特点,大部分剧本采取了已在舞台上消亡的杂剧传奇形式,唱词又过于文雅,诗词化。而且由于大多数剧作只是在报刊上刊载,其影响也主要在于知识界。

晚清戏曲改良的另一支重要力量,是戏曲界的表演艺术家与作家。他们积极响应戏曲改良的号召,组织新型的艺术团体,发展、改革不同的地方剧种,编写适宜演出,具有较强艺术生命力的剧本。

京剧界改良运动开展,是以汪笑侬等人编演京剧新戏为契机的。汪笑侬(1858—1918)满族人,本名德克金,字润田,别署竹天农人。光绪五年举人,捐任河南太康知县,因无心为宦,不理政务,不久被革职,于是便"下海"演戏。初居上海,1910 年后辗转济南,天津,北京等地,病逝于上海。

汪笑侬是一个有良好艺术修养,而又满怀爱国热忱的京剧艺术家,受戏曲改良思潮的影响,他积极赞助陈去病、柳亚子等人创办了《二十世纪大舞台》,并为之题词曰:"隐操教化权,借作兴亡表。世界一戏场,犹嫌舞台小。"其又有《自题肖像》诗云:"手挽颓风大改良,靡音曼调变洋洋,化身千万傥如愿,一处歌台一老汪。"表现出强烈的以演戏达到"高台教化"、"移风易俗"目的的自觉意识。汪笑侬一生创作、改编并演出的京剧剧目有五十多种,其中《哭祖庙》、《博浪椎》、《骂阎罗》、《受禅台》、《党人碑》、《洗耳记》、《排王赞》、《马前泼水》、《刀劈三关》等都是风靡一时、脍炙人口的优秀作品。

这些优秀作品以表现历史题材为主。剧中有以下三种人物系列:

一、亡国君主系列。如《受禅台》中被逼忍辱交出玉玺,禅让王位于魏主曹丕的汉献帝,《哭祖庙》中畏敌如虎,听信谗言而将大好河山白送于敌手的刘后主,《排王赞》、《煤山恨》中在京城危急之时,无将帅肯为退敌,而悬绫自尽于煤山的崇祯帝,都属于这一系列。作者意在通过这一系列的形象,再现历史上易代亡国的悲剧,激发朝野上下的民族危机感。同时,也嘲讽了居君位者的昏庸无能与朝中文武官僚的临危背叛行为。

二、充满耿耿正气,敢于和强暴抗争的英雄人物系列。汪笑侬剧中这些人物,一般具有优秀的品质和敢于牺牲的精神。他们进行的是为民族的,或正义的事业,诸如《战蚩尤》中叛君造反的蚩尤,《博浪椎》中图谋刺杀秦始皇的张良,《哭祖庙》中哭谏后主出战不从而殉国的刘谌,《党人碑》中为忠臣大鸣不平,怒毁党人碑的谢凉仙,《骂阎罗》中闻岳飞被害,去阴府中质问阎王的胡迪,都属于这一系列。

三、形态各异的妇女人物系列。汪笑侬所写剧本中的妇女形象不多,但却写得形态各异,生动丰满。《马前泼水》中去贫趋富、前倨后恭的崔氏,《刀劈三关》中武艺高强、大胆求异性的万花公主,《孝妇羹》中忍辱负重削臂为婆婆做肉汤羹的炳顺媳妇,这些妇女形象丰富了汪笑侬剧本的人物群体。

汪笑侬以京剧表演家作剧,其剧本中关目的安排具有简洁、明晰、适宜表演的特点。他有良好的文学修养,道白、唱词雅俗适度,富有韵味,明白易晓。对于京剧旧有程式及格律,他视内容需要而善因善创。他曾说:"格律原为人所创造,何妨由我肇始?"他剧作中的唱词,时常打破七言或十言的常规,有的一句长达十多字甚至四十多字。他还善于运用大段唱词表现人物重要的内心活动,如《哭祖庙》中第六场在刘湛杀家祭庙时,给他安排了八十多句的唱词,充分表现其亡家亡国的悲愤心情。

在编演历史题材剧目的同时,汪笑侬伙同在上海的京剧艺术家田际云、潘月樵、夏月珊、夏月润、刘艺舟等,编写了大量以现实生活为题材,着当代服饰演出的时事新戏。如写把日本侵略军赶出中国,取消不平等的《马关条约》的《宋帅平东》,讽刺袁世凯称帝的《皇帝梦》等。这些时事新戏不同程度地反映了反帝和民主民族革命的要求,虽在内容与艺术表现上存在着简单化、单一化等缺陷,但在辛亥革命前后的资产阶级革命运动中,却发挥了相当大的作用。

辛亥革命后,其他地方剧种的戏曲改良活动也显示出一定的声势。在河北唐山,成兆才等组织了庆春班(后改称为警世戏社),在当时说唱艺术莲花落的基础上,借鉴河北梆子、京剧的唱腔、伴奏、表演程式,创造了平腔梆子戏,后改称评剧。成兆才作为评剧的第一代作家,除改编、移植一些历史题材的剧目外,还编写了一部分反映现实生活的剧本,其中,最为著名的是《杨三姐告状》。在四川,川剧的改良成绩也令人刮目相看,在清末的新政改革中,成都设置了"戏曲改良公会",明确提出"改良戏曲,补助教育"的办会宗旨,并集资修建剧场,邀请文人编写剧本,以便于戏班演唱。这些都是很有成绩的,也为后来的戏曲改革提供了宝贵的经验。

第六节 王国维:"文学的觉醒"的重要代表[①]

在西方帝国主义的船坚炮利、物质文明及随之而来的各种文化思潮的冲击中,中国近代社会和文学都发生着急遽的变革。当梁启超等人大张旗鼓地进行"诗界革命"、"文界革命"和"小说界革命",把文学作为"新民"之利器的时候,王

---

① 本节王国维作品均引自《王国维遗书》,上海书店出版社1983年版;或王国维主编的《教育杂志》。

国维却独辟蹊径,在中西哲学、美学和文学的比较研究中,思考着文学自身的价值,呼唤着文学的"自觉"。

王国维(1877—1927),字静安,号观堂,浙江海宁人,中国近代著名的学者、美学家和文学批评家。王国维的一生,大致可以划分为三个阶段:1877—1898年,在家乡接受传统教育,为以后的文学与学术研究奠定了坚实的基础,曾几度参加科举考试,中过秀才。1898—1911年前后,主要从事中西哲学、美学和文学的研究。1898年,王国维来到上海,在《时务报馆》任校对,业余到东文学社学习,得到罗振玉的赏识和提携,先后帮助罗氏编辑《农学报》、《教育杂志》。1903年起,任通州、苏州等地师范学堂教习,讲授哲学、心理学、逻辑学等,1907年,任学部图书馆编辑,潜心于中国词曲的研究。1911—1927年,主要从事经史之学的研究。辛亥革命后,王国维随罗振玉东渡日本,并开始经史考据之学的研究。1916年回国,为哈同编《艺术丛编》,后兼任仓圣明智大学教授。1923年充溥仪南书房行走,1925年任清华国学研究院导师,1927年5月,自沉于颐和园昆明湖。

王国维早年反复研阅叔本华、康德的哲学著作,酷嗜两人哲学中"伟大之形而上学,高严之伦理学,与纯粹之美学"(王国维:《静庵文集续编·自序》)。在两人纯粹哲学、纯粹美学的启发下,王国维极力提倡纯粹艺术哲学。在王国维看来,无论东西方,最纯粹的文学同时也是最纯粹的哲学,两者共同的本质即在于"所欲解释者,皆宇宙人生上根本之问题"(王国维:《奏定经学科大学文学科大学章程书后》);但文学与哲学的不同在于,文学对自然人生的描写和揭示,必须具有审美性。文学兼具哲学与美学二者的特质,文学的本质在于以美的形式描写人生并从而"别抉人生之生活及性情之真相"。在《古雅之在美学上之位置》中,王国维指出:

> 美之性质,一言以蔽之曰:可爱玩而不可利用者是已。虽物之美者,有时亦足供吾人之利用,但人之视为美时,决不计及其可利用之点。其性质如是,故其价值亦存于美之自身,而不存乎其外。

美的存在即是目的,"其价值亦存于美之自身而不存乎其外",是"可爱玩"而"不可利用"的。所谓"爱玩",是指审美主体在审美时"真知其为美而爱之",把美作为美来看待而"决不计及其可利用之点"。文学是美之精神的体现,因而"可爱玩而不可利用"的"美之性质"自然而然成为文学的本质。在《文学小言》中,王国维曾借用席勒的"游戏说",强调"真正之大文学",乃是纯粹的审美创造。文学的"游戏"性即纯美性,与可以"利用厚生"的政治、实业等相比,文学的存在价值就在于"无用之用"。"无用之用"以否定的方式将文学与有形的、外在的、物质的、实用的功效分开,强调了文学的审美特质;王国维还把情感与想象作为文学的两个基本特征:"若知识、道理不能表以议论而但可表以情感者,与夫不能求诸实地而但可求诸想象者,此则文学之所有事。"(王国维《国学丛刊序》)初步树立起了现代意义的"纯文学"观。

从"无用之用"的文学观出发,王国维对中国传统功利主义的文学观以及晚清文坛以文学为新民之道的主流文学观进行了批判。他指出,在"温柔敦厚,诗之教也"与"文以载道"观念的引导下,我国传统文学可以说基本是政治文学与道德文学,文人"自忘其神圣之位置而求以合当世之用",缺乏自觉的"审美之趣味",没有"纯粹美术上之目的",文学尚未达"完全之域":

> 呜呼!我中国非美术之国也!一切学业,以利用之大宗旨贯注之。……诗词亦代有作者,而世之贱儒辄援'玩物丧志'之说相诋,故一切美术皆不能达完全之域。"(王国维:《孔子之美育主义》)

由此,他还指出追求利的"餔餟的文学"与追求名的"文绣的文学"均"不足为真文学也",因为两者都是"虚玄"俗滥的"模仿的文学",都不是因对文学有"固有之兴味"而创作的文学(王国维:《文学小言》);而当下文坛完全把文学当作实现政治抱负的工具与道德惩劝的手段,太执著于政治、道德的功利,同样只能使文学丧失独立而沦落为附庸,从而丧失"神圣之位置"与"独立之价值"(王国维《论哲学家与美术家之天职》)。

关于美学风格,王国维也提出了独到见解。在《古雅之在美学上之位置》中,王国维根据博克、康德的分类,把美区分为"优美"、"宏壮",并结合自己的理解作了发挥:

> 美学上区别美也,大率分为二种:曰优美,曰宏壮。……要而言之,则前者由一对象之形式不关于吾人之利害,遂使吾人忘利害之念,而以精神之全力沉浸于此对象之形式中。……后者则由一对象之形式,越乎吾人知力所能驭之范围,或其形式大不利于吾人,而又觉其形式非人力所能抗,于是吾人保存自己之本能,遂超越乎利害之观念外,而达观其对象之形式……

"优美"是由于其形式本身不关于我们的利害而能够使我们忘记利害;"宏壮"则是由于其形式能够使我们产生崇高或悲壮之感而使我们忘记利害。王氏认为"优美"和"宏壮"是第一形式之美。紧接着,他阐释了一种位置"在优美与宏壮之

间,而兼有此二者性质"的"第二形式之美"即"古雅"美:

> 一切形式之美,又不可无他形式以表之,惟经过此第二之形式,斯美者愈增其美,而吾人之所谓古雅,即此第二种之形式。即形式之无优美与宏壮之属性者,亦因此第二形式故,而得一种独立之价值,故古雅者,可谓之形式之美之形式之美也。

我们之所以能感到艺术境界中的优美与宏壮,"实以表出之古雅故,即以其美之第一形式,更以雅之第二形式表出之故也"。古雅不但能使"优美及宏壮之原质愈显",而且能创造"不可言之趣味"而使"虽第一形式之本不美者"得一种具有"独立之价值"的美。"古雅""为优美及宏壮中不可缺之原质,且得离优美宏壮而有独立之价值"。"古雅"与"优美"和"宏壮"互为补允,构成了王国维对美学风格的基本认识。

王国维对文学的独特认识体现于他的文学批评实践中,《红楼梦评论》《宋元戏曲考》《人间词话》等即是他运用自己的文学思想阐释中国古典文学的代表性著作。

《红楼梦评论》是王国维早期的美学及文学纲领,1904年发表于《教育杂志》上,后收入《静庵文集》。《红楼梦评论》是第一部运用西方哲学和美学观念,从文学批评的角度来诠释和衡定《红楼梦》艺术价值的著作。根据叔本华的悲观主义哲学,王国维在《红楼梦评论》提出了"悲剧论"。他认为,生活的本质是"欲",人类由于意志自由而充满欲望,为满足生活之欲而身陷利害关系中苦苦挣扎,"故欲与生活与痛苦,三者一而已矣"。生活即是欲望,即是痛苦。《红楼梦》之所以具有"美术上之价值",就在于它乃是一部"实示此生活、此痛苦之由于自造,又示其解脱之道不可不由自己求之者也"的伟大小说。主人公贾宝玉没能"自适其适",受生活之欲的驱使而"入此忧患劳苦之世界",最后由于阅历痛苦得悟"宇宙人生之真相",遂"求其息肩之所"而出世而解脱。王国维认为,贾宝玉的经历,是"以生活为炉、苦痛为炭,而铸其解脱之鼎",其解脱是"文学的也,诗歌的也,小说的也",更是"悲感的也,壮美的也"。因此,《红楼梦》与一般的中国文学是不一样的:"吾国文学,以挟乐天的精神故,故往往说诗歌的正义,善人必令其终,而恶人必罹其罚:此吾国戏曲、小说之特质也"。而《红楼梦》所表现的"自犯罪,自加罚,自忏悔,自解脱"的精神,体现了"永远的正义",故而王国维说它"与一切喜剧相反,彻头彻尾之悲剧也"。

在这里,王国维为了揭示《红楼梦》作为悲剧的美学价值,采用了叔本华对悲剧的级别划分,把悲剧分为三种:第一种,由于有"极恶之人"而造成悲剧;第二种,由于盲目的命运而酿成悲剧;第三种,"由于剧中之人物之位置及关系"而自然成悲剧。《红楼梦》正是第三种悲剧。以贾宝玉与林黛玉的爱情悲剧来说,既不是由"极恶之人"造成的,也不是由"盲目的命运"造成的,"不过通常之道德,通常之人情,通常之境遇为之而已"。就贾宝玉的人生悲剧来说,其痛苦是"人人所有之痛苦",其解脱乃是"通常之人解脱之状态"。作为"悲剧中之悲剧",《红楼梦》"示人生最大之不幸,非例外之事,而人生之所固有",而作品中"所写出之人格,皆世间可得发见者"(王国维《戏曲大家海别尔》),故最足以"动吾人之感情",让人们的精神在悚然战栗中得到净化和升华。

《红楼梦评论》是把西方美学观念引入中国文学批评的第一次尝试。其结构严谨,理论层次清晰,堪称中国现代美学和文学批评的大辂椎轮。

王国维接受西方思想,经历了从"受动"到"能动"两个阶段,其兴趣由纯粹哲学、纯粹美学转向纯粹文学;西方的哲学美学思想逐渐与中国的哲学美学化合,哲学美学思想又逐渐化合入他的文学思想。如果说在《红楼梦评论》中哲学、美学与文学批评的相互参证还有牵合之嫌的话,《人间词话》和《宋元戏曲考》则可以说达到了古今中西的浑然融合。王国维从事中外戏剧研究长达十年之久,精力主要集中于对中国古代戏曲(尤其是元杂剧)的研究。《宋元戏曲考》是他在这一领域研究的代表性成果,发表于1913年。《宋元戏曲考》在运用乾嘉朴学的治学方法整理考证材料,勾勒宋元戏曲发展线索的同时,又运用古今中西熔铸的美学观念对其作出文学艺术的评价,提出了进化的文学观。王国维认为:"凡一代有一代之文学",与楚骚、汉赋、唐诗、宋词等一样,元曲也是"后世莫能继焉"的"一代之文学"(王国维《宋元戏曲考序》)。较之古代戏剧,元剧的进步体现在两个方面:一是"成一定体段,用一定之曲调";二是"由叙事体而变为代言体"。这两方面的进步,兼备形式与内容,所以王国维说,至此而"我中国之真戏曲出焉"。"真戏剧"必须综合言语、动作、歌唱三方面来叙述故事,揭示意义,而元剧正是合三者而成,由表示动作的"科"、表示言语的"宾白"和表示歌唱的"曲"共同构成,而且多有"曲白相生之妙"。

作为"一代之文学",王国维尤其赞赏元剧文章之美:"元剧自文章上言之,尤足以当一代之文学"。元剧作家没有显赫的社会地位,也没有深厚的经籍道学修养,他们的创作完全是"意兴之所至",不为名不为利,只为"自娱娱人",所以元剧与古今其他"大文学"相比,尤以"自然"取胜:"彼但摹写其胸中之感想,与时代之情状,而真挚之理,与秀杰之气,时流露于其间"。元剧的语言"不以鄙俗为嫌",多用俗语或"自然之声音"叙述事件,形容事物,抒发情感,明白易懂,自然本色,因此能够"穷品性之纤微,极遭遇之变化,激荡物态,抉发人心;舒轸哀乐之余,摹写声容之末,婉转附物,怊怅切情"(王国维《曲录序》),正所谓:"写情则沁人心脾,写景则在人耳目,述事则如其口出者",而这三者,正是王国维心目中"有意境"的标志,故而说元剧"文章之妙,亦一言以蔽之,曰:有意境而已矣!"。用"有意境"这一诗学名词来称赏元剧的文章之美,就从文学本身充分揭示了元代戏剧的审美价值,肯定了元代戏剧突出的诗性特征。王国维是中国近现代学术史上进行戏曲史研究的第一人,《宋元戏曲考》也是第一部"观其会通、窥其奥穾"的戏曲专史,是中国戏曲研究史上一块具有开创意义的里程碑,与鲁迅先生的《中国小说史略》并称为"中国文艺史研究上的双璧"(郭沫若:《鲁迅与王国维》)。

在王国维的诗学系统中,"意境"与"境界"具有大致相同的内涵,而"境界说"是他在《人间词话》中提出的著名诗学理论。《人间词话》既是王国维对自己创作实践经验的总结和理性把握,又孕诞于对大量词集的校雠整理,是一部系统的诗学批评著作,发表于1908年。《人间词话》手稿125则,和大多诗话词话一样,排列随意,理论阐述和具体评论羼杂,体现出诗话词话即兴而作的一般特点;但王国维自己编定发表的《人间词话》64则,则著意编排了次序,有明显的系统性,以"境界"为核心审美观念。《词话》开宗明义:"词以境界为上。有境界则自成高格,自有名句。"而是否表现真景物、真感情则是有无境界的标志,"能写真景物、真感情者,谓之有境界,否则谓之无境界"。受叔本华的影响,王国维认为直观的知识,是最确实的知识,因此,这里的"真景物",就是诗人摆脱一切利害关系,沉浸于直观而得到的"代表其物之种类之全体"的"实念";"真感情"则是把感情作为直观之对象而把握住的个性化的人类情感,也就是叔本华所说的纯粹主体,所以既可说"一切景语皆情语",也可以说:"境非独谓景物也,喜怒哀乐,亦人心中之一境界"。情、景是文学创作中的两大要素,中国诗人的创作讲究情景交融,最注重寓情于景,主要通过景物的描写来营造境界,王国维视感情为境界,比单纯把景物描写作为境界看,眼界更为开阔,也说明境界乃是客观世界与主观世界完整统一的艺术创造,这非常符合文学创作的实际情况。

境界的创造有两种方式:"有造境,有写境,此理想与写实二派之所由分。然二者颇难分别,因大诗人所造之境必合乎自然,所写之境必邻于理想故也。"作家在观察自然人生的过程中有所触动而产生惝恍不可捉摸的意境,由此而生创作冲动,或者"以自然之眼观物,以自然之舌言情",按照自己的经验,如实地描写自然,演说情感,这就是"写境",是作家"解自然之嗳嚅之言语而代言之";或者展开想象,按照"美术之本体之理想界"即"美之预想"来经营文学世界,这就是"造境",是作家"超出经验之世界"而创造出"自然所百计而不能产出之美"。(王国维《红楼梦评论》)

"词人者,不失赤子之心者也",也就是说,作家是葆有纯粹真挚天性的人,他们与自然处于一种非常微妙的关系中,"彼故自然之子也,而常欲为其母,又自然之奴隶也,而常欲为其主"(王国维《叔本华与尼采》)。作家或者非常"重视外物",当他完全进入宇宙人生,"与花鸟共忧乐"时,就会与万事万物融为一体从而获得精细入微的观察与体验,获取其形貌与神理,那么他就能在作品中对自然人生作出栩栩如生巨纤不遗的再现,这也是"写境"。大作家既能"入",更能"出",往往能够从具体的事物限制中摆脱出来,拉开一定距离作审美观照,这时他们就会更加专注于自己的内心世界,从而酝酿出满腔情意;"然非物无以见我"(王国维《人间词乙稿序》),当他们进行创作时就会"以奴仆命风月",以胸中情意驱遣事物,通过想象虚构遗貌取神地创作出一种崭新的作品世界,这也是"造境"。文学源于自然又高于自然,无论是"写境"还是"造境",作家在创作时都既要取材于自然,"从自然之法律",又要摆脱"充足理由原则",打破各种利害关系限制,所以王国维说"虽写实家亦理想家也"、"虽理想家亦写实家也"。文学作品中的境界其实是虚实相结合的,或偏于虚,或倚于实,纯粹的虚与绝对的实都不足于形成意境,而意境的虚或实主要取决于创作方法。王国维把"写境"与"写实","造境"与"理想"相对应,认为"写境"大致就是写实派,"造境"大致就是理想派。实际上,这是近代欧洲的两大文学流派,即我们后来所说的"现实主义"与"浪漫主义"。在我国近现代文艺思想史上,王国维是最早引进这两个概念的文艺理论家之一,并且结合我国传统文学,深刻地指出两者是互相渗透、互相依存的,无法皎然厘清。

从物我关系及表现效果的角度对境界进行阐释,王国维把境界分为"有我之境"与"无我之境",而这两种境界又可以优美与宏壮来区分:"无我之境,人惟于静中得之。有我之境,于由动入静时得之。故一优美,一宏壮也。""有我之境,以我观物,故物皆着我之色彩。"诗人胸中蕴集喜怒哀乐的情意,当他凝神观照外界事物的时候,这些情意就会移注到所观照的事物中,从而使无感情的事物浸染上创作主体的情感色彩。诗人的胸臆因在与外物的对立交错中得到摅写而渐趋和谐,因此得以超越物我利害关系,实现了心境的平和,给人带来一种"宏壮"的审美效果。"无我之境,以物观物,故不知何者为我,何者为物。"从表现效果上说,"无我之境"的"无我"决不是"我"的完全消失,只是主体情感表现得比较含蓄隐蔽,主观性虚浑冲淡而已。诗人输瀹五脏,澡雪精神,涤除"生活之欲",在直观中泯灭物我界限,忘掉一切关系,从而与外物"相契于意言之表",经营出"物我无间,而道艺为一,与天冥合,而不知其所以然"(王国维《此君轩记》)的审美境界。而这种在虚静的状态中领略创造的美,乃是纯粹的"优美"。作家在营造境界时,对情与景,物与我的关系有不同的处理,同时也会运用不同的创作方法来表现,因此就会形成不同的美学风格,用"优美"、"宏壮"来阐释"境界",形成了王国维"境界"说的独特美学品格。

王国维还论及判别境界优劣的标准,即"隔"与"不隔"。他认为,如果"第二形式"与"第一形式"完全和谐一致,作品创造的境界中的情景就能够如在自然人生中那样直接诉诸读者的审美力,使人浑然不觉"第二形式"的存在而得到一种"直观",这就是真切"不隔";如果两种形式弥纶不周,或者质直刻露,或者恢诡廊落,质直刻露绝不是"不隔",恢诡廊落却往往造成障蔽,使读者产生景物阔略,情意隐晦的感觉,这就是"隔"。

　　王国维的"境界"说既受到传统诗学的启沃,又得到了西方美学的浚发,多层次多角度地探讨了文学创作的审美特性,从根本上阐明了文学的审美本质,是一个包蕴丰富的诗学美学体系。"境界"说以情景为材料,以"真实"、"自然"为标的,既重视才学,也不忽视品性,是王国维研阅东西美学,融会中外文学,对文学创作提出的一个纯粹的诗学美学标准。

　　王国维是我国近现代过渡时期的大师巨子,贯通中西,融会古今,在学术研究的很多领域都取得了卓越的成就。在史学上,他是新史学的开山;在哲学上,他覃究并输入西方现代哲学,观照并批判中国哲学;在美学上,他是最早引进西方美学系统,创建中国美学独立学科的学人;在文学评论上,《红楼梦评论》、《人间词话》与《宋元戏曲考》是他诗学美学发展的三个里程碑。作为富有创新性的文学思想家,王国维在化合古今中西美学和诗学的基础上,进行了构建自己新的美学和诗学体系的尝试。陈寅恪在《王国维遗书·序》中,曾全面、高度地评价王国维的学术成就,并认为工氏的斐然成绩"足以转移一时之风气而示来者以规则",王国维对纯粹美学的研究、纯文学的呼唤,以及对作为诗学美学标准的"境界"说的阐释,确实为中国文学的觉醒并走向现代化奠定了基础。

第三章
"小说界革命"与清末小说的兴盛

第一节　小说盛行的诸多条件与"小说界革命"的提出

晚清小说的兴盛,与社会的近代化是连在一起的。从世界文学的发展历史看,小说的兴旺发达与社会近代化有密切联系。首先,小说生产数量与社会影响的扩大,是与近代印刷业的发展联系在一起的。只有在印刷从手工作坊式的手工业变为机器印刷大工业的情况下,小说才可能大量排印问世,也才可能出现以报刊平装书为代表的近代传播媒介,这些廉价的传播媒介大大推广普及了小说。其次,近代"人文精神"的发展,促使小说以更加细腻深刻的笔墨,展示人的内心世界和社会关系。从性格的形成发展到意识的流动变化,情绪的丰富细腻,小说展示人类社会和人的灵魂越来越细致入微,小说的表现手法技巧也越来越五彩纷呈。再次,在都市化过程中产生大量市民,他们具有一定的文化程度而又有财力购买小说阅读,他们也有闲暇阅读小说,于是小说才会拥有众多的读者和较大的社会需求。小说传播的社会化和商品化使作家有可能以写作小说为职业。所以世界各国小说的兴旺发达,几乎都与它们的工业化和都市化平行,这是小说在近代发展的一般趋势。

中国在十九世纪末二十世纪初已经开始进入工业化和都市化的过程。晚清小说的繁荣,与世界小说至近代而迅速发展一样,也与印刷技术和传播媒介发生变革有密切关系。鸦片战争后,西方近代机器印刷,铅活字排版和石印及纸型技术先后传入中国,到二十世纪初,已经形成新兴印刷工业,逐步取代了传统手工业雕板印刷,大大促进了文化的普及,1897年商务印书馆创办,1900年又盘入日商的修文印书局,标志着民族出版印刷业的发展。近代新型传播媒介报刊,也由于印刷技术的革新、市场化和"救国"意识的推动,如雨后春笋般成长起来。这些都成为小说繁荣的重要条件。

但是晚清的新小说又有它的特殊性,它是突如其来地繁荣。它不是中国社会工业化都市化的自然结果,不是小说自身发展水到渠成的产物,而是晚清政治运动"催生"的结果。当时的"小说界革命"是作为晚清政治改革运动的一部分而出现的,这就使它不仅与晚清政治保持着紧密联系,而且在发展形态上,也是先有小说理论,明确提出对"新小说"的要求,随后才有相应的小说创作,而不是先有创作,在创作的基础上归纳理论。这种理论前置、指导创作的情况是晚清"新小说"的重要特点,并且影响到以后的文学发展。

最早用中文在中国提出"新小说"设想的是一位英国人傅兰雅(Fryer, John)。尽管这时西方小说已经非常发达,可是傅兰雅却不是从艺术本身推崇小说的,他首先注意到小说的感染力,可以"变易风俗",于是他发表《求著时新小说启》,征求批判鸦片、八股、缠足的小说,"使人阅之心为感动,力为革除。辞句以显明为要,语意以趣雅为主,虽妇人幼子,皆能得而明之"。[①] 傅兰雅提出的"时新小说"名称和设想,可以算作后来"新小说"概念的雏形。只是当时应征的作品很少可以刊行者,只有《花柳深情传》的作者萧詹熙说他创作这部小说是受傅兰雅"时新小说"影响,[②]这或许可以说"新小说"的产生还缺少相应的社会条件、思想基础和文学示范。

然而,革新小说的意识,却随着资产阶级改良运动兴起而发展了。戊戌变法前康有为发现"泰西尤隆小说学","仅识字之人,有不读经,无有不读小说者",由此提出以小说"教化"的设想。[③] 梁启超则批判中国传统小说"诲盗诲淫",败坏了天下风气,同时他扩展了"新小说"构想,在批判"试场"、"鸦片"、"缠足"和"借阐圣教"、"杂述史事"之外,又提出小说可以"激发国耻"、"旁及彝情",揭露"宦途丑态"。[④] 严复和夏曾佑则强调向西方学习,从进化论和人性论出发,指出小说为"人心所构之史","为正史之根"。然而作者的着眼点仍在"欧美东瀛,其开化之时,往往得小说之助",因此他们提倡小说的目的,"则在乎使民开化"。[⑤] 这些论述已开"小说界革命论"之先声。

梁启超亡命日本时,受到日本"政治小说"的影响,发表《译印政治小说序》、《论小说与群治之关系》等论文,正式提出"小说界革命"口号,倡言"欲新一国之民,不可不新一国之小说",把小说界革命纳入了"新民",即资产阶级思想启蒙运动,作为发展改良运动的一个重要方面。梁启超并亲自翻译日本的"政治小说"《佳人奇遇》,创作政治小说《新中国未来记》,创办小说杂志《新小说》,高举"新小

---

① 傅兰雅:《求著时新小说启》,载《万国公报》第 77 册,1895 年 6 月。
② 萧詹熙:《花柳深情传》自序,上海广雅书局 1897 年出版。
③ 康有为:《日本书目志》卷十四识语,上海大同书局 1897 年出版。
④ 梁启超:《变法通义·论幼学》,载《时务报》第 16—19 册,1897 年 1 月至 3 月出版。
⑤ 几道、别士:《本馆附印说部缘起》,载天津《国闻报》,1897 年 10 月 16 日至 11 月 18 日。

说"的旗帜,发起了"小说界革命",力图开展一场"新小说运动"。

这场"小说界革命运动"促使晚清出现了中国小说史上空前的繁荣兴旺景象。晚清小说数量之多,连当时的小说家们都感到震惊。吴趼人惊叹:"吾感夫饮冰子《小说与群治之关系》之出,提倡改良小说,不数年而吾国之新著新译之小说,几于汗万牛充万栋,犹复日出不已而未有穷期也。"① 有人认为:"十年前之世界为八股世界。近则忽变为小说世界,盖昔之肆力于八股者,今则勾心角智,无不以小说家自命。"② 这里说的还大体上是著作小说的情形,翻译小说的数量就更多了。当时缺乏精确的统计,说法也不尽相同。罗普声称"余尝调查每年新译之小说,殆逾千种以外"。③ 徐念慈统计丁未年(1907)小说印行为一百二十一种,"著作者十不得一二,翻译者十常居八九"。虽然他申明这是"以一人耳目所及,"遗漏在所难免,但翻译小说大大超过创作小说当是实情。后来阿英估计,晚清"成册的小说""至少在一千种以上"。④ 根据日本学者樽本照雄近年所编《清末民初小说年表》统计,清末民初的翻译和创作小说成册的加在一起,足有二千二百余种。

据欧阳健等编《中国通俗小说总目提要》统计,整个中国古代的通俗小说(含晚清创作,不含翻译),成册的现在约存有一千一百多种,其中晚清(从1892年《海上花列传》出版算起)有五百余种,也就是说如果除掉晚清,古代的通俗小说只有六百多种;整个中国古代的文言小说、包括笔记小说(不含晚清)成册的约存有一千三百多种,加上通俗小说不过一千九百余种。清末小说的数量一旦放到中国小说史的长河中比较,其惊人自不待言,假如再考虑到它们不过在十来年内骤然问世,就更见出晚清小说繁荣的空前与特殊。

晚清还涌现了大量小说期刊。在《新小说》问世前,只有过韩邦庆编辑的《海上奇书》一种专门的小说杂志,它在一八九二年问世后,十年内几成绝响。而一九○二年梁启超创刊《新小说》后,小说杂志纷纷出台,单以"小说"命名的杂志就达二十余种。其中影响较大的为李伯元主编的《绣像小说》(1903年创刊),吴趼人主编的《月月小说》(1906),徐念慈、黄人主编的《小说林》(1907),它们与《新小说》合称晚清四大小说杂志。此外还有《新新小说》(1904)、《小说世界日报》(1905)、《中外小说林》(1907,黄世仲、黄伯耀创刊)、《小说时报》(1909,陈景韩、包天笑主编)、《小说月报》(1910,恽铁樵、王西神主编)等。除专门的小说杂志

---

① 吴趼人:《月月小说》序,载《月月小说》第1年第1号,1906年出版。
② 寅半生:《小说闲评》叙,载《游戏世界》第1期,1906年出版。
③ 披发生:《〈红泪影〉序》,广智书局1909年出版。
④ 阿英:《晚清小说史》,人民文学出版社1980年重印本,第1页。

外,大报的副刊、文艺性小报,甚至那些政治文化类综合型杂志也常常连载小说。报刊等新型传播媒介的发展与对小说的重视大大助长了小说的声势。

小说的繁荣需要广阔的市场需求。中国近代市民的增加是缓慢的渐进过程,对小说繁荣有一定影响但不能造成市场的急剧扩大。造成小说市场急剧扩大的直接原因是知识阶层改变了对小说的态度。正如黄人所说:士大夫"昔之于小说也,博弈视之,俳优视之,甚且鸩毒视之,妖孽视之;言不齿于缙绅,名不列于四部。私衷酷好,而阅必背人;下笔误征,则群加嗤鄙……今也反是:出一小说,必自尸国民进化之功;评一小说,必大唱谣俗改良之旨。"①原因是多方面的:晚清创巨痛深,面临亡国的政治危机,而政府又不足以图治;知识阶层强烈的"救国"责任感,与"以文治国"的传统文学功利观应合起来;废科举,兴学堂之后断绝了知识分子原有的上升通道,随着现代传媒业的兴起,也改变了士大夫原有的鄙视报刊、小说的传统观念;西方传教士以小说为"教科书"的宗旨,和西方视"小说为文学之最上乘"的艺术观的影响等;凡此种种促使他们接受梁启超等人提倡的"小说救国论",把小说看作救国和改良社会的利器,成为小说的作者与读者。

不同程度兼具新旧、中西文化修养的近代型文人进入小说作家队伍和小说市场,也是导致晚清小说的突发性繁荣的因素之一。有资料表明:当时小说读者中近代型文人在数量上远远超过普通的市民读者。它一方面造成"新小说"的"新"的特征,与古代的市民小说不同;另一方面文人意识也大量进入小说,最显明的标志是文言小说在数量上一度还超过了白话小说,②并且在白话小说中,也常常杂有浅近的文言。中国古代的"雅文学"与"俗文学"在小说中出现合流的趋势,这种合流对后来的"现代汉语"形成,起了重要的促进作用。

还在"新小说"崛起之前,小说界已经出现了少数职业作家。韩邦庆晚年一面编《海上奇书》,一面创作《海上花列传》,或许可以算最早的职业小说家。晚清时职业小说家队伍大大扩大,他们中的大部分人一面编辑刊载小说的报刊,一面创作小说,总的说来是依靠小说谋生。他们已经取得了相当的社会地位。清朝当时开"经济特科",清廷官员推荐李伯元、吴趼人去应征,他们都谢绝了,宁可当职业小说家。不过在这些小说家内心深处还没有完全克服鄙视小说传统观念的影响。吴趼人感慨李伯元:"君之才何必以小说传哉,而竟以小说传,君之不幸,小说界之大幸也"。③胡寄尘又以同样的话来感慨吴趼人,④典型地显示了这一

---

① 黄人:《小说林》发刊词,载《小说林》第一期,1907 年出版。
② 可参阅觉我:《余之小说观》,载《小说林》1908 年版第 9、10 期。当时统计文言小说时包括了翻译小说。
③ 吴趼人:《李伯元传》,载《月月小说》第 1 年第 3 号。
④ 胡寄尘:《黛痕剑影录·我佛山人遗事》,上海广益书局 1914 年出版。

代小说家的矛盾心态。这是他们与后来五四新文学作家的重要区别之一。

与传统古代小说比较,晚清"新小说"有几个特点,或者说,其"新"的性质表现在几个方面。首先是与救亡图存、变法维新、反清革命等政治关系密切,不仅以现实政治、现实社会为描写内容的小说如此,而且连历史小说、武侠小说等传统题材小说,也往往寄托了政治内容。时风所及,连当时的狭邪小说《九尾龟》也要发几句"现在的嫖界,就是今日的官场"之类影射的议论。言情小说,如吴趼人的《恨海》等,其中描写造成爱情悲剧的直接原因,往往是政治风云的变化,与后来民初的言情小说不同。其次是题材的开拓,"新小说"大大拓宽了小说的表现范围,它们大体上可以分为三类:一类是宣扬资产阶级改良或革命的政治主张及民主、自由、科学等新思想、新知识的小说,包括外国历史题材和科幻题材,这是传统小说中从未有过的,这类小说虽然数量不多,却启导了新小说的发展潮流,在小说界革命初期占有主导地位。一类是谴责小说,揭露时弊,抨击政府,谴责社会黑暗,包括批判维新党人借维新以营私,以及种种恶风劣俗。当时把小说作为舆论监管工具,主要体现在谴责小说上。它是晚清数量最大的小说类型,"新小说"能够形成浩大声势,主要靠这类小说。一类靠近传统题材,如言情、历史、武侠、公案等,但在新形势下发生重要变化,都把干预现实作为出发点。第三个特点是"新小说"开始转变中国小说的传统形态,师法西方与日本小说的叙事结构、描写技巧等,向外国小说靠拢。因此晚清与民初的"新小说"也就成为中国小说转型的关键时期,成为中国古代小说到五四新文学之间的过渡与桥梁。这种过渡性还表现在晚清"新小说"的另一共同特点即艺术上的不成熟,其质量的粗劣与数量的众多形成惊人的对比。泛政治化,泛文章化,泛新闻化成为它们共同的倾向,这些缺陷又是与晚清小说理论的误导分不开的。

晚清小说理论与晚清小说一样繁荣。在中国古代文论中,小说理论以序跋、评点和笔记中的评价介绍为主要形式,发展缓慢。晚清小说理论从严复、夏曾佑的《〈国闻报〉馆附印说部缘起》开始,出现了专门论小说的论文,文艺报刊及其他报刊为这些专门论述小说的文章提供了发表场地。现在知道的晚清论小说的文章就达五百多篇,小说理论如此兴盛在中国文学史上也是空前的。

晚清的小说热潮是《新小说》掀起的,包天笑称《新小说》"似乎是登高一呼,群山响应",[①]"《新小说》派"也就成为晚清小说理论的核心。除梁启超外,此派主要代表人物及小说论著有别士(夏曾佑)的《小说原理》、楚卿(狄葆贤)的《论文学上小说之位置》,以及梁启超与曼殊(梁启勋)、侠人等所撰的《小说丛话》。他们在小说理论上最重要的贡献有两方面:一是提高了小说的地位,把小说作为

---

① 包天笑:《钏影楼回忆录》,香港大华出版社1971年出版,第357页。

"文学之最上乘";二是明确了向西方小说学习的主导方向。这两个方面本来是一致的,但由于"《新小说》派"主要是出于政治需要提倡小说的,在这两方面上都有让人误解的地方,从而造成小说理论的局限,也给小说创作带来影响。

"《新小说》派"的理论核心首先是推崇小说的社会作用。梁启超在发动"小说界革命"时,进一步提出:"欲新一国之民,不可不先新一国之小说。故欲新道德,必新小说;欲新宗教,必新小说;欲新政治,必新小说;欲新风俗,必新小说;欲新学艺,必新小说;乃至欲新人心,欲新人格,必新小说。"①他把"新小说"提到作为改造社会的前提的高度,把小说作为"救国"的利器。只是他全盘否定中国古代小说,称它们是"中国群治腐败之总根源"。他提倡"新小说"就是要"借小说家言,以发起国民政治思想,激厉其爱国精神",②用小说来推动政治改革。

为什么小说能够"救国"?梁启超认为小说"有不可思议之力支配人道",这种力量具体分析是"熏、浸、刺、提",即熏陶、渗透、刺激、升华四种力。他从人性、心理去探讨小说的感染力,但是并没有真正把握住小说的艺术特征,而只是竭力为小说的感染力唱赞歌:"可爱哉小说,可畏哉小说!"③以证小说具有左右社会的能力,可以作为改良政治的工具。"《新小说》派"推崇小说为"文学之最上乘",正是以此为前提的。然而小说虽然在片面理解的基础上成为"文学之最上乘",却结束了中国绵延千年的鄙视小说风气,小说地位的提高自然推动了以后小说的发展。

晚清小说理论的另一主要贡献是明确了中国小说师法外国小说的主导方向,这一方向也是"《新小说》派"确立的。在此之前中国虽然也翻译了一些外国小说,却都是聊备一格的参考,并没有努力学习外国小说的自觉意识。"《新小说》派"推崇西方、日本的政治小说,是因为当时中国还没有这类小说,只能取经于外国小说。梁启超宣传:"在昔欧洲各国变革之始,其魁儒硕学,仁人志士往往以其身之所经历,及胸中所怀,政治之议论,一寄之于小说。""往往每一书出,而全国之议论为之一变。彼美、英、德、法、奥、意、日本各国政界之日进,则政治小说,为功最高焉。"④尽管梁启超所说并不十分准确,却能够为当时的文人所广泛接受,师法外国小说的方向因而得以确立。大量的西方小说被翻译介绍,形成一个翻译小说的热潮。同时在小说理论上,也开始将中国小说与外国小说进行比较,以发现差距加以改进。"《新小说》派"发现西方小说种类繁多,题材广泛,而

---

① 梁启超:《论小说与群治之关系》,《新小说》第1号,1902年11月。
② 《中国唯一之文学报〈新小说〉》,载《新民丛报》第14号,1902年。
③ 梁启超:《论小说与群治之关系》,《新小说》第1号,1902年11月。
④ 梁启超:《译印政治小说序》,载《清议报》第一册,1898年。

中国小说种类较少,题材狭窄。梁启超认为"重英雄"、"爱男女"、"畏鬼神","以此三者,可以赅尽中国之小说矣。若以泰西说部文学之进化,几合一切理想而治之,又非此三者所能限耳"。① 于是《新小说》模仿日本,按小说题材为小说分类,以求扩大中国小说的描写范围。这一分类也为当时小说杂志所仿效。此外,梁启超还发现"文学之进化有一大关键,即由古语之文学变为俗语之文学是也,各国文学史之开展,靡不循此轨道"。② 所以有意识地提倡白话小说。

然而"《新小说》派"以小说改良社会的宗旨又制约了他们对小说特性的进一步探索。梁启超提出"写实派"小说与"理想派"小说,但却不愿探究这个问题,宁可去连篇累牍地描绘小说感染力的四种形态。严复、夏曾佑从西学得知"有人身所作之史,有人心所构之史",③已经接近于发现文学与历史的区别,继续探索就可以把握艺术表现人生的独特性,但是他们宁可去探究何者"易传",何者"不易传",并且在"传道"思想支配下,得出"小说者,以详尽之笔,写已知之理"④的结论。麦仲华读到英国大文豪佐治宾哈威的小说理论:"小说之程度愈高,则写内面之事情愈多,写外面之生活愈少,故观其书中两者分量之比例,而书之价值,可得而定矣。"对此他十分认同并以此检测中国小说,得出"惟《红楼梦》得其一二耳,余皆不足语于是也"⑤的正确结论。然而这种认识与"《新小说》派"的观念宗旨相径庭,就此不见下文了。

因此,晚清的小说理论也与小说一样,论文数量虽多,认识却有些肤浅。不少好的命题提出来了,却未能深入探究。也有人试图纠正"《新小说》派"的某些偏颇,如"《小说林》派"。该派主要人物及论著有黄人的《〈小说林〉发刊词》(署"摩西")、《小说小话》(署"蛮"),徐念慈(觉我)的《〈小说林〉缘起》、《余之小说观》、《小说管窥录》等。他们首先指出"昔之视小说也太轻,而今之视小说又太重","小说之影响于社会固矣,而风尚实有先构成小说性质之力",⑥因此,"所谓风俗改良,国民进化,咸惟小说是赖"。⑦ 在小说与社会关系上,"《小说林》派"已取得较全面的认识。其实在此之前,"《新小说》派"的梁启勋已经提出:"小说者,今社会之见本也,无论何种小说,其思想总不能出当时社会之范围。"⑧不过,黄

---

① 《小说丛话·饮冰》,载《新小说》第7号,1903年。
② 《小说丛话·饮冰》,载《新小说》第7号,1903年。
③ 几道、别士:《本官附印说部缘起》,载天津《国闻报》1897年10月16日至11月18日。
④ 别士:《小说原理》,载《绣像小说》第3期,1903年出版。
⑤ 《小说丛话·璱》,载《新小说》第7号,1903年出版。
⑥ 摩西:《小说林》发刊词,载《小说林》第一期,1907年出版。
⑦ 觉我:《余之小说观》,载《小说林》第9号,1908年出版。
⑧ 《小说丛话·曼殊》,载《新小说》第13号,1905年出版。

人与徐念慈更进而从美学角度探究小说,他们更多地接受了西方文学理论,从而看出《新小说》派"以小说作为"教科书"是"名相推崇,而实取厌薄"。他们试图建立一个新的小说本体,将小说价值转移到艺术审美的基础上来:"小说者,文学之倾于美的方面之一种也。"①"所谓小说者,殆合理想美学,感情美学,而居其最上乘者乎?"②为此,徐念慈还学习德国古典美学,从康德、黑格尔那里吸收新的理论,提出美在于"合于理性之自然",在于"表现个性"的"具象理想,不在抽象理想";要能引起"美的快感";要"具形象性";要"理想化"、"超越自然"。从而为"新小说"提供理论指导。这些努力应该说符合小说的发展方向。但是"《小说林》派"在感情上不愿承认当时的中国文学比西方文学落后。同时缺乏"文学表现人生,开掘人生"的观念,虽然提出小说的本质在艺术审美,却未能在"人生"意义上把握艺术审美的内涵。

晚清也有人力图打通中国古代小说优秀传统与西方近代文学观念,王国维是成就最高的一个。他认为"美术中以诗歌、戏曲、小说为其顶点,以其目的在描写人生故"。他是比较了解西方近代文学观的,因此他很早就发现了"《新小说》派"理论上的缺陷。在梁启超将《红楼梦》归为"诲淫"时,王国维运用西方近代文学观念重新阐释并揭示了《红楼梦》的深意,力图把小说的发展建立到艺术表现人生的基础上。③他认为"若夫忘哲学美术之神圣,而以为道德政治之手段者,正使其著作无价值也"。④主张用西方近代文学观念更新发展中国小说传统的还有周树人周作人兄弟。周作人批判"《新小说》派":"中国近方以说部教道德为桀,举世靡然","顾说部曼衍自诗,泰西诗多私制,主美,故能出自由之意,舒其文心。而中国则以典章视诗,演至说部,亦以劝惩为皋极,文章与教训,漫无畛畦。"他认为"读泰西之书,当并涵泰西之意,以古目观新制,适自蔽耳"。⑤"以古目观新制"击中了"《新小说》派"的要害。尽管如此,周氏兄弟与王国维却无法扭转"《新小说》派"所造成的局面,他们的主张可以算是五四新文学的先驱,但在当时却未能产生重大影响。

然而"《新小说》派"不久就陷入了困境。因为用小说作"教科书"毕竟违反了小说的规律,小说能够改造社会的期望在大量"新小说"问世后并没有兑现,缺乏艺术性的小说必然缺乏市场,从而也必然影响到小说的创作。事实上,小说创作也早已偏离了"《新小说》派"的预想,吴趼人便感慨"今夫汗万牛充万栋之新著新

---

① 摩西:《小说林》发刊词,载《小说林》第一期,1907年出版。
② 觉我:《小说林》缘起,载《小说林》第1号,1907年出版。
③ 王国维:《红楼梦评论》,载《教育世界》第76至81期,1904年出版
④ 王国维:《论哲学家与美术家之天职》,载《教育世界》第99期,1905年出版。
⑤ 周作人:《红星佚史》序,商务印书馆1907年出版。

译之小说,其能体关系群治之意者,吾不敢谓必无",但打着"改良群治"牌号"于所谓群治之关系,杳乎其不相涉"的作品,却屡见不鲜。① 有些小说逐渐回到"消闲"的传统轨道上去。这就使得晚清"新小说"缺乏巨著,缺乏表现人生的深度,这种不足也影响到民初小说。

第二节 《老残游记》与《官场现形记》、《二十年目睹之怪现状》等谴责小说

"谴责小说"从小说渊源上说,是继承《儒林外史》而来的,但是又有不同。《儒林外史》是中国古代最著名的"讽刺小说",它在乾隆年间问世后,几成绝响,百余年间一直没有模仿它的作品问世。然而,到1902年以后,模仿《儒林外史》小说结构手法的作品比比皆是,形成一类新型小说,并成为晚清小说的主流。只是《儒林外史》重在展示士大夫在功名富贵引诱下的精神世界,这批小说却重在纠弹时政,抨击风俗,不像《儒林外史》含蓄蕴藉地刻画人物性格,而是"辞气浮露,笔无藏锋,甚且过甚其辞"。② 因此鲁迅认为它们不同于《儒林外史》的"讽刺小说",另谓之"谴责小说"。这个概念源于鲁迅,而在晚清,"谴责小说"其实被称为"社会小说"。

许多"谴责小说",尤其是那些最著名的"谴责小说",最早的发表都是在报刊上连载的,这些小说大批问世,实际上形成了一种新型小说文体,那就是"连载小说"。"连载小说"首先改变了读者的阅读方式。一部小说的阅读成为一个漫长的过程,《官场现形记》在《世界繁华报》就至少连载了两年,每期只登数百字。在每期刊载的小说中,必须有张有弛,有高潮,而且高潮当在结尾处,以吸引读者下一期继续看下去。如此漫长的阅读过程实际上使得大多数读者只关心下面发生了什么,而不再从整体上考虑小说的创作,当他们阅读后面的小说时,前面刊载的内容在他们脑海里早已只留下淡淡的影子,甚至忘却了。这种新型的阅读方式也改变了作者的创作方式:中国传统的小说以白话的话本小说与拟话本小说为主,表面看来,"连载小说"与话本小说都是一段一段,都在高潮处结尾,都讲究吸引读者,设置悬念;但二者其实还是有很大的不同。话本小说最早是说书人的底本,它经过多次修改,每讲一次,就可以修改一次。它的创作过程虽然也是长期的,但是它一直以整体的面目出现,作者始终能从整体上把握它。"拟话本"

---

① 吴趼人:《月月小说》序,载《月月小说》第1期,1906年出版。
② 鲁迅:《中国小说史略·清末之谴责小说》,《鲁迅全集》第9卷,人民文学出版社2005年版,第291页。

小说更是如此。"连载小说"就不同了,它的创作实际上有两种,一种是创作全部完成后,才将稿子交给报刊。另一种是根据报刊的发表时间创作,到一定阶段汇聚成册,分册出版。这一创作过程可能会根据发表的时间延续几年。在开始创作这部小说时,作者往往对后来的发展结局并没有想好,这些小说在创作时大多不是以整体面目出现的,这种一面写作一面发表的写作方式导致作者很难在整体上把握他的作品,修改他的作品。晚清"谴责小说"的创作大多是后一种,由此也就形成了"谴责小说"的特点。

首先是小说的"时事化"。"谴责小说"与报刊有密切的联系,报刊在晚清的迅速崛起就是受晚清政治形势影响的。与时事紧密相连是晚清报刊的特点,从而也成为"谴责小说"的特点。在当时上海出版的《绣像小说》、《月月小说》、《小说林》、《新新小说》等杂志都刊载过大量谴责小说。在日本问世的《新小说》转到上海之后,也发表了许多谴责小说。晚清著名小说家有许多都是报人,"谴责小说"的问世无疑与晚清的政治形势有关。"戊戌变政既不成,越二岁即庚子岁而有义和团之变,群乃知政府不足与图治,顿有抨击之意矣。其在小说,则揭发伏藏,显其弊恶,而于时政,严加纠弹,或更扩充,并及风俗。"《中国小说史略》鲁迅这段话点明了"谴责小说"产生的政治背景,也说明了它与晚清时事的紧密联系。需要补充的是:上海租界的存在,提供了一个言论相对自由的宽松环境。1901年清政府下令改革,实行新政,在一定程度上放松了思想控制,也促进了"谴责小说"的流行。"谴责小说"从一开始就与报刊的"舆论监督"的职能连在一起。政治的腐败,道德的沦丧,促使小说家拿起笔用小说来揭露时弊,抨击现实。于是,晚清的重大事件,如庚子事变,反对美国华工禁约运动,立宪运动,种族革命运动,妇女解放问题,反迷信运动等等在当时的"谴责小说"中几乎都有描写。中国古代小说也有描写时事的,但是从来也没有像近代的"谴责小说"那样与时事联系如此紧密。在揭露社会黑暗时,"谴责小说"彻底抛开了古代小说写官场必用的"忠奸对立"的模式,也不再将希望建立在"好皇帝"身上。它们对整个官僚系统,包括贪官、昏官,也包括"清官",乃至万民之上的皇帝太后,进行全面否定的揭露抨击,将官场、政界与上流社会描绘成"畜生的世界"(《官场现形记》第六十回)。小说家从揭露官场开始,迅速将批判的笔触扩大到整个社会,无论是商界还是学界,无论是新党还是旧党,男性还是女性,巨富还是华工,"谴责小说"都有所涉及。它的笔触几乎涉及社会的各个阶层,这在以前的中国古代小说中,还从来没有出现过。"谴责小说"与时事的密切联系,它的"舆论监督",干预现实的意识,它对当时黑暗现实的揭露与鞭挞,它的敢于直言,并无讳饰;大胆尖锐,穷形极相的叙述,实际上对后来的文学产生了巨大影响。

小说的"时事化"促使小说"新闻化"。小说家像记者写新闻那样创作小说,

第二节 《老残游记》与《官场现形记》、《二十年目睹之怪现状》等谴责小说

但所写也可以不是刚发生的"新闻",而是过去发生过的"轶闻"。作家与记者本是两种职业,对于一位真正的作家来说,他所创作的作品必须是他自己熟悉的生活,熟悉的人和事。其中当然包括作家的想象,这种想象即使上天入地,也必须植根于他对人生的深度体验。作家需要从自己的人生体验,从人性的角度去把握所写的人和事,通过创造来表现人生。但对于一位记者来说,情况就不同了,只要某一件事确实发生过(作家可以不受事件发生与否的限制),尽管他未曾经历也不熟悉那样的人和事,但他完全可以根据传闻将它记载下来。他用不着考虑怎样表现人生,只要对事件采取就事论事的态度就行了。《儒林外史》描绘的都是作者自己熟悉的人物,作者能够洞察他们的灵魂,把握他们的心理,多方面烘托人物的性格,从人生体验出发去开掘科举制度怎样扭曲了人的天性。谴责小说作家就不同了,他们努力采用一个尽可能多地包容奇闻的小说结构,用连缀新闻的方式创作。这种新闻与小说合二而一的形式,是谴责小说独特的特征。

谴责小说作家在观念上就认为"社会小说"是可以连载新闻的。李伯元创作《庚子国变弹词》,公开申明"是书取材于中西报纸者,十之四五;得诸朋辈传述者,十之三四;其为作书人思想所得,取资敷衍者不过十之一二耳。小说体裁,自应尔尔,阅者勿以杜撰目之"。① 他创作《中国现在记》,就是要"把我生平耳所闻,目所见,世路上怪怪奇奇之事,一一说与他们知道"。② 包天笑向吴趼人当面请教,《二十年目睹之怪现状》"何从得这许多材料?"吴趼人给他"瞧一本手钞册子,很象日记一般,里面抄写的,都是每次听的友人们所谈的故事。也有从笔记上钞下来的,也有从报纸上剪下来的,杂乱无章的成了一巨册"。然后加以整理,"用一个贯穿之法",写成小说。"大概写'社会小说'的,都是如此吧。"③因此这一时期的"谴责小说"作者与"政治小说"作者不同,后者创作小说,"事实全由于幻想",而前者创作小说,都要强调自己所写的是真人真事,并无一点虚构:"在下这部小说,确是句句实话,件件实事,并不铺张扬厉的,所以还是照着实事说话。"④"但在下这部《孽海花》,却不同别的小说,空中楼阁,可以随意起灭,逞笔翻腾,一句假不来,一句谎不得,只能将文机御事实,不能把事实起文情。"⑤这种表白自然不无夸大之嫌,但作者这种创作态度,正是以写新闻的做法来写小说,这就必然导致小说的"新闻化",小说结构的"集锦式"。连载小说促使读者将阅读一部作品的时间拉得很长,在客观上也使小说"新闻化"成为可能。

---

① 李伯元:《庚子国变弹词》例言,《李伯元研究资料》,上海古籍出版社1980年版,第296页。
② 李伯元:《中国现在记》楔子,上海古籍出版社1980年版,第221页。
③ 包天笑:《钏影楼笔记》,载《小说月报》19期,1942年4月。
④ 吴趼人:《劫余灰》第五回。
⑤ 曾朴:《孽海花》第二十一回,上海古籍出版社2001年版,第182页。

另一方面,报刊刊载"连载小说"又是供读者消遣的,它与阅读新闻毕竟有所不同,读者在阅读过程中必须获得"趣味"。这就使作者很容易向猎奇的方向发展,变成搜罗话柄,供读者以"谈笑之资"。作者喜欢运用夸张的事实,漫画式的描绘来揭露对象,似乎不将对象写成全无心肝的非人的丑类,不足以起到"警世"的作用。由此形成与《儒林外史》不同的描写风格。"虽命意在于匡世,似与讽刺小说同伦,而辞气浮露,笔无藏锋,甚且过甚其辞,以合时人嗜好,则其度量技术之相去亦远矣。"①过分的"漫画化"显示出作者愤懑的心情和追求宣传效果的意图,但却以破坏作品的"真实感"与深度为代价,影响到作品的艺术性。

梁启超对"谴责小说"的要求是:"宦途丑态,试场恶趣,鸦片顽癖,缠足虐刑,皆可穷极异形,振厉末俗。"试图通过小说的记载来揭露各种丑闻恶俗,达到改造社会的目的。这种要求的着眼点本来就不在"表现人生"上,对丑闻恶俗抱着"就事论事"的态度。于是,作家创作"谴责小说"时,无须深入体验被描写的对象,从人性上加以深度开掘;因为他们并不想发掘产生这些丑闻恶俗的社会原因,并不想描绘它们对人性造成怎样的扭曲,在更深的层次上暴露社会的黑暗。他们不可能去选择典型加以概括集中,从质量上揭示丑闻恶俗的真正价值和意义;而只能采取就事论事的态度,从现象上把握这些丑闻恶俗,通过数量堆积,来证明社会的腐败。尽管他们也"穷极异形",不惜以夸张的笔墨刻画这些丑态,但他们"重事不重人",不注意人物性格的形象对比,他们对一件丑闻恶俗的重视远远超过了对人物性格的塑造。

需要指出的是:晚清"谴责小说"作家并非没有描绘人物性格的能力。"谴责小说"作家创作其他类型小说的不乏其人。倘若对比他们创作的两类小说,我们不难发现:他们创作的"狭邪小说"或"写情小说"在塑造人物性格与艺术感染力上大都高于他们创作的"谴责小说"。李伯元是以擅长描绘著称的,《官场现形记》也是"谴责小说"中比较注重描绘的一部,但他的《海天鸿雪记》②描绘人物的性格心理则更为生动。吴趼人的《恨海》心理描绘极为生动细腻,富于层次感,这样的描绘却不见诸他创作的"谴责小说"之中。张春帆的《九尾龟》虽被称为"嫖界指南",描写人物心理却相当生动,时而进入人物的潜意识层,然而这样的描写却与他创作的"谴责小说"无缘。他们在创作"谴责小说"时,甘愿当记者而不是作家。这种状况显然影响到"谴责小说"的艺术性,也导致它们偏离了以《红楼

---

① 鲁迅:《中国小说史略·清末之谴责小说》,《鲁迅全集》第 9 卷,人民文学出版社 2005 年版,第 291 页。

② 包天笑说《海天鸿雪记》是欧阳巨源创作,而以李伯元名义发表。倘确实如此,欧阳巨源也创作过谴责小说《负曝闲谈》,它与《海天鸿雪记》的差异更大。

第二节 《老残游记》与《官场现形记》、《二十年目睹之怪现状》等谴责小说

梦》为代表的中国古代小说优秀传统，成为二十世纪文学为政治服务的滥觞。

然而，晚清正是中国传统小说解体的时代。"谴责小说"用连缀新闻的方式写小说，"虽云长篇，形同短制"，有的还采用"珠花式"、"集锦式"结构，与传统章回小说相比，小说的"情节"已经大大淡化，传统章回小说叙事模式在"新闻化"的过程中不断遭到突破。这在客观上反倒是顺应了小说的发展潮流，促进了传统章回小说的解体。

"谴责小说"的潮流，李伯元的《官场现形记》首开其端。李伯元名宝嘉（1867—1906），字伯元，别号南亭亭长，江苏武进人。他幼年丧父，曾在任山东知府的堂伯署衙中读书，以第一名考中秀才后，乡试屡应不第。后赴上海，办《指南报》，又改办《游戏报》、《世界繁华报》，受商务印书馆之聘，主编《绣像小说》杂志。光绪三十二年（1906）病卒于上海。作品有《官场现形记》、《文明小史》、《活地狱》、《海天鸿雪记》、《中国现在记》等十余种小说，以及《庚子国变弹词》等其他杂著。

《官场现形记》六十回，初发表于1903年至1905年的《世界繁华报》，后分五编，每编十二回，逐次出版。1906年世界繁华报馆出版《官场现形记》六十回全书，是该书最早的单行本。

在"谴责小说"中，《官场现形记》是题材相对集中的一部，也是李伯元的代表作。与中国以前的小说相比，《官场现形记》也有许多突破之处。首先，小说写了三十多个官场故事，涉及十一省市大小官吏百余人，上至太后、皇帝，下至佐杂小吏，其间军机大臣、太监总管、总督巡抚、知府知县、统领管带，应有尽有。就官场题材而言，它写官场面如此之广，层次如此之多，在历代文学中是空前的。其次，小说彻底抛开"忠奸对立"的模式，写官场一片漆黑，大家都把做官看成是生财之道，"统天下的买卖，只有做官利息顶好。"（第六十回）官员道德堕落，寡廉鲜耻，卖官鬻爵，贪赃受贿，把官场作为商场。对百姓凶狠残酷，对洋人奴颜婢膝。小说展示了官场的各种丑恶伎俩，整个官场也就描绘成"畜生的世界"，如此大胆尖锐的揭露，是空前的。第三，以往士大夫暴露黑暗，揭出民瘼，是向皇帝大臣上书，以引起执政者的注意。《官场现形记》却是倒过来，向普通老百姓揭露官场的黑暗，体现了近代的"公众化"，诉诸舆论。这种做法也是空前的。小说为清末的社会改革而呐喊，为清末社会研究提供了大量的社会资料，也为后来的文学揭露社会的腐败走出一条新路。

《文明小史》是李伯元另一部著名作品。1903年至1905年连载于《绣像小说》，共六十回。商务印书馆1906年出版单行本。庚子国变之后，1901年1月，清政府下令推行改革，"取外国之长，去中国之短"。主动引进西方文明，缩小中外的差距。戊戌变法试图推行的新政，"这时西太后都行了，而且超过了"。[①] 西

[①] 蒋廷黻：《中国近代史》，岳麓书社1999年版，第82页。

方文明进入闭塞的中国。《文明小史》就是描绘在这"咸与维新"之际,陈旧的社会与官僚体制是如何与维新冲突的。它全面触及了中国接受西方文明的过程,从闭塞的山村接受洋灯,到从西方引进科学技术,以及西方的生活方式,西方的"自由"、"平等"的价值观念,和立宪的政治制度等。虽因"新闻化"而显得肤浅,但这样大规模描写维新运动,在中国小说史上还是第一次。作者着重暴露的是上层社会的假维新,安徽巡抚黄升怕洋务局不能满足洋人的要求,决定撤掉洋务局,请一位洋人作顾问,一切听命于这个外国顾问。当别人提醒他恐有大权旁落之虞时,他却说:"我们中国如今还有什么主权好讲?现在那个地方不是外国人的。我这个抚台做得成做不成,只凭他们一句话"。"所以我如今聘请他们作顾问官,他们肯做我的顾问官,还是他拿我当个人,给我面子。"(第四十四回)表明这位巡抚已经甘心情愿当殖民者的奴才。另一方面,这些官僚对西方的接受,又是以维护封建专制统治为前提的。江宁知府康太尊一面办学堂博"维新"之名,一面担心学生看了上海来的新书,"一个个都讲起平等来,不听我的节制,这差事还能当吗?"搜抄书店,下令将"劝人自由平等的一派话头"的"新书""付之一炬,通统销毁"(第四十二回)。这种心态正是中国近代化过程中的统治者心态。

另一位著名小说家是吴沃尧(1866—1910),字趼人,广东南海人,因家居佛山,自号"我佛山人"。他出生世家,因家道中落,又遭亲友吞噬父亲遗产,十八岁即赴上海谋生,投江裕昌茶庄,后进江南制造局做抄写。1897年开始在上海办小报,曾办《消闲报》、《采风报》、《奇新报》、《寓言报》,1902年应《汉口日报》之聘,参加筹组工作。1903年5月,因武昌知府梁鼎芬强行将《汉口日报》改为官办,吴趼人愤然辞去主笔职务,回到上海,创作《二十年目睹之怪现状》。在此之前,他曾于1898年发表过《海上名妓四大金刚奇书》①。1906年吴趼人与周桂笙一起创办《月月小说》杂志,自任主编。吴趼人是多产作家,从1903年到1910年七年间,共创作了长短篇小说三十余种,其中以《二十年目睹之怪现状》最为著名,其他还有《痛史》、《九命奇冤》、《新石头记》、《劫余灰》、《恨海》、《情变》等十余种,以及《黑籍冤魂》、《立宪万岁》等十二个短篇,《中国侦探案》等笔记杂著。

《二十年目睹之怪现状》初刊于1903年至1906年的《新小说》杂志,登至四十五回《新小说》停刊,后广智书局出版单行本,分八册,至1910年出齐,共一百零八回。在"谴责小说"中,就展示的社会面之宽广,很少有及得上《二十年目睹之怪现状》的。它以揭露官场黑暗为主,扩展到洋场、商场,以及社会其他角落。

---

① 《海上名妓四大金刚奇书》署名抽丝主人,与吴趼人原名"茧人"对应。也有人认为小说的文笔不像是吴趼人所写。

第二节 《老残游记》与《官场现形记》、《二十年目睹之怪现状》等谴责小说

揭露的丑闻,上及太后高官,下至洋行买办,奸商巨贾,纨绔子弟,斗方名士,以至劣医术士,流氓地痞,除了工人农民,几乎包含了其他各个阶层。现状之"怪",就"怪"在整个社会道德沦亡,世风日下。候补的县太爷居然在船上偷旅客的衣物(第二回),显示出官场的堕落。商界之中充满尔虞我诈的骗局,钟雷溪竭力制造资本雄厚,恪守信誉的假象,骗取上海十几家钱庄的巨款(第七回)。作者的宗旨就是要写出人世间的"蛇虫鼠蚁"、"豺狼虎豹"、"魑魅魍魉",希望通过恢复旧道德来"救世"。然而小说写的二百多桩"怪现状",只能是匆匆交代事件的来龙去脉,浮光掠影地加以谴责,无法从应有的高度批判人世间的丑恶,展示人性的复杂。小说虽有几个正面人物九死一生、蔡侣笙、吴继之等,却缺乏性格与心理活动,他们的努力也只能以失败告终。作者自叹"救世之情竭,而后厌世之念生"。[①] 表现了他看不到前途,却又满怀焦虑的绝望心情。

与《官场现形记》相比,《二十年目睹之怪现状》在运用集锦式结构时作了调整,以"死里逃生"得到"九死一生"的赠书为开头,以"九死一生"的见闻为线索,显然是从林纾翻译的《巴黎茶花女遗事》的叙述视角得到启示,故而小说也用第一人称叙事。只是《茶花女》的"余"是整个故事的主要人物,而《二十年目睹之怪现状》的"我"则是所有事件的旁观者耳闻者,第一人称叙述的优越性并未在小说中充分显示出来。不过小说有了几个时隐时现,贯穿始终的人物,毕竟有了一点连贯性。较之《官场现形记》是一个进步。其实吴趼人的《九命奇冤》、《新石头记》、《恨海》都写得很好,比《二十年目睹之怪现状》更像小说,更具艺术性。

晚清最出色的小说家当推刘鹗。刘鹗(1857—1909),字铁云,江苏丹徒人。父亲曾任开封知府。他从小受过儒家教育,乡试落第后加入"太谷学派",为李光炘弟子。刘鹗曾在淮安开过烟店,在上海办过石昌石印书局,三十二岁协助河南巡抚吴大澂治理黄河,因治河有功,准以知府任用。以后办铁路、办煤矿、办实业等等,虽说是失败的多,成功的少,但在当时,也算洋务运动中的能员。戊戌变法时,刘鹗与康有为、梁启超都有交往。庚子国变,刘鹗勇敢地到达北京,直接从事救济,办掩埋局、施医局,平粜粮食救济饥民。后被清廷以"勾结外人,盗卖仓米"的罪名逮捕,谪徙新疆而死。

刘鹗的《老残游记》二十回,发表时署名"鸿都百炼生"。1903年始刊于《绣像小说》,至十三回中断,后重刊于《天津日日新闻》,并续至二十回。1907年该报又发表二集九回。1906年初集单行本问世。1935年《二集》六回本印行。二者风格有异,思想则一以贯之。小说通过江湖医生"老残"在两个月游历的所见所闻,串联一系列故事,描绘当时社会政治风俗的情状。

[①] 李葭荣:《我佛山人传》,魏绍昌编《吴趼人研究资料》,上海古籍出版社1980年版,第13页。

在晚清的几大小说家中，李伯元创办《绣像小说》，吴趼人创办《月月小说》，都是职业小说家；可是刘鹗却是一个例外，他是业余作者，写小说实在是偶一为之，然而《老残游记》却是晚清"谴责小说"中水平最高的一部。李伯元、吴趼人愤慨于世风日下，希望从道德上拯救社会。但是怎样从道德上拯救社会，他们并无具体的方略。刘鹗则比他们更有才有识。他出于"太谷学派"的"养民"思想，从"民"出发，主张"实业救国"。把发展经济，兴办实业，作为救国的当务之急。较之李、吴二人，似乎又要高出一筹。他不像李伯元、吴趼人那样把社会问题完全看成腐败造成，而是揭露出清官比贪官更坏，更刚愎自用，在一定程度上已经不自觉地触及体制问题。小说在思想上也有一定深度，如提出的"有上帝，就有阿修罗"的思想，与章太炎的"俱分进化"有相通之处。还有他的"三教合一"思想也值得深究。就思想内涵说，《老残游记》要比晚清其他小说深厚得多。假如仅仅因为小说贬低"北拳南革"，就否定他的思想性，那就实在太浅薄了。

《老残游记》带有很大的作者自传与自辩的成分。作者在自叙中说："吾人生今之时，有身世之感情，有家国之感情，有社会之感情，有种教之感情。其感情愈深者，其哭泣愈痛；此鸿都百炼生所以有《老残游记》之作也。"表达了他这种"忧生忧世"的"救世"意识，和提出改革方略的"送罗盘"想法。

《老残游记》艺术品位较高。作者将"清官"作为谴责对象，超越了一般的谴责小说。视角由传统的全知叙事转变成为第三人称限制叙事。还把"游记"引入小说，吸取了古代散文游记叙景状物的特点。小说有着出色的景物细节描写，如大明湖的风景，白妞说大鼓书，几成经典之作。这些描写又蕴含象征意味，如白妞博采众长，改造了大鼓书，实际象征了中国必须吸收西方影响，实行改造。另外如黄河上的冰挤来挤去，正反衬桃花山"三教合一"的和谐。小说也因此富于节奏感，体现了传统优秀章回小说"一张一弛，文武之道"的精神。更重要的是，他对故事情节结构漫不经心，而刻意抒写人物内心的情思，表现出中国小说刻画人物由外部白描向心理描绘的转化。在形式上，《老残游记》几乎兼具晚清几种主要小说类型的形式：小说对"清官"酷吏的刻画，使人们把它归入"社会小说"、"谴责小说"；申子平桃花山之游，在通过人物对话直接表达作者理想上，与"政治小说"如出一辙；老残的私访破案，无疑出诸对公案、侦探小说的模仿。谴责、政治、公案、侦探各类小说，都是晚清最流行的小说。以一部小说而综括上述诸种小说形式，在晚清小说中，《老残游记》是罕见的，但它们超出了作者的驾驭能力，显得不相协调。如以侦探故事终结全书，破坏了游记体裁的完整性。一些清官形象，也难逃单薄之病。作者的目的仍然是写事以提供"罗盘"，而不是表现人生，终未能摆脱"谴责小说"的通病。

第三节　曾朴的《孽海花》与历史小说

　　《孽海花》的成书过程比较复杂,它的前六回是由金松岑撰写,1903年在《江苏》杂志第八期上发表前二回。金松岑"以小说非余所喜",故转请曾朴续之。两人共同商定了全书的框架结构和回目,曾朴以前六回为基础,重新撰写。本拟写六十回,包括五个时代:"旧学时代","甲午时代","政变时代","庚子时代","革新时代"和"海外运动"。1905年出版前二十回,1907年《小说林》杂志发表二十一至二十五回。此后该书的写作中断,至1927年后曾朴又完成了后十回。1931年,真善美书店出版三十回本,1959年,中华书局出版三十五回本。

　　《孽海花》作者曾朴(1872—1935),字孟朴,笔名东亚病夫,江苏常熟人。曾随李慈铭、吴大澂受业,十九岁中秀才,二十岁中举人,二十一岁捐内阁中书。1895年入同文馆特班学习外语,因认为"英文只足为通商贸易之用,而法文却是外交折冲必要的文字,故决意舍英取法"。① 1897年准备在上海兴办实业,与谭嗣同、林旭、唐才常等人来往密切,并曾随陈季同学习法国文学,受到法国近代现实主义文学的影响。1904年创办小说林书店,提倡译著小说,与金松岑交往。金松岑思想激进,是晚清启蒙学者之一,曾著《女界钟》,提倡女权主义,笔名爱自由者。他写《孽海花》时,正是日俄战争前夕,按照他原来的设想,《孽海花》是警告国人,警惕强俄的,因洪钧出使过俄国,所以以他为主角,赛金花为配角。"以赛为骨,而作五十年来之政治小说。"②曾朴接手之后,对金松岑的设想做了重大突破,放弃了写作政治小说的设想,"尽量容纳近三十年来的历史,避去正面,专把些有趣的琐闻逸事,来烘托出大事的背景"。③ 在更广阔的社会画面上,表现这段历史。

　　《孽海花》曾与《官场现形记》、《二十年目睹之怪现状》、《老残游记》合称中国四大"谴责小说"。因为它所写历史,都是当时数十年发生的事情,既有大量的"琐闻逸事",又有"揭发伏藏","纠弹时政"的动机,与"谴责小说"诚有相近之处。但是"谴责小说"的分类,实为后人所加,当初《孽海花》在《小说林》发表时,即标"历史小说",作者本人当时也曾向包天笑感叹"写近代历史小说真不容易"。④ 可见确实是把它作为"历史小说"而不是"社会小说"来写的。小说中的二百多个

---

① 曾虚白:《曾孟朴年谱》,魏绍昌编《孽海花资料》,上海古籍出版社1982年版,第159页。
② 金松岑:《为赛金花墓碣事答高二适书》,《卫星》月刊第一卷第一期,1937年1月出版。
③ 曾朴谈:《孽海花》,魏绍昌编《孽海花资料》,上海古籍出版社1982年版,第128—129页。
④ 包天笑:《钏影楼笔记》"关于《孽海花》",载《小说月报》第十五期,1941年12月出版。

人物,大多以实有人物为原型,或用真名,或用化名,许多人物可以一一索引。小说涉及的一系列历史事件,从中法战争,洋务运动,中俄伊犁与帕米尔交涉,甲午中日战争与台湾抗日,帝党后党斗争,强学会建立,兴中会成立到乙未广州起义等等,虽说没有全景式展示历史,但是却从某些侧面显示了当时历史的氛围。同时,小说显示出一定的历史感。作者赞美革命党人,描写他们神采飞扬;揭露清朝太后大臣的腐朽颠顸,骄奢淫逸;揭露科举带来的思想禁锢,指出"这便是历代专制君主束缚我同胞最毒的手段"。(第二回)

相比同时期其他小说而言,《孽海花》在人物描写上显得更为突出,尤其是赛金花傅彩云,由妓女成为金雯青的小妾,她全身充满了活力,性格也经历了一个演变过程。到了后来,她有自信,爱虚荣,善辞令,喜交际,善于表现自己;她充满欲望,既温顺又泼辣,既多情又放荡,并且早已为自己的放荡寻找了合理性。如第二十一回金雯青发现她与男仆私通,她的一段自辩,跳出封建社会三从四德的妇女观,带有近代男女平权的色彩,居然理直气壮,驳得金雯青无言以对,显示了她干练爽利,泼辣狡黠的性格;也表现了在这急剧变动的时代,妇女正在寻找维护自己权利的依据。在这个"坏女人"身上,却具有"新女性"的萌芽。相比之下,那个新科状元金雯青则显得猥琐和颠顸,在虚无党夏雅丽面前,他是那么可笑。作为士大夫,他是开明的,曾经想学习西学,通点洋务,然而他在事业上和情场上都是失败者,做大使时用巨金买来的国家地图,竟然丢失了大片国土。这个开明士大夫的四处碰壁,在某种意义上也暗示了士大夫阶层的没落,他们已经无法挽救天朝上国的沉沦,中国已经到了一个寄希望于革命的新时代。小说刻画名士性格,也常见功力。如写众人为李纯客做寿,他故作矫情,装病不起,后来听说有人愿以二千金为寿,便欣然前往。作者在京与这些名士相处日久,熟悉这些人物。所以林纾读后不禁赞叹:"书中描写名士之狂态,语语投我心坎。"①鲁迅亦说:"写当时达官名士模样,亦极淋漓。"②小说写庄仑樵的发迹变泰,庄寿香的偷香忘客,祝宝廷的狎妓丢官,写出这班"清流"的实际模样,道出作者对他们的真正评价。但是,小说仍然受到当时"谴责小说"氛围的影响:"亲炙者久,描写当能近实,而形容时复过度,亦失自然,盖尚增饰而贱白描,当日之作风固如此矣。"③未能进一步表现人生,这是很可惜的。

《孽海花》的结构也作了改进。"谴责小说"基本上是共时性横展式联缀,作为"历史小说"的《孽海花》则是历时性与共时性纵横交错的联缀。曾朴自己形容

---

① 林纾:《红礁画桨录》译余剩语,《林琴南书话》,浙江人民出版社1999年版,第60页。
② 鲁迅:《中国小说史略·清末之谴责小说》,《鲁迅全集》第9卷,人民文学出版社2005年版,第300页。
③ 鲁迅:《中国小说史略·清末之谴责小说》,《鲁迅全集》第9卷,人民文学出版社2005年版,第300页。

是"蟠曲回旋着穿的,时收时放,东西交错,不离中心,是一朵珠花"。① 作品叙事按时间顺序进行,在每一时间段横向展开不同的场景和故事,较之《官场现形记》等"谴责小说"的"搜罗话柄"要有序得多。然而,作为全书主人公和穿针引线人物金雯青与傅彩云,并不处在小说想要叙述的历史中心位置,他们自身的活动难以引出一部五十年的中国历史。小说勉强把政治人物的活动与妓女情郎的浪漫、达官名士的逸事穿在一起,仍不脱联缀话柄的方式,这些话柄的不断出现仍然使得小说的结构松散,事实上也冲淡了作品想要表现的历史主题和思想主题,显示出历史小说与"谴责小说"掺和的那个过渡时代的痕迹,未能构成一个完整的统一体。但是这种以一对主人公的活动为主线,串联起一连串的历史事件,将历史小说与"谴责小说"结合的做法,能够表现比较广阔的社会画面,后来为很多社会小说所仿效,民初著名的社会小说《广陵潮》就是《孽海花》所创造的"珠花"结构的进一步发展,张恨水的《春明外史》也是这一小说结构的延续。

《孽海花》的创作先后经金松岑、曾朴两人之手,创作时间历二十余年,因此作品反映的思想观念也显出庞杂。如《孽海花》第一回"楔子"的开场词云:"江山吟罢精灵泣,中原自由魂断!""又天眼愁胡,人心思汉。自由花神,付东风拘管。"所拟第六十回回目为:"专制国终撄专制祸,自由神还放自由花。"这词与标题反映了作者欢呼当时的反清革命。但是,曾朴后来又说:"这书写政治,写到清室的亡,全注重在德宗和太后的失和,所以写皇家的婚姻史,写鱼阳伯、余敏的买官,东西宫争权的事,都是后来戊戌政变,庚子拳乱的根源。"②把清朝之亡归结为帝后失和,反映了认识上的局限。

晚清历史小说的另一部代表作,是黄世仲的《洪秀全演义》。黄世仲(1872—1912),广东番禺人。字小配,号棣荪,别署黄帝嫡裔、禺山世次郎、配工、老棣等。出身于富豪之家、书香门第。由于家道中落,与兄同赴南洋谋生,并参加了兴中会外围组织中和堂。1903年到香港任《中国日报》记者,1905年入同盟会。创办香港《少年报》、《中外小说林》(初名《粤东小说林》),又主编《广东白话报》,并从事大量革命活动,曾参与黄花岗起义。辛亥革命,广州独立时,任民团总局局长。1912年被军阀陈炯明诬杀。除《洪秀全演义》外,他还著有《廿载繁华梦》、《宦海潮》、《黄粱梦》、《宦海升沉录》、《镜中影》、《大马扁》等十余部小说。其《五日风声》名为"近事小说",实写黄花岗起义,近报告文学。

《洪秀全演义》是一部尚未写完的长篇小说,现有五十四回。1905年先刊于香港《有所谓报》,至第三十回。1906年续刊于香港的《少年报》附张上,后由《中

---

① 曾朴:《修改后要说的几句话》,《孽海花》,真美善书店1928年版。
② 曾朴:《修改后要说的几句话》,《孽海花》,真美善书店1928年版。

国日报》社出单行本,章太炎作序。

小说从道光后期,冯云山、洪秀全等串联酝酿造反写起,至咸丰末年李昭寿叛变止。作者称,为使其成为"洪氏一朝之实录",创作前曾"搜集旧闻,并师诸说及流风余韵之犹存者"。① 当时人回忆,该书出版后,在省港澳风行一时,几乎家喻户晓,在鼓吹民族革命作用上,可与甲辰年间东京出版的《太平天国战史》后先辉映。不过,今天看来,假如把这部小说作为太平天国的信史,那显然是不妥当的。作者根据自己的政治理念,对历史事实做了许多改造。

晚清的"民族主义"思潮泛滥,其中的一个重要方面就是"排满"。太平天国起义反对满族统治,引起晚清革命派的强烈共鸣,也成为他们鼓动"排满"时可以借用的思想武器。孙中山早年称颂洪秀全是"反清第一英雄",自己也有"洪秀全第二"之称。② 他在为刘成禺(汉公)《太平天国战史》所作序言中指出:"汉公是编,可谓扬皇汉之武功,举从前秽史以澄清其奸,俾读者识太平朝之所以异于朱明,汉家谋恢复者,不可谓无人。"这也是黄小配创作《洪秀全演义》的动机。

黄小配是在鼓吹资产阶级革命意义上创作《洪秀全演义》的。在小说中,洪秀全领导的农民起义,其目的却是要建立文明政体,"雅得文明风气之先","视泰西文明政体,又宁多让乎!"第四十三回写太平天国在南京大开男女科举,"尝有大队美国人,游于金陵,见其一切制度,大为嘉许。谓其国人道:'金陵政治,与我外国立宪政制相似。'因此许为东方文明之国"。一个去南京谒见洪秀全的美国人,发现天朝政体与西方诸国很近似,遂请洪秀全遣使美国,共和通好。作者将农民的反抗斗争,改变成一场反专制、争自由的革命,以适应当时的政治需要。这样,作者根据自己的理想,重新塑造了洪秀全、钱江、冯云山、韦昌辉、石达开、陈玉成、李秀成、林凤祥等英雄。这些人物缺乏鲜明的个性,但都具有不怕牺牲、英勇顽强的精神。小说在写作上模仿《三国演义》,对写战争很有兴趣,有时也写得很曲折。如二十四回太平军进军金陵,钱江设计退兵诱敌,一退而至三退;向荣疑惧进兵,四困而又四脱,写得峰回路转,摇曳多姿。小说运用浅近文言加上白话,语体也接近《三国演义》。晚清大量士大夫加入小说作者和读者队伍,士大夫的欣赏趣味也必然影响到小说创作,所以晚清白话小说常有运用浅近文言的。整个清末民初小说语言,文言所占比例,要大于古代小说,其原因也在此。《洪秀全演义》作为历史小说的"政治化"倾向,作为白话小说的"文言化"倾向,恰好显示了当时过渡时代的特色。

---

① 冯秋雪:《辛亥前后同盟会在港穗新闻界活动杂忆》,《广东文史资料·孙中山与辛亥革命专辑》。
② 见胡去非:《总理事略》,上海商务印书馆1937年版。

第四节　翻译小说的兴起与林纾译作的影响

　　十九世纪五十年代,西方传教士宾威廉用文言翻译了英国班扬的小说《天路历程》,这自然是为了传教的需要,但是这很可能是用中文第一次翻译西方的长篇小说。1873 年,蠡勺居士用文言翻译英国李顿的长篇小说《昕夕闲谈》开始在《瀛环琐记》上连载,这是中国人第一次完整地翻译西方的长篇小说。近代诗歌的翻译,出版的当以王韬与张芝轩合译的《普法战纪》中的《马赛曲》和德国《祖国歌》为最早。但是这些翻译对于当时中国的文学创作,看不出发生了多大的影响。

　　甲午中日战争之后,最早翻译的外国文学作品是侦探小说。1896 年,上海《时务报》首先刊登了《歇洛克呵尔唔斯笔记》,这"呵尔唔斯"就是"福尔摩斯"。译者张坤德,字小溏,当时是《时务报》的翻译。当年连载两篇《福尔摩斯探案》,都是短篇小说,每篇分三期连载。第二年又连载了两篇《福尔摩斯探案》,也是短篇小说。这些侦探小说对于读者的吸引力大概还不错,给梁启超留下深刻印象,以致梁启超创办《新小说》时,觉得自己写的《新中国未来记》不像小说,就推荐读者去阅读《新小说》中的侦探小说作为补偿。[①] 近代时期,《福尔摩斯探案》非常流行,带来了一个侦探小说出版热潮,翻译的侦探小说,不下四百余种,绝大多数都在上海出版。今天我们一般都把侦探小说看成是俗文学,但在近代却并非如此。晚清将侦探小说也看成是对西方诉讼制度的介绍。林纾便曾指出:"近年读海上诸君子所译包探诸案,则大喜,惊赞其用心之仁。果使此书风行,俾朝之司刑谳者,知变计而用律师、包探,且广立学堂以毓律师、包探之材,则人人将求致其名誉,既享名誉,又多得钱,孰则甘为不肖者。下民既免讼师及隶役之患,或重睹清明之天日,则小说之功宁不伟哉!"[②]因此,当时的翻译家几乎都与侦探小说有过关系,其中最著名的是周桂笙、奚若等,而且周桂笙用白话翻译侦探小说,改变了翻译小说用文言的做法。当时的侦探小说不仅在西方法律制度上启发了读者,而且在帮助中国的小说家完善小说的结构,丰富小说的情节方面,其实是起了推动作用的。

　　需要指出,这时的翻译家对于翻译工作的标准还不太明确,他们有时会随心所欲地游移于创作和翻译之间,而抛开他们理应遵循的原著。曾经在日本留学的苏曼殊,1903 年被迫回国,后来到上海的《国民日报》任英文翻译,就在这时,

---

[①] 参阅梁启超:《中国唯一之文学报〈新小说〉》和《新中国未来记》绪言。
[②] 林纾:《神枢鬼藏录》序,《林琴南书话》,浙江人民出版社 1999 年版,第 55 页。

他与陈独秀合作翻译了法国雨果的《悲惨世界》，名为《惨社会》，小说只译了一个开头，就转为译者宣扬启蒙主义的创作，显示了那时的翻译者急于干预现实而不忠实于原著的"豪杰译"方式。还有将翻译变为再创作的，如吴趼人与周桂笙合译的《电术奇谈》，原作只有六回，吴趼人将它发挥到二十四回，增加了许多内容。

清末翻译小说的数量要超过本国创作的小说。尽管有不少人出于民族自尊心，不愿承认外国小说优于中国小说，但是翻译小说大量出版这一事实本身，却说明中国人已经接受并且需要外国小说。如此众多的外国小说翻译进来，不能不对中国人的意识产生冲击。当时的翻译家周桂笙便曾提到：他的一位朋友"尝遍读近时新著新译各小说，每谓读中国小说，如游西式花园，一入门，则园中全景，尽在目前矣。读外国小说，如游中国名园，非遍历其境，不能领略个中况味也。盖以中国小说，往往开宗明义，先定宗旨，或叙明主人翁来历，使阅者不必遍读其书，已能料其事迹之半。而外国小说，则往往一个闷葫芦，曲曲折折，直须阅至末页，方能打破也"。① 这还仅仅是对情节结构的一种感性认识。能够超越情节上的认识，进一步总结外国小说某些艺术规律的，则首先是当时的小说翻译家，他们比读者更早接触外国小说，而翻译过程又是一个咀嚼消化的过程，帮助他们更深地体验原著的风味。不过这些翻译家必须具备一个条件，他们阅读翻译的外国小说必须有一部分名著，而不仅仅是那些阐明政治主张而艺术低劣的"政治小说"。具备了这个条件，他们才可能从外国小说中总结出小说的艺术规律来。如周桂笙便从外国小说中发现了中国小说缺乏的近代人本主义精神："外国小说中，无论一极下流之人，而举动一切，身分自在，总不失其国民之资格。中国小说，欲著一人之恶，则酣畅淋漓，不留余地，一种卑鄙龌龊之状态，虽鼠窃狗盗所不肯为者，而学士大夫，转安之若素。"② 这实际上已经触及小说是否要将反面人物当作"人"来写的问题，批评"谴责小说"缺乏"人"的意识。

这时的翻译小说在思想内容和形式语言上都对后来的小说创作产生了作用。有一些翻译家注重介绍俄罗斯文学，吴梼首先翻译了契诃夫的《黑衣教士》，接着又翻译了莱蒙托夫《当代英雄》中的第一个故事《银钮碑》。他也是高尔基小说的第一个译者。吴梼还曾经翻译了波兰作家显克维支的《灯台卒》，在翻译弱小民族作家上，他也是开风气者。包天笑也注意到契诃夫的作品，翻译了《六号室》，小说阴冷的描写对于民初的悲剧小说的崛起或许也是一个促动。另外一些翻译家则比较注意法国文学，伍光建翻译了大仲马的《侠隐记》、《续侠隐记》、《法宫秘史》前后编。如果说俄国文学的翻译在思想精神上带来新的动力，那么伍光

---

① 知新主人：《小说丛话》，载《新小说》第 20 号。
② 知新主人：《小说丛话》，载《新小说》第 20 号。

建的翻译则主要在于它对白话的贡献,它运用一种非常凝练的白话,精练而准确地表达了小说的内容。它帮助人们意识到,并不是只有文言才能做到精练,白话同样可以成为一种精练的书面语言。此外,创作《孽海花》的曾朴更是师从曾经在中国驻法国大使馆工作的陈季同,学习法国文学。他后来系统地介绍法国文学,不仅翻译了雨果的剧本《枭欤》,小说《九三年》;而且翻译了莫里哀的《夫人学堂》,左拉的《南丹和奈侬夫人》。这些作品都为中国读者打开了一片新的天地。

当时上海还有一批翻译西方诗歌的译者,其中比较知名的是胡适。胡适在上海中国公学读书时,曾经用文言翻译了不少西方诗歌,但是他用的文言已经是浅近文言,很少用典。李敖在他的《胡适评传》中曾经用原文对照过胡适的译诗,评论道:"我们不能不惊讶他译得真不错","我们不能不说这个十七岁的少年人翻译得很工巧,我们不得不赞美这个'少年诗人'和他的文言译诗"。这段经历对于胡适后来提倡白话文,用白话写诗无疑是一个重要的准备。

文学翻译最著名的翻译家自然是林纾。林纾(1852—1924)幼名群玉,后字琴南,号畏庐,又号冷红生,福建闽侯人。年轻时校阅古书,写得一手好古文。他从1897年开始翻译《巴黎茶花女遗事》,此后便成为当时最著名的外国小说翻译家。他虽然不懂外语,翻译外国文学必须与人合作,但是他以他娴熟的古文先后翻译了180余种外国文学作品,其中出版有163种。这些作品包含了英国、法国、美国、俄国、日本、西班牙、比利时、瑞士、希腊、挪威等十一个国家98个作家的作品,其中第一流作家有:英国的莎士比亚、狄更斯、斯威夫特、司各特、笛福,法国的雨果、巴尔扎克、大小仲马,美国的斯托夫人、华盛顿·欧文,俄国的托尔斯泰,挪威的易卜生,西班牙的塞万提斯等,他们的作品大多是第一次介绍到中国来。这些译本大部分由上海出版,商务印书馆看中林纾,大量出版林纾的翻译小说。林纾对外国文学有独到的见解,这不仅因为林纾翻译的外国小说最多,发表的谈外国小说的译本序跋最多,而且他对小说的认识,也确实在当时一般的翻译家之上。周桂笙为自己以翻译小说为职业而深感懊丧,耿耿于怀:"顾余读书十年,未能有所贡献于社会,而谨为稗贩小说,我负学欤,学负我欤,当亦知我者所同声下叹者矣。"①林纾却不怕时人的非议:"余荒经久,近岁尤耽于小说,性有所慑,亦莫能革,观者幸勿以小言而鄙之。"②仅此一端,也可看出他的胆识。

晚清的翻译小说形成潮流,是从林纾翻译《巴黎茶花女遗事》开始的,林纾是当时著名的古文家,因丧偶而心情抑郁,他的朋友为了帮助他解脱苦闷,给他介

---

① 周桂笙:《新庵笔记》弁言,《毒蛇圈》第544页,岳麓书社1991年版。
② 林纾:《伊索寓言》叙,《林琴南书话》第6页,浙江人民出版社1999年版。

绍了法国小说《茶花女》，林纾立即为小说的艺术所感动，便"涉笔记之"①，开始了他翻译外国小说的生涯。林纾虽有"欲开民智，必立学堂；学堂功缓，不如立会演说；演说又不易举，终之唯有译书"②的设想，他翻译《黑奴吁天录》也有"足为振作志气、爱国保种之一助"③的志向，但是总的说来，他似乎更加注重外国小说的艺术性，甚至敢于提出："西人文体，何乃甚类我史迁也"④，把西方小说的叙事艺术，与士大夫崇仰的司马迁《史记》并论。他的立场主要偏向于文学的艺术性一边。大批翻译小说进入小说市场，一方面借助"西学"的声势，促使人们去阅读；一方面又以其艺术性打动中国读者，如《茶花女》就曾引起严复的慨叹："可怜一卷茶花女，断尽支那荡子肠。"这些翻译小说也就大大扩展了小说的声势。

林纾本是一位狂士，在福州以狂狷著名，他看不惯宋儒的假道学，讥讽他们道："宋儒嗜两庑之冷肉，凝拘挛曲踢其身，尽日作礼容，虽心中私念美女颜色，亦不敢少动，则两庑之冷肉荡漾于其前也。"⑤由于他对传统理学有着反叛的一面，所以不同于守旧的腐儒，愿意向西方学习。林纾开始翻译小说时同"新小说"派的主张有相似之处，"谓欲开中国之民智，道在多译有关政治思想之小说始"。⑥他翻译《黑奴吁天录》，目的"非巧于叙悲以博阅者无端之眼泪，特为奴之势逼及吾种，不能不为大众一号"。⑦ 其宗旨可谓与梁启超、夏曾佑等遥相呼应。在"新小说"派倡导"欲新民，不可不先新一国之小说"，对中国人缺乏尚武精神深为感慨之际，林纾翻译了哈葛德的《埃司兰情侠传》，在序中，他否定了那些圆滑世故的大官僚，批判那种因循、敷衍、自私、卑怯的人生态度，提倡阳刚之气和尚武精神，改造中华民族的心理素质。他介绍拿破仑、俾斯麦等强者，讴歌英雄精神，甚至公然呼唤野性，赞美追求独立自由精神："无论势力不敌，亦必起角，百死无馁，千败无怯，必复其自由而已。"⑧林纾试图打碎民族的精神枷锁，"明知不驯于法，足以兆乱，然横刀盘马，气概凛然，读之未有不动色者"。其叛逆的反传统精神由此可见一斑。

然而林纾还有与"新小说"派不同的另外一面。他是古文家，"古文"是他的命根子。他坚信西学与古文相通，西学昌明，将为古文带来新天地。"予颇自恨

---

① 林纾：《巴黎茶花女遗事卷首小引》，《林琴南书话》第3页，浙江人民出版社1999年版。
② 林纾：《译林序》，《译林》第一期，1901年。
③ 林纾：《黑奴吁天录跋》，《林琴南书话》第5页，浙江人民出版社1999年版。
④ 林纾：《斐洲烟水愁城录》序，《林琴南书话》第30页，浙江人民出版社1999年版。
⑤ 林纾：《橡湖仙影》序，《林琴南书话》，浙江人民出版社1999年版，第47页。
⑥ 邱炜菱：《挥尘拾遗》，可参阅林纾《译林》序，《译林》第一期，1901年。
⑦ 林纾：《黑奴吁天录》跋，《林琴南书话》，浙江人民出版社1999年版，第4页。
⑧ 林纾：《鬼山狼侠传》序，《林琴南书话》，浙江人民出版社1999年版，第32页。

不知西文,恃朋友口述,而于西人文章妙处,尤不能曲绘其状。故于讲舍中敦喻诸生,极力策勉其恣肆于西学,以彼新理,助我行文,则异日学界中定更有光明之一日。或谓西学一昌,则古文之光焰熸矣,余殊不谓然。"①他既然站在文学的立场上学习西方,当然要比政治家宣传家们更为注重文学自身的规律。在当时强调以小说启蒙,为政治服务时,他注意到文学的独立性,指出:"盖政教两事,与文章无属,政教既美,宜泽以文章,文章徒美,无益于政教。西人唯政教是务,瞻国利兵,外侮不乘,始以馀闲用文章家娱悦其心目,虽哈氏、莎氏,思想之旧,神怪之托,而文明之士,坦然不以为病也。"这是从根本上对"欲新民,不可不先新一国之小说"的观念提出异议。并且触及了能否用"思想进步"代替文学批评标准的问题。可惜林纾是一位感觉型的批评家,仅能凭直感迸出这些思想的火花,无法将它们深化发展成一种理论。

因此,林纾注意到西方小说的艺术,发现"西人文体,何乃甚类我史迁也"。他不断看到西方小说所提供的中国小说以至中国文学从未见过的东西:

"天下文章莫易于叙悲,其次则叙战,又次则宣述男女之情。等而上之,若忠臣、孝子、义夫、节妇,决胜溅血,生气凛然,苟以雄深雅健之笔施之,亦尚有其人。从未有刻划市井卑污龌龊之事,至于二三十万言之多,不重复,不支厉,如张明镜于空际,收纳五虫万怪,物物皆涵涤清光而出,见者如凭阑之观鱼鳖虾蟹焉,则迭更司盖以至清之灵府叙至浊之社会,令我增无数阅历,生无穷感喟矣。"②

狄更斯的"扫荡名士美人之局,专为下等社会写照",给他留下极为深刻的印象,他觉得这些作品超过了中国的小说《水浒传》、《红楼梦》,也超过了司马迁、班固的史传文。③ 林纾是中国近代第一个提出学习西方小说"专为下等社会写照",与"专意为家常之言"的批评家。它与批判现实主义描绘普通平凡的人生,批判社会黑暗的宗旨已经颇为接近。这种接近是很不容易的,狄更斯当初创作"专为下等社会写照"的小说时,在英国还"被认为是粗野下流的"。④

可是,"接近"并不等于接受领会。林纾是一位古文家,"古文"的观念阻碍他进一步理解狄更斯小说中的批判现实主义精神。他并未体会到狄更斯小说中的"平民精神"或"人"的意识,他也缺乏"文学表现人生"的观念,他对狄更斯的肯定其实是出诸古文家对"文章"的理解:"文章家语,往往好言人之所难言,眼前语,尽人能道者,顾人以平易无奇而略之,而能文者,则拾取而加以润色,便蔚然成为

---

① 林纾:《洪罕女郎传跋语》,《林琴南书话》,浙江人民出版社1999年版,第40页。
② 林纾:《孝女耐儿传》序,《林琴南书话》,浙江人民出版社1999年版,第77页。
③ 见林纾:《块肉余生述》前编序,《林琴南书话》,浙江人民出版社1999年版,第83页。
④ 见狄更斯:《奥立佛·退斯特》第三版前言。

异观。"①因此,他的眼光大都停留在小说的"题材"与"着笔"上。他欣赏狄更斯描绘下等社会使"文心"更加"邃曲",认为"古文中叙事,惟叙家常平淡之事为最难著笔","今迭更司则专意为家常之言,而又专写下等社会家常之事,用意著笔为尤难"。② 他从古文家的"意境"、"义法"来看小说,看到的常常是叙事的技巧。他自己也承认:"纾不通西文,然每听述者叙传中事,往往于伏线、接笋、变调、过脉处,大类吾古文家言。"③这种感觉常常有其正确的一面,但由于过分注意总结小说的布局技巧,他几乎未曾发现小说与人生有着比文章更为密切的联系,也很少意识到小说描绘人生的"真实"的价值,它对读者的震撼力。这样,他总结的西方小说的技巧就不能建立在一个牢固的基础上,当他在评价狄更斯小说的社会功能时,只好又落到"新小说"派的窠臼:"顾英之能强,能改革而从善也。吾华从而改之,亦正易易。所恨无狄更司其人,如有能举社会中积弊著为小说,用告当事,或庶几也。"他并不要求中国小说家像狄更斯一样真实地表现人生。因为既然揭露是为了"用告当事","谴责小说"也就没有什么问题,不必另起炉灶学习模仿狄更斯的小说,所以他祝愿:"呜呼,李伯元已矣! 今日健者,惟孟朴及老残二君,果能出其余绪,效吴道子之写地狱变相,社会之受益,宁有穷际?"民国初年林纾亲自动手创作了不少小说,这些作品都未曾浸润他翻译过的狄更斯小说的批判现实主义精神。"古文家"眼光的束缚,使他无法产生一种新的小说观念,纠正"新小说"派的弊病,开创一个崭新的局面。

但是,林译小说人人拓展了中国人的视野,改变了中国人对外国文学的看法。由于当时中国文学主要受士大夫掌控,士大夫的欣赏趣味往往决定了文学的发展趋向。所以严复用典雅的古文来翻译《天演论》,以吸引文化层次高的士大夫来阅读。林纾用古文来翻译外国小说体现了同样的努力,如同施蛰存先生所说:"他首先把小说的文体提高,从而把小说作为知识分子读物的级别也提高了。"④三十年代,有人在总结林纾所做的贡献时也曾指出:过去小说受到国人的鄙视,林纾以古文名家而倾动公卿的资格,运用他的史、汉妙笔来做翻译文章,所以才大受欢迎,所以才引起上中级社会读外洋小说的兴趣,并且因此而抬高小说的价值和小说家的身价。"⑤林译小说向中国人输入了新思想、新习俗、新观念。林纾翻译《巴黎茶花女遗事》首先在价值观念上,就表现了不同寻常的胆识。因为《茶花女》是以个人为本位的价值观,与以家庭为本位的宗法制价值观是对立

---

① 林纾:《拊掌录》跋尾,《林琴南书话》,浙江人民出版社1999年版,第61页。
② 林纾:《孝女耐儿传》序,《林琴南书话》,浙江人民出版社1999年版,第77页。
③ 林纾:《撒克逊劫后英雄略》序,《林琴南书话》,浙江人民出版社1999年版,第34页。
④ 施蛰存《中国近代文学大系·翻译文学集导言》,上海书店1990年出版,第24页。
⑤ 寒光:《林琴南》,《林纾研究资料》,福建人民出版社1983年出版,第207页。

的。小说歌颂真挚的爱情,而又把造成爱情悲剧的原因归结到男主角的父亲为了维护"家声"而制止恋爱上。这就让人联想到《红楼梦》。事实上,当时也确实有人以《红楼梦》相类比,称《茶花女》为"外国《红楼梦》"①的。其实《茶花女》在价值观念突破上比《红楼梦》还进一步,因为《红楼梦》描写的还是门当户对的恋爱,而《茶花女》男主角真诚地爱上了一位人尽可夫的妓女,这是玷辱门第的爱情,男主角的父亲为了维护门第的声誉而千方百计扼杀这一爱情,女主角则以她崇高的牺牲精神展示了她高尚的德性,衬托出了男主角的父亲为维护门第而显示的卑劣、专横与残酷。

林纾译的全本《迦茵小传》在价值观念上带来的冲击比《巴黎茶花女遗事》更甚。中国传统观念注重"孝","百善孝为先",清代以"孝"治天下;但是在《迦茵小传》中,男主角在父亲临危托付之际,公然违逆父亲的意志,不肯答应娶爱玛。而女主角迦茵也公然指斥父亲不该遗弃她。这样一对"不孝"的情人竟然私合而有私生子,并且仍然被作为正面人物在小说中得到歌颂,他们以爱情而结合,不计名利地位,其高雅纯真远远高出于他们周围的人。迦茵批判父亲遗弃她的罪恶,并以她的牺牲精神显示出她崇高的德行,用她的德行将她父亲置于被告的地位。《迦茵小传》对传统价值观念的冲击使得志在改革的维新志士也深感担忧,当时主张女权甚力,以"爱自由者"、"女界卢骚"著称的金天翮,攻击林纾"使男子而狎妓,则曰我亚猛着彭也,而父命可以或梗矣。女子而怀春,则曰我迦茵赫斯德也,而贞操可以立破矣"。他担心中国将会盛行握手接吻之风,宁可更遵颛顼、祖龙之遗教,历行专制,也要实行男女之大防②。另一位也属于改良派的钟骏文,比较杨紫麟、包天笑与林纾的译本,批评林纾"凡蟠溪子所百计弥缝而曲为迦因讳者,必欲历补之以彰其丑"。"亦复成何体统"③。这些攻击来自提倡翻译外国小说并力主中国小说学习外国小说的改良派,而不是抱残守阙的顽固派,更能说明这些翻译小说对传统伦理价值观念的冲击之大。林纾翻译的这些小说为当时的中国小说提供了一种新的价值模式:只要是出于纯真爱情的相恋,无论这种相恋违背了什么样的现行伦理观念,它仍然是值得赞颂的。为了相爱的对方而牺牲自己的精神更是崇高的,其高雅纯真远远高于同辈。正是这种价值模式开始显示独立的个性的人的存在,它对民初的言情小说发展带来了重要影响,促使民初的言情小说在原有的言情传统基础上正视现实,并开始反抗现实。

---

① 松岑:《论写情小说于新社会之关系》,包天笑:《钏影楼回忆录·译小说之始》,都提到当时人把《茶花女》视为外国《红楼梦》。
② 松岑:《论写情小说于新社会之关系》,《新小说》第17号,1905年。
③ 寅半生:《读'迦茵小传'两译本书后》,《游戏世界》十一期,1907年。

林纾翻译的外国小说,在小说的叙述形式上,更是对民初言情小说的发展产生了直接的影响。周作人回忆:"我们几乎都因了林译才知道外国有小说,引起一点对于外国文学的兴味"。① "我从前翻译小说,很受林琴南先生的影响;1906年住东京以后,听章太炎先生的讲论,又发生多少变化,1909年出版的《域外小说集》,正是那一时期的成果。"② 明确说明他受到的林纾影响。在他晚年所写的回忆录中,更是回忆了当年鲁迅与他如何重视林纾翻译的小说。在胡适、郭沫若、钱钟书、张恨水等人的回忆中,都提到了林译小说对他们的影响。

但是,林纾不懂外语,对西方文学的了解全凭别人的介绍,选择翻译对象难免芜杂,许多通俗作家也被列入翻译对象。1909年,鲁迅、周作人兄弟翻译的《域外小说集》出版,标志了中国对外国文学的翻译开始进入一个新的阶段。周氏兄弟毕竟是懂得外语的,对外国文学的了解远远超过林纾,他们所译的《域外小说集》虽说是短篇小说译本,与林译小说相比却有了许多进步:林纾翻译外国小说,是因为外国小说像中国文学,可以扩大中国文学的境界。周氏兄弟翻译外国小说,是要将"中国小说所未有的"东西介绍进来,"别求新声于异邦",所以着重在介绍西方"近世文潮"。在选择翻译对象上,周氏兄弟更为严格,他们把选择的着重点放在十九世纪下半期以来崛起的现代主义小说上,这些小说大都缺乏完整的故事情节,侧重于表现主观情绪,那些碎片式的生活场景,与人物主观的感觉和想象交织在一起,带有浓厚的抒情化色彩,具有很强的先锋性。所谓"异域文术新宗,自此始入华土"。③《域外小说集》所选作者,除了美国的爱伦·坡,英国的王尔德,法国的莫泊桑之外,特别注意介绍俄国和北欧、东欧弱小民族的文学作品,所选作家绝大多数都是当时著名作家,体现了周氏兄弟"人的文学"思想和振兴民族文学的思想。这可以说是五四新文学的先声。周氏兄弟的翻译,要比林纾准确多了,为了帮助不懂外语的中国读者了解外国文学,他们采用直译,以求准确展示原作的风貌。周氏兄弟当时受到章太炎的影响,运用古奥的文言,来翻译《域外小说集》,其典雅程度远远超过林纾。只是这样的翻译语言虽然具有极强的学术性,却很不利于小说的传播。《域外小说集》出版后,在东京与上海两地,一共只卖去40本。它的文学观念过于超前了,语言又过于艰涩,对当时的文坛,几乎没有发生什么影响。

当时上海还有一位重要的翻译家,他就是周瘦鹃。周瘦鹃(1895—1968)名国贤,别署紫罗庵主人。江苏吴县人,幼年丧父,靠母亲缝洗度日,肄业于上海

---

① 周作人:《林琴南与罗振玉》,《语丝》第三期,1924年12月出版。
② 周作人:《〈点滴〉序》,北京大学出版部1920年出版,第1—2页。
③ 《域外小说集》旧序,岳麓书社1986年出版。

民立中学，留校任教，后进中华书局。曾主编《申报》副刊"自由谈"、《礼拜六》、《快活》、《半月》、《紫罗兰》等报刊。周瘦鹃的翻译活动主要在民国初年，他的翻译作品中影响最大的是《欧美名家短篇小说丛刊》，全书共分三卷，收短篇小说50篇，其中英国17篇，法国10篇，美国7篇，俄国4篇，德国2篇，意大利、匈牙利、西班牙、瑞士、丹麦、芬兰、瑞典、荷兰、塞尔维亚各1篇。每篇之前都有简要的作家小传，所选篇目绝大多数为名家名篇，既把欧美主要国家的短篇小说介绍进来，又注意到欧洲的弱小民族的作家作品。这是继鲁迅、周作人兄弟翻译的《域外小说集》之后最为重要的短篇小说译本，而其影响则远远超过《域外小说集》。《域外小说集》收录英国小说仅王尔德一篇，法国仅莫泊桑一篇，轻视主要资本主义国家的短篇小说。译者本意自然希望人们重视俄罗斯文学和北欧等弱小民族文学，但不免有矫枉过正之嫌。《欧美名家短篇小说丛刊》正可以成为互补，帮助读者更全面地了解欧美文学。过去有人推测周瘦鹃该书是根据海外短篇小说原版本翻译，其实不然，有证据表明这是周瘦鹃自己下功夫找来的材料，尤其是作家小传，从中可以看到译者所花的心血。所以鲁迅称赞它是"用心颇为恳挚，不仅志在娱俗人之耳目，足为近来译事之光"。可谓"昏夜之微光，鸡群之鹤鸣"，[①]予以极高的评价。

[①] 《教育部通俗教育司对〈欧美名家短篇小说丛刊〉的评语》，载《教育公报》1917年第四期第15号。

第四章
辛亥革命前后的文学

第一节 章太炎的文学思想和秋瑾等人的文学创作[①]

章太炎(1869—1936),原名章炳麟,字枚叔,后改名绛,别号太炎。浙江余杭人。他自幼受过严格的传统文化教育,二十三岁起从俞樾治学。甲午战争后,他参加强学会,赞成维新变法。1897年参与《时务报》编务,1898年到武昌筹办《正学报》,均因不肯盲从而被逐。戊戌政变后,曾避居中国台湾和日本,1900年返沪。同年7月,在上海张园的"中国议会"集会期间,他当场割辫退会,表示与改良派决裂。1901年任职东吴大学,因倡言反清革命而被追捕,于1902年逃亡日本。1903年因《苏报》案被捕入狱;1904年冬,在狱中与蔡元培等人联系,组织光复会;出狱后至日本,主编《民报》,鼓吹革命。辛亥革命后,任孙中山总统府枢密顾问,因与南京临时政府有分歧而与张謇等组织中华民国联合会,后改为统一党。袁世凯窃国后,章太炎诉袁氏包藏祸心,被幽禁三年。释放后曾入护法军政府,任秘书长。晚年侨寓苏州,创章氏国学讲学会,研究并传播传统文化;多次公开表示同情学生运动,主张抗日。1936年6月14日病逝于苏州。著作辑为《章氏丛书》、《章氏丛书续编》、《章氏丛书三编》及《章太炎全集》六卷。

章太炎有独特的文学思想。作为文字学家、古文经学家,他对文学的理解非常宽泛。在《文学·论略》中,他认为:"以有文字著于竹帛,故谓之文。论其法式谓之文学。"依此定义,文献和文学很难区分,难怪后人极少认同其文学观。据许寿裳《亡友鲁迅印象记》回忆,鲁迅就曾对他说过:"先生诠释文学,范围过于宽泛。把有句读的和无句读的,悉数归入文学。其实文字与文学,固当有分别的,《江赋》、《海赋》之类,辞虽奥博,而其文学价值就很难说。"显然,章氏的文学观彰显出作为学问家的他对文学的认识;鲁迅的文学观更切近现代人对文学的阐释。但是,章太炎并非囿于此,他对文学仍有独特的理解,考察章太炎散见于散文、书信

[①] 本节章太炎作品均引自《章太炎全集》,上海人民出版社1982年版。

以及一些考释文字里对于文学的阐释,可以发现其文学思想主要还有两个方面:

第一,崇尚汉魏古雅文风,反对行文夸饰虚浮。章太炎《自述学术次第》称:"余少已好文辞,本治小学,故慕退之造词之则,为文奥衍不驯,非为慕古,亦欲使雅言故训,复用于常文耳"。在《国故论衡·论式》中,章太炎推尚汉魏之文,以为:"魏晋之文,大体皆埤于汉,独持论仿佛晚周,气体虽异,而其守己有度,伐人有序,和理在中,孚尹旁达,可以为百世师矣"。以古雅为标准,他批评"桐城诸家,本未得程朱要领,徒援引肤末,大言自壮";认定"康有为善傅会,媚以拔乱之说,又外窃颜、李为名高,海内始彬彬向风,其实自欺"。他讥严复、林纾:"复辞虽饬,气体比于制举,若将所谓曳行作姿者也。纾视复又弥下,辞无涓选,精采杂汙,而更浸润唐人小说之风",也大胆指出龚自珍"多喜浮华"、"宗法天台,无过爱其词藻"。对他人的批评、呵责,凸现出章太炎对文章标准的思考:他看重自己的著述《訄书》是因其"文实闳雅"、"博而有约,文不奄质";他推崇晋人文字,是因其"任意卷舒,不加雕饰,真如飘风涌泉,绝非人力"。

章太炎对雅、俗的理解,依其文本所述更为复杂。章太炎早期倡雅抑俗,在《致谭献书》中认为"言不雅驯,缙绅难言","要当修饰文采"。后来,其雅俗标准有所修正,他肯定邹容作文的通俗:"吾持排满主义数岁,世少和者,以文不谐俗故,欲谐俗者,正当如君书"。其《与人论文书》云:

> 徒论辞气,太上则雅,其次犹贵俗耳。俗者,谓土地所生习,婚姻丧纪,旧所行也,非猥鄙之谓。孙卿云:"有雅儒者,有俗儒者。"李斯云:"随俗雅化。"夫以俗为缦白,雅乃继起,以施章采,故文质不相畔。世有辞言袭常,而不善故训,不纂文理,不致隆高者。然亦自有友纪,窕佁侧媚之辞,薄之则必在绳之外矣。是能俗者也。

章氏认为雅俗是可以转化的,但尚雅仍是其文学观的主流。

第二,提出作者应有文体意识,强调情与法度的统一。1922年,章太炎应江苏省教育会之邀讲学,在讲"辨文学应用"时,他说:

> 文章之妙,不过应用,白话体可用也。发之于言,笔之于文,更美丽之,则用韵语,如诗赋者,文之美丽者也。约言之,叙事简单,利用散文,论事繁复,可用骈体,不必强,亦无庸排击,惟其所适可矣。

此论将白话文与诗赋、散文与骈体的区别概括了出来,同时提出了"惟其所适"的选择标准。在《正名杂议》中,他强调:"修辞之术,上者闳雅,其次隐约,知谀辞之不令,则碑表符命不作;明直言之无忌,则《变雅》、《楚辞》不兴。"既强调语言应与所写文体相符,又强调了吟诗作文应遵守已有之法度。

在法度与情感的关系上,章太炎既强调两者的统一,又主张尊重情感的抒发:"盖为文而不先绳以法度,恐将画虎不成而反为狗,曾不如守法度而遇情生时,下笔为文,则庶几矣。大抵古人情浓,故文每见佳,近几年则难及之矣",将文从情生作为调适法度的标准,并推崇古人文章的因情浓而佳,其主张是符合文学创作的本质规律的。

章氏的散文创作可分为两类:一是学术著作,以《訄书》和《国故论衡》为代表。《訄书》博大精深,不仅涉及哲学、宗教、社会学、语言学、史学等众多学术领域,而且讨论了社会现实问题以及社会改造方案。訄,《说文解字》释为:"迫也。"段玉裁注云:"今俗谓逼人有所为曰訄。"作者在目录后叙中亦云:"述鞠迫言"。意谓集中所收乃于穷蹙环境中非说不可之言。此书有初刻本、重订本两种结集本,分别于 1900 年和 1903 年出版。初刻本五十二篇,一方面暴露清政府的腐败与投降媚外,谴责帝国主义的入侵,讥讽儒家空谈"仁恩"、"不究其实";一方面主张"改良"现实,寄希望于"客帝"能够"自强",对孔子仍表尊重。重订本六十五篇,不仅篇目作了较大调整,保留篇目也作了大量修改,总体上革命色彩愈浓,对孔子亦持批判态度。除"前录"两篇外,内容可概括为四个方面:其一,从《原学》至《学隐》共十三篇择要论述先秦诸子及近代各种学说。其二,从《订实知》至《冥契》共十七篇,用生存竞争学说解释自然界和人类的发展。其三,从《通法》至《消极》共二十五篇,多角度总结历史经验,建构革命胜利后的建设方案。其四,从《尊史》至《解辫发》共八篇,探讨编写史书的原则及宗旨。[①]《国故论衡》分三卷,共二十六篇。该书凡七万余言,"叙书契之源流,启声音之秘奥,阐周、秦诸子之微言,述魏、晋以来文体之蕃变",解说简明,学理湛深,诚为当时研究国学者不可不读之书。

二是政论文章。其内容或考证中华民族历史,表现民族主义,如《中华民国解》、《复仇是非论》等;或揭露满族统治者的残暴,鼓动民众起来革命,如《革命军序》、《讨满洲檄》、《驳康有为论革命书》等。无论是宣传保种御侮,还是表现反帝爱国思想,抑或直接喊出:"扫除鞑虏,恢复中华,建立民国,平均地权"的呼声,皆凸现出章氏为民族而呼、为革命宣传的热情。

章氏散文层次清晰,逻辑性强。或考证典故,条分缕析;阐述观点,则层次井然。或驳难论敌,环环相扣;传记友朋,则事理互彰。同时,喜用对话体,通过设问、反诘等修辞手法,凸显自己的观点,强化表达效果。语言风格则典雅雄丽与

[①] 此处对《訄书》的论述,参考了朱维铮撰《章太炎全集》第三卷,前言;汤志钧编撰的《章太炎年谱长编》。

活泼晓畅并行。概言之,学术著作为文奥衍不驯,呈典雅雄丽风格;政论文章则文风犀利,晓畅易懂。

　　章太炎不以诗名,对诗歌创作,他力尊汉魏,反对宋诗,注重"协和声律",倡文质,反俗语。章太炎的诗歌多为早年所作,虽所存不多但内容丰富:或借诗言志,抒发对现实的不满和对先烈的追怀,如《杂感》、《西归留别中东诸君子》、《狱中赠邹容》等;或描绘田园风光,流露出对世事烦忧的厌恶和信佛欲隐的倾向,如《岳麓》、《食瓜》、《生日自述》、《思岳阳》等;或咏史言事,表现诗人对历史的反思和对人间小丑的鄙视,如《儒冠》、《梁园客》、《漫兴一首》、《秋夕咏怀》、《夏口行》等。

　　章太炎诗歌的艺术特色,或表现为多用典故,诗风古奥,如《杂感》、《梁园客》、《西归留别中东诸君子》、《夏口行》等诗几乎每句均有典故,使其诗歌具有丰厚的历史内蕴,增强了诗歌的文化魅力。或表现为善用比兴手法,诗中所取喻象大多具有传统文化内涵,以相似意象的聚合增强诗歌的情感表现力。如《秋夕咏怀》诗以"黄沙蔽高岑,浮云暗白日","惨惨棘林下,降虏持刀笔"来象征民初的社会现实;《梁园客》以乞食求生的鸥枭、陈矢当庭的苍蝇等意象描摹求媚清政府的小人,既切合情状,又传达出诗人的厌恶鄙视之情。同时,从语言风格上考察其诗,也是典雅古奥与明白晓畅并存。其中抒发自我感慨、依史述志类的多古奥晦涩,但描写田园风光、表达隐逸意向以及宣传革命怀念同志的诗则语言平易、风格明丽。

　　秋瑾(1875—1907),原名闺瑾,字璿卿,别署鉴湖女侠,留日期间改名瑾,易字竞雄,又署汉侠女儿。浙江山阴(今绍兴)人。秋瑾出身书香门第,性格慷慨不群。1903年随夫进京,始接受新思潮。1904年赴日留学。在日期间,她先后参加"共爱会"、"演说练习会"、"三合会"等组织,筹办了《白话》杂志。1905年春返国,经徐锡麟介绍加入光复会;同年8月,在日本加入同盟会,成为浙江主盟人;是年年底回国,参与筹办中国公学。1906年到上海进行革命活动,筹办《中国女报》。1907年夏,秋瑾主持大通学堂校务,大通学堂是徐锡麟、陶成章创办的暗中培养革命干部的学校。秋瑾以此为掩护,积极联络会党,组织光复军。1907年7月13日因受徐锡麟安庆起义的牵连而被捕,7月15日凌晨,秋瑾就义于绍兴古轩亭口。其诗文结集为《秋瑾集》。

　　秋瑾现存著作以诗词为主,她的诗作闪烁着绚丽的爱国主义和革命英雄主义的光辉。总体讲,其诗词有四类:第一为凸显女权意识的诗词。其《自题小照男装》后悔寄身为女:"侠骨前生悔寄身";其弹词《精卫石》则呼吁:"扫尽胡氛安社稷,由来男女要平权。"在"外侮侵陵,内容腐败,没个英雄作主"的时代,她毅然担负起唤醒同胞的重担:"英雄事业凭身选,天职宁容袖手观?廿纪风云争竞烈,唤回闺梦说平权",显示出不让须眉的胸襟与情怀。

第二类为感时伤世的诗词。从 1903 年起,秋瑾便自觉接受时代新思潮,愈来愈关注时世;留日后更置身于时代激流中,因此感时伤世便成为其诗词的重要内蕴。她在《申江题壁》中感慨:"满眼俗氛忧未已,江河日下世情非",在《感事》中呼唤"谁为济时彦?相与挽颓波";被捕前作的《致徐小淑绝命词》云:"虽死犹生,牺牲尽我责任";《无题》诗表示:"粉身碎骨寻常事,但愿牺牲保国家。"

第三类为咏物言志诗。此类诗大多为秋瑾早年作品,篇幅不长,内蕴隽永,多具有将自我志向与所写意象融合、借物抒发衷情的特点。如借菊、梅、琴、刀等富有文化内蕴的意象,表达诗人高洁的品质和超凡的志向。在《宝剑歌》中诗人表示:"死生一事付鸿毛,人生到此方英杰。饥时欲啖仇人头,渴时欲饮匈奴血。……他年成败利钝不计较,但恃铁血主义报祖国。"

第四类为悼亡怀友之作。这类诗或表达知己相逢之乐,或抒发胸中豪情,或寄托思亲之义,均从情感层面上展示了秋瑾人生的独特内涵。

秋瑾的文章现存十三篇,全是 1904 年东渡日本后的作品。其基本内容与诗词相似,《普告同胞檄稿》《光复军起义檄稿》等为代表作。

秋瑾的诗文感情激昂、风格刚健,具有鲜明的浪漫主义色彩。邵元冲《秋瑾女侠遗集序》云:"鉴湖女侠……不必以文词鸣而自足以不朽。然即以文词而论,朗丽高亢,亦有渐离击筑之风;而一往三叹,音节浏亮,又若公孙大娘舞剑,光芒灿然,不可迫视。"考其诗文,此论确然。

邹容(1885—1905),原名桂文,字威丹、蔚丹、绍陶,留日时改名邹容。四川巴县(今重庆)人。1891 年入私塾读书,接受传统文化教育,却不满科举制度。1901 年考取官费留学生,因思想激进被除名。次年自费留学日本,参加青年会,开始创作《革命军》。1903 年 3 月,因反对留学生监督姚文甫而受到迫害,4 月返国。在上海爱国学社结识章太炎,参加拒俄运动和对保皇派的斗争。1903 年 5 月,《革命军》出版,他因此入狱。1905 年 4 月 3 日病死狱中。其著作辑为《邹容文集》。

鲁迅在《坟·杂忆》中说:"倘说影响,则别的千言万语,大概都抵不过浅近直截的'革命军马前卒邹容'所做的《革命军》",可见《革命军》影响之大。此书约两万字,大致有两方面的内容:一是出于爱国激情,猛烈批判现实。他对中国的种种丑恶现实进行揭露:先从民族不平等说起,继而批"中国士子实奄奄无生气之人"。然后批判"一国之农为奴隶于贼满人而不敢动";揭露清政府不保护"海外被虐之华工";描绘"富商大贾……不得与士大夫伍"的不平等现实;提醒"中国之兵"处于"始也欲杀之,终也欲杀之……不杀不尽,不尽不快,不快不止"的惨境,感慨其不觉醒。最后矛头直指最高统治者,既指责其"刻括吾汉人之膏脂,以供一卖淫妇那拉氏之笑傲",谴责其"量中华之物力,结友邦之欢心"的卖国政策,又揭露其屠杀汉族、奴役百姓的罪行。尽显其恶,促其速亡,以恢复汉民族之中国。二为宣传革命思想,充满启蒙意识。《革命军》开卷即赞颂:"巍巍哉,革命！皇皇哉,革命！"并称革命是"天演之公例"、"世界之公理"。大声疾呼:"天下事不兴则亡,不进则退,不自立则自杀,徘徊中立,万无能存于世界之理,我同胞速择焉。"作出抉择之后,还应对同胞进行"三义"教育:"当知中国者,中国人之中国也",即爱国意识;"人人当知平等自由之大义",即民主意识;"当有政治法律之观念",即法制观念。同时提倡四种精神:"上天下地,惟我独尊,独立不羁之精神";"冒险进取,赴汤蹈火,乐死不辟之气慨";"相亲相爱,爱群敬己,尽瘁义务之公德";"个人自治,团体自治,以进人格之人群"。只有这样,才有可能建立一个新中国。对于革命成功后的社会预期,邹容作了详细表述,所约二十五条,对于中华共和国的政体、宪法、人权的保障、公民意识、国际地位等均作了有意义的探讨,显示了邹容急于用所了解的西方文化来启蒙大众的良苦用心。

从艺术角度看,《革命军》爱憎分明,情感激越,有强烈的抒情色彩。其语言犀利泼辣,不求蕴藉,嬉笑怒骂皆成文章,正如作者自言"辞多恣肆,无所回避"。同时为了便于抒发难以抑制的激情和使读者接受,文中大量使用排比句和祈使句,并采用反诘以增强表情效果,使用妙喻以使所讲道理通俗易懂。

陈天华(1875—1905),原名显宿,字星台、过庭,别字思黄。湖南新化人。1896年始先后入资江学院、新化实学堂、岳麓书院学习,1903年赴日本留学。留日期间,积极参加拒俄运动,创作《猛回头》和《警世钟》。1903年秋返回长沙,参与组织华兴会,进行反清运动。1905年与宋教仁等筹办《二十世纪之支那》杂志,宣传反帝反清思想,并创作《狮子吼》;8月,参与发起成立中国同盟会;12月8日,为抗议日本颁布《取缔清韩留学生规则》而投海自杀。其著作辑为《陈天华集》。

《猛回头》和《警世钟》是其宣传反帝爱国思想的通俗白话作品。前者说唱相间,如同鼓词;后者是带有说唱气息的白话散文。《猛回头》正文以七言诗开头:"大地沉沉几百秋,烽烟滚滚血横流。伤心细数当时事,同种何人雪耻仇！"继而指出日、俄、英、法、德对我国领土的瓜分,凸现出危机,并提出了改变现状的主张,同时提出学法国改革弊政、学德国强调复仇、学美国反抗外敌、学意大利独立自强,甚至学张弘范、洪承畴、曾国藩、叶志超等人,以加速清王朝的灭亡。结尾引霍去病的名言:"匈奴未灭,何以家为？"表达作者不达目的不罢休的决心。《警世钟》开卷诗云:"长梦千年何日醒,睡乡谁遗警钟鸣？……一腔无限同舟痛,献与同胞侧耳听。"透出其要唤醒同胞的主旨。面对"洋人来了",我们即将面临任人宰杀的困境,作者首先表达一腔"恨"意:既恨"满洲政府不早变法"、曾国藩"只晓得替满人杀同胞",也恨公使随员"不把外洋学说输进祖国"、顽固党"遇事阻挠,以私害公"。其次以数据、史实证明祖国的危机状态,表达国民的"痛"与"耻",鼓励人们奋勇当先去救国。然后提出救国十项须知和十条奉劝。最后,希望同胞快觉悟:"前死后继,百折不回,我汉种一定能够建立个极完全的国家,横绝五大洲"。

章回小说《狮子吼》仅存八回,1906年发表于《民报》,这是一部带有浓重理想色彩的政治小说。小说描写狄必攘、孙念祖等人组织革命党、联合会党,留学海外,以欧美国家为榜样进行反清革命的故事。值得注意之处有三点:首先,"楔子"中以"混沌国"喻中国,以"蚕食国"、"鲸吞国"、"狐媚国"喻入侵列强,暗示时局,表现出作者对中国时局的担忧和对革命前途充满信心。其次,小说虚构了资产阶级共和国的理想图景。第三回写舟山岛上有一个"民权村",三千多家共居一处,人们过着自由平等、幸福富足的生活。再次,小说再现了辛亥革命前中国社会的真实画面,后五回,既写了徐念祖学堂自治和狄必攘培训革命骨干,也写其"游外洋远求学问,入内地暗结英豪"。同时,清廷对自立军起义的镇压、《苏报》案、沈荩案等真实事件也得到反映。虽然因作者早逝而未终篇,但第八回狄必攘联合海外留学生、报馆日益发达、工厂增至十个等描写,已凸现出革命潮流势不可挡的趋势。

总之,陈天华的创作往往围绕革命目标,将作品当成动员群众的工具,因此,大多借鉴民间说唱或通俗小说的形式,语言浅直易懂,情感激愤充沛,内蕴紧密联系现实。其创作影响极大,冯自由在《革命逸史》中称其影响"较之章太炎《驳康有为政见书》及邹容《革命军》有过之无不及",可见这些作品在当时的价值。

第二节 南社诗人柳亚子等的诗文

南社是活动于1909年至1925年的革命文学组织。成立于1909年11月,其最初发起人为陈去病、高旭、柳亚子,活动中心为上海,主要活动时期在辛亥革命前后。

南社之命名,或云:"钟仪操南音,不忘本也",或曰:"南之云者,以此社提倡于东南之谓",皆有以"南"对"北"(清廷)之意。辛亥革命后,陈去病认为:"南者,对北而言,寓不向满清之意。"南社的主要活动为不定期雅集、编辑出版《南社丛刻》和创编报刊宣传革命。雅集是选择名园或酒家为场所、社员自愿集资相聚、诗酒交欢为主的活动,名士风气很浓。编辑报刊则分内外,对内编辑《南社丛刻》,自1910年1月至1923年12月,共出版二十二集,主要汇集登载社员的诗、词、文;对外则是积极编创进步报刊,宣传革命思想。

南社是一个组织较为松散的文学团体。辛亥革命前,力主反满倒清与民族革命,大体以品行、文学两优,得社员介绍作为入会标准。1914年修改《南社条例》时,因为反袁的政治背景,条例中增加了"本社以研究文学、提倡气节为宗旨"的内容。南社发展最盛时,成员有一千一百多人,遍布全国各地。社友既多,自不免鱼龙混杂,泥沙俱下,政治信仰发生分化。至"二次革命"失败,南社部分同志惨遭屠戮,南社成员的政治热情大大受挫,苦闷彷徨之馀,狂歌痛饮,由激进转为颓唐者有之,卖身投靠、筹安劝进者有之。1918年心灰意冷的柳亚子辞去编辑主任事务。此后,南社活动基本处于停顿状态。

南社的文学创作,在形式上,以旧体诗词和古文为主,其发表阵地主要为《南社丛刻》。南社成立之初,高旭作《南社启》,明确宣称:南社成立,"欲一洗前代结社之弊,作海内文学之导师";柳亚子在《胡寄尘诗序》中声言,"余与同人倡南社,思振唐音以斥伧楚";呼唤"民智大开,河山还我,建独立之阁,撞自由之钟",表现出领导一代文学潮流之气概(柳亚子:《二十世纪大舞台发刊词》)。辛亥革命后,他们以文学参与反袁斗争,抒写对复辟丑剧的鄙夷,对社会现实的失望、不满与郁闷。南社文学真实地记录了辛亥革命前后一代士人由摇旗呐喊到慷慨悲歌的情感波澜与心路历程。

南社成员的诗歌观念并不一致,柳亚子等人推崇"唐音",喜欢辛弃疾、顾炎武、陈子龙、黄宗羲、王夫之等人的诗歌,反对同光体、常州词派和桐城派。而姚锡钧、闻宥、朱玺等人,则推崇同光体,主学"宋诗"。1917年8月,由同光体引起的诗论之争导致人身攻击,终使南社分裂。主"唐音"与学"宋诗"者之争背后是两派诗人政治立场的对立。

从文学成就考察南社成员,其代表作家有柳亚子、陈去病、高旭、苏曼殊、马君武、黄节等。

柳亚子(1887—1958)原名慰高,字安如,后更名人权,字亚卢,又改名弃疾,字亚子,笔名青兕。江苏省吴江县人。1906年,加入同盟会。1907年与陈去病、高旭等酝酿成立南社。1909年南社成立后,致力于南社社务,成为公认的南社领袖。辛亥革命后,他多次撰文揭露袁世凯。对新文化运动持支持态度。1923年在上海与邵力子、叶楚伧等组织新南社。1924年加入改组后的中国国民党。1944年加入中国民主同盟。1948年在香港参加中国国民党革命委员会,并应邀北上参加中国人民政治协商会议。建国后,先后担任中央人民政府委员、全国人民代表大会常委等职。1958年病逝。其著述分别收入《磨剑室诗词集》、《磨剑室文集》。

南社时期的柳亚子是以民主主义战士的姿态驰骋战场的,文学成绩主要表现在诗词中,内容首先是对黑暗现实的深刻揭露和批判。其《赠林力山》借故友相逢发心中感慨:"浮萍大海情何限,荆棘铜驼恨不平。同是天涯沦落客,残山剩水又逢卿。"诗歌将朝代更迭的沧桑感与山河变容的荒凉味融合,对已逝者的怀念和对现存者的不满并存。《题〈张苍水集〉》和《题〈夏内史集〉》则借明末志士抒自我之情,前者揭露现实是"胡尘惨淡汉山河","盲风晦雨凄其夜";后者表达赞颂与愧疚之情:"悲歌慷慨千秋血,文采风流一世宗。我亦年华垂二九,头颅如许负英雄。"《四月二十五日》云:

  伤心今日是何日?忍死遗民泪眼枯。从此中原虚正朔,遂令骄虏擅皇都。
  魂依凤辇排阊阖,血洒龙髯泣鼎湖。二百年来仇未复,普天犹自奉胡雏。

此诗追念明亡帝,反思异族统治二百年的伤痛,显示出强烈的反清情绪。

  其次,诗歌充满着对革命成功的期盼、对革命志士的反抗行为的歌颂和对为革命牺牲的烈士的怀念。1903年,章太炎、邹容因"《苏报》案"入狱,柳亚子作《有怀章太炎、邹威丹两先生狱中》一诗,歌颂他们是"中原玛志尼",疾呼"大好头颅抛不得,神州残局岂忘君"。1913年宁调元被害,诗人写下《闻太一恶耗痛极有作》,此诗堪称这类诗歌的代表作:

  当年专制犹开网,此日共和竟杀身。早识兴朝葅醢急,不应左袒倡亡秦。
  独夫曷丧苍生愿,豪杰竟成白骨哀。血溅武昌他日事,鬼雄呵护复仇来。

通过这些诗,诗人对辛亥革命进行了反思,同时表达要为烈士复仇的愿望。

  柳亚子的诗词集中表现了反对封建专制和民族压迫,伸张民主民权的主题,充满了愤世嫉俗、忧国忧民的情绪,表现出慷慨悲凉,歌哭无端的风格,或慷慨悲壮,或低沉迂回,豪放与幽婉兼备,具有鲜明的浪漫主义色彩。柳氏论诗主张尊唐抑宋,诗学夏完淳、顾炎武和龚自珍。尤其是后者对他影响更大,他在《海上赠刘季平》中就自称"我亦当年龚定庵",更是自明渊源。综观其诗,从诗情的跌宕悲凉到意象的"箫"、"剑"并存,均显示出同处转型时代的敏感诗人相似的浪漫情怀。

  诗歌之外,柳亚子的散文也颇有时名。究其内容大致有四:一为表述政治主张、宣传民族革命思想。代表作有《中国立宪问题》《考察政治者归国矣》《庆贺立宪之丑态》《代政闻社社友绝梁启超书》和《民权主义民族主义》等。二是追思怀念革命烈士。代表作有《吴江志士陶亚魂小传》《周烈士实丹传》《宁烈士太一传》《陈烈士勒生传》等。三是表述男女平权思想。代表作为《哀女界》《中国第一女豪杰、女军人花木兰传》《中国民族主义女军人梁红玉传》等。四乃为明末志士或朋辈友人诗文所作的序文,其中凸显出其文艺观。代表作有《恨海序》《潘节士力田先生遗诗序》《梨云小录跋》《天潮阁集序》等。总体观之,这些散文深受梁启超"新民体"的影响,充满激情,感染力强,行文平易畅通,其语言骈散杂糅,克服了"新民体"的芜杂,更为精炼流畅。

陈去病(1874—1933),原名庆林,字巢南,又字柏儒,别字病倩,号垂虹亭长,后改名去病。江苏省吴江县人。1898年,与金天翮等创办雪耻学会。1902年加入中国教育会,1903年在日本加入拒俄义勇队。1903年夏秋间返沪后,担任《警钟日报》主笔,创刊《二十世纪大舞台》。1906年加入同盟会,1907年发起成立神交社,为南社成立做准备,1909年,与柳亚子等人发起成立南社。1913年,他去南京参加"二次革命";1918年到广州,追随孙中山筹办北伐。1922年北伐开始,任大本营前敌宣传主任。后曾担任东南大学教授,江苏革命博物馆馆长等职。著作有《浩歌堂诗钞》《诗学纲要》《辞赋学纲要》等。

陈去病的诗歌主要内容有二:一是揭露现实,宣传革命。对黑暗专制的现实进行入木三分的揭露,通过追念晚明志士表达革命愿望,是南社诗人的共同倾向,陈去病的诗歌尤其如此。他的《重九歇浦示侯官林獬、仪真刘光汉》一诗云:

惨淡风云入九秋,海天寥廓独登楼。凄迷鸾凤同罹网,浩荡沧瀛阻远游。

三十年华空梦幻,几行血泪付泉流。国仇私怨终难了,哭尽苍生白尽头!

现实的沉重压抑、时光流逝而壮志难酬的感叹融为一体,凸显出诗人内在的激情。诗人在《将游东瀛赋以自策》中表示"誓将努力上青天","宁惜毛锥拼一掷,好携剑佩历三边",希望"此去壮图如可展,一鞭晴旭迫中原"。而《题郑延平战捷图》《四月二十五日偕刘三谒苍水张公墓并吊永历帝》《自厦门泛海登鼓浪屿有感》等诗则借歌颂张煌言、夏完淳、郑成功、瞿式耜等抗清志士的牺牲精神传达了同样的意蕴。

酬答朋友、怀念烈士是陈去病诗歌的另一重要内容。《图南一首赋别》既感慨"恻恻中原遍蔚罗",又劝慰同志"补天填海千秋事,莫漫伤春赋绿波",追问"逐北何年奏凯歌"。《访安如》抒发"握手相看泪满痕"的友情,《哭逊初》则借怀念烈士之际表达希望:"只恐中朝元气尽,极天烽火掩神州。"诗中充满了豪迈、乐观的情绪。

总体看,陈诗成就不及柳亚子。但其诗情悲壮沉郁,有的诗对仗工整、意境廓大,独具特色。

高旭(1877—1925),字天梅,又字剑公、钝剑、慧云、慧子、哀蝉。江苏金山(今属上海)人。1903年在松江创办《觉民》月刊,1904年赴日留学时,结识孙中山。1905年入同盟会,任该会江苏分会会长。1906年10月17日,在《民吁报》发表《南社启》,与陈去病、柳亚子一起发起成立南社。辛亥革命后,当选为众议院议员。1917年,曾两度南下参加孙中山召开的非常国会。1923年与景耀月等十九名南社社员一起被曹锟收买,成为"猪仔议员",被南社开除。1925年郁闷成疾,英年病逝。诗集为《天梅遗集》。

高旭的思想始终是矛盾的。一方面他较多接受西方民主主义文化的影响,强烈批判封建专制政体与封建传统文化。在《祝〈民呼报〉》中云:"天民帝民民以大,蚁民子民民以小。君大于民国权沦,民卑于官国础沉。"他批判孔子的思想,提倡"无古无今,无人无我,纵横六合,惟所创造"的精神。另一方面,他又推崇文人风流,言行间带有浓郁的名士作派。此矛盾反映在其诗歌中,既凸显出社会转型诗人思想的复杂,也使其诗歌内蕴达到少有的深刻之境。尤其是其早期诗歌,多揭露现实黑暗,抒发革命豪情。1906年,他伪造《石达开遗诗》二十首,或描写"极目楚氛恶"的现状,或抒发"垓下雌雄决一韩"的壮志,产生了广泛的影响。而《甘肃旱荒赋此》其一则集中揭露清政府的腐败,抒写对下层百姓遭遇同情:

> 天既灾于前,官复厄于后。贪官与污吏,无地而蔑有。
> 歌舞太平年,粉饰相沿久。匿灾梗不报,谬冀功不朽。
> 一人果肥矣,其奈万家瘦。官心狠豺狼,民命贱如狗。
> ……
> 况当赈济日,更复上下手;中饱贮私囊,居功辞其咎。
> 甲则累累印,乙则若若绶。回看饿殍馀,十不存八九。

国内惨淡如此,国际处境更糟。在《路亡国亡歌》中,他发出警示:"诸公知否欧风美雨横渡太平洋,帝国侵略主义其势日扩张。"何以挽危局?他主张暴力革命!《读谭壮飞先生传感赋》中,诗人直呼:"砍头便砍头,男儿保国休。无魂人尽死,有血我须流。"其慷慨悲壮的豪情、为国捐躯的壮志,深深感染着同代青年。

辛亥革命后,诗人既为革命成功而欢呼,也为"正遭魔起舞"的现状而不平。

他感慨"近来朝政更荒唐",不愿"忍看狗争功",而生隐志。后渐消沉,日与清朝遗老诗酒应和,完全背弃初衷。以反传统成名的诗人,终又回到传统之中,这是高旭的悲剧,又何尝不是时代的悲剧!

从艺术角度看,高诗题材广泛丰富,在形式方面诗人所作的探索尤为成就斐然。其诗有歌行体,有绝句,也有律诗;有改良派新诗,也有如《新杂谣》、《女子唱歌》、《爱祖国歌》等民歌体诗。从语言方面讲其诗以七言为主,时常杂以三言、四言、五言,甚或一言、十言的诗句,以表达诗人跳跃跌宕的情感。作为浪漫主义诗人,其诗意象宏阔,瑰丽多姿,情感汪洋恣肆,豪迈奔放,具有鲜明的个性色彩。但也存在着推敲不够、风格粗糙等艺术上的不足。

苏曼殊(1884—1918),名戬,字子谷,后更名元(玄)瑛,曼殊为其法号。广东香山人。其父为在日经商的华侨,母亲为日本人。因是未婚而生的混血儿,又成长于中日交恶的近代社会环境中,他便有着超乎常人的家世之痛和心灵创伤。苏曼殊曾留学日本,加入留日革命人士组织的青年会、拒俄义勇队和军国民教育会。后漫游南洋各地,能诗善绘,通英、日、法、梵四种文字。民初曾任报馆编辑及大学教授,但终生颠沛流离。少年削发为僧,青年参加革命,情感的一波三折,僧俗两界的规则束缚,皆使其创作以抒发自我情感和表现自我生存状态为主。

苏曼殊诗现存八十四首,抒发情感的诗占绝大部分。其中既有抒发革命青年豪情壮志的,如《以诗并画留别汤国顿》:"蹈海鲁连不帝秦,茫茫烟水着浮身。国民孤愤英雄泪,洒上鲛绡赠故人。"也有阐发少年僧人一时顿悟的禅意诗,如表白"禅心一任蛾眉妒,佛说原来怨是亲"的《本事诗》,抒发"逢君别有伤心在,且看寒梅未落花"的《憩平原别邸赠玄玄》等。但是,最能代表其成就的是那些糅进自我身世之痛、感情之悲,因而情感缠绵幽怨的诗作。《为玉鸾女弟绘扇》以疏柳含烟的萧瑟意境,日暮佳人的黯淡情调,传达出"亡国苦"的幽情;《有怀》则借愁苦的行者传达出"幽梦无凭恨不胜"的情感。《本事诗》更以自我经历为素材,将有所爱却不能得、偏不能忘所爱的幽微之情尽情写出。其五云:"桃腮檀口坐吹笙,春水难量旧恨盈。华严瀑布高千尺,未及卿卿爱我情。"其六云:"还卿一钵无情泪,恨不相逢未剃时。"皆以近乎口语的诗句,抒发诗人对于人间情爱的感悟和对于人生际遇的反思。

其诗中的自我形象,给人以强烈的漂泊感,成为其生存状态的写真。《过蒲田》塑造的是践沙逐浪、人在旅途的漂泊者,诗境中透出拂之不去的空旷与孤寂。《过若松町有感》则似幻如梦,漂泊者寻旧归来,却是人去楼空,万千惆怅一无所寄。诗人始终徘徊僧俗两界,想挣脱红尘,又难以忘情,因此一边在《落日》中宣称"不爱英雄爱美人",一边在《寄调筝人》中表示已"忏尽情禅空色相","与人无爱亦无嗔"。即便在同一时期的诗如《过若松町有感示仲兄》中也有这种冲突："契阔死生君莫问,行云流水一孤僧。无端狂笑无端哭,纵有欢肠已似冰。"若非身跨僧俗、神游革命与出家之间的经历,哪会有这般狂狷与无奈!

艺术方面,其诗有两个特点:一是意境淡雅萧疏,感情幽婉缠绵。他的诗是从诵读前人诗歌和自我感悟中获得的,前者使其直摹唐人诗境,自然清新;后者使其纠结家国身世之痛,情感幽微悱恻。二是绝句抒情为主,语言明洁清丽。他的诗,绝大部分是七绝,适合抒发瞬间情感。大概是其受佛教禅宗重顿悟的思维方式影响使然。

南社作家中,马君武和黄节也很有成就。马君武(1881—1940),原名和,字贵谷,后以君武行。1902年赴日留学,思想上受康有为、梁启超的影响;后结识孙中山,转向革命。1905年同盟会成立后,任广西主盟人。1906年任教中国公学,兼任同盟会上海分会会长。曾任孙中山临时政府实业部次长、军政府交通部长和秘书长,后又担任广西省省长等职。1928年,担任广西大学校长,是近代著名教育家,与蔡元培并称"南马北蔡"。马君武的诗大多写于辛亥革命前,内容正如他在《诗文集自序》中所云:"鼓吹新学潮,标榜爱国主义"。前者使其不满现实,充满雄心壮志。后者使其诗充盈着爱国主义激情。马君武主张诗歌创作不拘一格,在《寄南社同人》中提出"唐宋元明都不管,自成模范铸诗才"的主张。观其创作,既吸收黄遵宪等人"镕铸新理想以入旧风格"的特点,也有通俗晓畅的歌行体。当然,更多的则是便于抒情的七言绝句。虽未达到"自成模范"之境,却已体现出诗人艺术方面的积极探索与尝试。

黄节(1873—1935),名晦闻,号纯熙,后改名节,别署晦翁、黄史氏。1907年,参与"南社"筹组;1909年加入同盟会。辛亥革命后,因不满现实而沉入学术研究。诗歌创作与学术研究并进,颇得时名。其诗结集为《黄节诗集》。黄节的诗主要有两方面的内容:一是弘扬民族意识,宣传革命思想;一是抒发怨愤之情,塑造自我形象。黄节诗的艺术成就一方面表现为意象独特,意境阔大,一方面则为风格沉郁,笔意蕴藉。陈三立为之作序云其诗"格澹而奇,趣新而妙,造意铸语,冥辟群界,自成孤诣"等,皆在肯定其诗韵美境高、律精词工。

第三节　苏曼殊的小说和民初言情小说的突破与局限

倘若我们把"谴责小说"作为晚清小说的代表,那么,民初小说的代表无疑是"言情小说"。人们把民初小说家称为"鸳鸯蝴蝶派",就是根据他们创作的"言情小说"的基本特征命名的。事实上,民初"言情小说"确实数量众多,大有席卷小说文坛之势,当时有人也肯定:"近来中国之文士,多从事于艳情小说,加意描写,穷形极相。"①而上海尤甚,时人考证:"上海发行之小说,今极盛矣,然按其内容,则十八九为言情之作。"②同时,"言情"又常常渗入其他题材的小说之中,成为贯穿小说始终的主要趣味线,如李涵秋的"社会小说"《广陵潮》便是以云麟和伍淑仪的爱情为主要趣味线。因此,民初的"言情小说"形成中国小说史上继明末清初"才子佳人"小说之后的又一高潮,而其数量,则超过了明清"才子佳人"小说。

晚清的外国言情小说的影响,可能是一个重要原因。作为近代翻译外国小说热潮契机的《茶花女》,就是言情小说。又如林纾翻译的《迦茵小传》,描写男女主人公以纯真的爱情而生下私生子,但又以牺牲精神显示出崇高的德行。《迦茵小传》为中国小说家提供了一种新的价值模式:这种新的价值模式体现了"人"的意识对封建礼教的冲击。

晚清的"言情小说"力图与时代风云、国计民生相联系,避免为言情而言情,所以吴趼人的《恨海》、符霖的《禽海石》虽然都描写了爱情悲剧,又都把它们放在庚子事变的大背景下表现,形成爱情悲剧的原因是社会的动乱,人民流离失所。除了辛亥革命前夕问世的《碎琴楼》揭露批判了长辈包办婚姻外,在晚清的言情小说中出现的长辈,大都同明清"才子佳人"小说中的长辈一样通情达理,往往不构成青年男女自由相恋的障碍。这样的"言情小说"在某种程度上揭露了社会的动荡黑暗,鞭挞了帝国主义的侵略和清王朝的腐朽统治,但它未能充分展示那个时代的精神束缚,未能从人物所遭受的封建宗法制的思想禁锢上来展现纯真的爱情悲剧。马克思曾经指出:"人对人的直接的、自然的、必然的关系是男人对妇女的关系。……因此,从这种关系就可以判断人的整个文明程度。从这种关系的性质就可以看出,人在何种程度上对自己说来成为类的存在物,对自己说来成为人并且把自己理解为人。"③这并不是说必须以男女关系为手段来揭露社会政治,而是说根据对男女关系爱情方式本身的解剖,就可以判断出"人"的意识有了何种程度的觉醒。就此而言,晚清的"言情小说"缺乏表现"人"的意识,民初的"言情小说"尽管也缺乏"人"的意识,但它们似乎更注重揭示爱情悲剧的内在性,因而在作品展示的客观形象上,具有比晚清"言情小说"更为丰厚的内涵。

民国元年问世的《断鸿零雁记》和《玉梨魂》,标志了民初言情小说风格的形成。它们无论在文学表现人生的艺术特征上,还是"人"的意识的朦胧觉醒上,都比晚清言情小说有了明显的进步。

《断鸿零雁记》为苏曼殊代表作。该书 4 万余字,27 章,以第一人称为叙述

---

① 程公达:《论艳情小说》,《学生杂志》第 1 卷第 6 期,1914 年。
② 姚公鹤:《上海闲话》第 124 页,上海古籍出版社 1989 年版。
③ 马克思:《1844 年经济学哲学手稿》,人民出版社 2005 年版,第 80 页。

人,带有明显的自叙传色彩。小说描绘一位已经出家做和尚,受了"三戒"的三郎,从乳母口中得知生母尚在日本,得未婚妻雪梅的赠金,东渡日本,寻到母亲。在日本的表姐静子真诚地爱上了他,但他已入佛门,不愿再入尘世受世俗磨难,忍痛留书静子,悄然返国。回国之后,又得知雪梅因父母逼她另嫁,绝食而亡,便长途跋涉去凭吊其墓,但在斜阳荒草中竟无法找到雪梅的葬身之处。小说写的是一位和尚徘徊于出世与入世之间的感情矛盾,而尘世间牵住他的感情,使他不能做到万事皆空的,主要是对生母和两位挚爱他的少女的情感。按照和尚的戒律来看,出家人本不应再有寻访生母、凭吊未婚妻之类的举动。更不应当在女子爱上他之际,怀着缠绵悱恻的情感。恰恰是"人"的各种情感,战胜了和尚的戒律,使得和尚不能不处于矛盾状态。在此之前的中国小说中,"色戒"是和尚最重要的戒律,不戒荤腥不戒杀人的和尚仍可以是可亲可爱的和尚,如《水浒》中的鲁智深,但一涉及男女关系,破戒的和尚便只能是作为"淫魔"在小说中出现,他们都是被丑化的反面人物。即使是中国小说的顶峰《红楼梦》,写到贾宝玉也是恋爱不成才当了和尚,而一旦当了和尚便不能再去恋爱。苏曼殊以自己为原型,塑造了一位意欲坚守戒律,却又不能斩断情丝,陷在男女感情纠葛中难以自拔的和尚。他为了未婚妻能够嫁给别人而出家,出家后意欲坚守戒律,但在心底处一直不能忘记未婚妻。听到未婚妻为他守志绝食而死的消息,不远千里,赶往未婚妻墓前凭吊。他拒绝了静子的爱情,坚持和尚的身份,但感情上又充满惆怅痛苦。他不能不爱,又不能不守戒律,理性上要守戒律,感情上却割不断情丝。这样一位可亲可爱的和尚,在中国小说史上还是首次出现。

苏曼殊偏爱"言情"题材,他的小说主题几乎都是写"恋爱"的,结构大都是"一男二女"的模式,结局则是悲剧,主人公不是"死"就是"出家"。在这些小说中,作者常常揭露封建宗法制的包办婚姻给青年男女带来的悲剧。《断鸿零雁记》的雪梅死于父母要她另嫁,《碎簪记》中的"一男二女"死于男主角叔父的包办婚姻,表面上,这位叔父"和蔼可亲",实际上却专制蛮横,亲手击碎侄儿与所爱女子定情的玉簪。导致男主角的生离死别也与女主角的姨母嫌贫爱富有关。在他的言情小说中出现的长辈,除了《断鸿零雁记》远在日本的母亲外,几乎没有一个是正面角色。他们为财货、礼教所驱使,拆散儿女自己追求的姻缘,把儿女逼上绝路。这种否定封建包办婚姻的思想给民初小说以很大影响,苏曼殊是开民初小说之风的重要作家。同时,他也强调恪守礼教,主张"女必贞而后自由"。他批评长辈干涉儿女婚姻,但同时又强调"翁命不可背"。描绘那些私奔的妇女时,又赶紧声明,她们背弃的是"吾婶","翁固非亲父"。一面肯定私奔,一面又强调她们并不悖礼。这种感受到礼教的不合理而又不敢抨击礼教,力求调和爱情与礼教的冲突的做法,是民初言情小说的普遍倾向。

更能体现"情"与"礼"矛盾冲突而作者又力求调和这种矛盾冲突的作品是徐枕亚的《玉梨魂》。徐枕亚(1889—1937年)名觉,江苏常熟人。曾就学于虞南师范学校,后任小学教师,报刊编辑,1912年开始创作小说,第一部作品便是《玉梨魂》,这也是他的代表作。

《玉梨魂》写的是另一种不为礼教所容的恋爱——寡妇恋爱。女主角梨娘是一位寡妇,爱上了儿子的教师——客居在她家的梦霞,并且采取了主动表白爱情的行动。两人鱼雁传书,络绎不绝。但是梨娘又希望自己能够保持一个寡妇的"名节",时时带着罪恶感深自忏悔。她为了日后能经常看到情人,一手包办了小姑筠倩与梦霞订婚,不料梦霞拼命追求梨娘,不肯移情别恋,筠倩又深以包办婚姻为苦。最后梨娘无法割舍对情人的爱,又深感对不起死去的丈夫,不顾还有8岁的儿子,自戕而死;筠倩自感对不起嫂子,也自戕而死;梦霞本想殉情,又觉得大丈夫当死于国事,便出国留学,后来在武昌起义中牺牲。

在中国古代社会中,"寡妇"的命运是最为凄惨的,作为"未亡人"的任务是为丈夫"守节",假如死去的丈夫遗下子女,她必须尽一切力量把子女抚养成人。善良的寡妇根本不能有谈情说爱的非分之想,理应过古井不波的平静生活,谁要是扰乱了寡妇的感情生活,谁就是对她不仁。中国古代小说中不乏寡妇的形象,谈情说爱的寡妇几乎都是"淫妇"。也有作家从"人"的立场描绘过寡妇的痛苦,《红楼梦》就曾写过一个寡妇李纨,虽也参加诗社,当了主持人,却是一个心如止水、夫死从子的标准寡妇,"威赫赫爵禄高登,昏惨惨黄泉路近"。曹雪芹描绘这个寡妇丧失人生乐趣,最后被礼教吞噬的凄惨命运,但是还从来没有人以充满同情赞颂的笔调,写过一个不能克制七情六欲,在爱情与礼教中彷徨徘徊,既想恪守礼教,又要忠实于爱情,最终被迫自杀的寡妇。《玉梨魂》的突破是显而易见的,这样的作品,当时也只能在上海发表。

按照五四的新思想,徐枕亚可以将小说写成打倒吃人礼教的力作,因为"寡妇恋爱"的素材本身就带有反封建的意义。然而徐枕亚还没有意识到礼教是"吃人"的,礼教在他的心目中仍然是至高无上的权威。所以他笔下的寡妇和热恋寡妇的青年,在坠入情网后,都怀着一种悖违礼法的罪恶感,时时忏悔"未亡人不能割断情爱守节抚孤"。在可以叩开幸福之门的种种机运面前,他们自己心目中对礼教的崇仰成为最大的障碍。他们把礼教当作信条,时时表现出压抑人性服从礼教的自觉性和光荣感,一种麻木不仁的沾沾自喜。既然没有勇气打破礼教的束缚,爱情悲剧的终场是排定了的。由此形成的黯淡前途规定了作品颓废缠绵,哀伤低沉的基调,造就了小说中的各种矛盾和作者矛盾的态度。作者努力调和爱情与礼教的冲突,结果是主人公们为了礼教也为了爱情殉情而死。他们服从礼教,把爱情视为绝望的"孽缘",相约来世再结良缘。"哀莫大于心死"。心灵的束缚是最具有悲剧感的,从中展现了人物复杂丰富的内心世界和悲剧性格,也显示了封建礼教束缚人心的威严和摧残人性的残酷。苏曼殊、徐枕亚的取材,都以自己的遭遇为原型,从自己的人生体验中萌发出创作动机。他们在主观上都缺乏揭露批判封建礼教的自觉性,至多只是对某些社会问题如包办婚姻等不满。相反,他们都是虔诚地力图恪守礼教戒律,只是他们的经历遭遇使他们深感苦闷,必须通过创作来宣泄这种苦闷,表现自己的人生体验。尽管他们主观上并未意识到,甚至还意图宣扬破除痴情,领悟四大皆空,或者强调恪守礼教的雅洁高尚;但是作品提供的形象在客观上已经触及和尚寡妇也是"人",他们有自己高尚纯洁的爱情,而这爱情的毁灭更值得人们同情,从而促使读者为之洒下一掬同情之泪。

在所有的言情小说中,反对封建包办婚姻最力的还推吴双热的《孽冤镜》。吴双热(1884—1934年)原名光熊,字渭鱼,后改名恤,号双热。江苏常熟人。就学于虞南师范学校,与徐天啸、徐枕亚兄弟同学,曾任小学教师,后任《民权报》编辑。1912年开始小说创作,二十年代退出小说界。《孽冤镜》是其代表作,作者创作它的目的,就是要"普救普天下之多情儿女耳;欲为普天下之多情儿女向其父母之前乞怜请命耳;欲鼓吹真确的自由结婚,从而淘汰情世界种种之痛苦,消释男女间种种之罪恶耳"。作者认为"夫'不从父母之命、媒妁之言',此结婚之自由权也。""盖父母眼底,惟知富贵耳;媒妁口头,无非造谎耳"。由于结婚不自由,夫妇双方不能满意,却又不能制欲,于是奸淫之风日盛;能制欲者,则女为怨女,夫为旷夫,于是伦常之乐渐亡。"奸淫之风盛,而种种之罪恶以胎;伦常之乐亡,而种种之痛苦以脱。欲矫其弊,非自由结婚不可。"[①]因此,作者在小说中不仅描绘了青年男女相爱,却由于封建家庭的阻隔不能缔结良缘的悲剧,而且更进一步刻画了在包办婚姻之下结婚的男女在精神上的痛苦。从而实际上触及了爱情当为婚姻基础的问题。作者在中国小说史上第一次浓墨重彩地刻画了一个坚持封建家长包办婚姻权力的"父亲"的可憎形象:自由恋爱的儿子在父亲面前,"泣而屈膝,长跪严君前",哀恳父亲允许自己与所爱者结婚。然而,儿子失望了,"予状如囚,予父面乃如铁,裂其眦,炯炯有光。森罗耶?慈父耶?何忍坐视其爱儿跪且泣、泣且哀求耶?"儿子不敢也不忍公然反抗父亲,内心想的是:"父母不以予为孝,予亦不以父母为慈,骨肉之情,从此冷矣。"尽管作者采取的是"就事论事"的态度,未能从"人"的解放的高度来观照"自由结婚",因而也就未能将冲破家庭专制与打倒封建礼教结合起来,他笔下的男性仍然是焦仲卿一般的懦夫;但仅就这一社会问题的重新提出而论,作者刻画揭露封建包办婚姻制的弊端,可谓

[①] 吴双热:《孽冤镜》序,民权出版部民国五年版。

切中肯綮，入情入理。作者忠实于现实，不仅未将包办婚姻归结到家长个人的道德品质上去，甚至强调包办婚姻的家长也是出于"爱子"之心，"无奈误用其爱情耳"。从而突出了制度问题。在此之前，中国小说史上还没有一部作品如此尖锐地揭露这一社会问题，因此它的思想价值不容轻视。

民初小说艺术的一个重大发展是小说由外部的情节描写转向内部的心理描写。这一变化是从晚清开始的，像《孽海花》、《老残游记》中已有不少心理描写，晚清的言情小说如《恨海》、《禽海石》，狭邪小说如《海上花列传》、《九尾龟》等也有许多心理描写。但是心理描写在晚清小说中还是难以得到充分的发展，因为晚清小说以"谴责小说"为主，它的任务是罗列丑闻加以揭露谴责，某些小说高手在设计"贯穿之法"，将丑闻串成"珠花"或排成"游记"时，在贯穿全书的主要人物身上，会情不自禁地浓墨重彩加以描绘，他们的笔触时而会深入人物的内心深处，但一旦转向谴责丑闻，便不再注重心理刻画，而且"谴责小说"走马灯般更换的人物事件，也不允许作家去细腻地刻画人物心理。民初的情况就不同了，民初以"言情小说"为主，小说有完整的故事情节，人物不多，事件单纯。这就使得民初小说家不得不在人物的心理描写上下工夫。

从晚清开始，言情小说就常以悲剧为结局，这是小说家忠实于现实的表现，也是近代言情小说超出于明清才子佳人小说的地方。但同样是写悲剧，在晚清的言情小说《禽海石》、《恨海》、《劫余灰》、《邻女语》等作品中，悲剧是由外部的社会环境发生急剧变化造成的，而在民初的《断鸿零雁记》、《玉梨魂》、《雪鸿泪史》等作品中，悲剧是由主人公所崇敬的价值观念与他的行为产生矛盾，因而处于无所适从的状况造成的。为了表现主人公无所适从的矛盾彷徨，小说家调动了大量艺术手段，如内心独白、书信、日记等，静态地刻画人物的内心矛盾，心理冲突，这种描写虽然还没有达到五四新小说家那么纯熟，那么富于个性，但是一个时代的小说如此广泛运用心理描写，毕竟是中国小说史上的第一次。

由于从心理上展示人的矛盾，民初小说比晚清小说具有更强的悲剧意识。晚清小说家既想肯定爱情的合理性又不敢冲破内心传统价值观念束缚的矛盾，以及以"情"为"孽"的逃避，使得这一代小说家比以前的小说家更具有悲剧性。"悲剧性情势是比较紧张和复杂的。它不只是因为与外界的威胁力量发生冲突而造成，而首先是因为个人的切身要求与他所认定的超个人的生活价值之间的内心矛盾造成的。"① 民初小说家忠于现实，写出了"个人的切身要求与他所认定的超个人的生活价值之间的内心矛盾"，因而他们的作品比起晚清言情小说单纯描写外界力量的威胁要更具有内在的悲剧性。虽然民初小说家主观上还是从

---

① 波斯彼洛夫：《文学原理》，三联书店1985年版，第258页。

"穷而后工"和人生终有缺憾来理解悲剧①,但作品客观上展示的内涵,已经触及悲剧的实质,他们如果能在主观上具有悲剧意识,他们的作品还可以写得更深沉,更富于悲剧感,更面向于未来,可惜他们缺乏"人"的意识,还做不到那样。他们作品中的悲剧性仅仅是注重心理描写促成的,真实客观的心理描写,违背了他们皈依礼教的主观愿望,昭示了人物的内心矛盾,展现了悲剧性冲突。

与五四新小说相比,民初小说还处在小说的结构中心从故事情节到心理情绪的中介阶段,像包天笑的《补过》,一面极为重视悬念设置,大量运用倒叙、补叙形式,男女主人公的关系经历,都是后文慢慢补叙出来,以吸引读者去了解"发生了什么","后来怎样";另一方面,《补过》又着意刻画主人公的内心冲突、矛盾和痛苦,将心理危机的产生与克服作为情节跌宕的基础。主人公"补过"与否,是向善还是向恶,都是出于自己的选择,因此主人公的内心冲突也就成了情节推进的契机。作者善于表现利害与道德在人的内心形成的矛盾冲突,在"道德"与"爱情"的两难抉择中塑造人物,描绘心理。这种写法是取法托尔斯泰的《复活》,也让人想到三十年代柔石的《二月》。民初小说的描写技巧也曾对某些五四新小说家产生影响,如张资平就曾学习过《留东外史》的描写技巧②。

民初小说注重心理描写也有它的社会环境。从晚清到民初,心理学在大学教育和师范教育中逐步加强,尤其是上海,早在1912年9月的《小说月报》上,已可见到心理学讲义的广告。随着心理学知识的影响扩大,小说家转向加强对人的内心世界的了解是很自然的。事实上,他们运用限制叙事的叙述方式,有一半也是为了它们更有利于表现人物的心理。

从动态的情节叙述转向静态的心理描写,促使民初小说家更为注重静态的景物环境描写,加重小说氛围的渲染。除了《老残游记》等少数作品,晚清小说家很少作单纯的景物描写。而民初小说家则大多喜欢在小说的开头或中间穿插单纯的景物描写,以渲染烘托气氛,帮助描写人物心理。只是这样做的小说大多是文言,而文言写景往往袭用骈文写景的大话,难以表现景物的个性。

颇有意思的是:民初的文言小说在运用新形式方面,表现出比白话小说更大的勇气。民初的日记体、书信体小说大多是文言,运用限制视角叙事的小说大多是文言,改变以情节为中心的结构,采用以心理为中心的结构,大多还是文言,民初的短篇小说精品,大多也是文言。文言小说在民初获得了它在中国小说史上的最辉煌然而也是短暂的一页。或许是白话章回体小说过于成熟,要突破"章回

---

① 可参阅徐枕亚的:《孽冤镜》序和成之的《小说丛话》。成之是从王国维的悲剧观来看悲剧的,跳出了传统的"穷而后工",但他的观念在小说创作中的影响远不及徐枕亚。

② 见郭沫若《学生时代》。由于五四新文学对民初小说的批判,长期以来,新文学家都讳言这种影响。

体"的禁锢对白话小说来说决非易事,小说的突破性变革的重担只好由文言小说来承担了。士大夫把运用限制视角叙事和改变时间顺序的叙事作为小说行文的章法结构,用作古文的观念来理解这些腾挪变化,反倒帮助小说超出中国传统市民小说的模式,促进了中国小说形式的变革,也促成了士大夫文化与市民文化的融合。

第四节 《广陵潮》与民初社会小说

晚清"小说界革命"以小说改良社会的创作宗旨是由中国士大夫"天下兴亡,匹夫有责"的责任感和"文以载道"、"以文治国"的文学观念糅合而成的,有着深厚的中国传统文化基础,虽然它也学习日本、西方国家,其观念的核心却是中国的。它为士大夫成为小说家提供了安身立命的根据,使小说家得以向士大夫的"治国平天下"理想认同,使小说得以跻身于文学之林。因此,民初小说家虽然在实践上意识到"小说界革命"夸大了小说的作用,从而向传统小说观念的游戏消闲复归,但是有两个方面的原因阻止他们完全回到传统小说:一是他们大多是在"小说界革命"中成长起来的,耳濡目染晚清小说的影响已经形成心理定势,难以完全割断。二是他们既以小说为职业,总要寻找安身立命的根据,他们没有确立艺术的本体价值,又不愿也不可能回到士大夫创作了传统小说却不敢署上真名,甚至不敢让人知道的那种状况,所以他们舍不得丢掉"小说界革命"确立的小说价值。民初小说家并未完全放弃晚清"小说界革命"的创作宗旨:李涵秋对其弟李镜安说:"我辈手无斧柯,虽不能澄清国政,然有一枝笔在,亦可以改良社会,唤醒人民。"李定夷觉得"欲求移风易俗之道,惟在潜移默化之文,则编译新小说以救其弊,庸可缓耶"?[①] 就连公开宣称小说是"俳优下技"的徐枕亚,论起小说之益来,居然也举起"改良社会"的大旗:"小说之势力,最足以普及于社会,小说之思想,最足以感动夫人心,得千百名师益友,不如得一二有益身心之小说。"[②]在这些主张中,都明显打上晚清"小说界革命"的印记。有的小说刊物,也重复"小说界革命"对小说的论述:"小说界于教育中为特别队,于文学中为娱乐品,促文明之增进,深性情之戟刺。""《小说界》以罕譬曲喻之文,作默化潜移之具,冀以挽回末俗,输荡新机,一曰救说部之流弊也。"[③]这些现象本身便证明了"小说界革命"虽然早已进入低潮,但它在公众心目中仍然具有广泛的影响。

---

① 李镜安:《先兄涵秋事略》,转引自范烟桥《中国小说史·最近十五年之小说》,苏州秋叶社1927年版。
② 徐枕亚:《答友书论小说之益》,《枕亚浪墨》,小说丛报社1915年版。
③ 瓶庵:《中华小说界》发刊词,《中华小说界》第1期,1914年。

小说家对现实的不满,公众期待揭露现实的小说,以及小说作为抨击强权、揭露黑幕工具的观念依然具有的广泛影响,这一切组合起来便形成了某种环境,帮助抨击强权,批判现实,揭露黑幕的作品问世。何海鸣(1887—1944年),湖南衡阳人,原名何时俊,早年入湖南新军当兵,后到湖北卖文为生,加入武昌文学社,任《大江报》主笔,因鼓吹革命被捕,武昌起义后到上海加入《民权报》,后成为小说家。他早在1912年10月便已忏悔:"记者当日亦颇惑于'共和'二字,以为'共和'之国,国即政府,政府即国民,绝无相冲突之虞。……政府者国民之政府,决不至为袁氏所把持,于是亦坐视众人赞同之。"①"二次革命"失败之后,这种失望情绪发展尤甚,有的小说家感慨:"各国革命大抵流血,然往往获政治上改革之益。而吾国独不然,昙花一现,泡影幻成。"②小说家的这种失望情绪也注入到小说创作之中。包天笑(1876—1973),原名清柱,后改名公毅,字朗生,江苏吴县人。晚清时即开始翻译创作小说,曾任报刊编辑,主编《小说时报》、《小说大观》、《小说画报》等刊物。他创作的书信体小说《冥鸿》,便在小说中感叹:"回忆光复之初,将以荡移涤污,发扬清明,抑知不转瞬间,而秽汙更甚于昔。""当日志烈之士介种族革命之说,今种族革命已遂矣,而所逾于清朝末季者几何耶?"最能显示出这种失望的还数李涵秋的《广陵潮》。李涵秋(1874—1923),名应漳,字涵秋,原籍安徽庐州,太平天国时迁居江苏扬州。20岁中秀才,次年升廪贡生,先后执教于武昌、扬州,达30年之久,32岁开始创作小说,18年中创作长篇小说30多部,代表作为《广陵潮》、《战地莺花录》。他的《广陵潮》是一部百万字巨著,从1908年开始创作,直至1919年才全部完成。他的民初"第一小说名家"的地位,便是由《广陵潮》奠定的。《广陵潮》问世后,一时以"潮"命名的社会小说不断问世,可见影响之大。胡适在1922年写的《五十年来中国之文学》中,对于民初小说,也只是有保留地肯定了这一部小说。

《广陵潮》从晚清写起,时间跨度数十年,它缺乏晚清"谴责小说"掊击时政时的那股慷慨激昂、锋芒毕露的锐气,但它又是从"谴责小说"发展而来的。作者的意图在于描绘一幅清末民初数十年历史的长卷,起初给小说命名为《过渡镜》,并且在小说中强调它的"镜子"作用。因此,它的历史内涵在某种程度上要比晚清任何一部"谴责小说"更为丰富。在《广陵潮》中,我们看到种种画面:无赖顾阿三,不过是个卖大饼的,一旦入了天主教,竟敢强霸他人新妇,县官却无可奈何;县官毕升和绅士石茂椿官绅勾结,巧立各种苛捐杂税,盘剥百姓;市侩田焕夫妇,利用店主去世之机,侵吞孤儿寡妇的财产;朝廷举办"新政",衣租食税,逐渐增

---

① 何海鸣:《治内篇》,《民权报》1912年10月8日到10日。
② 沈东呐:《民權素》序,《民權素》创刊号,1913年。

加,贪官污吏趁机巧立名目,中饱私囊。但是《广陵潮》最为出色的,还是对一系列重大历史事件的描绘:辛亥革命对老百姓来说是隔膜的,当武昌起义成功之后,武昌的许多市民害怕清军要来开战,一窝蜂地逃出城,造成城门口拥挤不堪,许多人被践踏而死的悲剧。革命党人的队伍严重不纯,既有富玉鸾那样的志士,又有马彪、宋兴等人的会党,还有饶二、饶三之类的无赖。清朝官吏刚刚逃走,民军尚未进城之际,扬州的土豪劣绅便已乘机成立了一个"民政署",推举劣绅石茂椿做民政长,从署长到大厨师头儿的职位被他们瓜分得干干净净。更有意味的是,革命军进城后,并不打击这些土豪劣绅,反而又成立了一个"军政分府",与民政署遥遥相对,和平共处,充分显示了辛亥革命的妥协性。

需要指出:对辛亥革命的失望并没有动摇作者对"共和"的信念,作者在小说中描绘了袁世凯复辟帝制,扬州名士中拥护的只有一心想升官发财的无赖廪生刘祖翼之流,而赞成张勋复辟的,又只有旗人的"宗社党",腐儒何其甫和旧官吏程宗敬之类的遗老。老百姓是拥护"共和"的,当扬州人民听到张勋失败的消息,"莫不欣喜非常,大呼民国万岁"。正是出于对"民国"的珍惜,李涵秋在失望之余,便欲起来抗争。他借主角云麟之口,指责无赖田福恩贿选议员,预言民国若是照此下去,"不出五年,若不被他们那些官僚派推翻议院,破坏共和,甚至假造民意,倡言帝制,你那时候来剜我的眼睛"。他意识到"民国时代,自古以来不曾发生过的事情,一般会在这民国闹出笑话儿来"。他的作品要像"谴责小说"一样,将这种种笑话都写出来,以此为鉴,惊醒世人。

民初小说家对社会黑暗的抨击,有时还延伸到晚清所忽视的角落。张恨水在五四前夕发表的《小说迷魂游地府记》,通过"小说迷"魂游地府的经历影射现实,上至段祺瑞、徐树铮编练"参战军"的无法无天,下至晚清小说很少触及的出版界、新闻界、文学界的黑暗,一一揭诸笔端。杀人只要挂上"参战军"的招牌,"都不要紧"。"丰都图书馆"里公然张贴淫画,书肆中大量出售《男女行乐指南》,小说商"只要能卖钱时,你就把他浑家秘史做上,他也只当是黑幕书当有的"。地府中的出版界是"文明骗子",学到了"东洋佬卖药的广告法子",大报《神报》、《兴文报》(即《申报》、《新闻报》)"原是营业性质,算不得真正的舆论","小说商借着他大报披露,他就借着广告收费,两人目的一达,这里头大宽转就把看报人勾上斜路去了"。他发现"这几年来,一班忤奴,被小说商弄坏了,若要再不整顿,龙蛇混杂,却扫了我小说界的名誉"。所以小说界头一项使命就是"和似是而非的小说商宣战"。包天笑的小说《黑幕》,揭露的也正是黑心的出版商拒绝严肃的学术著作,却逼迫学者去胡乱编写一些无聊、淫秽、一味罗列丑闻、全无艺术性可言的所谓"黑幕作品"。这意味着正直的作家们也发现了小说"商品化"带来的迎合读者低级趣味,黄色小说泛滥的弊病,他们也想予以痛击,改变这种状况。

民国八年前后是社会小说发展的高潮时期,继《广陵潮》之后,先后出现了包天笑的《上海春秋》、朱瘦菊的《歇浦潮》和毕倚虹的《人间地狱》等等,它们都是质量较高的社会小说,尤其是朱瘦菊的《歇浦潮》,为张爱玲所称赏。这些作品在政治性、揭露黑暗的尖锐性上或许不如谴责小说,但是它们依然继承了谴责小说对社会的批判。在这些小说中,很少有正面人物,很少有对事物的歌颂,作者大多怀着悲悯之情,或者怀着满腔的愤懑,甚或是绝望之情,揭露社会,尤其是现代城市社会对人性的摧残。《歇浦潮》的开头就指出:"春申江畔,自辛亥光复以来,便换了一番气象。表面上似乎进化,暗地里却更腐败。上至官绅、学界,下至贩夫、走卒,人人蒙着一副假面具,虚伪之习递演递进;更有一班淫娃荡妇,纨绔少年,都借着那文明自由的名词,施展它卑鄙龌龊的伎俩。廉耻道丧,风化沉沦。"揭露这种虚伪和黑暗,就是作者的创作动机。而且与后来新文学以阶级论贴标签不同,无论在上层社会还是在下层社会,作者都看到了金钱社会带来的这种虚伪和异化。这已经进入到人性的异化上。在艺术上,社会小说也有较大的发展。晚清谴责小说作家具备了描写人物的能力,他们把它用在狭邪小说上,而很少用在社会小说上;民初的社会小说家则不同,在他们创作的社会小说中,社会小说与狭邪小说、言情小说已经出现了合流。狭邪小说、言情小说的描写技巧,也就进入了社会小说,主要人物的性格、心理,已经成为作家浓墨重彩的描写对象。《歇浦潮》是其中的代表作,对人物性格心理刻画的细腻,仅次于《海上花列传》。小说叙述发生于现代城市的一个个骗局,像钱如海设计的股票骗局,比起《海上花列传》更加具有现代性,更让人看到现代金钱社会商业文明带来的社会弊病。至于那些以维护道统敛财的旧文人,"二次革命"失败后靠出卖同志生存的革命党,充分显示了在金钱和贪欲的吞噬下,人性的扭曲已经到了惊心动魄的程度。在小说的结构上,它们大都运用《海上花列传》所用的复杂的网状结构,运用"穿插藏闪"的手法,以表现现代都市复杂的环境和事物。

民初的小说家,对上海这样的半殖民地大都市大多采取批判诅咒的态度。在他们笔下,上海是罪恶的渊薮,对于善良的人来说,到处充满了陷阱。恽铁樵在《工人小史》中描述:"上海者,不可思议之怪物也。彼都人士,狐裘皇皇,望之,几无一非神仙中人;然贫人流离琐尾而至此者,虽有伍大夫之箫,不许吹也。"将上海作为富人的天堂,穷人的地狱。包天笑在《补过》中描绘了一位"本是个内地质朴的青年,一到都会之地,不免感染了这都会恶习,就踏入那堕落的径路去了","因此把自己一身的方向误了"。黄花奴在《扬花梦》中又进了一步:"沪地人烟既萃密,于是盗贼奸邪,藏形匿迹,胥以斯为安乐窝。光天化日之下,纵容若辈横行,一无顾忌,若好繁华场,随处皆为陷阱。居其地者,仍不留意,尚且堕入百丈深渊,为若辈罗网中物。远方客子,贸然来游,实无异若辈之随口肉馅,颠之倒之,为事更易之。文明云乎哉?繁华云乎哉?直万恶之薮耳!"将上海指为流氓拆白党的天堂,善良百姓的地狱。由于上海得风气之先,上海的风气常常流向外地,上海的罪恶也常向外地辐射。这一时期中,乡下人到上海学上海风气,是"滑稽小说"中常见的题材。吴双热的《学时髦》,写乡下人跟城里人学时髦,不是近视眼,偏要戴着一副钢丝眼镜,不单是损害了视力,连眼都花了,回家连家中养的狗都不认识他。《广陵潮》中描写一位开放的"新女性"明玉珠,便是在上海学坏,由上海到扬州,后来成了类似"拆白党"的人物。《上海春秋》、《歇浦潮》、《人间地狱》等社会小说揭露现代都市更是不遗余力。小说家出于对人性纯朴的维护,愤于上海的黑暗,起而揭露这"冒险家的乐园",黑色的"大染缸"。他们对都市商业化文明抱着强烈的批判情绪。在中国现代都市兴起之际,中国的作家并没有放弃他们的责任,他们看到了现代城市代表贪欲,对自然人性的扭曲,于是努力加以批判。这种批判要比沈从文早得多,也更加直接得多。从《海上花列传》等狭邪小说到二十年代初的社会小说,最早代表了中国作家对现代都市及其背后的资本主义商业文明意识形态的揭露批判,尽管它们只是出于作家的良知,是不自觉的,并且有着许多矛盾之处;但是,他们毕竟是后来新文学作家批判现代都市的先驱。

从维护自然的人性出发,民初小说家有时向往农村,将农村视为纯洁之地。他们企望通过弘扬农村的旧道德,来改变"礼崩乐坏"的局面。蔚云在小说《征妇》篇后议论:"自新学输入,一般蹈袭皮毛者恒断章取义,好为无界限之自由。而固有之道德乃日就澌灭。""不谓山村僻壤间竟有姑慈妇孝,一团挚爱,如陈化者,孤灯如豆中,一席痛苦,足令闻者酸鼻。"这些议论便表达了对农村的向往,它带着新旧文明之争和中西文化之争的内涵。在这种争斗中,民初小说家又是矛盾的。商业化弱肉强食的生存竞争,以及由此而来的传统道德的解体,使得小说家深感痛苦。然而在西方近代思想的影响下,他们不可能像封建士大夫那样,把礼教看得那么神圣,他们所接受的新思想帮助他们看出旧道德的许多弊病,而且从本质上说,他们大多已接受了西方的进化论,不再遵从越古越好的古训。他们徘徊于旧礼教与新思想之间,这类矛盾在《广陵潮》的人物塑造中表现得十分明显。《广陵潮》对顽固守旧的腐儒痛加贬斥,塑造了以何其甫为首的一批处在八股旧学笼罩之下的旧儒生,他们满口仁义道德,表面上道貌岸然,实际上追名逐利,贪财好色,闹出了不少笑话,何其甫成为全书中讽刺得最厉害的人物。作者揭露这帮旧儒生的堕落,可谓不遗余力。但是,《广陵潮》虽然也塑造了一位革命志士富玉鸾,描绘他出身于官宦之家,出于救国救民的真切期望从事革命。当他接触到卢梭《民约论》等西方思想,便将家财分给乞丐和穷人,只身前往日本留学,在辛亥革命前回国策划起义,不幸被奸人告密,被捕入狱,在法庭上他大义凛然,痛斥清朝官吏,壮烈牺牲;可是又写到他要与自己的母亲讲平等,气死了母亲。于是在小说结尾时,富玉鸾被莫名其妙地评为"富而不仁",作者在感情上,并不能接受这位蔑视礼法的革命英雄。即使对"革命",他也不无微词,甚至表示:"大人物在上面革命,小百姓在下面受罪,这才不失我社会小说宗旨。"作者最为喜爱的人物,还是以自己为原型的云麟。此时,作者的思想处在半新半旧之间,不乏正义感却又不知出路在哪里。作者在理性上也知道依靠云麟这种书生,不可能"造出一个簇新的世界",他认为"革命事业要出在下流社会人手里,酸秀才不中用的"。但是他又看出参加革命的下流社会成员怎样玷污了革命,异化了革命。结果,他的"大家齐心协力,共同造出一个簇新的世界"的理想找不到实现的途径,在《广陵潮》中,他只能如苏曼殊般以消极的佛学来自我解脱。在五四后问世的《战地莺花录》中,他才把希望寄托在接受新学堂教育的学生身上。

民初小说家中也有人不甘心"保守旧道德",而提出新的价值观念。何海鸣便曾主张"一种学问曰'我学',万事以我为本位,以我为前提","我之对我,宜采自立主义,我之对人,宜采博爱主义也","因欲博爱而始谋自立,因能自立而后言博爱","盖既以我为本位,则我与人平等,自无阶级之分,而世界上仅有一个人字,人我皆平等,当又无尊卑之别"。他的主张还显得比较幼稚,表述也有不少毛病。但这是新型的资产阶级商业社会的价值观念的雏形。只是这种个性解放的价值观念在当时很少有人出来呼应,在小说创作上也没有得到明显的反映。它称得上五四新文化运动的先驱,它的完善与发生重大影响,都要在五四以后。

第五节　短篇小说的发展

清末民初"新小说"有一个重要方面,便是短篇小说的崛起与发展。短篇小说在中国源远流长,不仅历史早于长篇小说,而且在长篇小说兴旺发达之后,始终保持着自己独立的领地。但自乾隆末年之后,短篇小说处于衰退状态,白话短篇小说几乎绝迹,文言短篇小说也缺乏力作,虽有王韬的《淞影漫录》、《淞滨琐话》,俞樾的《右台仙馆笔记》等等,作者都是名家,作品却大体上模拟《聊斋志异》与《阅微草堂笔记》,缺乏创新。只是在晚清"小说界革命"后,受西方短篇小说影响,中国短篇小说才出现了新的重要发展。

短篇小说的重新崛起首先是因为报刊登载小说的需要。一般人往往只注意报刊连载长篇小说可以吸引读者看下去,从而增加报刊的订户,而看不到短篇小说对读者的吸引力。其实,读者每次都看不到完整的故事终究是一大遗憾,这也会影响到报刊的订阅,因而需要同时刊载有完整故事情节的短篇小说作为调剂。中国最早的小说杂志《海上奇书》便已经注意到这一点,它采用长短篇小说合载的方式,既刊登长篇小说《海上花列传》,也刊登短篇小说《太仙漫稿》,以兼顾各种不同读者的需要,扩大小说杂志的市场。《新小说》问世时,也注意到短篇小说,只是编者还囿于传统小说概念,广告上宣称专辟"杂记体小说一栏,如《聊斋》、《阅微草堂》之类,随意杂录"。① 由于没有明确的"短篇小说"意识,结果它刊登的许多作品只是笔记随感,还称不上是短篇小说。《绣像小说》只登长篇小说,不登短篇小说。晚清"小说界革命"后首先刊登短篇小说的杂志是《新新小说》,它是由陈景韩主编的小说杂志,长短篇小说合载。其中刊登的陈景韩自己创作的《路毙》,颇有一点"横断面"小说的样子,截取场景加以描绘,语言简洁凝练。只是《新新小说》中像这样的短篇小说太少,一些以议论为主的随感也混杂其中,而且它还没有专门开出"短篇小说"栏目,依然缺乏明确的"短篇小说"意识。

晚清有意提倡真正的短篇小说还推《月月小说》,它不仅在征文广告中专门提到短篇小说:"如有思想新奇之短篇说部,愿交本社刊行者,本社当报以相当之利益"②,而且提出西方的短篇小说是一种与长篇小说平行的独立小说体裁,其价值与长篇小说一样③,试图用西方短篇小说概念来指导中国短篇小说创作。从这时起,短篇小说才真正在小说杂志中奠定了它的地位。其后,《小说林》杂志也专门开了"短篇小说"栏目,刊登短篇小说。从 1909 年创刊的《小说时报》起,在小说杂志中,短篇小说栏目便常常排在长篇小说栏目之前,篇幅也有所扩大。民国初年还出现了《礼拜六》等主要刊登短篇小说的杂志,这意味着短篇小说的地位在不断提高。

晚清的"新小说"是中国小说转型的发端,"新小说"中的短篇小说更是转型的关键,无论从内容还是从形式来看,都与传统短篇小说有很大的不同,其变化之迅速要超过同时期的长篇小说。

首先是主题与思想内容的变化。中国古代短篇小说较少涉及时政,即便涉及也采用比较婉转的方式,尤其忌讳直接对当前的政治发表议论。晚清的短篇小说就不同了,受"政治小说"的影响,其作者常常乐于对时事政治发表意见,用小说干预现实,有时甚至会做颇为激烈的抨击。

吴趼人针对清王朝宣布"预备立宪",立即创作了《庆祝立宪》、《预备立宪》、《大改革》、《立宪万岁》、《光绪万年》等短篇小说,讽刺清廷"今儿是宣布预备立宪,不是宣布立宪,是叫你们往立宪那边望望,叫你们望得见了,那就有点影儿

---

① 《中国唯一之文学报〈新小说〉》,载《新民丛报》第 14 号,1902 年出版。
② 《征文广告》,载《月月小说》第 2 年第 3 期,1907 年。
③ 紫英:《新庵谐译》,载《月月小说》第 1 年第 5 期,1906 年。

了,并不是你们已经望见了,叫你们望那边跑啊!"(《庆祝立宪》)辛辣地讽刺了清王朝为苟延残喘制造愚弄老百姓的骗局。陈冷血的《侠客谈》是短篇小说的组合,其中的《刀余生传》写一强盗欲改造国民,用杀人之法救人,订出的"杀人谱"云:"鸦片烟鬼杀!小脚妇杀!年过五十者杀!残疾者杀!……"用极端的偏激方式改造社会。这些主题都是以往的中国短篇小说所没有的,与时事政治的紧密结合是晚清短篇小说的重要特点。

此外,晚清的短篇小说中,也出现了一些思想意识上的重要变化。如包天笑的短篇小说《一缕麻》,受过新教育的女主角在父亲包办下被迫嫁给一个低能儿,她不满包办婚姻,满怀"自由"之念,结婚之日,不许丈夫亲近,不料第二日即患白喉,卧床不起,丈夫竭尽心力,料理汤药,结果传染上白喉。待女主角神智清醒时,丈夫已经病逝,女主角被丈夫的诚意所感动,自愿为丈夫守节。表面看来,这是一篇描绘女主角从叛逆到"守节"的小说,宣扬了"寡妇守节",其实小说中"守节"的动机已与传统寡妇不同,她的"守节"已经不是出于服从礼教的需要,而是根据自己良心的需要,成为她表达对死去丈夫爱情的一种方式,她的转变实际上有着一个从"不爱"到"爱"的过程,这已经蕴含着新型的男女爱情观念。当然,它同时也有着对礼教的妥协与认同,这种矛盾的状态也正是民初"言情小说"的特征。《一缕麻》在民初被改编为文明戏、京剧以及其他地方戏,受到当时民众的欢迎,拥有广泛的影响。

其次晚清短篇小说最重要的变化还是形式上的变化。本来中国古代的短篇小说较长篇小说而言已经是比较自由了,晚清的短篇小说更是显得不拘一格。它可以是场景,也可以是故事;它可以是议论,也可以是对话;可以是第三人称全知全能叙述,也可以是第一人称或者第三人称限制叙述;可以是顺时叙述,也可以是逆时叙述,把紧要的地方提到开头。这样,它有时就显得与中国传统的短篇小说格局完全相异。如吴趼人的《查功课》,写某督署深夜到学堂搜查学生手中的《民报》,结果一无所获。按照传统短篇小说写法,写这一题材先要交待事件的来龙去脉,说清人物的经历遭遇。然而吴趼人只是扣住学堂搜查这一场景,通篇几乎全用对话,连说话人是谁也并不全标明,让读者自己去意会,因而显得节奏短促,结构紧凑,语言简练,情节集中。这些纯客观叙事的写法不仅是有意学习西方短篇小说,而且吸取了戏剧的某些特点。在当时作家中,吴趼人探索短篇小说新形式是最为努力的。在《庆祝立宪》的开头,他运用了一般景物描写,虽然比较短,已经是传统短篇小说所罕见。在《黑籍冤魂》、《大改革》、《平步青云》等小说中,他都运用了第一人称限制叙事,小说中的"我"或为旁观者,或为当事者。在晚清短篇小说创作中,吴趼人的水平是最高的。

除了吴趼人之外,其他如徐卓呆的《入场券》、《买路钱》,饮椒的《平望驿》、

《地方自治》等,都在不同程度上采用了截取场景式的"横断面"写法,用一个精选的场景来表现特定的主题,批判冷酷的现实。这些作品都改变了传统短篇小说习用的手法,推动了近代型"横断面"短篇小说的崛起。

然而,晚清新型短篇小说还只是尝试和开端,它们还称不上是成熟的短篇小说,数量也很少。在场景的截取和调动上,还比较幼稚,有时只是将故事斩头去尾,介于传统小说和现代型短篇小说之间。最主要的,它们往往轻视对人物的刻画,忽视对人物性格和心理的描写,这就使作品缺乏力度。直到民初,短篇小说才又有所发展。

民国初年小说艺术发展最快的还数短篇小说,这与当时小说刊物提倡短篇小说有很大关系。当时的小说刊物,长篇小说大都由编辑同仁或约请朋友撰写,很少接受外来稿件;而短篇小说则大都接受外来投稿,这就使得短篇小说领域呈现出比长篇小说创作更为强烈的竞争态势。民初小说刊物上常常登出广告,欢迎投稿,如"短篇小说尤所欢迎"。① 《小说月报》等杂志还将短篇小说栏目置于第一,给短篇小说划出更多的篇幅。编辑对短篇小说的提倡,大大促进了短篇小说的繁荣。所以,民初短篇小说在数量上要远远超过晚清,出现了中国小说史上从未有过的短篇小说兴旺发达的景象。

民初短篇小说直接继承晚清短篇小说而来。它的发展首先表现在小说的主题继承了晚清小说对政治的关怀。其中较为出色的作家是程善之。程善之在辛亥革命前执教于扬州府中学堂,尝以革命言论成为清朝官吏侦查的对象。民初在上海任报刊编辑,同时撰写小说。"二次革命"时,曾受聘为元帅府评议,革命失败后即归隐扬州,在执教、论政之余,潜心学术研究。程善之擅长写短篇小说,他对民初社会极其失望,曾撰写小说《自杀》,通篇都是叙述人自问自答,既无情节,也无场景,以"世界无一不朽",故自杀,表达了他对现实绝望愤怒的心情。《健儿语》描写一位健儿曾经为建立民国出过大力,同辈皆升官发财,他为求保持人格,不甘心同流合污而潦倒还乡,因生计无着去抢当铺,被官府杀害。《机关枪》则截取靶场上的情景,叙述某支军队向日本人购买劣质机关枪,在靶场试验时,几次将露原形,都由副官、军需等人从旁掩饰,不被发觉。事成之后,副官等与日本人同往妓院花天酒地,共庆得计。程善之的小说尖锐地抨击了当时军政腐败现象,其慷慨激昂的愤激程度,绝不亚于晚清的吴趼人之类作家,而其描写之客观细腻,要超过晚清小说,近似五四后的新文学。

鲁迅在辛亥革命时创作了短篇小说《怀旧》,描绘了辛亥革命前,一队难民被误传为革命军,给江南一个农村带来的冲击。作品一方面描绘了即将到来的辛

---

① 《小说月报》征文通告,《小说月报》第一卷第六号,1910年。

亥革命给土豪劣绅带来的恐慌，另一方面也展示了这场革命与人民的隔膜，老百姓把革命军视为"长毛"，担心被杀，纷纷逃难，地主则企图挂起"顺民"的招牌蒙混过关。小说颇为深刻地显示了这场革命的局限。对黑暗现实的抗争促使小说家愤而揭露破坏民主的罪恶，恽铁樵的《村老妪》便是一例。恽铁樵民初任《小说月报》主编，他注意对小说的批评，奖掖后进，自己也翻译创作小说。《村老妪》描绘乡绅操纵选举，指使村老妪之子阿二一人独投十三票，遭到老妪痛斥的情景。民初作家大都具有强烈的爱国热情，在祖国面临亡国危机时，常常自发地起来宣传爱国。1915 年 5 月 9 日，日本乘西方忙于大战，向袁世凯提出侵略中国的"二十一条"；报刊披露后，小说家群情激愤，王钝根坚决主张宣传要慷慨激昂，因与《申报》老板意见不合，就毅然辞去待遇优厚的《申报·自由谈》的编辑职务。① 周瘦鹃此时专门创作了《亡国奴日记》，"举吾理想中亡国奴之苦痛，以日记体记之，而复参考韩印越埃波缅亡国之史，俾资印证。"② 到 1919 年五四运动爆发，在"还我青岛"的浪潮中，周瘦鹃又将《亡国奴日记》自费单印成册，广为散发，希望民众知道亡国的痛苦，奋起救国。因此，《礼拜六》等刊物在"国耻"时宣扬爱国，并非迎合读者的投机心理，而是作家自己的思想决定的，从中显然可以看到晚清"小说界革命"的影响。

其次民初短篇小说关注贫富对立，体现出作者对下等社会人民不幸遭遇的同情。晚清的周作人模仿《悲惨世界》创作《孤儿记》，已经显示了这种倾向。到了民初，这一倾向在短篇小说中发展迅速，其势头远远超过晚清，体现了一种从同情下层人民到具备明确阶级意识之间的过渡。恽铁樵的《工人小史》描写工人韩蘖人，过着缺吃少穿的贫困生活，还遭到洋人和工头的欺压毒打，最终被开除的经历。这是中国小说史上除了写美国华工之外，第一篇描写中国工人的小说，作家目光转移到工人本身就是很值得注意的，显示出时代的变化，朦胧的人道主义思想正在进入作家的头脑。工人一旦失业，境遇更加凄惨，叶圣陶的《穷愁》便刻画了阿松失业之后，以卖饼为生的生活。他孝敬母亲，但不能使其温饱；他勤劳苦干，却不能维持两个人的家庭生活；他诚实质朴，却被关进大狱；他拼命挣扎，最终依旧家破人亡，背井离乡。小说家注意到贫富对立，他们的立场大多是蔑视富人，同情穷人。周瘦鹃的《檐下》将穷人和富人的生活境遇和道德品质作了对比，证明穷人要比富人道德高尚得多。包天笑和徐卓呆合写的《无线电话》，别出心裁地虚构了一位寡妇与亡夫的对话，一方面表现了寡妇忍受生活重压的痛苦心理，一方面刻画了"人在人情在，人亡人情亡"的炎凉世态。韦士的《卖花

---

① 王钝根：《辞〈申报〉自由谈编辑启示》，《礼拜六》第四十四期，1915 年。
② 周瘦鹃：《说觚》，载《小说丛谈》，1926 年大东书局出版。

女》描述了一位母亲患有麻风病的卖花女,为了母亲能吃饱而卖花,为了安葬母亲而卖唱,她的血泪钱被掌院者吞食,自己又被卖入妓院,终于自杀而死。程善之的《隔壁戏》写"我"听到隔壁主人深夜拷问怀孕的丫头,用鞭打,用开水烫,丫头其实是被姑爷强奸的,说了主人也不信,第二天就将丫头卖掉。周作人的《江村夜话》写催租的地主儿子奸污了佃农的女儿,地主反以欠租的罪名,捕去佃农和他儿子,佃农的妻女也抱病而亡。这些小说都叙述了富人对穷人的欺压,作者的同情都在穷人一边,小说开始涉及阶级的对立与压迫,显示出时代的进步。这些主题都为五四新文学作了准备,预兆着五四"新文学"的问世。

中国现代严格意义上的"短篇小说",并不专指小说篇幅的长短,它还包括小说形式上的突破。因此,胡适曾给"短篇小说"下个新的定义:"短篇小说是用最经济的文学手段,描写事实中最精彩的一段或一方面,而能使人充分满意的文章。"①胡适的定义是否准确是一回事,五四作家强调"短篇小说"的形式则是另一回事。在这些五四作家看来,只有与中国传统的从传记发展而来的短篇小说不同的"横断面"短篇小说才配称作现代的"短篇小说"。清末民初的短篇小说,在形式上正称得上是从传统向现代的过渡品。

如果说晚清吴趼人的《查功课》、徐卓呆的《入场券》、《买路钱》、《温泉浴》,陈冷血的《路毙》等小说已经自觉地突破了传统小说的叙事模式,采用截取场景,选择人生中某一典型事件加以描绘的新形式;那么,晚清小说家开创的小说形式,在民初小说家手中正在成熟起来。同样是模仿早期话剧,吴趼人的《查功课》着重在通过对话叙述事件,并不着力于描绘性格心理;包天笑在民初创作的《电话》,也是在开头结尾交待一下人物地点之外,全篇纯用对话,但是透过对话却令读者不难体会男女主人公的惆怅心理,揣摩到他们的性格与经历。在形式的运用上,包天笑比吴趼人更为细腻纯熟,也更具有真实感。

近代短篇小说作家注意到改变传统小说的叙述时间与叙述视角。晚清小说家已经发现"我国小说,起笔多平铺,结笔多圆满;西国小说,起笔多突兀,结笔多洒脱。"②因此他们将紧要的场面提到开头,以吸引读者的注意。民初小说家进一步区分"前后倒置法"和"乾龙无首法"③,他们把倒叙当作一种技巧,广泛运用。像恽铁樵的《工人小史》,名为"小史",其实只集中叙述了主角两天的工作,他的身世是通过插叙追述出来的。这种写法与中国传统的短篇小说已经完全不同,而比较接近于西方的短篇小说。

---

① 胡适:《论短篇小说》,《中国新文学大系·建设理论集》,上海良友图书公司 1935 年版,第 272 页。
② 徐念慈:《电冠·赘语》,《小说林》第 8 号,1908 年。
③ 解韬:《小说话》,中华书局 1919 年出版。

民初短篇小说运用第三人称限制叙事也逐步趋向成熟。鲁迅的《怀旧》通过一位儿童的眼光，截取几个场景，展示了即将到来的辛亥革命在乡村引起的骚动。程善之的《偶然》，刻画一位想做侦探的教员闹出的笑话，细腻地描绘出"疑人偷斧"的心理。此外，短篇小说大量运用第一人称限制叙事。这些新的叙述视角改变了全知全能叙述一统天下的局面，为小说艺术的发展打开了一个新的天地。尤其是适应了小说由外部的情节描写转向内部的心理描写的需要，使小说的艺术发展走上了新的台阶。值得注意的是：民初短篇小说中已经出现极少数在艺术上可以与五四新小说比肩的成熟作品。程善之的《死声》，描写"余"在刑场上看见刽子手突然杀一位陪斩的和尚，和尚大惊而呼，声音刚刚发出，便已哑然被杀。此声回荡在"余"耳边，不得安宁。小说的题材与形式都与传统小说不同，它在场面的客观描写和人物心理的开掘上，即使放在五四新小说中也毫不逊色。因此，晚清小说开始呈现的对中国传统小说叙事模式的大幅度背离，在辛亥革命后不但没有出现停滞与倒退的趋向，反而是在继续发展，趋向成熟，为五四新小说的问世作了铺垫。

第六节　戊戌至辛亥前后的宋诗派、桐城派、常州词派的古体诗文

二十世纪初年，在梁启超等揭橥文学界革命旗帜的同时，"身丁变风变雅，以迄于将废将亡"时代的传统士人，依然坚守着自己的艺术追求，在他们已有的文学领域，运用他们最为熟悉的文学样式，抒写世纪变革中封建末代文人复杂的意绪和心态，为中国古典文学的结束作凄美而无奈的谢幕。活跃在这一时期的旧体文学流派主要有同光体、桐城派、常州词派。

同光体是清代宋诗运动在清末民初的余响末绪。

宋诗运动以杜、韩、苏、黄为诗学风范，追求质实、厚重、缜密的诗美境界，讥讽高标"神韵"、"格调"者为"无实腹"，力图以穷经通史、援学问入诗的努力，别辟诗学发展蹊径。宋诗运动的代表人物乾隆嘉庆年间有厉鹗、翁方纲，道光咸丰同治年间有程恩泽、何绍基、曾国藩、郑珍、莫友芝。同光体之名，来自于陈衍1901年写的《沈乙庵诗序》，"同光体者，苏堪（郑孝胥）与余戏称同光以来诗人不墨守盛唐者"。在郑珍、莫友芝、曾国藩、何绍基于同治年间相继去世后，同光体则主要称指光宣及民初年间仍活跃在诗坛上的宋诗派诗人，其代表人物是陈三立、沈曾植、郑孝胥、陈衍。

同光体是一个有着大致相同诗学价值取向的诗歌流派。他们在"不墨守盛

唐"的诗学旗帜下,继承宋诗派学人之诗与诗人之诗合一的传统,力图在大乱相寻、变风变雅的时代,以弃取变化,力破馀地的努力,为旧体诗歌的存在发展开疆辟域。同光体诗人的生活道路、情感世界、师承学养、艺术宗尚各自不同,他们主要通过交游唱和、声气应接的方式结盟。同光体诗人所共同认可的诗学价值取向大致如下:

第一,不墨守盛唐,力破馀地。作为宋诗运动的殿军,同光体把"不墨守盛唐","不专宗盛唐"作为自己的诗学旗帜。这是一个指向多元,宽泛硕大的诗学旗帜。它鼓励诗派中的每个创作个体,在遵循由苏、黄上溯杜、韩诗学路径的前提下,获得自我发展,力破馀地的最大空间。

同光体诗派"不墨守盛唐"的诗学内涵,可从陈衍的"三元说"、沈曾植的"三关说"中看出端倪。1899年,陈衍与沈曾植在武昌讨论诗学时,曾提出"诗莫盛于三元"之说。1912年陈衍作《石遗室诗话》时具体阐释道:

> 盖余谓诗莫盛于三元:上元开元,中元元和,下元元祐也。君(沈曾植)谓三元皆外国探险家觅新世界、殖民政策,开埠头本领,故有"开元启疆域"云云。余言今人强分唐诗宋诗,宋人皆推本唐人诗法,力破馀地耳。庐陵、宛陵、东坡、临川、山谷、后山、放翁、诚斋,岑、高、李、杜、韩、孟、刘、白之变化也;简斋、止斋、沧浪、四灵,王、孟、韦、柳、贾岛、姚合之变化也。故开元、元和者,世所分唐宋人之枢榦也。若墨守旧说,唐以后之书不读,有日蹙国百里而已。

唐开元年间,李、杜、王、孟、高、岑大家并起,开启了唐诗的规模传统,史称盛唐;元和年间,元、白继往开来,形成了"诗到元和体变新"的局面,史谓中唐。宋元祐年间,苏、黄推尚杜、韩,用以文为诗,脱胎换骨的努力创造了宋诗的辉煌。"三元说"拈出开元、元和、元祐三个元气淋漓的年代作为唐宋诗繁荣发展的里程碑,其用意首先是强调宋诗与唐诗一脉相承,血气贯通的联系,破除唐以后之书不读的偏激狭隘,使同光体"不墨守盛唐"的诗学目标,由苏、黄而杜、韩的诗学路径,有所本源;其次是盛推开元、元和、元祐时代开疆辟域、觅新世界的气概和宋诗推本唐人诗法,损益变化,力破馀地的精神,这一诗学精神,正是"三元说"的精髓所在。"三元说"也因此成为同光体诗学理论的重要基石。

作为对陈衍"三元说"的补充,沈曾植晚年又提出"三关说"。"三关说"以晋宋之元嘉替代唐代之开元,其以为"诗有元祐、元和、元嘉三关",通此三关,始可名家。"三关说"将学诗途径由宋唐而推至六朝。

同光体"不墨守盛唐"的诗学目标以宗宋为基本出发点,鼓励并尊重个人的择取创新。借用陈衍的《奚无识诗叙》中"相尚"与"自尚"的概念,同光体除在"不墨守盛唐"的"相尚"上保持共识之外,还为诗学者留有自由择取的"自尚"空间:"自尚者,一人有一人之境地,一人之性情;所以发挥其境地、性情,称其量无所以欿,则自尚其志,不随人为步趋者己。"唐人声貌不一,宋人学唐已各有翻新,今人学宋学唐,更应弃取变化,且当转益多师:"但学一家之诗,利在易肖,弊在太肖。无肖不成,太肖无以成。"陈衍《剑怀堂诗草叙》以为:"天地英灵之气,古之人盖先得取精而用宏矣。取之而不能尽,故《三百篇》,汉、魏、六朝而有开元、元和、元祐以至于无穷。"正是坚信古今之相续不尽,诗道之翻新无穷,同光体诗人才能孜孜不倦于"但取故纸残帙,托之山海,日渔樵于其中,获而献,献而自喜,茫乎不知日月相代乎前也"。但时代毕竟走到了二十世纪初年,旧体诗的阅读者和影响力在急剧缩减,其发展更是举步维艰。同光体诗人力破余地的努力,在诗学理论上,只能做到"最古人所以言之法,弃取变化而言之",在诗歌创作上,只能做到"导引自具之性情,以与古之能者相迎"而已。这种拾遗补缺、掇拾细屑的功夫,难挽狂澜于既倒。陈三立"吾生恨晚数千岁,不与苏黄数子游"的诗句,道出了同光体诗人生不逢时的遗憾与无奈。

  第二,诗为写忧之具,体当变风变雅。同光体诗人大都参与过维新变法运动,并有过短暂的从政经历。后因种种原因,成为罢官废吏,而将汲汲入世之心,托付于诗学。进入二十世纪后,社会动荡与变革纷至沓来。正值人生中年的同光体诗人深切地感受到他们所熟悉的政治秩序、伦理道德、价值观念都在发生着剧烈的变化,辛亥革命推翻了帝制,更是天崩地裂之变革。而对民初纷纷攘攘的政治与文化变局,同光体诗人不约而同地选择了前清遗老的立场。"道术靡所寄,气类日以孤"的局面,使同光体诗人大多心境颓唐。陈三立《余尧衢诗集序》叙写乱世纷纭之中文人惶惶不可终日之境遇心态道:"吾辈保馀年、履劫运,遂比丛燕集苇苕之表,姑及未堕折漂浮,啁啾相诉而已。其在《诗》曰:'心之忧矣,云如之何'? 诗者,写忧之具也。故欧阳公推言穷而后工,诚信而有征者。"与陈三立"诗者写忧之具"说相呼应,陈衍在《陈仁先诗叙》中提出"诗者荒寒之路,羌无当乎利禄"的论题:诗为荒寒之路,以诗承载忧患,以诗困厄自守,诗已经成为同光体诗人寄托情志、慰藉心灵的生命方式和精神家园。

  诗人之不幸,亦或是诗之大幸。王道衰,礼义废,政教失,国异政的时代,当是变风变雅之诗兴作的时代。同光体之诗即是风雅之旨将废将亡之际一代诗人怨而迫、哀而伤的变风变雅之作。陈衍的《山舆楼诗叙》云:

    余生丁末造,论诗主变风变雅。以为诗者,人心哀乐所由写宣。有真性情者,哀乐必过人,时而赏咨涕洟,若创巨痛深之在体也;时而忘忧忘食,履

第六节　戊戌至辛亥前后的宋诗派、桐城派、常州词派的古体诗文

决踵,襟见肘,而歌声出金石、动天地也。其在文字,无以名之,名之曰挚曰横。知此,可与言今日之为诗。

哀乐过人,真挚沉痛,陈衍对封建末世变风变雅诗风的概括,使同光体不同于道咸之际宋诗派之处得以凸现,同光体之体变也由此可以窥知。

第三,学人之言与诗人之言合,而恣所诣。兴起于道咸年间的宋诗派强调诗要自得,诗贵自得,提倡"就吾性情,充以古籍,阅历事物,真我自立"(何绍基《使黔草自序》),而性情、学问、阅历三者之中,又特别看重学问。陈衍的《近代诗钞叙》以为道咸诗人何绍基、郑珍、莫友芝等人,开启了清代诗学"学人之言与诗人之言合"的先河。

同光体诗人论及学人与诗人之言,更看重二者的互补与融合。陈衍的《石遗室诗话》论诗,以为作诗要性情与学问互为倚仗,相得益彰。古人以登高能赋,山川能说,器物能铭为九能,其中"登高能赋"为性情,"山川能说"、"器物能铭"则为学问,诗是自家性情语言,而学问则是诗料,诗成与不成在性情,工与不工在学问。为诗学从诗人之诗入手;"不先为诗人之诗,而径为学人之诗,往往终于学人,不到真诗人境界,盖学问有馀性情不足也。""反之,又东坡所谓造法酒手段,苦乏材料耳。"只有性情学问两相凑泊,方能达到"以恣所诣"的真诗人境界。

如果说陈衍的"诗也者,有别才而又关乎学者"说仍不失诗人立场,沈曾植的"雅人深致"说则具有更浓厚的学人气息,更强调诗人博闻强识、通古知今的学力。但在"能留心目录版本之学,已翘然自异于众"的光宣民初年间,"雅人深致说"更多只是流于一种口号。

学人之言与诗人之言合的另一诗学指向是能自树立,不逐时好,力避俗言熟语。陈三立作《顾印伯诗集序》称顾诗"务约旨敛气,洗汰常语"。陈衍《石遗室诗话》谓"伯严(陈三立)论诗,最恶俗恶熟"。陈衍以为:"诗最患浅俗。何谓浅?人人能道之语是也。何谓俗?人人所喜之语是也。"《诗话》列举当下诗坛人人能道所喜之语,空廓者如"百年"、"万里"、"天地"、"江山",愁苦者如"坐觉"、"微闻"、"稍从"、"暂觉",前清官僚"黍离"、"麦秀"、"荆棘"、"铜驼"等词语意象,摇笔即来,满纸皆是,其大多因缺乏真实情感而让人望而生厌,此当为有志于真我自立者所警觉所力避。

陈三立[①](1852—1937),字伯严,号散原,江西义宁(今修水)人。光绪十五年(1889)进士,官吏部主事。维新变法时期,列名强学会,后襄助其父湖南巡抚陈宝箴创办新政,湖南一时领全国新学新政风气之先。戊戌政变后,父子同被革

---

① 本节陈三立作品均引自《散原精舍诗文集》,上海古籍出版社 2004 年版。

职,永不叙用,归隐南昌,于西山筑室靖庐以居。西山又名散原山,三立晚年自号散原,以识隐痛。其后,移居宁、沪、杭、京等地,不复任事,以诗人终老。今人辑其诗文为《散原精舍诗文集》。

《散原精舍诗文集》所收陈三立诗作,始于 1901 年。此前所作,均未刊入。梁启超《广诗中八贤歌》录陈赠梁诗之残句,"凭栏一片风云气,来作神州袖手人",透露出其见谤获罪后忧愤深广的情绪。陈三立 1901 年前后写给儿子的诗中说:"生涯获谤余无事,老去耽吟傥见怜。胸有万言艰一字,摩挲泪眼送青天。"年届五十,幽忧郁愤的诗人痛苦地选择了"老去耽吟"的生命方式。义宁是江西诗派宗师黄庭坚的家乡。黄因元祐党祸,被贬涪州,自号涪翁。陈三立既以诗人自期,追思乡先贤,而又有"襟期涪翁有同调","可似涪翁卧双井"之想。

曾经沧海、老去耽吟的诗人,在时事多艰,白云苍狗的时代,很难作超然物外的袖手之人。"百忧千哀在家国",诗人苦危槎枒的诗句中,并不乏风云之气、家国之感。"愚儒那有苞桑计,白发疏灯一梦醒。""陆沉共有神州痛,休问柴桑漉酒巾。""我辈今为亡国人,强托好事围尊俎。""国事何堪言大计,溪光余此对衰颜。"其言无不有烈士之慨。辛亥革命之起,在诗人看来,是"天维人纪,寝以坏灭。兼兵战连岁不定,劫杀焚荡烈于率兽"(陈三立《俞觚庵诗集序》)的社会变动,触及时事,发为诗歌,则是前朝遗民的伤时牢骚之语了:"发为文章裨家国,祗供穷海拾断梦。写忧行吟存孑遗,吾曹漫比蚊氓哄。穿轴颠覆腾杀声,幸保不死杯盘共。"(陈三立《乙卯花朝逸社第二集……》)辛亥年后,自悟为诗"激急抗烈",转而推尚"志深而味隐"的诗境,其讥讽袁世凯复辟的《消息》、《上赏》等诗,则是造语曲深、辞旨隐蔽之作。

"一喙两肩无长物,浅斟低唱送残秋。"失却政治舞台而以诗人自期的陈三立,把诗看作实现生命价值的重要形式,其诗充满着生命与诗、忧患与诗、愤懑与诗的紧紧纠缠。"日日吟成苦危辞,更看花鸟乱余悲;闲来岁月吾丧我,圣处功夫书与诗。(《次韵答宾南并示义门》)""泥涂苟活能过我,祸变相仍莫问天;凭几写诗仍故态,向人结舌共残年。(《酬真长》)""于国于家成弃物,为人为鬼一吟楼;传薪愿缓须臾死,把袂犹堪汗漫游(《病山南归……》)。"末代诗人对其生命与生存状态的自我描述,真挚而悲凉。陈三立在大乱相仍的时代,一方面相信"凡托命于文字,其中必有不死之处,虽历万变万哄万劫,终亦莫得而死亡"(《俞觚庵诗集序》)。另一方面又以为:"朝营暮索,敝精尽气,以是取给为养生送死之具,其生也藉之为业,其死也附之猎名,亦天下之至悲也。"(《顾印伯诗集序》)陈三立的诗作,显示出孜孜于诗学追求而又未能忘却世事纷扰的末代诗人痛苦而分裂的情感世界。

"槎枒出腹还砭俗。"陈三立的诗句可以用来概括其所追求的诗美境界。"槎

第六节 戊戌至辛亥前后的宋诗派、桐城派、常州词派的古体诗文

枒"之诗,其神兀傲,其气崛奇,神理有余而蕴藉深厚。"砭俗"之作,其感物兴象,遣词造句,避熟避俗,不作习见之语。陈三立论诗,推尊黄庭坚,强调黄诗奥衍苦涩、奇峭劲挺诗面下胎息自然、不汩其真的诗学精神和镂刻造化、冥搜万象的诗学功力。陈三立又十分欣赏陶潜、陆游之诗,以为"陶集冲夷中抗烈","放翁孤抱颇似之"。其晚年耽吟杜诗,自谓"涛园抄杜集,半岁秃千毫"。其《沪上访太夷》诗云:"生还真自负,杂处更能安。意在无人觉,诗稍与世看。所哀都赴梦,可老得加餐。吐语深深地,吹裾海气干。"正是这种自负、傲俗的气质品格和"意在无人觉"、"吐语深深地"的孜孜以求,造就了陈三立莽苍排奡、槎枒砭俗的诗境诗风:

赢骨瑳瑳夜吐铓,起披月色转深廊。花丛络纬旋围座,石罅虾蟆欲撼床。近死肺肝犹郁勃,作痴魂梦尽荒唐。初知毅豹关轻重,仰睇青霄斗柄长。(《病起玩月园亭感赋》)

补官号作蛮夷长,玩世仍为江海行。白尽须髯偿笑骂,依然肝胆见生平。滔天祸水谁能遏,绕梦冰山各自倾。豪气未除沉痛久,祇余对酒百无成。(《建昌兵备道蔡伯浩重来白下》)

前诗写月夜心事浩茫,后诗写天下时事艰难,无不志意牢落,沉郁慷慨。陈三立的诗善用"残阳"、"劫灰"、"孤愁"、"苍茫"、"疏灯"、"啼鹃"等意象,构成萧索诗境。代表作品有《由沪还金陵散原别墅杂诗》、《留散原别墅杂诗》等。陈诗之脍炙人口者,当仍是真气淋漓,匠心独具,用语奇警之作:

露气如微虫,波势如卧牛。明月如茧素,裹我江上舟。(《十一月十四夜发南昌月江舟行》)

高枝噪鹊语,欹石活蜗涎。冻压千街静,愁明万象前。(《园居看微雪》)

陈诗注重苦吟,讲求字与句的锤炼,以达到劲健、陌生、兀兀独造的阅读效果。前诗中"裹"字,后诗中"压"字的运用,都极为精妙传神。陈三立谓黄庭坚诗之妙,即在其"立懦廉顽"之力,其《元月十二日山谷生日……》评黄诗云:"咀含玉溪蜕杜甫,可怜孤吟吐向壁","根柢早嗤雕虫为,平生肯付腐鼠嚇。一家句法绝思议,疑凭鬼神耐以臆。"其学黄诗,即注重在诗的骨力、根柢、孤吟、句法上用功,其"要抟大块阴阳气,自发孤衾瘖瘂思"的诗句,正是他诗歌创作状态的自我写照。

陈三立论诗,不为宗派之说,其有诗曰:"末流作者沿宗派,最忌人云我亦云。"但与列入同光体诗派中的诸位诗人,声气相求、文酒唱和者甚多,并有"待世

非弃世,天护龙蛇蛰"之约。1902年前后陈三立受诗界革命的影响,诗作中也常有诸如"安得神州兴女学,文明世纪汝先声"等新语句出现。

陈三立在诗歌创作上的成就,使他成为光宣年间旧体诗的领军人物。陈衍《石遗室诗话续编》以为:"五十年来,惟吾友陈散原称雄海内。"胡先骕以为并世诗推陈三立、郑孝胥,"郑诗如长江上游,水湍石激,郁怒盘折,而水清见底,少渊渟之态;陈诗则如长江下游,波澜壮阔,鱼龙曼衍,茫无涯涘。"(胡先骕《四十年来北京之旧诗人》)

郑孝胥[①](1860—1938),字太夷,号苏堪,福建闽县人。1882年与陈衍、林纾同举于乡。1891年出使日本,任神户大阪总领事。1894年归国,入张之洞幕府凡八年。1911年授湖南布政使,未几武昌起义爆发,留寓上海。1924年,奉废帝溥仪之召,为内务府总理大臣,旋为懋勤殿行走。1932年至奉天参与建立伪"满州国"事宜,出任文教部总长、国务总理大臣,因丧失民族气节而为世人诟病。著有《海藏楼诗集》。

《海藏楼诗集》所收诗自1889年始,此年诗人三十岁,考取内阁中书,而有"三十不官宁有道,一生负气恐全非"的诗句记叙心情。十年后,郑孝胥在上海筑寓所,取苏轼"万人如海一身藏"之意,名曰海藏楼。日后所编诗集,即名《海藏楼诗集》。其1898年所作的《海藏楼试笔》诗云:"沧海横流事可哀,陆沉何地得深藏?廿年诗卷收江水,一角危楼待夕阳。窗下孔宾思遁世,洛中仲道感升堂。陈编关系知无几,他日谁堪比《辨亡》。"面对沧海横流、变法日亟的时局,正值中年的郑孝胥,徘徊在"遁世"还是"升堂"的矛盾之中,这种进退弃取的矛盾,缠绕着海藏楼主的一生。此年的九月,经张之洞举荐,光绪召见于乾清宫,郑孝胥陈练兵策,蒙获嘉许,以同知擢用道员,充总理各国事务衙门章京。召见后十余日,戊戌政变作,郑孝胥乞假南归,其哭林旭诗感慨时运多舛,悼友之作中也不无自悼之意。辛亥革命后清帝逊位,郑孝胥以为"磨牙复吮血,大乱从此始"。其作《危楼》一诗叙写心境:"落木危楼对陨霜,北风吹雁自成行。云含海雨千重暗,秋尽篱花十日黄。已坐虚名人欲杀,真成遗老世应忘。烧城赤舌从相逼,未信河东解崇方。"生性不甘寂寞的郑孝胥,在"鬻字聊自存,俯畜繁食指。同年互吊唁,屈指八九子"的遗民生活之外,仍踌躇满志,期待中兴之局再起,复当有用于世:"余生海角望中兴,帝座扶持赖有人","老夫虽遗民,未死火在炭。救民诚吾责,卫道在义战。"对严复参与筹安会的行为,郑孝胥曾有"区区名节已难言"之诗相讥,而他本人最终比严复走得更远。

郑孝胥于每年重阳节必作登高诗,且多为人称道,时人称其为"郑重九"。不

---

① 本节郑孝胥作品均引自《海藏楼诗集》,上海古籍出版社2003年版。

同时期的登高诗,显示着诗人不同的意绪心态:

  科头直上翠微亭,吴甸诸峰向我青。新霁云归江浦暗,晓风浪入石头腥。忍饥方朔非真隐,避地梁鸿自客星。意气频年收拾尽,登高何事叩苍冥。
  风雨重阳秋愈深,却因对雨废登临。楼居每觉诗为祟,腹疾翻愁酒见侵。东海可堪孤士蹈,神州遂付百年沉。等闲难遣黄昏后,起望残阳奈暮阴。
  天外飞翔莫计程,登高谁忆旧诗名。半生重九人空许,七十残年世共轻。晚倚无闾看禹域,端迥绝漠作神京。探囊余智应将尽,却笑南归计未成。

  第一首诗是诗人30岁时登南京清凉山所作,此时少年壮志,前途未卜,一片怅惘心绪。第二首诗写于1914年海藏楼中,风雨神州,劫后余生,忧愤杂以无奈。第三首诗写于1934年其出任"国务总理大臣"之后,虽求仁得仁,却为千夫所指,而以"南归计无成"作为自我解脱的遁词。郑孝胥由维新同道到前清遗民,再到伪满傀儡的人生滋味和别样情怀,由重九诗中已可窥知。
  郑孝胥是同光体诗派的始作俑者和中坚人物。陈衍论同光体之名的由来,即"苏堪与余戏称同光以来诗人不墨守盛唐者"。而郑孝胥的诗作,"规模大谢,浸淫柳州,又洗练于东野,沈挚之思,廉悍之笔,一时殆无与抗手",代表着同光体中清苍幽峭一派。郑孝胥论诗,秉承不墨守盛唐、转益多师的诗学宗旨,主张在诗学盛而诗才弱的时代,当寝唐馈宋,各有所取,作变风变雅之诗。郑孝胥为诗,强调胸中先有意,以意赴诗,率意而作,不必作苦吟之态:"诗怀文字前,未得殆难会","何必填难字,苦作酸生活。会心可忘言,即此意已达。""深人何妨作浅语,浅人好深终非深。"这种深人浅语、会心意达的诗学追求与陈三立"槎枒砭俗"的诗自有不同。郑孝胥推陈三立诗"神骨重更寒,绝非人力为",而又以为:"余喜为诗,顾不能为伯严之诗,以为如伯严者当于古人中求之。"郑诗学古方向多变,而又觊觎"何当掷笔睨天际,胸无古人任自为"的境地。陈衍谓"苏堪为诗,一成则不改","所谓骨头有生所具,任其突兀支离也",可见其自信自负。陈衍的《石遗室诗话》以为"苏堪之精思健笔,直逼遗山","苏堪少长都门,自具幽并之气",推郑为同光体中清苍幽峭一派的领军人物。
  沈曾植①(1850—1922),字子培,号乙庵,晚号寐叟,浙江嘉兴人。清光绪六

---

① 本节沈曾植作品均引自《沈曾植集》,中华书局2001年版。

年(1880)进士,用刑部主事,专研古今律令书。甲午战争后,支持康有为上书变法,赞助开强学会于京师。1898年被张之洞聘往武昌主两湖书院史席,后任江西按察使、安徽提学使、护理巡抚等职。1910年辞官返回故里。清亡后以遗老居上海。1917年北上参与张勋复辟,授学部尚书。事败后复归上海。著有《海日楼诗集》。

沈曾植是晚清著名学者,以博览群书、熟辽金元史学舆地而为学界看重。其早年于诗,"夙喜张文昌、玉溪生、山谷内外集,而不轻诋七子",偶有所作,大多散佚不存。客居武昌时,与陈衍相识,陈衍推沈曾植为同光体之魁杰,力劝其学有根柢之后,致力于诗。沈曾植为之所动,自感诗学深而诗功浅,遂与陈衍、郑孝胥等人结为诗盟,措意于辞章之学,并成为同光体诗派的中坚。

陈衍的《石遗室诗话》将同光体中的陈三立、沈曾植之诗归于生涩奥衍一派,并区分陈、沈之作,以为"散原奇字,乙庵益以僻典,又少异焉"。沈曾植孜孜于吟咏之学之际,又正是其热衷于佛学之时,诗歌之作,也自然成为诗人出入儒道、攟拾佛典、显示渊博学识之具。其写于1900年之春的《病僧行》,被看作是以学问入诗的典范。此诗是诗人在"国是方新,群言竞起,卧病江潭"情形下的有感之作,诗人用生涩艰深,佛典迭出的语言,传达出变法夭折、国事日非后的失望与愤懑,陈衍称之为"博于佛学"的代表作,又以为:"读此作,谁谓疏笋酸馅之可与言诗哉!"(《石遗室诗话》)诗作到晦涩而不堪卒读的地步,很大程度上已成为诗人显示博学与才华的伎俩手段,它固然可以使读者气敛神肃,心折敬畏,但诗之所以为诗的美感韵味也不复存在。沈曾植以沉博奥邃见长的诗作,是同光体学人之诗与诗人之诗合一所收获的畸果。但《海日楼诗集》中也不乏明白晓畅的性情之作。1907年前后任职安徽时写给时任江苏布政使樊增祥的《寄樊山》诗云:"钟山云接九华云,共饮长江作比邻。俭岁诗篇元白少,昔游朋辈应刘陈。文章世变同刍狗,物望人间有凤麟。徼幸黄云秋野熟,腰镰归作耦耕民。"明白如话的诗句中透出文人官员特有的闲适自得和书卷情趣。数年后,沈曾植与前清遗老历经劫波聚首海上,以诗唱和互慰寂寥时,则另是一番心境了。他1915年前后所写《和庸庵尚书异乡偏聚故人多五首》之四写道:"人海沧桑感逝波,长吟日暮意如何?谈天炙毂招佳客,短李迁辛共放歌。造化岂于吾辈薄,异乡偏聚故人多。连床旧雨听相慰,一任阑风伏雨过。"1917年,沈曾植北上,重返上海后大病。次年春作《病起自寿诗》有"蓦地黑风吹海去,世间原未有斯人"之句,情绪极为低沉。此后,他在"秋夜自长心自短,可怜余发恋余簪","朋辈散如秋后叶,琴心清绝夜来鸿"的生命叹喟中,咀嚼着"江山寂寞黯终古,故国苍茫无返年","道穷诗亦尽,愿在世无绝"的无奈,走到生命的尽头。

"少惜雕虫非壮士,老亲风雅转多师。"沈曾植对自己由学者到诗人的角色转换并无悔意。其学诗坚持"不取一法,亦不舍一法",转益多师的宗旨。晚年论诗,不肯拘囿于陈衍的"三元说",而提出"三关说",把学古方向由唐、宋而推前至晋宋六朝,主张"在今日学人,当寻杜、韩树骨之本,当尽心于康乐(谢灵运)、光禄(颜延之)二家",以山水、禅玄、经训之思之趣入诗,开拓真与俗、理与事融合不隔的诗境。打通晋宋与唐宋,是沈曾植颇以为自负的诗学心得和诗学主张。

陈衍[①](1856—1937),字叔伊,号石遗,福建侯官人。清光绪八年(1882)举人。1898年在京城,为《戊戌变法榷议》十条,提倡维新。政变后,应张之洞之邀往武昌,任官报总编纂,后为学报主事,京师大学堂敬习。晚年任教于厦门大学、无锡国专。著有《石遗室文集》、《诗集》、《石遗室诗话》、《近代诗钞》等。

陈衍是同光体诗派的始作俑者,陈衍最早使用"同光体"之名是在1901年所写的《沈乙庵诗序》中,后又在1912年起所写作的《石遗室诗话》中说明同光体的来历:"丙戌(1886)在都门,苏堪(郑孝胥)告余,有嘉兴沈子培(曾植)者,能为同光体。同光体者,余与苏堪戏目同光以来诗人不专宗盛唐者也"。陈衍标榜同光体,既强调同治光绪年间诗人与道光、咸丰间以何绍基、曾国藩为代表的宋诗派的联系,又区分同光体与宋诗派的不同。同光体与宋诗派的相同之处在于:两者都以杜韩苏黄为学古方向,不专宗盛唐,追求学人之诗与诗人之诗合一而恣所诣的诗学境界;同光体与宋诗派的不同,则在于道咸之际,丧乱初兴,"其去小雅废而诗亡也不远,"诗尚不失为雅人之具和平之音;而同光之际,诗人"身丁变风变雅,以迄于将废将亡",诗已是寂者之事,荒寒之路了。

作为同光体的组织者和理论家,陈衍的诗学活动大多都是围绕着为同光体张目而进行的。陈衍的"三元说",将唐之开元,元和,宋之元祐列为诗歌发展的三个盛期,论述"不墨守盛唐"的合理性之所在;其诗人之言与学人之言合一说,突出学宋诗者的凭借和擅长;其"诗者,荒寒之路"说,则是对晚清"道丧文敝,士大夫方驰骛于利禄闻达之场"风气的牢骚之语。陈衍对诗学理论的推陈出新充满着期待和自信。正是出于对弃取变化,推陈出新的自信,陈衍在1912年以后,把很多的精力用在《石遗室诗话》的写作和《近代诗钞》的编选上来。

《石遗室诗话》最初发表于1912年梁启超主编的《庸言》杂志上,后陆续在《东方》、《青鹤》两杂志上连载,共32卷。1934年前后,又有《续编》6卷问世。《石遗室诗话》篇幅浩繁,作者以品评道咸以来诗人诗作为主,显示出极富个性特色的诗学观念和审美取向。《诗话》中有关同光体的诗人的评论;对同光体中清苍幽峭、生涩奥衍两派的划分;对学人之诗、诗人之诗的界定以及关于诗最患浅俗,最忌大言,诗文要有真实性格,真实道理,真实本领,诗有四要三弊等问题的

---

① 本节陈衍作品均引自《石遗室诗话》,人民文学出版社2004年版。

议论,多为史家所引述。

《近代诗钞》辑成于民国初年,1923 年初版,共 24 册,收录清道咸年间以来民初诗人诗作凡 369 家,每人名下附有小传,部分作家略加评论,评论文字与《石遗室诗话》多有相通,是一部有特色的晚清诗歌总集。

陈衍出生于一个四代积学未仕的家庭,年少时贫寒窘迫的家境,使他充满着飞黄腾达的渴望,但自 27 岁举于乡后,多次会试,均不中,留下"愧乏治安才,亦鲜琼琚辞;三上不中隽,乞食江之湄"的叹喟。其《戏作饮酒和陶》其三写道:"少小抱奢愿,广厦与大裘;不贵坐客满,所贵皆名流。蹉跎遂至今,栖栖犹道周",这种栖栖惶惶的生活,使他悟出了"立言可自致,立功要依托"的道理,陈衍最终以"立言"的方式实理了高朋满座的"奢愿"。1894 年中日甲午战争爆发,陈衍有《杂感》一诗:"时既非天宝,位复非拾遗,所以少感事,但作游览诗。""言和即小人,言战即君子,伏阙动万言,蠹国日百里。"此种在民族危亡之际所表现出的消极玩世的态度,招致批评。陈衍在《石遗室诗话》中不无自嘲地说:"至于鄙人,老大颓废,耳冷心灰","语言各人有各人身份,惟其称而已,所以寻常妇女难得伟词,穷老书生耻言抱负",不知此种自白,可否作为"所以少感事,但作游览诗"的注脚。

辛亥革命后,以清王朝遗老自居的旧派文人在京沪两地聚集,文酒诗会,终日无休。《石遗年谱》记载:"公多与郭春榆、林畏庐、陈定宁、易实甫、吴绸斋诸先生为击钵吟之集……分等第为胜负,以洋蜡烛为所赌之彩。""诸君约遇人日花期等世所号良辰者,择一名胜地挈茶果饼饵集焉,晚饮寓斋若酒楼,分纸为即事诗,古今体均听,次集易一地,各缴前集诗互相评品。"这种以诗自娱的做法自然容易束缚眼界,陈衍 1915 年所作的《清明日怀尧生荣县》夫子自道说:"君诗数数来,我去无一诗。微我懒下笔,微我懒构思。诗眼日以高,诗笔日以低,诗力日以微。惟有作诗肠,日枉千百回,偶然诗绪来,如彼千万丝,出手欲缫之,十指理不开。"可笑的是他们诗绪如此枯竭,诗料日贫,还大言不惭要挽回颓波:"王城文字饮,动集百十八,斗巧为断句,赏奇各自欣……托言挽颓波,欲追射洪陈。""吾乡诗事日推排,靡靡颓波要挽回。"诗作到"斗巧为断句,""以洋蜡烛为所赌之彩"的地步,还有何颓波更甚于此。

同光体的政治态度和诗学路径,在辛亥革命前后,曾遭到以柳亚子为首的南社诗人的激烈抨击。柳亚子以为同光体诗人多为"罢官废吏",而"涂饰章句,附庸风雅",与宋代诗人高峻品格不可同日而语。南社的宗旨在于"思振唐音以斥伧楚,而尤重布衣之诗",与同光体自是殊途殊趣,南辕北辙。

桐城派作为一个散文流派,自创始人方苞推阐义法之说、揭橥古文旗帜之时起,至五四时期被加以"谬种"恶名,走向崩溃解体之日止,持续绵延二百余年。二百余年间,就社会、文化变动的影响和其自身理论与创作所呈现出的阶段性来说,桐城派的发展大致经历了初创、承守、中兴、复归四个时期。康、雍、乾年间,是桐城派的初创期。作为桐城派三祖的方苞以义法说,刘大櫆以神气说,姚鼐以阳刚阴柔、神理气味格律声色说,奠定了桐城派散文理论的基础;方、刘、姚又以其言简有序、清淡朴素的散文创作名噪文坛,赢得"天下文章,其在桐城乎"的赞誉。嘉、道年间,是桐城派的承守期。姚鼐晚年讲学江南各地,门生弟子广布海内,桐城之学,掩映一时文坛。其中著名者如梅曾亮、管同、刘开、方东树、姚莹等人,承继师说,标榜声气,守望门户,各擅其胜。咸、同年间,是桐城派的中兴期。曾国藩私淑姚鼐,雅好古文,于戎马倥偬之中,寻求经济、义理、考据、辞章的重新组合,试图以博深雄奇、气象光明之药方救桐城派文规模狭小、文气拘谨之病,并以"早具行远之坚车"瞩望于门生弟子,别创湘乡派。光、宣年间,是桐城派的复归期。曾氏弟子中,惟吴汝纶为桐城人且年寿最长。吴氏于甲午之后,重提方、姚传统,抑闳肆而张醇厚,黜雄奇而求雅洁,倡导恢复以气清、体洁、语雅为特色的桐城派文,并得到了马其昶、姚永朴、姚永概等桐城籍作家的积极响应,桐城之学,再显一时之盛。

1903年吴汝纶去世,此后,在文坛上承继桐城派传绪的主要是马其昶及姚永朴、姚永概兄弟。

马其昶(1855—1930),字通伯,桐城人,少随方宗诚,后随吴汝纶、张裕钊习为古文辞,主庐江潜川书院、桐城中学堂。1910年,应学部聘入都,任《礼》经课本编纂,授学部主事,充京师大学堂教习。不久回皖,任安徽高等学堂监督。1914年再至北京,主持政法学堂教务,充袁世凯政府参政院参政。1916年,清史馆聘为总纂,主修儒林、文苑及光宣大臣传。后以老病归里。

马其昶奔走于张裕钊、吴汝纶之门,转益多师,有着振兴乡邦文化的强烈意愿。青年时期,马其昶以数年之精力,搜集文献,将桐城一邑明清两代名臣、忠节、循吏、文苑、孝义百数十人生平事辑为《桐城耆旧传》,以表彰先贤,激励后进。

但海内言文章者必称桐城的时代已经一去不返。历史终于没有给以潜龙自喻的马其昶提供上下云雨,开阖出没,御阴乘阳的机遇。1910年,马其昶有《宣统二年上皇帝疏》,次年又有《代常裕论新政书》之作,因所论不合时宜,加上辛亥革命爆发而匆忙归还桐城。1914年,袁氏复辟,马其昶曾有《上大总统书》,虽不愿附和袁世凯称帝,但对共和制度的建立,明显地持否定态度。

随着袁世凯的倒台,马其昶短暂的政治生涯也告结束。当他入国史馆,以曲折尽意之笔,写作儒林与文苑传时,则已消褪"足以持世而章教"的浮躁,而纯然儒者气度了。

作为吴汝纶之后的后期桐城派主帅，马其昶深感世变日亟，古文的发展已失去了从容不迫的生存环境，而进入危亡濒死的境地，尤其是废除科举、兴办学堂以后，古文不再与进身仕途结缘，使用范围及在青年学子中的号召力与影响也大打折扣。马其昶写于1914年的《陶庐文集序》论古文之命运及其出路道：

> 呜呼，文事之轻于天下久矣，况世变日亟。曾不能抒谟建议，乃抱其陈朽之业，互慰寥寂，召笑取侮而不知止者，何也？窃尝以谓人之命质于天也，各有所宜。善用之其长皆有以自见，或以德淑，或以才效，或以言牖，叔孙氏所谓三不朽者，不必强同，要归有益于世而已。

马其昶论文以"陈朽之业"，"互慰寥寂，召笑取侮"之类的言语自嘲，文人困境，而论者之心也渐入老境。

马其昶之文，以雅洁有序、瘦硬精谨为尚，追求言简意赅，音节铿锵的阅读效果，尤擅叙记碑传文。《游冶父山记》写望江楼晨景道：

> 迟明，登望江楼，晨光纳牗，目际无垠，前至伏虎岩，箕踞石上，时则白湖、焦湖、黄陂诸湖，云气垒起，洼隆环壅，皓若积雪，阳景腾薄，摩荡成彩，然后徐入山腹，尽势极态。钱君跃喜，以为观雪无此奇也。

写景状物，笔墨极省，却穷相极形，有姚鼐《登泰山记》之神采。马其昶《西山精舍记》、《慎宜轩集序》回忆早年与姚氏兄弟诵声朗朗，放意高言，其乐融融的情景，真挚中夹杂着怀旧的意绪和淡淡的乡思。《宣统二年上皇帝疏》、《代常裕论新政书》则言辞慷慨，与文集中其他文章风格不同，但立论保守，不合时宜。

马其昶之文因沾溉桐城文体洁气舒、志和音雅之气，而被推为向桐城派文人之文回归的典范之作。王树枬为《抱润轩文集》作序，以为其昶"乃不幸身丁丧乱，蒿目瘵心常发焉，若不克终日，故其思深而辞婉，其言虽简而意有余，往往幽怀微旨，感喟低徊"。以辞婉、言简、感喟低徊概言马其昶文的特点，是较为熨帖的。

姚永朴（1862—1939），字仲实，桐城人，光绪二十年举人。少承家学，好古文辞，与弟永概同师事张裕钊、吴汝纶，曾任职于安徽高等学堂、京师大学堂、法政专门学校。辛亥革命后，任清史馆协修，从教于北京大学。1920年南归，教授于东南大学、安徽大学。有《蜕私轩集》、《文学研究法》及经学著作多种。

《蜕私轩集》中，以传志之文最得桐城精神。如《郑君东甫传》、《汪梅村先生传》、《方存之先生传》、《邵位西先生传》、《萧敬孚先生传》、《梁君巨川传》，传主或师或友,皆一代宿儒。作者记其逸事、旌其大节,谨厚沉挚。《萧敬孚先生传》记同光年间几位桐城籍名士,性情学业各异,相处之间谐庄杂出:

> (萧)先生屡应东南乡试不售,客上海制造局广方言馆,得俸辄购书,筑小楼于家庋之,不戒于火烬焉。踵求不息,久乃愈其久。犹谓未足,踔海至日本以求。所储皆善本或孤行于世人未见者。盖先生所至,书贾每盈座焉。是时吾邑先辈如方先生宗诚,著书多谈性道及军国利病吏治得失。徐先生宗亮亦究心边事。吴先生汝纶尤喜以泰西学说为吾国昌。惟先生一意编摩古籍,与后生言于字句异同,刊本良否,以及前闻轶事,历历然如数室中物,而无一语及事务。吴先生每思广以异域之事,见必极论,先生意不与之合,讥嘲轰发,然吴先生退未尝不重先生。

萧穆为著名书籍收藏家与版本学家,求书痴迷而论书忘情,言不及事务。而吴汝纶喜谈西欧学说,试图以异域之事启发藏书家的蒙昧,双方口舌冲突在所难免。姚永朴传记文善于以生动的细节,叙写情状,以凸现人物性格。萧穆、吴汝纶"讥嘲轰发",就是颇能体现双方性情的生动一笔。

姚永朴主讲国立法政学校期间,讲授古文,曾著有《国文法》四卷。1914年,姚永朴复应文科大学之聘,在《国文法》的基础上,成《文学研究法》二十五章,仿《文心雕龙》体例,摭拾自有书契以来各家论文要旨,参照以桐城派古文理论,讲述文学而主要是文章之学、古文辞之学的起源、范围、功效、根本及写作应知等基本问题。书中立论,虽大多是摭拾先人遗绪,但把散在零星、只言片语的古文辞理论系统化,变成可以在大学讲坛上传授的知识,却是一次有益的尝试。姚永朴的《文学研究法》与林纾的《春觉斋论文》都是要在桐城派韶华未尽之时,将桐城派古文辞理论作一总结,并以大学讲坛作为布道之所。

姚永概(1866—1924),字叔节,桐城人,永朴之弟。光绪十四年举人,光绪末任安徽高等学堂教务长及师范学堂监督之职。1912至1913年任北京大学文科学长,正志学校教务长,清史馆协修,分任诸名臣传。著有《慎宜轩文集》。

永概以"慎宜轩"名其室,其1910年作《慎宜轩记》,写出了生在清王朝土崩瓦解、世界万国争强时代,士大夫宜者不知,慎又何从的惶恐心态。永概《与陈伯严书》,一方面对清王朝诏立学堂之举欢欣鼓舞,另一方面又因"鄙人兄弟学文二十年,至今全无用处"深感失落。姚文认为甲午前患西学不知,今患中学之全弃;西学中惟政、艺可学,中学则六经程朱韩欧之书、伦理纲常之道为不可弃。永概与陈三立信中所陈述的观点,代表着后期桐城派共同的文化选择,这也是五四新文化的倡导者提倡新道德、反对旧道德、提倡新文学、反对旧文学何以以桐城派为攻伐对象的重要原因。

后期桐城派中的贺涛、范当世、马其昶、姚氏兄弟,在时代没有为他们提供纵横驰骋的政治舞台,留给他们的只有文坛与讲坛的情况下,希望少涉纷杂,以具有"渊穆气象"的纯儒自处。他们的作品,很少再去讨论"经世要务",记述"当代掌故",但他们以传统文化的传人自居,坚守着程朱之学、韩欧文章的防线,以文人的敏感,体验着时代文明进步的震撼和旧文化被撕裂的阵痛。

十九世纪末二十世纪初,在桐城古文面临着西风残照境遇时,为桐城古文开疆辟域,延一线生机的是以译才并世的两位翻译家:严复和林纾。严复、林纾对桐城古文理论的认同及他们极富有影响的翻译成绩,使得桐城派古文显示出最后的辉煌。

严复14岁入福州船政学堂,23岁奉派赴英国格林尼次海军大学学习。时郭嵩焘为出使英国大使,常延严复至使署,析中西学异同,结为忘年之交。1880年,26岁的严复出任天津水师学堂总教习。1895年春,有感于甲午战败,严复接连完成《论世变之亟》、《原强》、《辟韩》、《救亡决论》等一系列振聋发聩的政治性论文,将其多年对中国之所以积弱不振、中国何以能求富自强的思考和盘托出。严复以其中西学兼通的优势及炽热的爱国强国的激情,在1895年的中国思想界刮起了一股严复旋风。

鉴于国人对西学精髓无从了解的现实,严复决心从事西方学术著作的翻译工作,以促进中国民智民德的发展。他所选择的第一部西方学人的著作是赫胥黎的《天演论》。《天演论》中"物竞天择、适者生存"的理论,极大地刺激了正在寻求民族自强新生之路的中国思想界和广大知识阶层。人们从"物竞天择"的道理中更深切地认识到民族危亡的存在,而将挽救民族危亡化作思想与行为上的自觉。

严复所译的《天演论》请吴汝纶为之作序,他与桐城派的关系也便由此开始。严复所译《天演论》以其物种进化、汰劣留良的进化论影响了一代中国人,而其流畅渊雅的译文,也博得了读者尤其是文学青年的喜欢。以音调铿锵之古文译书,为古文的发展开辟了一块新的"殖民地"。吴汝纶在与严复的通信中,多次谈到翻译中的化俗为雅,与其伤洁,毋宁失真及剪裁化简体义互见之法。桐城派的义法之说,在翻译文学中,被派上了新的用场。严复对吴汝纶的意见也极为看重,称吴氏"老眼无花,一读即窥深处。盖不独斧落征引,受裨益于文字间也"。对于吴氏,又有相知恨晚之慨:1903年,严复译《群学肄言》成,闻听吴汝纶去世的消息,其在《译余赘语》中写道:"呜呼!惠施去而庄周忘质,伯牙死而钟期绝弦,自今以往,世复有能序吾书者乎!"严复真诚地把吴汝纶看作是良师益友与著述知音。吴、严之交,不失为近代文坛上的一段佳话。

由于严复在《天演论》之后的学术著作翻译中,摒弃了"意译"的方法而以直译为主,加上刻意摹仿先秦文体等原因,其译文变得愈来愈艰深难懂。在严复与吴汝纶书信频繁,讨论渊雅洁适的为文之道时,梁启超正在以文字鼓吹新民救国、文界革命。1902年严复的《原富》问世,梁启超在《新民丛报》上予以介绍时,对严复的译文提出了批评。梁氏从播文明思想于国民的角度,提出译文当以流畅锐达之笔行之,而不可过于渊雅艰深。梁启超的批评一针见血,严复的回答也不存客气。严复《答梁启超书》以为若一味追求近俗之辞,此于文界,谓之陵迟,而非革命。学理邃赜之书,正待多读古书之人。不然,其与报馆文章则无所区别。

严复与梁启超1902年关于文体古雅还是通俗的争论,是发人深思的。争论有个人意气及好恶的因素在内,但也反映出不同文化观念的内在冲突。在某种意义上,这次争论实际上是五四时期文言与白话之争的一个前奏。

1901年,与严复齐名的另一位晚清文学翻译家林纾来到北京。在一种悄然进行的文化整合的外力推动下,林纾自觉地成为桐城派殿军中的一员。

入京前的林纾,就古文而言,只能是位有着良好文化修养的爱好者。其五十岁以前所作古文,数量很少,所以他初入京师时,人多以翻译家视之。1901年,林纾为五城中学国文教员时,得与吴汝纶相遇,为论《史记》竟日。汝纶对林纾关于《史记》的见解大为赞赏,又读林纾之文,称"是抑遏掩蔽,能伏其光气者"。次年,吴汝纶致函林纾,请为代校《古文四象》,得到文坛名宿吴汝纶的鼓励与托付,林纾古文写作的兴致骤增,对古文及桐城派的命运也越来越关心。此后,林纾又分别结识马其昶、姚永朴、姚永概等桐城籍作家,引为同道。数年后林纾已以吴汝纶之后桐城派传人自居。辛亥革命前后,是林纾致力古文写作,传播古文之学兴致最高的时候。1910年由林纾自选的《畏庐文集》出版,1916年《畏庐续集》出版,人始以古文家看待林纾,而林纾持韩、柳、欧、曾及桐城义法者愈力。林纾发表于1916年4月15日出版的《民权》上的《送大学文科毕业诸学士序》,真切地恳请各位文科毕业生,力延古文之一线,使不至于颠坠。林纾的苦心孤诣,殷切希望,贯注于字里行间。1914年,林纾的《韩柳文研究法》由商务印书馆出版,此书将其多年来阅读、研究韩、柳之文的心得体会,和盘托出,并请马其昶作序。1916年,《春觉斋论文》在北京印行。这是一部详尽论述古文要旨、流别、应知、禁忌、用笔的入门指导性著作,也是对古文写作理论、技法与桐城派义法说的系统概括与总结。

此外,作为古文家的林纾还常常在西洋小说的翻译过程中体味到"义法"的存在。其《撒克逊劫后英雄略序》云:"纾不通西文,然每听述者叙传中事,往往于伏线、接笋、变调、过脉处,以为大类吾古文家言。"《春觉斋论文》论及古文写作的十六禁忌,其"忌糅杂"一节以为,古文不可杂佛语、道家语、东瀛语,但不提小说家语。在林纾的古文创作与小说翻译的实践过程中,他对两种文体相通与不同之处的体验,比其他人都要深切得多。在小说的翻译过程中,他要借助富有表现力的文言词语,叙述描写,表情达意,借助史传文文体结构的经验,造就跌宕起伏,引人入胜的阅读效果,其最为便当实用的借鉴对象便是古文文体。至于林纾从西洋小说中,悟出"大类吾古文家言",也只能是古文的经验在西洋小说的结构中获得了某种印证。在创作态度上,林纾自然不把小说翻译与古文创作等量齐观:林纾的古文,下笔谨慎,清劲凝重;而其翻译,则轻快明爽,诙诡多变。人们因翻译家的林纾,认识古文家的林纾;但林纾本人,其看重古文远远超出翻译。而五四以后,人们常常推重作为翻译家的林纾,而作为古文家的林纾则遭到鄙夷。

词与词学的发展至清代进入新的繁荣时期。有清一代,词家蜂起,词学大盛。继阳羡词派、浙西词派之后,在词坛上领一代风骚的是常州词派。常州词派出现在乾嘉年间,其创始人是张惠言、恽敬。常州词派推尊词体,讲求词的立意与寄托,标举婉而多讽,深美闳约的词风。经过嘉道年间周济,同光年间谭献、王鹏运、朱祖谋、陈廷焯等几代词人的共同努力,逐渐成为一个有着独特词学理论体系与创作风格,在清中、末叶影响较为广泛的文学流派。清末常州词派,是指活动在十九世纪末二十世纪初年,声气相求,切磋唱和,称盛一时的"清季四大词人",即王鹏运、况周颐、朱祖谋、郑文焯。他们在国家、民族被难的动荡岁月里,对常州派的词学遗产有继承,有扬弃,也有新的审美选择与创造。他们的词作,表现了封建末代知识分子特有的意绪与心态,并在风格上呈现出多种流向。

王鹏运(1848—1904)字幼霞,号半塘老人。广西临桂人。同治九年举人,历官内阁侍读,江西道临察御史,礼部给事中。一九〇二年告归,主扬州仪董学堂,后客死苏州。

王鹏运一生,经历了太平天国、甲午战争、戊戌变法、庚子事变等一系列的社会变革,其为宦委身谏垣数十年,疏数十上,不被采纳,且屡遭责罹,生平郁闷抑塞,寄托于词。其词作有《袖墨集》等九种,晚年删定为《半塘定稿》。

《半塘定稿》中的《袖墨集》、《虫秋集》是王鹏运早期(1886—1893)作品的结集。其时作者初事倚声,与同僚端木埰、许玉琢、况周颐相互切磋词艺,其《袖墨》、《虫秋》两集即从学南宋王沂孙碧山词入手,得其运用笔,深微细密的长处,而弃其用事用典过多而流于晦涩的弊端,初步形成了绵密委婉的词风。两集所表现的题材还较为狭窄,个人身世之感的色彩较浓。

《味梨》、《鹜翁》、《绸蜘》、《校梦龛》诸集,写于甲午战争与戊戌维新期间。国家的盛衰,变法的成败,牵动着词人的胸襟与情怀,他的吟诵,不再囿于个人的荣辱,而有了较为广阔的社会内容。

甲午之战的炮声初起,词人在忧愤之中,对洋务派三十年惨淡经营的海防与海军的抗御力量还抱有几分乐观:"算胜他铁甲,冲寒堕指,向沙场醉。"(《水龙吟》)但这种乐观情绪很快被中方惨败的事实所粉碎。甲午战争之后,他眼中的神州已是"飙轮电卷,惊涛夜涌,承平箫鼓浑如梦,望神州,那不伤愁悴"(《莺啼序》)。一派纷乱愁苦景象。作为一个爱国文人,王鹏运希望维新变法能给国家、民族带来一些生气与活力,但曾几何时,维新事业又被后党断送,词人不禁扼腕叹息。《念奴娇》词云:

东风吹面,又等闲春色,三分过二。欢事难期花易老,莫放阑干闲里。怨极书空,愁来说梦。旧曲还慵理。春云无恙,林莺休诉憔悴。

王鹏运这一时期的词,绵密委婉之外,明显地增重了沉郁悲凉的成分,这与他悲愤慷慨的心境有关,也是他有意学习辛词、苏词的结果。其《念奴娇》有"男儿堕地,看风云咫尺,几曾心死。也识荒鸡声不恶,无那鬓星星矣。铅杵生涯,欂栌事业,俯仰犹余耻。箧中鸣剑,夜深休吐光气"之句,气势雄浑,铮铮有声。

1900年,八国联军进犯北京,慈禧挟光绪出走西安。身居危城之中的词人,惊叹"古今之变极,生死之路穷",与前来其住宅避难的朱祖谋、刘福姚相约填词,排遣惆怅,兴之所至,势不可收,遂成《庚子秋词》、《春蛰吟》,南归前后又成《南潜集》。

这三本词集所表现的基本主题是家国之恨,黍离之哀。生当忧患动乱之时,王鹏运的词作,走出了偎红依翠、嘲风弄月与咏叹个人际遇的狭小圈子,抒写了一个爱国词人在动乱社会、变革时代的特殊感受和由国家民族衰败而引起的郁闷情怀,表现出较为深广的思想内容与悲凉慷慨的艺术风格,朱祖谋评王鹏运词说,"起孱差较茗柯雄",便是称赞王鹏运变革常州派词风功劳的。

在词学整理中,王鹏运用近三十年工夫,校勘了《四印斋所刻词》、《四印斋宋元三十家词》,又与朱祖谋共同校定《梦窗集》。其所刻词集,多据善本,搜罗广富,校勘审慎,为词的流传与研究提供了方便。

况周颐(1859—1926)原名周仪,因避清宣统溥仪之讳,改为周颐,字夔笙,号蕙风,广西临桂人。光绪五年以优贡生举于乡,与王鹏运同官内阁中书。况周颐少喜倚声,与王鹏运交,益以词学相砥砺。不久南归,曾入张之洞、端方幕府。晚居上海,鬻文为生。有词九种,合集为《第一生梅花馆词》,后又删定为《蕙风词》,近人将其词论辑为《蕙风词话》。

《蕙风词话》是清末常州词派较为重要的词学理论著作。况周颐在这部词话中,较详尽地阐释了得到清末常州词派作家广泛认同的审美原则——"重、拙、大"说的内在意蕴。

以"重、拙、大"论词,况周颐得知于王鹏运,而在心领神会之余,多有发挥。所谓"重",况氏认为,即"沉着之调,在气格,不在字句","情真理足,笔力能包举之,纯任自然,不加锤练,则'沉着'二字之诠释也"。"沉着"在况周颐的词论中,被推为词的最高境界,而良好的修养与学问的积累,则被认为是达到这一境界的唯一通道。"重"是就词的气格而言,而"拙"则讲究词的自然表现。何者为"拙"?况周颐解释说:"拙不可及。融重与大于拙之中,郁勃久之,有不得已者出乎其中而不自知,乃至不可解,其殆庶几乎?犹有一言蔽之,若赤子之笑啼然,看似至易,而实至难者也。"可见,"拙"追求的是一种归璞返真的"拙趣"。"大"涉及词的立意与格调。"大"的对立面是"纤",纤靡之作,词骨软媚,词意细微,或无病呻吟,或偏于侧艳,与沉着浑厚宗旨相背。况周颐认为,世多讥明词纤靡伤格,实非公正之论。明代词家中,纤靡者不过数家。而晚明陈子龙、王夫之等人,身当易代之际,其词直抒孤愤,起衰救弊,"含婀娜于刚健,有风骚之遗则,庶几纤靡者之药石矣"。"含婀娜于刚健,有风骚之遗则",即是"大"字的注解。

由上可知,况周颐的"重、拙、大"之说,旨在追求一种情真理足的词境,凝重沉着的词风和自然真率的表现,因而强调性情修养与学问积累的重要性,发展了常州词派固有的学人之词的审美倾向。"重、拙、大"说在十九世纪末,二十世纪初得到常州派词人的广泛认同。

《蕙风词》是况氏晚年自定词集。其中最为人称道,也即作者"尤爱自诵"的作品是《苏武慢·寒夜闻角》:

愁入云遥,寒禁霜重,红烛泪深人倦。情高转抑,思往难回,凄咽不成清变。风际断时,迢递天涯,但闻更点。枉教人回首,少年丝竹,玉容歌管。

凭作出,百绪凄凉,凄凉惟有,花冷月闲庭院。珠帘绣幕,可有人听,听也可曾肠断。除却塞鸿,遮莫城乌,替人惊惯。料南枝明月,应减红香一半。

全词极笔力写出深夜角声的凄楚感人,传递出一种怅然若失的情绪。意换声转之处,从容自然,无炉锤之迹。

辛亥革命后,况周颐以清代遗老自居,词中多抒发所谓故国之思,易代之感。词调悲怆低咽,实是唱给清王朝的曲曲挽歌。

清末四大词人中,朱祖谋生年最永,加以他在词的创作与词籍校订方面的成就与影响,故被称为清末词家的殿军。朱祖谋(1857—1931)一名孝臧,字古微,号沤尹,又号彊村。浙江归安(今吴兴)人。光绪九年进士,官至礼部侍郎。1904

年,出为广东学政,不久抱病辞归,寓居上海。朱祖谋早岁工诗,四十岁以后,在王鹏运的鼓励下,始事倚声,并将后半生精力多用于此。晚年将其所作删定为《彊村语业》二卷。

朱祖谋仕宦期间,并没有卷入政治漩涡的中心,但他对帝党及维新派人物的命运寄予了更多的关心和同情。黄遵宪因参与变法而被遣返故里,朱祖谋不计嫌疑,去人境庐探望,作《烛影摇红》一词记其事,词中充满着大劫之后的感慨。辛亥革命后,朱祖谋自然将自己划入遗民的行列,其词作也被一种怀念清室,对沧桑之变痛心疾首的情绪所笼罩,他作于辛亥年底的《浪淘沙慢》,集中表现了这种情绪,"剪不断,连环春绪叠,是当日,鸾带亲结",道出自己对清王朝割舍不断的眷依。

朱祖谋的词,取径南宋吴文英,表现出一种绵密曲折,绮丽精工的艺术风格。这种艺术风格体现在以下几个方面。

第一,词旨隐蔽。常州词派讲求意内言外与比兴寄托,因而往往是词面意义与内在意义之间存在着一定距离,外部形象与内在精神若即若离,这种内外距离掌握的恰如其分,能收到含蓄、隽永、寄意深远的艺术效果。朱祖谋继承了常州词派传统的表现手法,又学得了梦窗词的潜气内转,加上他先是在帝后两党的夹缝中做官,后是以前朝遗民自居的特殊生活经历的影响,他的词大多是词旨隐蔽,取径曲折,言在此而意在彼。如《声声慢·辛丑十一月十九日,味聃赋落叶词见示,感和》:

鸣螀颓城,吹蝶空枝,飘蓬人意相怜。一片离魂,斜阳摇梦成烟。香沟题红处,拚禁花,憔悴年年。寒信急,又神宫凄奏,分付哀蝉。

终古巢鸾无分,正飞霜金井,抛断缠绵,起舞廻风,才知恩怨无端。天阴洞庭波阔,夜沉沉,流恨湘弦。摇落事,向空山,休问杜鹃。

这首词的词面意义是咏秋风中飘零散失的落叶,而其内在意义是哀悼被那拉氏残害,而离魂无所归附的珍妃。其内在意义由于文辞深婉,很难从词面上窥出消息,如不知本事,也只有把它作为一首普通的咏物词看待。

第二,缘情布景,时空变换。朱祖谋的词,气脉绵密,常运用渲染、烘托的手法造成一种特殊的氛围,因而,在词的外部结构上,就形成了缘情布景,时空变换的特点。以上所引《声声慢》词中,鸣螀颓城,吹蝶空枝,飞霜、空山、杜鹃,都不一定是眼前实见之物,而是为了造成一种凄凉氛围所设置的景物,而斜阳、天阴、夜沉沉,以及香沟、神宫、金井、洞庭、空山都是服从于主题表达而人为地进行的时间上的变换与空间上的迁移。这种方法的运用,常给人造成一种迷离恍惚,应接不暇的感觉。

第三,辞藻绮丽,格律精严。朱祖谋的词,在语言上吸取了李商隐诗、吴文英词的特点,常以瑰奇绮丽的文字表现奇特的想象或构成非凡的境界。如《齐天乐》词咏鸦谓之"倦影偎烟,酸声噪月","酸"字的运用,似怪而熨帖。"问何计消磨,夕阳宦味,逝水心期"。以夕阳喻宦味,也是别出心裁。朱祖谋填词,极重声律,力求五音不悖于古,在声律上用功很深。

朱祖谋的词虽取得了较之晚清诸词家较高的艺术成就,但其词作题材狭窄,词旨隐蔽而近于隐晦,过分注重藻饰而淹没了真情,表现手法也失之单调、呆滞。

朱祖谋一生还用了许多精力校勘词籍。他所刻《彊村丛书》辑唐五代宋金元词一百六十余家,四校梦窗词,又曾为东坡词编年,其《彊村丛书》与万树的《词律》、戈载的《词林正韵》、张惠言的《词选》,被共称为清代词学四盛。

与朱祖谋的词曲折绵密的风格不同,郑文焯的词则表现出疏朗峭拔的特色。郑文焯(1856—1918)字俊臣,号小坡,叔问,大鹤山人,奉天铁岭人。他出生于一个属汉军正黄旗的官僚家庭,其父曾官陕西巡抚。而郑文焯在光绪元年(1875)中举,官内阁中书。不久,便离开京都,客居苏州,徜徉于湖山风月之间,行医鬻画,以大鹤自况。

郑文焯词作有《瘦碧》、《冷红》、《比竹余音》、《苕雅余集》多种,晚年删定为《樵风乐府》,其中多是纪游咏物与感怀时事、身世之作。他的一些小令写得恬静秀丽,表现了闲适的生活情趣。如《鹧鸪天》:

> 细语檐禽破晓霏,竹声凉翠梦先知。酒醒一枕红兰泪,染取蛮笺剩写诗。幽事浅,世情稀。闲花飞尽见高枝。一春雨横风狂过,绿满池塘无是非。

而他写在庚子事变以后的长调,则多以沉痛之笔,抒写了家国身世之感。如《贺新郎·秋恨》:

> 雕栏玉砌都陈迹,黯重扃,夷歌野哭,晦冥朝夕。十万横磨今安在,赢得胡尘千尺。问天地,榛荆谁辟。夜半有人持山去,蓦崩舟,坠壑蛟龙泣。还念此,断肠直。

描写了庚子事变给中国带来的深重灾难以及词人对无力抵抗侵略者进攻的清朝政府与军队的讥讽与愤慨。

郑文焯自述"为词实自丙戌(1886)岁始。入手即爱白石骚雅,勤学十年,乃悟清真之高妙"。可见其创作是顺着姜夔、周邦彦之路子走的,其词风也与姜、周的清空风格为近。所谓清空疏澹,在郑文焯词中表现为:在词的表现手法与结构上,不是运用叠床架屋式的方法,层层烘托,反复渲染,追求一种重与大,绵密细致的艺术效果,而是多用单行散句,多用点笔而少用染笔,重在构成一种气脉疏宕,隽永清朗的艺术境界。在语言上,不重富艳,而求清丽。即如《湘春夜月》:

最销魂,画楼西畔黄昏。可奈送了斜阳。新月又当门。自见海棠初谢,算几番醒醉,立尽花阴。念隔帘半面,香酣影答,都是离痕。
哀筝自语,残灯在水,轻梦如云。凤帐笼寒,空夜夜,报君红泪,销黯罗襟。蓬山咫尺,更为谁,青鸟殷勤?怕后约,误东风一信,香桃瘦损,还忆而今。

这是一首以闺人口吻写出的离愁词。上片由黄昏、新月触动愁思,而下片写鸿书难托,今宵难忘,情景、时空自然推移,将一片痴情,写得真挚自然,与朱祖谋缘情布景,四面盘旋的写法相比较,可谓别有洞天。

清末常州词派是一个具有相近审美趣味与创作倾向的文学流派。他们强调填词要有学力,同时也注重心灵与主观感受的表现,并力图将这种感受与比兴手法结合起来,去造就一种深厚沉着的艺术境界。他们将哀怨徘侧作为词作的情绪基调,用来表现封建末代知识分子的失落感及感伤的意绪与心态。同时,在彼此确认共同艺术追求的基础上,允许各个作家进行充分展示个性风格的探求,这是此派在清末仍呈现一时之盛的主要原因。

第七节 早期话剧

话剧是一不同于中国古典戏曲的戏剧范型。它不用歌唱而全用道白,动作求真而非写意化、程式化,这种新戏剧雏形在我国出现,最早可追溯到 1900 年前后的上海学生演剧活动。

上海学生演剧最早是在外国人所办的教会学校中进行的,是一种节日自娱活动。所演剧目大都是课本中的剧本,演出时用外语。戊戌变法后,受社会思潮的影响,学生们开始自编一些时事剧演出。这些时事剧不用锣鼓,没有歌唱,并逐渐由学校走向社会,但影响并不大。

真正说得上中国作家最早创作的话剧剧本,应该是陈季同用法文写的九场轻喜剧《英勇的爱》,1904 年由东方出版社在上海出版。该剧表现乡绅林朗的独子长庚赴京会试,喜得高中,但在归途中遭遇风暴,帆船在台湾附近海面沉没,并传来遇难的消息。长庚的未婚妻张樱桃得知噩耗,仍要坚决嫁到林家为媳。虽经林、张两家父母劝阻,樱桃却执意守节,并拒绝长庚表兄刘太和的引诱。在没有新郎的喜宴上,长庚突然归来,令人喜出望外。原来长庚在海难中为一种神秘力量保护而幸免于难。全剧最终皆大欢喜。作者立意在赞颂中国女性的传统美德。剧情相当单纯,对白则活泼简洁而稍带幽默。

1906年年底,在日本东京学习的留学生曾孝谷、李息霜等爱好戏剧的青年,组织起我国近代第一个话剧团体——春柳社。他们在《春柳社演义部专章》中声明,本社同人把"以言语动作感人为主,即今欧美所流行者"的话剧作为研究与实践的对象,以达到"开通智识,鼓舞精神"的目的。1907年年初,春柳社同人在一个游艺会上,以真正的话剧样式,演出了法国作家小仲马的《茶花女》中的选场。这次演出完全摆脱了中国旧剧的影响,使许多中国观众为之耳目一新。欧阳予倩就是看了演出之后,要求加入春柳社的。

春柳社初试锋芒,便名声大振,其成员演出兴致更高。他们选定富有反抗民族压迫意识的美国斯陀夫人的小说《汤姆叔叔的小屋》为底本(林纾中译本名《黑奴吁天录》),由曾孝谷、李息霜改编为五幕话剧;经过认真地排练,于六月一、二、三日在东京大戏园"本乡座"举行公演,公演获得了极大的成功,这是中国话剧史上十分值得纪念的一次演出。它轰动了日本的中国留学界,也轰动了日本剧坛和舆论界。他们纷纷撰文,对春柳社的成功演出给予了极高的评价。

《黑奴吁天录》演出之后,欧阳予倩与刚加入春柳社的陆镜若等人,又以中西会的名义演出过几次戏,其中特别值得提出的是《热泪》(又名《热血》)的演出。《热泪》是陆镜若根据法国作家萨尔都在剧本《女优杜斯卡》稍加改编而成的。剧中故事的排列,情节的发展,人物的安排,具有较强的戏剧性。演员在演出时,没有不合理的情节穿插,没有故意迎合观众的噱头和过分夸张的表演动作,担任主要编剧与导演的陆镜若有较好的戏剧理论修养,因而,全剧的演出,在艺术质量上,较《黑奴吁天录》有了显著的提高。

在国外的春柳社,其艺术追求较多地受日本新派剧和西方话剧现实主义表现方法的濡染,国内话剧的发展,则较多地受到中国传统戏曲与时事新剧表现方法的影响。

1907年秋,受春柳社演出成功的鼓舞,王钟声在上海组织了春阳社。春阳社向社会公开招聘演员,经过两个多月的准备,在兰心大戏院举行了第一次公演。演出剧目是由许啸天据林纾本直接改编的《黑奴吁天录》。兰心大戏院是上海外国人的一个业余话剧团体ADC经常演出的地方,舞台条件很好,灯光布景是当时中国观众所没有见过的。剧目演出时,由于运用了布景而分幕不分场。演员着西装,用对白,也用锣鼓,唱皮黄,登台念引子或上场白。饰演的大部分是黑人,但演员都涂成白脸。春阳社的演出,只留下一次失败的记录。其后,王钟声又同任天知合作,办起了通鉴戏剧学校,但不久便告解散。

1910年年底,任天知在上海竖起进化团的旗帜,当时在上海的演剧爱好者如汪优游、萧天呆、钱逢辛等积极应募。进化团成立后,首先到南京演出,获得极大成功。进化团队从此以后便打出"天知派新剧"的牌子。1911年,进化团在长江中下游地区的各大城市演出,名声大振,成为辛亥革命前后二三年内话剧界的骄子。

进化团成功的主要原因是它所演出的剧目表现出鲜明的革命倾向,抒发与伸张了辛亥革命前后的民声民气。进化团在辛亥革命前演出的剧目主要有《白蓑衣》、《东亚风云》、《新茶花》、《安重根刺伊藤》、《尚武鉴》等。这些剧目或控诉民族压迫,或鼓动民主革命,具有极强烈的煽动性。武昌起义胜利后,他们很快编演了反映武昌起义者光辉业绩的《黄鹤楼》,热情赞颂新建立的共和政府的《共和万岁》,号召人们踊跃募捐,以支持新生的革命政权的《黄金赤血》,这些剧目自然受到广大群众的欢迎。1912年以后,随着革命热潮的消退,进化团的演出逐渐失去往日的活力,不久,便渐渐瓦解。

1912年至1915年间,比较活跃的话剧职业剧团有新民社、民鸣社和新剧同志会。

新剧同志会是由归国后的春柳社部分成员组成的,发起人是陆镜若。不久,吴我尊、欧阳予倩等志同道合者陆续参加。新剧同志会继承春柳社的优秀传统,在十分清苦的生活条件下,孜孜不倦地进行着自己的艺术探求。他们辗转于江、浙、两湖地区演出,1914年在上海演出时,挂出春柳剧场的招牌。

新剧同志会所编演的剧目有八十余种。其中根据外国剧本、小说改编的剧目约有半数。这些改编的剧本以社会剧和家庭剧为主,如《社会钟》、《猛回头》等剧,透露出朦胧的反对阶级压迫的意识,而反映异国男女婚姻悲剧的《不如归》也深深地打动了不少中国观众的心。同志会自编故事,写成详细幕表的剧有十几种,而完全由自己创作的完整剧本的只有《家庭恩怨记》。《家庭恩怨记》由陆镜若执笔编写,剧中讲述的是辛亥革命中发了一笔横财的军官王伯良,因续娶妓女小桃红而导致一场家庭悲剧的故事。这种家庭变故对当时的观众来说并不生疏,而作者在剧末又安排了一个王伯良幡然改悔,作恶者小桃红受到惩罚的结尾,使中国观众"善恶终有报"的鉴赏心理得到满足,加上演员真实生动的表演,此剧获得了良好的声誉,并成为新剧同志会的保留节目。1915年9月,由于经济的拮据及主要领导人陆镜若的去世,新剧同志会便告解散。

新民社、民鸣社是以养活班子为目的演出团体。他们演出的剧目大都是描写家庭悲欢离合、揭露神秘宫廷生活的,这些剧目迎合了一部分观众的需要而获得较好的剧场效益。但这种"成功",是以早期话剧部分丧失其自身的艺术品格代价而取得的。这种话剧艺术品格的丧失,表现在剧情趋于离奇、荒唐;编导、演出制度混乱,经常没有剧本,只靠幕表戏;演员的表演角色化、程式化等方面。艺术品格的丧失使话剧逐渐被以恶名,人们开始以鄙薄的口气称谓那些粗制滥造,拙劣而带有几分胡闹的表演为"文明戏"。

这一时期,在北方,南开学校新剧团的活动亦值得一提。

南开新剧团成立于1914年,而南开学校的演剧活动在1909年便开始了。南开师生把演剧当作学校辅助教育的良好途径。南开新剧团编演的十余出新剧中,最优秀的是《新村正》、《一元钱》、《一念差》这三个剧本,或描绘辛亥革命后农村新旧势力的斗争,或揭露封建官场的勾心斗角,或再现下层社会的生活场景,都具有较高的思想性和现实意义。南开新剧团的大部分剧目是由集体创作完成的。一般是先编出幕表,在排练中逐渐形成固定的台词,演出后方形成固定的剧本。在表演上,较注重动作、语言的真实感。

早期话剧奠定了我国话剧与电影表演事业的基础,其荜路蓝缕之功是不可埋没的。五四以后,经这新一代话剧工作者的继续努力,话剧逐渐成为我国剧坛上的一支奇葩。

第五章
五四文学革命与新文学的诞生

第一节　文学革命及其历史性胜利

　　1917年一二月间,中国文学史上发生了里程碑式的史称文学革命的大事:短短三四年里,数千年来占据正统地位的书面语言"文言"突然被人从文学的宝座上颠覆,代之以"白话"这种历来被视为"不登大雅之堂"的俗语。而发动这场变革的,只是几个在大学工作的文人,他们仅仅凭借了一份杂志——《新青年》,居然就取得了这样的成功。

　　这场文学革命的远因,乃是几千年来汉语书面语与口头语的严重分离。长期占据中国文学正宗地位的,一直是古代书面语——文言所构成的文学(其中也包括严格讲究声律、对仗的骈文与律诗)。这种文学只能为少数人掌握,和绝大多数民众无缘。而与口头语相通的白话文学,则因所谓"低俗",历来受尽歧视与排斥,即使出现了《红楼梦》《儒林外史》等巅峰之作,也仍然无法改变其命运。在古代封建专制社会中,这种状况尚能长期延续。到了近代,在世界资本主义市场逐步形成,大批亚非国家沦为殖民地半殖民地,中国亦面临危亡的情况下,这种状况就成为启迪民众智力、改变弱国地位的严重障碍。另一方面,由于东西方文化的接触与交流,欧洲国家自文艺复兴起先后以各自的方言俗语作为书面语替代古拉丁文,从而建立现代民族文学的经验,也给予日本和中国的知识分子以启迪。这就是本书第一章黄遵宪《日本国志·学术志》所阐述的书面语与口头语"合一"要求的由来。经过戊戌前后"白话为维新之本"和"诗界革命"、"文界革命"、"小说界革命"的鼓吹,科举制度的废除和新式学校的兴办,尤其经历了清末民初白话小说的盛极一时,中国知识群众对白话文学重要性的认识已有相当提高。这就为颠覆文言在文学中的主流地位逐渐创造了条件。

　　五四文学革命的近因,则是辛亥革命推翻帝制以后,成果落入北洋军阀手中,社会现实与思想文化各方面状况极为黑暗。不但政治界连续发生袁世凯称帝、张勋拥戴溥仪复辟的丑剧,而且在思想文化界也有人与之呼应,或鼓吹将维护"三纲"

的孔教奉为国教,列入宪法;或出版《灵学丛志》,公然宣传鬼神迷信。上海《时事新报》1915—1916年间开辟专栏,倡导撰写充满声色刺激和低级趣味的"上海黑幕";随后又出版了并无"文学"可言的《中国黑幕大观》等书。连当初倡导"小说界革命"的梁启超,也忍不住在《告小说家》一文中指斥当时小说为:"其什九则诲淫与诲盗而已,或则尖酸轻薄毫无取义之游戏文也"。清末报刊上一度出现的将文言加以改良而成的"新文体",在守旧势力的排斥下逐渐消失。八股流毒和陈词滥调继续影响着许多人。正是这种情况,使大批受西方新思潮影响的先进的知识分子体悟到:"立国"必先"立人"。于是他们不仅开展以批判封建"三纲"①,倡导"民主""科学"为内容的新文化运动,而且酝酿着一场文学革命。

1915年10月,《甲寅》月刊终刊号上登载《申报》驻京记者黄远庸致编者章士钊的信,就提出"根本救济(之法),远意当从提倡新文学入手。"②陈独秀1915年9月创刊《青年杂志》(二卷起改名《新青年》)后,亦针对国内文坛状况,发表《现代欧洲文艺史谭》等文,介绍西方文艺思潮从古典主义、理想主义(浪漫主义)到写实主义、自然主义的变迁过程,并且明确表示改革文学的愿望:"吾国文艺,犹在古典主义、理想主义时代,今后当趋向写实主义。文章以纪事为重,绘画以写生为重,庶足挽今日浮华颓败之恶风。"③1916年8月,李大钊在创刊《晨钟报》时,亦发出了掀起一场新文艺运动的呼声。他说:"由来新文明之诞生,必有新文艺为之先声,而新文艺之勃兴,尤必赖有一二哲人,犯当世之不韪,发挥其理想,振其自我之权威,为自我觉醒之绝叫,而后当时有众之沉梦,赖以惊破。"④可见,随着思想启蒙运动的深入,在文学领域内相应地发动一场改革运动,实在是众之所趋、势所必至的了。

胡适就是在"今之谈文学改良者众矣"的情况下,投入《新青年》发动的这场运动并首先提出他较为系统的文学改革主张的。他从1915年起,就在美国和赵元任、梅光迪、任叔永等几位留学生酝酿讨论"汉字改革"和"文学革命"问题。1917年1月,他在《新青年》上正式发表《文学改良刍议》一文,认为改良文学应从"八事"入手,即须言之有物,不摹仿古人,须讲求文法,不作无病之呻吟,务去滥调套语,不用典,不讲对仗(文须废骈,诗须废律),不避俗语俗字⑤。他的核心

---

① "三纲",即君为臣纲,父为子纲,夫为妻纲,是两千多年中国封建社会中儒家、法家都倡导的意识形态。
② 黄远庸:《释言》,《甲寅》杂志1915年1卷10号。
③ 陈独秀:《答张永言信》,《青年杂志》第1卷第4号,1915年12月。
④ 李大钊:《〈晨钟〉之使命》,《晨钟报》创刊号,1916年8月15日。
⑤ 次年在《建设的文学革命论》中,胡适将这"八事"改称"八不主义",并列举欧洲各国从文艺复兴起就用各自的方言俗语做书面语以取代古拉丁文的史实,作为理论根据。

主张是：言文合一，书面语必须与口头语接近，以白话取代文言。鉴于白话文学在中国已有千年以上的历史，胡适坚信："白话文学之为中国文学之正宗，又为将来文学必用之利器，可断言也。"胡适还申述了他的进化论文学观念，宣称"一时代有一时代之文学"，"有《尚书》之文，有先秦诸子之文，有司马迁、班固之文，有韩、柳、欧、苏之文，有语录之文，有施耐庵、曹雪芹之文，此文之进化也"。在胡适看来，如果文学一味仿古、复古，那是"逆天背时"。用"半死"或"已死"的文言，绝不能创造今日鲜活的文学，"惟实写今日社会之情状，故能成真正文学"。胡适的主张得到了陈独秀的坚决支持。陈氏在随后发表的《文学革命论》一文中，明确提出"三大主义"，作为当时文学改革的响亮口号："曰推倒雕琢的阿谀的贵族文学，建设平易的抒情的国民文学；曰推倒陈腐的铺张的古典文学，建设新鲜的立诚的写实文学；曰推倒迂晦的艰涩的山林文学，建设明了的通俗的社会文学。"陈独秀正面强调文学应该"新鲜"、"创造"、"平易"、"立诚"、"赤裸裸的抒情写世"，反对明代前后七子"尊古蔑今"、"仿古欺人"以及骈文、排律为代表的铺张、雕琢、阿谀、虚伪的风气，同时也反对封建时代的"文以载道"的主张。他期望通过文学革命产生"中国之虞哥（今译雨果）、左喇（左拉）、桂特（歌德）、郝卜特曼（霍普特曼）、狄铿士（狄更斯）、王尔德"。在陈独秀所提的"三大主义"中，容易引起误解的是"推倒陈腐的铺张的古典文学"这条，仿佛他在全盘否定中国古代文学。其实不然。《文学革命论》本身就赞美了许多中国古代作品，如国风，楚辞，魏晋以下之五言诗，唐诗①，韩愈、柳宗元的古文，宋代语录文，元明剧本，明清小说等等，可以说包括了中国古代文学的精华。陈氏心目中要"推倒"的"陈腐的铺张的古典文学"，不同于后来人们通常所说的"古典文学"，实际上只指他在通信中一再提到的"古典主义文学"——也就是骈文、排律和明清两代的仿古文学。②这从他把原本就包括不少写实作品的"古典文学"有意和"写实文学"相对立，也能体味出来。陈独秀一方面主张文学为改革国民性服务，另一方面又坚持文学有"其自身独立存在之价值"（答曾毅信），表现了卓越的识见。陈独秀还在《答胡适之》的通信中表示："改良中国文学，当以白话为文学正宗之说，其是非甚明，必不容反对者有讨论之余地"，并且从1918年5月起将《新青年》上的文章全部改用白话，显示了他极端自信而不容他人"匡正"的激进态度。

《新青年》文学革命主张提出后，得到了钱玄同、刘半农的积极响应。作为语言文字学家的钱玄同，在写给刊物编者的信中，着重从语言文字的演化说明提倡

---

① 陈独秀答胡适信说："中国文学一变于魏，再变于唐，诗中之杜，文中之韩，均为变古开今之大枢纽。"
② 可参阅严家炎《〈文学革命论〉作者"推倒""古典文学"考释》，载《文学评论》2003年第5期。

白话文的正确和必要,并指斥一味拟古的文言散文、骈文为"桐城谬种"、"选学妖孽"。刘半农的《我之文学改良观》则就建造新韵、采用新式标点符号等方面提出具体建议。为了扩大文学革命的影响,他们两人还在《新青年》上演了一出双簧戏:由钱玄同化名王敬轩搜罗旧派文人各种反对文学改革的论调,加以展示,名之曰《文学革命之反响》;然后由刘半农撰写《覆王敬轩书》,作出痛快淋漓的驳斥。这场"假戏真做"的成功表演,引起许多读者的瞩目。

胡适、陈独秀倡导以白话为文学正宗,这不仅是文学语言形式的变革,而且也为文学自身的革命找到了最好的突破口,因此不能理解为一种形式主义的主张。白话文运动晚清就有,但正如蔡元培《中国新文学大系·总序》所言,"那时候作白话文的缘故,是专为通俗易解,可以普及常识,并非取文言而代之"。那时候,面向市民的应用文采用白话,而正宗的文学则仍用文言。梁启超提出了诗界革命、文界革命、小说界革命、戏曲界革命的口号,却找不准推进这种种革命的突破口,限制了实际成效。《新青年》发动的这场文学革命,却找到了可行的道路,就是言文趋于一致,以白话取代文言。欧洲各国文艺复兴时期都有建立国语文学以取代古拉丁文的过程,胡适在国外留学所形成的宽广视野,使他从欧洲的经验中吸取了智慧,从而解决了文学变革的关键问题。关于这一点,不但胡、陈二位发起者十分明确,而且文学革命的其他参与者、支持者也都相当自觉。钱玄同致《新青年》编者的信中就说:"白话中罕有用典者。胡先生主张采用白话,不特以今人操今语,于理为顺,即为驱逐用典计,亦以用白话为宜。弟于胡先生采用白话之论,固绝对的赞同也。"刘半农的《我之文学改良观》虽然认为白话、文言暂可处于相等地位,但最终目标却很清楚,"将来之期望,非做到'言文合一'或'废文言而用白话'之地位不止"。所以他建议,目下先可"于文言方面,力求其浅显,使与白话相近;于白话一方面,除竭力发达其固有之优点外,更当使其吸收文言所具之优点,至文言所具之优点尽为白话所具,则文言必归于淘汰"。表面上看,似乎有点折中保守,然而其具体主张对胡适等人其实很有启发。胡适次年在《建设的文学革命论》中就一改"文言已死"的腔调,开始提出白话要吸纳某些文言成分,他说:"我们可尽量采用《水浒》《西游记》《儒林外史》《红楼梦》的白话;有不合今日用的,便不用他;有不够用的,便用今日的白话来补助;有不得不用文言的,便用文言来补助。这样做去,决不愁语言文字不够用,也决不愁没有标准白话。"傅斯年在《怎样做白话文》里,又补充了两条重要意见:一是白话文必须根据人们说的活语言,学习活语言中生动的成分;二是白话文应该吸收西方语言的长处,不必害怕"欧化"。鲁迅不仅改变自己的写作习惯,从 1918 年起坚持用白话写小说、散文,而且还发表随感录坚定地捍卫新文学生命所系的白话,称之为"四万万中国人嘴里发出来的声音"①。可见,倡导者和支持者都紧紧抓住白话为着手文学革命的重要环节,保证了这一革命能顺利推行。

然而,《新青年》本身更加重视文学内容的革命。正如周氏兄弟所说:"文学革命上,文字改革是第一步,思想改革是第二步,却比第一步更为重要。"②"因为腐败思想,能用古文做,也能用白话做。"③在这方面,《新青年》同人中最有代表性的文章是:周作人的《思想革命》《人的文学》《平民文学》,胡适的《易卜生主义》,李大钊的《什么是新文学》。其中《人的文学》更是《新青年》文学内容革命的一项纲领。周作人开宗明义就说:"我们现在应该提倡的新文学,简单的说一句,是'人的文学'。应该排斥的,便是反面的非人的文学。"他认为,人是"从动物进化的",因此,"凡兽性的遗留,与古代礼法可以阻碍人性向上发展者,都应该排斥改正"。周作人宣称:"须营一种利己而又利他,利他即是利己的生活。第一,便是个人以心力的劳作换得适当的衣食住与医药,能保持健康的生存。第二,革除一切人道以下或人力以上的因袭的礼法,使人人能享自由真实的幸福生活。"正如胡适认为易卜生主义就是"健康的个人主义",周作人也与此呼应,明确地说:"我所说的人道主义,……乃是一种个人主义的人间本位主义。""用这人道主义为本,对于人生诸问题加以记录研究的文字,便谓之'人的文学'。"这是个体本位的人权思想在文学上的首次阐释,对于历来只强调君权、族权、父权、夫权而不强调百姓个人权利的中国社会,无异于投下了一颗猛烈的精神炸弹,具有强烈的反封建意义。胡适甚至称《人的文学》"是一篇最伟大的宣言"④。后来的事实证明,周作人此文对新文学发展的确产生了重大的影响。但当周作人用这个观念来衡量中国历来作品,将《西游记》《水浒传》《七侠五义》《聊斋志异》等一概归入要排斥的十大类"非人的文学"时,就不免有缺少具体分析,将局部和整体混淆,倒脏水连孩子一起倒掉的弊病了。李大钊的《什么是新文学》⑤则提出:"刚是用白话做的文章,算不得新文学;刚是介绍点新学说、新事实,叙述点新人物,罗列点新名辞,也算不得新文学。"李大钊认为:"我们所要求的新文学,是为社会写实的文学,不是为个人造名的文学;是以博爱心为基础的文学,不是以好名心为基础的文学;是为文学而创作的文学,不是为文学本身以外的什么东西而创作的文学。"并且强调说:"我们若愿园中花木长得美茂,必须有深厚的土壤培植他们。宏深的思想、学理,坚信的主义,优美的文艺,博爱的精神,就是新文学、新运动的

---

① 鲁迅:《现在的屠杀者》,《新青年》第6卷第5号,1919年5月。
② 周作人:《思想革命》,载《每周评论》1919年第11期。
③ 鲁迅:《无声的中国》,收入《三闲集》。
④ 胡适:《中国新文学大系·建设理论集导言》。
⑤ 载成都少年中学会会刊《星期日》社会问题专号26号,1920年1月4日。

土壤、根基。"可以说,李大钊在五四爱国运动爆发以后,结合当时的现实,推进了陈独秀《文学革命论》中的一些思想,对有志于创作新文学的青年作了诚挚的提醒和引导,体现了革命先驱者对早期新文学运动的热切期待。

《新青年》还就新文学各种体裁的创作进行过许多有益的尝试和探讨。中国传统文学历来以诗文为正宗,诗的成就尤高,新文学倡导者于是首先以白话新诗的创立向旧文学挑战。《新青年》杂志自1917年6月即刊载胡适的白话词,次年起更陆续发表胡适、沈尹默、刘半农、唐俟(鲁迅)、周作人、沈兼士、陈独秀、李大钊、俞平伯、康白情等的大量新诗,几乎每期必有,而且有些是同题诗(《鸽子》、《人力车夫》、《除夕》),显示出编辑部同人"总动员"式的集体努力,其中少量佳作(如沈尹默的《月夜》、《三弦》,周作人的《小河》)亦曾传诵一时。但新诗面临的难题毕竟太大,因此,探讨新诗的文章虽多,留下的争议与问题也多。胡适的主张是"诗国革命何自始? 要须作诗如作文"。而梅光迪的看法却是:"诗文截然两途。诗之文字(Poetic diction)与文之文字(Prose diction)自有诗文以来(无论中西)已分道而驰。……吾国求诗界革命,当于诗中求之,与文无涉也。"(转引自胡适《逼上梁山》第三节)这里梅光迪的见解,其实是有道理的,像胡适那样简单地认为"作诗如作文",会给新诗带来许多弊病。新文学真正能够站稳脚跟,靠的却是鲁迅的小说。自1918年5月他在《新青年》上发表首篇白话小说《狂人日记》起,就以思想的深刻和格式的特别,震撼了包括通俗文学界[①]乃至日本汉学界[②]在内的广大读者群。接着,他又以《孔乙己》、《药》、《明天》、《故乡》、《阿Q正传》等一批具有经典意义的作品,为新文学赢得了巨大的荣誉。陈独秀1920年在致周作人的两封信中说:"鲁迅兄做的小说,我实在五体投地的佩服。""豫才兄做的小说实在有集拢来重印的价值"[③]。在小说理论上,则有胡适的《论短篇小说》等文,不仅纠正了钱玄同对《西游记》、《聊斋志异》一类浪漫主义作品的偏见,而且对初期新文学小说艺术的发展作出了重要的贡献。散文因本土积累甚为丰厚,又有西方随笔(Essay)可供借鉴,加上周作人的《美文》一类文字所作的引导,虽然语言换成了白话,仍容易迅速取得成绩。真正在题材上构成难点的,除新诗而外就是戏剧。这不仅因为戏剧是一门综合性艺术,也因为文学革命倡导者对传

[①] 鸳鸯蝴蝶派评论家凤兮在1921年2月27日刊载于《申报·自由谈》的《我国现在之创作小说》中说:"鲁迅先生《狂人日记》一篇,描写中国礼教好়吃人之德,发千载之覆,洗生民之冤,此篇殆真为志意之创作小说,置之世界诸大小说家中,当无异议,在我国则唯一无二矣。"

[②] 青木正儿在日本《支那学》月刊1920年8—11月第1—3期上载文说:"在小说方面,鲁迅是一位属于未来的作家。他的《狂人日记》描写了一个迫害狂者的惊怖的幻觉,达到了中国小说作家至今尚未达到的境界。"

[③] 严家炎编:《二十世纪中国小说理论资料》第二卷,北京大学出版社1997年版,第97页。

统戏曲存在着偏激情绪。由于墨守写实主义标准,对戏曲的象征、表意特点理解不够,倡导者中有的人将传统戏曲视为"百兽率舞"(钱玄同语),还有人要求戏曲"废唱"(如胡适),排斥张厚载(张豂子)的合理意见。但倡导者就改革旧剧、创建新剧进行的讨论仍是极为有益的。他们提出:要重视剧本创作,反对演员在台上随意编词的幕表戏;要破除"团圆主义",树立悲剧观念;要日常生活化,显示生活本身的复杂性,反对善恶过于分明的简单化倾向;要讲究戏剧的结构艺术,力求集中、精炼,反对散漫、拖沓(见胡适《文学进化观念与戏剧改良》,傅斯年《论编制剧本》等文)。这些讨论,加上胡适《终身大事》等剧本的创作实践,大大推进了早期的戏剧文学建设。早在1918年末和1919年初,《新青年》周围已有了两个响应新文化运动与文学革命的姐妹刊物:《每周评论》和《新潮》。1919年3月,当林纾在北京《公言报》上发表《致蔡鹤卿书》,攻击《新青年》"覆孔孟、铲伦常","尽废古书,行用土语为文字"时,《新青年》、《每周评论》、《新潮》便以各种方式,刊出多篇文章,对林纾的言论作出有力的反驳和批评,形成"新旧思潮之激战"。五四爱国运动爆发以后,各地涌现了一大批白话文刊物,如上海的《星期评论》,北京的《少年中国》、《解放与改造》、《曙光》、《新社会》以及第二卷起的《国民》,成都的《星期日》,这些刊物都曾发表新文学作品,支持文学革命。在报纸副刊中,北京的《晨报副刊》(原第七版),上海的《时事新报》副刊《学灯》、《民国日报》副刊《觉悟》,更是刊发了鲁迅、冰心、叶绍钧、郭沫若、刘大白等人的大量重要的白话文学作品。有人统计,仅1919年,全国刊行的白话报纸就达四百种以上。白话文越出文学的范围,几乎在整个文化领域内形成席卷一切之势。连《小说月报》、《东方杂志》等一批老牌杂志,也在五四的次年迫于营业需要而改用白话。1920年,在白话取代僵化了的文言文已成事实,具有新思想的专业管理官员又全力给予支持的情况下,北洋政府教育部终于承认了白话为"国语",通令国民学校采用。白话文获得了全局性的不可逆转的胜利。

五四文学革命运动在不多的几年内,取得了多方面的巨大成就,实现了中国文学从古典到现代的全面飞跃,这是它总体上符合和适应于时代历史要求的结果。文学革命所诞生的新文学,在内容上根本否定了封建专制制度及其以"三纲"为代表的思想文化体系:它以个体本位的现代民主主义的新主题,代替了各种旧主题;以农民、普通劳动者、新型知识分子等人物形象,代替了旧文学中最常见的主人公——帝王将相、才子佳人(小说《狂人日记》与半年后发表的论文《人的文学》,更可以说是文学上的"人权宣言")。即使历来文学中常有的争取婚姻自由的主题,在五四新文学中也具有新的时代特色,贯穿了个性解放的新思想;而且,这种个性解放往往又同民族解放、社会平等的理想结合在一起。因此,五四新文学在思想上不但和封建性文学形成尖锐的对立,同时也远远高出于封建时代具有民主倾向的文学以及近代一般的进步文学。这样一种坚决反封建而又充满民族觉醒精神的文学,体现出前所未有的现代性。文学的理论观念方面也发生了重大变化,它既否定封建的"文以载道",也不赞成单纯的"游戏",而主张"文学有益于人生",同时又保持文学自身的独立价值,由此奠定了二十世纪中国文学的审美价值取向和多元并存的基本格局。五四文学革命所进行的反对文言、提倡白话、建立新诗、改革旧剧的运动,带来了文学语言形式的大革新、大解放。中国广大劳动人民长期以来同书面文学隔绝,固然有社会政治方面的根本原因,但同难读难懂的文言文长期在文学领域所占的正宗地位也是有关系的。白话文的应用,促使文学在语言形式上与广大人民接近了一大步,大大拓宽了文学的群众基础。尽管五四先驱者在对待戏曲和方块字(钱玄同甚至要求废除汉字)等方面存在着偏激情绪,但文学革命毕竟不是当权者自上而下发动的革命,而只是先进知识分子自下而上地推进的运动,因此并未产生什么灾难性的后果,它的缺点错误后来被人们逐步认识和纠正。五四文学革命正是以它从理论主张到创作、从文学内容到形式的全面大革新,揭开了中国文学史上光辉的新篇章。

第二节　五四时期外国作品的译介与西方文学思潮的传入

鲁迅在《中国杰作小说·小引》中曾说:"新文学是在外国文学潮流的推动下发生的","初时,也像巴尔干各国一样,大抵是由创作者和翻译者来扮演文学革新运动战斗者的角色"[①]。只要看看文学革命的倡导者和支持者如胡适、鲁迅、周作人、刘半农、沈雁冰、郑振铎、耿济之、瞿秋白、罗家伦、田汉、潘家洵、郭沫若等都曾努力从事外国文学的译介工作,就可知道鲁迅所说确是实情。

中国译介西方文学的第一个高潮始于十九世纪末年、二十世纪初年。但那时中国人对西方文学的了解有限,故译介也以科幻小说、侦探小说、历史演义等通俗文学为主,名著的翻译比较少(有的还是节译),对西方文学思潮的注意则尤其少。从梁启超到留日时期的陈独秀,所知道的西方文学思潮大体上从欧洲十七世纪至十九世纪中后期的古典主义、浪漫主义、写实主义、自然主义为限。到五四前夕,留学欧美和日本的中国知识分子总数已达五万人以上;随着对西方文学了解的增进,译介外国文学的工作也步入一个新的更加自觉的阶段。

五四时期对外国文学的译介,具有不同于清末民初的几个显著特点:

第一,比较有计划地翻译欧美重要作家的名著。

---

① 收入《集外集拾遗补编》,《鲁迅全集》第 8 卷,人民文学出版社 2005 年版,第 445 页。

仅 1918 年这一年,诚如胡适《五十年来中国之文学》所说,就大力倡导欧洲新文学,译介了"北欧的 Ibsen, Strindberg, Andersen;东欧的 Dostojovski, Kuprin, Tolstoi;新希腊的 Ephtaliotis;波兰的 Seinkiewicz",较多地展示了西方文学的写实主义主流。沈雁冰在五四爱国运动半年之后,就在《小说月报》上发表《小说新潮栏宣言》,开出了一张应该首先翻译介绍的西方文学的清单,其中有比昂逊(B. Bjornson,或译本生、般生)、易卜生、斯特林堡、左拉、莫泊桑、显克微支、果戈理、赫尔岑、托尔斯泰、契诃夫、屠格涅夫、陀思妥耶夫斯基、高尔基、霍普德曼、高尔斯华绥、萧伯纳、威士等 19 位作家的 33 部作品,他认为这些是最急需的。不久,这些作品基本上都得到翻译。翻查《中国新文学大系 1917—1927 史料·索引》,我们可以看到,这个时期共翻译出版外国中长篇小说 79 部,短篇小说集 48 种 569 篇,戏剧 96 部,诗集 13 种,其中有大量欧美以及日本、印度的重要作家的作品被翻译过来。仅获得诺贝尔文学奖的,就有比昂逊(瑞典)、显克微支(波兰)、吉卜林(英国)、梅特林克(比利时)、霍普特曼(德国)、泰戈尔(印度)、罗曼·罗兰、法朗士(均法国)、叶芝(爱尔兰)、莱蒙特(波兰)、萧伯纳、高尔斯华绥(均英国),他们都有作品在五四时期被译成中文。诺贝尔奖得主之外,也还有一批享誉世界的大作家的作品被介绍到中国。可见,从五四时期起,中国对外国文学的翻译介绍已减少了盲目性,选择的作家作品开始朝向经典化了。

第二,翻译介绍的重心由英、法文学转向俄国文学,转向东欧、北欧以及被压迫的弱小民族的作品。这是五四时期发生的一种非常重要的方向转换。

按《中国新文学大系 1917—1927 史料·索引》所汇总的资料,该时期翻译的外国文学作品(包括重译在内)总计有 200 种(套)。我们如分国别加以统计,其中日本 12 种,波斯 1 种,印度 14 种,犹太 1 种,俄国 65 种,波兰 3 种,瑞典 1 种,挪威 3 种,丹麦 4 种,德国 24 种,匈牙利 1 种,意大利 2 种,法国 31 种,荷兰 1 种,比利时 2 种,英国 21 种,南非 1 种,多国综合类 13 种。应该说,阿英编纂的这册《史料·索引》所收集的译作并不齐全,像 1920 年 7 月北京新中国杂志社出版的《俄罗斯名家短篇小说集》,就被遗漏了。但据此也可看出,当时所译外国文学作品,俄罗斯确居于首位,约占总数三分之一。其次是法、德、英诸国的作品。亚洲译得较多的,是印度和日本。美国作品似乎一本也没有,其实在多国作品的选集里还是包容了一点,那就是爱伦·坡的《心声》、《幽会》等短篇小说。为什么当时翻译的俄国文学作品那么多——竟至于超出法、英、德诸国一倍乃至两倍以上呢?本来,中国懂英文的人最多,懂俄文的人并不多,很多俄国作品是从英文转译的,有一部分是从日文转译的。为什么宁可从其他文字转译,也要把那么多俄国文学作品(包括一部分苏俄作品)翻译到中国来呢?这大概有多种原因,并可作出多种解释:一是十九世纪到二十世纪初年俄罗斯文学的成就确实相当高,可谓群星灿烂,因而引起中国作家的重视。二是由于俄国介乎东西方之间,它的社会情况和中国比较近似,封建专制的基础相当根深蒂固,而十月革命后又建立了号称工农当权的苏维埃制度,对外宣布放弃沙皇俄国时期通过不平等条约所取得各种特权,这引起包括孙中山在内的中国革命政党和中国知识分子的很大兴趣。瞿秋白在1920年3月写的《俄罗斯名家短篇小说集·序》中,曾经作过这样的解释:

> 俄罗斯文学的研究在中国却已似极一时之盛。何以故呢？最主要的原因,就是：俄国布尔札维克的赤色革命在政治上、经济上、社会上生出极大的变动,掀天动地,使全世界的思想都受它的影响。大家要追溯它的远因,考察它的文化,所以不知不觉全世界的视线都集于俄国,都集于俄国的文学；而在中国这样黑暗悲惨的社会里,人人都想在生活的现状里开辟一条新道路,听着俄国旧社会崩裂的声浪,真是空谷足音,不由得不动心。因此大家都要来讨论研究俄国。于是俄国文学就成了中国文学家的目标。①

这是很有道理的一种解释。当然,也许还可以从文学上寻找更深层次的解释——找出更潜在、更根本的答案,那就是俄国文学里存在着异常深厚的人道主义精神,正是这种宝库式的丰富的思想资源,使它成为吸引千千万万中国读者的巨大磁石。出于同样的原因,五四时期的中国文学家也怀着极大的兴趣关心和注视着许多弱小国家和被压迫民族的文学。在这方面,鲁迅、周作人是先驱者,他们在辛亥革命前就从"被压迫的民族中""引那叫喊和反抗的作者为同调"②。《小说月报》在宣布改革的当年(1921年)10月就出版了《被损害民族的文学》专号,翻译介绍了波兰、捷克、塞尔维亚、芬兰、乌克兰、犹太以及斯堪的纳维亚各小国的文学,刊载了这些国家、民族的代表性作家作品,而且这一精神在刊物的前后各期内始终贯穿,成为该刊的主导倾向。热心的译者王鲁彦,在谈到他何以要翻译东北欧弱小国家文学的原因时,曾经这样说过："无论如何弱小的国家都有它们自己的灵魂。或者,我们可以说,正因为它们弱小,受压迫,被损害,它们的灵魂愈加沉痛,愈加悲哀,而从这里所发出的呼声愈比大国的急切、真挚、伟大。文艺正是从灵魂中发出来的呼声,我因此特别爱弱小民族的文艺。在它们文艺的园地里,我常常看见有比大国的更好的鲜花。"③王鲁彦的这种感受,正代表了许多新文学家和翻译家的共同想法。

---

① 见瞿秋白：《俄罗斯名家短篇小说集序》,1920年7月北京新中国杂志社。
② 鲁迅：《南腔北调集·我怎么做起小说来》,《鲁迅全集》第4卷,人民文学出版社2005年版,第525页。
③ 鲁彦：《世界短篇小说集·序》,上海亚东书局1928年出版,第2页。

第三,翻译外国文学时,既注意介绍西方文艺复兴以来文学史的变迁,也十分关注文学思潮的最新趋向。

最初倡导文学革命的胡适、陈独秀,为中国新文学设定的目标是写实主义。沈雁冰在《小说新潮栏宣言》中,也主张译介西方作品"应该先从写实派、自然派介绍起"。但如果将他们完全视为写实主义者,那就不免简单化。其实,他们的文学思想并不那么单纯。胡适曾在1916年剪录了《纽约时报》书评栏一则有关美国意象派宣言的评论,并作了批注:"此派所主张与我所主张多相似之处"[①],这证明他与意象主义之间确实相通。陈独秀在《文学革命论》篇末作为楷模提到的六位欧洲作家中,雨果和歌德就都是公认的浪漫主义者,王尔德则是著名的唯美主义作家,真正可称写实主义作家的只剩下狄更斯、霍普德曼、左拉三人(而且霍普德曼后期走向了象征主义,左拉则又是自然主义的代表作家)。1920年起,陈独秀有感于写实主义或自然主义过于悲观,又转而倡导罗曼·罗兰式的新浪漫主义(新理想主义),可见他的文学思想也处在发展变化过程中。实际上,许多新文学家译介西方文学时,一开始就注意到了当时世界文学思潮的多元趋向。即以《小说月报》而论,它在刊载写实的"血与泪的文学"的同时,也译介过其他各种文学思潮的理论和作品。所载的论文,如沈雁冰的《我们现在可以提倡表象主义[②]的文学么》、《未来派文学之现势》、《自然主义与中国现代小说》,谢六逸的《文学上的表象主义是什么》,海镜(李汉俊)的《后期印象派与表现派》,程裕青译山岸光宣的《德国表现主义的戏曲》,闻天译史笃姆的《波特莱尔研究》,它们都带有日后称之为现代主义的倾向。至于刊载的作品,如安特列夫的《红笑》,梭罗古勃的《微笑》、《平等》、《你是谁》,梅特林克的《青鸟》、《马兰公主》,波特莱尔的《窗》、《游子》,勃洛克的《十二个》等,都具有象征主义——有的还有印象主义的成分。1923年上海民智书局出版过一本《新文艺评论》(孙俍工编),其中也收录了一组介绍外国新兴的文艺思潮、流派的文章,有陈望道译加藤朝鸟的《文学上的各种主义》,汪馥泉的《文艺上的新罗曼派》,李之常的《自然主义的中国文学论》(亦涉及易卜生的新罗曼主义),刘延陵的《法国诗之象征主义与自由诗》,幼雄的《䃼䃼主义[③]是什么》等。留学日本的郭沫若、郁达夫,1922年至1923年间也发表文章对表现主义显示了强烈的兴趣。郭沫若在《自然与艺术——对于表现派的共感》、《论国内的评坛及我对于创作上的态度》、《印象与表现——在上海

[①] 见胡适1916年日记中《印象派诗人的六条原理》一篇,《胡适全集》第28卷,安徽教育出版社2003年版,第496页。胡适将"意象派"译成"印象派"。

[②] "表象主义",也译为"象征主义",后一种译法比较通行。

[③] "䃼䃼主义"(Dadaisim),今译"达达主义"。

美专自由讲座演讲》中,更直接呼唤:"德意志的新兴艺术表现派哟,我对于你们的将来寄以无穷的希望。"可见,在欧洲历时地出现的各种思潮,到五四以后的中国已变成共时的多元存在。连一些与文学关系较远的综合性的文化刊物,也在"新浪漫主义"的名目下刊载过介绍西方现代主义文学思潮、流派的文章(虽然那时还没有"现代主义"这类字眼)。如:1919年9月《新中国杂志》1卷5号上就刊载赵英若《现代新浪漫主义之戏曲》,1920年6月《少年中国》1卷12期上刊载田汉《新罗曼主义及其他》,1920年6月《东方杂志》17卷12号上刊载昔尘《现代文学上底新浪漫主义》,1920年9月《东方杂志》17卷18号上刊载沈雁冰《〈欧美新文学最近之趋势〉书后》,1920年9月《民铎》杂志2卷2号上刊载罗迪先《最近文艺之趋势十讲》等。当时所称的"新浪漫主义",主要指的是包括象征主义在内的后来称为最广义的现代主义,它复归于浪漫主义的重主观表现,却与旧浪漫主义又有很大不同。三十多年后,沈雁冰曾在《夜读偶记》中说:"'新浪漫主义'这个术语,二十年代后不见再有人用它了……现在我们总称为'现代派'的半打多的'主义',就是这个东西。"①其实,欧战前后流行的新浪漫主义,因其侧重点的不同,含义可分为三类:一指罗曼·罗兰式的新理想主义,一指以象征主义为主体的文艺新潮,一指稍后兴起于德国、奥地利的以表现主义为主体的文学潮流。总的来说,它是继自然主义之后勃兴的一种反写实的思潮,然而在中国,却已与写实主义、浪漫主义并存共生,构成了新文学多元互补的特点。尤其值得注意的是,当时介绍文学上新浪漫主义、象征主义、表现主义、未来主义的人士中间,还有一批早期共产党人:如陈独秀、沈雁冰、陈望道、李汉俊、张闻天等等,可见,他们在二十世纪二十年代是将这些文学思潮当作先锋性思潮来看待的。无怪乎社会主义青年团中央的机关刊物《中国青年》发表瞿秋白的《那个城》时,要标上"象征派小说";转载短剧《白骨》时,要标上"未来派剧本"了。直到苏联"拉普"批判除写实主义之外的各种文艺思潮后,此类情况才有所改变。所有这些,都值得引起文学史家的重视和思考。

第三节 新文学社团的蜂起和流派的产生

文学革命的胜利和外国作品的大规模译介,其直接结果是新文学运动获得进一步发展,新的文学社团和纯文艺刊物如雨后春笋在全国各地纷纷出现。新文学从一般革新运动中分离出来形成独立的队伍,并孕育出不同的流派。

倡导时期并无专门的文学社团;高举"文学革命"旗帜的《新青年》以及继起

---

① 茅盾:《夜读偶记》,百花文艺出版社1958年版,第3页。

的《每周评论》、《新潮》、《少年中国》等,都是综合性的刊物。新的文学社团和纯文艺性刊物是从 1921 年才开始出现的。这年一月,由郑振铎、沈雁冰、周作人、叶绍钧、许地山、王统照、耿济之、郭绍虞、蒋百里、孙伏园、瞿世英、朱希祖十二人发起的文学研究会,正式在北京成立。会员共达 170 余人。他们把上海商务印书馆出版、经过革新、由沈雁冰接编的《小说月报》(自 12 卷起)作为自己的代用会刊,还陆续在沪、京两地编辑两种《文学旬刊》[①]并创办了《诗》月刊等,出版丛书 125 种(翻译 71 种,创作 54 种)。同年七月,留学在日本的郭沫若、郁达夫、田汉、成仿吾、张资平、穆木天、陶晶孙、张凤举、何畏等组成了创造社。他们先在国内(上海)出版丛书(共计 60 余种),次年起,又先后创办了《创造》季刊、《创造周报》、《创造日》(《中华新报》附发)、《洪水》、《创造月刊》、《文化批判》等刊物十余种,已知入社成员为 68 人。文学研究会和创造社是最早成立的两个新文学社团,它们的出现,标志着新文学运动发展到了开始形成独立队伍的阶段。此后几年里,更多的文艺社团和刊物在全国各地涌现。据《星海》一书辑录的资料,从 1921 到 1923 年,全国出现大小不同的文学社团 40 余个,出版文学刊物 52 种。而到 1925 年止,已经出现的文学社团和刊物,据茅盾统计,各"不下一百余"[②]。它们几乎遍布各大中城市,其中比较活跃的,在上海有欧阳予倩、沈雁冰、郑振铎等发起的民众戏剧社(出版《戏剧》月刊),胡山源等组成的弥洒社(出版《弥洒》月刊及创作集),田汉所办的南国社(出版《南国》半月刊),高长虹、向培良等组成的先后活动于京沪两地的狂飙社(两度出版《狂飙》周刊);在杭州有冯雪峰、潘漠华、应修人、汪静之 1922 年即已组成的湖畔诗社(出版《湖畔》等诗集和刊物《支那二月》);在长沙有李青崖等组织的湖光文学社(出版《湖光》半月刊);在武昌有刘大杰等组成并受到郁达夫支持的艺林社(出版《艺林》旬刊);在天津有赵景深、焦菊隐等组织的绿波社(先后出版《诗坛》、《绿波》旬刊和《小说》);在北京,则有鲁迅、孙伏园、钱玄同、林语堂、川岛、周作人等组成的语丝社(出版《语丝》周刊),杨晦、陈炜谟、陈翔鹤、冯至组织的以浅草社为其前身的沉钟社(继《浅草》季刊及上海《民国日报》附发的《文艺旬刊》之后,出版《沉钟》周刊与半月刊,并发行丛书),韦素园、李霁野、台静农、曹靖华等在鲁迅主持下组织的未名社(先与原狂飙社成员合办《莽原》周刊和半月刊,后独编《未名》半月刊,并出版"未名丛刊"、"乌合丛书"和"未名新集"三种丛书),徐志摩、闻一多、梁实秋、胡适、陈源等组织的新月社(最初两年未办刊物,1926 年始借《晨报副刊》创办《诗刊》、《剧刊》,后又

[①] 上海《文学旬刊》自 1921 年出到 1929 年,共 380 期,81 期起改为周报,172 期起脱离《时事新报》,单独发行。北京的《文学旬刊》自 1923 年出到 1925 年,共 82 期。

[②] 茅盾:《中国新文学大系·小说一集导言》。

出版《新月》月刊)。这些为数众多的文学社团,活动时间长短不一,思想倾向更是各不相同,但总的说来,对新文学运动的发展还是起到了积极的作用。五四以后,文学运动的客观任务已由旧文学的破坏转到新文学的建设,由理论的倡导转到创作的发展,这一新的任务,显然是文学革命倡导时期原有的几个综合性团体和刊物所难以胜任的,它需要广泛的群众性和较强的专业性,大批专门的文学团体和刊物的出现,正好适应了这一历史要求。正如茅盾后来所说:"这几年的杂乱而且也好像有点浪费的团体活动和小型刊物的出版,就好比是尼罗河的大泛滥,跟着来的是大群的有希望的青年作家,他们在那狂猛的文学大活动的洪水中已经练得一副好身手,他们的出现使得新文学史上第一个'十年'的后半期顿然有声有色!"①

在上述众多的文学社团中,文学研究会和创造社不仅成立早,活动久,而且成员多,影响大,在流派发展上也最有代表性,各自作出了不同的贡献。

文学研究会是一个社会责任感很强的文学团体。《简章》规定的团体宗旨是:"研究介绍世界文学,整理中国旧文学,创造新文学。"在《宣言》中则声称:"将文艺当作高兴时的游戏或失意时的消遣的时候,现在已经过去了。我们相信文学是一种工作,而且又是于人生很切要的一种工作。"可以说,从有益于"人生"出发,认为"文学应该反映社会的现象,表现并且讨论一些有关人生一般的问题"②,这是文学研究会成员所共有的基本态度。他们肯定文学是"人生的镜子"③,不承认唯美派脱离人生的"以文学为纯艺术的艺术"的观点④。创作也大多以现实人生问题为题材,出现了不少所谓"问题小说"。他们自觉继承《新青年》的写实主义主张,强调"新文学的写实主义,于材料上最注重精密严肃,描写一定要忠实;譬如讲佘山必须至少去过一次,必不能放无的之矢"⑤。但实际上,一部分成员(如冰心、王统照、叶绍钧)的创作却以"爱"与"美"为极致,有相当浓重的理想主义成分。文学研究会着重翻译俄国(包括苏俄)、法国以及北欧、东欧的写实主义名著,介绍普希金、托尔斯泰、屠格涅夫、契诃夫、高尔基、莫泊桑、左拉、罗曼·罗兰、易卜生、显克微支等人的作品。《小说月报》曾经出过《俄国文学研究》特号、《法国文学研究》特号以及前面曾提到的《被损害民族的文学》专号,还分别出过《泰戈尔号》、《拜伦号》、《安徒生号》等专刊。该刊在第12卷1号的《改革宣言》中早就表示:"同人以为写实主义(文学)在今日尚有切实介绍之必

---

① 茅盾:《中国新文学大系·小说一集导言》。
② 茅盾:《中国新文学大系·小说一集导言》。
③ 《文学研究会丛书缘起》,上海《民国日报》副刊《觉悟》,1921年5月25日。
④ 郎损(沈雁冰):《新文学研究者的责任与努力》,《小说月报》第12卷第2号,1921年2月。
⑤ 沈雁冰:《什么是文学》,《茅盾全集》第18卷,人民文学出版社1989年版,第387页。

要;而同时非写实的文学亦应充其量输入,以为进一层之预备。"可以看出,后来在介绍外国文学方面,正是沿着这一方向来实践的。

被称为"异军突起"的创造社,则一开始就表示了一些不同的主张。他们并不像文学研究会那样在艺术究竟"为人生"还是"为艺术"的争论中明确地站在人生派一边。成仿吾《新文学之使命》一文认为:"这种争论也不是决不可以避开的。如果我们把内心的要求当作一切文学上创造的原动力,那么艺术与人生便两方都不能干涉我们,而我们的创作便可以不至为它们的奴隶。"郭沫若在《创造》季刊第一卷第二期《编辑余谈》中也说:"我们的主义,我们的思想,并不相同,也不必强求相同。我们所同的,只是本着我们内心的要求,从事于文艺的活动罢了。"可以看出,强调文学必须忠实地表现自己"内心的要求",这正是初期创造社文艺思想的核心,也是他们企图用来统一"人生"与"艺术"两派矛盾的主要依据。与此有关,他们崇"天才",重"神会",讲求文学的"全"与"美",宣扬过艺术"无目的"论,这些自然表明他们确曾受过"艺术至上"思潮的影响(作为封建的"文以载道"观念的对立物,这种思潮在文艺青年中流行原也有一定的社会基础和进步意义)。但另一方面,现实生活毕竟没有为他们准备下"象牙之塔"。他们在提出"文学本身的使命"之前,仍然十分强调文学"对于时代的使命",主张对旧社会"要不惜加以猛烈的炮火"①。他们认为"文学是时代的良心,文学家便应当是良心的战士"。正是从强调"内心的要求"和尊重自我出发,创造社作家形成了自己的浪漫主义倾向,并接受德国表现主义文艺思潮的影响。创造社成员在外国文学家和哲学家中,喜爱歌德、海涅、拜伦、雪莱、济慈、惠特曼、雨果、罗曼·罗兰、泰戈尔、王尔德,以至斯宾诺莎、尼采、柏格森;他们着重翻译介绍德国浪漫主义文学,同时也介绍过象征派、表现派、未来派等思潮;他们还在反对自然主义的时候用了"庸俗的写实主义"的口号,将写实主义等同于"庸俗"。——所有这些,也都和他们强调自我、尊重主观的思想倾向有关。创造社在其成立前后和文学研究会就创作与翻译、文艺批评等问题发生过争论,这除了门户之见以外,实在也反映了两种文艺思潮和倾向的差异。但两个团体在反对复古保守派方面,立场是完全一致的。随着革命现实的发展,后期创造社转而提倡"表同情于无产阶级"的革命文学。在这点上,文学研究会一部分成员则又和他们殊途而同归了。

文学研究会、创造社以外的一些重要团体,也各有自己的特色和贡献。就文艺思想和创作倾向而论,大致又可分出接近于文学研究会或接近于创造社的两类:民众戏剧社、语丝社、未名社同文学研究会的倾向颇为相似,而南国、弥洒、沉

---

① 成仿吾:《新文学之使命》,《创造周报》第 2 号,1923 年 5 月。

钟等社团在某些方面与创造社较为相近。

语丝社是原先和《晨报副刊》有密切关系的一部分进步知识分子在该刊被研究系加紧控制的情况下另行组织的团体。虽然没有独自的文学主张，但它所进行的许多文学活动都对新文学的发展起了积极的推动作用。周刊《语丝》，多载杂文、散文，从事社会批评和文化批评，形成一种风格泼辣幽默的"语丝文体"，对后来的散文小品产生了较大影响，体现了《发刊词》所声称的那种"对于一切专断与卑劣之反抗"的精神。在介绍外国民间文学和讽刺幽默文学方面，《语丝》也作过若干切实的工作。未名社的成员多为青年，其刊物《莽原》（后来是《未名》），以"率性而言，凭心立论，忠于现世，望彼将来"[①]为主旨，在抗击旧势力方面显得比《语丝》更为急进；与青年学生运动的联系也较为密切（女师大事件、"三·一八"斗争在刊物上均有较多的反映）；还发表不少反映下层人民生活的作品。未名社特别注重译介俄国文学和十月革命后的苏联文学，并译载了托洛茨基的《文学与革命》一书。为借取战胜恶势力的精神力量，《莽原》还以专号介绍罗曼·罗兰，也宣传过尼采的超人思想。正像罗曼·罗兰所呼号的："世界闷死了。——开窗吧！放进自由的空气来吧！来呼吸英雄的气息吧！"他们在激烈战斗中深感孤独苦闷，渴望在自己周围"聚集些英雄的'朋友'"，相互激励，坚持奋进。

和创造社倾向相近的一些社团中，情况各不相同。弥洒社主要接受了当时流行的"为艺术而艺术"的思想。他们宣称"我们乃艺术之神"，并从《弥洒》第二期起在扉页上标出"无目的、无艺术观、不讨论、不批评而只发表顺灵感所创造的文艺作品"的宗旨，有着明显的逃避现实的倾向。浅草—沉钟社则更多地为创造社对现实的强烈反抗精神和真挚坦率的自我表现所吸引。他们最初也不免受过"为艺术而艺术"思潮的影响。《浅草》创刊时就曾在《编辑缀话》里声明：为免除纠纷，"决意把批评栏取消"，"希望文艺上的各种主义，像雨后春笋般的萌茁"。后来的《沉钟》上除介绍罗曼·罗兰、霍普德曼之外，对王尔德、尼采和美国神秘派作家爱伦·坡等也表现过较大的兴趣。但苦难的社会现实以及成员本身所采取的脚踏实地的态度，推动着沉钟社的健康发展。《沉钟》从1925年10月创刊到1934年2月终刊，在时断时续的首尾将近十年的时间里，以朴实而带有悲凉色调的创作和对外国文学的切实介绍，为新文学的发展尽了一份力量，因而获得了鲁迅给予的"中国的最坚韧，最诚实，挣扎得最久的团体"[②]这一称誉。

此外，成立较早而展开活动较晚的新月社，则是自由派知识分子在初期新文

[①] 鲁迅为《莽原》周刊所拟的出版预告，见1925年4月21日北京《京报》广告栏。

[②] 鲁迅：《中国新文学大系·小说二集导言》，收入《且介亭杂文二集》时改"导言"为"序"，《鲁迅全集》第6卷，人民文学出版社2005年版，第252页。

学中唯一有点代表性的流派。新月社主要成员都是英美留学生,他们有着共同的理论主张:宣称艺术美至高无上,认为"自然中有美的时候,是自然类似艺术的时候","艺术虽不是为人生的,人生却正是为艺术的",提倡"反写实运动",认为"绝对的写实主义便是艺术的破产";为了建立一种"纯粹的艺术",要求文艺"解脱自然的桎梏",而去接受艺术格律的束缚,"乐意戴着脚镣跳舞"①。具体到诗歌方面,他们提倡格律诗,主张诗要有音乐美(音节)、绘画美(词藻)、建筑美(节的匀称和句的均齐),认为"一首诗的秘密也就是它的内含的音节的匀整与流动"②,否定"自然音节"和"诗可无韵"说,形成了颇有影响的新月诗派。在戏剧方面,他们与文学革命初期的《新青年》的主张相反,肯定中国戏剧的"程式化"、"象征化"的表演艺术,以之为"纯艺术"的极致。新月社受西方唯美主义思潮的影响很深,对艺术与生活的关系理解较为特殊,但新月社在诗歌和戏剧例如格律、程式方面的一些具体见解,具有较多的合理成分。部分成员在新诗艺术上获得了较高的成就。他们对新文学如何在继承传统的基础上求得创新,不仅从实践上作出了有益的探索,而且从理论上也提供了一系列开拓性的主张,自有其不容忽视的贡献。

值得注意的是,自1924年起,新文学阵营中开始出现若干专事提倡革命文学或具有鲜明革命倾向的文学社团。例如,在上海,有蒋光赤、沈泽民和一些文艺青年组织的春雷社,他们通过《民国日报》副刊《觉悟》编辑周刊《文学专号》,发表有关革命文学的论文和《哀中国》等诗歌。在杭州,有之江大学学生发起组织的悟悟社,出版刊物《悟》,"以提倡革命文学,鼓舞革命性为宗旨"。在北京,除共产主义青年团主办的《烈火》外,还有出版刊物为《火球》,声明"研究现实的人生,挽救浪漫文艺的堕落"的劳动文艺研究会。"五卅"惨案及随后掀起的反帝浪潮之后,文艺青年中苦闷彷徨的空气为之一变,文学研究会和创造社的一些重要骨干文艺思想趋于革命化。沈雁冰撰写《论无产阶级艺术》③的长文,从性质、题材、内容、形式诸方面对这种新兴文艺作了较为全面的介绍说明。在《文学者的新使命》④一文中,他又指出:"文学者目前的使命就是要抓住被压迫民族与阶级的革命运动的精神,用深刻伟大的文学表现出来,使这种精神普遍到民间","并且感召起更伟大更热烈的革命运动来!"郭沫若则于1926年发表《革命与文学》、

---

① 以上文字分别引自闻一多《诗的格律》,赵太侔《国剧》,以及余上沅《国剧运动》一书的"序"。闻一多《诗的格律》中谈到的"乐意戴着脚镣跳舞"一语,原是 Bliss Perry 教授的话。
② 徐志摩:《诗刊放假》,《晨报副刊》1926年6月10日《诗刊》第11号。
③ 该文连续刊载于1925年5月起的《文学周报》第172期、173期、175期、196期。
④ 载《文学周报》第190期,1925年9月13日。

《文艺家的觉悟》①等文,不但否定浪漫主义文学,而且号召文艺青年"到兵间去,民间去,革命的漩涡中去";指出时代所要求的文学,"是替被压迫阶级说话的文学","是表同情于无产阶级的社会主义的写实主义的文学"。这在当时文艺青年中产生了较大的反响。"三·一八"之后,鲁迅奔向南方,并发表《革命时代的文学》等著名演讲。大革命浪潮不仅将成仿吾等作家直接卷入,更使郑振铎、叶绍钧、朱自清、欧阳予倩、黎锦明、田汉、郁达夫以至闻一多等也都受到影响。他们或公开支持群众性革命斗争,或奔赴广州、武汉等北伐前线参加革命文化工作。所有这些,都从作家思想上、生活上为当时的新文学以及后来的左翼文学运动或直接或间接地准备了条件。

第四节 批判黑幕派、鸳鸯蝴蝶派与雅俗文学对峙的形成

　　文学上的雅俗对峙久已有之,但古代与二十世纪的情况很不相同。在中国古代,诗文被认为是文学的正宗,小说戏曲则是所谓"鄙俗"的"小道",不能进入文学的大雅之堂,因此,雅俗对峙发生在诗文与小说戏曲中间。到二十世纪初,梁启超等人受西方思潮影响,大声呐喊着将小说抬高到"文学之最上乘"。尤其经过五四文学革命,师法西方的新体白话小说占据了文学的中心地位,连历史上那些有价值的小说也有幸沾光得到重新评价,脱去了"鄙俗"的帽子。但是有一部分小说却享受不到这种幸运,那就是面对中国市民大众的通俗小说——所谓鸳鸯蝴蝶派或《礼拜六》派小说,它们仍被新文学家、文学史家摈弃于现代文学之外。于是,雅俗对峙转到了小说内部,形成新文学和通俗文学两大阵营。

　　缘由要从五四前夕批判黑幕派说起。

　　所谓"黑幕派",不是指一般的揭露社会黑暗的文学,而是专指展览都市各类丑行(尤以渲染色相诈骗者为多)的形形色色笔记文字。其中,有些是由报纸消息衍生而成,有些是在刊登广告征集材料后有所加工,有些则是纯属凭空编造,专求耸人听闻,还有一些诚如鲁迅所说是"丑诋私敌"的"谤书"。这些文字有不少很难叫做文学或小说,只是新闻出版界某些人为获取暴利而雇人炮制的精神垃圾。其始作俑者,是上海的《时事新报》。从1915年起,这家报纸就公开征求"中国黑幕材料"②。1916年10月10日,该报正式开辟"上海黑幕专栏",自此,"黑幕小说"开始风行。到1918年3月,四巨册《绘图中国黑幕大观》由中华图书

---

① 两文分别载于1926年5月出版的《创造月刊》第1卷第3期、《洪水》第2卷第4期。
② 参阅罗家伦:《今日中国之小说界》,《新潮》第1卷第1号,1919年1月。

第四节　批判黑幕派、鸳鸯蝴蝶派与雅俗文学对峙的形成

集成公司出版,终于变本加厉掀起浪潮,各处书肆充斥《上海黑幕》、《中国黑幕大观》、《上海妇女孽镜台》一类印刷物达几百种之多。有鉴于此,新文学家与教育部通俗教育研究会联手对"黑幕文学"发动了批判。首先,由教育部通俗教育研究会在 1918 年 9 月发出公开信①,劝告小说家"勿再编写黑幕一类小说"。信中说:黑幕文字"核其内容,无非造作暧昧之事实,揭橥欺诈之行为。名为托讽,实违本恉。况复辞多附会,有乖写实之义;语涉猥亵,不免诲淫之讥。此类之书,流布社会,将使憸薄者视诈骗为常事,谨愿者畏人类如恶魔。"周作人也在年底刊出的《人的文学》中斥"黑幕类"为非人文学。接着,《新潮》、《新青年》、《每周评论》在 1919 年初分别刊出志希(罗家伦)的《今日中国之小说界》,钱玄同、宋云彬的《"黑幕"书》,仲密(周作人)的《论"黑幕"》、《再论"黑幕"》等文,指出"黑幕"文字其实是"艳情的掌故"、"笔记体的淫书"、"这种实录的东西,比虚构的更为恶劣"。它显露的"正是一种堕落的国民性"。"我们决不说黑幕不应披露,且主张说黑幕极应披露,但决不是如此披露。""研究(黑幕)这事,必用一副医学者看病的方法":"我们最要注意的点,是人与社会交互的关系;换一句话,便是人的遗传与外缘的关系。中国人的根性怎样?他们怎样造成社会?又怎样的被社会造成?……但这个黑幕研究,可是极难。第一做这样事,须得有极高深的人生观的文人才配,决非专做'闲书'的人所能。"周作人为黑幕派做的结论是:"黑幕不是小说,在新文学上并无位置,无可改良,也不必改良。""黑幕是一种中国国民精神的出产物,很足为研究中国国民性、社会情状、变态心理者的资料,至于文学上的价值,却是'不值一文钱'。"②

新文学家对黑幕派的批判,其用意是好的,总体上说是必要的,但也有武断、误读和误判之处。

首先,当时所谓"黑幕派文学"数量相当多,大量的确属低俗淫秽之物,但也仍有少数有价值、有意义的作品,如孙玉声的长篇小说《黑幕中之黑幕》,张春帆的长篇小说《政海》等。不分青红皂白地一概否定,显然是不确当的。

其次,新文学家将黑幕派与鸳鸯蝴蝶派并提甚至混同(或称"黑幕为鸳鸯蝴蝶派的一支"),认为两者都是民国初年文学的末流,是文学革命的直接对象。这种认识与实际情况很不相符。

事实上,鸳鸯蝴蝶—《礼拜六》派确是民国年代以市民为对象的通俗文学。而黑幕派则大多不是文学——连通俗文学都算不上,只是新闻出版界的某些人

---

①　此信刊载于 1919 年出版的《东方杂志》第 15 卷第 9 号。
②　均见仲密(周作人)《论"黑幕"》、《再论"黑幕"》,分别载于《每周评论》第 4 号、《新青年》第 6 卷第 2 号。

为牟取暴利而雇人炮制的文字垃圾。二者虽然都讲商业利益,却不可同等视之。鸳鸯蝴蝶—《礼拜六》派只是讲求用文学的"趣味"和"逗乐"来吸引读者,"黑幕大观"的制造者却以污浊的"诲淫诲盗"来教唆和毒化读者。鸳鸯蝴蝶—《礼拜六》派的一些代表人物,虽然不像文学革命的倡导者那样激进,但却具有爱国思想和较强的正义感。周瘦鹃曾经作过这样的自述:"自从当年军阀政府和日本帝国主义签订了二十一条卖国条约后,我痛心国难,曾经写过《亡国奴日记》、《卖国奴日记》、《祖国之徽》、《南京之围》、《亡国奴家里的燕子》等好多篇爱国小说,想唤醒醉生梦死的同胞,同仇敌忾,奋起救国……"①他们也都有现代的文化思想,既能继承古代白话小说的语言和艺术传统,又能开放地吸收外国优秀文学作品的长处。他们当中有不少是留学生,像陈辟邪早年留学德、法,向恺然(平江不肖生)、徐卓呆等都曾留学日本。有的虽然并未出国,却也通英语,能翻译,像严独鹤就曾译过几种侦探小说;周瘦鹃1917年出版的《欧美名家短篇小说丛刻》三集,则被鲁迅誉为"近来译事之光","鸡群之鸣鹤"。包天笑通日文,也翻译过不少外国作品(包括亚米契斯的《爱的教育》的一部分),他自己就说:"鄙人从事于小说界十余寒暑矣,惟检点旧稿,翻译多而撰述少,文言多而俗话鲜,颇以为病也。"②

包天笑和陈冷血在1909年创办的《小说时报》,主要刊载翻译作品,对后来新文学的兴起有过或隐或显的影响。著名新文学家中,也有不少人(如鲁迅、刘半农、叶圣陶、李劼人、陈大悲、张天翼等)早年就在鸳鸯蝴蝶—《礼拜六》派的刊物上发表过作品。《礼拜六》派的一些评论家(如凤兮、张舍我、秋山)对新文学运动也表示了异常的兴趣,他们对鲁迅的小说(如《狂人日记》)、胡适的理论(如《论短篇小说》),均给予很高的评价。因此,像钱玄同、周作人、罗家伦那样对《玉梨魂》与鸳鸯蝴蝶—《礼拜六》派一味斥责和否定,显然欠妥。

更值得重视的是,最早起来反对"黑幕派"的,并不是新文学家和教育部通俗教育研究会,而是鸳鸯蝴蝶派作家包天笑。早在教育部通俗教育研究会1918年9月发出公开信劝人不要写所谓"黑幕小说"之前,鸳鸯蝴蝶派作家已经发表作品揭露和批判黑幕派了。包天笑有篇小说,题目就叫《黑幕》,登载在1918年7月出版的《小说画报》第14期上。这篇作品相当尖锐地揭露了"黑幕"盛行的根源在于出版界的唯利是图和不择手段:他们将一位数学家花了多年心血写成的微积分著作压住不出版,反而强人所难地要他写所谓的"黑幕"文字。书局经理

---

① 周瘦鹃写于"文革"中的《我的经历与检查》,转引自范伯群主编的《中国近现代通俗文学史》上册绪论第3页,江苏教育出版社1999年版。早年周在《说觚》中,也谈过此类意思。

② 见包天笑为《小说画报》创刊号所写之《短引》,1917年1月出版。

还向数学家面授机宜道:"上海的黑幕,人家最喜欢看的是赌场里的黑幕,烟窟里的黑幕,堂子里的黑幕,姨太太的黑幕,拆白党的黑幕,台基上的黑幕,还有小姐妹咧,男堂子咧,咸肉庄咧,磨镜党咧,说也说不尽。要是就这几样做出来,要比大英百科全书还要多,定价可略贵些,还可以卖预约券咧!……还有一个法子,你老先生要是高兴做这黑幕稿子,我可以传授与你。要是你知道了这个法子,不必身历其境,就有许多黑幕被你寻得。比如报上登了某公馆的姨太太逃走了,这时,他们做黑幕的一个大题目来了。那报上所登不过寥寥三数行,他便装头装脚,可以演长至一万余字,至少也得数千字。全在无中生有,移花接木,加上许多作料。"当数学家反问:"只是那种黑幕于人心道德上,不知有无影响?"书局经理便很不高兴。不过经理也承认:"这种出版物我们也知道唤做吗啡出版物。"由于包天笑对当时出版界情况了如指掌,这篇小说十分生动地揭示了当年"黑幕"风行的真相。题目虽叫做《黑幕》,其实却是地道的反"黑幕"小说。可贵的是,鸳鸯蝴蝶派内反"黑幕"的作家远不止包天笑一个。像通俗文学家叶小凤,便曾指出:"黑幕二字,今已成诲淫诲盗之假名。"(《小风杂志》)而滑稽作家徐卓呆,同样也写过讥讽黑幕派的短篇小说,取名《小说材料批发所》。他抓住"黑幕"编写者常常在报上刊登广告征求小说材料这种可笑现象,采用滑稽夸张的手法作了出色的讽刺。胡适在《建设的文学革命论》中曾说:"近人的小说材料,只有三种:一种是官场,一种是妓女,一种是不官而官、非妓而妓的中等社会,除此之外,别无材料。最下流的,竟至登告白征求这种材料。做小说竟须登告白征求材料,便是宣告文学家破产的铁证。"这里指的正是黑幕派。而徐卓呆的《小说材料批发所》,便形象生动地揭露了"黑幕"制作者的丑态,可以说与胡适和新文学界作了密切的配合。至于孙玉声的长篇小说《黑幕中之黑幕》,深入地揭露了上海的社会黑幕,而且体现了以法律为准绳的超前意识[①],确是一部有价值的真反黑幕的小说。这些情况说明,通俗文学界的有识之士,不仅没有跟出版界的黑幕派同流合污,而且是清醒、坚决地反"黑幕"的。正因为这样,在五四前后短短几年内,"黑幕"风潮便很快被遏制下去。

毒化文界空气的"黑幕"风潮虽然平息,鸳鸯蝴蝶—《礼拜六》派总算并未受到像"黑幕派"那样较大规模的批判,但新文学界与通俗文学界在文学观上的分歧已深深暴露。核心问题是:文学可不可以在予人思想启示的同时用作娱乐、消闲?"将文艺当作高兴时的游戏或失意时的消遣的时候",是否像文学研究会《宣言》所说的那样"已经过去"?讲求文字的"趣味"和"逗乐",是否意味着主体本身的"堕落"和"罪过"?这些问题在社会责任感较强的新文学界和看重娱乐市民大

[①] 参阅范伯群主编:《中国近现代通俗文学史》上册,江苏教育出版社1999年版,第112—118页。

众的通俗文学界,自然有着不同的答案。俗文学和纯文学两者在艺术追求上本就不同,例如:重故事情节还是重人物性格,重快速生产还是重艺术精致,重市场效益还是重社会效益,侧重点很不一样;再加上原来由《礼拜六》派掌握的《小说月报》等杂志五四之后被新文学家夺走①所产生的实际利害冲突,这就促成了二十年代起文学走向雅俗对峙的新局面(到三十年代,鸳鸯蝴蝶—《礼拜六》派更被一部分左翼作家指斥为"封建余孽"或"封建的小市民文艺",直到全面抗战前夕,双方关系才趋于缓和)。

在这种对峙中,高雅文学一般占据着主导的地位。它逼得通俗文学吸取新文学乃至西方文学的营养以提高自身的素质(例如,通俗文学界受新文学的影响,也提倡写社会小说②;在长篇小说形式上,则逐渐放弃了章回体;张恨水写军阀混战的《太平花》,甚至吸取了《西线无战事》的某些长处等)。但并不是说,高雅文学就不受到通俗文学的挑战。这种挑战,不但表现为通俗文学避免新文学过于欧化的倾向,因此比新文学拥有更多的读者,而且表现为通俗文学中有时也出现相当优秀的作品,其质量可能达到新文学作品的平均水平之上,甚至可与新文学中较优秀的作品相抗衡。二十年代后半期和三十年代前半期的张恨水,他的小说成就和影响就远过于当时那些严肃作家所写的大众文学作品(即使仅仅按"大众化"的标准来衡量也是如此),更不要说他拥有读者之广泛了。据荆有麟、许钦文的回忆,鲁迅的母亲就很喜欢读李涵秋、张恨水的小说,读得津津有味,手不释卷。有一次,老太太听到荆有麟等几个年轻人在鲁迅家里谈论《故乡》这篇小说写得怎么怎么好时,不服气地说:"有这么好的小说吗?你们拿来给我看看!"当时老太太还不知道"鲁迅"就是她儿子的笔名,她戴起老花眼镜,把《故乡》读了一遍,然后用绍兴话摇着头对几个年轻人说:"嗯啥稀奇!嗯啥好看!这种事情在我们乡下多得很!"让在座几个年轻人听了哈哈大笑,鲁迅本人不插嘴,只在一旁静听微笑。③ 发生在鲁迅家中的这场争论很有意思,足以说明当时一些有成就的通俗小说掌握了多少读者,并且培养了怎样一种阅读趣味。老太太用"稀奇"、"好看"作标准来衡量小说,就是由通俗文学所培养的;至于老太太不以为然地说到的"这种事情多得很",恰恰是严肃文学所要求的"真实性"、"典型

---

① 1921年文学杂志方面有两个较大的变动:一是商务印书馆的《小说月报》改由沈雁冰接编并予以革新;二是上海文明书局由包天笑主编的《小说大观》于6月停刊,均反映了通俗文学与新文学相互消长的关系。

② 沈雁冰《反动?》一文(载1922年11月号《小说月报》)中说:"近来的通俗刊物却模仿新文学(虽然所得者只是皮毛),新文学注意劳动问题、妇女问题、新旧思想冲突问题,通俗刊物也模仿,成了满纸'问题'。"

③ 参阅荆有麟:《鲁迅回忆断片》第一节《母亲的影响》,上海杂志公司1943年11月出版。

性"或"概括性"。应该说,文学上的雅俗对峙,并非只有消极作用而没有积极作用。它在实际上也促成了两种文学的相互竞争,相互推动,带来了各自的进步。文学历来是在高雅和通俗两部分相互对峙中向前发展的。高雅和通俗两部分既互相冲突,又互相推动;既互相制约,又互相影响,构成了文学发展的内在动力,这同样是二十世纪文学的实践所证明了的。

第六章
鲁迅 新文学的开路人

鲁迅(1881—1936),出生于浙江绍兴周姓士大夫家庭,乃长子。初名樟寿,字豫才,十七岁起自改名为树人。"鲁迅"是他在《新青年》发表小说时用的笔名。自幼接受传统的诗书经传教育,喜爱民间艺术与绘画,稍长又读了不少野史笔记和小说。少年鲁迅和农家孩子多有接触,他自己曾说:"我母亲的母家是农村,使我能够间或和许多农民相亲近,逐渐知道他们是毕生受着压迫,很多苦痛"①。十三岁那年,鲁迅家庭遭遇重大变故:祖父因科场案件入狱,父亲长期所患疾病又渐次加重,鲁迅不得不经常出入于当铺和药店,在受歧视与侮辱的境遇中看到了"世人的真面目"。

鲁迅广泛接触西方的文学和学术文化,始于南京求学(1898—1901)和赴日留学(1902—1909)期间。戊戌维新的失败,使鲁迅对清王朝完全绝望。他在政治上已倾向于革命救国,学术文化上则更加关注西方思潮。弘文学院所在的东京,正是当时中国革命党人的海外活动中心,鲁迅在这里积极参加反清爱国运动,并在 21 岁那年写下这首可视为报国誓词的七绝:"灵台无计逃神矢,风雨如磐暗故园。寄意寒星荃不察,我以我血荐轩辕。"他接受了进化论的发展观和个性主义思想,后来又经历自辛亥革命到"四·一二"事变的许多重大变动,在现实斗争中接受了马克思主义。鲁迅通过多方面的痛苦比较和深沉思考,形成了自己一系列的独立见解。自早年起,他就思考国民性改造问题,并认为:"兴国"之道,"首在立人,人立而后凡事举";"国人之自觉至,个性张,沙聚之邦,由是转为人国"②。他在文化上追求的是:"外之既不后于世界之思潮,内之仍弗失固有之血脉"③。对外国文化,他主张采取"拿来主义"态度,从我出发,为我所用。自 1907 年撰写的《人之历史》《文化偏至论》等文章起,到逝世前绝笔之作《因太炎先生而想起的二三事》止,不算翻译与编纂,他在五十五年较短的一生中,留下了

---

① 《集外集拾遗·英译本〈短篇小说选集〉自序》,《鲁迅全集》第 7 卷,人民文学出版社 2005 年版,第 411 页。
② 均见《文化偏至论》,《鲁迅全集》第 1 卷,人民文学出版社 2005 年版,第 57、58 页。
③ 《文化偏至论》,《鲁迅全集》第 1 卷,人民文学出版社 2005 年版,第 57 页。

三百多万字的著述:短篇小说集《呐喊》、《彷徨》、《故事新编》,散文诗集《野草》,散文集《朝花夕拾》,杂文集《热风》、《坟》、《华盖集》、《华盖集续编》、《而已集》、《三闲集》、《二心集》、《南腔北调集》、《伪自由书》、《准风月谈》、《花边文学》、《且介亭杂文》、《且介亭杂文二集》、《且介亭杂文末编》、《集外集》、《集外集拾遗》,学术著作《中国小说史略》、《汉文学史纲要》,书信集《两地书》等。他终生从事着塑造现代灵魂、促使国人觉悟的"启蒙主义"工作,而且密切关心着人类的命运。鲁迅是二十世纪中国伟大的思想家与文学家,同时,也是一位世界性的文化巨人。

早在二十世纪二十年代初期,沈雁冰在《读〈呐喊〉》中就说:"在中国新文坛上,鲁迅君常常是创造形式的先锋;《呐喊》里的十多篇小说,几乎一篇有一篇新形式,而这些新形式又莫不给青年以极大的影响,必然有多数人跟上去试验"。后来的事实证明,何止一部《呐喊》如此,又何止小说一种文体如此,连《野草》、《故事新编》和被誉为"鲁迅风"的大量杂文,也莫不"有多数人跟上去试验"。鲁迅的富有创造力而又非常多样化的文学创作,不仅为各种相关的文体开拓了广阔的天地,而且从总体上为中国现代文学的发展奠定了厚实的基础。许多后起的现代作家,都是在鲁迅开创的基础上,接受其影响,又从风格体式上发展出新的不同的方面,这几乎构成了中国现代文学的一种独特的现象。鲁迅是中国新文学创建初期,历史所能寻找到的一位最好的开路人。

第一节 《呐喊》与《彷徨》

《呐喊》与《彷徨》是鲁迅最早出版的两本小说集。《呐喊》共收 1918—1922 年写的小说十四篇①;《彷徨》则收 1924—1925 年写的小说十一篇。在"取材多采自病态社会的不幸的人们"②方面,二者颇为一致。但按作者自己的说法,《呐喊》中的作品,多篇是应《新青年》同人的催促而作,想"喊几声助助威",因之具有较充沛的思想革命的热情。《彷徨》则是《新青年》散伙、成为"游勇"之后的产物,"所以技术虽然比先前好一些,思路也似乎较无拘束,而战斗的意气却冷得不少"③。这层意思,鲁迅在《中国新文学大系小说二集·序》中也曾谈到过。

《呐喊》中为首的《狂人日记》,是鲁迅笔下第一篇新体白话小说(1913 年发表的《怀旧》,仍用文言)。这篇和果戈理短篇同名的作品,通过一个"迫害狂"患

---

① 《呐喊》1923 年 8 月由新潮社出版时,原收小说十五篇。1926 年起由北新书局出版。到 1930 年 1 月北新版第 13 次印刷时,作者抽去最后一篇《不周山》,剩小说十四篇。
② 《南腔北调集·我怎么做起小说来》,《鲁迅全集》第 4 卷,人民文学出版社 2005 年版,第 526 页。
③ 《南腔北调集·〈自选集〉自序》,《鲁迅全集》第 4 卷,人民文学出版社 2005 年版,第 469 页。

者的十三则日记,"意在暴露家族制度和礼教的弊害"①。鲁迅借助于早年获得的医学知识和不久前对一个患有"迫害妄想"症的表弟的精细观察②,以严格的写实主义笔法,成功地刻画了一个曾经受过启蒙教育的主人公发病时的心理活动和精神反应。狂人从街头围观者交头接耳的议论,张开着的嘴,女人所说的"咬你几口"的话,医生所说的药要"赶紧吃"的嘱咐,恐怖地联想到佃户告荒时讲过的人吃人的故事。如果说这些还只是停留在反对肉体上吃人的野蛮行径的话,那么,作者同时运用的象征主义方法,又将作品主题提升到了反对家族制度和礼教吃人的高度。狂人的许多疯话里,几乎都有作者以象征、隐喻笔法巧妙地寄寓着的深刻真理。所谓"古久先生的陈年流水簿子",象征着长期被封建统治集团歪曲、颠倒了的中国历史。所谓"大哥说爷娘生病,做儿子的须割下一片肉来,煮熟了请他吃,才算好人",暗指的正是礼教和家族制度的畸形"孝道"。所谓"今天晚上,很好的月光。我不见他(它),已是三十多年;今天见了,精神分外爽快,才知道以前的三十多年,全是发昏……",既是十足的疯话,同时又暗含着某种新的觉醒。《狂人日记》里这类象征主义笔法,可以说比比皆是,构成了一个形象的体系(如"黑漆漆的,不知是日是夜。赵家的狗又叫起来了。""我捏起筷子,便想起我大哥;晓得妹子死掉的缘故,也全在他。……妹子是被大哥吃了……"),渗透到了作品的环境氛围、人物关系、主题思想等各个方面。由此,日记才会出现那段脍炙人口的文字:"我翻开历史一查,这历史没有年代,歪歪斜斜的每叶上都写着'仁义道德'几个字。我横竖睡不着,仔细看了半夜,才从字缝里看出字来,满本都写着两个字是'吃人'!"这里的"吃人",并非真指吃人肉,其意义远比揭露吃人肉要深广得多。肉体上被吃掉,这毕竟是少数人的遭遇,而且其行为的野蛮性容易被人们认识;凝聚在"三纲"中的家族制度和封建礼教的思想毒害,则吞噬了千千万万人,而它的野蛮和危害反不易被察觉——《儒林外史》里那个王玉辉,逼着年轻的女儿守节自尽后,不是还高兴得哈哈大笑么!正因为这样,《狂人日记》才震撼了许多读者的心,吴虞还为此专门写了《吃人与礼教》的读后感。象征主义与现实主义两种方法双管齐下,这正是鲁迅在《狂人日记》中的一个出色的创造。

《孔乙己》作于1918年冬③,是鲁迅自己很喜欢的作品。全篇只有三千字,却写得从容舒展。背景是咸亨酒店:当街一个极富江南风味的曲尺形大柜台,穿

---

① 鲁迅:《中国新文学大系·小说二集导言》,收入《且介亭杂文二集》时改"导言"为"序",《鲁迅全集》第6卷,人民文学出版社2005年版,第247页。
② 可参阅1916年10—12月《鲁迅日记》中提到的表弟阮久荪由山西繁峙到北京的记载。
③ 据《新青年》发表的《孔乙己》附记。

长衫的中上等人走进店面隔壁的房间里,叫了酒菜,慢慢地坐着喝;站在柜台外面喝酒的,是那些出卖体力劳动的短衣帮。孔乙己是唯一的例外:他站着喝酒而又穿着长衫,已经失去了走进里间坐着喝酒的资格,却又死守着"读书人"的身份,不肯脱下那件又脏又破的长衫;甚至沦为窃贼,也还要声辩"窃书不能算偷"。作者既揭示了科举制度愚弄和戕害读书人的悲剧,也鞭挞了孔乙己自身的病态性格,更痛心于麻木无聊的人们竟以观赏他人的不幸为乐的冷漠和残忍。小说着力写了酒店内外人群先后三次故意用孔乙己肉体或心灵的创伤来取笑他、折磨他的情景,委实令人颤栗,又发人深省。鲁迅曾经感慨颇深地说过:"造化生人,已经非常巧妙,使一个人不会感到别人的肉体上的痛苦了,我们的圣人和圣人之徒却又补了造化之缺,并且使人们不再会感到别人的精神上的痛苦。"[①]《孔乙己》便是作者首次写出这种人生体验的作品。

另一类的麻木也许使鲁迅更为刻骨铭心,那就是他在仙台医学专门学校从放映日俄战争的幻灯片上看到的镜头:一名中国人据说因充当俄军侦探而被日军砍头,周围看热闹的也是一群中国人,却面对惨剧而神情麻木。它竟使鲁迅打消了学医的念头而决心从事文艺以改变国民精神[②],并在《药》、《阿Q正传》等小说中分别从具体情节出发,写到了这类"示众"的场面。《药》用明暗两条线索写了华、夏两家的故事:茶馆主人华老栓买人血馒头为儿子小栓治肺痨病,小栓却没有因为吃了这种可以"包好"的药而得救。革命者夏瑜因伯父告密而入狱,而献出生命,却始终不被群众所理解,他流的血只是成了康大叔手中的摇钱树。小栓的死是一出悲剧,夏瑜的死则是更大的悲剧。小说借街头人们伸长脖子争看夏瑜被杀以及茶馆客人议论狱犯劝人造反为"疯"这两个场面,将作品内含的双重悲剧性作了简洁而又酣畅的表现,显示广大群众如果不能挣脱封建思想的枷锁,革命先驱者的血只能做毫无意义的"人血馒头"的材料。真能医治国民性的"药"在哪里?作者将这个问题留给读者去思考。《药》全篇的气氛是沉重的,但结尾时清明节出现在夏瑜坟上的花环,却多少"显出若干亮色"[③]。

《呐喊》与《彷徨》中多篇以农民为主人公的作品,同样从思想革命的角度,深入揭示了他们精神上的"病苦"。

《风波》写的是1917年7月张勋拥戴溥仪复辟事件在江南农村引发的一场小小风波。撑航船的七斤几年前进城时被人剪掉了辫子,如今"皇帝坐龙庭"的

[①] 《集外集·俄文译本〈阿Q正传〉序及著者自叙传略》,《鲁迅全集》第7卷,人民文学出版社2005年版,第83页。
[②] 参阅《呐喊·自序》,《鲁迅全集》第1卷,人民文学出版社2005年版,第437—443页。
[③] 《南腔北集·〈自选集〉自序》,《鲁迅全集》第4卷,人民文学出版社2005年版,第469页。

风声传来,便立即惶惶不可终日。一向只将辫子盘起不剪的赵七爷,此时更放下发辫,洋洋得意地以"死刑"威吓七斤,露出奴性十足的本相。张勋复辟虽然只有十二天就失败,七斤夫妇也只是经受了一场虚惊,但作品生动揭示出辛亥革命并没有革掉农民头脑中的封建观念。"风波"平息后,生活的磨盘依然在原地转圈:九斤老太照旧抱怨"一代不如一代",七斤的女儿六斤又被裹上了小脚,一瘸一拐地走着。

《故乡》以第一人称的抒情笔调写成,曾被日本一评论家誉为"东方最美的抒情诗"①。主人公闰土,少年时异常聪明机警,活泼可爱,懂得许多农家知识,在"我"的记忆中,他永远和一幅神异的图画联系在一起:"深蓝的天空中挂着一轮金黄的圆月,下面是海边的沙地,都种着一望无际的碧绿的西瓜,其间有一个十一二岁的少年,项带银圈,手捏一柄钢叉,向一匹猹尽力的刺去……这少年便是闰土"。他和"我"结下了极纯真的友谊,故乡因而也更加令人怀念。然而,二十多年后当"我"返回故乡时,闰土从外貌到内心都已与少年时代判若两人,由于"多子,饥荒,苛税,兵,匪,官,绅"的层层逼迫,竟"苦得他像一个木偶人了"。他已经笃信命运,像大地一样默默地承担着一切重负,对祭祀用品香炉、烛台也变得沉迷虔敬。在自私、恣睢的小市民杨二嫂的反衬下,中年闰土的淳朴乃至麻木,彰显得愈益鲜明。闰土见到"迅哥儿"的一幕,写得尤其感人:他始而"脸上现出欢喜和凄凉的神情;动着嘴唇,却没有作声";接着,"他的态度终于恭敬起来了,分明的叫道:'老爷!……'"使"我"和读者禁不住都会打个寒噤。这一声"老爷",意味着他们之间"已经隔了一层可悲的厚障壁",意味着闰土已经认同了等级森严的封建制度。"我"在深深的悲哀中,只得将"新的生活"的希望寄托在下一代人身上,引导人们去瞩望未来:"地上本没有路,走的人多了,也便成了路。"

《祝福》在更复杂的文化背景和社会关系中,写出了祥林嫂这个淳朴善良的农村劳动妇女深沉的悲剧。她在丈夫亡故以后,因为不愿意再醮,逃到鲁镇上来,在鲁四老爷家里帮工。她对生活的希望极为低微,只要能用辛勤劳动让自己存活下来,就感到满足,甚至因此"口角边渐渐的有了笑影,脸上也白胖了"。这份满足本身就带有很深的悲剧意味。但祥林嫂连这点最低微的希望也终于破灭。接二连三的打击落到这个不幸的妇女身上。她先是被婆家绑架回去,卖到了山坳里。接着第二个丈夫又病死,儿子被狼叼走。当她第二次出现在鲁四老爷家里时,由于再嫁再寡,就被认为是"不祥之物"。非常迷信的柳妈,又用阴间会把祥林嫂锯成两半的刑罚来告诫她,劝她到土地庙捐一条"千人踏,万人跨"的

---

① 此为龟井胜一郎(1907—1966)《鲁迅断想》中的话,原文载日本《作品》杂志 1935 年 9 月号。可参阅胡风 1977 年 10 月 7 日所写材料。

门槛,当作自己赎罪的替身。承受着巨大精神恐怖的祥林嫂,只得用全年劳动所得捐了这条门槛,满以为已经摆脱罪孽,可以重新做人。却不料主人还是不许她接触祭品。从此祥林嫂就失魂落魄,精神上陷入绝境,最后沦为乞丐。祥林嫂悲剧的深刻性在于:她不仅肉体上遭受折磨,经济上受尽压榨,而且精神上更是受尽嘲弄和虐杀;她不仅生前哀哀无告,而且还必须怀抱恐惧走向死亡——因为死亡对她来说,不是痛苦生活的结束,而是另一种更大的恐怖——受锯刑的开始。《祝福》揭示的封建宗法制度与意识形态织成的天罗地网所加害于中国农村妇女的深度,简直无与伦比,令人震撼。

《离婚》中的爱姑,性格上和祥林嫂很不相同,她大胆泼辣,天不怕地不怕。丈夫要抛弃她另和一个寡妇结婚,爱姑就整整闹了三年。她把丈夫叫"小畜生",把公公叫"老畜生",别人也奈何她不得。男方请出那个"和知县大老爷换帖"的七大人来调停,爱姑仍然深信:"知书明理"的七大人总会支持她这个受欺侮者。小说着重描写了爱姑见到七大人,在其淫威下幻想逐渐破灭,并导致最终屈服的过程。七大人的玩"屁塞",吸鼻烟,都为爱姑前所未见,令她感到高深莫测。无形的强大精神压力迫使爱姑由内心的优势转为劣势。鲁迅以严峻的生活逻辑写出,决定爱姑斗争失败的,不是个人的性格因素,而是封建势力的过于强大和农民小生产者的缺少民主主义觉悟。

鲁迅在《彷徨》中,也多次塑造了怀有新思想的进步知识分子的形象,探索了他们内心的深沉的痛苦。

《在酒楼上》用浓郁的抒情笔法描写主人公吕纬甫。他年轻时朝气蓬勃,富有理想,敢于到庙里去拔菩萨的胡子,全不把偶像与鬼神放在眼里。但在作品中出现时,却已变为一个消沉、颓唐、敷衍塞责到令人吃惊的人,在百无聊赖中打发日子。他自己说,他现在做着的事,正是年轻时所要反对的,就像苍蝇一样,飞了一个小圈子,又回来停在原地。

《孤独者》中的魏连殳,情绪和性格更为阴郁、冷漠。当他坚持自己的人生理想,不愿与世俗同流合污时,穷困潦倒得连周围的孩子也躲避着他。到他肺病越来越严重,答应当了一名军阀的顾问,立刻门庭若市,成了人们口中的"魏大人"。他胜利了,然而是彻底失败了;他在"胜利"的喧笑中,独自咀嚼着失败的伤痛离开了人世。读完作品,我们耳边永远回荡着魏连殳深夜那狼嗥般的哭声,他为他祖母哭,更为他自己哭,为一切理想主义者的失败哀哭。我们分明感觉到,这哭声,不但发自作品主人公魏连殳,也同样发自作者鲁迅本人。

以手记体写成的《伤逝》,主角涓生和子君都是五四以后的青年,受过新思潮的洗礼。小说写他们在一起"谈家庭专制,谈打破旧习惯,谈男女平等,谈伊孛生①,谈泰戈尔,谈雪莱";敢于以大无畏的态度挑战旧传统,"坦然如入无人之境"。子君冲出封建家庭牢笼,勇敢地与涓生同居,公开宣布"我是我自己的,他们谁也没有干涉我的权利!"然而,沉没在狭小幸福中也就意味着不幸的开始。子君的生活兴趣已陷入川流不息的饭食、喂养小狗阿随以及为了"两家的小油鸡"而和房东太太的"暗斗"上。一旦失业,生活变得窘困时,涓生便"自觉了我在这里的位置,不过是叭儿狗和油鸡之间"。婚姻最后不得不以两人分离,子君去世而悲剧性地告终。五四之后,易卜生笔下斯多克芒医生②的话——"世界上最有力量的人是最孤立的人",已在不少知识青年中成为深信不疑的名言,鲁迅则根据自己和许多友人遭受挫折失败的痛苦经验,提醒人们既要懂得个人奋斗的可贵,也要知道个人奋斗的脆弱。他不但通过《在酒楼上》、《孤独者》主人公们的经历,写出愤世嫉俗、孤身反抗对旧社会作用的有限,也通过《伤逝》主人公们的不幸,喻示了生存自由不能脱离一定的经济基础,大多数个人的解放更不能脱离一定规模的社会改革。这正是鲁迅思想的深刻之处。

鲁迅是一个以为数不多的小说创作获得了不朽地位的作家。中国现代小说在他手中开始,又在他手中成熟,这种现象文学史上极为少见。鲁迅的小说在艺术上究竟有些什么样的特色和贡献,才使他获得这种地位的呢?以下几点非常值得我们注意:

首先,鲁迅的每篇小说,几乎都是对生活的独特发现。1918 年 8 月 20 日,他在给许寿裳信中谈到《狂人日记》时说:"以偶阅《通鉴》,乃悟中国人尚是食人民族,因此成篇。此种发现,关系亦甚大,而知者尚寥寥也。"不仅《狂人日记》是作者的一种"发现",其他长短作品,也莫不包含着作者从生活中得来的真知灼见。且不说阿 Q 及其"精神胜利法",是鲁迅长达十几年中对"国民性"进行研究和思考的独一无二的结果;即如五四初期被多少人写过的人力车夫题材,到鲁迅笔下,也都一反单纯"怜悯"、"同情"之类肤浅、平庸的毛病,成了与众不同的很能给人以启示的作品,使读者耳目为之一新。用"人血馒头"医治痨病,这类现象在一般作家写来,很可能成为一篇反迷信的作品,而鲁迅却由秋瑾的遇害,思考和发现了它的全民族大悲剧的意义,写成了《药》。鲁迅小说大多写普通人的日常生活,却平而不淡,平凡中常见惊人的深刻,就因为作者具备敏锐的慧眼,有着独到的发现。鲁迅曾写过一篇介绍果戈理的文章,题目叫做《几乎无事的悲剧》(1935),认为果戈理的小说善于从"极平常"、"简直近于没有事情"的生活现象中写出深刻的悲剧内容。其实,写"几乎无事的悲剧",也正是鲁迅自己小说创作的

---

① 伊孛生,今通译易卜生。
② 斯多克芒医生,乃易卜生剧本《国民公敌》中的重要角色。

一个重要特点。譬如,乡镇的小酒店前,一个穷愁潦倒的读书人受到人们嘲弄,这在清末民初也许司空见惯,谁都不以为意,鲁迅却写成了《孔乙己》,深刻揭示了封建科举制度戕害读书人的悲剧,也鞭打了群众以鉴赏他人不幸为乐的麻木、冷漠,具有少见的深刻性。

其次,以写实主义、象征主义为基础的多种创作方法的独创性运用。

鲁迅的《呐喊》《彷徨》以写实主义为主体,在"选材要严,开掘要深"方面下功夫,显示了杰出的成就。鲁迅的写实主义,特点是很洒脱、不拘谨,着眼于充分表达作者所要表达的意思,不搞欧洲写实主义那种细致繁琐的描写,不大篇地写风月,对话也决不会长到一大篇。鲁迅在《且介亭杂文二集·五论文人相轻》中说:"传神的写意画,并不细画须眉,寥寥几笔,而神情毕肖。"这是一种重写意与抒情的写实主义。但鲁迅的创作方法又决不是单一的,几乎与写实主义同样重要的,还有象征主义。不但《狂人日记》中同时渗透着写实、象征两种方法,《药》、《故乡》、《长明灯》、《在酒楼上》等作品中,更有象征主义的出色运用。《药》一开头就用"什么都睡着"五字,象征性地点出了悲剧发生在人们都昏睡的年代;以"新的生命移植到家里,收获许多幸福"来暗示买人血馒头为"药"的老栓迷信思想的严重;更以两家主人公一家姓"华"、一家姓"夏"合起来恰是"华夏",隐喻了悲剧的全民族性质。《故乡》结尾的"路",既是实际的旅程,又是富有象征意味的人生道路。《在酒楼上》那只飞了一圈,又停在原处的苍蝇,何尝不是吕纬甫这类人的象征。而《长明灯》,则通篇都由象征主义方法所构成,更启人深思。此外,浪漫主义之于《呐喊》,表现主义之于《故事新编》,也都烙上了很深的印记,使作品闪耀出引人注目的瑰异色彩。

第三,善于通过准确地"画眼睛",达到深刻地"写灵魂"。

在刻画人物方面,鲁迅有一种近乎神奇的本领,往往寥寥几笔,就能使人物栩栩如生,给读者留下极其深刻的印象。其秘密就在于抓住人物的特征。在《南腔北调集·我怎么做起小说来》一文中,鲁迅用画画做比喻,说:"要极节省的画出一个人的特点,最好是画他的眼睛。……倘若画了全副的头发,即使细得逼真,也毫无意思。"这里所谓"画眼睛",是指要用最省俭的笔墨去表现人物的特征,而不是浪费许多笔墨在无关紧要的细枝末节上。鲁迅作品正是在写人物特征方面获得了非凡的成功。且不说阿Q的癞头疮、黄辫子以及他的精神胜利法给人留下多么深刻的印象,单看《孔乙己》中,作者只用了"孔乙己是站着喝酒而穿长衫的唯一的人"一句话,就把主人公的身份、境遇尤其他的内心深处,表现得多么贴切而令人难忘,简直胜过千言万语。同样,《故乡》里的"豆腐西施"杨二嫂,虽然是个配角,却写得极其生动,作家只用了短短几百字,就勾勒出了她那个圆规形的身材和尖嘴薄唇、能说会道、爱占小便宜的性格,可以说是人物创造上的一个奇迹。它们都体现了"画眼睛"所显示的突出的艺术功能。然而,鲁迅的"画眼睛",归根结蒂还是为了更深一层地揭示人物的精神世界,写出人物的灵魂服务的。真正写出灵魂,才是文学的高的境界。在《〈穷人〉小引》中,鲁迅特别称赞陀思妥耶夫斯基那种"穿掘着灵魂的深处"、"令人(读者)发生精神的变化"的本领,并且赞许地认为:"将这灵魂显示于人的,是在'高的意义上的写实主义者'。"鲁迅自己也正是这样实践的,他的确特别注重"穿掘"人物的灵魂。《故乡》里,最令人震动的,是在闰土动着嘴唇,终于恭敬地叫出一声"老爷"的时候。"多子,饥荒,苛税,兵,匪,官,绅"的层层逼迫,使闰土苦得像木偶人,这是别的作家也能够写出来的;独有这叫出一声"老爷"的地方,不是鲁迅恐怕就写不出来。《祝福》里的祥林嫂,直到临死之前还在执拗地提出有没有地狱的疑问,也无不将人物所受的精神上的苦刑写得极其深切。读完《孤独者》以后,魏连殳那受伤的灵魂,连同他那像深夜里狼嗥一般的哭声,"惨伤里夹杂着愤怒和悲哀",久久地缠绕在我们心头。只有"画"出"眼睛"又勾出"灵魂"的这类艺术形象,才能成为真正的典型。鲁迅的小说不多,却能塑造出阿Q、祥林嫂、孔乙己、闰土、魏连殳等一系列艺术典型,这不能不说是一种辉煌的成功。

其四,鲁迅小说在艺术上是诗性的单纯与格式的别致多样的统一。

鲁迅小说的内容是深厚丰富的,却都能通过凝炼的体式表现出来,达到短篇小说这种艺术的极致。这些小说大多具有诗性的单纯。作者常常让一些语句、一些情景、一些细节在同一作品中重复出现,收到抒情诗那种循迴返复、深化主题的效果。《祝福》从旧历年底的爆竹声写起,又在旧历年底的爆竹声中结束,这种写法使祥林嫂的悲剧更见深沉,反讽、控诉的意味也更为强烈。《孔乙己》中,通过酒店小伙计的眼睛,一次又一次写了孔乙己在咸亨酒店前的露面,一步又一步写了悲剧的发展,有意让掌柜在几次过节时重复那句"孔乙己还欠十九个钱呢!"显示孔乙己的死和悲剧的无可避免。《风波》中,九斤老太一再发出"一代不如一代"的慨叹;《孤独者》中,魏连殳那种像深夜狼嗥似的凄厉的哭声,也提到过多次,直到主人公去世之后。这些都是有意的重复,起着加浓气氛、层层深化的作用。这是一种很经济、很见效的艺术手法,它可以使作品中已经写到的事物充分发挥作用,没有一点浪费。特别是《伤逝》中那只"花白的叭儿狗"阿随,所起到的效用更是异乎寻常。它在作品中出现过四次,每次都只有寥寥几笔,却贴切地衬托和表现了男女主人公心情、处境及相互关系的变化。最后,放走的小狗又回来了,而女主人公却永远离开了这个世界,面对着子君生前宠爱的这条小狗,涓生睹物思情,产生何等的悲痛是可想而知的。作者借这只小狗作为见证,完整地写出了悲剧的从萌生、发展到完成,思想是深沉的,艺术上则是单纯而又圆熟。

然而,《呐喊》《彷徨》还有另外一面,就是格式上的别致多样。这些小说,几乎一篇有一篇的写法,一篇有一篇的格调,完全没有雷同,显示了艺术上的富有独创性。从头几篇作品发表时起,就以其"'表现的深切和格式的特别',颇激动了一部分青年读者的心"①。这些作品,有的采用了完全是主人公自述的日记体、手记体(如《狂人日记》、《伤逝》),有的采用了由见证人回忆叙述的第一人称(如《孔乙己》、《祝福》),有的采用了完全是客观描绘的第三人称(如《药》、《风波》),有的抒情味很浓(如《故乡》、《在酒楼上》),有的讽刺性很强(如《肥皂》、《高老夫子》),有的多用心理分析(如《白光》),有的则是速写(如《示众》)。几乎可以说每篇都随内容的不同而创造着一种新的格式。过去有人说:"新作家最怕的是模仿别人,老作家最怕的是模仿自己。"鲁迅即使成名以后,也决不"模仿自己",而是不断努力去作新的突破,永不停顿在一个固定点上。

第二节 《阿Q正传》

《呐喊》中的《阿Q正传》是部中篇小说,最初连载于1921年12月至次年2月的北京《晨报副刊》上。它是鲁迅小说中孕育时间最为长久的作品。鲁迅晚年译完西班牙作家北阿·巴罗哈的小说《促狭鬼莱哥羌台奇》时,曾在附记中提到自己少年时的一段经历:

> 还记得中日战争(一八九四年)时,我在乡间也常见游手好闲的名人,每晚从茶店里回来,对着女人孩子们大讲些什么刘大将军(刘永福)摆"夜壶阵"的怪话,大家都听得眉飞色舞,真该和跋司珂的人们同声一叹。②

这里记述的是鲁迅十三周岁那年寄居在皇甫庄大舅父家时的亲身见闻。所谓摆"夜壶阵"者,是民间流传的刘永福用法术大破日本海军的故事(至今留存的清末蔾庄旧主撰《刘大将军平倭百战百胜图说》中还有《用夜壶阵舰烬灰飞》这样的图目)。就在前线吃了败仗,中国海军全军覆没,不得不对日求和、割地赔款的情况下,后方村镇上,却居然有人唾沫横飞,大讲什么刘大将军摆夜壶阵使日军"舰烬灰飞"的故事,而听的人也都为之"眉飞色舞"。两相对照,怎不使人感叹!这件愚昧而又虚妄的"精神胜利"的典型事例,给少年鲁迅印象那么深,以致四十年后

---

① 鲁迅:《中国新文学大系·小说二集导言》,收入《且介亭杂文二集》时改"导言"为"序",《鲁迅全集》第6卷,人民文学出版社2005年版,第246页。
② 《译文序跋集·〈促狭鬼莱哥羌台奇〉译后附记》,《鲁迅全集》第10卷,人民文学出版社2005年版,第433页。

还禁不住要重新提起。也许鲁迅正是从这里受到触动,无意中播下了为阿Q这类人物立传的种子。

按照鲁迅自己的说法,《阿Q正传》"是想暴露国民的弱点"①。他说:"中国人所蕴蓄的怨愤已经够多了,自然是受强者的蹂躏所致的。但他们却不很向强者反抗,而反在弱者身上发泄……卑怯的人,即使有万丈的愤火,除弱草以外,又能烧掉甚么呢?"②在为俄译本《阿Q正传》所写的序中,又说:中国百姓"像压在大石底下的草一样,已经有四千年!要画出这样沉默的国民的魂灵来,在中国实在算一件难事。"他还联系民国以后政治越来越腐败、社会越来越黑暗的状况,说道:"最初的革命是排满,容易做到的,其次的改革是要国民改革自己的坏根性,于是就不肯了。所以此后最要紧的是改革国民性,否则,无论是专制,是共和,是什么什么,招牌虽换,货色照旧,全不行的。"③可见,鲁迅写作《阿Q正传》时的心情,岂止如他自己所说的"孤寂",实在是充满了痛苦和郁愤的。他心头正燃烧着一团灼热的火,一团要烧掉愚昧、麻木、卑怯、虚妄等国民心理病态的火,一团要熔炼出新的国民精神的火。小说在滑稽谐谑的外表下,内里燃烧的正是民族自我批判的思想烈火。《阿Q正传》可以说是作者民族忧愤的艺术结晶。

小说主人公阿Q,是个有严重病态心理的流浪农民。他上无片瓦,下无寸土,瘦骨伶仃,孤身寄居在土谷祠里,靠打短工过日子,辛苦终年却换不来个人的温饱。当"恋爱的悲剧"发生以后,阿Q在赵太爷和地保的敲诈勒索之下,连被子、衣服都丧失了。他正是鲁迅所说的"压在大石底下的草"。然而,阿Q完全不能正视自己被压迫的悲惨处境,反而常用"精神胜利法"来自我安慰,把受辱当作"优胜"。他不但因头上癞疮疤而忌讳说"光",而且在遭赵太爷打后,还虚妄地安慰自己:"我总算被儿子打了,现在的世界真不像样……"他自己连老婆都还没有,却总爱吹嘘:"我的儿子会阔得多啦!"阿Q还很能自轻自贱。当别人知道他常常用"儿子打老子"这套办法自比譬自解时,就揪住他的黄辫子,要他承认"不是儿子打老子,而是人打畜生",阿Q干脆就说:"打虫豸,好不好?"他觉得自己是第一个自轻自贱的人,除了自轻自贱不算外,余下的就是"第一个"。"状元不也是'第一个'么?"于是他又心满意足了。阿Q不仅对自己受到的压迫和痛苦很健忘,而且有时在受了欺侮之后,竟朝更弱者身上出气,以此求得补偿。他被假洋鬼子打了,就到小尼姑身上去泄愤,欺侮小尼姑,飘飘然地陶醉在旁人的赏

---

① 《伪自由书·再谈保留》,《鲁迅全集》第5卷,人民文学出版社2005年版,第154页。
② 《坟·杂忆》,《鲁迅全集》第1卷,人民文学出版社2005年版,第238页。
③ 《两地书·八》,《鲁迅全集》第11卷,人民文学出版社2005年版,第31—32页。

识和哄笑中。阿Q的"精神胜利法"实际上只是一种自我麻醉的手段,使他更不能够正视自己的真实处境,虚幻地忘却充满血泪和耻辱的奴隶生活。鲁迅对于阿Q的精神痼疾——包括阿Q的"革命",都给予沉痛的鞭挞。阿Q的"革命"虽然包含某些合理的翻身的愿望,但他"翻身"以后,却想成为高踞未庄人民头上的新的统治者。小说第七章《革命》就描写了阿Q那天晚上躺在土谷祠里对革命风暴所作的想象:

> 造反?有趣……来了一阵白盔白甲的革命党,都拿着板刀,钢鞭,炸弹,洋炮,三尖两刃刀,钩镰枪,走过土谷祠,叫道:"阿Q!同去同去!"于是一同去……
>
> 这时未庄的一伙鸟男女才好笑哩,跪下叫道:"阿Q,饶命!"谁听他!第一个该死的是小D和赵太爷,还有秀才,还有假洋鬼子……留几条么?王胡本来还可留,但也不要了……
>
> 东西……直走进去打开箱子来:元宝,洋钱,洋纱衫……秀才娘子的一张宁式床先搬到土谷祠,此外便摆了钱家的桌椅——或者也就用赵家的罢。自己是不动手的了,叫小D来搬,要搬得快,搬得不快打嘴巴……
>
> 赵司晨的妹子真丑。邹七嫂的女儿过几年再说。假洋鬼子的老婆会和没有辫子的男人睡觉,嘿,不是好东西!秀才的老婆是眼胞上有疤的。……吴妈长久不见了,不知道在哪里——可惜脚太大。

这就是阿Q的"革命畅想曲"!其中真是什么想法都有:既有封建思想(妇女必须缠小脚,革命了自己就得享受,搬个床也得别人来侍候),也有农民原始狭隘的报复思想(把小D说成"第一个该死的"),还有赤贫者的均分观念(占有地主家的钱财衣物),乃至清朝顺民的观念(认为没有辫子就是耻辱)。阿Q想象中的"革命",实际上是他自身病态心理的延伸,其核心思想就是他公开叫出的"我要什么就是什么,我喜欢谁就是谁"。他想象过:"革命党便是自己,未庄人都是他的俘虏"。在鲁迅看来,阿Q式的革命,其实质就是如此,就是要经过一番变革而使自己成为新的统治者、新的压迫者。革命者果真都像阿Q这样,那就很可悲,那社会就不断地改朝换代——打倒一批旧的压迫者而新上去的人又成为人民的新的压迫者,然后又会被更新的一批人所推翻,也就会出现鲁迅在一篇杂文中所说的"革命——革革命——革革革命……"那样一套走马灯似的局面。鲁迅否定阿Q式的"革命",甚至在斯诺面前称执政的国民党为"阿Q"派[①],很怕"二

---

① 见埃德加·斯诺:《鲁迅印象记》,收入斯诺《我在旧中国十三年》一书,1973年3月三联书店出版。

三十年以后"中国"还会有阿Q似的革命党出现"①，由此可以看出他对阿Q式"革命"的憎恶和忧虑。从第一篇白话小说《狂人日记》起，鲁迅就提出了一个重要思想：不光要防止自己的肉被别人吃掉，也应该自觉地做到不吃别人的肉（不管是有意的吃，还是无意的吃，都要反省）。到《阿Q正传》中，他又通过主人公阿Q的形象，实际上展示了那种在狼面前是羊，在羊面前又是狼的国民劣根性的可耻。按鲁迅的意思，每个国民应该既不做羊，也不做狼，而要做"真的人"，做"有主义的人民"，中国才会有希望。②

阿Q充满矛盾的思想性格，是古老中国由封建宗法制逐步沦为半封建半殖民地过程中中国国民病态心理愈益扩展加重的反映。马克思在《路易·波拿巴的雾月十八日》中说："弱者总是靠相信奇迹求得解救，以为只要他能在自己的想象中驱除了敌人就算打败了敌人；他总是对自己的未来，以及自己打算建树，但现在还言之过早的功绩信口吹嘘，因而失去对现实的一切感觉。"③长期封建统治造成的愚昧、麻木，近代外国资本主义入侵所带来的民族失败主义情绪的弥漫，使"精神胜利法"这类体现人类普遍弱点的病态心理在不少民众中畸形滋长。他们不仅感受不到他人的痛苦，甚至连自身所受的压迫和痛苦也不敢正视，或者力求麻痹忘却，反去欺侮更弱者。阿Q正是这样一种患着深重精神痼疾者的典型。从这个意义上说，《阿Q正传》也是一部民族心灵的痛史。

由于阿Q的愚昧、麻木，也由于辛亥革命自身的弱点以及封建势力窃取了革命的果实，阿Q并没有做成革命党，反而被当作盗贼冤枉地枪毙了——连案卷都没有建立过。以喜剧开场的主人公，最后却以悲剧而告终。阿Q至死也没有叫出一声"救命"。鲁迅以诙谐、幽默、夸张、反讽的笔法，写出了主人公可悲可叹的命运，笑中带泪，喜而实悲。喜剧与悲剧的相互渗透融合，构成了《阿Q正传》独特的艺术风格。

法国作家罗曼·罗兰读了敬隐渔译的《阿Q正传》法文译本后，曾于1926年1月12日向巴黎《欧罗巴》月刊主编巴查尔什特写信作了评论和推荐，希望《欧罗巴》能刊出这一作品。罗曼·罗兰称：《阿Q正传》"是当前中国最优秀的小说家之一写的"，"这是乡村中的一个穷极无聊的家伙的故事。这个人一半是流浪汉，困苦潦倒，被人瞧不起，而且他确实也有使人瞧不起的地方，可是他却自得其乐，并且十分自豪。因为一个人既然扎根于生活之中，就不得不有点值得自豪的理由！最后，他被枪毙了，在革命时期被枪毙，不知道为什么。使他郁郁不

---

① 《华盖集续编·〈阿Q正传〉的成因》，《鲁迅全集》第3卷，人民文学出版社2005年版，第397页。
② 可参阅支克坚《关于阿Q的"革命"问题》，《文学评论丛刊》第4辑。
③ 《马克思恩格斯选集》第1卷，人民出版社1995年版，第589页。

乐的却只有一件事,那就是当人们叫他在供词下边画一个圆圈时(因为他不会写自己的名字),他的圆圈画不圆。这篇故事的现实主义乍一看好似平淡无奇。可是,接着你就发现其中含有辛辣的幽默。读完之后,你会很惊异地察觉,这个可悲可笑的家伙再也离不开你,你已经对他依依不舍。"①罗曼·罗兰准确地把握了《阿Q正传》的思想与审美特质,并给予了高度的评价。迄今这篇小说在世界各地已有了近五十种文字的不同译本(每种文字往往又有多种译本)②。阿Q不仅在中国文学史上,而且在世界文学史上成为一个不朽的艺术典型。

第三节 《野草》与《朝花夕拾》

鲁迅于小说之外,还在正统文学世袭的诗文领域作了重要开拓,创作出散文诗集《野草》、散文集《朝花夕拾》两部堪与古典散文相媲美的新文学作品。

散文诗是外来艺术形式,伴随着五四文学革命的深入发展而传入中国。鲁迅是最早写散文诗的作者之一。1919年8月到9月,他就以"神飞"为笔名,在孙伏园主编的《国民公报》"新文艺"栏里,发表了总题叫做《自言自语》的七篇散文诗,从立意到表现,都很新颖、含蓄而富有诗意。《火的冰》想象奇特。《古城》、《螃蟹》沉痛深挚。《我的兄弟》则是《野草》中《风筝》一篇的雏形。

《野草》是成熟的散文诗,也是鲁迅的哲学③,它的问世,更为中国散文诗踏出了一条新路。

《野草》收作品二十三篇,撰写于1924年9月至1926年4月北京期间,结集时又在广州增写了一篇《题辞》。在鲁迅作品中,《野草》属于少见的神秘、奇诡、晦涩、费解的部分。究其原因,除了北洋军阀政府高压环境下"那时难于直说,所以有时措辞就很含糊了"④外,还在于《野草》主要是抒发个人情志,较多自我解剖、自我审视的成分,一些作品着重袒露了作者内心矛盾、苦闷的一面。鲁迅在给许广平的信中说:"我的作品,太黑暗了,因为我常觉得惟'黑暗与虚无'乃是'实有',却偏要向这些作绝望的抗战,所以很多着偏激的声音。其实这或者是年龄和经历的关系,也许未必一定的确的,因为我终于不能证实:惟黑暗与虚无乃是实有。"⑤一方面感觉到,一方面又不能证实,这种现实与理想、悲观与乐观、绝

---

① 罗曼·罗兰1926年1月12日致《欧罗巴》月刊编者巴查尔什特信,中译文由罗大冈译出,刊于1982年2月24日《人民日报》第5版,后转载于《鲁迅研究资料》第12期。
② 可参阅戈宝权编《〈阿Q正传〉七十年》一书。
③ 据章衣萍1925年3月《古庙杂谈(五)》一文,鲁迅曾向章表示:他的哲学都包括在《野草》里。
④ 《二心集·〈野草〉英文译本序》,《鲁迅全集》第4卷,人民文学出版社2005年版,第365页。
⑤ 《两地书·四》,《鲁迅全集》第11卷,人民文学出版社2005年版,第21页。

望与希望、黑暗与光明、存在与虚无的矛盾,再加上散文诗所要求的艺术表现上的含蓄、曲折,就使《野草》部分作品的内涵玄奥艰深,不易捉摸。

以《影的告别》、《希望》、《墓碣文》等姊妹篇为例,就都是诗化的心灵独白,显示了内心两种思想情绪的矛盾和抗争。第一篇中,"影"之所以要向人告别,是因为在"天堂"、"地狱"以及"你们将来的黄金世界里"都有影"所不乐意的",他"不愿去"。这里的"影",体现了一种不肯轻信各式美好言辞,担心"黑暗会吞并我,然而光明又会使我消失"的悲观性格,宁可无地彷徨,也"不愿彷徨于明暗之间"。影向"你"告别,就是向希望与幻想告别。然而,在向人告别时,"影"却还抱着献身的意志:"我独自远行,不但没有你,并且再没有别的影在黑暗里。只有我被黑暗沉没,那世界全属于我自己。"令人想起那个"肩住了黑暗的闸门"放年轻一代"到宽阔光明的地方去"①的父亲形象。《希望》一篇从青年与老年的角度探索着希望与绝望的问题。青年时代的"我"曾经"用这希望的盾,抗拒那空虚中的暗夜的袭来,虽然盾后面也依然是空虚中的暗夜"。如今,耗尽了青春之后,仍不愿"偷生在不明不暗的这'虚妄'中",因而决心"由我来肉薄这空虚中的暗夜","一掷我身中的迟暮"。《墓碣文》里那位死者思想之虚无、阴郁确实令人疑惧:他"于浩歌狂热之际中寒;于天上看见深渊。于一切眼中看见无所有;与无所希望中得救。"他"口有毒牙",却"不以啮人",仅仅"自啮其身";"抉心自食,欲知本味",却终究什么都不知道,只得把"微笑"预约在"成尘"之后。这些都见出作者心目中"黑暗与虚空"之浓重。然而他又竭力反抗这"黑暗与虚空",相信"绝望之为虚妄,正与希望相同!"

同样的态度也体现在《过客》、《这样的战士》、《秋夜》、《淡淡的血痕中》、《一觉》诸篇中,但主导的方面已是不屈不挠、顽强战斗的精神。《过客》中的主人公经过长途跋涉,虽已极度疲惫困顿,却总感到前面有什么声音在呼唤他继续前行。老人以前面没有路只有坟,劝他"回转去"。女孩说前面有许多野花,劝他用布包好脚上的伤再走。女孩的真诚关怀,几乎使过客因感激而软化,但他到底还是坚强起来,没有接受这些善意的劝告和布施,依然在苍茫暮色中独自前行。诚如鲁迅1925年4月11日复赵其文信中对《过客》所作的解析:"明知前路是坟而偏要走,就是反抗绝望","我以为绝望而反抗者难,比因希望而战斗者更勇猛、更悲壮。"《这样的战士》中的主人公洞悉敌人各种伎俩。尽管他身处"无物之阵","所遇见的都对他一式点头",还披挂着各种外套和伪装,他却没有失去战士的警惕,面对敌人各类变形的花招——"杀人不见血的武器","他举起了投枪"。当一切都颓然倒地,他发现"其中无物",最后甚至连这"无物之物"也已经脱走,他仍

---

① 《我们现在怎样做父亲》,《鲁迅全集》第1卷,人民文学出版社2005年版,第134页。

"举起了投枪"。他不管自己是"战士"还是"罪人",是胜利还是失败,在"不闻战叫"的境地里,依旧"举起了投枪"。这是一位睁着火眼金睛、永不懈怠的战士。《秋夜》以象征寓意的笔法和浓郁抒情的基调,对后园内肃杀的深秋夜景作了富有诗意的写照。那"奇怪而高的天空""仿佛要离开人间而去",对人们闪闪地眨着冷眼,将繁霜洒在野花草上,"自以为大有深意",俨然万物之主宰。小粉红花瑟缩地做着春天的梦。枣树则以落尽了叶子的枝干,"默默地铁似的直刺着奇怪而高的天空,一意要制他的死命,不管他各式各样地睐着许多蛊惑的眼睛。"如果说枣树是不屈地反抗造物主的象征,那么因追求光明而献身的小青虫——"这些苍翠精致的英雄们",同样受到了抒情主人公的关注和默默敬奠。《淡淡的血痕中》作为"段祺瑞政府枪击徒手民众后"①,歌颂"看透了造化的把戏"的"叛逆的猛士"。《一觉》赞美了觉醒的青年们"流血和隐痛的魂灵",他们像沙漠中的野蓟一样虽受风沙摧折,依然开着小花,给疲劳的旅人带来安慰。这些都是战斗的抒情之作。

《野草》中也有一些篇什,展现作者对童年生活和故乡美好景物的热情憧憬与真挚向往,充满着童心和童趣。《雪》在朔方如粉如沙般"孤独的雪"的映衬下,满怀深情地写了江南雪景的"滋润美艳"和孩子们在大人帮助下堆造雪人的欢乐。"眼前仿佛看见冬花开在雪野中,有许多蜜蜂们忙碌地飞着,也听得他们嗡嗡地闹着"——明明是冬天,笔下却情不自禁地透露出一派春意。《风筝》渗透着一份缅怀故乡风筝时节的悠悠情思和忆及"幼小时候对于精神的虐杀这一幕"的追悔。《好的故事》中,故乡"许多美的人和美的事,错综起来像一天云锦"。坐船经过山阴道,两岸景色"都倒影在澄碧的小河中",令人目不暇接。就在"我正要凝视"时,"骤然一惊,睁开眼","何尝有一丝碎影,只见昏暗的灯光"。美梦虽然破灭,但篇末依然说:"我总记得这一篇好的故事,在昏沉的夜……",显示了对美好境界的永恒怀念。

针砭国民性、揭露世态相的作品,在《野草》中也占据了相当一部分。《复仇》(其一)"因为憎恶社会上旁观者之多"②而作。《立论》讥刺了谄媚、圆滑等市侩气。《狗的驳诘》嘲讽了某些人只认衣衫、比狗还要势利的恶习。《聪明人和傻子和奴才》鞭挞了奴才哲学。《失掉的好地狱》以天神、魔鬼、人类轮番争夺地狱的控制权暗喻了军阀混战的黑暗现实,并提示人们对新军阀给予警惕。《颓败线的颤动》写了一个因为要养活孩子而失身的妇女暮年却遭儿孙们的辱骂和鄙视,谴责了以怨报德的自私心理。《死后》则以高度的想象力和幽默感,写了人死后如

---

① 《〈野草〉英文译本序》,《鲁迅全集》第 4 卷,人民文学出版社 2005 年版,第 365 页。
② 《〈野草〉英文译本序》,《鲁迅全集》第 4 卷,人民文学出版社 2005 年版,第 365 页。

果运动神经废灭而知觉还在,竟会遭遇到怎样的无奈、尴尬以及会受到怎样的利用,堪称讽刺中的妙品与极品。

《野草》在艺术上也有着独到的成就。作者以象征寓意的方法抒写与表现自己的心境志趣,通过新颖别致的艺术构思,将内心的苦闷与感受幻化成一幅幅超现实的梦幻式的艺术图景,显示了天马行空般的想象力。这里有一般写实作品中难以见到的各种场面:人魔鏖战;形影相离;生而无物;死后有知;冰谷死火;沙漠野蓟;狗的驳诘;夜的神秘;过客在前途无望中奋行;儿女于母亲垂老时背弃;战士怒目,投枪不止;抉心自食,本味难知;……几乎每篇都是一番具象的心灵独白,传达出各式独特的生命体验,构成精湛的艺术境界,耐人回味与咀嚼。形式虽是荒诞怪异的,精神则深深植根于现实之中。作者受象征主义文学滋润颇深,从李贺的诡异怪僻,到波特莱尔的奇幻忧郁,屠格涅夫的朴素含蓄,尼采的精警锐利,安特莱夫的神秘幽深,鲁迅都有吸取,并加以创造性的熔铸,形成自己特有的风格:奇兀,诡异,冷峻,隽永。它们用散文写成,却深具诗的素质。鲁迅自己很喜爱这部作品。《题辞》中说:"我自爱我的野草,但我憎恶这以野草作装饰的地面。"晚年在给萧军信中也说:《野草》"技术并不算坏,但心情太颓唐了"。① 许多文艺青年都爱读这部作品,绝非出于偶然。《野草》是现代散文诗中的经典,在世界文学宝库中也占有一席之地。

如果说《野草》属于"心灵独白"式散文,主要受欧洲散文诗的影响,那么《朝花夕拾》则是"闲话絮语"体散文,承传了更多传统文体的特点。

《朝花夕拾》共十篇,写于鲁迅自北京南下厦门前后的九个月中(1926年2月至11月),稍晚于《野草》。作者自谓"是从记忆中抄出来的"②,它们回顾和记叙了鲁迅自童年至青年时代经历的一些人与事。《阿长和〈山海经〉》中的保姆长妈妈,是个淳厚、爽朗、蒙昧、连姓名都不知道的劳动妇女,她喜欢唠叨"许多规矩",颇为迷信,睡眠时伸开手脚占领全床,但却真心爱护童年的鲁迅,为他做一些"别人不肯做或不能做的事"。她并不识字,居然能利用告假回家的几天,买到了孩子日思夜想的绘图《山海经》,里面有"人面的兽,九头的蛇,三脚的鸟……",给幼小的鲁迅带来巨大的欢乐。作者于几十年后还怀着诚挚的情意,为逝者祝祷:"仁厚黑暗的地母呵,愿在你怀里永安她的魂灵!"《藤野先生》写仙台医学专门学校的一位日本教授,他为人热诚随和而不拘小节,"有时竟会忘记带领结";但在教学上和学术上却极其认真负责,一丝不苟。他担心班上唯一的中国学生听课有困难,就主动索阅校改其听课笔记。待"我拿下来打

---

① 1934年10月9日致萧军信,《鲁迅全集》第13卷,人民文学出版社2005年版,第224页。
② 《朝花夕拾·小引》,《鲁迅全集》第2卷,人民文学出版社2005年版,第236页。

开看时,很吃了一惊,同时也感到一种不安和感激。原来我的讲义(指笔记——引者)已经从头到末,都用红笔添改过了,不但增加了许多脱漏的地方,连文法的错误也都一一订正。这样一直继续到教完了他所担任的功课:骨学、血管学、神经学"。文章还追忆:

> ……记得有一回藤野先生将我叫到他的研究室里去,翻出我那讲义上的一个图来,是下臂的血管,指着,向我和蔼的说道:
> "你看,你将这条血管移了一点位置了。——自然,这样一移,的确比较的好看些,然而解剖图不是美术,实物是那么样的,我们没法改换它。现在我给你改好了,以后你要全照着黑板上那样的画。"

可见藤野平时要求学生的严格与态度的诚恳。惜别时他却又依依不舍,希望与中国学生互赠相片,体现出师生间纯真美好的情谊。作者对这位老师终身怀着深沉的敬意和感激之情,认为"他对于我的热心的希望,不倦的教诲,小而言之,是为中国,就是希望中国有新的医学;大而言之,是为学术,就是希望新的医学传到中国去",并且由衷地赞颂:"他的性格,在我的眼里和心里是伟大的"。《范爱农》写的是留日期间相识的一位同乡和同学。他是徐锡麟的学生,脾气耿直古怪,"眼球白多黑少,看人总像在藐视",身上透出一股冷气,头上则早早有了白发。这是在清末黑暗社会里受过许多轻蔑、排斥、迫害、几乎无地可容的悲剧人物。武昌起义、绍兴光复后,一度也曾露出过灿烂的笑容。他做学监,不喝酒了,"办事,兼教书,实在勤快得可以"。然而,新当权阶层却在迅速腐败,批评当权者的报纸被捣毁,范爱农则被免职。他又喝起酒来,终于在风雨之夜沉水而死。奇怪的是,在菱荡中发现的尸体却"直立着"。作者联系"狐狸方去穴,桃偶已登场"的特定时代,写出了主人公"白眼看鸡虫"[①]的孤傲性格。另如《琐记》中那个教唆作歹、散布流言的衍太太,《从百草园到三味书屋》中那个得意朗读时"将头仰起,摇着,向后拗过去、拗过去"的私塾先生,还有《无常》中那位"鬼而人,理而情,可怖而可爱的无常",也都写得很生动。可以说,用十分简炼的笔墨刻画出极有个性的人物形象,正是《朝花夕拾》在艺术上的一个特色。

《朝花夕拾》艺术上的另一特色,是文字富有幽默感和夹叙夹议、庄谐杂陈的嘲讽色调。如《父亲的病》中,叙述到"名医"陈莲河开的"药引"是"蟋蟀一对",而且有旁注:"要原配,即本在一窝中者。"于是作者议论道:"似乎昆虫也

---

① 《集外集拾遗·哀范君三章》,《鲁迅全集》第7卷,人民文学出版社2005年版,第449页。

要贞节,续弦或再醮,连作药资格也丧失了。"接着又提到这位医生为水肿病的父亲开出另一种奇特丸药"败鼓皮丸",作者插叙道:"这'败鼓皮丸'就是用打破的旧鼓皮做成;水肿一名鼓胀,一用打破的鼓皮自然就可以克伏它。清朝的刚毅因为憎恨'洋鬼子',预备打他们,练了些兵称作'虎神营',取虎能食羊,神能伏鬼的意思,也就是这道理。"又如《二十四孝图》一文,谈到自己对几则孝行故事的感受:"'陆绩怀橘'也并不难,只要有阔人请我吃饭。'鲁迅先生作宾客而怀橘乎?'我便跪答云:'吾母性之所爱,欲归以遗母。'阔人大佩服,于是孝子就做稳了,也非常省事。'哭竹生笋'就可疑,怕我的精诚未必会这样感天动地。但是哭不出笋来,还不过抛脸而已,一到'卧冰求鲤',可就有性命之虞了。"至于"郭巨埋儿","我最初实在替这孩子捏一把汗,待到掘出黄金一釜,这才觉得轻松。然而我已经不但自己不敢再想做孝子,并且怕我父亲去作孝子了。家景正在坏下去,常听到父母愁柴米;祖母又老了,倘使我的父亲竟学了郭巨,那么该埋的不正是我么?"《五猖会》中提到七岁那时正要高高兴兴出发去看会——"这是我儿时所罕逢的一件盛事",忽然父亲要让他背《鉴略》:"背不出就不准去看会"。此时的感受是:"在百静中,我似乎头里要伸出许多铁钳,将什么'生于太荒'之流夹住;也听到自己急急诵读的声音发着抖,仿佛深秋的蟋蟀,在夜中鸣叫似的。"这类幽默、反讽,正与闲话絮语体散文最为相宜,在平易亲切中加深了作品的韵味。

第四节 《故事新编》

1936年1月出版的《故事新编》,是鲁迅的第三本小说集。作品虽然只有八篇,但性质超凡而又奇特。作者在《自选集·自序》中称它们为"神话、传说及史实的演义"。写作时间前后跨越了十三年,风格却大体一致:即古今杂糅,将现代生活引入古代故事,以古和今的强烈反差造成滑稽和"间离"的效果。它们主要表现作者的生存体验与人格心态,不很看重细节的真实性,用作者自己的话,叫做"都不免油滑"[①]。从创作方法上说,《故事新编》与写实主义为主的《呐喊》《彷徨》很不相同,它们属于表现主义的范畴,往往于"故事"文本的背后多所隐喻或寄兴。在长期独尊现实主义的年代,这些作品不免常被误读。

早在《呐喊》时期,鲁迅已开始运用"间离"手法;《风波》在叙事过程中忽然冒出"文豪"的"大发诗兴"以及作者对"文豪"的驳斥;《阿Q正传》里也有"夫文童者,将来恐怕要变秀才者也"和"女人是害人的东西"之类插入的议论;但这类事

[①] 《书信·360201 致黎烈文》,《鲁迅全集》第14卷,人民文学出版社2005年版,第17页。

例在当时还是个别的。从二十年代中期起,鲁迅由于大量接触先锋性的表现主义理论和作品,他的创作思想发生变化①:更看重作家的主观精神,更注重作家自身的生存体验及其外化表现,认为文艺可以而且需要保持一点与实际生活的距离,可以而且需要容纳某些荒诞、夸张、变形的情节和细节。1927年,鲁迅在《怎么写》一文中得出了"与其防破绽,不如忘破绽"的大胆结论。《怎么写》可以说是鲁迅创作思想发生重要转折的一个标志,它既是对《补天》、《奔月》、《铸剑》一类小说创作经验的初步总结,又为以后《理水》、《采薇》、《出关》、《非攻》、《起死》的写作从理论上奠立了基础。

首篇《补天》原题《不周山》,写于1922年11月。作者自谓其创作动机"也不过取了茀罗特说,来解释创造——人和文学的——的缘起"。② 小说从荒古年代女娲"抟黄土造人"(事见《太平御览》引汉代应劭《风俗通》)写起,塑造了中国神话中的巨人——人类母亲的形象。这位精力无穷的女性"仿佛全体都正在四面八方的迸散",她为自己抟土创造的成绩感到惊异和欢乐——"第一回在天地间看见的笑",随后也为这种创造感受到了烦恼和尴尬。她不但被"古衣冠的小丈夫"指责为"裸裎淫佚",而且当她一个早晨在"轰"然巨响中醒来时,发现自己创造的人类竟因争帝位怒触不周山而导致了"天柱折,地维绝"的大灾难。女娲只得倾全力"炼五色石以补天"(事见《淮南子》),完成后终因力竭而死。杀来的禁军就在女娲的遗体上安营扎寨,却自称"惟有他们是女娲的嫡派"。《补天》原本与文学的创造无关,女娲不是作家,小说里也不曾交代她写过什么作品,鲁迅为什么要把表现"文学创造的缘起"说成是《补天》写作意图之一呢?似乎只有一个解释:即作者借女娲"创造""人"的遭遇,写出自身在"创造""文学"过程中既有欢乐也有烦恼的类似的体验。

《奔月》和《铸剑》1926年秋作于厦门。《奔月》写了羿这位神话中射下九个太阳为人类建了大功的英雄。然而小说并不从他当年射日的雄姿写起,却着力突出他目前的境遇:他射光了封豕长蛇,熊豹山鸡,最后落了个英雄无用武之地,再也射不到什么东西,只能和嫦娥一起天天吃乌鸦炸酱面。他的历史功绩被人淡忘;弟子逢蒙转过来暗害他;不耐清苦的嫦娥,终于吞了道士的灵丹飞升到月亮上。小说描绘了射日英雄的正直性格和孤独心境,曲折地映射出作者当时的复杂感情。《铸剑》是一篇十分奇异和出色的作品。作者借《列异传》与《搜神记》

---

① 参阅严家炎《鲁迅与表现主义——兼论〈故事新编〉的艺术特征》,载《中国社会科学》1995年第2期,英译文载《Social Sciences in China》1996年第3期。

② 见《故事新编·序言》。茀罗特即 Sigmund Freud(1856—1939),奥地利精神病理学家,精神分析学说的创立者。

中一则传说故事,以非凡的想象力,塑造了黑色人宴之敖者这位剑艺娴熟、大智大勇的侠士形象。他的性格热到发冷。在接受苦主眉间尺向暴君复仇的神圣委托并取得头和剑之后,他以卖艺人的身份进入皇宫,演出了一场十分荒诞而又悲壮动人的活剧。黑色人与闪着青光的剑,烧得通红的火,三者相互映衬,构成一组庄严瑰丽的复仇意象,不仅显示出作者悲壮崇高的美学追求,也体现了鲁迅"改革最快的还是火与剑"①的思想。黑色人那种与专制暴君势不两立以及行侠不图报的原侠精神,可以说就是鲁迅精神气质的外化。黑色人"瘦得如铁","颧骨、眼圈骨、眉棱骨都高高地突出"的外貌,简直就是鲁迅的一幅自画像。而且"宴之敖者"这个名字,就是鲁迅 1924 年编辑《俟堂砖文杂集》时用过的笔名。可见,《铸剑》在表现作者性格、气质、心境方面,有着较其他作品更为直接、更为内在的关系。

分别作于 1934 年和 1935 年的《非攻》、《理水》,主人公墨翟、大禹都是关心民瘼、急公好义、脚踏实地、埋头苦干的真实历史人物,为鲁迅所终身服膺并在精神上相通。《非攻》中墨翟止楚攻宋的情节,均依据文献记载。他倡导兼爱,反对战争,抑强扶弱,身体力行,一面昼夜兼程去劝阻楚王攻宋,一面又吩咐学生管黔敖做好战斗准备,将成功的希望寄托在实干的基础上。《理水》中的禹,更是胼手胝足,公而忘私,坚忍不拔,治水有方。他们都是"中国的脊梁"式的英雄,却又都是普通人,他们有普通人的欲望,有普通人的欢乐,有普通人的弱点,也像普通人那样受气。小说对两位主人公的刻画,既有史书的根据②,又在某些情节和细节的描写上,融入了鲁迅自身独特的生存体验,显示了作者的某些人格理想,也寄托了作者的某种隐忧。

作于 1935 年 12 月的《出关》,依据《庄子》中《天运》、《田子方》、《庚桑楚》诸篇的材料,写了孔丘问道于老聃、孔进老退、老聃西走流沙的故事。小说发表后引起争议,鲁迅曾作《〈出关〉的"关"》一文予以辨析。在小说作者看来,尽管孔、老两人都主柔,但孔子柔而进取,老子柔而退守,"孔胜老败"是必然的,因而说:"我同意于关尹子的嘲笑,他(指老聃——引者)是连老婆也娶不成的。于是加以漫画化,送他出了关,毫无爱惜"。这是鲁迅多少受了章太炎《诸子学略说》的影响所在。其实,按《史记》记载,老子在孔子心目中是"其犹龙耶"③的了不起的人物。正是从这个角度来说,《出关》依旧留下了一些令人疑惑和可以探讨的方面。

---

① 《两地书·十》,《鲁迅全集》第 11 卷,人民文学出版社 2005 年版,第 40 页。
② 禹在《尚书》《国语》《孟子》《韩非子》等先秦古籍和司马迁《史记》中均有记载。鲁迅故乡还有后人修建的禹陵。
③ 《史记·老子韩非列传》。

有的学者就提出:"对《出关》的解读,最关键之处就在于:要读通'关'的意义。""'关'是王权控制的界限。老子的西出函谷关,就是试图逃离王权的控制,然而,出了'关'又会怎样呢?这就如关尹喜所预言的,'看他走得到,外面不但没有盐,面,连水也难得。肚子饿起来,我看是后来还要回到我们这里来的。'可见,即使暂时逃离了王权的控制,但仍然逃离不了生存的种种困扰。这就是一种摆在传统知识分子人生关口的尴尬。或许这种尴尬也十分近似于鲁迅晚年的处境。"这位学者联系鲁迅当时的遭遇和心境,不无根据地认为:"从某种意义上说,《出关》是鲁迅对他自己的现实处境和即将作出的人生选择的一次最清醒深刻的思考。"①应该说,这些探索和阐释是颇有见地的。然而,小说实际上嘎然而止于老聃的离关,并未写到他后来是否重返关内,鲁迅毕竟是力主"反抗绝望"的,作品只以主人公的"莫知其所终"②给读者留下一个扑朔迷离的答案,这或许也正是作者有意而为的微妙之处。

《起死》用独幕剧的形式,把《庄子·至乐》中一则寓言创作成了小说。故事说的是:庄子在去楚国途中,发现荒草地里有一骷髅。为了得到一个可以聊天的伙伴,庄子请司命大神还他的魂,复他的形,让他起死回生。复活以后,这个赤身裸体的汉子就向庄子要衣服穿,认为庄子夺去了他的衣服。玩世不恭的庄子起先同他打哈哈,谈哲学,说什么"衣服是可有可无的,也许是有衣服对,也许是没有衣服对。鸟有羽,兽有毛,然而黄瓜、茄子赤条条。此所谓'彼亦一是非,此亦一是非'……"然而复活的汉子不听这些,竟要动手剥庄子身上的衣服。庄子无法可想,只得吹起警笛,招来了巡逻的警士,自己则狼狈逃离。过去一些学者已经指出,《起死》是鲁迅对庄子"齐物论"哲学思想的一种反讽。近来也有学者认为,小说在深层次上,还隐藏着哲学家/汉子这样一个对立的意义结构。"这个对立结构是知识者/民众这一意义结构的隐喻性表达。对这一意义结构的思考是贯穿鲁迅一生的思想活动和精神追求。……可以说,写在其晚年的《起死》,既是鲁迅对其一生从事的启蒙的思想追求的一种隐秘的自我反讽:对于复活的汉子来说,他所迫切需要的是衣服和食物,他根本无法也无心理解庄子所关注的那些思想;又是对所谓民众的怀疑:那些在铁屋中沉睡的将要死灭的人们,即使唤醒他们,又会怎样呢?这是一个现代性的质疑。《起死》的创作就是鲁迅试图借助一个古代语境来思考这一'现代性'问题的体现。"③这就把《起死》的研究大大推向了深入。

---

① 郑家建:《被照亮的世界——〈故事新编〉诗学研究》,福建教育出版社2001年版,第56—57页。
② 据《史记·老子韩非列传》。
③ 郑家建:《被照亮的世界——〈故事新编〉诗学研究》,福建教育出版社2001年版,第67—68页。

表现主义是一种"将蓄在作家的内心的东西,向外面表现出去"①的艺术,是一种将作家的某些人生体验、气质心态、人格意志借助世间物象加以外化的艺术,它在本质上属于崇尚主观的艺术,因而不忌讳荒诞、怪异、超常、夸张、变形、幻觉等艺术形式。鲁迅所译日本文艺理论家山岸光宣《表现主义的诸相》就说:"和神秘底倾向相偕,幻觉和梦,便成了表现派作家的得意的领域。他们以为艺术品的价值,是和不可解的程度成正比例的,以放纵的空想,为绝对无上的东西,而将心理底说明,全部省略。尤其是在戏剧里,怪异的出现,似乎视为当然一般。例如砍了头的头颅会说话,死人活了转来的事,就不遑枚举。也有剧中的人物看见幻影的,甚至于他自己就作为幻影而登台。"②在《故事新编》中,读者不但从《补天》看到女娲神秘的体力迸发和所抟泥土变人,从《奔月》看到嫦娥吞灵药飞天,而且从《铸剑》看到"砍了头的头颅"会唱歌、会微笑、会撕咬,从《起死》看到死去五百多年的人忽然"活了转来",从《理水》看到奇肱国空中飞车和文化山学者说英语、衔雪茄、吃面包,以及女隗小姐的时装表演,从《采薇》看到"华山大王小穷奇"所说"海派会·剥猪猡'",从《非攻》看到"募捐救国队"……这些荒诞、怪异或"古今杂糅"的情节和细节,都在使作品通过客观物象表现作者某种生存体验的同时,又在艺术与生活之间起着拉开距离、造成滑稽的作用,丰富着作者的寓意与表现,增强着作品的情致与趣味,并实现着即兴式的讥刺与暗讽(如对小丙君、阿金姐及文化山上学者之流的嘲讽与鞭挞)。在鲁迅看来,这些正是扩充小说艺术的自由度和表现能力的有效手段。《故事新编》便是一部冲破各式艺苑禁令的表现主义的小说,它在中国现代主义文学引进和开拓史上具有重要的意义。

第五节 杂　　文

杂文,亦称杂感,是凭借现代传媒介入社会生活的一种极灵活、轻便的文体。它"萌芽于'文学革命'以至'思想革命'"③,由《新青年》设《随感录》专栏加以倡导,并为《每周评论》、《新社会》、《星期评论》、《民国日报》副刊《觉悟》等竞起仿效。至二十年代中期,重视"社会批评"与"文化批评"的刊物如《语丝》、《莽原》、《猛进》及《京报副刊》、《国民新报副刊》(乙刊)相继涌现,杂文终于蔚然成风。

杂文的建立与发展,与鲁迅的贡献不能分开。由于鲁迅的创造,杂文才冲破

---

① 引自鲁迅译厨川白村《苦闷的象征》,见《鲁迅译文全集》第2卷,福建教育出版社2008年版,第242页。
② 见《鲁迅译文全集》第8卷,福建教育出版社2008年版,第319页。
③ 鲁迅:《南腔北调集·小品文的危机》,《鲁迅全集》第4卷,人民文学出版社2005年版,第592页。

禁区进入文学的园地。在文学的各种文体中，杂文占据了鲁迅创作的最大部分。1935年底，鲁迅为《且介亭杂文二集》写《后记》时，曾经总结性地回顾自己写杂文的历程："我从在《新青年》上写'随感录'起，到写这集子里的最末一篇止，共历十八年，单是杂感，约有八十万字。后九年中的所写，比前九年多两倍；而这后九年中，近三年所写的字数，等于前六年"。事实上，鲁迅一生所写杂文，不仅数量高达一百十余万字，而且思想艺术质量和发挥的社会作用也为他人所无法望其项背。在鲁迅手中，杂文真正成为"感应的神经"和"攻守的手足"①，它不但"是匕首，是投枪，能和读者一同杀出一条生存的血路的东西"，同时，确实也能让读者获得艺术享受，"给人愉快和休息"②。

鲁迅杂文的艺术特质和文学价值在于：

第一，它具有生动鲜活的文学形象。

杂感本属议论文字，但一到鲁迅笔下，各种抽象的道理、枯燥的概念，都转化成了有血有肉的形象，把读者带进栩栩如生的境界中去，具体领略一些本来可能是相当深奥费解的道理。例如，1925年写的《春末闲谈》（收入《坟》）中，鲁迅将"唯辟作福，唯辟作威，唯辟玉食"③以及"治于人者食（饲）人，治人者食（饲）于人"④这类封建伦理规范，比喻为细腰蜂身上的毒针，那真是发人之所未发，极其贴切形象。细腰蜂捉住小青虫，就在虫子身上扎一针，使它麻痹，处于不死不活的状态，然后在它身上生下蜂卵，封闭在窝中，一旦小蜂孵化出来就能吃到很新鲜的食物。鲁迅认为，圣经贤传中这类封建意识形态，其作用也正是这样，它麻痹被统治者的神经，让被统治者处于不死不活的状态，既要他们用自己的血汗养活统治者，又要他们不致有起来造反的危险。这里细腰蜂及其毒针的形象，用得实在太神妙了。

又如《准风月谈》中的《二丑艺术》，它所刻画的"二丑"形象，也惟妙惟肖地映照出三十年代某些知识者的特殊身份和处世态度。"二丑"也叫"二花脸"，这种角色较多出现在地方戏中，他不同于小丑。小丑装扮的是横行无忌的花花公子，或是一味仗势欺人的宰相家丁；二丑扮演的则是保护公子的拳师，或是趋奉公子的清客。在依靠权门、欺凌百姓这一点上，二丑与小丑相同，但他毕竟有文化，不像小丑那么凶恶，有时他在舞台上回过脸来，向台下的看客指出公子的缺点，摇着头装起鬼脸道："你看这家伙，这回可要倒霉哩！"为什么二丑要装出他并非和贵公子一伙的样子呢？正如文中提到的，因为"他明知道自己所靠的是冰山，一

---

① 鲁迅：《且介亭杂文·序言》，《鲁迅全集》第6卷，人民文学出版社2005年版，第3页。
② 《南腔北调集·小品文的危机》，《鲁迅全集》第4卷，人民文学出版社2005年版，第592页。
③ 语出《尚书·洪范》。"辟"，即天子或诸侯君。
④ 语出《孟子·滕文公》。

定不能长久,他将来还要到别家去帮闲"。鲁迅借"二丑"的形象,揭示了那些依附于专制政权而有时还要装出"对国事也不满"的帮闲文人的嘴脸,他们在动荡不安的大局下想玩弄二丑伎俩来遮掩自己的帮闲身份,很具时代特点。

谈到妇女解放问题,鲁迅是这样说的:

> 拿一匹小鸟关在笼中,或给站在竿子上,地位好像改变了,其实还只是一样的在给别人做玩意,一饮一啄,都听命于别人。俗话说:"受人一饭,听人使唤",就是这。所以一切女子,倘不得到和男子同等的经济权,我以为所有好名目,就都是空话。(《南腔北调集·关于妇女解放》)

多么活泼洗练,一针见血!

又譬如说,鲁迅批评有人"生在有阶级的社会里而要做超阶级的作家"时指出:"要做这样的人,恰如用自己的手拔着头发,要离开地球一样,他离不开,焦躁着,然而并非因为有人摇了摇头,使他不敢拔了的缘故。"(《南腔北调集·论"第三种人"》)拔着自己头发而要离开地球,原是德国传奇《敏豪生奇游记》里的典故,鲁迅借来形容"第三种人",却是再合适不过的了。再譬如,鲁迅在《未有天才之前》里要说明天才离不开泥土——社会的培养时,用了这样的语言:"否则,纵有成千成百的天才,也因为没有泥土,不能发达,只能像一碟子绿豆芽。""绿豆芽"白白嫩嫩的,拖着一条尾巴,不沾一点泥土,多么瘦弱可怜!用它来形容先天不足或后天失调的"天才",传神又深刻。在《中国人失掉自信力了吗》里,鲁迅称历史上那些"埋头苦干的人"、"拼命硬干的人"、"为民请命的人"、"舍身求法的人"……为"中国的脊梁",确切又有力。值得注意的是,鲁迅杂文中的形象有时不仅是局部的比喻,而且构成为完整独立的图画。像《准风月谈》里的《爬和撞》,通篇几乎不发什么议论,一切都包含在具体生动的描述中,作者不置一词,全由形象来表达极复杂的思想,读者却自能心领神会。这种情况表明:鲁迅的提炼思想和铸造形象,是在创作的同一个构思过程中紧密结合着的,它完全符合艺术思维的特点,也证明了这些杂文确实是文学作品。

第二,鲁迅杂文具有浓烈真挚的感情色彩。

鲁迅以热烈的爱憎拥抱现实。他的杂文尽管有的委婉曲折,有的明白晓畅,有的含蓄深沉,有的奔腾倾泻,却都浸透着浓烈真挚的感情。他的杂文是一团火,能烧毁丑恶,也给人温暖。"三·一八"惨案发生当天,鲁迅就写了《无花的蔷薇之二》,称这一天为"民国以来最黑暗的一天"。在《记念刘和珍君》中,他写道:"我向来是不惮以最坏的恶意,来推测中国人的,然而我还不料,也不信竟会下劣凶残到这地步。"直斥段祺瑞政府的狠毒与无耻。柔石等牺牲后,鲁迅写下了《为了忘却的纪念》,怀着深情娓娓地叙述了与白莽、柔石等的诚挚交往,篇末说:"这三十年中,却使我目睹许多青年的血,层层淤积起来,将我埋得不能呼吸,我只能用这样的笔墨,写几句文章,算是从泥土中挖一个小孔,自己延口残喘,这是怎样的世界呢。夜正长,路也正长……"迸发着何等的沉痛与悲愤!

如果这些还可看作抒情散文的话,那么即使是真正的评论,鲁迅其实也是渗透着诗人的激情的。《看司徒乔君的画》,应该算是文艺评论吧,然而评论者毫不隐讳自己的感情,他说:与"爽朗的江浙风景,热烈的广东风景"相比,"我却爱看(北方的)黄埃,因为由此可见这抱着明丽之心的作者,怎样为人和天然的苦斗的古战场所惊,而自己也参加了战斗"。为诗集《孩儿塔》写序,评论者上来就表述自己心情的"惆怅",并说:"一个人如果还有友情,那么,收存亡友的遗文真如捏着一团火,常要觉得寝食不安,给它企图流布的。"接着就用抒情诗般的语言称赞《孩儿塔》:"这是东方的微光,是林中的响箭,是冬末的萌芽,是进军的第一步,是对于前驱者的爱的大纛,也是对于摧残者的憎的丰碑。一切所谓圆熟简练,静穆幽远之作,都无须来作比方,因为这诗属于别一世界。"

《"友邦惊诧"论》更是一篇政论,写于"九·一八"日寇侵占中国东北两个多月后,它尖锐指斥了政府当局失地千里不予抵抗,反借所谓"友邦人士,莫名惊诧"来给学生的爱国行动扣上"破坏社会秩序"罪名。鲁迅说:"读书呀,读书呀,不错,学生是应该读书的,但一面也要大人老爷们不至葬送土地,这才能够安心读书。"他义愤填膺地揭穿国民政府所谓"友邦人士"的真面目:

> 好个"友邦人士"!日本帝国主义的兵队强占了辽吉,炮轰机关,他们不惊诧;阻断铁路,追炸客车,捕禁官吏,枪毙人民,他们不惊诧。中国国民党治下的连年内战,空前水灾,卖儿救穷,砍头示众,秘密杀戮,电刑逼供,他们也不惊诧。在学生的请愿中有一点纷扰,他们就惊诧了!
> 好个国民党政府的"友邦人士"!是些什么东西!

表现出对他们的无比蔑视,感情非常强烈。

鲁迅在《陀思妥夫斯基的事》中,曾经称赞陀思妥耶夫斯基的"热到发冷的热情"。这话对了解鲁迅自己的杂文,也是有帮助的。鲁迅的文章常常给人以冷峻的感觉,这"冷峻",其实正是作者怀着热烈的感情的表现,是炽热的感情升华,热到了看不见光焰,热到了发冷的结果。杂文主要作为一种议论的文体而能蘸满这样浓烈的感情,确实是不多见的。

第三,鲁迅杂文具有幽默风趣的深长韵味和高超出众的讽刺才能。

鲁迅之所以被郁达夫在《中国新文学大系·散文二集导言》里称作"能以寸

铁杀人"的作家,主要因为他的杂文具有高超的讽刺艺术。鲁迅反对谩骂,而赞许讽刺。同样是清代小说,他的《中国小说史略》批评《钟馗捉鬼传》"词意浅露,已同嫚骂",却称赞《儒林外史》"婉而多讽",成就较高。鲁迅的讽刺确有一种本领:能够喜剧性地抓住对方的矛盾和要害,用带点幽默夸张的笔法加以叙述,三言两语就把可笑之处暴露在光天化日之下。新文学阵营与学衡派、甲寅派论争时,鲁迅的文章就显得别具一格。一般新文学家往往只就对方论点一、二、三、四地逐条揭露和批驳,鲁迅则不然,他是"以子之矛,攻子之盾",集中攻打对方的软肋——最薄弱和要害之处。例如,抓住学衡派以"学贯中西"自我标榜,却又缺乏常识地硬在不可分拆的专有名词"乌托邦"(Utopia 的音译)中加个"之"字称为"乌托之邦"的破绽,嘲笑道:"查'英吉之利'的摩尔,并未做 Pia of Uto"(《热风·估〈学衡〉》);抓住反对白话文的章士钊自称"国学家",却把"二桃杀三士"错解为"两个桃子杀了三个读书人"(实际上《晏子春秋》中的"三士"是三个武士)的笑话,风趣地挖苦说:"旧文化也实在太难解,古典也诚然太难记,而那两个旧桃子也未免太作怪:不但那时使三个'读书人'因此送命,到现在还使一个读书人因此出丑。"(《华盖集·再来一次》)这样的讽刺,一定会使对方脸上红一阵白一阵而无话可答。这就是鲁迅杂文的杀伤力。

　　鲁迅的讽刺性杂文中常常带着特有的幽默风趣,而幽默风趣又往往加重着讽刺的力度。如他在《花边文学·洋服的没落》中说:"造化赋给我们的腰和脖子,本来是可以弯曲的,弯腰曲背,在中国是一种常态,逆来尚需顺受,顺来自然更当顺受了。所以我们是最能研究人体,顺其自然而用之的人民。脖子最细,发明了砍头;膝关节能弯,发明了下跪;臀部多肉,又不致命,就发明了打屁股。"这里,既讽刺了某些人的奴性,更讽刺了历来统治阶级的残酷,也暗中揭露了国民党特务统治的野蛮残忍。在《南腔北调集·火》中,他又说:"火神菩萨只管放火,不管点灯。凡是着火就有他的份。因此大家把他供养起来,希望他少作恶。然而如果他不作恶,他还受得着供养么,你想?"这就揭示了日常生活中一个矛盾现象,启发读者自己去深思并得出结论。

　　鲁迅在回答"什么叫讽刺"时,曾经说过一段非常精辟的话:"讽刺的生命是真实;不必是曾有的实事,但必须是会有的实情。所以它不是'捏造',也不是'诬蔑';既不是'揭发阴私',又不是专记骇人听闻的所谓'奇闻'或'怪现状'。它所写的事情是公然的,也是常见的,平时是谁都不以为奇的,而且自然是谁都毫不注意的。不过这事情在那时却已经是不合理,可笑,可鄙,甚而至于可恶。……现在给它特别一提,就动人。譬如罢,洋服青年拜佛,现在是平常事,道学先生发怒,更是平常事,只消几分钟,这事迹就过去,消灭了。但'讽刺'却是正在这时候照下来的一张相,一个撅着屁股,一个皱着眉心,不但自己和别人看起来有些不很雅观,连自己看见也觉得不很雅观。"①鲁迅这里讲的,完全是他的经验之谈。杂文在文学作品中的位置,最接近美术中的漫画,因此它不排斥适当的集中与夸张。越是戏剧性地有所夸张地把矛盾可笑之处集中展示出来,实际上越接近于该事物的真实,给人的印象也就越发鲜明强烈。

鲁迅还说自己"好用反语"(《两地书·十二》),这类例子也简直不胜枚举。如:"究竟是夷人可恶,偏要讲什么科学,……搅坏了我们许多好梦。""假使没有了头颅,却还能做服役和战争的机械,……假使我们的国民都能这样,阔人又何等安全快乐?"(《春末闲谈》)"红肿之处,艳若桃花,溃烂之处,美如乳酪。"(《热风·随感录三十九》)这类反语有时取得了强烈的效果。1934 年 7 月,在蒋介石提倡的"新生活运动"中,广东舰队司令张之英向广东省政府提议:禁止男女同场游泳;此议当即由广州市治安部门通令实施。有人还拟出了禁止男女同车、禁止酒楼饭馆男女同食、禁止军民人等男女同行、禁止男女同演影片、禁止娱乐场所男女同乐的办法,呈请国民党广东政治研究会采用。于是鲁迅在同年 8 月的《中华日报·动向》上发表了《奇怪》一文。鲁迅说:在"我们礼仪之邦",自古就有"男女七岁不同席"的古训。现在的"不同泳,不同行,不同食,不同做电影,都只是'不同席'的演义",实在"低能之至"。他们居然"还没有想到男女同吸着相通的空气,从这个男人的鼻孔里呼出来,又被那个女人从鼻孔里吸进去,淆乱乾坤,实在比海水只触着皮肤更为严重。对于这一个严重问题倘没有办法,男女的界限就永远分不清。"所以鲁迅建议,应让每人都"用防毒面具,各背一个箱,将养气由管子通到自己的鼻孔里,既免抛头露面,又兼防空演习,也就是'中学为体,西学为用'"。文章充满了幽默和反讽。鲁迅顺着对方的逻辑,加以引申、演绎、放大,让这类逻辑中的荒唐、可笑、丑陋、怪诞显示得更加突出,更加明显,让人人都来嘲笑,用笑声轰毁朽腐的事物。也就像马克思在《黑格尔法权哲学批判·导言》中所说的,"含笑和过去的事情告别"。从这个角度看,1925 年春写于公教人员联合索薪风潮中的《牺牲谟》(副题为《"鬼画符"失敬失敬章第十三》),更可以说通篇都是充满幽默感的作品。

生动鲜活的形象,浓烈真挚的感情,幽默风趣的反讽,三者是鲁迅在杂文方面尤为突出的创造,也是杂文具有文学性的重要标志。鲁迅毕生从事"社会批评"和"文化批评",在他看来,"真的知识阶级是不顾利害的","他们对于社会永远不会满意的"②,而推动社会进步、诉诸民众心灵的有效方式就是杂文。由于

---

① 《且介亭杂文二集·什么是"讽刺"》,《鲁迅全集》第 6 卷,人民文学出版社 2005 年版,第 340 页。
② 《集外集拾遗补编·关于知识阶级》,《鲁迅全集》第 8 卷,人民文学出版社 2005 年版,第 226—227 页。

鲁迅在杂文艺术上的这些创造和成就，杂文不但进入文学殿堂构成一个品种，而且在三十年代后期和四十年代还形成了一个叫做"鲁迅风"的散文流派。鲁迅杂文是一座有关社会、历史、阶级、民族、文化、学术、人生、人性的思想宝库，是清末到全面抗战前夕中国思想史的一个缩影。它的内涵十分丰富，经验极其宝贵。即使单从战略、策略的角度去研究，也还有许多有意义的内容值得总结（如"韧性战斗"、"曲笔""钻网术"等）。

鲁迅本人曾多次表示希望他的杂文随"时弊"而"速朽"，然而事实却证明了他的许多杂文的不朽价值。

第七章
五四后的新诗与散文

第一节 《尝试集》与初期新诗

  文学革命后最早出现的新文学作品是白话诗。1917年2月,《新青年》便刊载了胡适的《蝴蝶》①等《白话诗八首》;次年又分别发表了胡适、刘半农、沈尹默、唐俟(鲁迅)等的新诗作品。新诗成为最早出现的文类,是文学革命先驱者准备在这一领域打一场硬仗的结果。诗歌是中国古代文学成就最辉煌的文类。"白话文学在小说、词曲、演说的几方面"能够行得通,即使反对者也可以承认;问题在于"白话是否可以作诗?"许多人对此持怀疑和否定态度。面对诗歌"这座未投降的壁垒",胡适知难而上,决意"要用全力去试作白话诗"②,这就是他的《尝试集》。《新青年》同人也始终关注着新诗这一白话文学中难度最大的课题,尽力予以支持配合。鲁迅后来回忆说:"《新青年》每出一期,就开一次编辑会,商定下一期的稿件。其时最惹我注意的是陈独秀和胡适之。"③胡适在《尝试集·自序》中也说:"我这本集子里的诗,不问诗的价值如何,总都可以代表这点实验的精神。这两年来,北京有我的朋友沈尹默,刘半农,周豫才,周启明,傅斯年,俞平伯,康白情诸位,美国有陈衡哲女士,都努力作白话诗。"其实,《新青年》同人中尝试写过新诗的还有陈独秀、李大钊、沈兼士等,虽然数量不多,但也颇有鼓舞士气的作用。《新青年》上还发表过不少题目相同的新诗,譬如《人力车夫》,沈尹默写了,胡适写了,刘半农也写了;《除夕》,沈尹默写了,胡适写了,刘半农写了,陈独秀也写了;《鸽子》,胡适写了,沈尹默也写了。这说明,编辑部同人是经常聚会和商讨,甚至是"共同命题作诗"的。他们称得上是新诗创作的最早一个群体。

  《尝试集》出版于1920年3月,是中国新诗的第一部个人专集。初版收诗

---

  ① 《蝴蝶》在《新青年》上刊出时原题为《朋友》。
  ② 以上引文均见胡适《逼上梁山——文学革命的开始》,《中国新文学大系·建设理论集》,上海良友图书公司1935年版,第19页。
  ③ 《且介亭杂文·忆刘半农君》,《鲁迅全集》第6卷,人民文学出版社2005年版,第73—74页。

68首（连同所附《去国集》内旧体诗）。1922年第4版起，所收篇目由作者征询友人意见，作了较大增删，存诗64首。以后各版大体均按"增订四版"行世。作者胡适（1891—1962），安徽绩溪人，原名嗣穈，学名洪骍，字适之，参加庚子赔款留学考试时改用现名。十三岁到上海求学，曾就读于中国公学等校，在此前后接受严复所译《天演论》和梁启超文化思想的影响。1910年赴美留学，入康乃尔大学农科，后转入文科，获文学士学位。1915年进入哥伦比亚大学师从杜威学哲学，完成博士论文《中国古代哲学方法之进化史》。1917年夏回国受聘为北京大学哲学史教授时，他已是文学革命中首举义旗的人物。《尝试集》内的白话诗平实真切，活泼自然，口语运用得相当成功。其中《蝴蝶》托物言志，借一对昆虫寄寓对友情的感念和珍惜。《鸽子》写万里晴空一群鸽子自由飞翔："白羽衬青天，十分鲜丽！"写实中略带写意，流露出如意自适的心境。《湖上》画出与友人夜游玄武湖的一幅小景："水上一个萤火，水里一个萤火，平排着"，轻轻飞过，越飞越近，"渐渐地并作了一个"；颇为清新喜人。《老鸦》中乌鸦如实讲真话，不愿呢呢喃喃讨人家欢喜的性格，则可谓作者的夫子自道，具有象征意味。此外，不经意中得之的《一笑》，倒也显得别有情致。正如作者在《梦与诗》中所自述的那样，这些诗都"要经验做底子"，"都是平常经验，都是平常影象，偶然涌到梦中来，变幻出多少新奇花样！"胡适的诗，似乎缺少文学想象力。但像《一念》这首，作者也曾忽发奇想：

> 我笑你绕太阳的地球，一日夜只打得一个回旋；
> 我笑你绕地球的月亮，总不会永远团圆；
> 我笑你千千万万大大小小的星球，总跳不出自己的轨道线；
> 我笑你一秒钟行五十万里的无线电，总比不上我区区的心头一念！
> ……
> 我若真个害刻骨的相思，便一分钟绕遍地球三千万转！

这种想象不牵强，不生硬，有国外游子思乡的真切体验做基础，也符合事物的情理，带有科学逐渐普及时代的特点。这是它的可贵之处。

《尝试集》中也有一些诗揭示北洋政府统治下的社会实情。《人力车夫》触及一个社会问题：法令禁止少年和老人充当人力车夫，雇主也不忍心坐童工的车，然而"今年十六岁"已"拉过三年车"的少年车夫所作的回答却是："我半日没有生意，我又寒又饥。您老的好心肠，饱不了我的饿肚皮"。分外衬出可悲可悯之情。《你莫忘记》则根据《太平洋》杂志一篇真实报道，以老者遗言的方式，记下了军阀士兵奸淫烧杀所欠下的桩桩血债，令人发指。《死者》为悼念安庆请愿中遭军阀杀害的姜高琦而作,诗中提出:"我们后死的人,尽可以革命而死!尽可以力战而死!但我们希望将来永没有第二人请愿而死!"《双十节的鬼歌》更直斥北洋政府装模作样假惺惺地纪念双十节活动,是"无耻的纪念"。可见,平日温文儒雅的胡适,其实也有血脉贲张、拍案而起的时刻。

《尝试集》中的不少诗,都体现着胡适积极进取的人生态度。初版首篇《孔丘》,就赞美了"真孔丘"那种"知其不可而为之","不知老之将至"的精神。《晨星篇》呈献着作者和朋友们的共同愿望:"在这欲去未去的夜色里,努力造几颗小晨星;虽没有多大的光明,也使那早行的人高兴!"《威权》作于陈独秀在京被捕之夜,诗人却预言了"山脚底挖空"后专制政权垮台的命运。《乐观》写于《每周评论》遭军阀政府封禁之后,作者也坚信真理的种子必将如"野火烧不尽,春风吹又生",那时却不知"那斫树的人到哪里去了?"

胡适的白话诗素淡诚挚,明白晓畅,长于说理,音节自然,可惜诗意浓者不多。他过多地将诗用于交游应酬(这方面只有《许怡荪》、《应该》二首是成功的),失之于滥。倒是译诗,有的相当出色。如译 Anne Lindsay 之《老洛伯》,全篇成功地模仿村妇口气,语语率真,以歌谣味的"羊儿在栏,牛儿在家"起头,灵活地押韵,白话而到这等程度,可谓相当圆熟。译 Sara Teasdale 的《关不住了!》(英诗原题《Over the Roofs》)则更为传神,仅以十二行诗句,就用活泼自然的白话凝炼而又细腻地刻画出主人公在春天醉人的阳光下心弦受到拨动,爱情心理发生的微妙变化。胡适自谓《关不住了!》"是我的'新诗'成立的纪元"(《尝试集·再版自序》),可见他对这首译诗的重视。这些译诗与他的新诗创作一起,磨砺了他的诗歌语言,推动了他诗歌形式的多样化,帮助他终于以白话实现了"诗体大解放",完成了晚清诗界革命所未及完成的任务。

《新青年》成员中最早以创作支持胡适写新诗并产生了影响的,是沈尹默和刘半农。沈尹默(1883—1971),浙江吴兴人,当时是北京大学国文系教授。他的白话诗歌散见于第四卷至第七卷的《新青年》上。《人力车夫》、《宰羊》等篇慨叹人间的不平,对苦难者寄以人道主义的同情。《鸽子》则托物寓意,表现了不依附于人、不愿任人玩弄的个性主义要求。《月夜》里那个霜风明月中与高树并立的"我"的形象,正显露了当时个性论者的独立人格。作者以运用旧诗音节入新诗见长,讲究构思,表现手法含蓄而耐人寻味。《三弦》一诗尤以意境别致和运用双声叠韵而造成节奏的抑扬顿挫,为当时读者所称赏。

刘半农(1891—1934),名复,初字半侬,后改半农,江苏江阴人。早年曾在《小说月报》、《中华小说界》等刊物上发表作品。1917 年夏应聘为北京大学预科教员,次年参加《新青年》编辑部工作。1920 年留英,次年转法,1925 年以《汉语字声实验录》的论文获法国文学博士学位,回国后在北大建立全国第一个语音实验室。刘半农作为"《新青年》里的一个战士"①,对文学革命颇多贡献;而其主要的创作成绩,却在新诗方面。不同于胡适好用白话诗说理,刘半农认为"做诗只是发抒我们个人的心情",而且创作的态度十分认真。他说:"有时我肚子里有了个关煞不住的感想,便把什么要事都搁开,觉也睡不着,饭也不想吃——老婆说我发了痴,孩子说我着了鬼——直到通体推敲妥帖,写成全诗,才得如梦初醒,好好的透了一口气。我的经验,必须这样做成的诗,然后在当时看看可以过得去,回头看看也还可以对付。"②1926 年一年内,他就出版了《瓦釜集》、《扬鞭集》两本新诗集。其中《瓦釜集》用江阴方言和江阴民歌的形式写成;《扬鞭集》出书晚几个月,却收入了较早写的以及在欧洲创作的新诗。这些作品对诗歌形式和音节进行了多样的尝试与探索,并且内容涉及广泛的社会现实。《相隔一层纸》和《卖萝卜人》,借对比手法为贫苦无告者鸣不平。《饿》、《奶娘》分别用散文诗或自由诗的体式,写出食不果腹的儿童与出卖奶水的乳母的身心苦楚。以民歌或民间口语写成的《拟儿歌》、《拟拟曲》等篇,更是下层人民生活的多方面的剪影。而《铁匠》和长诗《敲冰》则较多地体现了五四一代知识者坚守"劳工神圣"和执著开创新路的理想精神。刘半农的诗,往往兼具节奏旋律的圆润,图像色彩的洒脱,口语摹写的活泼,诗意哲理的含蓄诸种长处。尤其在国外写的那些诗,空间、时间上都拉开了距离,平添了一份爱的滋润和诗的芳香。《一个小农家的暮》既是一幅浅色写生,又洋溢着美的意趣。《面包和盐》通过生活化的京腔对白,就把两个谈话者的语气、神态、氛围、性格、感情,几乎和盘托出。《教我如何不想她》更是托物起兴,因景生情,回旋复沓,一唱三叹,单纯而不单薄,亲切而又自然,经赵元任配成歌曲后,至今广为传唱。到《巴黎的秋夜》,已有点现代主义的气息。刘半农刚过不惑之年就去世,一生可谓短暂,但诗歌实践的路程却相当长,一些经验很值得记取。

在《新青年》和《新潮》上较多发表新诗的,还有俞平伯、康白情。俞平伯(1900—1990),浙江德清人。1919 年毕业于北京大学。1922 年曾就读于美国哥伦比亚大学。诗集有《冬夜》、《西还》、《忆》三种,另有八人合集《雪朝》。俞平伯的诗,虽然用的是白话文,抒发的也是现代人的思想感情,但并不拒绝某些文言词语,艺术感觉颇为细腻,加上排比、对偶句的适当运用,显示出独到的古典词曲功夫。其诗表现手法也较为曲折:《草里的石碑和甃屃》将野草丛中墓碑下的座石拟人化为受压迫者,呼唤它们掀翻身上的重压;《哭声》在"一幅凄惨惨的血色图画里",发出了"刀若不折,火若不灭,哭声终究不绝"的警示;《假如你愿意》这

---

① 鲁迅:《且介亭杂文·忆刘半农君》,《鲁迅全集》第 6 卷,人民文学出版社 2005 年版,第 73 页。
② 刘半农:《扬鞭集·自序》,《刘半农文选》,人民文学出版社 1986 年版,第 148 页。

样地表达主人公的爱情:"我不能有你,/且不能有我自己,/我当为你所有;/假如你愿意。""我微细得来像尘土一样,/在你脚底下踹着,/到你脚跟沾有尘土的时光,/我便有福了。"《凄然》写了寒山寺的钟声在一位深具传统文化修养的现代知识者性灵中引发的震荡,使之如醉如痴,结尾两个问句更令全诗回旋着幽深的历史沧桑感。但俞平伯诗最突出的还是音节上的讲究。正如闻一多在《〈冬夜〉评论》中所说:"《冬夜》给我最深刻的印象是他的音节。关于这点,当代诸作家,没有能同俞君比的。这也是俞君对新诗的一个贡献。凝炼,绵密,婉细是他的音节特色。这种艺术本是从旧诗和词曲里蜕化出来的。"闻一多这个看法,颇切合于俞诗的实际。康白情(1896—1958),字洪章,四川安岳人。1916年考入北京大学,1918年秋与傅斯年、罗家伦等筹办《新潮》月刊①,同年加入少年中国学会。其诗集《草儿》,多收"别情诗"和"纪游诗",如《送客黄浦》、《日观峰看浴日》、《江南》、《庐山记游三十七首》等。这些诗的特点是写景生动,设色清丽,能融情入景,较多地显示了白话诗活泼清新的长处。以"草儿在前"为首句的《草儿》这首,则以含蓄双关、带点幽默、表面写牛、实际写人的笔法,写出了与耕牛同命运的农民的苦难,生活鞭子的抽打使他只能如"牛"般气喘吁吁地叹息和挣扎。康白情自己说:"以热烈的感情浸润宇宙间底事事物物而令其理想化,再把这些心象具体化了而谱之于只有心能领受底音乐,正是新诗底本色。"②他的诗或许正是这种见解的体现。

  初期新诗写得多的,还有刘大白、沈玄庐两位思想激进的作者。他们的作品主要发表于上海《星期评论》和《民国日报》副刊《觉悟》上。刘大白(1880—1932),浙江绍兴人,诗集有《旧梦》(后来重编为《丁宁》、《再造》、《秋之泪》、《卖布谣》四集)和《邮吻》。沈玄庐(1892—1928),浙江萧山人,与刘大白在五四前就是好友,所写新诗不少,部分诗稿收入《玄庐文存》。他们的诗,题材与手法极为多样,有街头见闻的扫描(如玄庐《荐头店》、《夜游上海有所见》),有阶级对立的写照(如刘大白《田主来》,玄庐《乡下人》),有丑恶现象的嘲讽(如刘大白《龟》),有血样榴花的警示(如玄庐《三色花》),有美好理想的展示(如刘大白《劳动歌》,玄庐《起劲》)。作者对俄国十月革命开启的新时代曙光怀着很大的热情,对欧战后激荡世界的群众运动的潮流也相当敏感。刘大白的《红色的新年》,借"一位拿锤儿的"、"一位拿锄儿的"在1919年除夕的对话,倾诉了压迫制度造成的"不公",以暗示的方式讴歌了"北极下来的新潮":

---

① 参见傅斯年:《〈新潮〉之回顾与前瞻》,载《新潮》1919年9月第2卷第1期。
② 康白情:《新诗底我见》,《中国新文学大系·建设理论集》,上海良友图书公司1935年版,第325页。

朦朦胧胧地张眼一瞧,
黑暗里突然地透出一线儿红。
这是什么?——
原来是北极下来的新潮,从近东卷到远东。
那潮头涌着无数的锤儿锄儿,
直要锤匀锄光了世间的不平不公。
呀,映着那初升的旭日光儿,
一霎时遍地都红,
惊破了他们俩的迷梦!

沈玄庐的《劳动世界歌》、《起劲》诸诗,也提出要"切断工人颈子上的锁链,打破资本家所建筑的牢笼"。它们都显示了中国第一代激进知识分子对俄国十月革命的回应。而刘大白的另一首题画诗《龟》,正如有的学者评价的,"讽刺入木三分,又饶有风趣"[①]:

你全身披挂,
好像个军人。
但动辄勾头缩颈,
说什么冲锋陷阵!

你雍容雅步,
好像个老官僚阔乡绅。
但不过曳尾涂中,
说什么显威风拿身份!

你不曾劳动,
却侥幸生存;——
这种堕落的生涯,
也算得掠夺阶级的标本!

这些诗,有的相当精彩,有的艺术上并不一定成熟,但自有其历史的作用和价值。两位作者还参加过工农运动的初步实践,对劳动人民有着真挚的感情,诗作体现

---

① 陆耀东:《中国新诗史》第一卷,长江文艺出版社2005年版,第111页。

了实际斗争中得来的某些切身感受和体验。沈雁冰(茅盾)曾在回忆录中这样介绍过沈玄庐:"沈玄庐本是上海共产主义小组发起人之一,后来在党内也担任重要职务。他在他的家乡绍兴萧山县是个大地主,他信奉了共产主义,就自动减了佃户的地租,并且办起了一个'农民协会',这是全国第一个'农民协会'。"①沈玄庐和刘大白都曾参加过萧山县农民协会的工作。随着斗争激化,1921 年,萧山县农民协会委员李成虎遭地方恶势力拘押和杀害,刘大白先后写过《每饭不忘》、《成虎不死》等诗,悼念和赞颂这位早期农运的领导人。后一首中,作者以战友的身份,十分亲切、关爱地写道:"成虎,一年以来,/你底身子许是烂尽了吧。/然而你的心是不会烂的,/活泼泼地在无数农民底腔子里跳着。"这些诗感情真挚,文字朴实,颇可一读。沈玄庐的长诗《十五娘》,还从细腻处落笔,以活泼的语言动人地刻画了一对贫苦农民夫妇的深厚感情及最后"生离竟成死别"的人间悲剧,在初期新诗中十分难得。在语言上,他们的抒情小诗和叙事诗,用的是较为精致的白话文,相当贴切传神。以刘大白的《旧梦·六十六》为例:"小草,你装饰了富贵人家的庭园,/却受够了他们的芟夷和蹂躏!"仅仅两句,表达却十分有力。有一部分作品,作者是有意采用民歌体式来写的(如《卖布谣》、《三色花》)。刘大白的《田主来》甚至用了儿歌体:"一声田主来,/爸爸眉头皱不开。/一声田主到,/妈妈心头毕剥跳。"沈玄庐《十五娘》中也有不少民歌句式,如"菜子黄,百花香……"。

第二节　郭沫若的《女神》等诗集

继《尝试集》之后,对初期新诗的发展起了重要推动作用的,是郭沫若 1921 年出版的诗集《女神》。

郭沫若(1892—1978),四川乐山人,学名开贞,号尚武,沫若是他留学日本后借故乡两条江水——沫水和若水自取的名字,以示不忘家乡哺育之恩。幼年诵读《诗经》、《唐诗三百首》、《千家诗》、《诗品》,培养了他最早对诗歌的兴趣。中学时广泛涉猎《庄子》、《楚辞》、《史记》、《文选》等书,奠立了古典文学的基础;又大量阅读梁启超、章太炎的政论文章和林纾译的西方小说,受到民主主义思想的启迪。由于反对腐败的学校教育,曾三次遭校方斥退。1913 年底,郭沫若离国经

---

① 见茅盾《回忆录》,载《新文学史料》1980 年第 1 期第 177 页。沈玄庐在二十年代中期因与中共某些成员意见不合,要求退党。关于他的结局,沈雁冰在该刊同页上说:"沈玄庐在蒋介石叛变后,在萧山到上海的途中,为人暗杀,当时有人说此事是蒋介石指使的,因为沈玄庐是国民党的中央委员,他反对蒋介石,所以蒋介石要除掉他。"

朝鲜,于翌年初抵达日本,考入东京第一高等学校预科。1915 年升入冈山第六高等学校,三年毕业后考入福冈九州帝国大学医科。郭沫若选择医学,是想拿它"来作为对于国家社会的切实贡献"。但留日的生活,使他时时感受到军国主义的欺凌,在 1920 年 3 月 3 日致宗白华信中,他曾用两句话概括自己的遭遇:"读的是西洋书,受的是东洋气"(《三叶集》)。在此期间,他也阅读了不少著名的外国文学作品,从泰戈尔、歌德、海涅、惠特曼等人的作品里汲取了多方面的滋养。因为接近泰戈尔、歌德的作品以及荷兰哲学家斯宾诺莎的著作,又使他受到了泛神论思想的影响。这种思想一方面跟他当时蔑视偶像权威、张扬自我个性的精神合拍,另一方面也由于这种思想所提供的"物我无间"的境界,正适合于诗人驰骋自己丰富的艺术想象力,把宇宙万物拟人化,视之为有生命的抒情对象。郭沫若之所以赞同"诗人底宇宙观以泛神论为最适宜"①,原因也在这里。不久,郭沫若怀着改造社会的朦胧理想和振兴民族的极大热情,开始文学活动。1919 年初春,他写了以沦陷后的朝鲜为题材的小说《牧羊哀话》②。此后,新诗也开始在上海《时事新报》、宗白华主编的副刊《学灯》上发表。到 1921 年 7 月创造社组成,郭沫若更成为它的发起人和核心成员。

《女神》③是郭沫若的第一部诗集,集内大部分作品写于 1919 年下半年至 1920 年上半年,那正是五四爱国运动高涨并深入发展的时期。郭沫若自己说:"五四以后的中国,在我的心目中就像一位很葱俊的有进取气象的姑娘,她简直就和我的爱人一样。……在五四以后的国内青年……都争先恐后地跑向外国去的时候,我处在国外的人却苦于知识的桎梏,想自由解脱,跑回国去投进我爱人的怀里。"④郭沫若心目中的五四,是一个生气蓬勃的时代,一个充满着反抗和破坏、革新和创造的时代。《女神》中的许多作品,便体现出对于封建藩篱的勇猛冲击,改造社会的强烈愿望,追求美好理想的无比热力,以及个性解放的炽烈要求,它们鲜明地反映着五四时代的特征,传达出时代精神的强音。

代表作《凤凰涅槃》以有关凤凰的传说作素材,借凤凰"集香木自焚,复从死灰中更生"的故事,象征着旧中国以及诗人旧我的毁灭和新中国以及诗人新我的诞生。除夕将近的时候,在梧桐已枯,醴泉已竭的丹穴山上,"冰天"下"寒风凛

---

① 见《三叶集》,亦见《沫若文集》第 10 卷《论诗三札》。原话是宗白华说的,郭表赞同。
② 载《新中国》第 1 卷第 7 号,1919 年 11 月 15 日。按《牧羊哀话》写作和发表时间,1923 年《星空》集及后出的《沫若文集》所注均有错误,应为 1919 年而非 1918 年。
③ 《女神》作为"创造社丛书"之一,1921 年 8 月由上海泰东书局出版。集内有些诗作如《巨炮之教训》、《匪徒颂》,1928 年收入《沫若诗集》时,内容曾有重大修改。本节论述,均据 1921 年的初版本,而不是后来的修改本。
④ 《创造十年》,《沫若文集》第 7 卷,64—65 页。

例",一对凤凰飞来飞去地为自己安排火葬。临死之前,他们回旋低昂地起舞,凤鸟"即即"而鸣,凰鸟"足足"相应。他们诅咒现实,诅咒冷酷、黑暗、腥秽的旧宇宙,把它比作"屠场"、"囚牢"、"坟墓"、"地狱",怀疑并且质问它"为什么存在"。他们从滔滔的泪水中倾诉悲愤,诅咒了五百年来沉睡、衰朽、死尸似的生活。在对现实的谴责里,交融着深深郁积在诗人心头的民族悲愤。当他们同声悲壮地唱出:"时期已到了,死期已到了"的时候,一场漫天大火终于使旧我连同旧世界的一切黑暗和不义同归于尽。诗人说过:"光明之前有混沌,创造之前有破坏。新的酒不能盛容于旧的革囊。凤凰要再生,要先把尸骸火葬。"①最后,凤凰更生了。诗人以汪洋恣肆的笔调和重叠反复的诗句,着意渲染了大和谐、大欢乐的景象。这是经过大火冶炼后的真正的创造和新生。它表达了诗人对五四新机运的歌颂。由烈火而获得新生的,不只是凤凰,也象征性地包括了诗人自己。他在写这诗的前两天,就曾在一封信里表露自己愿如凤凰一样,采集香木,"把我现有的形骸烧毁了去,……再生出个'我'来"②。这种把陈腐与丑恶投入烈火、与旧世界决裂的英雄气概,这种毁弃旧我、再造新我的痛苦和欢乐,正是五四时代精神的形象写照。诗里倾泻式的感情和急湍似的旋律,体现了诗人创作上狂飙突进的精神,也同样与那个时代非常合拍。

《晨安》和《匪徒颂》也是两首礼赞五四、格调相近的爱国诗篇,它们气势磅礴,笔力雄浑。《晨安》写诗人在"千载一时的晨光"里,向着"年轻的祖国","新生的同胞",向着时代的先驱,艺苑的巨擘,向着壮丽的山河,向着世界上一切美好的事物,一口气喊出了二十七个"晨安"。《匪徒颂》为反对日本新闻界诬称五四运动后的中国学生为"学匪"而作,诗人满怀愤怒地写下了抗议的名篇,对历史上曾经起过革新作用的一些"古今中外的真正的匪徒们"三呼万岁。《炉中煤》则是这类诗中最婉转动人的一首。诗人自喻为正在炉中燃烧的煤,而把祖国比作"年青的女郎",怀着炽热的心唱出了:

> 啊,我年青的女郎!
> 我不辜负你的殷勤,
> 你也不要辜负了我的思量。
> 我为我心爱的人儿
> 燃到了这般模样!

---

① 郭沫若:《我们的文学新运动》,《沫若文集》第 10 卷。
② 见《三叶集》,上海书店出版社 1982 年版,第 11 页。

用炉中煤火来做自己感情的比喻,这只有爱国热情达到沸点的人才能想象得出。煤燃烧把光和热带给人间,自己却化为灰烬,说明诗人愿意为祖国赴汤蹈火,献出一切,因为他从"重见天光"——时代曙光中看到了新的希望。

赞美劳动,礼赞工农,这是五四时代"劳工神圣"思想深入人心的重要标志,也是贯穿《女神》很多诗篇的一项突出内容。郭沫若不但在《巨炮之教训》中借列宁之口叫出了"至高的理想只在农劳,最终的胜利总在吾曹",而且在《三个泛神论者》里,把三位主人公都作为"打草鞋"、"磨镜片"、"编渔网"——靠劳动为生的人来赞美。在《地球,我的母亲!》里,诗人更认为"田地里的农人"是"全人类的保姆","炭坑里的工人"是"全人类的普罗美修士","我只愿赤裸着我的双脚,永远和你(大地)相亲"。在《西湖纪游》里,他甚至想跪在雷峰塔下一个锄地的老人面前,"把他脚上的黄泥舔个干净"。这种对劳动人民恳挚真诚的感情,正是诗人接受朦胧的社会主义思潮影响的显示。

歌颂富有叛逆精神的自我形象,表现与万物相结合的自我的力量,是《女神》的另一重要内容。收在《女神》里的诗作,无论是反抗、破坏或者创造,几乎处处透过抒情形象表现了鲜明的自我特色;而在一部分诗篇里,更对作为叛逆者的自我唱出了激越的赞歌。这个自我气吞日月、志盖寰宇,"是全宇宙的能底总量",它"如烈火一样地燃烧","如大海一样地狂叫","如电气一样地飞跑";这个自我无视一切偶像和封建权威,公开宣称"我又是个偶像破坏者哟";这个自我还与"全宇宙的本体"融合起来,令诗人高唱"我赞美这自我表现的全宇宙的本体"①。这种对自我的极度夸张,透露出强烈的个性解放的要求,具有反对偶像崇拜、冲决封建罗网的作用。无论是火中自焚的凤凰,创造新的太阳的女神,还是熊熊燃烧的炉中煤,蕴藏在这些形象中的自我,都交融着诗人个人的感愤和长期以来民族所受的屈辱。因此,这个自我不是拘囚于个人狭小天地里孤独高傲、忧伤颓废的自我,而是体现着时代要求和民族解放要求的自我。这个"自我"是诗人自己,也是当时千千万万要冲出陈腐牢笼,要求不断革新、不断创造的中国青年。《凤凰涅槃》中的"我们便是'他',他们便是我! 我中也有你,你中也有我!"正好道破了这一点。也正因为这样,《女神》才能像精神的火把,点燃了许多青年的心,引起他们的共鸣。

《女神》出版后不久,闻一多在《〈女神〉之时代精神》一文中写道:"若讲新诗,郭沫若君的诗才配称新呢,不独艺术上他的作品与旧诗词相去最远,最要紧的是他的精神完全是时代的精神——二十世纪底时代的精神。有人讲文艺作品是时代底产儿。《女神》真不愧为时代底一个肖子。"可以说,具有鲜明强烈的时代精

---

① 这里所引诗句分别见《女神》中《天狗》、《我是个偶像崇拜者》、《梅花树下醉歌》诸篇。

神,正是《女神》在初期新诗中一项无可比拟的成就,也是它对初期新诗所作的一个突出贡献。

《女神》对初期新诗所作的另一个贡献,是诗人超拔的艺术想象力。

也许因为《新青年》倡导写实主义所带来的误解,初期新诗缺少艺术想象力,确实成为诗坛普遍存在的一个弱点。首先冲破这种局面的就是郭沫若,他的《女神》以"异军突起"的姿态,以浪漫主义、表现主义为主导,哲学思想上兼容了视万物均有生命的泛神论,显示了丰富澎湃的想象力。不但题材上纵横驰骋:有的取自国内,有的取自国外;有的取自现实生活,也有的取自历史、传说、神话;可谓中外古今,无不涉足,而且能凭仗才气与幻想,将传奇性转化为"力"与"美"。且不说《凤凰涅槃》、《女神之再生》以神话题材突入现实,体现出时代精神。即如一个有关"天狗"的民间故事,也能倚恃艺术想象,生发出诸如"吞月"、"吞日"、"吞一切星球"而成为"全宇宙的能底总量"的新神话,并且具有惠特曼式的现代的气势。在诗人心目中,"无限的太平洋提起他全身的力量来要把地球推倒"(《立在地球边上放号》);天空中"一切现象"都像是地球母亲的"化身","雷霆是你呼吸的声威,雪雨是你血液的飞腾","那缥缈的天球,是你化妆的明镜","我饮一杯水,纵是天降的甘霖,我知道那是你的乳,我的生命羹"(《地球,我的母亲》);从笔立山头瞭望轮船穿梭如织的海湾,仿佛看到了"大都会的脉搏"在跳动,那是一派"生的鼓动"的景象(《笔立山头的展望》);夕阳与大海原来是一对恋人,正准备着"日暮的婚筵",作为"新嫁娘"的夕阳,"最后涨红了她丰满的面庞儿,被她最心爱的情郎拥抱着去了"(《日暮的婚筵》)。在诗人笔下,"无限的大自然,成了一个光海了,到处都是生命的光波,到处都是新鲜的情调","山在那儿燃烧,银在波中舞蹈"(《光海》)。可以说,五四时期像郭沫若这样富于想象力的诗人,确很少见。

郭沫若有关自由体诗的理论主张和实践经验,是能从正反两个方面给人启示的。他的核心思想是:"诗是情绪的直写"[①],认为诗体形式与节奏起伏应该由"情绪的自然消涨"[②]所制约和支配,他把这叫做"诗的内在节奏"或"内在韵律",比平上去入、长短强弱之类的"外在节奏"重要得多。由于每首诗的情绪波动起伏各不相同,所以他说:"形式方面我主张绝端的自由,绝端的自主"(《论诗三札》)。《女神》作为这种主张的实践,主要是自由体诗,是感情自然流泻的产物。连长诗《凤凰涅槃》也是感情冲动喷涌后在一天之内分两次写成的[③]。这种急湍式的情绪奔流造成了诗歌气势的磅礴,同时也带来了诗歌语言的某种粗糙。《女

---

① 《文艺论集·文学的本质》,《沫若文集》第 10 卷,人民文学出版社 1959 年版,第 224 页。
② 《文艺论集·论诗三札》,《沫若文集》第 10 卷,人民文学出版社 1959 年版,第 200 页。
③ 见《我的作诗的经过》,《沫若文集》第 11 卷,人民文学出版社 1959 年版。

神》初版中,死了的凤凰再生后,诗人接连用十五节"凤凰和鸣"来反复欢歌再生的凤凰,到1928年的版本中,才将十五节文字压缩成为现今的五节,显得精练得多。郭沫若自己在《论诗三札》中也说:"我所著的一些东西,只不过尽我一时的冲动,随便地乱跳乱舞罢了。所以当其才成的时候,总觉得满腔高兴,及到过了两日,自家反复读看时,又不禁浃背汗流了。"这种经验其他诗人也都有过。它告诉我们:诗歌应该力求精警;在诗歌创作中,"自然流泻"和"精雕细琢"两者都是需要的,不可偏废。《女神》中,既有《凤凰涅槃》、《晨安》、《匪徒颂》等一泻千里、气势奔腾、很有冲击力的诗作,也有《炉中煤》、《地球,我的母亲》这类经过反复孕育、精心锤炼、质朴而较完美的精品。《女神》之后,《星空》、《瓶》、《前茅》等诗集也大体沿着同样的路子向前发展,其中既有气势较为壮阔的《洪水时代》,也有意境十分优美、想象极其丰富的《天上的市街》、《瓶》等奇妙、精致的作品,给予读者永久的美的享受。

  1924年夏,郭沫若因翻译河上肇的《社会组织与社会革命》一书而思想发生重大变化。他说:"我自己的转向马克思主义和固定下来,这部书的译出是起了很大的作用的。……翻译了的结果,确切地使我从文艺运动的阵营转进到革命运动的战线里来了。"(《社会组织与社会革命·序》)1926年3月,郭沫若奔赴广州,先任广东大学文学院长,三个月后又直接投身北伐战争,担任北伐军总政治部秘书长、政治部副主任、代理主任。"四·一二"事变之后,他在武汉《中央日报》上发表《请看今日之蒋介石》,并参加"八一"南昌起义。1928年出版的诗集《恢复》,便是在南昌起义失败,逃亡上海后又罹斑疹伤寒,不得不隐身休养期间写成的。这些诗具有浓郁的日常生活气息,同时却又渗透着坚强的战斗意念。《诗和睡眠争夕》、《黑夜和我对话》便洋溢着幽默、机智而富于诗意的想象;《峨嵋山上的白雪》、《巫峡的回忆》亲切回忆了少年时代意气风发的生活;《归来》、《得了安息》充满了夫妻情爱、家庭温暖的美好抒写;《我想起了陈涉吴广》、《诗的宣言》希冀着工农运动"如暴风一样怒吼";《怀亡友》、《如火如荼的恐怖》则在悲愤中表达了诗人坚定的革命信念:

> 要杀你们就尽管杀吧!
> 你们杀了一个要增加百个:
> 我们的身上都有孙悟空的毫毛,
> 一吹便变成无数的新我。

  《恢复》所期待的,既是诗人健康的恢复,更是革命潮流的复甦。与早年的《女神》相比,诗人经过实际斗争的磨炼,诗风也转向更为质朴凝重。

第三节　二十年代诗体诗风流变与初期象征派诗

　　五四以后爱情题材新诗曾风行一时,这和青年男女渴望挣脱旧礼教束缚有关。1922 年由应修人(1900—1933)、潘漠华(1902—1934)、汪静之(1902—1996)、冯雪峰(1903—1976)四人在杭州组成的湖畔诗社,便是其中一个很有代表性的小群体,曾被朱自清称为"真正专心致志做情诗"①。他们先后出版了《湖畔》(1922)、《春的歌》(1923)两部合集,汪静之还出版了个人专集《蕙的风》(1922)。他们是五四大潮唤醒的年轻一代诗人,作品大多是行数不多、专咏爱情或写刹那间感受的小诗,如"悔煞许他出去,悔不跟他出去。等这许多时间还不来,问过许多处都不在"②,或是"杨柳弯着身儿侧着耳,听湖里鱼们底细语;风来了,他摇摇头儿叫风不要响"③。这些诗作虽然不脱稚气,却写得新鲜活泼,天真可爱,洋溢着浓烈的青春气息,语言也全"是活泼自由的白话文字","在他们以前是没有人写过的"④,因而在当时产生了较大的影响。应修人的《到邮局去》逼真地描述出主人公投寄首封情书时那种既甜蜜又紧张、既勇敢又胆怯的心情;《妹妹你是水》坦率地写出恋人对自己磁场般的吸引力:"你是清溪里的水,/无愁地镇日流,/率真地长是笑,/自然地引我忘了归路。"冯雪峰的《老三底病》,含蓄地写出一个因渴求爱情而致病的青年的相思之苦。潘漠华的《问美丽的姑娘》,则将神奇美丽的想象与纯洁美好的爱情,巧妙地交融在一起,从而对青春与爱情作了童话般富有诗意的赞颂。汪静之的《能变什么呢》以悄悄说情话的方式道出对恋人体贴入微的关爱;《过伊家门外》、《伊底眼》更以大胆真切地表现青年人爱情心理而显示其特色:"我冒犯了人们的指谪,/一步一回头地瞟我意中人","伊底眼是解结的剪刀,/不然,何以伊一瞧着我,/我被镣铐的灵魂就自由了呢?"它们激起年轻一代的共鸣,甚至还引发了一场小小的论战⑤。

　　所谓小诗,专指一二行至四五行的短诗,抒写片刻间的感悟与思索。这种体式并非喜欢写爱情诗的湖畔诗人才用,它在二十年代前半期的中国诗坛上曾经相当流行。诗集如冰心的《繁星》、《春水》,宗白华的《流云小诗》,《晨报》副刊1923 年 10 月起刊出的雪陵女士(苏雪林)的《村居杂诗》四十三首,《中国青年》

---

① 朱自清:《中国新文学大系·诗集导言》。
② 应修人:《悔煞》,《爱的歌声——湖畔诗社作品选》,华东师范大学出版社 1986 年版,第 123 页。
③ 冯雪峰:《杨柳》。
④ 冯文炳(废名):《湖畔》,见冯之《谈新诗》,人民文学出版社 1984 年版,第 113 页。
⑤ 有人曾在《时事新报·学灯》上撰文攻击《蕙的风》"堕落轻薄","有不道德的嫌疑",遭到章衣萍、周作人、鲁迅的批评反对。

自 1925 年 1 月第 62 期起连载的吴雨铭的《烈火集》六十五首,就几乎都是小诗;而刘大白的诗集《秋之泪》,何植三的诗集《农家的草紫》,徐玉诺的诗集《将来之花园》,也都收了不少小诗。周作人在《谈小诗》一文中认为:如果我们想要表现"在忙碌的生活之中浮到心头又复随即消失的刹那的感觉","那么数行的小诗便是最好的工具了"。根据当事人的回忆,"那时写小诗,一方面是翻译过来的日本的短歌和俳句的影响,一方面是印度泰戈尔诗的影响。"[①]最早起来创作了数以百计小诗的冰心,自己便说是受了泰戈尔诗的影响。

根据《繁星·自序》,冰心开始写小诗,是在"1919 年的冬夜"。诗中记下的,都是当时"零碎的思想",两年后集腋成裘,便成为《繁星》。这些小诗最初发表在 1922 年元旦起的《晨报副镌》上,次年 1 月由商务印书馆作为文学研究会丛书之一出版。《春水》最初发表于 1922 年 3 月至 6 月《晨报副镌》上,1923 年 5 月由新潮社出版。两集诗作有感悟,有自勉,有体验,有哲理;有的极具概括力(如《繁星》第 13 首:"一角的城墙,/ 蔚蓝的天,/ 极目的苍茫无际——/ 即此便是天上——人间。"将古都深秋的特有时空勾画得何等洗练有力),有的富有启示性(如《繁星》第 116 首:"海波不住的问着岩石,/ 岩石沉默着不曾回答;/ 然而它这沉默,/ 已经过百千万回的思索。"令人久久把玩回味),显示了五四新一代青年有关自然、社会、人生、家庭、友情、科学、文艺等各方面的观察与思考。诗人赞美着浩瀚的大海,歌唱着深沉的母爱,并从日常事物的认识中,树立着扎实的人生态度:"创造新陆地的,/ 不是那滚滚的波浪,/ 却是它底下细小的泥沙。"(繁 34)顿悟着平凡的生活真理:"信仰将青年人扶上'服从'的高塔以后,/ 便把'思想'的梯儿撤去了。"(春 67)礼赞着独立的人格力量:"白莲出水了,/ 向日葵低下头了;/ 她亭亭的傲骨,/ 分别了自己。"(繁 24)她还抒写着病后的变化,不无叹息却呈现出风趣:"病后的树荫,也比从前浓郁了,/ 开花的枝头,却有小小的果儿结着。/ 我们只是改个庞儿相见呵!"(春 155)或者回味着逝去的童年,极度珍惜却又不失真率:"童年啊! 是梦中的真,/ 是真中的梦,/ 是回忆时含泪的微笑。"(繁 2)冰心这些小诗虽然体式过于单一,但却纯真清新,晶莹剔透,犹如"繁星般嵌在心灵的天空里"(繁 49),贯穿着"爱"和"美"的诗思。苏雪林曾以"圆如明珠,莹如仙露"八字赞许冰心的小诗。她自己的四十多首《村居杂诗》,就是在《繁星》、《春水》的启发、影响下创作的。

宗白华(1897—1986)和何植三的小诗也较具特点。宗白华用泛神论的眼光看待万物,写出"也是神"的"我"与各种物象间心灵上的呼应与交融,新鲜又富有创意。如《流云》集里的《晨兴》:"太阳的光 / 洗着我早起的灵魂。/ 天边的月 /

[①] 冯文炳:《谈新诗》,人民文学出版社 1984 年版,第 121 页。

犹似我昨夜的残梦。"又如《诗》:"啊,诗从何处寻?／在细雨下,点碎落花声!／在微风里,飘来流水音!／在蓝空天末,摇摇欲坠的孤星!"写出诗人自身的某种体验。何植三的诗以活泼真切地写出农家风情见长。他不但在《晚年》中用较长篇幅感人地写出了一位孤苦无告、犹如"秋天一片枯叶"的老婆婆,也写过若干颇有诗意的小诗。如只有三行的《农家杂诗》之二:"田事忙了;／去也是月,／回也是月。"简直有古典绝句风味。又如《落叶》:"穿过了枫林／恍惚的见了一个影子;／我道是只蝴蝶,／原来是片落叶。"简洁明快,却给人意外的愉悦。朱自清在《中国新文学大系·诗集》的《选诗杂记》中称许道:"从周启明先生《论小诗》一文和这刊物(编者按,指《诗》月刊)里,我注意了何植三先生。他《农家的草紫》中的小诗,别有风味,我说是小诗里我最爱的。"

当时的小诗也有从事革命工作的青年创作的,如吴雨铭(一署吴汝铭)的《烈火集》。1925年1月17日出版的《中国青年》第62期刊出这些小诗前,载有邓中夏为之专写的《识》:

> 《烈火集》分上下两卷,上卷是短诗,下卷是长诗,是我的朋友吴雨铭君在保定狱中写的。吴君于前年"二七"之役入狱,于去年政变后出狱,屈指已是一年十个月。在先押在曹锟的陆军执法处,颈上系一条五斤重的锁链,冷天冰人,热天烫人;手铐脚镣,更不用说。后移押检察厅,算是将颈链去掉,能够偷偷地在短凳上读书写字,此集便是那时所作。兹将上卷先行发表在此,我们从这些诗中可以想见吴君虽在极困苦颠连的境况中,仍不稍减杀他平日奋斗的精神。

这些诗以象征隐喻的笔法,写出革命者在实际斗争中的种种体验,它们较切实,有真意,不空洞,不教条。作者相信:"只要是新生的火,／它便能燃起已死的灰烬。"(第35首)而在"野火腾空的山谷里／毒蛇猛兽,／失却了他们的根据地"。(第2首)他以"夜"隐喻黑暗势力,说"夜被曙光追逼得无地自容,／莹莹的泪珠,／齐洒在草上"。(第4首)作者看重人的自强自立,主张反抗命运,反对依附他人,认为"藤萝"式的将自己生命寄托在"老树"上是令人"担忧"的(第42首);认为"水仙"那样"抹着嘴耻笑在污泥中自营生活的荷花",实在是"倚人生活的最可悲者"(第45首);甚至见解特异地认为"弱者决不能得着人的帮助,／但是强者却能"(第50首)。作者一方面非常看重群众中蓄积的革命力量源泉,认为"源泉曾被山嶽禁锢在幽暗的窟里,／他能继续着催起流水的跳跃,／所在浸流而将山嶽崩坏。"(第33首)另一方面又清醒地认为:"未经训练的群众势力,／如潮水般的泛涨涌退。"(第31首)不赞成盲目崇拜群众运动的倾向。此外,《烈火集》中还有一些寓意较为深邃的诗,如:"含苞未放的花,/向着枝头要果实。/枝头谦逊地回答:/'这责任全在你'。"(第5首)"萤虫看见水中的月,/他就飞集在草根底下作星星。/草儿急急地摆头,/鄙视他的狂妄。"(第30首)"流水的真精神,/不在'银涛''雪浪'的美丽,/而在始终不懈地向前流动。"(第65首)作为文学史上曾经有过的存在,它们也给过读者以启示。

到这里,我们应该跨越小诗、非小诗的界限来谈谈二十年代中期革命诗歌的情况。

早在二十年代初,共产党人邓中夏、恽代英等人就在《先驱》、《中国青年》上呼吁作家创作为民族民主革命服务的"革命文学"。邓中夏还专门写了《贡献于新诗人之前》[①]等有关新诗的文章。作为从事实际工作的革命者,他们的用意非常好;但对新文学的总体状况了解不够,提出的要求也就有点操之过急;因此,在文学圈内虽也得到一些作家(如朱自清[②])的重视,却并未引起较大反响。如果说他们当初是从文学圈外向文学界倡导革命文学的话,那么,到二十年代中期,就已经有人从文学圈内向作家们倡导革命文学了。代表人物就是蒋光慈(1901—1931)。1924年夏,他从苏俄回国,就在上海大学任教。11月,他与沈泽民、王秋心等成立了春雷文学社,在《民国日报》副刊《觉悟》上创办《文学专号》。1925年1月到1927年1月两年内,他接连出版了《新梦》、《哀中国》两部诗集。《新梦》所收的35首(不算译诗)都作于苏俄。作者在赠瞿秋白的《西来意》这首中,坦陈自己到苏俄为革命"取经"的本意:"俄罗斯好似当年的印度,/你我好似今日的唐僧","我跳出阴沉,/奔到此红光国里。/寻快乐么?不是!/我愿得到一点真经。"在《新梦》这首中,诗人道出自己在苏俄的真切感受:"贝加尔湖的清水/把我的心灵洗净了;/乌拉山的高峰/把我的眼界放宽了;/莫斯科的旗帜/把我的血液染红了。"于是,他真诚歌颂十月革命,歌颂列宁,诅咒帝国主义,赞美苏俄人民的新生活,勉力成为"东亚革命的歌者"。集内许多诗写得直白奔放,少形象,少含蓄,激情有余,锤炼不足,将初期新诗"话怎么说就怎么写"的风气推向了极端。《哀中国》23首则为回国后所作,基调哀痛悲愤,感情较前深沉。他宣称:"我不过是一个粗暴的抱不平的歌者,/而不是在象牙塔中漫吟低唱的诗人。"(《〈鸭绿江上〉自序诗》)在《哀中国》的结尾,作者凝聚悲情于沉浑的语言中:"寒风凛冽啊,吹我衣;/黄花低头啊,暗无语;/我今枉为一诗人,/不能保国当愧死。/拜伦曾为希腊羞,/我今更为中国泣。"开始讲究语言形式上的锤炼。

---

① 刊载于《中国青年》周刊1923年12月22日第10期。
② 朱自清刊载于《中国青年》周刊第28期上的新诗《赠A.S》,就是为了回应邓中夏的《贡献于新诗人之前》的。可参阅严家炎的《朱自清和邓中夏》,收入《五四的误读》一书。

蒋光慈的诗,既显示了与现实斗争紧密结合的长处,却也显示了轻视诗歌艺术特征的短处。这在当时的革命诗歌或稍后的左翼诗歌来说,都是颇具代表性的。他的诗直到1930年出版的《乡情集》,才有了更切实的进步。

也许因为胡适主张"作诗须如作文",初期新诗中"话怎么说就怎么写"确实成为一种比较普遍的风气。到二十年代中期,一些不满这种诗风的青年就不但在理论上予以批评(如穆木天的《谭诗——寄沫若的一封信》),而且在实践上也作出开拓:尝试写作象征派诗。最早走上这条道路的,是留学法国的李金髪(从《微雨·导言》提到"中国自文学革新后,诗界成为无治状态"一语,就可见出李氏对新诗状况的不满)。

李金髪(1900—1978),本名李权兴,又名李淑良,广东梅县人。童年在家乡的私塾和高小读书。父亲和兄长都曾是南洋华侨,使他有机会到香港两所英文学校补习英语,并入圣约瑟中学继续学业。1919年夏,他在上海考入中华教育会办的留法预备学校,11月作为第六批勤工俭学学生赴法,先后在枫丹白露中学、布鲁耶尔(Bruyeres)市立中学学习法语和法国历史文化,1921年进入第戎(Dijon)国立艺术学院专攻雕塑(仅半年又转入巴黎国立艺院)。在此期间,他曾"花了很多时间去看法文诗,不知(出于)什么心理,特别喜欢颓废派 Charles Baudelaire 的《恶之花》及 Paul Verlaine 的象征派诗"[①],同时开始新诗创作。1925年初,经周作人介绍,先以李淑良之名在《语丝》周刊上连续发表《弃妇》、《给蜂鸣》、《心愿》等诗,几个月后,则正式以李金髪为笔名在《语丝》上刊出《时之表现》,并在北新书局用笔名出版第一本诗集《微雨》。此后两年,又连续出版《食客与凶年》、《为幸福而歌》[②]两部集子,引起诗坛的注意。李金髪的这些诗,大多面向内心世界,抒写作者在国外生活时期或愤世嫉俗,或苦闷哀伤,或渴求爱情,或寂寞怀乡等种种不同的情绪体验;偶有《里昂车中》这类写到现实生活的片断,也往往突出刹那间的感受和幻觉,显示诗歌意象的恍惚和跳脱。艺术表现上有意追求幽深含蓄,多用比喻暗示,力避直白浅露,即使走向晦涩费解也在所不惜。这类诗的最大特点在于象征性形象的繁复多义:它们既是形象本身,又往往包含着多层次的更加丰富深邃的意义。以《弃妇》为例,"看上去是抒写诗人对于一个被生活遗弃的妇女命运的同情和悲诉,实际上这一象征性的形象有更深层次的含义。它深刻地蕴含着诗人自己对被冷落而痛苦的人生的感慨和不平"。"诗人

[①] 李金髪:《浮生总记·十年一觉巴黎梦》,原载上世纪六十年代马来西亚《蕉风》月刊,收入陈厚诚编《李金髪回忆录》第53页,东方出版中心1998年6月第1版。其中提到的两位法国诗人,通常译为查尔士·波德莱尔和保尔·魏尔仑。

[②] 《为幸福而歌》虽然出版于1926年11月,但作者李金髪一直称它为自己的第三本诗集。

在一个象征性的弃妇形象中熔铸进了强烈的内心世界的感受。"①李金发的诗,较早运用了通感手法,艺术想象比较大胆,触角也颇为深入细微,因而创造了不少鲜活的意象。他形容诗人自己的命运是"中伤的野鹤":"折翼死于道途,/ 还念着多么可惜的翱翔。"而形容小羊的叫声是:"多么象湿腻的轻纱"(《诗人凝视……》)。他写自己内心痛苦是:"微雨溅湿帘幕,正是溅湿我的心"(《琴的哀》);"我的灵魂是荒野的钟声"(《X》)。他用这样的诗句描述热恋中的少男少女:"夜鸦染了我眼的深黑,所以飞去了;玫瑰染了你唇里的朱红,所以随风谢了"(《晨》)。评论家唐弢在《晦庵书话·李金发诗》中赞誉李诗"艺术欣赏能力极高"。当然,由于较多受了法国颓废派诗的影响,这些意象有时会显示神秘怪异、唯美颓废的色彩,像《有感》一诗中所谓的:"如残叶溅血在我们脚上,/ 生命便是死神唇边的笑。"《自挽》一诗中所谓的:"人若谈及我的名字,/ 只说这是一个秘密——/ 爱秋梦与美女之诗人 / 倨傲里带点 mechant②"。可以说,这是些酸涩、未必健全却又不失奇异、美丽的果实。李金发曾说:"诗之需要 image(形象、象征),犹人身之需要血液。……美是蕴藏在想象中、象征中,抽象的推敲中。"③李金发创造了意象众多的象征派诗,为缺乏想象力的初期新诗带来一股具有冲击力的新鲜气流。虽然他的诗还有其他弱点:欧化气较重,语言比较粗糙生硬,缺少应有的圆润,有的诗聚焦模糊,这都限制了他新诗创作的成就,但他仍是初期象征派的代表人物。

二十年代中期还涌现过其他一些创作象征派诗的青年诗人。其中"有两种情况:一种是直接或间接接受法国象征派诗歌影响而走上象征诗创作道路的,如后期创造社的三位诗人王独清、穆木天、冯乃超,还有蓬子与后来成为现代派领袖的戴望舒;一种是受到李金发诗风的影响而开始象征派诗歌创作的,如胡也频、侯汝华、林英强等人。他们虽然没有共同的社团组织,也没有共同的文艺刊物为阵地,但却以各自的探索和创造,共同汇成了一股象征派诗歌的创作潮流。"④

王独清(1898—1940),一度留日,五四后改留法,时间略晚于李金发。他最初的诗歌是浪漫主义的,后来以《死前》、《威尼市》两集为标志,诗风向象征主义倾斜,"爱上了象征派的表现法"⑤,奉法国象征派诗人为楷模,开始了致力于朦胧、含蓄同时又看重色彩与音韵以造成"音画"效果的艺术追求。

---

① 孙玉石:《象征派诗选·前言》,人民文学出版社 1986 年版,第 15 页。
② Mechant:法文,淘气、狡黠之意。
③ 李金发:《序林英强的〈凄凉之街〉》,载 1933 年 8 月《橄榄月刊》第 35 期。
④ 孙玉石:《象征派诗选·前言》,人民文学出版社 1986 年版,第 23 页。
⑤ 均见王独清《再谈诗——寄给木天、伯奇》,载《创造月刊》第 1 卷第 1 期,1926 年 3 月。

穆木天(1900—1971)的《旅心》集大多歌咏爱情,也有一部分诗抒发了留日游子的爱国思乡情怀(如《心响》、《我愿……》)。不同于李金发诗的句式既不齐整又不顾韵脚,穆木天的诗讲究音节、韵律的和谐,注意外在形式节奏与内在情感起伏之间的协调,它们无论在诗歌意象或是音乐性上都是较为精致的。这与穆木天自觉接受法国后期象征派诗人拉佛格(Jules Laforgue)强调音乐美的主张有关。

冯乃超(1901—1983)的诗集《红纱灯》则除了注重现代情思与色彩、音乐的美之外,还显示了由于深受中国古典诗歌熏陶所形成的古色古香的意趣。

胡也频(1903—1931)虽然直接接受过"诗怪"李金发诗歌的影响,虽然同样追求象征性意象的幽深暗示,并且在诗中爱用若干文言虚词,但他仍然保留了自己"倔强的性格"[1],呈现出抒情形象较为阔大、气势雄放的特点。他们与李金发象征诗相比,既有同属一派的相近、相似之处,在某些方面又确实对李金发有所超越。

总之,象征派诗确实是二十年代中期出现的重要文学现象。十年以后,朱自清在《中国新文学大系·诗集导言》中,正式肯定了自由诗派、格律诗派、象征诗派的三分法。在四十年代的《新诗杂话》中,又明确认为象征诗派的出现,在新诗发展史上是一个重要的进步。这些论断到今天,已成为学术界的共识。

第四节　闻一多、徐志摩与新月诗派

几乎在象征派诗出现的同时,二十年代中期,诗坛上也兴起了由闻一多、徐志摩等新月诗人所倡导的格律诗运动。它的发端,是1926年4月1日《晨报·诗镌》的创刊;后来又有《新月》月刊和1931年的《诗刊》承其余绪。

《诗镌》(周刊)是一群自觉试验格律诗的年轻诗人们商议创办的[2],主要成员有刘梦苇、饶孟侃、闻一多、徐志摩、朱湘[3]、朱大枬、蹇先艾、于赓虞,稍后还加入了孙大雨、杨世恩。其中闻一多、刘梦苇、饶孟侃与主编徐志摩四人,各自发挥了重要的骨干作用。徐志摩撰写的发刊词《〈诗刊〉弁言》中,一开始就提出"要把创格的新诗当一件认真事情做",并且明确表示:"我们的责任"是替"要求投胎的

---

[1]　唐弢在《晦庵书话·丁玲和胡也频》中说:"也频的诗似乎受有李金发影响,但不太多。由于他从小养成倔强的性格,所以在诗里还保有着自己的特色。"

[2]　可参阅于赓虞1933年出版的《世纪的脸》(上海北新书局),蹇先艾1942年出版的《乡谈集》(贵阳交通书局),其中均有关于《诗镌》的回忆文字。

[3]　朱湘因《诗镌》第3期将自己的《采莲曲》排在闻一多《死水》、饶孟侃《捣衣曲》之后,一气之下断绝与《诗镌》成员的往来,并写长文指责,等于公开退出。

思想的灵魂""构造适当的躯壳,这就是诗文与各种美术的新格式与新音节的发现";大体写出了《诗镌》成员们的共同想法。《诗镌》出了十一期,因刘梦苇去世而"休假",但在试验格律诗方面已做出明显的成绩:共发表诗作83首,译诗2首,诗论17篇,具体探讨了新诗格律的许多问题。闻一多的《诗的格律》,饶孟侃的《新诗的音节》、《再论新诗的音节》、《情绪与格律》,这些重要论文都刊发在《诗镌》上。闻一多的《诗的格律》更可以说是这个诗派的理论纲领,它既批评了初期新诗膜拜"自然音节"的庸俗写实主义倾向,也反对了一味"自我表现"、听任感情泛滥的极端浪漫主义倾向,认为"绝对的写实主义便是艺术的破产",而感情则应该受到理性的节制。在闻一多看来,"艺术自身便是格律。精缜的格律便是精缜的艺术"。因此,诗人"乐意戴着镣铐跳舞"。不过,闻一多也对新格律诗与传统格律诗作了原则的区分,他指出:一、"律诗永远只有一个格式,但新诗的格式是层出不穷的。"二、"律诗的格律与内容不发生关系,新诗的格式是根据内容的精神制造的","新诗的格式是相体裁衣"。三、"律诗的格式是别人替我们定的,新诗的格式可以由我们自己的意匠来随时构造。"闻一多具体考察了构成诗歌格律的诸种因素,主张诗要有音乐美(音尺、平仄、韵脚)、绘画美(词藻乃至色彩)、建筑美(节的匀称,句的均齐)。在这些因素中,闻一多最重视音尺,即音组或音节。他认为,每一个诗行的字数不一定相等,但内含音节的多少要大体一致,或者要有规律地变化,这是建设新诗音乐美的基本一环。闻一多不仅认真地提出上述格律诗的一系列理论见解,而且还以自己严谨的创作实践来检验和参证自己的理论。他写了《死水》等一批出色的新格律诗,给予朋友、同行们以切实的启发和影响。徐志摩稍后在《〈诗刊〉放假》中,则根据自己的切身体会,言简意赅地补充申述了若干较精辟的意见。他认为,诗歌创作中,最重要、最根本的是"内含音节的匀整与流动"以及"真纯的'诗感'"。"正如一个人身的秘密是它的血脉的流通,一首诗的秘密也就是它的内含的音节,匀整与流动。""明白了诗的生命是在它们内在的音节(Internal Rhythm)的道理,我们才能领会到诗的真的趣味"。他还进一步说:"正如字句的排列有恃于全诗的音节,音节的本身还得起源于真纯的'诗感'。再拿人身作比,一首诗的字句是身体的外形,音节是血脉,'诗感'或原动的诗意是心脏的跳动,有它才有血脉的流转。"这就在新诗创作中既反对了"单讲'内容'","一任题材的支配"的不正确做法,也批评了把格律诗误解为单纯"豆腐干"式,"拘拘的在行数字句间求字句的整齐"的形式主义倾向,坚持了诗歌内容与形式的有机统一。如果要概括新月诗人们的见解,那么,也许可以用得上后期新月派重要成员、《新月诗选》编选者陈梦家所说的话:"诗有格律,才不失掉合理的相称的度量。"而"主张本质的醇正,技巧的周密和格律的严谨,这些主张差不多是我们一致的方向"。①

新月派诗人中,最有代表性的无疑是闻一多和徐志摩,虽然他们个人的诗歌风格大不相同。

闻一多(1899—1946),出身于湖北浠水的书香门第,原名家骅,号友三。幼年即酷爱绘画和古典诗词。1913年进入清华学校,开始接触世界现代思潮,并习作梁启超式的时文。他关心时事,勤学多思,课余常参加各种辩论会和新剧演出。1919年的五四,北京城内爆发数千学生抗议巴黎和会的示威游行。消息传到清华,闻一多连夜用大红纸抄录岳飞的《满江红》词张贴到饭厅门上。他被选为清华的学生代表,热情投入持续月余的爱国运动。1922年夏,闻一多结束清华九年的学习,赴美国芝加哥美术学院深造。次年秋,转往科罗拉多大学艺术系学习油画;一年后又去纽约参加艺术学生同盟的活动。他在国外仍坚持新诗创作和古典文学研究。1925年5月归国,先后在北京艺专、武汉大学、青岛大学、清华大学等校任教。四十年代初投身民主运动,为中国民主同盟领导人之一。1946年7月15日,继李公朴之后遭国民党特务暗杀。

闻一多1919年开始写作新诗,1920年起在《清华周刊》上发表诗作。第一本诗集《红烛》面世于1923年9月,收录了他早期诗作103首,分别编为"李白篇"、"雨夜篇"、"青春篇"、"孤雁篇"、"红豆篇"五组。前三组写于清华学校读书时,后两组则为留美初年所作。序诗《红烛》托物言志,借蜡炬燃烧自我以创造光明,来象征诗人为祖国、为理想而献身的抱负。诗人誓言:愿燃烧的红烛能"烧破世人底梦,/烧沸世人底血——/也救出他们的灵魂,/也捣破他们的监狱!"这种为理想而献身的精神,可以说已成为闻一多的根本生活态度,贯穿于他一生。它同样体现在闻一多对待艺术的态度上。《艺术的忠臣》歌颂了诗人济慈忠于艺术、忠于真和美的坚贞品性。《李白之死》表现了诗人李白不在权贵面前低头,为追求美而甘愿自蹈死地的高贵魂魄。《剑匣》中的武士,镂金错彩,创造了无与伦比的艺术珍品,终于"昏死在它的光彩里",也显示了济慈式"艺术的殉身者"的纯真人格。《红豆》所写诗人对新婚妻子的爱情和思念,情感热烈而赤诚。三年离别,远隔重洋,连通信都有家长截留,诗人只得将自己被压抑的感情,化为数十首情诗,真可谓"一字一颗明珠,一字一滴热泪"(《红豆》四二)。

《红烛》中最受人称道的,是《孤雁篇》的一些爱国思乡之作。由于在异邦痛感弱国子民的屈辱,诗人把自己比喻为失群的"孤雁",迸发出泣诉的哀音。他诅咒那凭着"锐利的指爪""喝醉了弱者的鲜血"的"鸷悍的霸王";并且禁不住思念故乡那"霜染的芦林","茸毛似的芦花铺就"的"床褥",以及那有着众多伴侣引颈

---

① 陈梦家:《新月诗选·序言》,载《新月诗选》,新月书店1931年版。

相望的"雁阵"(《孤雁》)。热烈的思乡之情,还使闻一多写下了《太阳吟》。他把太阳看做来自家乡的亲人,诉说"这里的风云另带一般颜色,这里鸟儿唱的调子格外凄凉"。他向太阳探询自己的父母之邦:"我的家乡此刻可都安然无恙?""北京城里的宫柳裹上一身秋色了罢?"诗人向往着:

> 太阳啊——神速的金乌!
> 让我骑着你每日绕行地球一周,
> 也便能天天望见一次家乡!

对祖国的热切思念,终于使闻一多将感情聚焦在具有丰富文化意蕴的菊花上,写出了著名的《忆菊》。他称之为"这是我的一篇得意之作"。诗篇字里行间,充满了浓郁的中国风情,连插花的瓷瓶与开放的时令,也渗透着民族文化的诱人气息。诗人一口气如数家珍地描述了近二十种错综绽放、色彩缤纷的菊花,将它们呈现在习习秋风、丝丝疏雨的季节氛围中,时而形容白菊"如同美人拳着的手爪,拳心里攥着一撮金粟";时而又想象"真菊"的"小小玉管""让小花神儿夜里偷去当了笙儿吹着",可谓妙趣横生。全诗渗透了"我要赞美我祖国的花!我要赞美我如花的祖国!"这种浓烈的感情。

但《红烛》中一些诗作还缺少熔铸与锤炼。闻一多的真正代表作是1928年1月出版的诗集《死水》,共收诗28首,它在新诗史上具有里程碑的意义。诗人将炽热的爱国情感,通过艺术形象融化到严整、精致的格律形式里,显得凝重而又深沉。诗集名为"死水",实际却是喷涌着感情烈火的火山[①]。《祈祷》以诗的语言,亲切而自豪地表述了中华民族几千年来对珍贵文化传统的深情记忆。《洗衣歌》正气凛然地斥责了当年充塞于美国社会中的种族歧视和铜臭血腥。长期以来的民族悲愤,使诗人预感到沉默中正在积蓄着的伟大力量:"有一句话说出就是祸,/有一句话能点得着火。/别看五千年没有说破,/你猜得透火山的缄默?/说不定是突然着了魔,/突然青天里一个霹雳/爆一声:'咱们的中国!'"(《一句话》)诗人相信:一旦"火山忍不住了缄默",就会使压迫者"发抖,伸舌头,顿脚"。然而,期望愈深,失望也愈痛苦,当诗人踏上深深怀念的祖国大地时,他看到的却是军阀混战、连年饥荒、赤地千里的现实,因而无比沉痛地写下这首《发现》:

[①] 闻一多曾在1943年11月25日致臧克家信中这样谈到《死水》:"我只觉得自己是座没有爆发的火山,火烧得我痛,却始终没有能力(就是技巧)炸开那禁锢我的地壳,放射出光和热来。只有少数跟我很久的朋友(如梦家)才知道我有火,并且就在《死水》里感觉出我的火来。"

> 我来了，我喊一声，迸着血泪，
> "这不是我的中华，不对，不对！"
> 我来了，因为我听见你叫我；
> 鞭着时间的罡风，擎一把火，
> 我来了，不知道是一场空喜。
> 我会见的是噩梦，那里是你？
> 那是恐怖，是噩梦挂着悬崖，
> 那不是你，那不是我的心爱！
> 我追问青天，逼迫八面的风，
> 我问，拳头擂着大地的赤胸，
> 总问不出消息；我哭着叫你，
> 呕出一颗心来，你在我心里！

爱国诗里，感情这样浓烈，写得这样沉痛而赤诚的，实在不多见。《静夜》所表现的诗人那种对祖国和人民命运的关切，不肯安于斗室内的宁静幸福生活，不愿意只歌唱"个人的休戚"的感情内容，令人禁不住会联想到中国历史上那些最伟大的诗人像屈原、杜甫、陆游等的可贵精神。而所有这些感情内容，都浓缩、锤炼到了极为凝炼、整饬的格律和形式里。

在这些新格律诗里，诗人自己最满意的是那首《死水》。他在《诗的格律》一文中说："这首诗从第一行'这是｜一沟｜绝望的｜死水'起，以后每一行都是用三个'二字尺'和一个'三字尺'构成的，所以每行的字数也是一样多。结果，我觉得这首诗是我第一次在音节上最满意的试验。"九言体的《死水》，实际上是一首颇具象征意味的诗。"死水"的意象，象征当时中国极其糟糕的现实，这里是藏垢纳污，"清风吹不起半点漪沦"的去处，如果没有偶尔的蛙声，便只剩下一片死寂。所以诗的最后一节说：

> 这是一沟绝望的死水，
> 这里断不是美的所在，
> 不如让给丑恶来开垦，
> 看它造出个什么世界。

"死水"而又加上"绝望"，诗人可谓极度愤慨。当然，这并不意味着诗人真的绝望。正如朱自清在《闻一多全集·序》中所说："这不是'恶之花'的赞颂，而是索性让'丑恶'早些'恶贯满盈'，'绝望'里才有希望。"

《死水》集里的作品，从情调到格律，都非常丰富多样。有《洗衣歌》式的正气磅礴，有《静夜》式的自省自警，有《发现》式的沉痛，有《死水》式的愤激，有《口供》式的坦诚，也有《闻一多先生的书桌》式的幽默风趣，《黄昏》式的浑厚传神，《飞毛腿》式的真诚同情，《夜歌》式的恐怖，《末日》式的神秘……格律和诗体更是多样：有八言体，九言体，十言体，十一言体，也有每行字数不等却按一定规则排列的体式，还有新式长短句，都能体现"节的匀称，句的均齐"以及行内音尺协调的原则。这些诗作想象奇诡，结构谨严，形式齐整，音节和谐，比喻繁丽，讲究炼字炼句，其中固然有西方诗歌的影响，更大程度上却得力于我国古典诗歌的滋养。《死水》是一部真正圆熟的新诗集，也是闻一多对中国新诗发展作出的重要贡献。

如果说闻一多的诗风是热烈、凝炼、秾丽、谨严的话，那么，新月派另一位重要诗人徐志摩的诗风则可以说是轻柔、明丽、缠绵、飘逸。他们两人都倡导格律诗，却构成了风格上的某种对照。

徐志摩（1897—1931），浙江海宁人，出生于富商家庭，幼名章垿，字槱森，小名又申，赴美留学时改字志摩。杭州一中毕业，与郁达夫是同学。1915年考进上海浸会学院，次年转入天津北洋大学法科预科，1917年随学校并入北京大学法科。1918年就读美国克拉克大学历史系，1919年以优异成绩毕业后又入哥伦比亚大学经济学系，1920年9月即以《论中国的妇女地位》的论文获硕士学位。徐志摩自己在《猛虎集·序文》中说："在二十四岁以前我对于诗的兴味远不如我对于相对论或民约论的兴味。我父亲送我出洋留学是要我将来进'金融界'的，我自己最高的野心是想做一个中国的Hamilton！"但是，随后两年英国剑桥大学研究生院的生活，根本改变了徐志摩的人生道路，使他成为一名诗人和文学家。他说："我的眼是康桥（即剑桥——引者）教我睁的，我的求知欲是康桥给我拨动的，我的自我的意识，是康桥给我胚胎的。"①正是剑桥，点燃起他的诗情，激发出他的新诗创作灵感，使他在1921年的一个时期里"诗情真有些像是山洪暴发，不分方向的乱冲。"②然而，第一本诗集《志摩的诗》，却是诗人1922年秋回国后写作而在1925年方出版的。紧随其后，还有《翡冷翠的一夜》、《猛虎集》以及他不幸死于空难后由友人编集的《云游》三本集子。它们都不是仅凭才气或激情而更是认真创作态度下的产物。

徐志摩的诗，很有自己的艺术个性和独到特色。朱自清在《中国新文学大系·诗集导言》中称赞道：徐志摩的诗"是跳着溅着不舍昼夜的一道生命水"，"最讲究用比喻——他让你觉着世上一切都是活泼的，鲜明的。"徐诗中的意象确实

---

① 见《徐志摩全集》，天津人民出版社2005年版，第331页。
② 《猛虎集·序文》见《徐志摩全集》，天津人民出版社2005年版，第393页。

新颖而又丰富。试读《黄鹂》一诗：

> 一掠颜色飞上了树。
> "看，一只黄鹂！"有人说。
> 翘着尾尖，它不作声，
> 艳异照亮了浓密——
> 像是春光，火焰，像是热情。
>
> 等候它唱，我们静着望，
> 怕惊了它。但它一展翅，
> 冲破浓密，化一朵彩云；
> 它飞了，不见了，没了——
> 像是春光，火焰，像是热情。

这"化一朵彩云"飞走的"像是春光，火焰，像是热情"的黄鹂，当然不是简单的生活中的形象，而是经过诗人心灵浸润的带着独特意趣的意象。某种意义上说，它简直就是诗人的自我写照。真正的艺术形象，都应该是饱和着作者审美感情的意象。即使是简单的写景，在徐志摩笔下也别具一格。《车眺》写的是五月傍晚的野景，通篇于素淡中显出深厚的情致，到最后一节："月亮在昏黄里上妆，／太阳心慌地向天边跑；／他怕见她，他怕她见／——怕她见笑一脸的红糟！"将夕阳与新月如此拟人化，移情入境，实在饶有风趣。徐志摩尤其善于抓住特定情景中刹那间闪现的意趣，经过细心咀嚼品味，借助于比喻和想象而转化为形象。《她是睡着了》、《常州天宁寺闻礼忏声》、《在病中》等诗都是如此。这里只举很短的《沙扬娜拉——赠日本女郎》[①]为例："最是那一低头的温柔，／像一朵水莲花不胜凉风的娇羞，／道一声珍重，道一声珍重，／那一声珍重里有蜜甜的忧愁——沙扬娜拉！"以风中水莲的姿态，来比喻日本姑娘那一低头的深情、温柔与娇羞，简直是神来之笔。"一声珍重里有蜜甜的忧愁"，其品味复杂的情绪，又是多么细腻，多么微妙！可以说，在准确体验意趣的基础上，借形象贴切的比喻来获得丰厚的诗歌意象，是徐志摩艺术成功的缘由之一。

徐志摩非常重视诗歌的音乐美。他的诗不仅押各式的脚韵，而且将整首诗"内含音节的匀整与流动"作为一种"秘密"来不断探寻。他的大部分诗作——无

---

① 《沙扬娜拉——赠日本女郎》在《志摩的诗》初版本中，篇幅较长，共十八节。此处举的是作者后来删剩五行的一首。

论是抒写个人情志的《难得》、《为要寻一颗明星》、《半夜深巷琵琶》,或者是展示社会现实的《盖上几张油纸》、《大帅》、《人变兽》等,都经过诗人反复吟诵和精心推敲,因而具有活泼鲜明的节奏,和谐多样的旋律。像《沙扬娜拉》、《再别康桥》、《偶然》,甚至可以谱成抒情歌曲来唱。徐志摩从不表面地形式主义地理解音节问题,而是把音节与诗的基调、与"诗感"联系起来考虑。请读他写寒夜挚友情谊的《难得》一诗前两节:

> 难得,夜这般清静,
>   难得,炉火这般的温,
> 更是难得,无言的相对,
>   一双寂寞的灵魂!
>
> 也不必筹营,也不必评论,
>   更没有虚矫,猜忌与嫌憎,
> 只静静的坐对着一炉火,
>   只静静的默数远巷的更。

多么单纯而和谐的音节,烘托着多么纯真的友情(在好友之间,即使不说话,也都是知音)!轻柔舒徐的节奏韵律与全诗亲切的基调氛围竟是这样融和与合拍。而到另一首短诗《沪杭车中》,音节的组成则与上面这首诗完全不同:"匆匆匆!催催催!/一卷烟,一片山,几点云彩,/一道水,一条桥,一支橹声,/一林松,一丛竹,红叶纷纷。"这前半首掠影式地写景,完全采用与火车"匆匆匆,催催催"飞快奔驰的节奏相适应的短促的句子,却又正好与旅行者自身轻松欢快的情绪互相协调,因而产生良好的乐感。到后半首转而抒发哲理时,每句的音节略略增多,节奏也稍稍放缓,与人生的轻微感叹正相应和。全诗一韵到底,旋律、气势都十分顺畅。同样是短诗的《偶然》,其音节、韵律又有不同,曾被诗人卞之琳赞誉为"形式上最完美的一首"。这也与全诗虽略带伤感却又较为轻快、豁达、活泼的基调有关。一般诗人往往容易把诗歌形式固定化甚至模式化,徐志摩却总要求每首诗都有符合各自内容需要的独特的形式——也就是与诗的情调、氛围乃至感情起伏相适应的独特的节奏,独特的旋律。完全可以说,在新诗第一个十年里,徐志摩在诗歌音乐性的追求上是用功甚多[①],因而也收获颇丰的一位。

---

① 徐志摩自己在《猛虎集·序文》中曾说:"从一点意思的晃动到一篇诗的完成,这中间几乎没有一次不经过唐僧取经似的苦难的。诗不仅是一种分娩,它并且往往是难产!这份甘苦是只有当事人自己知道。"

徐志摩诗以抒写性灵为其最大特色。他在散文《迎上前去》中说:"我要的是筋骨里迸出来,血液里激出来,性灵里跳出来,生命里震荡出来的真纯的思想"。在1926年12月27日的日记中,他又说:"我想在霜浓月淡的冬夜,独自写几行从性灵暖处来的诗句"。这类诗作真率地袒露着作者的内心世界,热情地表现着诗人那种一刻不宁静地追求的个性。他追求自由,追求友谊,追求爱情,追求童真,追求光明,追求大自然的美景,追求本民族的伟大精神,并力图在自己的诗作中本真地表现这一切。《为要寻一颗明星》里的骑手,宁可自己倒下,也要追求"水晶似的光明"。《海韵》中的女主人公,嬉戏着风暴到来时的大海,终于被浪涛卷走,悲凉中却显示出勇悍。《我有一个恋爱》虽然以"恋爱"为题,表现的仍是这种对理想锲而不舍的追求精神:"我袒露我的坦白的胸襟,献爱与一天的明星"。主人公坚信:世上的美不会"消泯","太空中永远有不昧的明星"。《庐山石工歌》中"痛苦人间的呼号"声,是那么深沉而有气势,不禁使人"灵府里动荡"。《他眼里有你》则告诉读者:诗人上天入地苦苦寻觅而得不到的"爱"的"上帝",却在衣衫褴褛的孩子一声呼叫里闪出了光亮。徐志摩的爱情诗表现细腻,感情真挚,风格柔和、明丽、委婉,同样袒露着作者的性灵。《山中》写的是月明之夜对一位远在山中的恋人的思念:

> 不知今夜山中,
> 　是何等光景:
> 想也有月,有松,
> 　有更深的静。
>
> 我想攀附月色,
> 　化一阵清风,
> 吹醒群松春醉,
> 　去山中浮动;
>
> 吹下一针新碧,
> 　掉在你窗前;
> 轻柔如同叹息——
> 　不惊你安眠!

化清风问候恋人,吹松针落到窗前,"不惊你安眠",这里的相思是这样浓烈,却又这样温柔而体贴。美妙的景色、美妙的想象和美妙的情思,三者融而为一,正是地道的"从性灵暖处来的诗句"。至于像《再别康桥》这样曾让许多读者为之倾倒的作品,当然更只能是徐志摩至情至性的产物。

在新月派中,还有一位较有成就的诗人,朱湘(1904—1933)。他是湖南沅陵人,出身书香门第,为人正直而性情偏于孤傲怪僻。曾进清华学校就读,后在上海大学任教。1927年赴美留学,因不甘受种族歧视而提前返国。出版有诗集《夏天》、《草莽集》、《永言集》、《石门集》,以及文学评论《中书集》。其中《草莽集》颇受诗坛重视。集内不少短诗,歌唱青春的意气,游子的哀怨,愤世者的孤高,也有人生哲理的思索,于精心的构思中显示了倩婉轻妙的特色。最受人注意的是具有歌谣风味的《采莲曲》。全诗用语活泼、短长交错,情景兼容,诗情画意颇浓,带来一股清新的风气。以《王娇鸾百年长恨》为本事而构思的叙事诗《王娇》,写一个相当动人的爱情悲剧故事,长达九百行而韵律整饬,在当时是颇具积极意义的尝试。朱湘的诗,大都语言晓畅,有节奏美,较多接受古典词曲的影响,同时又注意吸取了民歌和口语的成分,体式多样,格律也比较自然。因此他在建设新格律诗方面,也是有贡献的一位。

第五节　周作人与随笔体散文

随笔或称散文小品,萌芽于五四文学革命与思想革命的大潮中。它借助闲话的方式和轻松的文笔,实现叙事、说理乃至抒情的功效。诚如古人所云:"文者,妙发性灵,独拔怀抱"①。在小品文中,作者可纵意而谈,奇见迭出;可即兴抒怀,以情感人;亦可驰骋想象,多所寄托;总之,这是一个颇能显示作者个性色彩的文学品种。周作人将这种作品称作"美文"②,称作"个人的文学之尖端","文学发达的极致",断言"它的兴盛必须在王纲解纽的时代"③。应该说,这是很有见地的。

五四是一个散文小品兴盛的时代。《新青年》与《每周评论》自1918年起,即设"随感录"专栏,开辟了现代杂感的源头,并为其他刊物所仿效。五四以后,大报副刊如《晨报副刊》、《民国日报》副刊《觉悟》、《时事新报》副刊《学灯》以及《京报副刊》,文学刊物如《小说月报》、《文学旬刊》、《文学周报》、《创造周报》、《洪水》、《语丝》、《莽原》,其他刊物如《星期评论》、《新生活》、《星期日》、《曙光》、《新社会》、《现代评论》等,均刊发了不少短评、随笔、杂感、书简、游记、读书杂记等,

---

① 《梁书·文学传》结语部分,中华书局1973年版。
② 见1921年6月8日《晨报》副刊所载周作人《美文》,后收入《谈虎集》。
③ 周作人:《近代散文抄·序》见沈启无编选《近代散文抄》,东方出版社。

促进了散文小品的发展。当时的这种文体,无论就作者人数之众多,作品个性之彰显而言,还是就题材范围之宽广而言,都称得上生气蓬勃。早在1922年,胡适在《五十年来中国之文学》中就说:"这几年来,散文方面最可注意的发展,乃是周作人等提倡的小品散文。这一类的小品,用平淡的谈话,包藏着深刻的意味;有时很像笨拙,其实却是滑稽。这一类作品的成功,就可彻底打破那'美文不能用白话'的迷信了。"到三十年代,鲁迅在回顾小品文的发展时更说:"到五四运动的时候,才又来了一个展开,散文小品的成功,几乎在小说戏曲和诗歌之上。这之中,自然含着挣扎和战斗,但因为常常取法于英国的随笔(Essay),所以也带一点幽默和雍容;写法也有漂亮和缜密的,这是为了对于旧文学的示威,在表示旧文学之自以为特长者,白话文学也并非做不到。"①鲁迅既评估了五四时期散文的成就,又指出了英国随笔对中国小品的影响,同时也对小品散文后来的发展作了引导。

周作人不但在理论上提倡小品文,也是鲁迅之外的五四散文大家,是随笔体的主要代表作家之一。在郁达夫所编选的《中国新文学大系·散文二集》15位作者的129篇作品中,周作人独占了57篇,约占该集总篇数的44%。如果加上《中国新文学大系·散文一集》所选的17位作者、71篇作品,则周作人一人入选的篇数也占到两集总篇数的28%。鲁迅向美国作家埃德加·斯诺介绍当代中国文学时,在散文方面也首先提到了周作人,称他是"中国新文学运动以来最优秀的杂文作家"。② 可见,在当时一些权威作家的心目中,周作人的散文占有何等重要的地位了。

周作人中年以前的经历,和其兄长鲁迅是大体相同或相近的。他们只差四岁,相继出生在绍兴一个没落的封建世家,共同在家境不好的状况下接受私塾启蒙教育,青年时期均曾先后赴南京进入"无须学费"③的江南水师学堂读书,又先后到日本去留学,回国后又都依次在杭州、北京两地教育部门较长久地工作,五四前夕又共同投入《新青年》所发动的新文化运动并作出各自的贡献。这种经历上的近似,凝结了长兄在前闯路并为弟弟提供帮助,而弟弟亦予长兄以多方支持配合的亲密情谊。然而,后来两人虽然都是语丝社的核心人物,却经由失和而渐行渐远。周作人到抗战时期竟堕落为汉奸,显示了弟兄俩各自在性格气质④乃至人生道路选择上的深刻差异。

---

① 鲁迅:《南腔北调集·小品文的危机》,《鲁迅全集》第4卷,人民文学出版社2005年版,第592页。
② 见《鲁迅同斯诺谈话整理稿》,载《新文学史料》1987年第3期。
③ 鲁迅:《朝花夕拾·琐记》。但周作人考入江南水师学堂是在1903年,晚于鲁迅3年。
④ 郁达夫在《中国新文学大系·散文二集导言》中说:"周作人头脑比鲁迅冷静,行动比鲁迅夷犹",此乃知人之论。周作人明于是非而怯于行动,病在软弱,多考虑个人利害得失。

从1923年起,到全面抗战前夕止,周作人先后出版的散文集有:《自己的园地》、《雨天的书》、《泽泻集》、《谈龙集》、《谈虎集》、《永日集》、《看云集》、《苦雨斋序跋文》、《夜读抄》、《苦茶随笔》、《苦竹杂记》、《风雨谈》、《瓜豆集》等①。这些散文大多是熔叙事、抒情、说理于一炉的随笔体,按题材的内容大致可分为社会批评、文化批评和日常审美感受与阅读体验两大类,二者却又常常互相渗透,而且个性色彩都是十分浓重。这些随笔的共同特点是:随兴而谈,无拘无束,表达曲折,旁征博引,取譬精当,好用反语,富有情趣,却又似平淡而自然。作者在《雨天的书》两篇自序中曾说:他"常引起一种空想,觉得如在江村小屋里,靠玻璃窗,烘着白炭火钵,喝清茶,同友人谈闲话,那是颇愉快的事"。他在散文上的理想就是把这种同友人谈的"闲话"移到纸上,成为"平和冲淡的文章"。但这"平和冲淡",指的是艺术境界上不同于"金刚怒目"而已,它的背后,依然有思想,依然言之有物,有为而发。通观二十年代周作人的散文,尽管也曾有过苦闷、消沉,却仍如他自己所说:"检阅旧作,满口柴胡,殊少敦厚温和之气。"也就是说,"隐士"气并不重,叛逆的战斗的气息倒相当多;即使休闲,也与工作、战斗相连,二者很难截然分开。

以周作人1921年6月在西山养病时所写的《碰伤》(载1921年6月10日《晨报》副刊)为例,就是一篇闲话似的感情含蓄内敛的好文章。此年6月3日,北京十五所学校学生为讨要教育经费,国立八校教职员工则为索取所欠薪水,齐向北洋政府请愿,在新华门前却遭军警殴打,伤十余人。当局竟厚颜无耻地宣称"此乃教职员自己碰伤",人们纷纷嘲骂为"咄咄怪事"。周作人却称:"不足为奇"。这不是由于周作人麻木,而是因为这类所谓"碰伤"——实则军阀政府残害民众的事件,当时已一再发生。正如文中用反话列举到的:渡轮"碰"到军舰上沉没;招商局轮船"碰"在"国务总理所坐的军舰的头上","死了若干没有价值的人",等等。作者因此提醒人们:"'碰伤'在中国实是常有的事。至于完全责任,当然由被'碰'的去负担。"通篇都是反话正说,冷嘲暗骂,巧妙地揭露了军阀政府的凶残与无理。而开头一段想象奇特、趣味横生的文字,则尤其有意思:

> 我从前曾有一种计划,想做一身钢甲,甲上都是尖刺,刺的长短依照猛兽最长的牙更加长二寸。穿了这甲,便可以到深山大泽里自在游行,不怕野兽的侵害。他们如来攻击,只消同毛栗或刺猬般的缩着不动,他们就无可奈何,我不必动手,使他们自己都负伤而去。

---

① 周作人后来的散文集尚有:《秉烛谈》、《药堂语录》、《药味集》、《药堂杂文》、《书房一角》、《秉烛后谈》、《苦口甘口》、《立春以前》等。

它不但切合"碰伤"这题目,而且使全文显得活泼从容,摇曳多姿。

二十年代中后期是周作人随笔的丰收期,不但作品数量甚多,题材和表达方式更为广泛多样,而且艺术上更趋圆熟,更加从容舒卷,意态自如。从社会批评、文化批评一类来说,这些随笔有的抨击时政(如《南北》、《灭赤救国》),有的张扬女权(如《妇女问题与东方文明等》、《杀奸》),有的针砭国民性(如《爆竹》、《诅咒》),有的反对陈规陋习(如《拜脚商兑》、《上下身》)。作者抒发现实感触,几乎对一些重大事件如"五卅"、"三·一八"、"四·一二"、"四·二八"(张作霖杀害李大钊等20人的日子)无不做了或明或暗、或正面或侧面的反应,甚至从无关紧要的话题中吐露出悲愤的心声。1929年发表的《哑巴礼赞》(与《娼女礼赞》、《麻醉礼赞》共同组成为《三礼赞》),就是话中有话之作。文章先考察嘴的作用有三:吃饭、接吻、说话,然后说:"哑巴的嘴原是好好的,既不是缺少舌头,也不是上下唇连成一片,那么他如要吃喝,无论番菜或是'华餐',都可以尽量受用,决没有半点不便,……至于接吻呢?……绝不妨事……哑巴的所谓病还只是在'不能言'这一点上。据我看来,这实在也不关紧要。"于是,作者陈述其理由道:

> 语云:"病从口入,祸从口出。"说话不但于人无益,反而有害,即此可见。一说话,话中即含有臧否,即是危险,这个年头儿。人不能老说"我爱你"等甜美的话,——况且仔细检查,我爱你即含有我不爱他或不许他爱你等意思,也可以成为祸根。哲人见客寒暄,但云"今天天气……哈哈哈!"不再加说明,良有以也,盖天气虽无知,唯说其好坏终不甚妥,故以一笑了之。往读杨恽报孙会宗书,但记其"种一顷豆,落而为萁"等语,心窃好之,却不知杨公竟因此而腰斩,犹如湖南十五六岁的女学生们以读《落叶》(系郭沫若的,非徐志摩的《落叶》)而被枪决,同样地不可思议。然而这个世界就是这样不可思议的世界,其奈之何哉。几千年来受过这种经验的先民留下遗训曰,"明哲保身"。几十年来看惯这种情形的茶馆贴上标语曰,"莫谈国事"。吾家金人三缄其口,二千五百年来为世楷模,声闻弗替。若哑巴者岂非今之金人欤?

真是寄沉痛于幽默之中!周作人并非没有激愤:他在"三·一八"死难烈士追悼会上送过"赤化赤化,有些学界名流和新闻记者还在那里诬陷;白死白死,所谓革命政府与帝国主义原是一样东西"①的挽联;当李大钊等被军阀张作霖杀害时,

---

① 《关于三月十八日的死者》,作于1926年3月,见《周作人散文全集》第4卷,广西师范大学出版社2009年版,第598页。

周作人怀着正义感,对"李君以身殉主义"表示了哀痛与敬意;对南方"清党"运动中自己认识的青年朋友突遭横死亦感到震惊,对吴稚晖的赞美屠杀并诬蔑死人则表示了愤慨①;在天津"处决几个党案的犯人"时,由于"两个女犯""光着膀子挨刀"竟招致万人空巷地争相观看,周作人更是气愤地撰写了《诅咒》一文②,表示强烈的谴责。或许正是因为对这类血腥屠杀知道得太多,才使周作人在《哑巴礼赞》中如此地表达自己的感情。可见,面对白色恐怖的社会现实,即使想要"平和冲淡",也实在是难矣哉。

周作人另一类随笔写的是日常审美感受与个人阅读体验。有的涉及童年经历,有的闲谈故乡习俗,有的漫话读书趣事,却往往渗透着醇厚的乡情与童趣。《故乡的野菜》依据幼时记忆,引用儿歌和方志类书,介绍荠菜、紫云英等野菜的可口美味,兼涉清明节扫墓的风俗,极易引发人思乡之病。《乌篷船》、《苦雨》书写江南水乡的特有情趣:"卧在乌篷船里,静听打篷的雨声,加上欸乃的橹声,以及'靠塘来,靠下去'的呼声,却是一种梦似的诗境。"《谈酒》聊的是绍兴酒从酿到煮、藏、饮的诸般诀窍,据说"家酿"可出极品,作者却借此刻画了善掌火候的酿酒工"七斤公公"朴实生动的形象。《喝茶》以三言两语点出此中况味:"喝茶当于瓦屋纸窗下,清泉绿茶,用素雅的陶瓷茶具,同二三人共饮,得半日之闲,可抵十年的尘梦。"《苍蝇》则不但写出了童趣,而且内蕴了一点诗趣。《抱犊崮的传说》说的是民间故事,乡土气味相当浓烈。《水里的东西》完全以聊天口吻,介绍乡民关于河水鬼的传闻,作者娓娓道来,趣味盎然,结尾则落到人类学、民俗学的研究上来。《谜语》博采东西方诸书中的故事,以史证文,又以文证史,从斯芬克思的聪明设谜到 Aslaug 的巧破谜语,作者并无炫耀博学之意,读来却实在极有趣味。它们似乎只谈身边琐事或书本材料,却颇能显示出作者的真知灼见和独特的审美情趣,有助于读者体察人情物理之微,既能获取人生的启悟,又可得到艺术的享受。甚至在《死之默想》的题目下,探讨的也还是有限人生的一点乐趣。《生活之艺术》一文先引契诃夫书信中说到的一段有趣经历并称中国人为"怪有礼的民族",以及辜鸿铭主张将《礼记》的"礼"译为 Art 而不是 Rite 作为例证,提出所谓"生活之艺术"就是中庸适度,懂得节制,反对放纵:"干杯者不能知酒味,泥醉者不能知微醺之味",贬斥一些人"非禁欲即是纵欲"的两种极端态度。《神话的辩护》、《镜花缘》二文反对将神话、幻想等同于迷信,指出"童话在儿童读物里的价值是空想与趣味,不是事实和知识","九头的鸟,一足的牛,实在是荒唐无稽的

---

① 见《偶感》之一、之三、之四,作于 1927 年 5 月至 9 月,见《周作人散文全集》第 5 卷,广西师范大学出版社 2009 年版,第 218、254、309 页。

② 《诅咒》,作于 1927 年 9 月,见《周作人散文全集》第 5 卷,广西师范大学 2009 年版,第 325 页。

话,但又是怎样的(令人)愉快啊。……我想凡是能够理解希腊史诗《阿迭绥亚》的趣味的,当能赏识这荒唐的故事。"这些话既是文学理性上的启蒙,却也未尝不可看作对他六年前《人的文学》中某些简单化说法的自我纠正(那时他自己把《西游记》、《封神榜》、《聊斋志异》等都看作"非人的文学"、"迷信的鬼神书类",主张"统应该排斥")。加上周作人讨论问题时力避教训的口吻,"不把文章当作符咒或是皮黄看"①,随笔中往往多用"也说不定"、"亦未见得"这类与读者平等商量的语气,因而更给人亲切、温润、委婉和容易接受的感觉。

周作人的许多随笔兼具知识与趣味。加之语言在口语基础上吸取古文、欧化语的成分加以调配变化,就造成一种特殊的冲淡而又简涩的风味。他说:"我很看重趣味,以为这是美也是善。""所谓趣味里包含着好些东西,如雅,拙,朴,涩,重厚,清朗,通达,中庸,有别择等。"②他似乎很看重其中的涩味,认为雅、拙、朴、重厚等都与涩味有关。当他谈到俞平伯的散文时,就说:"小品文,不专说理叙事而以抒情分子为主的,有人称他为'絮语'的那种散文上,我想必须有涩味与简单味,这才耐读,所以他的文词还得变化一点。以口语为基本,再加上欧化语,古文,方言等分子,杂揉调和,适宜地或吝啬地安排起来,有知识与趣味的两重的统制,才可以造出有雅致的俗语文来。我说雅,这只是说自然大方的风度,并不要禁忌什么字句,或是装出乡绅的架子。平伯的文章便多有这些雅致,这又就是他近于明朝人的地方。"③在《志摩纪念》中,周作人又谈到了俞平伯、废名的涩味散文,喻之为青果,他说:"据我个人的愚见,中国散文中现有几派,适之、仲甫一派的文章清新明白,长于说理讲学,好像西瓜之有口皆甜;平伯、废名一派涩如青果;志摩可以与冰心女士归在一派,仿佛是鸭儿梨的样子,流丽轻脆"。周作人没有说到他自己,然而很清楚,他是青果派的真正代表人物,俞平伯、废名都受了他的影响。所谓"青果"就是青皮橄榄,表面平淡,入口略有涩味,渐渐却感觉有一股清香之气从舌尖生出,久而挥之不去,最后连无果之核都舍不得吐出来。像青果一样经得住咀嚼品味,这就是周作人散文小品的艺术风格。

周作人步入颓唐沉落期是在三十年代开始的。他尽管内心仍不满现实,却隐遁玩世,失去"浮躁凌厉"的批判锋芒,专谈"草木虫鱼",一味醉心"闲适",身上的"隐士"气息大为增多。周作人的文艺思想和创作风格不仅影响了"论语派"散文,而且还影响了一部分京派作家的创作。

同样写随笔而喜欢旁征博引的还有林语堂(见第十三章)和梁遇春,但风格

---

① 周作人:《药味集·春在堂杂文》,河北教育出版社 2002 年版,第 55 页。
② 周作人:《笠翁与随园》,收入《苦竹杂记》,河北教育出版社 2002 年版,第 60 页。
③ 周作人:《〈燕知草〉跋》,收入俞平伯散文集《燕知草》中,河北教育出版社 1994 年版,第 143 页。

却与周作人很不相同。

梁遇春(1906—1932),福建闽侯人,出身于知识分子家庭。1922年入北京大学预科,1928年北大英文系毕业。先在上海暨南大学任教,次年回母校图书馆工作并兼教职。其写作与研究十分勤奋刻苦,自谓"一生迷信'怀疑主义'"[1]。大学读书时起,梁遇春即用"秋心"、"驭聪"等笔名在《语丝》、《奔流》、《骆驼草》、《新月》上发表散文。他的随笔率真任性,精警洒脱,意气风发,才思过人,在小品文中可谓独标一格。因其直接取法于英国查理斯·兰姆(Charles Lamb)的《伊利亚随笔》,故也有人称他为"中国的爱利亚"[2]。他二十四岁就出版了散文《春醪集》,还发表了其他随笔小品(后由友人编集为《泪与笑》)和大量翻译文字。在老师和同学的心目中,梁遇春在文学创作和外文迻译两方面都是难得的奇才。胡适曾称梁遇春为"一个极有文学兴趣与天才的少年作家"[3]。不幸的是,二十六岁那年夏天,他在北平竟染上猩红热而告不治,1932年6月25日去世。一个充满了青春活力,放射着奇异光芒的鲜活的生命,却像彗星一样倏忽之间消失在夜空中,真令人惋惜不已。

梁遇春的随笔,以议论与感情交融渗透的居多。它们书写人生旅途中各种真切的体验,有独特的识见,字里行间常迸发出思想的火花。《春醪集》的第一篇《讲演》就通过活泼多趣的对话体,委婉曲折地表达了文科大学生不一定要修读大量课程而可经由自修、研究的途径成材的主张。《论知识贩卖所的伙计》则尖锐揭露了某些学者"最不喜欢知识,失掉了求知欲望"的可耻现象。"他们不只不肯自备斧斤去求知识",而且对新的知识采取顽固拒绝的态度。"他们以贩卖知识这块招牌到处招摇,却先将知识的源泉——怀疑的精神——一笔勾销,……并且把学生心中一些存疑的神圣火焰也弄熄了"。两篇《醉中梦话》,更是写得意趣盎然,极富幽默感,显示出梁遇春的博学和睿智,堪称一串串语言的明珠:"会笑的人思想是雪一般白的";"只有对生活觉得有丰溢的趣味,心地坦白,精神健康的人才会真真地笑";"随着自己的意思做错了,比跟着旁人做对了,还要好得多。自己弄错了,你还是一个人;随人做对了,你连一只鸟也不如。"这些都是作者性灵深处涌出的至理名言。正因为这样,作者要借《三国演义》中关云长死后的故事,向人们大呼一声:"还我头来!"希望每位读者都能学会独立思考,"说几句自己确实明白了解的话"(《"还我头来"及其他》)。也正因为这样,梁遇春宁可不理

---

[1] 梁遇春致石民信第11封,载《新文学史料》1995年第4期,李冰封整理,唐荫荪译校。
[2] 据郁达夫《中国新文学大系·散文二集导言》所引。"爱利亚"即"伊利亚",乃兰姆笔名的另一中译。所谓"中国的爱利亚",即指梁遇春为"中国的兰姆"。
[3] 见唐拉著《吉姆爷》,梁遇春译,商务印书馆1934年版,第1页。

睬那些"君子"、"绅士",却去赞美一些任性而行、敢做敢说、全无机心、能真正同情他人的"流浪汉"(《谈"流浪汉"》)。梁遇春真正崇敬的最高境界,是那些舍生忘死、为人类扑灭火灾的救火夫。在回顾了三年前家乡发生的那个激动人心的救火场面之后,作者说:"从那时起,我这三年来老抱一种自己知道绝不会实现的宏愿:我想当一个救火夫。"他"相信生命是一块顽铁",能"在同情的熔炉里烧得通红的,用人世间的灾难做锤子来使它迸出火花来";并认为像救火夫那样崇高地生活的,"才是真真活着的人们"(《救火夫》)。

梁遇春身上仿佛有一种磁性特强的艺术吸附力,能紧紧吸住生活中最动情、形象性最鲜明的部分。《救火夫》中描写救火队员奔跑出场时,用的是这样的语言:"他们的足掌打起无数的尘土,可是他们越跑越带劲,好像他们每回举步时,从脚下的地都得到一些新力量。""他们只顾到口里喊'救',那么不在乎地拖着这笨重的家伙(指铁水龙——引者)往前直奔,他们的脚步和水龙的轮子那么一致飞动,真好像铁面无情的水龙也被他们的狂热所传染,自己用力跟着跑了。"《Kissing the Fire(吻火)》全文不足七百字,但由于作者主体感受与想象力的充分发挥,一个活脱脱的徐志摩形象就异常鲜明地出现在读者的面前。徐志摩的天真,好奇,兴致勃勃,时时刻刻"好像正在猜人生的谜,又好像正在一叶一叶揭开宇宙的神秘",悲哀时也决不垂头丧气,他愿意"亲自吻着"人生的火,歌唱人生的神奇。梁遇春笔下的种种,都呈现了鲜活的生命力,连徐志摩那双"仿佛含有无穷情调的眼睛",也让人相信"真带了一些银灰色"。这大概就是冯至在《谈梁遇春》①一文中要称"他有诗人的气质,他的散文洋溢着浓郁的诗情"的缘故。

第六节　冰心、朱自清等文学研究会作家的散文

冰心(1900—1999),原名谢婉莹,祖籍福建长乐。父为清代海军舰长,母出身书香门第,能诗善文。冰心自幼随父母居于山东烟台,大海、星星成为她的童年生活中的重要部分。辛亥革命后,父亲到民国海军部任职,全家迁居北京。冰心十四岁以自学得来的优异成绩考取北京贝满女子中学②。1918年夏中学毕业,获第一名,升入协和女子大学理预科。次年参加五四爱国运动,被选为学生会的文书。1919年9—10月间,开始以"冰心"为笔名在《晨报》上连续发表《两个家庭》、《斯人独憔悴》等小说。

---

① 冯至:《谈梁遇春》,载《新文学史料》1984年第1期。
② 贝满女子中学建立于1905年,后来以它为基础,扩展成北京协和女子大学。协和女大又于1920年3月并入刚成立才一年多的燕京大学。这些学校都是基督教办的教会学校。

冰心是五四后较早开始散文创作并产生广泛影响的一位女作家。如果从1920年写的《笑》算起,到1992年写《五行缺火》止,她一生从事散文创作的时间跨度竟长达七十三年①,在中国乃至世界作家中是不多见的。冰心自己曾说:"我知道我的笔力,宜散文而不宜诗。"②这说明作者对自己的散文更为喜爱。

冰心二三十年代的散文创作,有系列性的《往事(一)》、《往事(二)》三十篇,《寄小读者》二十九篇,《山中杂记》十篇,《平绥沿线旅行记》三十则,以及《南归》、《二老财》、《记萨镇冰先生》等大量单篇。其中《寄小读者》1926年结集出版后,到1941年就印行三十六版,可见影响之大。抗战期间和新中国成立后,冰心还写作了《关于女人》、《再寄小读者》、《三寄小读者》、《樱花赞》、《我们把春天吵醒了》等散文集。她的散文在文学史上占有独特的地位。

冰心早年的散文在诗情画意中,隐约贯穿着一条感情的丝线:就是由"人间之爱"到"生命之爱"的"爱的哲学"。作者从切身感受出发,歌颂母爱和亲情,歌颂童真和爱心,歌颂世间万物与大自然的美好和谐。从小受到母亲精心养育抚爱的冰心,最深切体验到的是母爱的无私与博大。她看着大雨中的红莲因为有"勇敢慈怜的荷叶"保护而不受摧折,不禁深有感触地赞颂道:"母亲啊!你是荷叶,我是红莲。心中的雨点来了,除了你,谁是我在无遮拦天空下的荫蔽?"(《往事(一)》之七)在《寄小读者·通讯十》里,冰心更饶有情趣地记述了母亲对自己无微不至的关切照料,以及母女间弥漫着的"痴和爱"。当幼小的冰心仰着脸发问"妈妈,你到底为什么爱我?"时,"母亲放下针线,用她的面颊,抵住我的前额,温柔地,不迟疑地说:'不为什么,——只因为你是我的女儿!'"是的,母亲的爱"是不附带任何条件的","她对于我的爱,不因着万物毁灭而变!""她的爱不但包围我,而且普遍的包围着一切爱我的人;而且因着爱我,她也爱了天下的儿女,她更爱了天下的母亲。……当我发觉了这神圣的秘密的时候,我竟欢喜感动得伏案痛哭!"《寄小读者·通讯二》还写了一件"我"幼时"灵魂受了隐痛"的事:一头可爱的大约是初次出来觅食的幼鼠,不到一分钟即遭狗残害,这"使我心上飕的着了一箭!""我总想那只小鼠的母亲,含着伤心之泪,夜夜出来找它,要带它回去。"作者为自己未能尽责保护而作出真诚忏悔,并由此申述了爱护生命的主张。

作为留美求学的海外游子,冰心在散文中动情地抒写了国外友人、老师、同学与自己的诚挚友谊。这些女友们穿着与中国学生很不相同的艳丽衣服,顽皮

---

① 直到冰心进入九十岁的晚年,她的不少散文如《话说君子兰》、《"如果冬天来了"》、《悼念孙立人将军》、《话说萝卜白菜》、《说说我自己》等均写得率真机敏,意蕴丰厚,耐人品味,有很高的艺术性,可列为文中上品。

② 冰心:《我的文学生活》,载1932年10月20日《青年界》第2卷第3号。此文即为北新书局出版的《冰心全集·自序》。

到可以在冰心被窝里塞新生的松球,然而她们又极其真诚友善。冰心深有体会地写道:"此次久病客居,我的友人的馈送慰问,风雪中殷勤的来访,显然的看出不是敷衍,不是勉强。至于泛泛一面的老夫人们,手抱着花束,和我谈到病情,谈到离家万里,我还无言,她已坠泪。这是人类之所以为人类,世界之所以成世界呵!我一病何足惜?"又说:"(疗养)院中女伴的互相怜惜、互相爱护的光景,都使人有无限之赞叹!一个女孩子体温之增高,或其他病情上之变化,都能使全院女伴起了吁嗟。病榻旁默默的握手,慰言已尽,而哀怜的眼里,盈盈的含着同情悲悯的泪光!来自四海,有何亲眷?只一缕病中爱人爱己、知人知己之哀情,将这些异国异族的女孩儿亲密的联在一起。谁道爱和同情,在生命中是可轻藐的呢?"(《寄小读者·通讯十九》)

作为海外游子,冰心又热切地怀念和关爱自己的祖国、故乡、亲人,因而常常带着一层淡淡的伤感与浓浓的乡愁——尤其在月圆之夜。她在《往事(二)》之六中这样真实地写到自己的心情:"乡愁麻痹到了全身。我掠着头发,发上掠到了乡愁;我捏着指头,指上捏着了乡愁。是实实在在的躯壳上感着的苦痛,不是灵魂上浮泛流动的悲哀!""痛定思痛,我觉悟了明月为何千万年来,伤了无数的客心!"《寄小读者·通讯二十三》则整封信都说的是中国全年的传统节日和民俗文化,可见思乡之情如何在心底里发酵并煎熬着她了。作为一个深深地感受过近代以来中华民族苦难的知识分子,冰心也十分同情美洲印第安人的命运。她在《寄小读者·通讯二十二》中,对一位向白人英勇反抗而被杀的印第安酋长戚叩落亚表示了敬意,并说:"红人身躯壮硕,容貌黝红而伟丽,与中国人种相似,只是不讲智力,受制被驱于白人,便沦于万劫不复之地!""我微微的起了悲哀。"她还特地到小镇上"买了一个小红泥人,金冠散发,首插绿羽,头上围着五色丝绦,腰间束带。我……给他起名叫戚叩落亚,纪念我对于戚叩落亚之追慕"。冰心的行动,体现了她的"人类之爱"的理想。在五四时代,这实在是一种相当超前的思想。

冰心与小读者之间,不仅有温情关爱,也有大姐向弟妹交心式的严肃热诚。《寄小读者·通讯二十七》就说:"领略人生,要如滚针毡,用血肉之躯去遍挨遍尝,要它针针见血!"同书《通讯三》写到火车过了泰安快到抱犊冈附近时,作者敞开心扉告诉小朋友:"我切愿一见那些持刀背剑来去如飞的人。我这时心中只憧憬着梁山泊好汉的生活,武松、林冲、鲁智深的生活。我不是羡慕什么分金阁、剥皮亭,我羡慕那种激越豪放、大刀阔斧的胸襟!"而冰心所写《二老财》中的主人公,则是一个女中豪杰。当日本侵略者的魔爪节节伸向中国北部时,作者在文末带着浓烈的感情,富有诗意地写道:"回望着西北的浮云,呵,别了,女英雄,青山不老,绿水常存,得机缘我总要见你一面,——谁知道我能否见你一面?今日域中,如此关山!"这些散文也从一个侧面突现了冰心的性格:既温柔慈爱,又豪爽坚强。这后一方面,是童年随着父亲在海边军营中造就的。在散文《梦》中,冰心曾自叙十岁以前令人神往的生活:穿着威武的军装,骑着高大的白马,佩着短短的军刀,听着悲壮的笳声,远望澎湃的大海,"心里只充满了壮美的快感"。在《我的童年》一文中,冰心说到幼时曾经与那些"和蔼而质朴的"兵士、水手、军官们聊天,听"他们告诉我许多海上新奇悲壮的故事"。"我常常独步在沙岸上,看潮来的时候,仿佛天地都飘浮了起来!潮退的时候,仿佛海岸和我都被吸卷了去!童稚的心,对着这亲切的'伟大',常常感到怔忡。黄昏时,休息的军号吹起,四山回响,声音凄壮而悠长,那熟识的调子,也使我莫名其妙的要下泪,……"这些"童年的印象和事实,遗留在我的性格上的,第一是我对于人生态度的严肃";"第二是我喜欢空阔高远的环境,我愿意常将自己消失在空旷辽阔之中";"第三是我不喜欢穿鲜艳颜色的衣服,我喜欢的是黑色,蓝色,灰色,白色";"第四是我喜欢爽快,坦白,自然的交往。我很难勉强我自己做些不愿意做的事,见些不愿意见的人,吃些不愿意吃的饭!"这也就是本性温柔沉静的冰心却又增进了豁达豪爽一面的缘由。

在艺术上,冰心的散文重视结构布局,善于以小见大。其笔调轻倩灵活,文字清新隽丽,感情细腻澄澈,全没有某些作家笔下那种滞重的涩味。《笑》是新文学运动初期白话美文中的名篇,虽只有八百字,作者跳跃式地将不同时期三幅月光下相似的画面"绾在一起",轻巧地写出了沐浴在爱中的那种"光明澄静,如登仙界,如归故乡"的微妙境界。《张嫂》写的是一个平凡朴实、吃苦耐劳而又极其本分的劳动妇女,却从"可怜,……她不是我的任何人!"开头,使读者引发好奇心而专注地读下去。随后在日常劳动的记述中逐渐为她辩白,尤其通过挑水、分娩前后几个关键时刻的表现,将张嫂的可贵品性推向高处,突现她的闪光点,点出抗战期间做好后方工作与前方打仗有着同样重要的意义,显示出平凡中的不平凡。《南归》更是写出了几度感情高潮、结构繁复的"至情至性的文字"[①]。这些代表作和五六十年代后写的《小橘灯》、《樱花赞》等在一起,都清楚地显示出冰心散文的独特之处。郁达夫在《中国新文学大系散文二集·导言》里说:"冰心女士散文的清丽,文字的典雅,思想的纯洁,在中国好算是独一无二的作家了";"对父母之爱,对小弟兄、小朋友之爱,以及对异国的弱小儿女,同病者之爱,使她的笔底有了像温泉水似的柔情。""读了冰心女士的作品,就能够了解中国一切历史上的才女的心情;意在言外,文必己出,哀而不伤,动中法度,是女士的生平,亦即是女士的文章之极致。"这些评价应该说是十分中肯的。

---

① 赵景深:《冰心女士的〈南归〉》,收入范伯群编的《冰心研究资料》,北京出版社1984年版,第395页。

文学研究会另一位具有独特成就的散文家是朱自清。

朱自清(1898—1948),江苏扬州人,字佩弦,本名自华,号实秋,1916 年考入北京大学预科。1917 年因父亲失业,为减轻家中困难,立志勤奋苦学,跳过剩余的一年预科直接考入北大哲学系①,并改名自清。"自清"者,自己之事自己清也,同时意味着道德上的自律和人格上的自省。曾为新潮社成员并投身五四爱国运动。三年内修完本科四年课程,因而提前毕业。1920 年下半年起,先后在浙江杭州、台州、温州、宁波等地的中学教语文课。1925 年夏,北京清华学校加办大学部②,朱自清从此受聘到该校国文系任教,前后长达二十余年,曾任清华大学国文系主任。著有诗集《雪朝》(多人合作),诗文集《踪迹》,散文与随笔集《背影》、《你我》、《欧游杂记》、《伦敦杂记》、《标准与尺度》,学术论著《经典常谈》、《诗言志辨》、《新诗杂话》、《论雅俗共赏》、《语文零拾》等。散文创作方面有不少名篇。

朱自清的散文,态度诚挚恳切,文字熨帖传神,风格从容儒雅,善于借意象传达历史文化的韵味。无论记游写景,或是叙事抒情,颇有沁人心脾的魅力,而且处处显示着自己的个性。他尤擅长写亲情友情,作品如《背影》、《儿女》、《给亡妇》、《冬天》等,都体现着作者温厚诚笃的性格和真挚反省的精神,感人至深。《背影》不足一千四百字,却将深沉的父爱永远镌刻到了众多读者的心上。《儿女》则将新一代父亲含着泪水的舐犊深情动容地洒向人间。《给亡妇》完全用日常口语抒写了一位贤妻良母式的平凡而又伟大的女性形象。《冬天》写天寒地冻时刻亲人、友人的欢聚,小环境里竟是如此充满了温暖,围炉吃白水豆腐的景象又是那么令人神往:"外边虽老是冬天,家里却老是春天。"这些散文自然,醇厚,讲究谋篇布局而又全无匠气,重视语言锤炼却又脱尽铅华,真可谓达到了炉火纯青的境地。

如果说《背影》、《儿女》、《给亡妇》等作品通过家常生活琐事,在平淡中寄寓着深沉,那么,《桨声灯影里的秦淮河》、《荷塘月色》、《扬州的夏日》、《南京》乃至旅欧游记等散文的特点,则是写出情趣和文化意蕴,在素朴中藏纳着精美。

《桨声灯影里的秦淮河》以纪游来引人入胜地"领略那晃荡着蔷薇色的历史的秦淮河的滋味":"夜幕垂垂地下来时,大小船上都点起灯火。……在这薄霭和微漪里,听着那悠然的间隙的桨声,谁能不被引入他的美梦里去呢?只愁梦太多了,这些大小船儿如何载得起呀?我们这时模模糊糊地谈着明末的秦淮河的艳

---

① 按当时北京大学规定,学生读满二年预科,才能进入四年制本科。朱自清只读了一年预科,故须经过正式考试。后来读本科,他又提前一年修满学分。他的大学阶段,实际缩短了两年。

② 三年后的 1928 年 8 月,国民政府正式决议,改清华学校为国立清华大学。

迹,如《桃花扇》及《板桥杂记》里载的。我们真神往了。我们仿佛亲见那时华灯映水,画舫凌波的光景了。"《南京》则叙景物,说掌故,融入情趣,显得更为活泼亲切。作者以过来人的身份向读者作导游:

> ……我劝你上鸡鸣寺去,最好选一个微雨天或月夜。在朦胧里,才酝酿着那一缕幽幽的古味。你坐在一排明窗的豁蒙楼上,吃一碗茶,看面前苍然蜿蜒着的台城。台城外明净荒寒的玄武湖就像大涤子的画。豁蒙楼一排窗子安排得最有心思,让你看得一点不多,一点不少。寺后有一口灌园的井,可不是那陈后主和张丽华躲在一堆儿的"胭脂井"。那口胭脂井并不在路边,得破费点工夫寻觅。井栏也不在井上;要看,得老远地上明故宫遗址的古物保存所去。
>
> 从寺后的园地,拣着路上台城;没有垛子,真像平台一样。踏在茸茸的草上,说不出的静。夏天白昼有成群的黑蝴蝶,在微风里飞;这些黑蝴蝶上下旋转地飞,远看像一根粗的圆柱子。城上可以望南京的每一角。这时候若有个熟悉历代形势的人,给你指点,隋兵是从这角进来的,湘军是从那角进来的,你可以想象异样装束的队伍,打着异样的旗帜,拿着异样的武器,汹汹涌涌地进来,远远仿佛还有哭喊之声。假如你记得一些金陵怀古的诗词,趁这时候暗诵几回,也可印证印证,许更能领略作者当日的情思。

这些文字足可见出朱自清的历史文化情趣和丰富的想象力。

朱自清散文中的比喻和意象,运用得极为贴切传神。他的写景散文好用美女来比拟景物(如《绿》、《荷塘月色》、《月朦胧,鸟朦胧,帘卷海棠红》等),被余光中《论朱自清的散文》举作"意恋"的例证。但朱自清的比喻本身确实相当出色。以《怀魏握青君》谈酒的一段为例,就是一连串精彩的比喻:"说到酒,莲花白太腻,白干太烈,一是北方的佳人,一是关西的大汉,都不宜于浅斟低酌。只有黄酒,如温旧书,如对故友,真是醰醰有味。"《南京》以画喻清凉山之景:"扫叶楼的安排与豁蒙楼相仿佛,但窗外的景象不同。这里是滴绿的山环抱着,山下一片滴绿的树,那绿色真是扑到人眉宇上来。若许我再用画来比,这怕像王石谷的手笔了。"而《伦敦杂记》中的《博物院》一文,则又以景物比拟一位"费了二十多年功夫专研究光影和色彩"的印象派先驱 Joseph Mallord William Turner(1775—1851)的作品《日出》:"那堡子淡得只见影儿,左手一行树,也只有树的意思罢了。可是,瞧,那金黄色的朝阳的光,顺着树水似的流过去,你只觉着温暖,只觉着柔和,在你的身上,那光却又像一片海,满处都是的"。这类比喻的应用,都到了得心应手、浑然天成的地步。其实,从《踪迹》集里的处女作开始,朱自清散文就喜欢采用各类比喻。《歌声》就是作者将自己为之"神迷心醉"的音乐境界经"通感"转化为视觉和心灵意象的结果:"仿佛一个暮春的早晨。霏霏的毛雨默然洒在我脸上,引起润泽、轻松的感觉。新鲜的微风吹动我的衣袂,像爱人的鼻息吹着我的手一样。"最初似稍嫌生硬,后来则渐次达到润活圆熟的境地。

朱自清也有一部分关心社会问题的散文。《生命的价格——七毛钱》,便写了二十世纪二十年代发生在温州的一幕悲剧——五岁女孩被自己的伯父母以七毛钱标价出卖;作者在文末向读者发出沉痛的呼吁:"您有孩子的人呀,想想看,这是谁之罪呢?这是谁之责呢?"《航船中的文明》讥讽了船上定下的男女必须分坐的"卫道"的规矩。《白种人——上帝之骄子》由上海电车头等厢中十一二岁西方孩子向华人所发出的轻蔑而凶恶的一瞥,感受到"他的脸上缩印着一部中国的外交史",感受到"我们所日夜想望着的'赤子之心',世界之世界(非某种人的世界,更非某国人的世界!)眼见得在正来的一代,还是毫无信息的!"《阿河》从侧面写了乡间一位面目姣好的聪明女子为挣脱包办婚姻枷锁而坚决要求与年龄比自己大一倍、满脸长疱、爱好赌博、不求上进的丈夫离婚,终于获得个人幸福的经历。《哀韦杰三君》、《执政府大屠杀记》则以亲身的经历,见证和谴责了北洋政府1926年3月18日的血腥屠杀。这些散文不仅显示了作者怀有的强烈责任感,更书写和礼赞了生命的尊严,人权的高贵,青春、理想的不容践踏,善良、美丽的值得歌颂,体现了现代中国一位有良知的爱国作家的真诚的灵魂。

朱自清的散文风格,平和中还有缜密周严的一面。试举《说话》的开头一段为例:

> 谁能不说话,除了哑子?有人这个时候说,那个时候不说。有人这个地方说,那个地方不说。有人跟这些人说,不跟那些人说。有人多说,有人少说。有人爱说,有人不爱说。哑子虽然不说,却也有那伊伊呀呀的声音,指指点点的手势。

鲁迅在三十年代写的《小品文的危机》中,曾经称赞五四以后的散文小品不但包括着"挣扎和战斗",而且"也带一点幽默和雍容;写法也有漂亮和缜密的,这是为了对于旧文学的示威,在表示旧文学之自以为特长者,白话文学也并非做不到。"朱自清自己也在1928年写的《背影·序》中,谈到了散文"这三四年的发展,确是绚烂极了:有种种的样式,种种的流派,……或描写,或讽刺,或委曲,或缜密,或劲健,或绮丽,或洗炼,或流动,或含蓄,在表现上是如此。"其中也包含了散文风格上的缜密在内。

文学研究会中,其他作家如叶绍钧、许地山、王统照等的散文,也各有成就。

叶绍钧有散文集《剑鞘》（与俞平伯合集）、《脚步》、《未厌居习作》、《西川集》①、《小记十篇》及大量序跋、书信。早年颇多怀乡抒情之作。《没有秋虫的地方》写作者在"阶前看不见一茎绿草，窗外望不见一只蝴蝶"的上海弄堂环境中，深深忆念着故乡秋夜那大自然的"美妙的音乐"——"秋虫的合奏"。这些秋虫"每一个都是神妙的乐师"，"它们高、低、宏、细、疾、徐、作、歇，仿佛曾经过乐师们的精心训练，所以这样地无可批评、踌躇满志"，简直是"众妙毕集，各抒灵趣"，有一种"非常隽永"的味道。这同都市中"井底似的庭院，铅色的水门汀地"相对照，何等大异其趣！《藕与莼菜》以清淡舒徐的文字，书写了思念姑苏的浓浓乡情：洁白鲜嫩、甘甜可口的长节的藕，挑担进城、有男有女的健美农民，绿得可爱、让人口馋的太湖莼菜，连同那"无味之味"的菜羹菜汤，回味起来都"令人心醉"。《暮》则写出了作者对湖光山色之间"薄暮"的那份难以言传的微妙体验："充满空际的是淡淡的青。若比晴朗的长天，没有那么明；若比清澈的湖水，没有那么活；这是微暗的，轻凝的，朦胧的，有如卷烟徐徐袅起的烟缕，又教人想起堆在枕旁的美人的蓬松的长发。这青色蒙上屋檐、窗棂、庭树、盆花，以及平田、长河、密林、乱山等等，任是不协调的也给调和了……"这些用外地做反衬而写成的故乡抒情之曲，都营造出"美妙的诗境"。它们文字淡雅，笔意悠远，富有真情实感，而结尾又留有余味，是难得的散文佳作。叶绍钧也有《五月三十一日急雨中》、《莫遗忘》这类同仇敌忾地表达民族义愤、书写国难和国耻的散文。四十年代，他还写出过像《牛》这样既写实，又象征，既令人震撼，又发人深省的散文名篇。

　　许地山的《空山灵雨》，是新文学初期少见的相当精美的散文与散文诗集。它们既以诗意清新取胜，又以哲理含蓄见长，同时显示了丰富的艺术想象力。作品虽然烙上了佛教的"生本不乐"的印记，却因主要书写"屡遭变难"②的现实生活触发的种种审美感受而又有所突破，显得相当感人。首篇《蝉》写出急雨中遭难的昆虫翅湿难飞，却仍奋力挣扎，决不自暴自弃。《"小俄罗斯"的兵》谴责了强势者对平民的横暴。《万物之母》写了寡妇敬姑几年前因独生子被乱兵所杀而变疯的惨剧，她到处求人帮助寻找儿子，自己在山谷里找到一副小骷髅后，还幻想摘两颗星星嵌入眼眶让他复明。《蛇》的末尾，则提出了"要两方互相惧怕，才有和平"的思想。《别话》以对话方式写病妇在医院中与丈夫永诀的动人场面。名篇《落花生》中，父亲希望孩子们"要像花生"，结实于土中，永不求张扬，"做有用的人，不要做伟大、体面的人"。《愿》中，作者提出："我愿做调味的精盐，渗入各等食品中，把自己的形骸融散，且回复当时在海里的面目，使一切有情（者）得尝

---

① 《脚步集》与《西川集》均为叶绍钧散文、小说的合集。
② 见《空山灵雨·弁言》，《汗地山文集·上》，新华出版社1998年版，第3页。

咸味,而不见盐体。"这些都体现出受佛教哲学影响颇深的作者那种珍爱众生、同情弱者的仁厚胸怀,脚踏实地、执著奋进的积极态度,以及贡献自己、不留痕迹的可贵精神。

《空山灵雨》中也有从各个不同角度抒写爱情的多篇文字。《你为什么不来》、《爱的痛苦》写相爱者的期待或游戏;《笑》、《爱就是惩罚》、《花香雾气中的梦》写夫妻间的相互逗趣;《难解决的问题》讽喻择偶中的"难题";《美的牢狱》探讨爱情中的争执;《荼蘼》提示偶尔的不慎所种下的苦果;《春的林野》则是明媚春光的美好颂歌。这些作品或包含哲理,或富有情趣,能给人启迪,语言也相当活泼。

王统照的早年散文发表于北京《晨报》的《文学旬刊》(文学研究会刊物之一),具有较多抒情、哲理的成分,体式也颇为多样。1923 至 1925 年间的作品,冥想成分较重,收入稍后出版的《片云集》内。但其中也有踏实的一面,诚如《绿荫下的杂记》所说:"悲哀有时能给予人快感",因为"从不幸的经验中,可以有种新鲜的感发。对花不仅知其美,对月不仅能感其情,而且分外有更深沉更切重的反悟。""五卅"后写的《血梯》,其写法便转向纪实与抒愤相结合。作者提出:为对付"这强力凌弱的世界","我们要造此血梯",奋发抗进,以催促"黎明"的到来。这与《烈风雷雨》中所说"将此混沌的世界来重行踏翻,重行熔化,重行陶铸!"其思想也是完全一致的。这种纪实间以抒情或论说的倾向,代表着作者三十年代《北国之春》、《青纱帐》、《欧游散记》、《去来今》、《繁辞集》诸散文集的发展方向,并且产生了《青岛素描》、《旅途》等一批较为厚重感人的作品。

第七节 郁达夫、郭沫若、徐志摩的散文

郁达夫是创造社在小说、散文方面最重要的代表作家,也是五四以后涌现的一位散文大家。

郁达夫(1896—1945),名文,字达夫,浙江富阳人。出生于一个破落的乡绅家庭。三岁丧父。自幼孤儿寡母、易受欺凌的周遭环境,多少养成了他敏感而纤弱的气质。少年时代曾习诵较多古典诗文,酷爱黄仲则的诗作。中学阶段开始在报刊上发表旧体诗。1911 年 9 月,为求更好地学习英文而离开杭州府中,改入教会办的育英书院(之江大学预科),却因难以忍受许多繁琐的宗教仪式,后又卷入一场学生膳食风潮,不久遭校方开除;另一所浸礼会中学的教育也并不令他满意;只得连续两年在家刻苦自学[①]。

[①] 郁达夫后来在《大风圈外——自传之七》中说:"实际上这将近两年的独居苦学,对我的一生,却是收获最多,影响最大的一个预备时代。"

1913 年 9 月,郁达夫随长兄到日本求学。次年考入东京第一高等学校预科成为官费生。预科毕业后,被分发到名古屋第八高等学校学习,先读医科,后改读文科。至 1918 年秋,升入东京帝国大学经济学部。前后长达八九年间,郁达夫曾接触大量西方文学名著①和哲学、政治学著作,也熟悉和喜爱日本作家佐藤春夫、葛西善藏的作品。受屠格列夫的《罗亭》、卢梭的《忏悔录》和歌德的《少年维特之烦恼》影响尤深。1921 年 7 月与郭沫若、成仿吾等发起成立新文学团体"创造社",同年出版第一部小说集《沉沦》,在文坛上引发巨大震动。1922 年大学毕业后回国,先后担任安庆公立法政专门学校英文科主任,北京大学统计学讲师,武昌师范大学文科教授、中山大学教授等职。

郁达夫的散文相当多,除散见者外,大多收入《忏余集》、《闲书》、《屐痕处处》、《断残集》、《日记九种》、《达夫散文集》、《达夫游记》、《达夫日记集》诸书。他的散文,大体上以 1928 年为界,可划分为前后两个时期。

留日十年,郁达夫深切体验了弱国子民在异邦受到的歧视与强烈的屈辱感。归国之后,又痛切感受了军阀统治下社会的黑暗与混乱,公教人员即使不失业,也不能正常领到薪金的艰困生活。郁达夫的前期散文,写的便是基于个人经历的这种由国外到国内、由物质到精神的多重痛苦体验。这些散文作品大多以心境的波动、情绪的起伏为线索,基调是浪漫、伤感与愤激:"日本呀日本,我去了。我死了也不再回到你这里来了。但是,但是我受了故国社会的压迫,不得不自杀的时候,最后浮上我的脑子里来的,怕就是你这岛国哩!"(《归航》)"啊啊我啊!我是一个有妻不能爱,有子不能抚的无能力者,在人生的战斗场上的惨败者","我所带的,只有两袖清风,一只空袋,和填在鞋底里的几张钞票——这是我的脾气,……因为我受足了金钱的迫害,借此也可以满足满足我对金钱复仇的心思,有时候我真有用了全身的气力拼死蹂践它们的举动。"(《还乡记》)"我是一个真正的零余者!"(《零余者》)"啊啊,贫贱夫妻百事哀!""我有什么面目回家去见我的衰亲,见我的女人和小孩呢?"(《还乡后记》)"江南的风景,处处可爱,江南的人事,事事堪哀,……这十余年中间,军阀对他们的征收剥夺、掳掠奸淫,从头算起来,哪里还算得明白? 江南原说是鱼米之乡,但可怜的老百姓们,也一并地做了那些武装同志们的鱼米了。"(《伤感的行旅》)从这些作品中,读者可以听见一颗受了伤的灵魂的呻吟与叫喊,也可以感受到郁达夫这位作家的独特个性和与众不同的散文风采。

前期散文中,最能集中体现出作者那种伤感、愤激与反抗情绪的,是 1924 年

---

① 作者自己在《五六年来创作生活的回顾》中说:仅在日本的前四年,"共计所读的俄德英日法的小说,总有一千部内外"。

写的《给一位文学青年的公开状》。信中说的"一位文学青年"乃实有其人,那便是沈从文。当时他离开湘西来到北京不久,生活无着,正旁听北大课程,写信向郁达夫讨教办法①。郁达夫自己也在困境中,却请他到馆子里吃了顿饭,还把店里找回的三元二角钱连同一条围巾都留给了他,并且特地为他写了这封面向社会的公开信。这是郁达夫用书信方式写的一篇富有真性情的绝妙文章,它能让你读着想哭而不能哭,想笑又不忍心笑,只会沉重地深思。文中蕴含着一种苦涩的幽默味。作者借用一本正经地为对方寻找生活出路的语气,展现了社会各个侧面的黑暗图景:大学毕业文凭犹如废纸,爬乌龟钻狗洞反倒吃香,城乡到处招兵收炮灰,教师工薪只发二三成,……出路呢,作者苦着脸说:偷窃!而且"不妨上我这里来做个破题儿试试"。全文的妙处,就在于"寓愤激于幽默"。

同年写作的《小春天气》,是郁达夫前期抒情散文中相当别致的一篇。它具有文字画面之外的神秘而又深长的意味。也许是忧郁心情熏染得小阳春天气变了味,也许是小阳春天气映照得人的心情更加忧郁了:故都面貌与良辰美景给人的感觉竟是如此异样。只要想一想文中隐约地点出的那些氛围——如"前几天平则门外的抢劫"啦,"如今隔岸堤上忽而走出了两个着灰色制服的兵"啦,"尤其使我惊恐的,是我抬起头来的时候,在我们的西北的墓地里,也有一个很淡很淡的黑影,动了一动"啦,这些不都使人不但担忧甚至感到恐惧吗?更何况青年画家又两次谈到了"神秘的灵感",以及他在午后阳光普照下画出的却是出现猫头鹰的"半夜的景象"!凡此种种,都表明郁达夫摄取的西方文学养料中,大概还颇有些神秘派、唯美派的成分,然而经过作者创造性的转化,它们在表达二十世纪中国的现实生活方面,毕竟还可以发挥自己的潜在作用。从艺术上说,这是郁达夫前期写的一篇看似随意其实严谨,表面松散实则含蓄的美文。

郁达夫的散文从一开始就显示出敏锐入微的艺术感觉和出色的细节描述。《一个人在途上》写的是丧子之痛——五岁的龙儿罹脑膜炎而夭亡。散文不但写了龙儿病中一再问母亲:"爸爸几时回来?""爸爸在上海为我定做的小皮鞋,已经做好了吗?"还特意提到:"濒死的前五天,在病院里,他连叫了几夜的'爸爸'!问他'叫爸爸干什么?'他又不响了,停一会儿,就又再叫起来。"直到进入昏迷状态。下面一段回忆文字尤其感人:

> 院子里有一架葡萄,两棵枣树,去年采取葡萄枣子的时候,他站在树下,兜起了大褂,仰头在看树上的我。我摘取一颗,丢入他的大褂兜里,他的哄笑声,要继续到三五分钟。今年这两棵枣树,结满了青青的枣子,风起的半

---

① 参见《一封未曾付邮的信》,《晨报副刊》1924年12月22日。

> 夜里,老有熟极的枣子辞枝自落。女人和我,睡在床上,有时候且哭且谈,总要到更深人静,方能入睡。在这样的幽幽的谈话中间,最怕听的,就是这滴答的坠枣之声。

这真是肠断之声,也让读者相与坠泪!这表明即使在前期,郁达夫也已有了艺术上非常成熟的作品。

郁达夫散文由前期到后期的转折,可以从1928年8月写的《灯蛾埋葬之夜》看出一点端倪。

这是一篇比较精致的有象征意义的散文。作者写自己与王映霞结婚后的乡居养病生活。"我自己也知道是染了神经衰弱症了。这原是七八年来到了夏季必发的老病。""促生这时氅病的一个病根",则与被印上了"悖德"、"叛逆"、"落伍"之类"该隐的印号"有关,致使作者"不敢现身露迹",产生"对于'生'的厌倦",也就是所谓的"忧郁症"吧。乡间离群索居、彻底放松的生活,固然对恢复健康有益,但一件小事更触动了作者的情思:这就是"灯盘上有一只很美的灯蛾之死"。细看灯蛾,"身子淡红,翅翼绿色","右翅上有一处焦影,触须是烧断了",它既美丽,又勇敢,而且顽强。夫妻两人连夜把灯蛾郑重其事地在庭院里挖坑埋葬。作者不仅埋葬了灯蛾,也决心埋葬自己的软弱,埋葬自己的消极思想。结尾那句"我想到上海看病去",透露的正是这一消息。

郁达夫后期散文数量大,题材广,品种多:除抒情散文外,更有大量游记、随笔、回忆和日记文学,还有不少议论时政,多所讽喻,作者自称是"猥言琐说"的杂文。与前期相比,这些作品视野更加阔大,情调更为开朗,行文舒卷自如,风格从容清隽。其中有不少名篇,如《忏余独白》、《志摩在回忆里》、《钓台的春昼》、《婿乡年节》、《故都的秋》、《雁荡山的秋月》、《书塾与学堂》、《水样的春愁》、《寂寞的春朝》、《花坞》、《皋亭山》、《记曾孟朴先生》、《怀四十岁的志摩》、《日本的文化生活》、《怀鲁迅》和《回忆鲁迅》等,几乎每篇都洋溢着感人的真情和温厚的谐趣。试举《花坞》中的一段为例:

> 花坞的好处,是在它的三面环山,一谷直下的地理位置,石人坞不及它的深,龙归坞不及它的秀。而竹木萧疏,清溪蜿绕,庵堂错落,尼媪翩翩,更是花坞的独有迷人风韵。将人来比花坞,就像浔阳商妇,老抱琵琶;将花来比花坞,更像碧桃开谢,未死春心;将菜来比花坞,只好说冬菇烧豆腐,汤清而味隽了。

真是简洁而又鲜活,形神兼备,情深味隽。诚如作者自己所说,他的散文,无论记游写景,怀人记事,"总要把热情渗入,不能达到忘情忘我的境地"①。部分作品在表达真挚、沉痛的感情时,往往还插入一些旧体诗,以补充文中余意和没有抒发的情愫,使文章显得跌宕多姿,更富感情色彩。《钓台的春昼》本是一篇美丽的游记,夜探桐君,朝发富春,沿途山光水色,写来十分动人。作者为了抨击国民党"中央党帝",嘲讽卖国贼"罗三郎郑太郎"(指"九·一八"后的罗振玉、郑孝胥——引者),便在游程中插入一梦,夹叙了两三年前所写的一首旧体诗,后来还题在严子陵祠上,那首诗是:

> 不是尊前爱惜身,佯狂难免假成真,
> 曾因酒醉鞭名马,生怕情多累美人。
> 劫数东南天作孽,鸡鸣风雨海扬尘,
> 悲歌痛哭终何补,义士纷纷说帝秦。

戟刺时事,兼抒中怀,这本是郁达夫诗文的特点。但他也有一些旧体诗只是写景写情,以与游记的文字相辅相成,读来清新之气扑人。例如《西游目录》里有宿禅源寺一诗:

> 二月春寒雪满山,高峰遥望皖东关。
> 西来两宿禅源寺,为恋林间水一湾。

音节自然,意境清远。作者自称旧体诗与他"性情最适宜"②。就艺术表现而言,这些旧体诗在散文中不但是有机而和谐的部分,而且往往是感情最浓烈的部分,它们有助于他的散文更能显示出真率、热情、明丽、酣畅的特色。这也是郁达夫对新文学散文的一个重要贡献。

同样是创造社的成员,同样是倾向浪漫主义的作家,郭沫若的散文从一开始就与郁达夫显得颇为不同。他早年的抒情散文没有郁达夫那种强烈的感伤与愤激,却暗含着他自己所说的"凄切的孤单"的情愫。

郭沫若所谓"凄切的孤单",是一种闲静中使他常要回顾的文学发酵素。《山中杂记》里的作品,便是郭沫若1924年10月在日本九州佐贺县客居时的产物。较之1922年写的《今津纪游》,这些散文写的虽是日常琐事,却具有更多文学上的自觉。《菩提树下》与《鸡雏》两篇都写养鸡,前者以细致的观察和幽默的笔调,

---

① 《达夫自选集·序》,见《郁达夫全集》第6卷,浙江文艺出版社1992年版,第36页。
② 《骸骨迷恋者的独语》,见《郁达夫集》,花城出版社2003年版,第98页。

写出牝鸡护雏的恪尽职守,初生幼鸡的活泼可爱,以及鸡群生活的别有天地;后者写狐鼠残害鸡雏的暴虐,以及主人保护弱小动物的义愤之情,都浸染着温厚的生活情趣。《芭蕉花》写的是自己五六岁时的一段故事:原本为了给母亲治头晕的病,才与哥哥两人去天后宫里偷了芭蕉花,回来却惹得母亲大为生气,还挨了父亲的罚跪和责打。长大成人并且出国十几年后,当然早已理解并且淡忘,现在却因为思念多病的母亲,身处异国的游子才又怀着"不胜落寞的情怀",想起了这件事情。《卖书》追述六年前离开冈山、前往九州帝大时那番难舍又不得不舍的感情。他为自己心爱的两种书《陶渊明全集》、《庾子山全集》终于物色到了冈山图书馆这个最合适的安置点而感到"快心",却还时不时挂念它们能不能遇到"知音"。并且向这两位具有"长久生命"的"旧友"声言:"我在今世假使没有重到冈山来看望你们的时候,我死后的遗言,定要叫我的儿子们便道来看望。"孤单中留下了人生的美好愿望。

经过大革命和南昌起义失败后流亡日本,全面抗战爆发又"别妇抛雏"返回祖国的经历,郭沫若三十年代的散文集《归去来》,写于日、中两地者各占半数。这些作品不再含有"凄切的孤单"的情愫,而显示出明朗的风采和丰富的文学想象力。《鸡之归去来》是作者第三篇以鸡为题材的散文,却写得相当曲折有趣而又能展示日本社会多侧面的状况。《浪花十日》以日记方式写了九州海边的景色,自己在日本受监视的生活,以及下层渔民具有强悍生命力的种种形态。《东平的眉目》为当时一位很有前途的青年作家丘东平留下了真实的面影。《痈》生动地记载了作者成功治疗一次恶性肿瘤的经历。这些作品在记叙和想象中也多少显示出作者自身的某种罗曼蒂克的气质。《大山朴》、《达夫的来访》、《断线风筝》、《由日本回来了》、《回到上海》诸篇,则隐隐约约、似断实续、由暗转明、由象征到写实地透露了主人公扑朔迷离、神秘曲折的归国参加抗战的过程,有的写得相当感人。《到浦东去来》、《前线归来》赞颂全国军民奋起御敌的英勇气概,在《救亡日报》上刊出后,曾传诵一时。

郭沫若也创作散文诗。早年的《路畔的蔷薇》、《山茶花》体现出对美和生命的万般珍惜。《夕暮》是一首宁静欢愉的牧歌。1923年在上海所写的《梦与现实》,则以相互对照的上下篇,显示了幻梦之后敢于正视国内现实的清醒态度。《寄生树与细草》、《昧爽》均以寓言的方式或委婉或尖锐地讥讽指斥了寄生、吸血的生活。1937年1月22日刊发于《立报》的《杜鹃》,则以确凿的动物学知识,揭示了中国传统文学里富有诗意的杜鹃鸟(亦称"子规"),其生存状况与传说的有很大误差。这种鸟实际上"不营巢,也不孵卵哺雏",而是"产卵在莺巢中","鹃雏孵化出来之后,每将莺雏挤出巢外,任它啼饥号寒而死,它自己独霸着母莺的哺育"。杜鹃不仅"毛羽不美,它的习性专横而残忍"。然而在郭沫若看来,问题并不出在杜鹃身上:"杜鹃就只是杜鹃,它并不曾要求人们把它认为佳人、志士。"问题出在"欺世盗名"的"人面杜鹃"的存在,出在"过去和现在都有无数的'人面杜鹃'被人哺育着"。这一提示值得深思。

1942年5月29日刊发在《新华日报》上的《银杏》,也是一篇很有独特审美内蕴的散文诗。郭沫若以其广博的生物学知识,介绍了一般人所不知道的银杏这种史前时期古老孑遗的特性:是植物,却动物般地雌雄异株,依靠风力实现花粉与胚珠的交配;由于单株不能结实,且生长缓慢,全球各处逐渐稀少乃至绝迹,仅在中国得以长期生存,并依靠人工栽培移植到日本。因此,他赞美银杏"完全是由人力保存下来的奇珍","真应该称为中国的国树"。作者从美、真、善的角度,由衷赞颂银杏主干的端直,枝条的蓬勃,叶片的青翠莹洁,夏日"为多少劳苦人撑出了清凉的华盖",秋天"碧叶翻成金黄","又会飞出满园的蝴蝶";"是一位巧妙的魔术师",却"没有令人掩鼻的江湖气息";那"嶙峋而又洒脱"的风貌,"恐怕自有佛法以来再也不曾产生过像你这样的高僧"。郭沫若笔下的银杏,是坚韧、高洁、质朴、庄重的民族优秀品格的象征,是具有悠久历史的中国国格的化身。全篇浮想联翩,洋溢着浓郁的抒情味。正像作者在《丁东草》三章中形容《白鹭》那样,《银杏》也同样是"一首韵在骨子里散文诗"。

除了富有战斗性的《羽书集》、《沸羹集》、《天地玄黄》等杂文、政论外,郭沫若后来的散文主要运用记叙体来写多卷本自传,如《我的童年》、《反正前后》、《创造十年》、《创造十年续编》、《北伐途次》、《脱离蒋介石以后》、《海涛集》、《洪波曲》等,总计篇幅近二百万字。他通过自己的个人经历,记述大时代的变迁,涉及一系列真实的历史人物和重大的历史事件。作者笔走龙蛇,吞吐风云,体现出爱憎分明的强烈是非感和诗人兼散文家的热情奔放的鲜明个性。它们既显现一定的文学华彩,又具有相当的史料价值。

新月社的徐志摩,也是在新诗和散文两方面都有重要成就的作家。他是五四浪漫派散文在一个方面的代表。徐志摩先后出版过《落叶》、《巴黎的鳞爪》、《自剖》和《秋》四本散文集。这些散文率性而作,信马由缰,行文灵动,感情奔放,题材大小不拘,却都向读者敞开心扉,直面性灵。加之想象奇妙,文辞繁丽,风格潇洒飘逸,让人读来轻松舒爽,获得盛暑喝冰水般的快感。

徐志摩生性天真好动,从小涉猎广泛,对天文、物理、数学和文学、历史都有兴趣。他自己说:"我是一只没笼头的野马,我从来不曾站定过。"(《迎上前去》)"我的心灵的活动是冲动性的"(《落叶》)。据赵家璧回忆,徐志摩自认最喜欢的还是天文,他曾读了许多天文书籍,常在夏夜观察天空,琢磨着各种星座的神态,思考和探索着宇宙的奥秘。正因为这样,他在留学美国与英国期间,才对爱因斯坦相对论及"四维时空"说颇为入迷,还参考六种英文著作,撰写了一篇《安斯坦相对主义——物理界大革命》的文章,在梁启超主编的《改造》杂志第 8 期(1921年 4 月)上发表。他的散文诗《夜》,在对浩渺星空的赞美中,确实留下了爱因斯坦学说的痕迹。在《猛虎集·序》中,他也说:"二十四岁以前,我对于诗的兴味远不如我对于相对论或民约论的兴味。"这种对自然科学的强烈兴趣与他对文学的热爱相互融合,反过来又大大增进和深化了他对大自然的感情,使他崇拜自然,亲近自然,相信大自然是人类最伟大的导师,在大自然中可以发现无穷尽的真和美。

了解徐志摩性格中的这一特点,有助于真正领会他散文的审美内涵与思想意义,不致像过去那样造成误解。

徐志摩散文进入艺术的成熟期是在 1925—1926 年间,但早年散文也颇有可观之处。如《北戴河海滨的幻想》就是一篇美文,它以富有诗意的语言反顾了青少年阶段值得珍惜的人生:"青年永远趋向反叛,爱好冒险;……他厌恶的是平安,自喜的是放纵与豪迈。无颜色的生涯,是他目中的荆棘;绝海与凶巘,是他爱取自由的途径。他爱折玫瑰,为她的色香,亦为她冷酷的刺毒。他爱搏狂澜:为他的庄严与伟大,亦为他吞噬一切的天才"。这就是徐志摩! ——一个爱自由、爱冒险、充满真性情的徐志摩!《泰山日出》实写登玉皇顶观看霞彩变幻、壮丽辉煌的日出,在象征的意义上,却又寄托了对泰戈尔这位东方杰出人物的尊敬和怀念;用作者自己的话来说:"亦是我想望泰戈尔来华的颂词"。《"就使打破了头,也还要保持我灵魂的自由"》是一篇饱含激情的随笔。作者对北洋政府教育总长彭允彝干涉司法的丑行义愤填膺,坚决站在维护正义的立场上,支持北大校长蔡元培以辞职表示抗议、表示"不合作"的《声明》。文末提出:"我们应该同情这番拿人格头颅去撞开地狱之门的精神。"应该说,这些文字都写得相当富有青春气息。

当然,更值得称道的应该是 1925 年以后徐志摩那些写得潇洒,体验深切,艺术上圆熟的散文,如《翡冷翠山居闲话》、《我所知道的康桥》、《天目山中笔记》、《想飞》、《话》、《海滩上种花》、《我的彼得》、《伤双栝老人》等作品。它们最能见出作者的性情和才华。

以《翡冷翠山居闲话》为例,就写得活泼自然,无拘无束,如行云流水。文章从"像是去赴一个美的宴会"开头,引得读者兴味油然而生。接着作者就絮絮道来,介绍自己的体验:"作客山中的妙处,尤在你永不须踌躇你的服色与体态;你不妨摇曳着一头的蓬草,不妨纵容你满腮的苔藓;你爱穿什么就穿什么;扮一个牧童,扮一个渔翁,装一个农夫,装一个走江湖的吉卜赛,装一个猎户,你不必提心整理你的领结,你尽可以不用领结,给你的颈根与胸膛一半日的自由……"。又说:"这样的玩顶好是不要约伴",因为有了伴总得叫你分心,"只有你单身奔赴大自然的怀抱,像一个裸体的小孩扑入他母亲的怀抱时,你才知道灵魂的愉快是怎样的"。"我们浑朴的天真是像含羞草似的娇柔,一经同伴的碰触,他就卷了起来,但……你一个人漫游的时候,你就会在青草里坐地仰卧,甚至有时打滚,因为草的和暖的颜色自然的唤起你童稚的活泼;在静僻的道上你就会不自主的狂舞,看着你自己的身影幻出种种诡异的变相,因为道旁树木的阴影在他们纡徐的婆娑里暗示你舞蹈的快乐;你也会得信口的歌唱,偶尔记起断片的音调,与你自己随口的小曲,因为树林中的莺燕告诉你春光是应得赞美的;……"全篇不长的文字,却将春天山野的妩媚与温柔抒写得如此入迷,成串的妙喻和想象竟又如此奔泻而出,让人读来感到那么舒爽亲切,赏心悦目和富有情趣,作者的性灵也就敞露无遗。徐志摩不仅是美的热心发现者,而且是美的成功传播者和创造者,他善于将自己的这些发现化为美文,与读者交流分享。

《我所知道的康桥》也是徐志摩代表作之一。他曾说:"我早想谈谈康桥,对它我有的是无限的柔情。但我又怕亵渎了它似的始终不曾出口。"直到 1926 年初,他才开始在《晨报副刊》上连载这篇文章。他笔下写出的,是经过他性灵浸润了的美。他说:"康桥的灵性全在一条河上;康河,我敢说是全世界最秀美的一条水。""康河的精华是在它的中权,著名的'Backs',这两岸是几个最蜚声的学院的建筑。……它那脱尽尘埃气的一种清澈秀逸的意境可说是超出了画图而化生了音乐的神味。再没有比这一群建筑更调谐更匀称的了!论画,可比的许只有柯罗(Corot)的田野;论音乐,可比的许只有萧班(Chopin)的夜曲。就这,也不能给你依稀的印象,它给你的美感简直是神灵性的一种。"同样令作者神往的,是与康桥人文环境相协调的自然环境。据他的体验,"在康河边上过一个黄昏是一服灵魂的补剂"。"在星光下听水声,听近村晚钟声,听河畔倦牛刍草声,是我康桥经验中最神秘的一种:大自然的优美、宁静,调谐在这星光与波光的默契中不期然的淹入了你的性灵。"除了黄昏,他还在多少个清晨去树林里散步,听鸟语,盼朝阳,察春信;多少个傍晚骑着自行车追赶落日,欣赏康桥一带的晚景,观看西天云霞的变幻,甚至在羊群归来的时刻突发感悟,望着夕阳的万缕金辉下跪。徐志摩说:"我这一辈子就只那一春,算是不曾虚度。就只那一春,我的生活是自然的,是真愉快的!"作者袒露自己的心扉,让他的作品如清风习习吹拂,似山泉潺潺流淌,直面读者的性灵。

在徐志摩多篇散文中,都渗透着一个重要思想:自然是人类最伟大的先生,也是人们精神生活的无限源泉。这已成为他审美理念的一个组成部分。《天目山中笔记》称松声、竹韵、鸟叫、虫鸣为"天然的笙箫",认为这些音响"来得纯粹,来得清亮,来得透彻,冰水似的沁入你的脾肺","分明有洗净(灵魂)的功能"。《翡冷翠山居闲话》也说:"什么伟大的深沉的鼓舞和清明的优美的思想的根源不可以在风籁中，云彩里，山势与地形的起伏里，花草的颜色与香息里寻得？自然是最伟大的一部书，葛德（歌德）说，在他每一页的字句里我们读得最深奥的消息。……只要你认识了这一部书，你在这世界上寂寞时便不寂寞，穷困时不穷困，苦恼时有安慰，挫折时有鼓励，软弱时有督责，迷失时有南针。"在《话》这篇演讲中，他更强调自然的不可穷尽性和生命的理想境界："我们决不可以为单凭科学的进步就能看破宇宙结构的秘密。……这无穷尽性便是生命与宇宙的通性。知识的寻求固然不能到底，生命的感觉也有同样无限的境界。"作为个体的人，"只要在有生的期间内，将天赋可能的个性尽量的实现，就是造化旨意的完成"。"不能在我生命里实现人之所以为人，我对不起自己。在为人的生活里不能实现我之所以为我，我对不起生命。"可见，徐志摩的自然观与人生观是统一的，积极向上的。他的亲近自然、赞美自然，完全不含有过去有人指责的所谓"逃避现实斗争"的成分。

如果说《翡冷翠山居闲话》、《我所知道的康桥》、《天目山中笔记》等散文较多体现了徐志摩性格上潇洒、通脱、追求美好、热爱自由的一面，那么，《海滩上种花》、《落叶》等则较多显示了他坚韧、执著、为理想不息奋斗的一面。"海滩上种花"原是贺年卡上设计的画面。海滩上当然很难种成花，但画面出现的是个孩子，他一手把花往砂里栽，一手拿壶淡水准备浇。在孩子看来，只要天天浇一壶淡水，花也许就能活。设计这个贺卡的，就是徐志摩自己和他的画家朋友，他们用这幅画来进行自我嘲讽，象征他们这群天真的大孩子其实很可能是一群呆子和傻瓜，他们想在近代中国这个"比沙漠还要干枯的社会里"播种"几颗文艺与思想的种子"，难得有几分希望。但他们又"像在海砂里种花的孩子一样"，有一个很单纯的信念："宗教家为善的原则牺牲，科学家为真的原则牺牲，艺术家为美的原则牺牲——这一切牺牲的结果，便是我们现有的有限的文化。"所以，徐志摩说："花也许会消灭，但这种花的精神是不烂的！"在《落叶》中，徐志摩特别反对"精力的散漫，志气的怠惰，苟且心理的普遍，悲观主义的盛行"，主张"Everlasting Yea!"意思就是要对生活永远持积极肯定的态度，这与《海滩上种花》的那份赤子之心也是一致的。

徐志摩散文体现出的想象力是奇妙而惊人的，只要读读《想飞》这篇作品，就能有所感受。在文章前半篇，作者就向读者提出一个问题："你能不能把（云雀发出的）一种急震的乐音想象成一阵光明的细雨，从蓝天里冲着这平铺着青绿的地面不住的下？"在作者的感觉中，飞上天的云雀们发出的快乐的叫声就像一颗颗极细小的精圆的珠子从云端里往外唾，因而成为光明的细雨（这也就是"通感"）。想象，对徐志摩来说，乃是与生俱来的性格。他天生就爱想象，而且想插上翅膀飞翔。他说："是人，没有不想飞的。老是在这地面上爬着够多厌烦，……飞出这圈子！到云端里去！哪个心里不成天千百遍的这么想？飞上天空去浮着,看地球这弹丸在太空里滚着,从陆地看到海,从海再看回陆地。凌空去看一个明白——这才是做人的趣味,做人的权威,做人的交代。这皮囊要是太重挪不动,就掷了它,可能的话,飞出这圈子,飞出这圈子！"他认为:"人们原来都是会飞的。天使们有翅膀,会飞,我们初来时也有翅膀,会飞。我们最初来就是飞了来的,有的做完了事还是飞了去,他们是可羡慕的。但大多数人是忘了飞的,有的翅膀上掉了毛不长再也飞不起来,有的翅膀叫胶水给胶住了,再也拉不开,有的羽毛叫人给修短了像鸽子似的只会在地上跳,有的拿背上一对翅膀上当铺去典钱使过了期再也赎不回……"开幽默的玩笑,也带上徐志摩式的想象。按照徐志摩的想法,人的一切离不开想象:"诗是在翅膀上出世的;哲理是在空中盘旋的。""人类最大的使命,是制造翅膀;最大的成功是飞！"这里展露的完全是一个浪漫主义者的本色。连他散文中比喻的丰富和文辞的华丽,也都是由这个特点所决定的。他在翻译曼斯菲尔德的短篇小说《刮风》时写的前言中说:"曼殊斐儿文笔的可爱,就在轻妙——和风一般的轻妙,……是远处林子里吹来的微喟,蛱蝶似的掠过我们的鬓发,撩动我们的轻衣,又落在初蕊的丁香林中小憩,绕了几个弯,不提防的又在烂漫的迎春花堆里飞了出来……"这类文字恐怕只有徐志摩才能想象出来。无怪乎沈从文要称徐志摩为"才气横溢光芒四射"[①]的诗人和散文家了。

---

① 沈从文:《友情》,见《新文学史料》1981 年第 4 期。

第八章
五四后的小说与戏剧

第一节 "为人生"的思潮与文学研究会诸作家的小说

鲁迅在《新青年》上发表《狂人日记》、《孔乙己》、《药》后,《新潮》、《晨报》第七版、《民国日报》副刊《觉悟》以及改革后的《小说月报》均纷起响应,相继推出新体白话小说。新潮社并非文学社团,但对文学革命给予相当的重视和支持。仅《新潮》杂志上,两年内就涌现出了汪敬熙、罗家伦、杨振声、叶绍钧、俞平伯、欧阳予倩六位小说作者。他们都赞同《新青年》的"文学为人生"的主张,"每作一篇,都是'有所为'而发,是在用改革社会的器械,——虽然也没有设定终极的目标"。①汪敬熙(1897—1968)的短篇集《雪夜》,据《自序》所述,"力求着去忠实的描写我所见的几种人生经验",技巧虽不熟练,但具有一定的生活实感。其中《雪夜》一篇,描写贫苦家庭的困境,对陷于不幸的妇孺表示同情,对卑劣暴戾的"一家之主"给予鞭挞。《一个勤学的学生》则细致地刻画了热衷于仕途者的心理,揭示了封建教育对青年的毒害。杨振声(1890—1956)的短篇如《渔家》、《一个兵的家》、《贞女》等篇,虽然都是速写式作品,却表现了"极要描写民间疾苦的"②倾向;稍后的中篇《玉君》,更是构思精巧,文笔洗练,艺术上获得了显著的进展。在《晨报》上崭露头角的冰心,后来与文学研究会其他成员如叶绍钧、许地山、王统照、庐隐、孙俍工等一起,共同以《小说月报》为阵地,各自展示其新锐的锋芒。叶绍钧的短篇,几乎在《小说月报》上达到了每期一篇的程度。

五四初年的小说,很大一部分是问题小说。按照周作人的说法,中国过去只有"教训小说",而没有"问题小说"③。只是到五四文学革命之后,以民主主义和社会主义两大思潮的传播为背景,问题小说才随着一批新的小说作者的出现而

---

① 鲁迅:《中国新文学大系·小说二集导言》,收入《且介亭杂文二集》时改"导言"为"序",《鲁迅全集》第6卷,人民文学出版社2005年版,第247页。
② 鲁迅:《中国新文学大系·小说二集导言》。
③ 见周作人:《中国小说里的男女问题》,《每周评论》第7号,1919年2月。

兴盛起来。鲁迅谈到自己最初的创作意图时说：他之所以要将"上流社会的堕落和下层社会的不幸"用小说写出来，"原意其实只不过想将这示给读者，提出一些问题而已，并不是为了当时的文学家之所谓艺术。"①他的第一篇白话小说《狂人日记》，提出的就是家族制度和封建礼教"吃人"的重大问题；《药》，又提出革命者的血如果只能成为于群众毫无益处的"药"，那将是多么可悲的问题；……胡适不但在《建设的文学革命论》中，倡导文学作品去描写"近日新旧文明相接触，一切家庭惨变，婚姻痛苦，女子之位置，教育之不适宜……种种问题"，而且自己也动手来写"问题小说"。1919年《新生活》杂志第二期上，就刊载了胡适写的《差不多先生传》，专门揭露、批判了中国人什么都马马虎虎的"国民劣根性"，小说主人公把各种不同的事物都看成"差不多"，得了病不请医生而请兽医，终于导致自己的死亡。《新潮》上的小说，像汪敬熙的《谁使为之？》，罗家伦的《是爱情还是苦痛？》，叶绍钧的《这也是一个人？》，连题目都带着问号。《晨报》第七版和改革后的《小说月报》上，同样发表过许多问题小说，涉及的领域和问题都非常广泛。"问题小说"在五四时期的风行，主要反映了新思潮的迅速传播和大批知识青年、文艺青年的觉醒。它适应当时思想启蒙运动的需要，又是当时思想启蒙运动的一种结果。

　　冰心在1919年、1920年最初两年里写的几乎都是"问题小说"。她可以说是文学研究会初期作家在这方面的一个代表。《两个家庭》写了两个同样是归国留学生的家中，由于主妇生性教养不同而造成的截然相反的结局。贤妻良母式的亚茜，婚前受过完美教育，婚后能相夫教子、温柔体贴，因而琴瑟和谐，生活美满；另一女主人则娇憎奢侈，成天打牌，不理家政，终至经济拮据，将丈夫逼上了死路。《斯人独憔悴》以五四爱国运动为背景，正面表现大官僚家庭中，父子两代的矛盾冲突，揭露封建当权势力的专横暴虐，表现了青年一代爱国意识与民主思想的觉醒。虽然官僚父亲与顽固校长相勾结，软禁了颖铭、颖石兄弟，使之报国无门，连上学的权利也被剥夺。他们本身也由于长期处于封建专制淫威之下，不免染上了精神软骨病。然而，时代的阳光既已照临这个墓穴般阴森的封建家庭，新的一代的觉醒和走向反抗最终将是不可遏阻的。作品用洗炼的笔墨和讲究的构思，从一个官僚家庭的特定角度，表现了时代潮流的有力激荡。小说发表后不久，就被学生剧团搬上话剧舞台。《去国》写了主人公朱英士怀抱科学救国之志学成归国，却面对北洋军阀统治下极其污浊、混乱的社会，无法施展其报国之才，终于痛心离去，显示了当时的黑暗政局已到了扼杀一切生机的地步。《晨报》刊

---

①　鲁迅：《集外集拾遗·英译本〈短篇小说选集〉自序》，《鲁迅全集》第七卷，人民文学出版社2005年版，第411—412页。着重号为引者所加。

出后,曾有人撰文评论道:"对于这篇《去国》,我决不敢当他(它)是一篇小说,我以为他(它)简直是研究人才问题的一个引子。"①可见它在读者心目中具有何等分量了。《秋风秋雨愁煞人》则提出了青年虽有高远理想却为包办婚姻所困,虽生犹死的问题。这些小说中的矛盾冲突,虽未能充分展开,而提出的问题本身,却仍是相当尖锐并富有五四时代气息的。《最后的安息》、《是谁断送了你?》两篇以女主人公(一为童养媳,一为女学生)之死,控诉了封建伦理习俗对妇女的压迫。只有一千多字的《三儿》,写了捡垃圾的贫家孩子为拾弹壳进入靶场以致被打死的惨剧,显示出少年坚强的品性,思想和艺术上都很有不一般之处。所有这些作品,虽然止于向读者提出问题,然而形象本身却已具有迫人深思的强劲力量。

也许由于对社会问题的思考推动作者采取更积极的态度,也许由于泰戈尔作品和基督教哲学对作者的影响有所加深,也许有感于五四落潮之后知识青年中忧郁冷漠倾向的渐次增多,稍后,冰心在小说中开始对人生问题正面提供自己的答案:以母爱、童心为支点的爱的哲学。如果说《世界上有的是快乐……光明》标志着这一转折的起点,随后的《超人》、《悟》则显示了这一趋向的明朗化。《超人》写一位受了尼采哲学影响的"冷心肠"青年何彬的转变。促成这种思想转变的机缘,是何彬因厌烦邻居禄儿腿伤呻吟而给钱让他治病,以及禄儿伤愈后送来的感谢信和花。何彬由双方母亲的爱,终于觉悟到"世界上的儿子和儿子都是好朋友",因而眼中闪出"悔罪的泪光"。《悟》中那个认为"人生只有痛苦"的钟梧,最后也认识到:"有了母亲,世上便随处种下了爱的种子"。几篇小说写作态度极为真挚恳切,却因有时过于依靠推理,反使艺术感染力有所削弱。可贵的是,冰心将自己这份虔诚、博大的爱,首先献给了普天下的劳动者。她写了一系列以自己熟悉的劳动者为主人公的小说,献出真诚的爱心。《六一姊》写的是邻家乳娘的女儿,"她只比我大三岁",生性有点腼腆,然而却是聪明能干,善良真诚,从外形到心灵都美的人。她能在"我"因衣着和天足遭到众多女伴议论时,从容地用一句话使"我"摆脱尴尬场面:

> 百般局促之中,只听得六一姊从容的微笑说:"值得换衣服么?她不到棚里去,今天又没有什么大戏。"一面用揽围着我的手扶我的肩儿,似乎教我抬起头来的样子。
>
> 我觉得脸上红潮立时退去,心中十分感激六一姊轻轻的便为我解了围。我知道这句话的分量,一切的不宁都消失了。……

---

① 《读冰心女士的〈去国〉的感言》,载 1919 年 12 月 4 日《晨报》。

在"我"心目中,六一姊出嫁后也"永远是一个勤俭温柔的媳妇"。这篇写成于美国的小说,没有用文字写出来的画外音特别多:"这两天来,不知为什么常常想起六一姊";"不知为何,只常常想起六一姊";"写到此泪已盈睫"……可见"我"与这位主人公感情之深。《冬儿姑娘》一反作者平时清丽雅洁的风格,竟运用富有北京特色的大众语言,把京郊一个贫民女子那种蛮爽泼辣、吃苦耐劳、天不怕地不怕,却又善良孝顺的性格,刻画得淋漓尽致。她敢砸香头家的神仙牌位,敢让大兵都不亏欠一文钱,还能迫使偷拔老玉米的邻居站出来赔礼道歉,这一切都写得活灵活现,极其生动和成功。

抗战时期,冰心用"男士"为笔名写的小说《我的奶娘》、《张嫂》①,其主人公更是一些生活在下层,然而却爱国、识大体的可敬的劳动者形象。《我的奶娘》中的这位奶娘,便是一位有着特殊遭遇,丈夫被日本人气死的受害者,她有自己的切身感受,因而很有主见。"我的抗日思想,还是我的奶娘给培养起来的。"《张嫂》中那位童养媳出身的主人公,也是为人正直、以自己艰辛诚实的劳动在后方为抗战作出了贡献的姐妹。冰心就是一方面用自己的爱心写出这些赞美劳动者的作品,另一方面又从劳动者身上不断吸取美好的精神力量的。

王统照(1897—1957),字剑三,山东诸城人,出身于书香门第。1918年考入中国大学英文系,同年在《妇女杂志》上发表白话小说《纪念》;毕业后留校任教。他相当喜好爱尔兰象征派诗人叶芝(W. B. Yeats)的作品,自己也爱用象征手法进行新诗、小说创作,是文学研究会发起人之一。王统照在文艺上"重创造而不重因袭,重发挥个性不重装点派架";他以为美是人类生活的第二生命,"两性也,美也,最高精神上之爱也",他想象中追求建设的是"爱和美的社会"②。《沉思》里那个做模特儿的女子琼逸,想借艺术之力给人生以光明,不愿被别人自私地占有,便是作者理想的化身。《微笑》里的小偷阿根,因狱中女犯的一次"微笑"而受了感化,出狱后"居然成了有些知识的工人",也显示了"美"与"爱"的神秘的魔力。这些收在《春雨之夜》集里的小说,确如作者晚年自评的那样:多以理想来"设境或安排人物","重在'写意'"③。稍后的《湖畔儿语》和《号声》、《霜痕》两集里的作品,则较多地将笔端移向不合理现实的暴露和控诉上面。《湖畔儿语》借流浪儿童的答话,侧面写出了一个贫家主妇沦为暗娼的惨境。《生与死的一行列》为那些孤苦无告而只能"相濡以沫"的下层劳动者鸣不平。《沉船》对外国商轮贪利超载、溺毙灾民的罪行表示抗议。《鬼影》、《司令》等篇则对旧制度下种种

---

① 均收入《关于女人集》。
② 见瞿世英:《春雨之夜·序文》,载1923年10月1日《晨报副刊·文学旬刊》。
③ 见《王统照短篇小说选集·序言》,人民文学出版社1957年版,第1页。

荒淫混乱的社会现象予以讽刺和抨击。这些都是"切实地尝试到人间的苦味"的产物。北方农村生活的长期体验积累,终于使作者在三十年代初期写出了相当深厚扎实的长篇小说《山雨》。小说主人公奚大有是个"最安分、最本等、只知赤背流汗干庄稼活"的农民,接二连三的灾难和不幸却不断降落到他的头上。卖菜仅为八个铜子被大兵拘押,落了个为赎身而卖地、丧父的结局。此后,预征钱粮,强派学捐,旱灾,土匪,出兵差,饥兵骚扰,这一切全村人都逃不过的灾难,也同样落在奚大有的头上,使他终于失去了对土地的依恋,带着全家离开了"这残破、穷困、疾病、惊恐的乡间",到都市去另觅活路。作品对奚大有变化过程的描写,"细密而具体",使"农民被掠夺的过程在我们眼前展开了一幅惊心的图画",成为"血淋淋的生活的记录"①。

  王统照还有写五四知识青年动向的长篇小说《春华》也值得注意。全面抗战爆发后写于"孤岛"上海的短篇小说《华亭鹤》,则于含蓄蕴藉之中寓有坚贞的气节操守,是一篇外柔内刚、象征意味很重的好作品。

  文学研究会另一位发起人许地山(1893—1941),是五四后一位风格独异的小说作家。他原名赞堃,字地山,笔名落华生,台湾台南人,甲午战争后全家迁回福建龙溪。幼年随父读书。中学毕业后因家境衰落,曾在闽南漳州、缅甸仰光任教。1917年考入燕京大学,获文学学士、神学学士学位。因投身五四爱国运动而结识郑振铎、瞿秋白并共同编译《新社会》旬刊。1923年至1926年间在美国哥伦比亚大学、英国牛津大学潜心攻读宗教史和比较宗教学,获文学硕士。返国后在燕京大学、北京大学、清华大学讲授宗教学、印度哲学、人类学、民俗学等课。

  许地山自1921年起在《小说月报》上连续发表小说,同样认真地探讨着人生的目的、意义及对待爱情应有的态度等问题,却和其他作家的"问题小说"又显得颇为不同。他的早年作品多取材于闽粤或南亚地区,不但热带的景物风光、人情习俗掩映如画,而且故事内容还具有独特的宗教背景,呈现出相当繁复的生活情理。处女作《命命鸟》提出的便是青年恋爱婚姻问题。小说女主人公敏明与男友加陵是仰光佛教法伦学校中相识已七八年的老同学,两人感情非常好,然而门第不当,生肖不合,敏明的父亲还请盎师施法离间。敏明在催眠状态中由"瑞大光"引导,见到了极乐世界诸般美好和谐的景象,也目睹了对岸"情尘"世界男女互相诳骗又相互啮食的种种丑态,因而有所感悟。涅槃节前的晚上,决心要做"命命鸟"的敏明、加陵二人终于手牵手从容步入绿绮湖中,"好像新婚的男女携手入洞房那般自在,毫无一点畏缩"。这里既清晰体现了主人公以殉情反抗封建家长的实际意向,又突出显现了佛教徒涅槃归真的教义内涵,同时也表达了作者自身的

---

① 茅盾(东方未明):《王统照的〈山雨〉》,《文学》第1卷第6号,1933年12月。

"无我相"①的恋爱观:真正的爱情应该是同患难、共命运、经得住生死考验的。这种多重复合的丰富意蕴,构成了许地山小说的一个特点。名篇《缀网劳蛛》则提出和探讨了人生目的、意义问题,富有哲理和诗意。从社会学角度看,小说通过尚洁由童养媳起的前半生经历,实际上已显示了封建男权社会中妇女所受的惨重压迫。但从善良、坚韧、忍让、低调的女主人公自身来说,她只求问心无愧,始终如蜘蛛一般,不断地忙着缀补生活这张时时会残破的网。心胸狭窄、粗暴的丈夫长孙可望出于自私和嫉妒,仅凭流言向教会写信诋毁尚洁的名誉,甚至用刀刺伤了她,把她赶出家庭,还禁止女儿与她接触。尚洁却既不谴责对方,也不为自己辩护,只是在友人帮助下迁往土华岛独居,做当地渔民欢迎的事。三年后,长孙终于自知错误而忏悔,求她宽恕并请重返家园,尚洁也决不趾高气扬,依然默默地做那些有益社会的工作。这就是女主人公可敬的"劳蛛"式的人生态度。包括《商人妇》、《换巢鸾凤》在内,这些作品都有浓重的地方色彩,故事情节曲折,语言晓畅明快,人物性格大多坚毅厚实,却又常带着宗教徒的虔诚乃至命定论思想,较少对不合理现实进行正面反抗。

许地山小说创作后来有重要发展。1934年发表的短篇小说《春桃》,生动地写出了遭受苦难的劳动人民之间的纯厚情谊和他们的高尚品性。春桃与李茂在新婚之夜因兵灾被冲散,她流落到北京以捡拾破烂为生,难友刘向高成为她的搭档与同居者。几年后,春桃又在街头发现了因参加义勇军抗日而失去双腿只得行乞的李茂,毫不犹豫地将他接回住地。就在春桃处理和两个男子关系的过程中,小说成功地塑造出了一个倔强、善良、豪爽、果敢,勇于突破男权传统,性格迥异于尚洁的劳动妇女形象。此外,作品在将小说戏剧化方面,人物语言的潜台词化方面,叙述语言的京味特色方面,以及性格刻画与情节进展的完全融合方面,都有出色的创造。《春桃》在艺术上堪称是一篇精彩和圆熟的作品。它标志着作者创作上的一个里程碑。全面抗战爆发后,随着生活视野的更加开阔和爱国热情的如泉迸发,作者更写出了以海外归来的军工工程师设计潜艇为题材的《铁鱼底鳃》这样的优秀短篇。

女作家庐隐(1898—1934),也是以探索人生问题来开始自己的创作生涯的。她原名黄英,出生于福建闽侯县官宦之家。童年来到北京,1919年考入国立女子高等师范专科学校国文部,与石评梅为挚友。最初在《小说月报》上发表的一些短篇,接触了社会现实的某些方面。例如《一封信》写贫家女儿被恶霸巧夺为

---

① 见许地山小说《无法投递之邮件》第七封信:给爽君夫妇。在作者看来,"无我相"就是"能够把自己的人格忘了,去求两方更高的人格"。《命命鸟》中那句歌词:"我和你永远同在一个身里住着。我就是你啊,你就是我。"近似此境。

妾以致惨死的悲剧;《两个小学生》揭露军阀政府屠杀请愿的小学生的罪行;《灵魂可以卖么?》倾诉纱厂女工的不幸遭遇,提出"灵魂应享的权利"问题。但正如作者自己所说,这类题材"多半由于间接听来,或者空想出来的"①,缺少真切的体验,因此作品的实感较差,技巧也较为幼稚。生活领域的狭窄,使她只能主要去描写自己以及身边的人物。从《或人的悲哀》起,"'人生是什么'的焦灼而苦闷的呼问在她的作品中就成了主调"②。庐隐和冰心几乎是同时发问的,然而答案却截然不同。冰心的作品是想把读者从人生烦苦中引向"爱"的温暖的梦境,庐隐却像她自己所说,是想努力"打破人们的迷梦,揭开欢乐的假面具"③,引读者去恨世,厌世。《或人的悲哀》中的亚侠,受不住环境刺激和疾病折磨而自杀;《丽石的日记》里的丽石,在同性恋爱的幻想破灭之后,抑郁地死于"心病";《海滨故人》里露沙等一伙聚首言欢的女友,曾几何时即风流云散,离情悠悠,空自叹息。收在短篇集《海滨故人》里的这些作品,都是在恋爱问题的外衣下,发出对"恶浊的社会"、"糟糕的人生"和"人类的自私心"的诅咒。女主人公大多刚从狭小的家庭牢笼中挣扎出来,热情而敏感,空想而怯于行动,好强而其实脆弱,因此只能在矛盾中过着苦闷、哀伤的生活。这里面自然印有庐隐个人的经历以及叔本华厌世哲学对她的影响,却也代表了五四以后一部分已经觉醒而仍负荷着几千年传统思想重压的女知识青年共有的精神状态。此后的短篇集《曼丽》、《灵海潮汐》中,《父亲》和《秦教授的失败》等篇揭露了旧家庭代表人物的种种丑态,表现了作者对封建当权势力的愤慨,较有社会意义;更多的作品主题情调仍如《海滨故人》,甚至有更浓重的悲观厌世色彩。庐隐的这些小说,大多采取自传式的书信体或日记体,文字清浅、直切、劲健、自然,并不炫奇斗巧,但缺少琢磨,故事结构也不免松散拖沓。1929 年以后发表的《归雁》、《象牙戒指》、《女人的心》等中篇,布局较前严整,风格转向明快,悲观色调较少。其中《象牙戒指》以石评梅、高君宇为原型,写了沁珠、子卿间用自己生命为代价所构筑的一出凄婉的爱情悲剧,同时谴责了卑劣者玩弄女性感情并且加以炫耀的丑恶行径。全篇结构讲究,文笔清丽而富有诗意。作者特意设计了让女主人公最贴心的友人素文与"我"作为见证人来叙述全部故事,通过她们的眼睛和感受抒写出来,因而更为真切感人。这部作品代表了庐隐艺术上的最高成就。1936 年初作为遗著出版的中篇《火焰》,则正面描写上海军民奋起抗击日寇侵略的"一·二八"之战,虽然近于报告速写,却表现了作者关心现实的精神和突破旧题材的可贵努力。

---

① 《庐隐自传》,见《庐隐选集》,福建人民出版社 1985 年版,第 591 页。
② 茅盾:《中国新文学大系·小说一集导言》。
③ 《庐隐自传》,见《庐隐选集》,福建人民出版社 1985 年版,第 591 页。

1923年以后,文学研究会还涌现过几位因写作乡土小说而受人注意的作家,如鲁彦、许杰、彭家煌、蹇先艾。

鲁彦(1901—1944),原名王衡,浙江镇海人,出生于农村小有产者家庭,少年时代在乡间度过。曾去上海当过商店学徒,后来依靠勤工俭学到北京上学,听过鲁迅在北大讲的中国小说史课程,还通过学习世界语从事文学翻译工作。

鲁彦于1923年开始创作,先后有短篇小说集(或与散文合集)《柚子》、《黄金》、《童年的悲哀》、《小小的心》、《屋顶下》、《雀鼠集》及中长篇《乡下》、《野火》等出版。诚如施蛰存所说:"鲁彦曾译过一些欧洲的民间文学,也懂得一些民俗学,大概多少受到爱罗先珂、周作人、江绍原等人的影响。因此,在他的作品里,明显地透露着他对民俗学的趣味。"[①]早年的《菊英的出嫁》,便是写"冥婚"这种风俗的。为死去的女儿办婚事,也要合八字,讲门户,出嫁时也要用轿,而且还要置办一大套嫁妆(男方送来400元大洋יא聘金),一路上还有长长的仪仗队,从此活着的两户人家就真的成了亲家。尤其令人感到惊奇的是:菊英的母亲为早已亡故的女儿办这桩婚事,绝对没有一丝马虎应付、敷衍塞责的态度,她是极度认真、极度快乐地做着这一切的。在这位母亲的想象中,菊英此刻一定是既高兴又害羞,"两颊上突然飞出来两朵红云"。母亲还庄重地训导菊英:要好好服侍丈夫,"明年就给他生一个儿子!对于公婆要孝顺,要周到……不要被人家说半句坏话,给娘争气,给自己争气……"可见,相信女儿在阴间需要结婚并且会对婚事满意,这种思想在菊英的母亲已经深入骨髓,到了如痴如醉的地步。在迷信的背后,又隐藏着母亲对女儿深沉的爱!这些都是极其出色的描写。

鲁彦在反映资本主义金钱势力侵袭东南沿海农村引起人们思想变化方面,更加敏锐而深刻。他的多篇小说如《自立》、《黄金》、《许是不至于吧》、《桥上》、《阿长贼骨头》等,便写出农村商业化过程中市侩心理的严重孳长。代表作《黄金》通过如史伯伯家道衰落后一连串难堪的遭遇,淋漓尽致地显示了陈四桥这个农村小镇上市民趋炎附势、世情浇薄的状况,狠狠地鞭挞了人们之间那种冷酷可怕的关系。如史伯伯是个农村小有产者,原先在陈四桥有一定的地位,但由于自己年老力衰,也由于年轻的儿子一下子难挑家庭重担,不能按时寄钱回来,这就使他受尽了以势利著称的陈四桥人们的奚落与欺凌。如史伯母去阿彩婶家串门,被认作是来求借,于是遭冷颜相待,事后还传出许多难听的话。镇上人家办喜事时,昔日德高望重的如史伯伯,席间竟受到肆无忌惮的嘲笑与作弄。女儿上学受老师轻践。连"强讨饭"的知道他们穷了,也"故意来敲诈"。……作者按照

---

① 施蛰存:鲁彦《黄金》集《重印黄金题记》,见《施蛰存七十年文选》,上海文艺出版社1996年版,第846—847页。

生活本身的逻辑,冷峻地写出如史伯伯已陷于凄惶不可终日的窘境。尽管作品结尾时,如史伯伯做了一个好梦,梦见儿子做了官,而且汇款来了,那些欺侮、嘲弄他的人"都跪在他面前磕着头"。这个结尾实在意味深长,它表明,这种好景只能出现在梦中。跟冷酷的现实相对照,这个看似"圆满"的梦,便更带有嘲讽的意味,既体现出作者对主人公不幸命运的同情,也包含了对主人公身上思想弱点的鞭挞。作品通过如史伯伯女儿之口,提出了"陈四桥人性格"的问题:

> 你有钱了,他们都来了,对神似的恭敬你;你穷了,他们转过背去,冷笑你,诽谤你,尽力的欺侮你,没有一点人心。

可见沿海农村在资本主义化过程中意识形态变化的剧烈和作者感受的深切。茅盾在《王鲁彦论》中谈到《黄金》时曾指出:"作者的描写手腕和敏锐的感觉,至少就《黄金》而言,是值得赞赏的。"

如果说鲁彦作品主要表现东南沿海农村在资本主义侵袭下发生的剧烈变化,那么许杰、彭家煌、蹇先艾的作品则着重表现中国传统农村的宗法性,它的闭塞、落后、残破却又强悍的方面。

许杰(1901—1993),浙江天台人。1922年在《越铎日报》副刊《微光》上发表小说。1924年在《小说月报》上刊发《惨雾》后,开始引起重视。他很勤奋,在二十年代就出版了四部短篇小说集:《惨雾》、《漂浮》、《暮春》和《火山口》。《惨雾》是一篇规模近于中篇的乡土小说,写了玉湖庄和环溪村农民为争夺河中淤积的一块沙洲而展开的械斗惨剧。两个本来好端端的常有嫁娶往来的邻村,却为了维护各自的一点利益与声誉,竟然在"同姓为亲,异姓为仇"的宗族思想作祟下,大打出手,越闹越凶,双方男子几乎全都卷进了这场野蛮厮杀。小说较多通过嫁到环溪村、婚后回娘家的香桂姑娘的视角来写,表现她内心的煎熬无奈和最后失去丈夫与堂弟时的极端悲痛和昏厥。通过这个特定人物设置,作品增强了对封建宗法观念批判与控诉的力量。虽然有些对话略嫌生硬,叙事角度不够统一,但作者在表现这场头绪纷繁的武斗进程时,安排得有条不紊,层次井然,虚实得体,依然显示了出色的文字组织才能。此后的《台下的喜剧》、《赌徒吉顺》、《大白纸》、《隐匿》等短篇小说,则在写法上显得更为活泼圆润。

1925年写的《赌徒吉顺》,是一篇最早写典妻制度的小说。吉顺是个二十八九岁的泥瓦匠,父亲早亡,少年时受岳父照管,跟岳父学到一手好手艺。后来交上几个游手好闲、不务正业的朋友,滋长了投机心理,染上赌博的恶习,一心想发横财,却不料越赌越输,越输越赌,欠下一身债务,终于答应把妻子典给别人。小说细致地描述了吉顺第一次拒绝典妻,到后来答应典妻,内心极度痛苦的心理变化过程;同时作为陪衬,也刻画了他妻子温顺、贤良然而过于软弱可欺的悲剧性格以及十分令人同情的命运。吉顺的堕落和他妻子被典的遭遇,显示了半殖民地半封建中国农村在资本主义金钱势力入侵下社会心理的某种变化和妇女更加痛苦的境遇。吉顺是中国封建社会沦为半殖民地社会这个大转变时期的产物。他的畸形性格,证明他是社会转变过程中"被生活的飞轮抛出来的渣滓"(茅盾语)。

彭家煌(1898—1933),名介黄,字韫松,湖南湘阴人。毕业于长沙第一师范。曾准备参加旅法勤工俭学,因舅父杨昌济去世而未果。后考入中华书局和商务印书馆任编辑。作品有短篇小说集《怂恿》、《茶杯里的风波》、《平淡的事》、《出路》、《喜讯》和中篇《皮克的情书》。他的小说不但取材较为开阔,并且讲究布局谋篇,活泼而有风趣,深刻而又圆熟,几乎篇篇隽妙。尽管因过早去世而作品不算很多,但在乡土作家中可谓是佼佼者。

彭家煌乡土小说的显著特点是用细腻而又简练的笔触,生动地反映了湖南洞庭湖边闭塞、破败的农村,真实地描写了活动在这个环境里的形形色色的人物。他写了贪婪的当地土财主,也写了强横的恶霸地头蛇;他写了可怜的被侮辱、被损害者,也写了凭一张能说会道的嘴巴混饭吃的农村流浪汉。这些人物形象都带着扑面而来的洞庭湖滨有潮味的泥土气息。以《陈四爹的牛》为例,它着重刻画了土财主陈四爹和外号叫"猪三哈"的看牛倌这两个人物。陈四爹是个"有钱有地而且上了年纪的人,靠着租谷的收入,本来可偷安半辈子",但他仍极贪婪、吝啬,简直想要从石头里榨出油来。他雇了猪三哈看牛,却不让吃饱饭,竟然说:"酒醉聪明汉,饭胀死呆驼,其所以你不灵活么,全是饭吃多了唦!"逼得猪三哈这个一生受尽欺侮的窝囊人饿着肚子,丢失了牛,终于自杀。《美的戏剧》更是完全用白描手法写了一个外号叫"秋茄子"的乡间裁缝因为没有活干,只好凭他能说会道的两片嘴皮骗饭吃,他把目标放在外地来的戏班子身上。看戏时先为一个演包公的黑头大声叫好,使演员对自己留下印象,然后等演员卸了妆就到后台闲聊,借机巧妙地吹捧对方,把这个演员吹捧得飘飘然。——而且这一切都做得不露痕迹。于是这个从外地来的演员把秋茄子引为知己,请他留下来吃饭。"秋茄子"不但美美地白看了一上午戏,而且还美美地白吃了一顿午饭。小说主要用富有湖南地方色彩的对话写成,把"秋茄子"形象塑造得极为生动。

成名作《怂恿》写了恶讼师式的乡绅牛七利用家族势力与冯姓财主斗法,却将老实、怯懦的族弟政屏夫妇当作牺牲品的故事。"牛七是豁镇团转七八里有数的人物",光绪年间用钱买过一个"贡士"出身。他平时诡计多端,又学过一点武艺,在地方上横行霸道,但两次较量都输给了外号叫"雪豹子"的冯雪河家族,甚至被县官革去了"贡士"头衔。旧恨新仇积在一起,他总想千方百计对开设裕丰店的冯家报仇。有一天,他自以为找到了机会:原来裕丰店收购政屏家两头猪,却没有来得及当场付款,于是牛七就教唆政屏故意找碴,逼对方把已经宰了的猪"还原",还出主意叫政屏妻子(二娘子)死到冯原拔家里去,硬栽人家一条人命,把事情闹大。政屏是个很窝囊的人,被封建家族观念迷住了心窍,又因为平常要到牛七家买粮食,非常害怕牛七这条地头蛇,就只好一切听从他的安排。他妻子也不愿到冯家去上吊,知道这个计划以后"关着房门痛哭了一场"。然而,尽管牛七如此处心积虑地周密策划,这场斗争的结果却大大出乎他自己的意料:政屏妻子虽然到冯家上吊,不久却被人发现,采用"上下通气"的办法给救活了,栽赃不成反而出了丑;借她娘家的人来大打出手,也没有多大成效,被冯家有势力的人出场镇住了。牛七再次落了个败局,陷入"赔了夫人又折兵"的困境。作品的喜剧性,正是通过这个恶霸地头蛇阴谋的失败,非常辛辣地显示出来的。出现在小说里的人物,几乎写一个活一个,无论是蛮横狡诈的牛七,昏庸怯懦的政屏,死守"出嫁从夫"、老实可怜到愚昧地步的二娘子,喜欢吹点牛、有一张买卖人伶牙俐嘴却还不失单纯的禧宝,等等,都写得活灵活现。特别是牛七和二娘子两个形象,可以说具有某种典型意义。从牛七身上,人们看到了中国地痞恶霸式农村封建势力的野蛮和凶残,连族人、亲属也只是他们斗法逞威风的工具。从受害最深的二娘子身上,人们看到了过去中国妇女尤其农村妇女命运的极其悲惨,她们竟可以被族人操纵,受丈夫支配,为两头猪去殉葬,可见她们的实际地位连动物都不如。正如茅盾评《怂恿》时所称赞的:"浓厚的'地方色彩',活泼的带着土音的'对话',紧张的'动作',多样的'人物',错综的故事的发展,——都使得这一篇小说成为那个时期最好的农民小说之一。"①

彭家煌的乡土作品,十分注重艺术构思。连每篇小说的题目,也都花费了一番心血。明明写的是兵灾,悲剧,小说的标题却是《喜期》,这就构成强有力的反衬,用表面上的"喜"来反衬实际上的"悲",使"悲"的效果更为强烈。明明写的是陈四爹的一位看牛倌,小说的题目却是《陈四爹的牛》,这不是由于作家的随意或粗心,而正说明作家颇具匠心,使作品变得意味深长,它暗示这位看牛倌本身就是一头牛,比牛还像牛,其地位甚至连牛都不如。写小孩子娶大媳妇这种风俗的那篇小说,题目叫《活鬼》,把含义完全相反的两个字,组合到了一起,很令人注目,引起读者的兴趣,同时也含蓄地透露了故事的谜底在哪里。《美的戏剧》这篇的题目,也是双关的:主人公"秋茄子"固然看了黑头等演员演的好戏,读者却还看到了真正的天才演员——"秋茄子"所表演的一场更精彩的戏,可以说是"戏外有戏"。这些题目都很耐人咀嚼。此外,他的小说也很讲究结尾的含蓄,留有韵味。《活鬼》在《小说世界》发表时,最末一段比较直露;收入短篇小说集《怂恿》时,作者作了修改,

---

① 茅盾:《新文学大系·小说一集导言》。

并且删去了最后一句,这就显得含蓄而耐人寻味了。彭家煌的作品,往往要经过多次修改才拿去发表,这就是它们之所以令读者感到"隽妙"的原因所在。

蹇先艾(1906—1994),贵州遵义人。父亲是清代举人,自幼教他联句作诗,打下旧学基础。十四岁随父来京,在北京读中学、大学。1925年与李健吾、朱大枏等组成新文学团体"曦社",出版刊物《爝火》。1926年由王统照介绍加入文学研究会。先后出版短篇小说集《朝雾》、《一位英雄》、《酒家》、《还乡集》、《踌躇集》、《盐的故事》、《乡间的悲剧》、《古城儿女》等。早期小说有一部分颇具乡土气息。1926年1月发表在《现代评论》上的《水葬》,反映贵州乡间将窃贼捆绑沉水的残酷习俗,是他的成名之作。小说由两大段速写组成:三十一岁的骆毛行窃被抓住后,被反绑着手,押往沙河边行刑,一路成群看热闹的男女老少围观与议论;时近黄昏,在桐村里,一位母亲则老眼昏花地靠在门边上久久等待儿子回家,她嘴巴里喃喃不断地说:"毛儿,你为什么出去一天一夜还不回来?"作者仿佛不动声色地描述了这一切,却产生着一种撼人心魄与发人深思的效果:无形中谴责了家乡这种蛮悍冷酷的风俗。这是一种用文学语言所进行的真正的启蒙。小说中下面这段文字,我们不妨看做是作者自己特意作出的重要提示:

> 文明的桐村向来就没有什么村长……等等名目,犯罪的人用不着裁判,私下就可以处置。而这种对于小偷处以"水葬"的死刑,在村中差不多是古已有之的。

这难道不值得人们深省么?鲁迅在《新文学大系·小说二集序》中说:"蹇先艾的作品是简朴的,……但很少文饰,也足够写出他心曲的哀愁。……如《水葬》,却对我们展示了'老远的贵州'的乡间习俗的冷酷,和出于这冷酷中的母性之爱的伟大,——贵州很远,但大家的情境是一样的。"此后,蹇先艾沿着《水葬》开辟的路,陆续写了一些从多方面反映故乡风物民情的作品,如《在贵州道上》、《到镇溪去》、《盐巴客》。三十年代中期起,他写了数量甚多的关心弱者、关心下层人民生活的短篇小说如《倔强的女人》、《福兴酒店》、《盐灾》等。他一生坚守文学为人生的主张,创造了扎实可贵的业绩。

第二节 叶绍钧的小说

文学研究会诸作家的创作中,最能代表其现实主义特色的,是叶绍钧的作品。

叶绍钧(1894—1988),字秉臣,入中学后改字圣陶。出生于苏州城内一平民家庭。幼时即与郭绍虞相识；中学时与顾颉刚、王伯祥为同学。1911年中学毕业，因家境窘困无力升学，次年起在江、浙、沪等地任教，并开始在报刊上发表诗文和文言小说。新文学运动兴起后，转而在《新潮》、《小说月报》、《晨报副刊》上刊出白话作品。为文学研究会发起人之一。

叶绍钧早年写作文言短篇[①]，据他自己所说，是较多地接触外国文学、特别是受了华盛顿·欧文《见闻录》影响的结果。这些小说，形式虽用文言，题旨比较浅显，但它们以朴实严肃的态度，"多写平凡的人生故事"[②]，揭露黑暗现实而同情下层人民，已经显示出被他后来的作品更加充分地发展了的一些特点。步入新文学界以前就能在生活经验和文字修养等方面有了一些准备，是叶绍钧不同于五四时期一般作家的地方。

叶绍钧写白话小说开始于1919年，正是作者进一步接受了新思潮洗礼之后。《隔膜》、《火灾》、《线下》这几个最初的短篇集内的作品，就都表现出鲜明的民主主义倾向。一部分作品直接描写了下层社会里被侮辱被损害的人们的不幸遭遇：有终生过着牛马生活的妇女（《一生》[③]），有遭受沉重租税盘剥的农民（《苦菜》、《晓行》），也有家境贫困无力读书的儿童（《小铜匠》）。作者在写到他们时，虽然用的是朴素、平实的笔墨，却流露着对被压迫者的真挚同情。在《一个朋友》、《隔膜》、《外国旗》以及较后写成的《遗腹子》等另一部分作品中，作者集中了人们习以为常的一些陈腐可笑或令人窒息的社会现象，尖锐讽刺了半封建半殖民地制度下小市民的灰色生活以及他们的庸俗、苟安、自私、冷漠、作伪、取巧、守旧等劣根性。作者后来曾经说过："不幸得很，用了我的尺度，去看小学教育界（其实也是看待他当时接触到的社会生活——引者），满意的事情实在太少了。我又没有什么力量把那些不满意的事情改过来，……于是自然而然走到用文字来讽它一下的路上去。"[④]正是这种对旧社会制度及其形形色色的分泌物采取"讽它一下"的态度，形成了叶绍钧作品那种冷隽的色调。但叶绍钧早年作品中也有一些并非冷隽地描写客观现实而是热烈的表现主观愿望的。他把自己对于丑恶现象不满而又无能为力的心情，寄托在对"爱"和"美"的憧憬上，这就有了《春游》、《潜隐的爱》等作品。

在叶绍钧的早期短篇小说中，取材于亲身经历的《马铃瓜》显得相当特殊。小说用第一人称写一个十二岁孩子参加科举应试的过程。写法细腻，笔调独特

---

① 叶绍钧在1914、1915年间写的小说，有《穷愁》、《博徒之儿》、《姑恶》、《终南捷径》、《飞絮沾泥录》等。今《叶圣陶文集》第三卷中收有《穷愁》一篇。
② 《未厌居习作·过去随谈》，上海开明书局1935年版。
③ 《一生》在《新潮》上登载时原题为《这也是一个人？》。
④ 《未厌居习作·随便谈谈我的写小说》，上海开明书局1935年版。

而颇具幽默味。孩子毕竟太小,连考场的高门槛都无法跨过,必须有成人抱着才能进入仪门。到了考场,他十分想家,想此刻母亲不知怎样挂念自己,叔父的半夜酒又喝完了没有;而他最感兴趣的是吃马铃瓜。全篇充满了童真、童趣,令人读来有特殊的兴味。还插叙考场内揪出一个冒名顶替者独自包揽六份答卷的作弊案件。就在读者不断发出会心的笑的过程中,小说让人见识了科举考试的实质。德国汉学家顾彬(Wolfgang Kubin)赞赏《马铃瓜》是"一篇了不起的短篇小说,肯定也是二十世纪中国最好的短篇小说之一"。①

  由于叶绍钧早年曾经长期从事小学和中学教育工作,对当时教育界的情况以及人们的生活和精神面貌都非常熟悉,因此,他写得最多也最成功的,还是取材于这一方面的作品。《饭》、《校长》、《潘先生在难中》便是其中有代表性的三篇。它们的主人公虽然都有忍让妥协、苟且偷安的弱点,仍有各自不同的鲜明个性。《饭》描写了一个在流氓手中讨生活,已经落到经常挨受饥饿威胁的境地的乡村小学教员。作者对这个屈辱地挣扎着活下去的小人物,除批评他的怯弱外,也寄予了很大的同情。《校长》描写了一个空有理想而又顾虑重重、不敢和旧势力作正面斗争的知识分子,真实地表现出了这个人物虽然知道前进方向却缺乏实践勇气的矛盾心理。在短篇的结尾处,作者只用了淡淡几笔,就恰到好处地点出了人物性格的根本特征。《潘先生在难中》是为人熟知的优秀短篇,它生动地刻画了处于军阀混战期间一个卑怯自私,随遇而安的知识分子的形象。潘先生为了躲避战争的灾难和失业的危险,千方百计地适应着多变的环境,稍遇危难,立即张皇失措;一旦有了暂时的安宁,马上又忘乎所以地高兴起来,甚至为统治者写起"功高岳牧""威镇东南"的大匾。他永远在庸俗猥琐的生活中打滚,求那"差堪自慰",除了保存自己,别无原则。这种人是旧中国黑暗腐朽的社会制度的产物。作者的笔一直挖到了人物又酸又臭的灵魂深处,饶有深度地揭示出了形象的典型特征。这个短篇的成就,表明了作者对旧中国混乱倾轧局面下一般知识分子朝不保夕的生活遭际和卑怯自私的苟安心理,有着深刻的了解。

  "五卅"革命高潮推动着叶绍钧,使他的作品在思想面貌上有了新的变化。《城中》、《未厌集》两集里的一些短篇,说明作者已开始关注现实斗争,并努力写出新的人物。不同于《饭》、《校长》等早期作品中软弱、妥协的知识分子形象,《抗争》里的小学教员郭先生,已经初步具有集体斗争的意识。他所鼓动的联合索薪之举,虽然因军阀当局的压制和知识分子本身的散漫动摇而归于失败,但他终于从劳动者身上照见了新的希望。《城中》里回乡创办中学的丁雨生,也是一个受过新思潮洗礼、敢于跟旧势力斗争、性格比较坚强的人物。《在民间》写了一些受

---

① 顾彬:《二十世纪中国文学史》中译本,华东师范大学出版社 2008 年版,第 68 页。

革命潮流影响的小资产阶级知识分子"到民间去"的情形,为当时的时代风貌和知识分子动向摄下了几个侧影。在1927年冬所写的短篇《夜》里,作者通过一个女儿女婿都被杀害了的老妇人的感受,揭露了"四·一二"事变后革命者甚至普通百姓惨遭屠戮的黑暗现实。到作品结尾时,面对烈士遗孤,"她已经决定勇敢地再担负一回母亲的责任",正暗示出普通人民革命意识的新觉醒。如果说,叶绍钧早期作品主要是暴露批判了小市民和知识分子的灰色生活,那么,1925年以后他的作品不仅在批判方面更为深透有力(如《一包东西》),而且已经接触新的历史现实,有意识地摄取与时代斗争有关的重大题材,刻画出斗争性较强的新人形象。

正是在作者思想认识有了进一步提高,生活和艺术的经验有了较多的积累的情况下,1928年,叶绍钧写了长篇小说《倪焕之》,连载于当时的《教育杂志》上。

《倪焕之》真实地反映了从辛亥革命到第一次国内革命战争时期一部分小资产阶级知识分子的生活经历和精神面貌,反映了五四、"五卅"这些规模壮阔的革命运动曾经给予当时知识青年的巨大影响。主人公倪焕之,是个热切追求新事物的青年。同辛亥革命失败后不少进步知识分子一样,他最初把救国的"一切的希望悬于教育",真诚地期待着用自己的"理想教育"来洗尽社会的黑暗污浊。他还憧憬着一种建立在共同事业基础上的互助互爱的婚姻关系,爱慕和追求一个思想志趣和自己相似的女子金佩璋。然而,严酷的现实生活,破灭了倪焕之的许多不切实际的空想。不但教育事业多次碰壁,而且家庭生活也远违初衷。婚后的金佩璋,沉没在琐细的家庭事务中,对于前途、理想、教育、书本都不再有兴趣(作者在这里实际上写出了长期封建社会遗留下来的习惯势力给予妇女以多么深重的影响),这使倪焕之深深感到"有了一个妻子,但失去了一个恋人、一个同志"的寂寞和痛苦。五四运动到来,大批倪焕之式的知识青年被卷入革命浪潮里。在革命者王乐山的影响下,作品主人公开始把视线从一个学校解脱出来,放眼"看社会大众",并投身于社会改造活动。"五卅"和大革命高潮期间,倪焕之进而参加了紧张的革命工作。主人公所经历的这一道路在当时进步青年中具有很大的代表性。然而人物的这种转变毕竟只是初步的。他被时代浪潮推拥着前进,却无法使自己化为浪潮中的一滴水,一旦革命形势逆转,也便容易干涸。在"四·一二"杀戮后,倪焕之并未像王乐山那样坚持英勇斗争,却是脆弱地感到"太变幻了",竟至悲观失望,纵酒痛哭,怀着"什么时候会见到光明"的疑问和希望死去。

作者生活经验的限制和思想认识上的弱点,自不免对作品发生影响。倪焕之转向革命之后,对其反而缺少正面具体的描写;革命者王乐山的形象,也相当模糊;这些都使第二十章以后显得疏落无力,不如前半部针脚绵密。此外,作者在估计当时革命形势方面所存在的某些疑虑,也妨碍了他对倪焕之临终前的悲观情绪作出更为有力的批评。尽管如此,长篇《倪焕之》仍不失为一部较好的作品。金佩璋这样一个负荷着"传统性格"的女性,能够在丈夫死后"萌生着长征战士整装待发的勇气",要"为自己,为社会"做一点事,虽然这种思想转变过程未被细致描写,却也清楚地显示了作者本身对生活和革命前途的积极态度。其他一些次要人物,无论是进步而带有较多自由主义色彩的教育家蒋冰如,或者贪婪阴险的土豪劣绅蒋老虎,也都写得面目清晰可辨。叶绍钧曾在长篇初版本《自记》中说:"每一个人物,我都用严正的态度如实地写,不敢存着玩弄心思。"《倪焕之》之所以能成为中国现代文学史上较早出现的重要长篇,正是跟作者这种严肃认真的创作态度分不开的。

此后,叶绍钧还写过一些短篇,收在《四三集》中。它们从各种角度反映了第二次国内革命战争时期国民党统治区域内黑暗混乱的社会现实。这里有丰收成灾(《多收了三五斗》),爱国有罪(《一篇宣言》),存款有如押宝(《逃难》),毕业即是失业(《感同身受》),学校成了学店(《投资》),留学生摇身一变而为巫师(《招魂》),真是形形色色,无所不备。半封建半殖民地制度下各种光怪陆离的社会相,在这些作品里得到了生动的再现。题材较前宽广,讽刺也更为辛辣。虽然有时只是速写,却都保持了一定的艺术水平。

叶绍钧的小说,具有朴实、冷隽、自然的风格。它们并没有去刻意追求曲折情节或新奇形式,却致力于再现生活本身,揭示出人物的内心世界和精神面貌。描写细致真切,很少主观感兴。作者自己的见解往往"寄托在不著文字的处所"①。短篇的结构大多严谨,讲究点题、布局,因而能获得收尾洁俏、余意萦绕的效果。语言纯净洗练,没有华丽的词藻,也没有随意使用方言土语,却都能切而富于表现力,同当时一些"怎么说就怎么写"的作品相比,显出了较高的成就。

叶绍钧还是现代文学史上最早写童话的作家。早期童话集《稻草人》中,如《小白船》、《芳儿的梦》等,曾为儿童描写了一片可爱而"天真的乐园",也有不少作品则是严肃地接触到社会现实。如《画眉鸟》中可以看到阶级社会的鲜明图画。《富翁》启示读者不可脱离体力劳动。《稻草人》一篇则描写了旧中国农村人民的痛苦生活,为他们的悲惨境遇申诉。这些作品有助于启发儿童思考各种社会现象,同情下层人民,但有时气氛稍嫌沉重。后期童话集《古代英雄的石像》则显然不同,集体主义和乐观进取精神已贯穿在一些作品中。续安徒生童话而写

---

① 《叶圣陶选集·自序》,开明书店1951年版,第8页。

的《皇帝的新衣》,讽刺了统治者的残暴和愚蠢。《蚕儿和蚂蚁》提出了为谁劳动的问题。《古代英雄的石像》一篇,以隐喻手法揭示了轻视群众的"英雄"的可悲下场以及人生所应采取的切实态度。《四三集》中的《鸟言兽语》、《火车头的经历》曲折地反映了当时的群众政治斗争。叶绍钧前后期童话主题、题材方面的这些变化,正是作者随着时代的发展逐渐进步的结果。

第三节　郁达夫和创造社作家的小说创作

在小说创作上与文学研究会大部分作家显示了迥然不同特色的,是创造社诸作家。他们侧重自我表现,较少客观描绘,其作品大多带有浓重的主观抒情色彩。这些作家把对当时黑暗污浊社会所怀的不满,不是渗透于现实本身的细密描绘和深入剖析之中,而发为直白的诅咒和强烈的抗议。因此,热烈的直抒胸臆,坦率的自我暴露,大胆的心境描写,往往成为创造社作家表达内心激愤和反抗的必要方式。作为艺术上的特点,这些又是形成他们创作上具有浪漫主义倾向的因素。

郁达夫是创造社在小说方面最重要也最有代表性的作家。他 1920 年开始小说创作,第二年就出版了首部小说集《沉沦》。集内包含着《银灰色的死》、《沉沦》、《南迁》三篇小说,是创造社的第一部小说集,同时也是"新文学运动以来的第一部小说集,他不仅在出版年月上是第一,他那种惊人的取材与大胆的描写""也还不能不说是第一"。[①]

《银灰色的死》连载于 1921 年 7 月《时事新报》副刊《学灯》上,作者在附言中特意声明:"这是一篇想象中的故事"。小说写了一个中国留学生的不幸遭遇:他新婚数月,就得到爱妻病故的噩耗;平时能与他"互相劝慰"、成为"知心"的日本酒家当炉女,又即将出嫁;他在馈赠女友厚礼之后,倍觉伤感忧郁,不断进入酒家狂饮,终因酗酒过度引发脑溢血,死在银灰色的月光之夜。小说结构讲究,有浓郁的抒情味,虽是作者的第一篇小说,却显示了较好的文学修养。

如果说《银灰色的死》中主人公的忧郁苦闷心态还只是隐约地写出,那么《沉沦》所写人物的青春期苦闷和病态的忧郁,却是直白大胆而无遮掩地顺着感情自然流淌的。作者不仅长久体验过礼教森严之下国人对"性欲"、"性爱"一向讳莫如深同时却又公然纳妾、蓄娼的那种虚伪、可耻,而且深切感受过两性情爱问题上日本习俗的相对开放(包括日本"私小说"的"颂欲")以及甲午战争后日人中滋长的极端鄙视华人的高傲心态,这些情感矛盾在他内心构成了剧烈的痛苦和煎

[①] 成仿吾:《〈沉沦〉的评论》,载《创造》季刊第 1 卷第 4 期,1923 年 2 月出版。

熬,因而愿意将这一切坦诚地倾诉出来。小说描绘了一个有忧郁症的中国留日学生,渴望得到纯真的友谊和温柔的爱情,但在异国遇到的只是屈辱和冷遇,终于绝望而走向沉沦。他临终前沉痛地呼唤:"祖国呀祖国! 我的死是你害我的! 你快富起来! 强起来吧! 你有许多儿女在那里受苦呢!"作者曾经自述:"《沉沦》是描写着一个病的青年的心理,也可以说是青年忧郁病 Hypochondria 的解剖,里边也带叙着现代人的苦闷,——便是性的要求与灵肉的冲突"①。应该说这是作者真诚而符合艺术实际的自白。不料,这篇作品问世后却引发了一场轩然大波:先是遭到了卫道士们的猛烈攻击,诋之为"不道德的文学";然后是新文学家——包括文学研究会和创造社在内的一批作家、理论家为之辩护并作出正面阐述。周作人在《晨报副刊》上发表了《沉沦》一文,指出有些"所谓不道德的文学,""实在是反因袭思想的文学,也可以说是新道德的文学"。周作人认为:说《沉沦》"所描写是青年的现代的苦闷,似乎更为确实。生的意志与现实之冲突是这一切苦闷的基本;人不满足于现实,而复不肯遁于空虚,仍就这坚冷的现实之中,寻求其不可得的快乐与幸福。现代人的悲哀与传奇时代的不同者即在于此。……著者在这个描写上实在是很成功了。"②郭沫若后来在谈到郁达夫早期创作时也说:"他的清新的笔调,在中国的枯槁的社会里面好像吹来了一股春风,立刻吹醒了当时的无数青年的心。他那大胆的自我暴露,对于深藏在千万年的背甲里面的士大夫的虚伪,完全是一种暴风雨的闪击,把一些假道学、假才子们震惊得至于狂怒了。为什么? 就因为有这样露骨的真率,使他们感受着作假的困难。"③作者自己稍后也在《忏余独白》中说:"写《沉沦》的时候,在感情上是一点儿也没有勉强的影子映着的;我只觉得不得不写,又觉得只能照那么地写,什么技巧不技巧,词句不词句,都一概不管,正如人感到了痛苦的时候,不得不叫一声一样,又那能顾得这叫出来的一声,是低音还是高音? 或者和那些在旁吹打着的乐器之音和洽不和洽呢?"小说集《沉沦》正由于从思想到艺术表现上冲决罗网的大胆开拓,才获得了大量青年读者的共鸣。泰东图书局在出版的当时,竟连续印行了四十余版,发行量达三万余册,这种情形在初期新文学史上实在不多见。

  郁达夫自开始从事文学创作,就以鲜明的浪漫主义特色见之于文坛。他赞同"文学作品,都是作家的自叙传"的主张,实际含义就是:作品总是要忠实于作

---

① 郁达夫:《沉沦·自序》,载 1921 年 10 月 15 日上海泰东图书局初版小说集《沉沦》。收入《郁达夫文集》第 7 卷,花城出版社、三联书店香港分店 1983 年 9 月联合出版。

② 周作人:《沉沦》,载 1922 年 3 月 26 日《晨报副刊》。

③ 郭沫若:《论郁达夫》,见《沫若文集》第 12 卷,人民文学出版社 1959 年版,第 547 页。

者的"内心要求","作家的个性,是无论如何,总须在他的作品里头保留着的"①。在另一篇文章中,他把这层意思说得更为明白:"'自我就是一切,一切都是自我',个性强烈的我们现代的青年,那一个没有这种自我扩张的信念?"②郁达夫早期小说中的人物,无论是第一人称的"我",还是"于质夫"、"文朴"、"伊人",常常是他自己思想性格的化身;连《采石矶》里所写的那个历史人物清代诗人黄仲则,实际上也都含有作者自我寄托的成分。继《沉沦》集之后,次年的短篇小说如《茫茫夜》、《怀乡病者》、《风铃》,仍有承续《沉沦》剖析忧郁变态症者的余风。但自《茑萝集》中的《血泪》、《茑萝行》这些写回国后生活的作品起,作者将自己表现的侧重点显然折向了"生的苦闷"方面。《血泪》用委婉而又带点夸张与调侃的笔法,嘲讽了国内的现实和自我的困境。《茑萝行》则运用给妻子书信的形式,淋漓尽致地描绘了一个穷苦知识分子的艰难生活和痛苦迷惘的思想情绪,感情浓郁,文辞凄切,表达了喘息在重重经济压迫下人们的共同心声。同郭沫若诗歌中那种明朗、激昂、乐观的调子不同,郁达夫的小说往往谱出一曲曲灰暗、沉重、凄凉的哀歌。这种基调之所以形成,除了作者的生活境遇和思想性格外,也由于他接受了中外富于感伤色彩的文学的影响,特别是清朝诗人黄仲则和法国卢梭、俄国陀思妥耶夫斯基的作品以及某些"世纪末"文学思潮的影响。

尽管郁达夫作品的主要基调是感伤色彩浓重的浪漫主义,但随着作者对现实的观察体验日益深入,作品中的现实主义因素也在不断增强。《寒灰集》里《春风沉醉的晚上》(1923),通过穷愁潦倒、卖稿度日、情调卑琐的"我"与苦难中顽强挣扎、心地纯洁、性格坚韧的烟厂女工陈二妹形象的两相对照,赞颂了女工美好的心灵和朴素的反抗精神,暴露了现实环境的丑恶,也嘲讽了"可怜的无名文士"的软弱无能。《薄奠》(1924)是一曲人力车夫的挽歌。这个善良本分的劳动者终日辛勤劳动,幻想能买上一部旧车,但买车的愿望最终成为泡影,他本人却已在生活的重压下死去。对车夫满怀同情而又无能为力的"我",只能以纸糊的洋车表示"薄奠",这更增染了作品的悲痛感人的气氛。《微雪的早晨》(1927)从侧面着墨,写了军阀仗势欺民、家长包办婚姻等不合理现实合力将一个正直向上、勤奋好学的青年主人公逼疯致死的悲剧。三篇小说描绘了被压迫被损害的人物形象,对不义的社会进行了控诉,作者自己认为"多少也带一点社会主义的色彩"③。这些作品不仅显示了反映现实的特有深度,而且标志着作者技巧的成

---

① 郁达夫:《五六年来创作生活的回顾》,原为《过去集》的代序,收入《郁达夫文集》第7卷,花城出版社、三联书店香港分店1983年9月联合编辑出版。
② 《Max Stirner 的生涯及其哲学》,载1923年6月《创造周报》第6号。
③ 《达夫自选集·序》,收入《郁达夫文集》第7卷,花城出版社、三联书店香港分店1983年9月联合编辑出版。

熟,是初期新文学的优秀之作。

在第一次国内革命战争高潮时期,郁达夫思想上经历了一次激荡。1926年他曾去大革命策源地广州。翌年春折回上海,由于同创造社某些成员意见不合,宣布退出创造社。在政治上,郁达夫不满新旧军阀的统治而倾向革命,这在他加入"左联"后所写的中篇《她是一个弱女子》、短篇《出奔》里均有清楚的表现。中篇从侧面反映了大革命风暴在知识青年中激起的回响,接触到军阀压迫、工人罢工、日帝暴行等当时社会现实的若干重要方面。1935年的《出奔》,则以北伐战争时期的农村为背景,写一个青年革命者被劣绅女儿所腐蚀、收买到觉醒后"出奔"的故事。这些小说都清晰地留下了特定时代和作者思想发展的印记。

真正代表郁达夫三十年代小说最高成就的,却是那篇舒徐隽永、境界悠远的《迟桂花》。小说构思精巧,以花暗喻某种人生境界而尽现东方式的人间至情至性。"迟桂花"在"我"进山、饮茶、出游时曾多次被提及,为读者留下芳香浓郁、挥之不去的印象。小说人物翁则生说得好:"迟桂花才有味哩!因为开得迟,所以日子也经得久。"作者借这一意象,来写翁家中年后回归自然、温馨淡泊的生活以及"我"与则生兄妹间愈"迟"愈久远的友谊。青年翁则生留学日本时,最初因用功过度得了神经衰弱症,曾想到井之头公园自杀,被"我"发现后跟踪而去,假装"共同赏月"与他聊了半夜,打消了他的念头,这就是翁则生吟诵"无限胸中烦闷事,一宵清话又成空"两句诗的由来。稍后翁又患严重肺结核症,也由"我"从房州将他接回东京,直到翁因归国后长期返入山林而中断联系。十多年后,翁则生不仅奇迹般地恢复了健康,他们之间这种生死之谊也得以持续发展。翁则生特地邀"我"来杭州山乡参加他自己的婚礼。小说从"我"与翁久别重逢写起,写他们各见真性情的谈话,写他们的推心置腹,无话不聊,极其随便,又极其风趣,真是浑然天成,全无做作之态,既刻画了翁则生的淳厚真诚、滑稽开朗、全无机心以及对妹妹的体贴备至,也侧写了翁莲的活泼、率真、洁白、澄明,又显示了"我"的积极入世态度和返璞归真式的豁达顿悟。全篇弥漫着诗的意味。至于翁莲陪"我"游五云山,"我"由猝生异想到欲情净化终于两人结为兄妹一段,更是郁达夫创作境界前所未有的升华和超越,既标志着他小说艺术较之1927年的《过去》更见圆到纯熟,也显示了他思想情调上与颓废美的一种告别。

郁达夫总计写了四十多篇(部)小说。他的作品富有独创性,不但较早用现代主义手法写了小说《青烟》,更在许多作品中开创了以表现心境为主的浪漫抒情的小说文体。人物的单纯性与情节的单一性,构成了郁达夫小说文体形式的突出特点。在他的小说中,矛盾冲突往往不在人物之间展开,而在主人公内心世界中掀起波澜。他的创作起于五四,也一直忠于五四:他力求做到坦诚而"不虚伪"地"把我的心境写出来"①。在《文学概说》第一章中,他明确说出了自己的艺术主张:"真正的艺术家,是非忠于艺术冲动的人不可的。若有阻碍这艺术的冲动,不能使它完全表现的时候,不问在前头的是几千年传来的道德,或几万人遵守的法则,艺术家应该勇往直前,一一打破,才能说尽了他的天职。所以人家说:艺术家是灵魂的冒险者,是偶像的破坏者,是开路的前驱者。"②郁达夫本人确实忠实地践行了这个原则,无愧于"开路的前驱者"的称号。

除郁达夫之外,创造社其他成员大多也创作过小说。

郭沫若早在创造社成立之前,就发表过《牧羊哀话》、《鼠灾》等小说。但他早期作品的贡献,主要是在尝试表现主义、意识流以及用精神分析学创作现代性心理小说方面。据陶晶孙回忆,创造社正式酝酿成立之时,郭沫若就对他说:"我们要 Neo-romanticism(新浪漫主义)"③。郭沫若写的《残春》、《叶罗提之墓》、《月蚀》、《喀尔美萝姑娘》、《Löbenicht 的塔》等,可以说都在进行着现代主义或新浪漫主义的试验。被郑伯奇称为"恢奇诡异"的《喀尔美萝姑娘》,便是一篇浪漫主义与表现主义兼而有之的作品。小说写"我"作为有妇之夫,爱上了糖食店里一位美丽的姑娘("喀尔美萝"是一种糖饼),他放纵感情而不能自拔,如醉如痴,连做梦也觉着两个人相爱,实际上却只是一厢情愿的幻觉。当喀尔美萝姑娘出嫁的消息传来后,"我"竟至跳水殉情,尽管被救上来,却从此沉溺在感情漩涡里。贤惠的妻子体谅他,不愿拖累他,愿意带着孩子与他离婚,但最终仍未能挽救他。"我"最后已奄奄一息了。小说在表现作者郭沫若特有的气质以及他那种爱情的热烈、疯狂方面,可以说到了淋漓尽致的地步。《Löbenicht 的塔》则完全用精神分析学——所谓 Libido 理论来阐释主人公德国哲学家康德的心理状态,含蓄地点明了他的著作"《第三批判书》的受胎"与性的关系。此外,郭沫若还在《残春》、《阳春别》诸篇中进行着意识流技巧的实验。作者自己在《批评与梦》一文中曾说:"我那篇《残春》的着力点并不是注意在事实的进行,我是注意在心理的描写。我描写的心理是潜在意识的一种流动。——这是我做那篇小说时的奢望。"④可见,作者当时在完全自觉地从事着现代主义技巧的尝试。

成仿吾(1897—1984)与陶晶孙(1897—1952)写的小说均不算多(成有《流浪

---

① 郁达夫:《写完了〈茑萝集〉的最后一篇》,收入《郁达夫文集》第 7 卷,花城出版社、三联书店香港分店 1983 年 9 月联合编辑出版。

② 郁达夫:《文学概说》,引自《郁达夫文集》第 5 卷,花城出版社、三联书店香港分店 1982 年 7 月联合编辑出版,第 69 页。

③ 见《晶孙全集》第 1 集序,上海晓星书店 1941 年版。

④ 郭沫若:《批评与梦》,收入《沫若文集》第 10 卷,人民文学出版社 1959 年版,第 113 页。

集》,陶有《音乐会小曲》、《浓雾》二集),但值得重视的是他们当时对现代主义文学的兴趣和所进行的积极尝试。据郑伯奇说:留日时期的成仿吾,"虽也同受了德国浪漫派的影响,可是,在理论上,他接受了人生派的主张;在作品行动上,他又感受着象征派、新罗曼派的魅惑"。① 成仿吾的短篇《深林的月夜》,便是一篇新罗曼派的小说。小说以古代印度摩揭陀国的王宫作背景,写国王在战争获胜、举国欢庆、群臣朝贺之后,独立殿前追怀往昔,悲惜先人,似觉身后有难以摆脱的神秘黑物尾随。恐惧之中他狂奔入森林,遇见安享人生的哲人利西之后,随即倒地而死。小说刻意"以静写动"②,借绮丽优美的文字,渲染森林月夜的静谧和"生命"在宁静中的持续,表达作者期待的那种审美境界。陶晶孙(1897—1952)读小学起就在日本,他的日语胜过中文。在《创造三年》一文中,陶晶孙曾直白地表示自己"一直到底写新罗曼主义作品"③。他创作的小说《木犀》、《音乐会小曲》都很有诗的意味。《木犀》表现少年素威对女老师的朦胧性心理。作者采用了一点电影镜头似的跳跃式的结构,有些片断完全顺着主人公意识的流动来写,打乱了情节发展的时间次序。他还特别讲究用语的新奇,善于运用形象化的比喻使抽象的事物易于捉摸,增强可感性。如《音乐会小曲·春》里,用这样的语言形容乐曲的暂停:"伴奏在休止符里"。为了显示低音提琴演奏的出色,作者写道:"Cello 的 Cadenza(低音提琴的终句)好像小流瀑的摇飞"。等等。

张资平(1893—1959)早期也是创造社中活跃的成员。他1922年就写了《冲积期化石》,是新文学作家中最早写长篇小说的一个。但比较而言,他的长篇在艺术上缺少驾驭力,反不如短篇小说那么认真扎实。1921年创作的短篇《她怅望着祖国的天野》,便在凄惨且有热情的叙述中,表现了中日混血的女主人公秋儿在父亲死后,虽经遗产被人剥夺、复遭篠桥五郎强暴、H 对她又负心的诸般打击而仍苦苦挣扎,不肯失去"思慕中国"的朴素信念。次年的《木马》,写了日本善良的贫家女瑞枝几年前受督学官诱骗怀孕又被抛弃的不幸命运,以及眼下三岁女儿却又失踪的意外悲剧。小说借中国留日学生 C 的旁知视角,更真切地强化了母女俩平时"相依为命"和一旦失散时痛不欲生、令人心碎的效果,显得尤为感人。稍后的《小兄妹》,则写了归国任教的 J 经常处于两极状态中的生活:工作之繁重每日必过午夜,支出无钱常靠典当衣物。大学教授"薪额上说来很好听,二百元三百元;但每月所能领到的只有十分之一二"。于是,夫妻口角,孩子哭闹,便成为经济困顿家庭必演的一幕。这些小说共同体现了作者对妇女、儿童和弱

---

① 郑伯奇:《中国新文学大系·小说三集导言》。
② 成仿吾:《深林的月夜·附言》。
③ 该文收入太平书局1944年版《牛骨集》。

者的人道主义同情。在文艺思想上,作者认为自然主义高于写实主义①。自二十年代后半期起,张资平作品中的消极面逐渐发展:肉欲、色情部分增加,情节上胡编乱造的倾向越发严重,这就是鲁迅和不少作家都批评过的△或四角恋爱关系。到 1933 年,在广大读者的不满声中,《申报·自由谈》终于将张资平的连载小说《时代与爱的歧路》停止刊登,这就是"腰斩"张资平的事件。抗战期间,张资平在汪精卫汉奸政府中曾任技术官员,1947 年以汉奸罪被捕入狱。

最初在《创造季刊》、《创造周报》上发表小说的淦女士(冯沅君,1900—1974),也是当时有影响的作者。《卷葹》②集里略带连续性的《隔绝》、《旅行》、《隔绝之后》诸篇,都以抒情独白和大胆坦露内心活动的方式,写出一对青年恋人既勇敢反对封建婚姻,又羞于当众拉手的复杂心情:"我很想拉他的手,但是我不敢,我只敢在间或车上的电灯被振动而失去它的光的时候,因为我害怕那些搭客们的注意。"斗争结局虽仍是悲剧性的,但主人公自誓"身命可以牺牲,意志自由不可以牺牲,不得自由我宁死",却是五四以后许多青年婚姻爱情心理的真实写照。稍后,作者还写有书信体小说《春痕》和短篇集《劫灰》,但思想作风已有变化,影响也不如早年作品之大了。

创造社较年轻的一代作家中,当时被认为最有前途的是倪贻德、周全平二人。

倪贻德(1901—1970),曾先在上海美专、后又留学日本学习绘画,是一位具有多种才能的艺术家。小说方面写有《玄武湖之秋》、《东海之滨》、《百合集》等集子。其中短篇《玄武湖之秋》、《花影》、《零落》和中篇《残夜》,可视为其代表作。这些作品往往带着欷歔叙述自己的身世,或怀着孤寂之感追忆逝去的爱情,以此寄托作者对世态习俗、旧式婚姻制度的不满,文辞潇洒清婉,大多浸透着郁达夫式的浓重感伤情调,显示着创作的浪漫主义的特色。《玄武湖之秋》写"我"与三个女生同在湖上荡舟作画、相互温慰、令人长相忆的一次青春游历,却遭到了周边环境的非议与嫉妒。《花影》写情窦初开的表兄妹间的初恋情怀,然而家长包办婚姻却拆散了他们,留下了无限伤感。《零落》则稍有不同。作者客观地、不动声色地写了萧家举人门第的凋落,借这一过程活灵活现地刻画了从浩如和其夫人,到第二代逸卿和其夫人,再到阿明等第三代性格各不相同却能令人刻骨铭心的诸多形象。小说的意蕴十分丰厚:既有对无能至极的旧家子弟逸卿的几乎发出哭声的批判,也有对几十年来世道衰微、人情冷暖的深沉感叹,还有对承传久远的文物与文化发自心底的追怀。

---

① 张资平强调:人物描写要重视人的生理方面。见他的《文艺史概要》,时中书社 1925 年版,第 73 页。
② "卷葹",草名,据说"拔心不死"。

周全平(1902—1983)原毕业于苏州一农业学校,因向上海创造社刊物投稿而被发现。所著小说集有《烦恼的网》、《梦里的微笑》、《苦笑》和《楼头的烦恼》。他的小说大多有感而作,从现实出发提出问题。较早的《呆子和俊杰》,就写了在教养院任职的主人公C君有股倔劲,不愿违心地投上司之所好而成为"俊杰",以致丢掉了自己的美缺。《中秋月》中的周文礼,已断炊三四天,为了不让孩子饿死,只好求亲戚引荐找人谋一职务,但得到的却是嘲笑。人家称他做"懒人",不如自己死了,"妻儿倒可以到恤嫠会领一份月粮"。他于是在人们团圆赏月的中秋之夜,跳进水池自尽。《苦笑》中的主人公是个爱好文学的青年,当他得知自己的稿子有杂志发表,自然高兴不已。这时,他收到了弟弟的求援信,请他寄钱帮助交学费。他虽然欠着别人的债,仍只好当去自己衣物凑款给弟弟。恰在此刻,却得知他的店员工作已被解雇——因为不会奉承。怎么办?他不禁发出苦笑。在创造社作品中,周全平的小说确实显示了较多的写实主义成分。但周全平的创作并不单纯,也写过《林中》、《圣诞之夜》这些爱情题材的浪漫主义抒情小说,而且写得相当出色。他自己曾说过此中缘由:1923年春,"在苏州书摊上买得一本《茵梦湖》,从苏州到家的短短的时间便把它读了有不止十遍的,我便起了写《林中》的念头了。"① 可见施笃姆的《茵梦湖》对周全平《林中》等小说创作的重要启迪作用。

第四节　语丝社、未名社、沉钟社作家的小说创作

《语丝》刊登的小说不算多。在这周刊上陆续发表短篇的主要是冯文炳、许钦文二人。

冯文炳(1901—1967),字蕴仲,笔名废名。出生在湖北黄梅县城内一个大家庭。幼读私塾,后入中学。在中国古代诗人中,他最喜爱陶渊明、庾信、李商隐。1922年考入北京大学预科,两年后进入英文系,本科期间接触莎士比亚、艾略特、哈代的作品。他最初的小说发表于胡适主编的《努力》周报,那时还只是大学预科生。而自《语丝》上刊载其《竹林的故事》起,则较多接受周作人影响,开始显示独特的色调。也是在《语丝》上,他亮出了"废名"的笔名,并成为语丝社的一员。

冯文炳先后出版的短篇小说集有《竹林的故事》、《桃园》、《枣》三种。稍后还有《语丝》上以《无题》为题,连续刊出的长篇《桥》。他的短篇小说多写乡村儿女

---

① 周全平:《致梦里的友人》,收入上海光华书局1925年版《梦里的微笑》。《茵梦湖》为德国作家施笃姆(Theodor Storm 1817—1888)的小说《Immensee》的中译本,中译者为郭沫若。

翁媪之事，于冲淡朴讷中追求生活情趣，叙事讲究简约、曲折和含蓄。《浣衣母》、《火神庙的和尚》、《河上柳》、《竹林的故事》等小说也可以说是一种乡土文学，但却是特殊的颇具田园风味的乡土文学。它们其实是供人鉴赏的小品文和诗。作者写乡村生活的欢乐和苦涩，甜蜜和忧郁，寂寞和无奈，……咀嚼并表现着身边的悲欢，间或发出声声叹息。他未必具有反礼教的意图，真正看重的乃是诗情和意趣。

借日常琐事来展现生活情趣，这种趋势在冯文炳小说中似乎一开始就存在。作于1923年的《柚子》、《半年》、《阿妹》等篇，就可以作为这方面的代表。《柚子》通过童年一系列日常琐事，刻画了表妹柚子的鲜明形象。"我"糖罐子空了就偷吃柚子的糖，"柚子也很明白我的把戏，但她并不作声"。温厚可爱的性格跃然纸上。《半年》写"我"在城南鸡鸣寺养病读书的数月经历。与女孩子们同拣蘑菇，与新婚妻子芹相互逗乐，成为"我"生活中的极大趣事。"可恼的芹，灯燃着了，还故意到母亲那里支吾一会；母亲很好，催促着，'问他要东西不。'"婚姻的幸福以及享受新婚之乐的急切心情，洋溢在字里行间。这里也有贾宝玉式爱和女孩子厮混的习性，却并没有"婚非所爱"的尴尬情境。

废名早年的小说，艺术上已显示出多暗示、重含蓄、好跳跃的特点（如《火神庙的和尚》）。但这种特点真正能很好发挥，运用自如，要到1927年前后。《桃园》正是最圆熟的一篇。"王老大只有一个女孩儿，一十三岁，病了差不多半个月了。"开篇的文字，就简洁到了极点。作者用写诗的笔法写小说，提到桃花盛开的季节西山的落日，提到照墙上画的天狗吞日图像，提到阿毛为"我们的桃园两个日头"欢呼，正是为了点出明媚春光下女儿心中充溢着的美好感情，以及女儿病后父亲忧念如焚的心情。全篇着力表现的，乃是王老大和阿毛间的父女挚爱。阿毛病了，但她还是关爱着父亲，看到爱酒的父亲酒瓶已空，便竭力劝父亲去买酒。王老大却一心惦念病中的阿毛。只因女儿说了一句"桃子好吃"，即使产桃季节早已过去，做父亲的竟用空酒瓶再贴些零钱，换回来一个玻璃桃子，想让女儿"看一看"也是好的。小说结尾是：玻璃桃子被街头嬉戏的孩子撞碎了，王老大与顽皮孩子"双眼对双眼"地干站着——碎的不仅是桃子，更是王老大一颗爱女之心。小说写出贫民父女间相濡以沫的爱，足可与朱自清散文《背影》相媲美。"王老大一门闩把月光都闩出去了。"这跳脱的笔法与孤寂的场景，更衬托出父爱的伟大与深挚。作者看重的情趣，也进而构成为一种艺术意境。

若论表达的含蓄委婉与灵动跳脱，同样作于1927年的《小五放牛》，也可算有代表性的一篇。富户霸占老实农民的妻子，这样的题材在一般作家笔下，都会写得剑拔弩张，愤慨之情溢于言表。但废名的处理颇为不同。作品通过放牛娃小五的特定视角来写，以孩子的天真眼光多少过滤了某些丑恶场景。叙事语言则显得婉而多讽:"穿纺绸裤子"的阔屠户王胖子,长期堂而皇之地"住在陈大爷家里,而毛妈妈决不是王胖子的娘子"。客观叙述之中,暗含对农民陈大爷的同情与对王屠户的鞭挞。全篇只有两千三百字,就写了各有性格的四个人物。文字简洁洗练,富有表现力,如形容毛妈妈之胖:"我想,她身上的肉再多一斤,她的脚就真载不住了。"有些转折属跳跃式,简直有点蒙太奇意味,如由放牛娃自述的三行文字:

"打四两酒。"
王胖子这是吩咐他自己——但他光顾我小五了:
"小五,替我到店里去割半斤肉来,另外打四两酒。"

五四时期小说作家中,文字这么简省讲究的,鲁迅而外,恐怕只有废名了。

废名小说中还具有某种超前的质素。也许因为大量接触英国作品的缘故,他写的小说除了深深濡染于晚唐诗之外,在手法和语言上也自觉不自觉地受到西方现代派文学的影响。五四时期中国小说采用意识流的并不多,但废名的某些作品却含有意识流的成分。《追悼会》的主人公在纪念"三一八"惨案一周年的会场上那些繁杂的心理活动,就带有意识流的特点。《桃园》中阿毛"坐在门槛上玩"一段,也有十足的意识流味道:"阿毛用了她的小手摸过这许多的树,不,这一棵一棵的树是阿毛一手抱大的!——是爸爸拿水浇得这么大吗?她记起城外山上满山的坟,她的妈妈也有一个,——妈妈的坟就在这园里不好吗?爸爸为什么同妈妈打架呢?有一回一箩桃子都踢翻了,阿毛一个一个的朝箩里拣!天狗真个把日头吃了怎么办呢……。"废名小说的某些语言和写法,还具有现代派文学那种"通感"的色彩。如《菱荡》中的文字:"停了脚,水里唧唧响——水仿佛是这一个一个的声音填的!"又如《河上柳》:"老爹的心里又渐渐滋长起杨柳来了。"废名似乎竭力要将诗和散文的种种因素引入小说。其结果,则使他的小说某些意象极其像诗。这种诗、散文和小说融合的趋向,也正是现代派文学的一大特点。废名小说中的这些特点,对于后来的京派作家如沈从文、汪曾祺,都具有引导的意义。

总之,废名在文学上是一位很有特点也确有贡献的作家。他后来受了佛教思想的影响,作品中颇有见道之言,很不好懂。《莫须有先生传》就有点令人莫名其妙,到《莫须有先生坐飞机以后》则简直不知所云了。

许钦文(1897—1984),浙江绍兴府山阴县人。出身于书香门第。早年在《晨报副刊》发表短篇,稍后则在《语丝》、《莽原》上刊出作品。到1927年已出版了短篇小说集《故乡》、《毛线袜》和《鼻涕阿二》等三个中篇。他也是乡土文学作者,在作品中"隐现着乡愁"(鲁迅语)。《父亲的花园》笔致略带伤感,颇似回忆散文。它既是对逝去的花园繁盛景象的深情追怀,又是对宗法制大家庭日渐式微的无奈叹息。《疯妇》、《石宕》、《元正之死》诸篇,笔墨已伸向农村劳动者的悲惨处境。《疯妇》写了沿海农村经济方式转变过程中旧的封建婆媳关系依然支配和压抑着双喜媳妇,终于将她逼疯致死;而结尾写到婆婆凄苦哭坟,则又多少显示了一点亮色。《石宕》写的是采石工人们世代相袭的惨剧:他们不仅平时因患矽肺病咯血,二十多岁就去世;这天更发生了石山一侧被采空后轰然崩塌的大事故,有些工人被压死,三个石工则被巨石封堵于洞内,可听见呼救声却无法救出。再过几天,悲惨而逐渐微弱的呼救声也消失了。半个月后,在石山的另一侧却又响起了凿石的声音……。石工命运令人哀叹与忧虑,艺术境界是深邃的。

中篇《鼻涕阿二》关心的是一个"二胎女"菊花的命运。她本出身于体面人家,但因是不受欢迎的第二个女儿,遭全家歧视,形同奴婢,嫁给了一户农民。丈夫死后,又被婆婆卖给钱师爷作妾。她自己受尽欺负,很想改变地位出口气,就用讨好、撒泼之类手段博取丈夫欢心,竭力打击大太太,虐待小使女,以满足自己的畸形心态,一度"要风有风,要雨有雨",颇为得势。但不久又受钱师爷的新欢所排挤,在贫病交加中死去。作者用诙谐而冷峻的笔墨夹叙夹议,分析被侮辱、被损害的女主人公菊花的心理,真切地表现了浙东一带重男轻女的陈腐习俗,深刻揭示出宗法制农村中妇女的悲惨地位。她们也想挣脱自己的不幸命运,但依然循着旧的轨辙制造不幸。小说显示了鲁迅《阿Q正传》与显克微支《炭画》所给予作者的影响。

许钦文还写过较多的取材于知识青年生活的作品,着重表现男女间微妙的感情矛盾,或对自私不健康的恋爱心理给以讽刺,显示了诙谐含蓄的情趣。《小狗的厄运》写热恋中的一对青年的约会。女方影梅炖好了鸭粥,等待男友英民来临。不料男方碍于面子,还带了两个友人同来。这给影梅带来难题:总共两条鸭腿,究竟放到谁的碗里?经过权衡,她把鸭腿给了同来的友人。小狗总算吃到了两根鸭腿骨。而英民只喝了点粥,影梅自己则装成已经吃过了的样子。客人走后,影梅把气发泄到小狗身上,关起门来把小狗打得呜呜乱窜。但却在和男友的相依相偎中,得到了喜剧性的感情补偿。《理想的伴侣》写青年谈自己择偶的条件。小说借爱讲大话的滑稽人物赵元元之口,鼓吹"理想的伴侣"必须美丽窈窕,能歌善舞,多才多艺;而且嫁资田、压箱钱要多,尽管他自己穷得根本无法养活老婆。他还希望对方婚后三年即死,以便自己再择佳偶,不断喷发新的爱情火花。在一派玩世不恭、诙谐多趣的话语中,作者寄寓了犀利的讽刺。鲁迅写《幸福的家庭》时,便用了"拟许钦文"这篇小说的反衬"笔法"。

未名社的小说家也不算多,有台静农、李霁野等。其中台静农的成就,在乡土文学家中却是相当杰出的。

台静农(1903—1990),安徽霍丘人。离开中学后曾在北京大学旁听,后转北大国学研究所半工半读。二十年代中期起在《莽原》、《未名》半月刊发表作品。有《地之子》、《建塔者及其它》两部小说集。他的作品大多反映家乡一带村镇极端闭塞落后的生活。收入《地之子》中的十四篇小说,"从民间取材",以质朴而略带粗犷的笔触描摹出一幅幅"人间的酸辛和凄楚"(《地之子·后记》)的图画。这里有因全家惨遭兵祸而发疯致死的老妇(《新坟》),有"冲喜"后即守寡,成为封建婚姻牺牲品的村姑(《烛焰》),有为饥荒所逼、忍痛典卖亲人的尘世惨剧(《蚯蚓们》),有被富豪霸妻、自身又复入狱的人间不平(《负伤者》)。生活、思想、艺术三个方面在台静农的作品中融合得相当自然和谐,构成了朴实、亲切、单纯而又凝炼的风格。他善于书写场面,烘托气氛,造成比较深沉的意境,给人留下难忘的印象(在这一点上,台静农真正学到了鲁迅小说的长处)。《红灯》中那个守了一辈子寡的母亲,好不容易把孩子抚养大了,却因为饥寒交迫,儿子铤而走险,以致被杀害了。如今临到阴历七月半这个"鬼节"的晚上,年老体衰的母亲乞讨竹子来做了红灯,超度她儿子的灵魂。作品结尾时,老太太在人们热闹的打趣声中,悲哀地看着河面上远远漂走的小红灯,觉得儿子已经得到了超度。《新坟》里的四太太,女儿被大兵强奸致死,儿子被大兵打死,做母亲的发了疯,她总想象成为女儿出嫁了,儿子正在娶媳妇,办喜事,口里不断念念有词地说:"多喝一杯,……新郎看菜,……招待不周,诸亲友多喝一杯喜酒……"深更半夜还在街头这样叫着,听起来分外凄凉,使读者的心灵打颤。这些作品都用了王夫之所说的"以乐景写哀"的方法,越写得气氛热闹,越使人感到悲怆。

台静农笔下的一些作品在细节的选择运用上也非常出色。《天二哥》写的那个农村流浪汉连喝两碗尿解酒的细节,就把几层意思表现得淋漓尽致:一是对传统陋习的嘲讽;二是对人物自身的愚昧作了鞭挞;三是刻画天二哥"这一个"人物的有力的一笔——不喝这两碗尿不成其为天二哥!使人难以置信,又不得不信!一个天二哥,就把周围的社会环境是一种什么样的环境——它的迷信、落后、闭塞、恃强凌弱等等暴露无遗,把生活在这个环境中的人们的命运——像猪在泥潭中打滚的那种命运暴露无遗。

《地之子》一些篇的风俗画色彩异常浓烈。如《拜堂》中汪二与寡嫂结婚拜堂,就写得极有情致,泥土味十分醇厚。汪二按经济条件,根本不可能结婚,他父亲主张把守寡已经一年的嫂子卖了再给汪二办婚事,汪二不愿意,他还是愿与寡嫂成婚。由于他们请不起客人,又因为叔嫂结婚被认为不光彩,所以他们选了半夜子时才拜堂,但还是要按固有的风俗讲究一番。不但汪大嫂脱了戴孝的白鞋,换上黑鞋,扎上红头绳,穿戴得周周正正,汪二也穿上过年才穿的衣服,而且两人

拜了天地拜祖宗,又给阴间的妈妈也磕了头。当司仪按规矩提出"给阴间的哥哥也磕一个"时,却出现了这样震动人心的场面:

> 忽而汪大嫂的眼泪扑的落下地了,全身是颤动和抽搐;汪二也木然地站着,颜色变得难看,可怕。全室中的情调,顿成了阴森惨淡。双烛的光辉,竟暗了下去,大家都张皇失措了。终于田大娘说:
> "总得图个吉利,将来还要过活的!"
> 汪大嫂不得已,忍住了眼泪,同了汪二,又呆呆地磕了一个头。

小说作者就是在这番掩映如画的风俗描写中,揭示出人物感情的内在波澜,自然而然地将作品引向一个高潮。这些风俗画描摹,都使小说大为增色:艺术形象变得更加有血有肉,读起来倍感亲切,反映现实的深度既有增进,又给作品带来扑鼻的生活芳香。

鲁迅对台静农的小说,评价是相当高的。他说:"在争写着恋爱的悲欢,都会的明暗的那时候,能将乡间的死生,泥土的气息,移在纸上的,也没有更多,更勤于这作者的了。"①在鲁迅编选的《中国新文学大系·小说二集》中,选上四篇小说的作家只有三个:一是鲁迅自己,一是陈炜谟,另一个就是台静农。可见鲁迅对台静农的重视。

台静农后来的短篇集《建塔者及其它》,主旨在赞颂白色恐怖下坚持斗争的志士。它提示"我们的塔的建成,是需要血做基础的"(《建塔者》)。这是作者政治上更趋激进的产物。但也许由于生活体验不足,人物形象较《地之子》反见苍白,影响也不如前者之大了。

未名社作家中从事小说创作的还有李霁野(1904—1997)。他的《嫩黄瓜》、《微笑的脸面》等篇(均收入短篇小说集《影》中),或则通过知识青年的爱情失意以抒写哀愁,或则追忆出征军人的临别微笑以表示反战,落笔谨严,感情"深而细,真如数着每一片叶的叶脉,但因此就往往不能广"②。鲁迅对李霁野小说的这个评价,应该说是确切中肯的。

浅草—沉钟社也有多位作者创作过小说,包括林如稷、莎子、高世华和诗人冯至在内;但其中最主要的则是陈炜谟和陈翔鹤。

---

① 鲁迅:《中国新文学大系·小说二集导言》,收入《且介亭杂文二集》时改"导言"为"序",《鲁迅全集》第 6 卷,人民文学出版社 2005 年版,第 263 页。
② 鲁迅:《中国新文学大系·小说二集导言》,收入《且介亭杂文二集》时改"导言"为"序",《鲁迅全集》第 6 卷,人民文学出版社 2005 年版,第 263 页。

陈炜谟(1903—1955)，四川泸县人。有短篇小说集《炉边》、《信号》等。1921年考入北京大学英文系，是1923年组成的浅草社和1925年成立的沉钟社的骨干。他的部分作品，可以说是写得较为厚重的乡土小说。

《狼筅将军》借游子返乡见闻的方式，写出蜀中兵灾四起、民不聊生的苦难现实。这里简直兵匪难分，有枪便是草头王。当初的伙计吴蛮，摇身一变已成为讨了十几个小老婆的"吴曼师长"。庄稼刚待收割，就已有人持枪向农民逼要粮食。连清末举人赵惕甫这样的世家，也有叔父和长子遭杀，十八岁的长女则被兵士掳走，两年多不知死活。这些悲惨变故导致赵惕甫精神失常，他自封为"狼筅将军"，声称要"寓兵于家"以自卫，给尚未成年的儿女封了各种军职或官职。小说用这样的文字作结："朋友不再往下说了。我只觉得呼吸窒息，血轮凝滞；我觉得我的心……(被)塞得太多，压得太紧，——口唇也不知被什么箝住了。"

《夜》具有浓郁的风俗画色彩。它借一个孩子的眼光和感受，从侧面写了箴婶由临产、难产到死后安葬的过程，显示了内地宗法制农村习俗的愚昧、迷信。他们缺少现代医学知识，只知道让孕妇吃得多、吃得好，不知道让孕妇适当活动；出现难产症状时不知求医，只知驱鬼，甚至让孕妇喝童尿来助产。结果是："鬼终于没有打着，箴婶死在产难中了。"经过这次丧事，"母亲告诉我，我们又卖了一股田"。

《寨堡》预示着作者创作上的一种转折。小说写主人公熊震东很想回乡，他觉得故乡对他来说就像是一座可以保护自己的寨堡。但回去一看，兵灾虽然过去，家乡破败之相却已毕露。"他觉得有人拆毁了他堡垒的一半。"连自己家里也住进了外人。他原先的书房也被塾师占据了，而这位塾师教侄儿将"玫瑰"二字念作："Wen Kuai"。这样一番经历和观感，终于使主人公决定让妹妹离开家乡到 P 城进女子师范大学。此后陈炜谟转向写知识青年，声称"要试验我狭小的胸怀对于外来的苦恼的容量"(《炉边·小引》)，这就更使作品浸润着一种无可排遣的孤寂的感情。

但陈炜谟除了写乡土文学之外，也写生活中直接得来的某些特殊的心理体验。如《破眼》，就写了异性青年体肤接触所带来的微妙的内心体验。事后男主人公对这番传着"赤热气息"的体肤接触"怏怏若有所失"之余，仍希望捕捉它在感情上留下的奇异印象："她们走了！什么也不留的走了。……白茫茫的广阔的空间，哪儿系我颠荡的心船？她们燕子似的掠过我的眼前，燕子似的不留痕迹；走了。在我的身旁虽没有她们的衣香，但她们的语音，动态，尚在我脑中起伏着，前浪赶后浪似的……"在西方现代心理小说中，这类描写早已司空见惯，但在五四以后的中国新文学中，它们还是颇具新意的笔墨。

陈翔鹤(1901—1969)，重庆人。1920 年入上海复旦大学外语系学习英文，

1923年转到北京大学当特别生,选修英国文学和中国文学。毕业后在山东、吉林等地任教。小说集有《不安定的灵魂》、《写在冬空》、《独身者》、《鹰爪李三及其他》等。他早年的作品,在情调上明显留有郁达夫的影响。《西风吹到了枕边》以第一人称真实地写出了包办婚姻带给青年一代的痛苦。当事人"我"不但未从新婚感到什么幸福,反而视这场同陌生人的结合为"长期的酷刑",带着"无告和无望,哀怨和悲愤"的临刑者的心情,"和衣而卧"地度过了新婚之夜。第二天清晨,主人公看到一个全不识字的女子在擦拭和整理书籍,才开始从简单交谈中了解到对方的不幸身世,并通过她坦诚无罪的目光,消解了原有的敌意,释放出人道主义的同情。小说用似是记梦又似写真的笔法,倾诉出"我"的自伤自悼、自悲自怜,既无法面对却又无法回避的复杂感情。

如果说《西风吹到了枕边》从一个特定角度显示了"婚非所爱"的困境,那么书信体小说《不安定的灵魂》则从另一角度相当出色地揭示了"爱而不能婚"的悲剧。这位喜爱艺术、喜爱儿童、喜爱纯真的主人公,由于厌恶都市中势利、虚伪、腐化的人际关系,决定逃离古都。他发现并爱上了一个活泼天真的少女。然而女方的家长却偏偏把她当作牟利的商品,使他只能陷入痛苦、受煎熬的深渊,终于在颓丧中染病而亡。这些小说写得较为活泼明快,却又蕴藉深沉。

陈翔鹤初期小说都以自己或周边的知识青年为题材,后来则逐渐扩大至社会生活的多个方面。如《大姐和大姐圣经的故事》写的是基督教徒的感受和思考。《洛迦法师》刻画了一位佛教法师的独特性格。《鹰爪李三》相当生动地表现了父子两代侠者的传奇故事。《独身者》则渗透着历经人世坎坷者的特有苍凉。这些作品中有时仍或多或少地透露出浪漫的气质。到四十年代,他笔下出现过一些讽刺暴露作品(如《一个绅士的长成》等)。以后,他曾搁笔十余年。六十年代初,写了以魏晋文人为主人公、笔力老到遒劲的两篇历史小说《陶渊明写挽歌》和《广陵散》,却被视为"影射",遭到极"左"路线的长时间迫害。

高世华在《浅草》、《沉钟》上发表小说不多,他的《沉自己的船》虽然只是一篇速写,却描绘了一幅船民向强横凶残的北洋军队抗争,宁与压迫者同归于尽的壮烈图景,实在是一篇不可多得的作品。

第五节 五四后的话剧与田汉、丁西林的剧作

五四时期最早在话剧创作方面显示了实绩的,是1918年南开新剧团张彭春编导的五幕剧《新村正》。

张彭春(1892—1957)是一位学哲学与教育学的留美学生。他对文学与戏剧也极感兴趣,热爱易卜生的作品,又喜欢德国导演莱因哈特、英国导演戈登·克

雷的戏剧艺术,下了很多工夫。1916年张彭春回国,作为南开校长张伯苓的胞弟,投入了南开新剧团的活动,成为该团第一位精通西洋戏剧的导演,将剧团引上写实主义的道路。1918年起,南开新剧团先后在天津、北京两地演出《新村正》,在知识界引起很大轰动,几家有全国影响的刊物如《新青年》、《每周评论》、《新潮》等,都曾热情肯定了该剧的创作与演出。

《新村正》作为我国话剧的一个新的开端,其贡献在于完全摆脱"文明新戏"所形成的陋习,努力在剧本创作与演出技艺方面下苦功夫。它以真实精细的笔触,展现了袁世凯当政后中国北方农村血泪斑斑的生活画卷。剧本描写周家庄以吴二爷为代表的劣绅为谋私利,将农民赖以生存的房与地租给外国公司,致使关帝庙一带农民流离失所。当青年学生李壮图站在农民一边奋起抗争,去县里告状时,竟遭拘留。感受群众压力的吴二爷,一面玩弄阴谋,力图遏阻;另一面又借机内外串通,假意"赎回"土地,乘机捞取钱财,并且夺得新的村正(村长)职位。此后,吴还逼迫农民给他送"万民伞",并将李壮图逐出家乡。他得意洋洋地说:"小孩子们就是念念书,毕业以后也不过是个教书匠。这一代的事没有他们的,还得让咱们!"剧本没有廉价地塞给观众一个"大团圆"的结局,而是暗示了斗争的长期性和艰苦性。诚如戏剧家宋春舫所说:"《新村正》的好处,就在打破这个团圆主义","把吾国数千年来'善有善报,恶有恶报'的两句迷信话打破了"①。正因为这样,该剧在艺术上具有较大震撼力,它揭示了当时帝国主义势力已深入中国农村,与封建当权势力相勾结,对农民巧取豪夺,是造成农村贫困、破败的根本原因。剧中所写关帝庙一带的贫民窟,正是半殖民地半封建中国的一个缩影。在这个意义上说,《新村正》实现了写实性与象征性的某种结合。

继《新村正》问世五个月之后,胡适在1919年3月的《新青年》杂志上发表了话剧剧本《终身大事》。这是在五四时期首倡"婚姻自主"的剧作。剧中人田亚梅,不但敢于反对母亲的迷信生辰八字,也敢于反抗父亲的墨守宗法祠规,她坚持"终身大事孩儿应该自己决断",决定离家出走与自主恋爱的陈先生相结合。虽然剧情略嫌单薄,但确实产生了很大的社会影响,并且带出了一批女主人公纷纷"出走"的话剧,如欧阳予倩的《泼妇》,郭沫若的《卓文君》,余上沅的《兵变》,张闻天的《青春的梦》,成仿吾的《欢迎会》等。

曾是春柳社骨干的欧阳予倩(1889—1962),出生于湖南浏阳一个仕宦世家。1902年赴日求学。1913年在湖南组织文社时,编演过五幕剧《运动力》,揭露辛亥革命后官场新贵腐化堕落、贿选拉票之类的丑恶行为。五四运动激发了他的创作欲望,也推动他与文明戏旧风告别,又写了《泼妇》(1922)和《回家以后》

---

① 宋春舫:《评新剧本〈新村正〉》,《新潮》第1卷第2号,1919年2月。

(1924)两个独幕剧。两个戏的矛盾冲突都是由于男子爱情不专引起的,但具体内容与锋芒所指各不相同。《泼妇》写了青年学生陈慎之和于素心经自由恋爱而结婚,陈却在不久之后又按旧习买妓纳妾。于素心发现后,愤而以持刀刺子相要挟,逼陈退掉小妾,并在离婚书上签字。她自己则离家出走。剧本严厉谴责了"男人家三妻四妾"的封建道德,大胆赞颂了被封建势力诬为"泼妇"的于素心勇敢捍卫自己权利和尊严的反抗精神。《回家以后》鞭挞了受过美国文明熏陶的陆治平随意离弃自己的发妻吴自芳,在国外又同"新式女子"刘玛丽结婚的不负责任的行径。两个戏都显示了作者在爱情问题上的独特观察与思考——尤其是吴自芳这个似新似旧、非新非旧的女性形象的塑造上更是如此。五幕剧《潘金莲》构思于1925年,完成于1927年,也是"受了五四运动反封建、解放个性、破除迷信的思想的影响"[①]而创作的。作者将《水浒传》中的潘金莲重新塑造,突出表现了她作为被侮辱、被损害者的悲剧命运,侧重揭示潘金莲性格被扭曲的社会原因,锋芒指向以张大户为代表的封建势力和不合理的婚姻制度。有钱有势的劣绅张大户要强收潘金莲为妾,她执意不从;张大户为惩罚她的桀骛不驯,将她嫁给丑陋不堪、毫无男子气的武大。当她见到仪表堂堂、又是打虎英雄的武松,被压抑的爱情烈火便燃烧起来,不料却遭武松浇了一盆冷水。此后,变态心理便推动她与相貌有几分像武松的西门庆私通。这种情节上的改编与形象的重新塑造,曾受到不少剧作家与艺术家的欣赏。田汉就很称赞此剧的艺术魅力:"人说姜桂之性老而愈辛,予倩的艺术味正是如此。"[②]徐悲鸿也说:《潘金莲》一剧"翻数百年之陈案,揭美人之隐衷;入情入理,壮快淋漓;不愧杰作"[③]。尽管剧作对潘金莲与西门庆勾结害死武大既未正面表现,亦未予以批判,应该说存在着严重疏忽与缺陷,但全剧结构紧凑,见解新颖,对话也不拖沓,确实显示了相当的独创性。欧阳予倩在二十年代话剧发展上所做的这些探索与贡献,依然是难能可贵的。

二十年代在我国话剧文学史上做出了更显著业绩的,是田汉与丁西林。

田汉(1898—1968),原名田寿昌。出生于湖南长沙东乡田家塅一个农民家庭。幼读私塾,很早接触《西厢记》、《红楼梦》等文学名著。从少年时代起,就喜爱家乡流行的皮影戏、木偶戏、花鼓戏和大戏(即湘剧)。1912年考入长沙师范学校,曾写过宣传辛亥革命的《新教子》和《汉阳血》等戏曲剧本。1915年5月26日至29日,在《上海时报》上发表讽刺时政的《新桃花扇》曲本(署名"汉儿")。

[①] 见苏关鑫编《欧阳予倩研究资料》,中国戏剧出版社1989年版,第182页。
[②] 田汉:《我们的自己批判》,《南国月刊》第2卷第1期,1930年版。
[③] 转引自田汉《我们的自己批判》,《南国月刊》第2卷第1期,1930年版。

1916年随舅父易象赴日留学,接触各种新的社会思潮,阅读、观看了西方各艺术流派的大量戏剧作品或演出。1919年加入少年中国学会,次年起曾在《少年中国》杂志上发表多幕话剧《梵峨璘与蔷薇》、独幕剧《薛亚萝之鬼》及《新罗曼主义及其它》一文。创造社成立后,还在《创造》季刊上刊出了独幕话剧《咖啡店之一夜》、《午饭之前》等。

1922年9月,田汉由日本返国,在上海中华书局任编辑。独幕剧《获虎之夜》是他回国后创作的第一个作品,也是田汉二十年代较重要的代表作之一。它以故乡生活为题材,写封建家长门第观念活活拆散了一对青年情侣的悲剧。黄大傻与魏莲姑是自幼相恋的表兄妹,黄因父母相继去世又遭火灾而成流浪儿,莲姑的父亲、富裕猎户魏福生就将莲姑许婚给当地的大户陈家。临嫁之前,莲姑仍想与黄逃往外地做工,苦于没有机会见面。黄大傻因思念莲姑,上山遥望她家灯光,踩到猎虎的机关而受重伤,魏福生却严禁莲姑进行护理或与之接触。黄于是饮刀殉情。

五四时期反对包办婚姻的话剧很多,其中以"出走"为结局者也不少。但像《获虎之夜》这样以悲剧方式迫使读者沉痛思考的则不多。这个剧本艺术上成功之处,首先在于紧扣住"戏"来组织情节,使全剧显得分外扣人心弦。作者将冲突安排在南方冬天的一个猎户家的夜晚,并且一开始就通过登场人物之口,提出两个悬念:一是魏家今晚能否捕到老虎,二是莲姑愿否遵从父命嫁到陈家。两个悬念之间有内在联系,但却是一种反向的联系。在魏福生和妻子黄氏等看来,捕到虎就能为莲姑增添嫁妆,为家庭增添荣耀。但莲姑却觉得猎到虎"是催我的命的",因为她根本不愿嫁到陈家。这种反向和对立,就让观众对剧情发展更加关切。而实际上,在作者的艺术构思中,这"催命"的事却要比莲姑担心的还要严重许多;作者通过魏福生同李东阳、同屠大之间两次关于山上有无行人的问答,已经早有提示。果然,山中铳枪一响,与人们的预料相反,抬上来的不是"虎",而是受了枪伤、昏晕过去的黄大傻。这就引起莲姑深深哀痛并把剧情迅速推向高潮。

但本剧高潮之所以动人,不仅因为有"戏",更因为还有"诗",有"戏"和"诗"的交融。黄大傻苏醒后当着魏福生的面所作的倾诉,既是满怀真情,又充满了诗意:"我只想能在后山上隐隐约约看得见这屋子里的灯光就够了。……我自从在庙里的戏台下面安身以来,晚晚是这样的,哪怕发风落雨的晚上都没有间断过。我只要一望见这家里的灯光,就像见了亲人一样,把我的所有的苦楚都忘记了。""尤其是莲姑娘窗上的灯光,我一看了这窗上的灯光,好像我还是五六年前在爹爹妈妈膝下做幸福的孩子,每天到这边山上来喊莲妹出来同玩,我拼命摘些山花给莲妹戴的时候一样,真不知多么喜欢,多么安慰!霏霏细雨的晚上,那窗上的灯光远远望起来越显得朦朦胧胧的,又好像秋天里我捉得许多萤火虫儿,莲妹把它装在蛋壳里一样,真是好看。我一面呆看,一面痴想,每每被雨点把一身打的透湿,还不觉得,……"这是热恋之人从心窝里掏出的话。作者以诗人之心度人物之意,写出了这些感人肺腑的语言,渗透着浓重的浪漫主义气息。尽管魏福生当初也曾说过"这两个孩子倒是好一对"的话,然而,眼前这满脑子门第观念的冷血者,听了这些令人肝肠寸断的倾诉,却依然无动于衷,反而暴怒地用殴打来回答女儿护理重伤者的请求。这就导致了悲剧的无可避免。

剧本艺术上出色之处,还在于作者正当情节紧张发展之时,竟然宕开笔墨,故意插入一些风趣别致的闲笔,使戏剧气氛变得活泼轻松,有张有弛。作者充分发挥自己熟悉家乡仙姑岭一带猎户生活这一优势,让魏福生向李东阳、何维贵讲起"从前"的猎虎故事。不但讲了自家先后打两只虎的故事,还讲了虎患严重时期易四聋子家孩子遭虎叼走,易四只得邀了好友袁打铳合力为儿子报仇的充满山野气息与传奇色彩的故事。此外,还以屠大衣袖破烂为由,加添了一段周三替屠大"做媒",为他"介绍后屋朱太太的大小姐"的玩笑话,令人忍俊不禁。这些笔墨不仅生动传神,而且富有生活情趣,使剧作色香味俱全,一下子显得丰满醇厚了许多。

《中国新文学大系·戏剧集》的编选者洪深在"导言"中说:"《获虎之夜》是本集里最优秀的一个剧本;在题材的处理,在个性的描写,在对话,在预期的舞台空气与效果,没有一样不是令人满意的。"洪深的这个评价,应该说是相当符合于实际的。

1927 年写作、1929 年改定的三幕剧《名优之死》,则是田汉一部厚重的揭示艺术的现实命运问题的力作。主人公京剧名优刘振声忠于艺术,疾恶如仇,"最讲究戏德、戏品",每有演出绝"不肯不卖力",反而是"越有名气越用功"。在他看来,"玩意儿可比性命更要紧"。他也特别重视培养青年人,他说:"我没有儿女,我只想多培养出几个有天分的,看重玩意儿的孩子,只想在这世界上得一两个实心的徒弟"。作者曾说,刘振生这个人物"是以倒在舞台上的名优刘鸿声做'模特儿'的",[①]同时也概括了作者好友顾梦鹤的部分"境遇和才能"[②]。然而,就是刘振声这样一个戏品高尚、艺功深厚的名优,却在污浊的半殖民地半封建的上海滩被黑恶势力活活气死、逼死了。他自己费了多年心血苦苦培养的女弟子刘凤仙,经不住有背景、有权势的杨大爷的腐蚀利诱,开始脱离正道、走向堕落。刘振声发现后愤而反抗,当面斥责了杨的卑劣无耻,于是遭到杨布置的流氓打手的捣乱和羞辱,气得心脏病发作当场倒在台上。剧作通过刘振声悲惨的死亡,向扼杀真

---

① 《关于〈名优之死〉》,《田汉文集》第 1 卷附录,中国戏剧出版社 1983 年版,第 463 页。
② 《田汉戏曲集》第四集《自序》,上海现代书局 1931 年版。

正艺术、摧残美好花朵的黑暗社会,提出了激越的控诉。

《名优之死》艺术手法谨严洗练,主要人物性格把握得极为鲜明准确:刘振声的铮铮铁骨、刚直激愤;左宝奎的滑稽机智,是非分明;刘芸仙的纯真向上,聪明懂事;萧郁兰虽是女性,却有一股阳刚之气,大义凛然,敢于同恶势力斗争;刘凤仙则写得颇有分寸,虽然爱慕虚荣,易受拉拢,但一旦良心发现,伏在先师遗体上痛哭失声,要求"一个忏悔的机会"。全剧在沉郁悲痛的气氛中显示出一种正义压倒邪恶的精神气势。

《名优之死》中的对话,常有十分精彩的笔墨。它们都能紧扣谈话当时的特定情境和人物的特定性格,既显得贴切自然,又很耐人寻味。像第一幕中,杨大爷与记者王梅庵来到后台找刘凤仙时,恰遇上萧郁兰装扮好了等待出场,双方不得不应酬起来:

> 杨大爷　好。(给王梅庵介绍)这位就是萧郁兰萧小姐。萧小姐虽是唱花旦的,可是后台都恭维她是个女圣人,像我们这样的人,她睬都不睬哩。哈哈!
>
> 王梅庵　真乃艳如桃李,冷若冰霜。
>
> 萧郁兰　(笑)哪儿啊。我是个蠢孩子,什么话也谈不上来,您多原谅。
>
> 杨大爷　别客气了。瞧您多会说话。哈哈。萧小姐,在北京的时候我也常看您的戏,那时候您的名字叫玉兰。怎么这会儿又改了郁兰了呢?
>
> 萧郁兰　从前有爸爸、有妈妈的时候心里挺痛快的,所以叫玉兰;这会儿单剩了我一个出门在外,心里老是挺蹩扭,挺郁冈的,所以就改了郁兰了。
>
> 杨大爷　这用得着什么郁冈呢?像萧小姐这样的姑娘到哪儿都是受欢迎的。还是叫玉兰的好。我挺喜欢这名字。(用手指写在掌心)玉兰。(向掌心一吻)
>
> 萧郁兰　(鄙视地微笑)怕不够味儿吧。
>
> 杨大爷　够味儿极了。
> (王梅庵、萧郁兰皆笑。刘凤仙换好旗袍由屏风后面转出来。)
>
> 萧郁兰　够味儿的在后头呢。

萧郁兰对这个流氓绅士杨大爷的为人以及他与刘凤仙的关系,都是心知肚明的。她不想与杨多说话,但又不得不敷衍几句,于是有些话不免略带嘲讽或者具有话外之音。而杨恭维"她是个女圣人,像我们这样的人,她睬都不睬哩",可见对她也是想讨好而又有所顾忌、颇有分寸的。这些对话的意味都很深长,耐人咀嚼。大体上说,双方都在讲礼貌的情况下进行一次小的交锋,是初试锋芒,为后来的戏剧冲突做着准备。由于作者对台前台后的艺人生活极为熟悉,表现上自然能够得心应手,使前台之戏与后台之戏穿插起来,互为烘托,相得益彰。这种独特条件造成了全剧结构的活泼单纯,圆到自如,简洁凝炼。《名优之死》是田汉众多作品中最为圆熟的剧作之一。

三四十年代田汉创作了影响较大的《回春之曲》《秋声赋》《丽人行》等优秀话剧。直到花甲之年,还有《关汉卿》这部代表他思想和艺术新高度的作品问世。不幸的是,像这样一位不但在现代戏剧史上而且在现代中国文化史上都做出过巨大贡献的作家,竟在"文革"中横遭迫害而悲惨去世。

二十年代的话剧作家中,田汉以悲剧创作显示了突出的成就,丁西林则以喜剧创作显示了鲜明的特色。

丁西林(1893—1974),原名丁燮林,字巽甫,江苏泰兴人。自幼受"新学"影响,抱定"科学救国"的志向。1910年考入上海交通大学前身——清政府交通部工业专门学校。1914年赴英留学,就读于伯明翰大学物理学和数学专业。因广泛阅读英文小说、剧本和观看英语戏剧而对文艺产生浓厚兴趣。1920年回国后,曾任北京大学理科学长(理学院长)。在此期间开始文学创作,发表了一系列以北京市民和知识分子日常生活为题材的独幕喜剧,赢得了广大读者和观众的喜爱。

丁西林第一个剧本《一只马蜂》,刊载于1923年10月《太平洋》杂志4卷3号。发表后不久,就被许多剧团搬上舞台。此剧以新颖别致的形式,轻松幽默的风格,含蓄机智的语言,表现了婚恋自主的主题,显示了独特非凡的魅力,因而引起知识青年的普遍兴趣。剧中的矛盾纠葛,是在并非截然对立的两代人之间展开的。吉老太太不是专制的旧派人物,但她非常能干和自信,总想按自己的意思帮子女多做事情:她要把女儿嫁给表侄,亲上加亲;她督促儿子早娶媳妇,早抱孙儿;这些都"绝少成绩"之后,她又想把护士余小姐介绍给表侄,却不知道余小姐和儿子吉先生其实已在暗中相恋相爱。正像吉先生所感叹的:"做能干父母的子女,是一件很苦的事",因为子女必须用自己的机智设法将不必要的麻烦"绕"过去,说一些可意会却不可言传的反话,做一些言在此而意在彼的"蠢事"。于是,一系列妙趣横生的喜剧性纠葛,就在吉老太太和儿子以及余小姐三人中间展开,招来笑声不断。通过善意、温和的笑声,剧作家颂扬了敢于解放自己、争取婚姻自主的年轻人,嘲讽了自以为是、实际仍在变相包办的吉老太太这类人物,也揭示和鞭挞了中国社会里存在的那些专断、虚伪的"不自然的东西"。吉先生说得好:自己住院期间向余小姐倾诉的真情,"那都是些极真诚,极平常,极正当的话,为什么我们平常不能讲?""我们处在这个不自然的社会里面,不应该问的话,人家要问,可以讲的话,我们不能讲,所以只有'说谎'的一个方法,可以把许多丑事遮盖起来。"他向余小姐开玩笑地说:"我们是天生的'说谎'一对!"《一只马蜂》这出戏,可以说从开头到最后一句,都在用一个善意的"谎"字作为杠杆,撬动着喜剧性矛盾的发展,实现着对不合理的社会现实的嘲讽与批判。

《一只马蜂》之后,丁西林又在七年中连续发表了五个独幕喜剧:《亲爱的丈夫》(1924)、《酒后》(1925)、《压迫》(1925)、《瞎了一只眼》(1927)、《北京的空气》(1930)。其中《酒后》、《北京的空气》乃据同名小说改编而成,《压迫》则堪称丁在整个二十年代的一个代表作。

《压迫》的故事起因非常简单:顽固守旧的房东太太常在外面打牌,因怕家中的女儿与房客发生自由恋爱,所以决不肯把房子租给没有家眷的男子。但她女儿的态度与母亲恰好相反:只愿意把房子出租给尚未结婚的男人。剧中女儿没有出场,然而出租给单身男房客的决定却是由她作出的,并且由她收下了这房客的定金。根据剧作家的说法,二十世纪二十年代的北京,好多房东都有不肯把房子出租给单身男房客的规定,丁西林的好朋友刘叔和(也是一位留学生)就发生过租不到房子的困难。"因为北京租房要满足两个条件:一是有铺保,一是有家眷。"①《压迫》这个话剧,就有纪念刘叔和的意思。剧情展开的时候,房东太太硬要单身男房客退房,而这男房客却一定要租房,"两个古怪碰到一块儿",展开了一场相持不下的争论。房东太太生气之下,就起身叫巡警来驱赶。正当男房客恼怒不已时,却又来了一个想租房的女客。她性格爽朗,思想开通,敢于承担责任,在得知男房客的困难处境后,主动提出以假扮吵了架的夫妻的方式,来共同承租三间房,使戏剧情势发生突转。巡警无由再撵,顽固的房东太太也终于无计可施,只好承认自己的失败。全剧提出了一个看似很小却又相当普遍的社会问题,体现了作者对由于没有家眷而受房东"压迫"者的同情,也是对当时那种不合理社会现象的批评与鞭挞。剧中洋溢着对"联合起来"反抗压迫的青年男女的赞美之情。在艺术上,构思的缜密精巧,对话的机智俏皮,风格的轻松幽默,结尾的隽妙有味——丁西林喜剧所固有的这些长处,在《压迫》中都得到了最好的发挥。正因为这样,洪深在《中国新文学大系·戏剧集导言》里,赞许该剧为新文学最初十年"喜剧中的唯一杰作"。

抗日战争时期,丁西林搁笔九年后又创作了独幕喜剧《三块钱国币》,四幕喜剧《等太太回来的时候》、《妙峰山》。《三块钱国币》写的是女仆不小心打破一只花瓶,吴太太不仅将她辞退,还搜身逼她赔三块钱,强令其当掉铺盖。抱不平的

---

① 见丁西林1925年12月7日悼念刘叔和的信,原载1926年1月1日《现代评论》第一周年增刊。

大学生斥吴"无耻",怒而摔破其另一只花瓶,同时送上三块钱国币。剧情在另一个学生的"和棋"声中嘎然而止。此剧速写式地摄下了流浪在大西南的外省人生活的几个镜头,却真切、生动地刻画出了几种"例外"的性格:吴太太的尖利刻薄,擅长口角;杨长雄的见义勇为,爱抱不平;成众的幽默超脱,独善其身;仍然保持和发扬了丁西林早期喜剧的风格与特长。《等太太回来的时候》其实已是正剧,它通过全面抗战初期上海一个家庭内部的变化——主人公梁治刚从英国回来却又和其母亲与妹妹悄悄远赴内地,表现出"孤岛"人民抗日爱国的热忱以及对汉奸行为的强烈谴责,平凡、亲切而又相当感人。《妙峰山》展现的是抗日中一小片"理想的乐土"——"王家寨义勇团"所在地,义勇团曾以不多的部队消灭了日军两千人,由一位人称"王老虎"的大学教授领导,建立了自己的生活和工作秩序,但官方视之为"土匪"。该剧语言风格上与早期喜剧大体上一脉相承,却增加了不少滑稽的成分。结构方面则较疏松,显得作者在驾驭多幕剧上不够圆熟。

在从事话剧运动的同时又努力创作剧本的,还有熊佛西(1900—1965)。江西丰城人。燕京大学毕业,后赴美国哥伦比亚大学深造,1926年秋获得文学硕士回国,担任北京国立艺专戏剧系主任。他在美国期间,已创作了多幕话剧《一片爱国心》、《洋状元》、《甲子第一天》、《长城之神》,独幕剧《当票》、《万人坑》。连同归国后写的,到1931年,总计创作了十六个剧本。其中《洋状元》由于刻意追求趣味,夸张过分,几乎成为闹剧。但《一片爱国心》、《甲子第一天》、《王三》等确实成为熊佛西现实主义的代表作。《一片爱国心》主要写原为革命党的唐华亭及其子女出于爱国思想,与其日籍妻子的冲突。唐夫人在日本当局的授意下,逼令她的担任"实业督办"的儿子在出卖中国矿山权益的契约上签字,遭到丈夫和女儿亚男的强烈反对,由此展开了一场象征中、日关系的家庭矛盾。剧情紧张而曲折。剧中人物个性也比较鲜明,亚男的形象尤其真实感人。此剧问世后,两三年中曾连演四百多场,直到全面抗战初期仍是各地广泛上演的剧目之一。部分女学生甚至纷纷把自己的名字改成"亚男"。独幕剧《王三》(一名《醉了》)也相当出色。主人公王三是个清末在封建衙门里当差的刽子手,但良心未泯,整日整夜心神不宁,仿佛感到自己总受许多冤魂包围。他曾发誓不吃这碗"倒霉饭",却又迫于生计,不得不喝醉了酒,"放声大哭"一场,重新穿上血衣,拿起屠刀。剧本通过对王三包括种种幻觉在内的痛苦心理所作的细腻而传神的刻画,强烈控诉了反动统治者屠戮人民、虐杀无辜的暴行,达到了艺术手法上相似于洪深《赵阎王》(1922)的效果。全剧短小精悍,自始至终保持紧张、浓烈的气氛。戏剧理论家马彦祥在三十年代初就认为:"这不仅是熊氏的成功之作,即在近来的剧坛上,也不愧为稀有的剧作。"[①]

---

① 《现代中国戏剧》,见《戏剧讲座》,现代书局1932年出版。

第九章
"普罗文学"运动和三十年代文学潮流

第一节 从文学革命到"革命文学"

1927年的大革命失败,是中国现代政治史的一个分水岭,同时也是中国现代文学发展史的一个界碑。五四文学革命所要求的个性解放和人的文学,在政治斗争空前残酷的年代,已经变得相当渺茫。激烈的政治斗争的集团性特征,影响到文学家的生存方式和思维方式。前进的文学家不得不从个性主义走向集体主义,从要求人的解放走向要求阶级的解放。于是,伴随着政治上军事上无产阶级独立支撑革命时代的到来,无产阶级革命文学也就应运而生。因此"革命文学"的发生并非空穴来风。它是文学革命的历史发展,是社会时代的需要,同时也是国际无产阶级文学思潮影响的结果。

五四文学革命原本就是反对封建文学的一个联合阵线的战斗,由于参加这一联合阵线成员的混杂,其终极目标并不相同。其中,自由主义者的文学理想和受到共产主义思想影响的革命者的文学理想,在"平民文学"这一模糊的口号中达成了共识。而随着文学革命的深入发展和中国共产党的成立,无产阶级文学就成为早期共产党人积极倡导的目标和前进作家努力的方向,虽然当时对这一目标和方向的阐述还相当朦胧。

1922—1926年间,从事宣传和实际革命工作的共产党员邓中夏、恽代英、萧楚女、沈泽民、李求实等人,在中共中央机关刊物《新青年》季刊、中国社会主义青年团机关刊物《中国青年》、上海《民国日报》副刊《觉悟》等刊物上,发表文章,提出了初步的"革命文学"主张。他们从马克思主义的经济基础与上层建筑关系的理论立论,认为"艺术是生活的反映"[1],"将来必有与'资产阶级的艺术'相对待的'无产阶级的艺术'"[2],提出了应当"创造革命的文学"的要求[3]。前进作家同

---

[1] 萧楚女:《艺术与生活》,1924年7月《中国青年》第38期。
[2] 泽民:《〈新俄艺术的趋势〉译者附注》,1922年8月《小说月报》第13卷8号。
[3] 泽民:《文学与革命的文学》,1924年11月6日《民国日报》副刊《觉悟》。

样对于"革命文学"表达了自己的向往。1924年,蒋光慈等作家组织"革命文学"团体"春雷社",通过上海《民国日报》副刊《觉悟》出版"文学专号",倡导"革命文学"。他认为,"无产阶级文化,不但是可能的,而且是必然的"①。他指出革命文学家和"革命文学"的基本任务,就是暴露"现社会的缺点,罪恶,黑暗",并号召人们与这社会进行战斗。② 创造社作家郭沫若1923年提出,"我们的运动要在文学之中爆发出无产阶级的精神",要"反抗资本主义的毒龙"③。1926年,郭沫若发表《文艺家的觉悟》《革命与文学》等文章,鼓吹"站在第四阶级说话的文艺"是"表同情于无产阶级的社会主义的写实主义的文学",是"替被压迫阶级说话的文学"。他号召作家们"到兵间去,民间去,工厂间去,革命的漩涡中去"④。成仿吾在《革命文学与它的永远性》一文中也要求文学作品能够"唤起对于革命的信仰与热情"⑤。文学研究会作家沈雁冰1925年发表长篇论文《论无产阶级艺术》,力图用马克思主义的阶级观点来阐述文学的阶级性问题,对新兴的无产阶级艺术的性质、特点、内容和形式等问题,作了较为全面的分析评论,并在《文学者的新使命》中提出,文学工作者应当"为无产阶级文化尽宣扬之力"⑥。1927年春,大革命高潮中,在孙伏园主编的汉口《中央日报》副刊上,沈雁冰、傅东华、张崧年、樊仲云、邓演达、孙伏园、淦克超、张采真、符号等人,也曾经热烈地讨论过"无产阶级文艺"和"革命文学"问题。同时,鲁迅在《革命时代的文学》中也提出了这样的主张:"为革命起见,要有'革命人'","革命人做出东西来,才是革命文学"。⑦ 五四新文学运动以来的这些有关"革命文学"的论述,并不系统完整,而且大多带有思想上的片面性和革命实用主义的文学观,但他们对于"革命文学"的初步阐释和热情宣传,都为大革命失败后无产阶级文学的倡导和正式提出,作了必要的思想准备。

"革命文学"的倡导更是时代发展的需要。鲁迅指出,"革命文学之所以旺盛起来,自然是因为由于社会的背景,一般群众,青年有了这样的要求",但是"并非由于革命的高扬,而是因为革命的挫折"。由于"政治环境突然改变,革命遭了挫折,阶级的分化非常显明,国民党以'清党'之名,大戮共产党及革命群众,而死剩

---

① 蒋侠僧(蒋光慈):《无产阶级革命与文化》,原载1924年8月《新青年》季刊第3期。
② 光赤(蒋光慈):《现代中国社会与革命文学》,1925年1月1日上海《民国日报》副刊《觉悟》。
③ 郭沫若:《我们的文学新运动》,1923年5月《创造周报》第3号。
④ 郭沫若:《革命与文学》,1926年5月《创造月刊》第1卷3期。
⑤ 成仿吾:《革命文学与它的永远性》,1926年6月《创造月刊》第1卷4期。
⑥ 沈雁冰:《文学者的新使命》,原载1925年9月13日《文学周报》第190期。
⑦ 鲁迅:《而已集·革命时代的文学》,《鲁迅全集》第3卷,人民文学出版社2005年版,第437页。

的青年们再入于被迫压的境遇,于是革命文学在上海这才有了强烈的活动"①。鲁迅对于"革命文学"兴起的社会原因作了十分中肯的分析。第一次大革命失败以后,国内的政治关系发生了很大的变动。原来的统一战线破裂了,中国共产党人既要反抗国民党政权的屠杀和压迫,又不得不单独肩负起领导中国革命的责任。随着无产阶级在政治战线和军事战线领导中国革命的深入,必然要在文化战线上提出自身鲜明的文学主张,使文学为无产阶级的政治斗争服务。用当时的无产阶级文学倡导者们的话来说,也就是要进行"文学上的方向转换",从初期的所谓"混合型的革命文学"推进到正面提倡"普罗列塔利亚文学"的阶段②。

"革命文学"在二十年代末兴起,也是国际无产阶级文学运动影响的结果。早在第一次国内革命战争时期,西欧各国的无产阶级文学运动就开始蓬勃发展起来。在共产国际的领导下,1927年在莫斯科召开了第一次世界革命作家代表大会,成立了革命文学国际局。1930年第二次国际革命作家代表会议召开,将革命文学国际局改名为国际革命作家联盟,而各国的革命文学组织是它的一个支部,接受它的领导。由此,无产阶级文学思潮和文学运动在世界范围兴起,形成了"红色的三十年代"。在日本,当时也出现了无产阶级文学运动的高潮,马克思主义文艺理论著作的翻译介绍盛极一时。中国的无产阶级文学运动,直接受到日本的影响。当时,以后期创造社成员为主的一批革命知识分子,或是对日本无产阶级文学运动比较熟悉,或是对国际无产阶级文学运动有所了解,陆续从日本回国。而一部分在大革命高潮中曾经投身实际工作的作家,为了在杀戮下继续抗争,也先后来到"革命逋逃薮"的上海租界。这两部分作家的汇合,揭开了中国无产阶级文学运动的序幕。

倡导"革命文学"的社团主要是创造社和太阳社。创造社这一时期的主要成员有郭沫若、成仿吾、冯乃超、李初梨、彭康、朱镜我,他们除了继续发行《创造月刊》《洪水》外,还创办了《文化批判》。太阳社的主要成员有蒋光慈、钱杏邨、孟超等人,先后出版有《太阳月刊》《海风周报》《新流月刊》等。此外,洪灵菲等人组织的"我们社"也是当时一个有影响的倡导"革命文学"的团体,出版有《我们》月刊。创造社、太阳社初期倡导"革命文学"所发表的主要文章有:冯乃超的《艺术与社会生活》,李初梨的《怎样地建设革命文学》,成仿吾的《从文学革命到革命文学》,麦克昂(郭沫若)的《英雄树》《桌子的跳舞》,蒋光慈的《关于革命文学》等。这些文章力图用马克思列宁主义观点去解释和阐发无产阶级革命文艺运动

---

① 鲁迅:《二心集·上海文艺之一瞥》,《鲁迅全集》第4卷,人民文学出版社2005年版,第303—304页。
② 李初梨:《请看我们中国的Don Quixote的乱舞——答鲁迅〈醉眼中的朦胧〉》,原载1928年4月15日《文化批判》第4期。

中的许多重大理论问题,主要提出了以下一些观点:第一,他们指出"革命文学"运动的产生,决定于社会经济基础的变动。李初梨说:"革命文学,不是谁的主张,更不是谁的独断",而是"历史的内在的发展"[①]。他们认为,全人类的社会改革已经来到,所以革命的知识阶级应当把自己再否定一遍,要对旧的生活样式和意识形态进行"奥伏赫变"(扬弃),把五四以来的文学变革向前推进一步:"从文学革命到革命文学!"[②]第二,他们初步论述了"革命文学"的性质,肯定了文学的"武器"作用,讨论了"革命文学"的内容和形式。他们认为,"革命文学是以被压迫的群众做出发点的文学","以工农大众为对象的文学";"革命文学应当是反个人主义的文学,它的主人翁应当是群众,而不是个人,它的倾向应当是集体主义,而不是个人主义"[③];"革命文学"是"以无产阶级的阶级意识,产生出来的一种斗争的文学"。他们尤其强调文学的阶级功能和宣传作用。李初梨仿照美国作家辛克莱在《拜金艺术》中"一切艺术都是宣传"的说法,提出了引起广泛争议的著名的"文学宣传论":"一切的文学,都是宣传。普遍地,而且不可逃避地是宣传;有时无意识地,然而常时故意地是宣传"。所以文学是"一个阶级的武器","是机关枪,迫击炮",无产阶级文学必须"为完成他主体阶级的历史的使命"而斗争[④]。第三,他们初步接触到小资产阶级作家的世界观改造的问题。他们认为,创造无产阶级文学,作家首先应该注意世界观的改造,"努力获得辩证法的唯物论,努力把握唯物的辩证法的方法","克服自己的小资产阶级的根性"[⑤]。李初梨强调,"为革命而文学"的作家,要把理论和实践统一起来,"我们的文学家,应该同时是一个革命家"[⑥]。

这些主张说明,在大革命失败后的严峻形势下,创造社、太阳社坚持鲜明的革命立场,力图运用马克思列宁主义的立场和方法阐述文艺问题,积极倡导无产阶级革命文学,这对于无产阶级文学的发展,无疑起到了积极的推动作用。但是,由于当时处于白色恐怖的社会环境,也由于中国的无产阶级文学运动还处于比较幼稚的阶段,"革命文学"倡导者们思想上偏激、片面和形而上学的观点,以及宗派主义的情绪,都使得创造社和太阳社在理论上、行动上还存在一些明显的缺点和错误。

他们对于中国革命的性质和中国革命的形势作了错误的分析,认为当时的

---

① 李初梨:《怎样地建设革命文学》,原载 1928 年 2 月《文化批判》第 2 期。
② 成仿吾:《从文学革命到革命文学》,原载 1928 年 2 月《创造月刊》第 1 卷第 9 期。
③ 蒋光慈:《关于革命文学》,原载 1928 年 2 月《太阳月刊》第 2 期。
④ 李初梨:《怎样地建设革命文学》,原载 1928 年 2 月《文化批判》第 2 期。
⑤ 成仿吾:《从文学革命到革命文学》,原载 1928 年 2 月《创造月刊》第 1 卷第 9 期。
⑥ 李初梨:《怎样地建设革命文学》,原载 1928 年 2 月《文化批判》第 2 期。

中国革命已经不是反帝反封建的新民主主义革命，而是社会主义革命了。因此，他们以极左倾的态度对待新文学的发展历史和持有不同意见的作家。他们认为，五四新文化运动"实为当时资本与封建之争"，是当时的社会意识形态的反映①，"这次运动对无产阶级毫无实效"②；十年来的中国新文艺作家大都表现着过时的主题和题材，"真能看清时代，认清文艺使命的，实在数不出有几个人"，"所以一般的文学家大多数是反革命派"③。成仿吾甚至以命令的口气说："谁也不许站在中间。你到这边来，或者到那边去！"④基于这样的认识，他们对五四文学革命以来的重要作家鲁迅、周作人、茅盾、郁达夫、叶圣陶等作了错误的批判。他们把鲁迅说成是"有闲阶级"的"趣味文学"的"老人"，是一个"时代落伍者"，"常从幽暗的酒家的楼头，醉眼陶然地眺望窗外的人生"，"追悼没落的封建情绪"，鲁迅和他的阿Q时代都已经死去等等。"革命文学"的倡导者们没有分清革命的对象，错误地把鲁迅、茅盾等五四作家当成"革命文学"的敌人，要拿鲁迅来祭"革命文学"的大旗。在文艺思想上，"革命文学"倡导者们也散布了一些片面的理论。他们忽视了作家思想转变的长期性和艰巨性，把思想转变看得过于简单容易，认为"不怕他昨天还是资产阶级，只要他今天受了无产者精神的洗礼，那他所做的作品也就是普罗列塔利亚的文艺"⑤。他们不仅夸大了文艺的社会作用，认为文学可以"组织生活"和"创造生活"，而且也忽视了文艺自身的特点，认为"文艺本来是宣传阶级意识底武器，所谓的本质仅限于文字本身，除此以外，更没有什么形而上学的本质"⑥。他们甚至公开声称要把艺术技巧"让给昨日的文学家去努力"。他们过分强调了浪漫主义的所谓超越时代的文学观，提出了"创造社会的未来的光明"，因而也就忽视了面对现实的战斗。

鲁迅从广州到上海，曾经抱着和创造社成员创造一条联合战线的美好愿望。创造社的一些主要成员也曾经打算与鲁迅联合作战。所以在1928年元旦出刊的《创造月刊》上就刊登了"《创造周报》复活了"的广告，其中特约撰稿人的第一名就是鲁迅。但是这个联合的序幕还没有拉开就终场了。因为1927年底，后期创造社的一些主干成员如冯乃超、彭康、朱镜我等，从日本回到国内，于1928年1月出版了《文化批判》第一期。冯乃超发表在这个刊物上的第一篇文章《艺术

---

① 李初梨：《怎样地建设革命文学》，原载1928年2月《文化批判》第2期。
② 彭康：《五四运动与今后的文化运动》，原载1928年5月1日《流沙》第4期。
③ 麦克昂（郭沫若）：《桌子的跳舞》，原载1928年5月《创造月刊》第1卷第11期。
④ 成仿吾：《从文学革命到革命文学》，原载1928年2月《创造月刊》第1卷第9期。
⑤ 麦克昂（郭沫若）：《桌子的跳舞》，原载1928年5月《创造月刊》第1卷第11期。
⑥ 克兴：《小资产阶级文艺理论之谬误——评茅盾君底〈从牯岭到东京〉》，原载1928年12月《创造月刊》第2卷第5期。

与社会生活》,就公开向鲁迅发起了攻击。当鲁迅刚刚反应过来,《文化批判》第二期又已经于 1928 年 2 月出版,李初梨的《怎样建设革命文学》一文又对鲁迅发起了攻击。鲁迅是在 1928 年 3 月才发表论战的第一篇文章《"醉眼"中的朦胧》。4 月以后,随着论战的逐步升级,鲁迅陆续发表了《文艺与革命》、《我的态度气量和年纪》等十多篇文章,系统地对"革命文学"倡导者们的一些片面主张和错误意见进行了反批评。而创造社和太阳社的主要成员则从 4 月到 8 月,纷纷著文对鲁迅实行"笔尖的围剿"。由于后期创造社一些成员奉行"新流氓主义"①,所以他们对鲁迅的批判,除了理论辩驳外,还夹杂着大量的人身攻击和谩骂,给鲁迅戴上三个"闲暇"、"封建余孽"、"法西斯蒂"、"二重的反革命"等多顶帽子②,从而使论战愈演愈烈。与此同时,创造社也与茅盾就小资产阶级文艺问题展开了论争。

  鲁迅后来指出,初期的"革命文学"运动,没有经过好好的计划,主要错误有两点:一是对于中国社会未曾加以细密的分析,机械地运用了苏维埃政权之下才能运用的方法;二是摆出一种极左倾的凶恶的面貌,使一般人将革命理解为非常可怕的事,好似革命一到,一切非革命者就都得死,令人对革命只抱着恐怖,"其实革命是并非教人死而是教人活的"③。鲁迅当时的反批评正是从这两点展开的。此外,针对"革命文学"倡导者们把"艺术的武器"等同于"武器的艺术",片面夸大文学的作用,用文学来代替政治的观点,鲁迅不仅分析了政治与文学的主次关系,更重要的还在于他特别强调革命的政治武器,密切地注视着"这一种最高的艺术——'武器的艺术'现在究竟落在谁的手里了呢?只要寻得到,便知道中国的最近的将来"④。由此,鲁迅批评创造社、太阳社的成员是"坠入纸战斗的新梦里去了"。对于创造社成员颠倒文学与生活的关系,鼓吹文学是宣传,"负有组织生活的秘密",鲁迅批评他们忽视了文艺本身的特点。鲁迅强调指出,"我以为一切文艺固是宣传,而一切宣传却并非全是文艺","革命之所以于口号,标语,布告,电报,教科书……之外,要用文艺者,就因为它是文艺。"⑤鲁迅批评他们是"踏了'文学是宣传'的梯子而爬进唯心的城堡里去了"⑥。对于五四以来的新文

---

① 亚灵在《新流氓主义·骂人章》一文中说:"假如要反抗一切,非信仰流氓 ism 不行","骂是争斗的开始,人类生存最后的意识,也不过是争斗,所以我们并不认为争斗的开始——骂,是有伤道德的。"1926 年 11 月《幻洲》第 1 卷 3 期。
② 杜荃:《文艺战线上的封建余孽——批评鲁迅的〈我的态度气量和年纪〉》,1928 年 8 月《创造月刊》第 2 卷第 1 期。
③ 鲁迅:《二心集·上海文艺之一瞥》,《鲁迅全集》第 4 卷,人民文学出版社 2005 年版,第 304 页。
④ 鲁迅:《三闲集·"醉眼"中的朦胧》,《鲁迅全集》第 4 卷,人民文学出版社 2005 年版,第 66 页。
⑤ 鲁迅:《三闲集·文艺与革命》,《鲁迅全集》第 4 卷,人民文学出版社 2005 年版,第 85 页。
⑥ 鲁迅:《译文序跋集·〈壁下译丛〉小引》,《鲁迅全集》第 10 卷,人民文学出版社 2005 年版,第 307 页。

学，鲁迅采取历史主义的评价态度，在一系列文章中，充分肯定了它们所起的历史作用。在论争高潮中，鲁迅的态度也难免有失之尖刻的地方，但基本观点都是符合马列主义的。正是鲁迅纠正了"革命文学"倡导者们理论上的偏颇，补充了他们理论上的不足。

这一场"革命文学"论争，宣传和介绍了马列主义文艺理论。论争中，马列主义文艺理论中的一些基本问题，如文艺与政治，文艺与生活，文艺的阶级性等问题都在一定程度上得到了阐发。论争中还翻译介绍了为数不少的马列主义文艺理论著作，对我国的马列主义文艺理论建设起到了积极的推进作用。瞿秋白对于这一点曾经作了充分肯定："这时期的争论和纠葛转变到原则和理论的研究，真正革命文艺学说的介绍，那正是革命普洛文学的新的生命的产生。"①

第二节　中国左翼作家联盟

创造社、太阳社和鲁迅的论争，引起了中共领导人的关注。1929年秋，在中共江苏省委指示下，夏衍、冯乃超等人与鲁迅、创造社、太阳社的作家们联系，共同讨论成立一个统一的组织。他们开过几次座谈会，检查了过去的工作，对于宗派主义情绪作了批判，确定了当前文艺运动的任务，组成了"中国左翼作家联盟筹备委员会"。1930年3月2日，在上海举行了中国左翼作家联盟成立会议。参加左联成立会议的作家有鲁迅、夏衍、钱杏邨、蒋光慈、冯乃超、李初梨、田汉、郁达夫、洪灵菲、柔石、殷夫、冯雪峰、彭康、郑伯奇等四十余人。大会决定设立马克思主义文艺理论研究会、国际文化研究会和文艺大众化研究会等机构，决定把吸收外国新兴文学的经验，帮助新作家和培养工农作家，确立马克思主义的艺术理论及批评理论，出版机关杂志及丛书小丛书，从事产生新兴阶级文学作品等五方面的工作，作为左联"主要的工作方针"。大会选举沈端先、冯乃超、钱杏邨、鲁迅、田汉、郑伯奇、洪灵菲七人为左联常务委员。

大会通过了左联的理论纲领和行动纲领。行动总纲领的要点是："（一）我们文学运动的目的在求新兴阶级的解放。（二）反对一切对我们的运动的压迫。"左联理论纲领明确宣布把"从事无产阶级艺术的产生"作为自己的奋斗目标：

  我们的艺术不能不呈现给"胜利不然就死"的血腥的斗争。
  艺术如果以人类之悲喜哀乐为内容，我们的艺术不能不以无产阶级在这黑暗的阶级社会之"中世纪"里面所感觉的情感为内容。

---

① 何凝（瞿秋白）：《〈鲁迅杂感选集〉序言》，原载何凝选编《鲁迅杂感选集》，上海青光书局1933版。

因此,我们的艺术是反封建阶级的,反资产阶级的,又反对"失掉社会地位"的小资产阶级的倾向。我们不能不援助而且从事无产阶级艺术的产生。①

左联的理论纲领,参照了苏联"拉普"和日本"纳普"的纲领和宣言。它反映了中国作家对无产阶级文学运动的自觉,同时也带有明显的超越社会历史和中国革命性质的特征。其后,左联1930年8月通过的《无产阶级文学运动新的情势及我们的任务》,1931年11月通过的《中国无产阶级革命文学的新任务》等决议,则带有明显的把左联转向革命政治组织的倾向。

鲁迅在左联成立大会上发表了题为《对于左翼作家联盟的意见》的重要讲话。这个讲话对"革命文学"运动倡导时期的经验教训作了科学的总结,纠正了左联纲领的某些错误,弥补了纲领的某些缺陷,对左联的行动具有指导意义。鲁迅根据中国无产阶级文学运动首先经过革命的小资产阶级作家的转变而开始形成起来的历史特点,尖锐地提出了作家队伍的改造问题,强调了左翼作家很容易变为右翼作家的危险性。鲁迅在讲话中还针对"革命文学"运动一开始就暴露出来的宗派主义、小团体主义的弱点,号召左联在"目的都在工农大众"的共同目标下扩大联合战线,"造出大群的新战士"。鲁迅的讲话在中国现代文艺思想史上具有划时代的意义。

左联成立之后,相继成立了中国社会科学家联盟、中国左翼戏剧家联盟,以及音乐、美术、电影、新闻、教师等方面的左翼团体,并在此基础上,组成中国左翼文化总同盟(简称"文总"),由中共中央宣传部文化工作委员会(简称"文委")领导。

创办刊物,培养作家,发表作品,展开批评,推进无产阶级文学运动的发展,是左联文学活动的主要方面。

左联成立后陆续出版的刊物有:《拓荒者》、《萌芽月刊》、《巴尔底山》、《世界文化》、《十字街头》、《北斗》、《文学月报》等。秘密发行的有《文学导报》、《文学》半月刊等。改组或接办的期刊有《大众文艺》、《现代小说》、《文艺新闻》等。文总出版的刊物有:《文化斗争》、《文化月报》、《艺术新闻》、《文化新闻》、《正路》等。北平文总和北平左联出版的刊物有:《文学杂志》、《北平文化》、《文艺月报》等。左联东京分盟出版有《杂文》、《质文》月刊。此外,左联成员以个人名义还创办了许多刊物。由于国民党政府的查禁,这些刊物出版的时间都比较短暂。左联作家更多地还是在那些政治倾向不太明显的刊物(如傅东华、王统照主编的《文学》

---

① 《文艺界消息·左翼作家联盟底成立》,1930年4月1日《萌芽月刊》第1卷第4期。

月刊,施蛰存主编的《现代》杂志等)或副刊(如《申报·自由谈》等)上发表创作,从事文学批评,一方面为"革命文学"尽力,另一方面也可以获取支持简单生活的稿费。

马克思主义文艺理论的译介与传播,是左联努力从事的一项重要工作。1928年无产阶级革命文学论争和此后的多次文艺思想论争,加深了左翼作家对学习马克思主义文艺理论迫切性的认识。鲁迅当时就希望有切实的人,能够翻译几部已有定评的关于唯物史观的书,"至少,是一部简单浅显的,两部精密的——还要一两本反对的著作。那么,论争起来,可以省说许多话"①。左联成立时,就把"确立马克思主义的艺术理论及批评理论"规定为"主要的工作方针"之一。为此,左联成立了马克思主义文艺理论研究会和国际文化研究会。鲁迅把这项工作比喻成普罗米修斯从天上偷盗火种给人间和运送军火给起义的奴隶。正是由于左翼作家的努力,马克思主义文艺理论在三十年代得到广泛的译介和传播。

1928年至左联成立之初,翻译介绍马克思主义社会科学和文艺理论一度出现热潮。鲁迅对当时"读书界的趋向社会科学",给予充分肯定,认为"是一个好的,正当的转机,不惟有益于别方面,即对于文艺,也可催促它向正确,前进的路"②。根据《新思潮》月刊第二三期合刊的统计,当时出版的马克思传记、马克思著作和马克思主义理论译著就有46种,其他社会科学著作有150多种。所以当时就有人把1929年称为"社会科学翻译年"。

由于左翼作家的共同努力,1928—1936年间,一共出版了三套马克思主义文艺理论丛书。(1)1928年12月起,由鲁迅、陈望道主编的"文艺理论小丛书"开始印行,其中包括苏联弗里契和日本左翼作家论著,共出版六册。(2)1929年5月起,由冯雪峰主编出版的"科学的艺术论丛书",共出八种。鲁迅翻译的有:《苏联的文艺政策》、卢那察尔斯基的《艺术论》和《文艺与批评》。冯雪峰翻译的有梅林的《文学评论》、卢那察尔斯基的《艺术之社会的基础》、普列汉诺夫的《艺术与社会生活》、伏洛夫斯基的《社会的作家论》等。(3)1936—1937年间,左联东京分盟成员编译出版了"文艺理论丛书"。丛书收有马克思、恩格斯以及高尔基等人的文艺论文。郭沫若从马克思和恩格斯合著的《神圣家族》中节译了《艺术作品之真实性》。除了以上三套丛书外,鲁迅单独翻译了普列汉诺夫的《艺术论》(即《没有地址的信》)。瞿秋白编译了马克思主义论文集《现实》、《高尔基论文选集》和列宁论托尔斯泰的一组文章。经过左翼作家的共同努力,马克思主义

---

① 鲁迅:《三闲集·文学的阶级性》,《鲁迅全集》第4卷,人民文学出版社2005年版,第128页。
② 鲁迅:《二心集·我们要批评家》,《鲁迅全集》第4卷,人民文学出版社2005年版,第246页。

经典作家的主要文艺论著,在三十年代基本上介绍到中国来了。马克思主义文艺理论中的一些基本思想,如艺术是借助形象表现的一种社会现象,艺术源于劳动,革命的文艺为千千万万劳动者服务,无产阶级文艺的党性原则,批判地继承全人类文化遗产,现实主义创作方法,典型问题等等,逐步得到普及,从而大大提高了左翼作家和进步文学青年的文艺理论水平。

现实主义是左联作家遵循的创作方法,几乎也是左联作家从事文学批评的唯一标准。由于对作为文学思潮和创作方法的浪漫主义和批判现实主义一度采取了否定的态度,左联作家对国际无产阶级文学运动中的现实主义理论不断翻译介绍,并进行理论上的阐释。其间从"新写实主义"、"唯物辩证法的创作方法"到"社会主义现实主义",走过一段曲折的道路。

1928年,太阳社成员林伯修从日本无产阶级文学理论中译介了藏原惟人的"无产阶级写实主义"①。藏原惟人把艺术上的理想主义和写实主义贴上阶级标签,并将写实主义又做了资产阶级和小资产阶级的区分,提出无产阶级写实主义是用阶级观点观察世界、描写阶级斗争主题,是普罗世界观和写实主义方法的结合等观点。1930年藏原惟人在《再论新写实主义》中进一步提出作家应当站在唯物辩证法的立场观察现实,文学作品中的"个人"是时代、社会、阶级集团的代表等理论观点,又被译介到中国。藏原惟人的"新写实主义"理论观点,不仅被太阳社、创造社成员普遍接受,而且成为当时左翼文坛的支配思想。初期普罗文学创作中存在的标语口号、公式化、脸谱化、一个阶级一个典型等问题,都可以从这里找到思想理论的根源。

1931—1932年间,左联作家又从苏联"拉普"(俄罗斯无产阶级作家联盟)那里引入"唯物辩证法的创作方法"。冯雪峰翻译了法捷耶夫的《创作方法论》②。法捷耶夫强调作家应当确立唯物辩证法的世界观,反对浪漫主义,要求作家表现历史发展规律,表现团体、阶级而否定个人,以及"打倒席勒"等理论观点,对左联产生了直接影响。1931年11月左联执委会的决议《中国无产阶级革命文学的新任务》,就要求"作家必须成为一个唯物的辩证法论者",并强调"特别要和观念论及浪漫主义斗争"。于是,"唯物辩证法的创作方法"就成为这一时期左联理论批评中的"关键词",并且将其看成克服初期普罗文学创作中的"革命的浪漫谛克"倾向的不二法门。这在瞿秋白、郑伯奇、茅盾、钱杏邨和阳翰笙为1932年《地

---

① 林伯修:《到新写实主义之路》,1928年7月《太阳月刊》"停刊号"。这是从1928年日本《战线》杂志5月号上转译的日本无产阶级文艺理论家藏原惟人的文章。"新写实主义"在当时又被称为"普罗列塔利亚写实主义"、"无产阶级写实主义"、"无产写实主义"等。

② 载1931年11月《北斗》第1卷第3期。

泉》重版所作的五篇序言中,表现尤为突出。"唯物辩证法的创作方法"把世界观和创作方法,把认识世界的一般科学方法和用形象描写生活的艺术方法,完全混淆等同,放逐文学创作中的浪漫主义等等,对左联的文学创作和批评实践,都产生过不良影响。这一时期左翼文学创作中的描写阶级群像,为表现历史发展规律硬要插上一条光明尾巴,直接让人物进行政治说教等不良倾向,都与这一创作方法的引入有着直接的联系。

1932年10月,苏联的全苏作家协会举行第一次大会,批判"拉普"的"唯物辩证法的创作方法",同时提出了社会主义现实主义的创作方法。由此引起了中国左翼作家对现实主义理论的再探讨、再认识。其中,周扬根据苏联作家吉尔波丁的讲话和文章编写的《关于"社会主义的现实主义与革命的浪漫主义"——"唯物辩证法的创作方法"之否定》[①],是正式而全面介绍社会主义现实主义的文章。周扬的文章分析了"唯物辩证法的创作方法"的错误,对无产阶级文学运动以来长期存在的世界观与创作方法、政治与艺术的争论,作了理论上的总结。他指出,不能忽视艺术藉形象思维的特殊性,艺术与政治和意识形态的关系不是直线的、单纯的。周扬阐发了社会主义现实主义以"真实性"为前提的三个基本特征:在发展和运动中认识与反映现实,创造典型环境中的典型性格,为大众的文学。周扬的文章还特别提出,革命的浪漫主义可以包括在社会主义现实主义之内。1933年以后,由于社会主义现实主义的介绍,特别是由于瞿秋白、鲁迅、周扬、胡风等作家的努力,马克思、恩格斯论现实主义和典型问题的五封信全部翻译介绍过来,左翼作家对现实主义创作方法的认识和理解,逐渐趋向全面深入了。

文艺大众化是左联始终关注的中心问题。左联成立之后,即设立了文艺大众化研究会。1931年11月,左联执委会的决议《中国无产阶级革命文学的新任务》,更把文学大众化当成建设无产阶级革命文学的"第一个重大的问题"。三十年代,文艺大众化的讨论和创作试验,几乎贯穿了整个历史时期。左联内部的讨论主要有两次。

第一次讨论在左联成立前后展开。这次讨论以《大众文艺》、《拓荒者》等刊物为主要阵地,发表意见的有鲁迅、郭沫若、夏衍、冯乃超、华汉、钱杏邨、郑伯奇、蒋光慈等人。这次讨论虽然也涉及作者要深入大众生活、向大众学习的问题,但侧重点是在旧形式的利用和创作通俗易懂的作品。

第二次讨论在1932年前后进行。发表意见的主要是瞿秋白、茅盾、鲁迅等作家。讨论的问题主要有旧形式的利用、新形式的采纳、文学语言大众化和作品内容大众化等问题。这次讨论中还有一些作家进行创作的试验。如欧阳山、草

---

① 载1933年11月《现代》第4卷第1期。

明创办《广州文艺》,创作大众文艺和方言小说。中国诗歌会提倡用"俗言俚语",提倡写民谣、小调、鼓词、儿歌等。郑伯奇编辑《新小说》以登载通俗作品相号召。阿英在《大晚报》副刊《火炬》上编辑"通俗文学"版。三十年代文艺大众化讨论的思想前提有两个:一是列宁的文学应该为千千万万劳动者服务的思想。二是无产阶级文学只有为大众所理解,才能成为大众的武器,发挥文学的战斗作用。但文艺为劳动群众服务并不仅仅是"大众化"的问题。而在"大众化"讨论中,人们又往往把问题集中到旧形式的采用、大众语的提倡等"文学形式"问题上,这实际上把"大众化"变成了"通俗化"。

1935年,在民族危机日益加深的形势下,中共中央提出了建立抗日民族统一战线的政治主张。同年底,左联驻国际革命作家联盟代表萧三奉命给国内写信,提出解散左联。鲁迅当时认为,左联不必解散,它可以作为文艺界统一战线的核心继续存在;如要解散,也应当发表宣言。但当时的左联领导人周扬等认为应当响应中共中央建立抗日统一战线的号召,没有尊重鲁迅的意见,也没有发表宣言,在1936年春解散了左联。为了替代左联过去的"普罗文学"口号,周扬等人提出了"国防文学"口号。鲁迅作为左联的精神领袖,不同意这样无声息地解散左联,并认为"国防文学"这一口号存在着不足。于是,他与茅盾、冯雪峰共同商议,提出了"民族革命战争的大众文学"的口号,作为"国防文学"口号的补充。这样,在左翼作家内部就引发了"两个口号"的激烈论争。两个口号的论争是发生在历史转折关头的一场左翼作家内部的争论。历史转折时期,人们的思想发生不同的变化和认识是正常的。正是通过这样的论争,作家们加深了对于民族抗日统一战线的认识,左翼作家也加深了对民族抗日统一战线中的自身历史责任的理解。

左联在国民党政府的压迫下,不怕流血牺牲,艰难地存在了整整六年时间。它在论争中开始,又在论争中结束。作为左翼作家组织严密的团体,左联倡导的"革命文学"成为三十年代文学的中心,左联主导了三十年代文学的话语权,广泛而深刻地影响了三十年代文学的基本面貌。左联所从事的无产阶级文学运动,取得了辉煌的成绩,但在"革命文学"运动发展的历史进程中,也存在着不少缺点和错误。这些缺点和错误主要是:在政治上,左联受到当时中共"左倾"路线的影响,搞了不少"左倾"的政治活动;在组织上,左联把作家团体当成政党组织,存在着宗派主义、关门主义的缺点;在文艺思想理论上,存在着照搬外国文学运动和理论的教条主义;在文学创作上,轻视了文学艺术自身的规律和特点,存在着公式化概念化的倾向。左联的功绩和错误,作为历史的遗产,对后来的文学运动产生了深远的影响。

第三节 三十年代文学思想论争

三十年代文艺思想论争呈现出异常激烈的局面。这是当时激烈而残酷的社会斗争、政治斗争制约和影响文艺的重要表现。政治发现并选择了文学,而文学也不得不与政治结盟。激烈的政治斗争不仅制约着作家的生存方式、人生选择,迫使作家自觉不自觉地选择自己的政治立场;甚至影响到作家的思维方式,使得文艺思想论争往往与政治批判纠缠交织在一起,呈现出一种非此即彼的思维特征和片面独断的话语特征,而难以见到心平气静的学理讨论和阐释。论争的表现形态虽然各式各样,但核心仍然是文艺和政治、文艺和阶级性的关系。其中,具有较多思想理论意义的主要是关于"文学基于普遍人性"的论争,"文艺自由"的论争和"大众语文论战"。

关于"文学基于普遍人性"的论争,发生在以梁实秋为主要代表的新月派作家和提倡无产阶级文学的鲁迅、冯乃超等左翼作家之间,时间在 1928—1930 年之间。

1928 年 3 月,正当"革命文学"论争激烈展开的时候,新月社在上海出版《新月》月刊。由徐志摩执笔的《新月》发刊词《新月的态度》一文认为,当时的文艺界思想混乱,派别繁多,造成了思想文艺的"荒歉"和"大恐慌"。而造成派别流行的原因,据说是"我们在思想上是有了绝对的自由,结果是无政府的凌乱";解决的办法则是要确立"标准、纪律、规范",以"健康与尊严"作为文学的理性标准,"扫除一切恶魔的势力",来维系"社会的纪纲"。由此,他们要把当时正在兴起的无产阶级文学也作为一种"不正当的行业"予以"铲除"。这种试图从理论上"铲除"无产阶级文学的任务,是由新月派批评家梁实秋担当的。

梁实秋(1902—1987),浙江杭县(今余杭)人,现代批评家、散文家和翻译家。清华学校毕业后,1923 年赴美国哈佛大学等校留学,深受白璧德的新人文主义影响。1926 年回国后在多所大学任教。1928 年与徐志摩等主编《新月》杂志。1934 年起任北京大学英文系教授、主任,并主编《自由评论》周刊。全面抗战爆发后,主编重庆《中央日报》副刊《平明》。其文学批评著作主要有《浪漫的与古典的》、《〈冬夜〉〈草儿〉评论》、《文学的纪律》、《偏见集》、《文艺批评论》等。梁实秋在 1928 年陆续发表《文学与革命》、《文学是有阶级性的吗?》等系列文章,试图从理论上说明"'革命的文学'这个名词根本的就不能成立","实在是没有意义的一句空话"[①]。"文学就没有阶级的区别,'资产阶级文学''无产阶级文学'都是实际

---

① 梁实秋:《文学与革命》,1928 年 6 月《新月》第 1 卷第 4 期。

革命家造出来的口号标语,……近年来所谓的无产阶级文学的运动,据我考查,在理论上尚不能成立,在实际上也并未成功。"①很显然,梁实秋要从理论上否定"革命文学"和无产阶级文学存在的合理性,这不能不引起左翼作家的反批评。

论争双方的现实政治立场和态度泾渭分明。梁实秋和新月派作家对于国民党政权的一党专政和取缔思想言论自由,有过不满,曾经提出过批评。但儒家正统论思想对梁实秋影响很深,他怀抱着"圣上可谏不可反"的儒生态度,批评国民党政权,是为了补台,而不是砸锅拆灶,所以他明确表示拥护国民党政府。而倡导无产阶级文学的鲁迅等作家与国民党政权则是势不两立。所以鲁迅批评新月社的批评家是"挥泪以维持治安"②。政治态度的分歧当然会影响文学思想,但左翼作家与梁实秋的论争并不全是政治倾向的论争,而是文学思想理论上一些根本分歧的论争。

梁实秋反对"革命文学"和无产阶级文学的主要理论根据是人性论和天才论。他认为,"伟大的文学乃是基于固定的普遍的人性","人性是测量文学的唯一的标准"③。他在阐释这种"固定的普遍的人性"的内涵时认为,在生老病死、爱的要求(梁氏指的是爱欲本身,而不是恋爱方式)、怜悯与恐怖的情绪、伦常观念、企求身心的愉快、喜怒哀乐等人之"常情"诸方面,人性是固定的、普遍的、永恒不变的,没有阶级的差别。文学只能表现这些固定的普遍的人性,否则就不伟大。梁实秋否定无产阶级文学的另一个理论根据是天才论。梁氏认为,文学的创造和欣赏,都是天才的专利品,与"大多数"不发生任何关系。因为"大多数永远是蠢的,永远是与文学无缘的"。他在《卢梭论女子教育》一文中甚至认为"大多数"连"人"的称呼都应该取消④。所以他说"大多数就没有文学,文学就不是大多数"。由此,梁实秋否定无产阶级文学这种以"大多数"为表现对象和接受对象的"大多数文学"是"不能成立的名词"。

应当肯定,梁实秋的人性论文学思想有其理论上的某些合理性。他肯定文学应当以描写人和人性为中心,指出人性大于阶级性,主张文学有其自身独立的价值,反对把文学的题材限定于一个阶级范围之内的"题材决定论",反对把文学变成阶级斗争的工具和政治的附庸等等,都抓住了"革命文学"的倡导者的理论上的某些缺陷。但是,梁实秋的人性论思想其实也是混乱不堪的。第一,梁氏的人性论思想在本质上是美国新人文主义者白璧德和中国儒学、特别是宋儒理学

---

① 梁实秋:《文学是有阶级性的吗?》,1929年9月《新月》第2卷6、7期合刊。
② 鲁迅:《三闲集·新月社批评家的任务》,《鲁迅全集》第4卷,人民文学出版社2005年版,第163页。
③ 梁实秋:《文学与革命》,1928年6月《新月》第1卷第4期。
④ 梁实秋:《卢梭论女子教育》,1926年12月15日《晨报副刊》。

思想的混合。一方面,他将人性看成主要是与兽性相对立的理性,否定人的自然属性和人的自然欲求;另一方面,他在具体论述文学应当表现人性时,却又把人的自然属性,如生老病死、爱的要求等等,放进了他的所谓人性之中。这样,他对人性的理解本身就陷入了二元论。第二,他把人性看成一种固定的静止的观念,而要求文学只表现这种固定的抽象观念。而事实上,这种不分中外古今超越时空的永恒人性,只存在于观念中,在实际社会生活中和具体的人身上根本就不存在。因为人性总是表现在具体的时空之中,而且不断地发展变化着。第三,梁实秋否定人性的阶级差异和阶级表现,这是理论上的偏执。"革命文学"的倡导者用阶级性抹杀普遍人性的存在,固然片面绝对;但梁氏否认带有阶级属性的人性存在,同样也是错误的独断。至于他用天才论否定文学的"大多数",不仅是一种唯心主义的历史观,更是一种贵族态度。

鲁迅正是看到了梁实秋人性论思想中的错误和鄙视民众的绅士态度,所以写了《"硬译"与"文学的阶级性"》、《文学和出汗》等多篇文章,针对梁实秋的这些"矛盾而空虚的"人性论观点,侧重批评了他的永恒人性论和人性无阶级差异论。鲁迅认为,人性是发展变化的,没有永恒不变的人性。"如果生物真会进化,人性就不能永久不变。……要写永久不变的人性,实在难哪。"①对人性和阶级性的关系,鲁迅既不同意一些"革命文学"的倡导者以阶级性等同于人性,也反对梁实秋以人性否定阶级性。鲁迅对于人性和阶级性之间的关系的基本认识是这样的:"在我自己,是以为若据性格感情等,都受'支配于经济'(也可以说根据于经济组织或依存于经济组织)之说,则这些就一定都带着阶级性。但是'都带',而非'只有'。所以不相信有一切超乎阶级,文章如日月的永久的大文豪,也不相信住洋房,喝咖啡,却道'唯我把握住了无产阶级意识,所以我是真的无产者'的革命文学者。"②正是从这样的认识出发,鲁迅写下了关于人性和阶级性关系的名言:

> 文学不借人,也无以表示"性",一用人,而且还在阶级社会里,即断不能免掉所属的阶级性,无需加以"束缚",实乃出于必然。自然,"喜怒哀乐,人之情也",然而穷人决无开交易所折本的懊恼,煤油大王那会知道北京捡煤渣老婆子身受的酸辛,饥区的灾民,大约总不去种兰花,像阔人的老太爷一样,贾府上的焦大,也不爱林妹妹的。……倘以表现最普通的人性的文学为至高,则表现最普遍的动物性——营养,呼吸,运动,生殖——的文学,或者除去"运动",表现生物性的文学,必当更在其上。倘说,因为我们是人,所以

---

① 鲁迅:《而已集·文学和出汗》,《鲁迅全集》第3卷,人民文学出版社2005年版,第581页。
② 鲁迅:《三闲集·文学的阶级性》,《鲁迅全集》第4卷,人民文学出版社2005年版,第128页。

以表现人性为限,那么,无产者就因为是无产阶级,所以要做无产文学。①

批评梁实秋和新月社的理论主张的文章,还有冯乃超的《冷静的头脑——评驳梁实秋的〈文学与革命〉》,彭康的《什么是"健康"与"尊严"?——〈新月的态度〉底批评》等。这些文章对于梁实秋的理论主张,都力图从唯物史观的角度进行分析批评,具有一定的说服力。但同时,这些文章也还存在一些比较明显的"左倾"话语。其主要表现是:否认共同人性的存在,把阶级性等同于人性;片面夸大文艺的作用,认为艺术负有"组织生活"的使命,甚至要求"艺术家也该具有政治家的头"②。左翼作家理论上的片面性,其核心是否定文艺自身的独立性和价值,要求文艺完全彻底地成为政治和阶级斗争的工具。因此,它必然地还会引起不同文艺观的人们对这些极端主张的批评。

关于"文艺自由"的论争,发生于1931年底至1932年。提出"文艺自由"主张的是自称"自由人"的胡秋原和自称"第三种人"的苏汶(杜衡)。胡秋原(1910—2004)自称拥护马克思主义文艺理论,研究文艺的方法是唯物史观,并且是从普列汉诺夫、佛理采等人出发来研究文艺的人,出版过《唯物史观艺术论》等著作。杜衡(1907—1964)是现代小说家,曾经参加过左联,翻译过苏联十月革命时期的文艺创作和论著。他们与左翼作家的论争虽然也受到当时现实政治斗争的影响,但论争的发生,主要还是由于文艺理论上的分歧,特别是由于对文艺和政治关系的不同理解和认识所引起的。

1931年底,胡秋原创办《文化评论》旬刊。在创刊号社评《真理之檄》中,他声明自己是"自由的知识阶级","要继续完成五四之遗业",以新的科学的方法,彻底清算、批判封建意识形态之残骸与变种,并宣布这种文化批判采取的是"自由人"的态度,"没有一定的党见","完全站在客观的立场"③。遵循这一宗旨,胡秋原连续发表了《阿狗文艺论》、《勿侵略文艺》等文章。《阿狗文艺论》着重强调"文艺自由"和"艺术尊严",他认为:"文学与艺术,至死也是自由的,民主的","艺术虽然不是'至上',然而决不是'至下'的东西。将艺术堕落到一种政治的留声机,那是艺术的叛徒。艺术家虽然不是神圣,然而也决不是叭儿狗。以不三不四的理论,来强奸文学,是对于艺术尊严不可恕的冒渎。"因此,他批判民族主义文艺运动"用一种中心意识,独裁文坛",同时也批评普罗文学④。《勿侵略文艺》反

---

① 鲁迅:《二心集·"硬译"与"文学的阶级性"》,《鲁迅全集》第4卷,人民文学出版社2005年版,第208页。
② 冯乃超:《冷静的头脑——评驳梁实秋的〈文学与革命〉》,1928年8月《创造月刊》第2卷第1期。
③ 本社同人:《真理之檄》,原载1931年12月25日《文化评论》第1期。
④ 胡秋原:《阿狗文艺论》,原载1931年12月25日《文化评论》第1期。

对"政见"、"主义""与文艺结婚",宣称"我是一个自由人",所以"不主张只准某一种文学把持文坛"①。稍后,胡秋原又写了副题为《马克斯主义文艺理论之拥护》的《钱杏邨理论之清算与民族文学理论之批评》,对左翼批评家钱杏邨的"左倾"理论和国民党"民族主义文学"理论左右开弓,展开批判。胡秋原说,钱杏邨的批评与理论,是主观主义的观念论,是"左倾"幼稚病,是"马克思主义的赝品"。他认为"只有真实地深刻地理解学习辩证法唯物论,才能救钱杏邨于观念论的泥沼之中"②。胡秋原的文章引起左联作家洛扬(冯雪峰)的不满,他在致《文艺新闻》编者的信中,认为胡秋原不是攻击钱杏邨个人,"而是进攻整个普洛革命文学运动",提出要对胡秋原"加紧暴露和斗争不可"③。

这样,又引出自称代表"作者之群"的苏汶出来声援胡秋原。苏汶先后发表了《关于〈文新〉与胡秋原的文艺论辩》、《"第三种人"的出路》、《论文学上的干涉主义》等文章。在这些文章中,苏汶强调文学的真实性,认为"以纯政治的立场来指导文学,是会损坏了文学对真实的把握的",所以他反对政治对于文学的"干涉"。他攻击左翼作家主张文学的阶级性,是将文学这一"长得不错"的"纯洁的处女"变成"人尽可夫的卖淫妇","资产阶级想占有她,无产阶级也想占有她",于是文学便只能打算从良。文学一旦从良,作者便"从此萧郎是路人",属于"第三种人"的"死抱住文学不放"的作者便只能搁笔,与文学绝缘了。

苏汶这种冷嘲热讽的攻击引起左联作家的愤慨。于是瞿秋白发表《文艺的自由和文学家的不自由》,周扬发表《到底是谁不要真理,不要文艺?》,鲁迅发表《论"第三种人"》,冯雪峰发表《关于"第三种文学"的倾向与理论》等文章,就文艺与政治,文艺的政治性与真实性的关系等问题展开了争辩。

胡秋原、苏汶提出文艺自由和艺术的独立性问题,主要攻击的是两点:一是左联作家排斥异己的宗派主义、关门主义观念,而这恰恰是左联存在的整个历史时期都没有克服的缺点。二是左联作家对文学和政治关系的片面理解,提出了狭义的"武器文学"理论。苏汶、胡秋原在文艺理论上所提出的一些基本问题,如坚持创作自由,反对艺术家充当政治的留声机,强调艺术的真实性、独立性等,确实抓住了左联作家文艺理论的一些缺点。但是胡秋原和苏汶为了强调文艺独立性和真实性的重要,却一般性地否定了文艺和政治的关系,则又走向了另一个极端。至于苏汶攻击无产阶级文学是"目前主义",说辩证法是"变卦法"等等,更是

---

① H.C.Y(胡秋原):《勿侵略文艺》,原载1932年4月20日《文化评论》第4期。
② 胡秋原:《钱杏邨理论之清算与民族文学理论之批评——马克斯主义文艺理论之拥护》,1932年3月《读书杂志》第2卷第1期。
③ 洛扬(冯雪峰):《"阿狗文艺"论者的丑脸谱》,原载1932年6月6日《文艺新闻》第58号。

由错误理论跨进了诬蔑。

　　这次论争的焦点当然是文艺与政治的关系。但左联作家未能准确地分析论争对象的目的,他们的判断留有明显的"左倾"情绪。瞿秋白指责胡秋原、苏汶的目的是"要文学脱离无产阶级而自由,脱离广大的群众而自由"。这种判断显然缺乏根据,反映了左联理论家听不得别人的批评、唯我正确的倾向。左联理论家虽然围绕文学的阶级性、党性原则来进行理论阐述,却出现了用文学的党性和倾向性来抹杀、代替文学真实性的错误倾向。他们坚持认为:"文艺也永远是,到处是政治的'留声机'。问题是在于做那一个阶级的'留声机'。并且做得巧妙不巧妙。"①在对待五四新文学的问题上,左联作家同样采取了非历史主义的态度,割断了历史发展的连续性,认为已经没有五四未竟之"遗业",提出"请脱弃五四的衣衫"的口号②。

　　针对这种"左倾"思想,当时的中共领导人张闻天化名"歌特"在中共上海临时中央机关报上发表《文艺战线上的关门主义》③,对左联作家的"左倾"关门主义、策略上的宗派主义和理论上的机械论进行纠偏。他指出,使左翼文艺运动始终停留在狭窄的秘密范围内的最大的障碍物,正是"'左'的关门主义"。关门主义否认"第三种人"、"第三种文学"与"革命的小资产阶级文学",把文艺只看成某一阶级的"煽动的工具"、"政治的留声机",片面宣传"文艺大众化","这实际上就是抛弃文艺界的革命的统一战线"。他认为,不能否认文学真实性标准的独立意义,"只要描写某一时代的真实的社会现象",即使"不是无产阶级的作品,但可以是有价值的作品"。所以左翼文学不应排斥"自由人"和"第三种人",而应当团结他们。张闻天的文章,对左翼作家的论争态度产生了重要影响。冯雪峰随即站在团结"同路人"的立场,发表了《并非浪费的论争》、《关于"第三种文学"的倾向与理论》、《"第三种人"的问题》等文章,并将《"第三种人"的问题》与删节后的张闻天的《文艺战线上的关门主义》,同时发表于"文总"刊物《世界文化》(《文艺月报》)上④。这些文章在坚持左翼理论立场的同时,开始对文学的真实性原则与政治倾向性、党性原则之间的关系,力图作出较为辩证的论述,对"第三种人"的态度有了明显的转变。苏汶在《一九三二年的文艺论辩之清算》中,对左翼作家态度的转变表示欢迎,但是却不做自我批评,只说左翼作家误解了自己。1933年,苏汶将这次论争的文章汇编为《文艺自由论辩集》,由现代书局出版,算是论

---

① 易嘉(瞿秋白):《文艺的自由和文学家的不自由》,原载1932年10月《现代》第1卷6期。
② 《请脱弃五四的衣衫》,1932年1月18日《文艺新闻》第45号。
③ 原载1932年11月3日《斗争》第30期。
④ 洛扬、科德:《关于文艺上的关门主义——两篇短论的转载》,1933年1月《文艺月报》第2期。

争的终结。但是,对文学的阶级性、党派性、功利性,文学与政治、文学与革命的关系等一系列重大问题的认识,虽然有了进展,却没有从理论上和实践上得到真正解决,以致后来一直成为新文学发展中的一个敏感问题。

"大众语文论战"发生于1934年,它上承左联内部的两次"文艺大众化"讨论,参加的人员涉及当时整个文化界,发表文章数百篇,这是继五四"文白之争"后,发生在三十年代关于现代文学语言的一次认真深入的讨论。"大众语"口号是在反对1934年汪懋祖"文言复兴"的斗争中提出来的。为什么要提倡"大众语"? 首先提出这一口号的陈子展说得很明确:"从前为了补救文言的许多缺陷,不能不提倡白话,现在为了要纠正白话文学的许多缺陷,不能不提倡大众语。"① "大众语"的标准是:"大众说得出,听得懂,写得顺手,看得明白"的语言文字②。提倡大众语的目的是在建设"大众语文学"。而"大众语文学"乃是"以生产大众为其对象,以前进的大众意识为作品的内容,用大众所活用的语言而从事创作"的文学③。因此,"大众语文学"的建设,就内容和性质来说,其实就是1932年"文艺大众化"讨论中,瞿秋白、郭沫若、郑伯奇、茅盾等人所探讨的"普罗大众文艺"的建设问题。就文学语言的要求来说,"大众语"的提倡,实际上也是瞿秋白思考"普罗大众文艺"时,一再提到的"用什么话写"的具体发展。瞿秋白在1932年就曾尖锐地批评过"五四白话文"是"不成话的白话",主张普罗大众文艺的创作,应当拿"读出来可以听得懂作标准","而且一定是活人的话",即"现代中国话"④。

论争的焦点集中在文学语言问题上,特别是集中在对五四以后的白话文学语言的评价和"大众语"的发展方向上。由于当时介绍了苏联语言学家尼·雅·马尔的语言学理论,马尔的"语言是上层建筑"和"语言有阶级性"等错误观点,被一些左联作家当成批判五四白话文,提倡"大众语"的有力武器。有些人把语言文字符号也看成意识形态的一种,甚至把语言文字的发展变化与社会历史的发展变化机械地等同对应。因此在批评"五四白话文"的缺点时,有些人就采取了给语言文字贴阶级标签的简单做法。他们认为,"文言是贵族阶级底语言,白话是市民社会底语言"⑤,而五四时期的白话,则是"官僚买办语"⑥,只有"大众语"

---

① 陈子展:《文言——白话——大众语》,原载1934年6月18日《申报·自由谈》。
② 陈望道:《关于大众语文学的建设》,原载1934年6月19日《申报·自由谈》。
③ 王任叔:《关于大众语文学底建设》,引自宣浩平编《大众与文论战》第125页,上海启智书局,1935。
④ 宋阳(瞿秋白):《大众文艺的问题》,1932年6月《文学月报》创刊号。
⑤ 任白戈:《"大众语"底建设问题》,引自文逸编《语文论战的现阶段》第190页,上海天马书店,1934。
⑥ 《申报》"读书问答":《怎样建设大众文学》,引自宣浩平编《大众语文论战》第64页。

才是成千上万的劳动阶级的语言。所以它要同白话彻底对立,坚决抛弃白话。这些看法并不新鲜,它实际上来自左联理论家瞿秋白的认识。瞿秋白在"文艺大众化"讨论中,早就把"五四白话文"宣布为非驴非马的"骡子话",认为它是"士大夫的专利",而平民百姓用的则是另外一种书面语言。他甚至说:"这两种话的区别,简直等于两个民族的言语之间的区别"。因此,他主张"中国还是需要再来一次文字革命","推翻所谓白话的新文言","要一切都用现代中国活人的白话来写,尤其是无产阶级的话来写"①。

针对这些错误意见,语言学家黎锦熙鲜明地指出:"语言没有阶级性","大众语"同样"不具阶级性"。建设"大众语",只是建设"一国全民族大多数人的同时彼此都能听得懂、说得出的'普通话'"。"大众语"与"国语"、"白话"是"同实而异名"②。这样,围绕"大众语"的发展方向等问题,展开了进一步的讨论,对于"五四白话文"的估价和"大众语"的发展方向,认识逐渐趋向一致。首先,白话和"大众语"并不是对立的,把白话看成买办资产阶级的专利,显然是不正确的。因为白话的基本语汇、语法,也是大众口语的基础部分。白话仍然具有独立的功能,它不仅是翻译、论文、报纸的唯一武器,而且仍然是以学生、知识分子、店员、小市民为对象的文艺作品的用语,所以这样的白话是"绝对必要的"③。其次,大众语文运动的倡导,是继承白话文运动、国语运动发展而来的。建设"大众语"是为了纠正白话文的欧化病,在现有白话文的基础上谋求新的发展。"要使白话文与大众发生交涉,第一步要做的就是使白话文'成话'。"④因此,茅盾指出,在目前"还不能不用通行的'白话'";同时,从事创作的人也应当多下工夫修炼,克服现行白话文的各种弊病⑤。

在"大众语"讨论中,鲁迅发表了一系列文章。他始终保持清醒冷静的现实精神,从现代文体变革的实际情况出发,对五四以来的白话文采取分析的态度。对于"大众语"的建设和中国文字改革的方向,他认为在当时能够实行的,只能是改进和完善白话文:"做更浅显的白话文,采用较普通的方言";"仍要支持欧化文法,当作一种后备"⑥。鲁迅既反对"新国粹派的主张",也反对"迎合大众"的"新帮闲"。

通过这次讨论,使人们较为清醒地认识到,"大众语"的提倡和"大众语文学"

---

① 宋阳(瞿秋白):《大众文艺的问题》,1932年6月《文学月报》创刊号。
② 黎锦熙:《大众语真诠》,引自宣浩平编《大众语文论战》续二第57页,上海启智书局,1935。
③ 胡风:《"白话"和"大众语"的界限》(1934),《胡风评论集》上册,人民文学出版社1984年版,第62—63页。
④ 夏丏尊:《先使白话文成话》,引自《大众语文论战》第72页。
⑤ 茅盾:《问题中的大众文艺》,《茅盾文艺杂论集》上集,上海文艺出版社1981年版,第342页。
⑥ 鲁迅:《且介亭杂文·答曹聚仁先生》,《鲁迅全集》第6卷,人民文学出版社2005年版,第80页。

的建设,都必须立足现实,从实际出发,也就是立足白话文,以白话文作为现代文学语言发展的基础和起点。那种脱离文学语言发展实际的"左倾"空谈无助于事。这次讨论的重要意义还在于,它是从文学语言的理论层面,对三十年代左翼文学理论中的"左倾"思想的一次有力的纠偏,并且是获得左翼理论家认可的一次卓有成效的纠偏。

三十年代文学思想论争中,左翼作家还对国民党政府鼓吹的"三民主义文学"、"民族主义文艺运动"展开了批判。此外,左翼作家与"论语派"作家就"幽默文学",与京派作家就"和平静穆"美学观等也展开过论辩。

第四节 三十年代文学潮流

三十年代的文学潮流和发展态势,与二十年代大不相同。由于时代发展的突变,新文学经历了一次巨大的分散聚合。二十年代文学中曾经出现的现实主义和浪漫主义双峰并峙、文学社团林立、流派纷呈、文学话语众声喧哗的局面已不复存在。而三十年代文学则是中心突出,现实主义主流分明,左翼、京派、海派文学三分文坛,共同建构起本时期文学的基本格局。

1927年4月18日,国民党政府在屠杀共产党人的血泊中定都南京,1928年更在形式上统一中国。政治中心南移后,把北京改名为北平,于是上海成为新的文化中心。国民党中央政权建立后,试图建立"党治文学"来实行意识形态的专制统治。于是在1929年6月由国民中央宣传部召集会议,通过"三民主义文艺政策决议案",确定"三民主义文艺"为"本党之文艺政策"①。1930年夏,由国民党中央宣传部出资,南京"中国文艺社"出版了由王平陵编辑的《文艺月刊》、左恭编辑的南京《中央日报》副刊《文艺周刊》和上海《民国日报》副刊《觉悟》等,宣称要"打倒革命文学和无产阶级文学","建设三民主义的新文学"②。但"中国文艺社"的成员拙于创作,而由于稿费优厚,在这些刊物上发表创作的却多为原创造社、南国社的作家,以及新月社和京派作家,他们并不奉行"三民主义文学"宗旨。

1930年6月,国民党中央组织部系统又以更大的声势发起"民族主义文艺运动",出版了由李锦先编辑的《前锋周刊》,朱应鹏、傅彦长编辑的《前锋月刊》。在《民族主义文艺运动宣言》里,他们攻击无产阶级文艺运动,歪曲泰纳的文学"三要素"说,鼓吹"民族是一种人种集团","文艺的最高意义就是民族主义",提出要铲除"多型的文艺意识",从而统一于国民党的"中心意识"。这个宣言,花重

---

① 原载1929年6月6—7日南京《京报》。
② 郭全和:《三民主义文学的建设》,原载1930年11月19日、26日上海《民国日报》副刊《觉悟》。

金请人撰写,是一篇东拉西扯、胡拼乱凑的杂烩。民族主义文学创作中,黄震遐(1910—1974)的小说《陇海线上》描写蒋、冯、阎军阀混战,历史诗剧《黄人之血》写成吉思汗率黄种人(联合日本民族)攻陷俄罗斯,小说《大上海的毁灭》直接描写"一·二八"上海战争。这些作品或宣传反共反苏,或叙述枯燥、描写干瘪、形象苍白,正如鲁迅所批评的,是"与流氓政治同在"的"流尸文学"[①]。所以国民党作为当时的执政党,除了擅长杀戮和迫害与其政见不同的作家之外,自身在文学领域毫无建树。

决定三十年代文学发展趋向和基本面貌的,是左翼作家和民主主义、自由主义作家的文学活动。而从文学生产的角度看,三十年代创作、理论批评和文学知识的生产,则是以左翼作家倡导的"革命文学"为中心,以商业化的都会上海和文化古都北平为两个重要的生产基地,以左翼文学、海派文学、京派文学为三大派别,共同构建了本时期文学发展的基本态势和基本格局。

左翼作家主导的无产阶级革命文学,是本时期文学的中心。"革命文学"的理论和创作活动,以上海为主要生产基地。"革命文学"能在国民党政府的压迫下艰难曲折地发展,与上海这个商业化都会的城市特性相关。半殖民地化的上海的租界,为左翼作家从事"革命文学"活动,躲避国民党政府的迫害,提供了生存的"且介亭"。商业化的上海,由于出版业的发达,文化消费的繁荣和多元化,也为"革命文学"的生产、消费,甚至成为畅销书,提供了可能。虽然左联编辑出版的文学刊物大多时间不长,但左翼作家自五四以来,就与民主主义作家建立了天然的盟友关系,所以左翼作家的理论和创作活动,能够广泛地在民主主义作家创办的文学刊物和出版物上展开。其中,傅东华、王统照主编的《文学》,巴金、章靳以主编的《文季月刊》,郑振铎、靳以主编的《文学季刊》,靳以主编的《文丛月刊》,施蛰存主编的《现代》,以及叶圣陶、夏丏尊主持的开明书店,吴朗西、巴金主持的文化生活出版社,邹韬奋主持的生活书店等,都是左翼作家和民主主义作家共同从事文学活动的重要阵地。而开明书店出版的"开明文学新刊"丛书,生活书店出版的"创作文库",文化生活出版社出版的"文学丛刊"等,则是他们共同收获的文学创作成果。"革命文学"由于其理论和创作的先锋性、批判性和大众性,受到知识分子,尤其是青年学生的欢迎,因而获得了文学的生命力。左翼文学不仅掌握着三十年代文学话语的主导权,而且深刻地影响了民主主义、自由主义作家的文学思想和文学创作,决定了本时期文学发展的基本面貌。

海派文学原本就产生于上海,是上海地域文化的重要组成部分。它虽然到

[①] 鲁迅:《二心集·"民族主义文学"的任务和命运》,《鲁迅全集》第4卷,人民文学出版社2005年版,第320页。

三十年代"京海之争"中才被正式命名,但是作为一种文学现象或派别,却是自十九世纪末韩邦庆的《海上花列传》开始,就逐渐形成了自己的文学传统。海派文学与上海的现代都市工业文明伴生,与中西文化全方位交流的集散地共同发展,从而生长起来一种相当复杂的现代性特质,并在此基础上形成了它在艺术上的时髦和先锋姿态,善于迎合读者消费趣味的市民大众立场,精于文学市场运作的商业化意识等鲜明特点。此外,海派文学与近代以来兴盛的上海出版业相互激荡,也积累了丰富的经验。海派作家与书店、书局、报刊共生共存。三十年代海派文学的主体,是新感觉派作家刘呐鸥、穆时英、施蛰存,从二十年代创造社分化出来创办乐群书店和《乐群》杂志的张资平,编辑《文艺画报》的叶灵凤,参与主编《现代》杂志的杜衡,创办《真美善》杂志和真美善书店的曾虚白,创办《金屋》杂志和金屋书店的章克标、邵洵美,创办《新时代》杂志和新时代书局的曾今可,以及徐霞村、黑婴等等。海派作家由于追逐时髦而伴生的思想敏锐性和商业意识,使得其中相当一部分人曾经是左翼中的一员,或一度倾向左翼,因此海派文学与三十年代"革命文学"有着较为复杂的联系。但由于同样的原因,一旦遇到政治高压,他们又可能离开左翼而奉行自由主义或是商业主义文学观,因而又与左翼文学发生龃龉。

  北京在大革命前后失去政治中心和文化中心地位,但深厚的文化积淀和发达的大学教育并没有失去,五四新文化运动留下的深刻影响依然存在,文学研究会、语丝社和新月社中没有南下的成员依然在文学园地默默耕耘。到1933年沈从文主持《大公报》文艺副刊时,京派文学作为一个流派开始形成,北平作为三十年代文学观念、理论和创作的另一个生产基地的格局已经确立。京派其实就是学院派。这不仅因为其主要成员周作人、废名、俞平伯、梁实秋、朱光潜、李健吾、梁宗岱、凌叔华、孙大雨等人在北大、清华、北师大、燕京等大学任教,萧乾、李长之、何其芳、卞之琳、李广田等人在大学学习,还在于北平各大学的文化氛围和文学教育,对形成京派的大方、厚重、从容、精致的文学风貌产生了决定性的影响。京派的文学刊物除了周作人、俞平伯、废名主编的《骆驼草》,朱光潜主编的《文学杂志》,卞之琳、沈从文、李健吾等主编的《水星》杂志外,还有沈从文、萧乾相继主编的天津《大公报》文艺副刊,梁实秋、李长之等人相继主编的天津《益世报》文艺副刊,瞿冰森主编的《北平晨报》副刊《北晨学园》,曹葆华主编的《诗与批评》,以及《京报》副刊、《华北日报》副刊等等。副刊随报纸逐日发行,它在文学生产和传播过程中的时效性、受众的广泛性和发表作品的原生性方面,都远远超出定期出版的杂志。因此,报纸副刊在京派文学中占有重要的地位。没有了这些副刊,京派的文学地位很难想象。

  京派作家在生活和思想上都远离政治斗争的漩涡,相对安定平静的校园生活,文化积淀深厚广博的学院氛围,使得京派在文学观念和审美取向上,与左翼和海派产生了明显的区别。京派作家始终坚持文学自身的独立不朽的价值,反对文学成为他物的附庸。他们甚至主张对文学应当抱有一种"宗教"式的情感。因此沈从文、朱光潜等人一直反对文学的商业化和政治化倾向,把这两种倾向看成是文学的"堕落"。认为文学是"共通人性"的表现,也是京派作家始终坚持的文学观念。沈从文就一再申明他的作品所建造的是供奉"人性"的"神庙"。"共通人性"不仅是文学作品表现的基本内容,而且还是评判作品优劣的基本准则。李健吾、朱光潜、沈从文、李长之等人的文学批评都坚持这一基本准则。理性节制情感是京派作家共同遵循的艺术表现原则。朱光潜的审美"静观说"和"距离说"、沈从文的"情绪的体操"的创作论、李健吾的"理智的表现激情"说等等,都表明他们对于这一艺术原则的重视。京派作家以"中庸"作为自己的最高美学理想。他们折中调和主体与客体、艺术与人生、理性与非理性,力图拆除不同文学形式之间的壁障,希望开辟一条通向融汇古今中外、综合现代与传统的理想之路。因此,京派文学不可避免地要与左翼文学和海派文学三足鼎立。但是,它们虽然相互对峙、相互对抗,却又相互纠结、相互补充。而尤其重要的是,这三大派别的文学在表达现代民族国家的想象、人民的意识、批判社会现实等方面,虽然有轻重之分、深浅之别,但他们的基本精神却是一致的。

从文学思潮和创作方法看三十年代文学,可以这样认为:浪漫主义曲折发展,现代主义崭露头角,现实主义成为主流,同时又包容浪漫主义和现代主义的方法技巧。

不论是作为一种文学思潮,还是一种创作方法,现实主义都是三十年代文学的主流。社会科学理论的广泛译介和传播,特别是三十年代关于中国社会史的论争,以及二十年代中期以来对于中西文化的比较和讨论,都对三十年代现实主义文学产生了广泛而深远的影响。茅盾、吴组缃、端木蕻良等左翼作家,运用科学的社会理论剖析中国社会,由经济层面和社会发展潮流层面来形象地表现中国社会的性质,暴露社会现实的弊病。对社会现实的关注和开掘,深入到中国社会各阶层的生活,其中,农村破产、农民的反抗和斗争,表现尤为突出。巴金、老舍、沈从文、曹禺等作家,则由不同的文化层面来批判社会、探究人生命运,渴求改造不合理的社会人生。现实主义的发达,使得长篇叙事文学,特别是长篇小说形式,走向成熟。

从二十年代开始就广泛引进的西方现代主义的各种流派和艺术方法,在三十年代文学中结出了成熟的果实。对西方象征主义和意象派诗歌艺术的借鉴与实践,成就了本时期以戴望舒、卞之琳为代表的现代派诗歌。心理分析方法在丁玲、沈从文、施蛰存、叶灵凤等作家的小说中都有出色的运用,并产生了成功的作品。新感觉主义方法的移植,产生了以刘呐鸥、穆时英为代表的描写都市人生世态百相的新感觉派小说。从而与茅盾、老舍笔下的都市一起构成了都市小说的三种不同形态。

五四文学变革中曾经辉煌一时的浪漫主义,由于不断地受到批判,三十年代已经不再时髦。创造社转向时把浪漫主义说成是"反革命"的判决,梁实秋对新文学浪漫主义情感泛滥的批判,李健吾对新文学中浪漫热情奔放的"通病"的揭露,左翼作家对"革命文学"初期的"革命的浪漫谛克"的清算等等,都使得浪漫主义在三十年代声名不佳。虽然周扬后来在介绍社会主义现实主义创作方法的时候,肯定了浪漫主义,并给予它在创作方法中的一定地位,却没有恢复浪漫主义的"清白"。因此,三十年代文学中的浪漫主义,除了在初期革命小说中有过突出表现外,更多的时候,则表现为一种潜流的形态,曲折地发展,或是作为一种方法技巧,融合到现实主义和现代主义之中。这在鲁迅、郭沫若、郑振铎等作家的历史小说,艾芜的"南行"系列小说,沈从文的"湘西世界"系列小说等作品中,都不难看到浪漫主义的曲折表现。

无论是文学思潮还是创作方法,现实主义、现代主义、浪漫主义,从来都不是凝固僵化的,更不可能"纯正"或"干净"。不论是坚持现实主义为主导的左翼作家,进行现代主义探索的新感觉派作家,还是力图把浪漫主义与古典主义、现代主义、现实主义熔于一炉的京派作家,其思想和创作都在不同程度上取一种开放态度,都对各种艺术方法进行多方面的尝试和探索。也正是由于不同创作方法的交融互惠,才有力地促进了三十年代文体的发展变化。如抒情写意小说,由于沈从文的创造,得到长足发展。不同文学形式体制及其艺术特征的相互融合,使边缘性文体进一步出现。叙事性的小说中添加戏剧因素和抒情写意成分,抒情诗中引入叙事成分、散文特质和戏剧技巧,散文与小说因素的融合等等,都反映了三十年代文体互利互惠的多彩多姿。

现代文学批评在三十年代开始具备了独立的品格,并呈现出以左翼作家的社会学阶级论批评和京派作家的艺术审美本位批评为主体的两大批评流派。

左翼文学批评与马克思主义文艺理论在中国的译介传播几乎同步发展。建立中国的马克思主义文艺批评,是左翼作家自觉承担的历史使命。经过鲁迅、瞿秋白、茅盾、冯雪峰、周扬、胡风、阿英(钱杏邨)等批评家的努力,在三十年代已经出现建立在唯物史观基础上的,"用马克思主义的 X 光线……去照澈现存文学的一切"的文艺批评。按照冯雪峰的看法,这种马克思主义文艺批评的突出特点是,"依据社会潮流阐明作者思想与其作品底构成,并批判这社会潮流与作品倾向之真实否"[①]。因此,三十年代的马克思主义文艺批评,往往以社会学阶级论

[①] 冯雪峰:《〈社会的作家论〉题引》,《冯雪峰论文集》上册,人民文学出版社 1981 年版,第 12—13 页。

的文学批评为其主体。这种文学批评最常用也最成功的文学批评形式是"作家论"。其中，茅盾、胡风的系列作家论，阿英的现代小品文作家论，不仅是这一批评方法和形式的成功运用，而且在三十年代影响一时，使得作家论成为三十年代文学批评的主要形式。

京派文学批评在三十年代独树一帜。京派的文学观和审美理想，同时也就是他们的文学批评观。在文学批评上，他们同样希望综合古今，调和儒、释、道，熔化中外，结合西方的现代派和中国的文学传统，开创一种以艺术审美为本位的文学批评道路。朱光潜（1897—1986）的美学理论是京派文学批评的理论基石。他的美学理论建立在克罗齐的直觉说、布洛的距离说、立普斯的移情说、谷鲁斯的内模仿说和叔本华、尼采的悲剧学说，以及中国的诗学理论基础之上。他转益多师，所以美学理论资源丰厚深广。在文学批评实践中，京派批评家都表现出鲜明的个性风采。刘西渭（李健吾）采取印象式批评，把古典主义美学原则奉为最高的批评标准。他非常重视批评家的独立地位和批评主体的艺术感受，但同时又追求批评的"宽容"态度和"公平"尺度。深厚的外国文学修养和创作实践的体会，使他侧重在阐发作家的创作个性和艺术风格的同时，能够自由地描述自己的艺术感悟。他的批评行文跌宕多姿，创立了随笔式的批评文体。沈从文的批评同样重视艺术直觉和感性印象，注意从整体上把握作家作品的艺术风格。但他的批评视角主要产生于自我创作的借鉴需要，因而对乡土文学、抒情写意文学、富于悲剧感的作家作品给予更多的关注，并对其批评对象的创作特点进行了一定的阐发。梁宗岱坚持实践性的"纯诗"批评，对象征主义诗学理论中的象征、意境、契合等诗学概念作了深度阐发。李长之从德国古典美学获得理论资源，从人格和风格相统一的角度，推进了现代文学批评中的传记批评。

此外，上海良友图书公司1935年出版、赵家璧主持的十卷本《中国新文学大系》各卷导言和蔡元培的总序，对新文学第一个十年的发展轨迹与创作成就，进行了一次辉煌的检阅和总结。十篇导言的作者，蔡元培、胡适、郑振铎、茅盾、鲁迅、郑伯奇、周作人、郁达夫、朱自清和洪深，都是新文学的开拓者。他们站在新文学的立场，从发生学的角度，追溯新文学的源流，对第一个十年的文学做出历史的叙述，对新文学的思潮、社团、流派和作家作品作出自己的评论。他们的批评，思想独立，视野开阔，见解独到，不仅在三十年代文学批评中占有无可替代的历史地位，而且对现代文学史的观念和书写产生了深远的影响。

第十章
茅盾与左翼小说创作

左翼小说是指"左联"作家和受到无产阶级革命文学思想影响的一批作家创作的小说。由于现代中国革命的艰难曲折,也由于小说家思想理论资源和艺术资源的多样,生活积累和文学修养的差异等多种因素的制约,左翼小说曾经走过一段曲折的历程。从小说叙事类型的角度看,这一历程大体走过三个阶段:从"革命的浪漫谛克"到"革命加恋爱",最终形成以社会剖析为核心的左翼小说在三十年代的主潮地位,并影响到不同流派不同风格的小说创作。相当一批左翼小说家都曾或隐或显地走过这三个阶段,但每一叙事类型仍有其代表性的作家作品。蒋光慈是"革命的浪漫谛克"小说的始作俑者,胡也频、丁玲等是"革命加恋爱"的重要作家,茅盾、吴组缃等则创立了社会剖析小说的叙事范型。任何小说类型都不可能拘束作家的独创性,左翼小说家更不可能是一张面孔。张天翼泼辣锋利地解析小市民人性的丑恶,艾芜开掘南国异域底层人民的传奇,萧军赞颂东北人民抗敌的强悍和粗犷,萧红痛愤于北国小城生命的浪费,端木蕻良则对日本侵略者投射出他的憎恨……他们或叙事,或抒情,或讽刺,或剖析,都无一例外地为左翼小说的书写贡献了自己的艺术才华。更有沙汀、魏金枝、蒋牧良、周文、丘东平、葛琴、草明、欧阳山、荒煤、奚如、彭柏山、孙席珍等一大批作家,在三十年代写出了各具特色、风格不同的小说作品,如同涓涓细流共同汇进了左翼小说的主潮。

第一节 对公式化的厌弃与丁玲、张天翼的出现

1927年大革命的失败,直接影响了现代作家的思想心态和三十年代文学的发展。屠杀和鲜血,固然能使改造社会的革命遭受挫折,却也能激发起人们反抗的热情,革命作家在失望之余,便萌生了强烈的复仇情绪。他们要用快意的复仇文学宣泄以牙还牙、克服怨敌的痛愤情绪,描写自己想象中的革命,试图在幻想中重构现实中已经暂时失去的希望。于是在大革命失败后的革命文学阵营中,就涌现了风行一时的"革命的浪漫谛克"小说。

蒋光慈(1901—1931,蒋光赤为其另一常用笔名)是这一叙事类型的代表。

大革命失败后,蒋光慈的复仇欲望高涨,创作情绪躁动,中篇《野祭》《菊芬》《最后的微笑》《丽莎的哀怨》等小说,或写工人狂热而盲目的复仇,或写白俄流亡贵妇的哀怨,思想情绪激愤而又消极低沉。长篇《冲出云围的月亮》赞扬颓丧堕落的革命者思想行动的突变,因而把女主人公称作冲出云围的"月亮"。《咆哮了的土地》讲述工人张进德和出身地主家庭的知识分子李杰回乡开展农民运动,最后率领农民投奔"金刚山"的革命故事,是蒋光慈小说中最少"浪漫谛克"气的一部。革命知识分子李杰的人生道路具有一定的代表性,作者对他的思想矛盾和转变,尤其是面对起义农民火烧他家房屋和家人时的内心冲突和痛苦,描写细致且层次分明,只是工人张进德的形象依然不脱概念化。蒋光慈把文学当做宣传革命的工具,以昂扬的热情和标语口号式的"粗暴的喊叫",描写各式各样的革命人物和故事,但他其实并不熟悉革命的实际情形,所以常常把自己的主观理念贯注到人物身上,为这些革命者打上了两个鲜明的印记:斗争的紧急关头盲目行动,革命愈紧张愈要狂热恋爱。因而他所描写的革命往往带有浪漫的情调和空想的色彩。革命当然需要宣传,就这一点来说,他的创作尽了历史的责任;但他所开创的这种粗糙"宣传"的叙事类型,却带来了小说艺术上的"光赤式的陷阱"。

与蒋光慈创作倾向相近的洪灵菲、钱杏邨、楼适夷、刘一梦、戴平万等左翼作家,大体遵循着同一叙事模式,创作了一批宣传革命而又带着浪漫幻想的革命故事。华汉(阳翰笙)的《地泉》三部曲,按照革命进程的概念来演绎革命故事,《深入》描写抗租农民攻打警察局的革命暴动,《转换》描写大革命失败后革命知识分子由沉沦于醇酒妇人到振作有为的思想突变,《复兴》描写电车公司工人组织起来的激烈的罢工斗争,在这些流行一时的浪漫而概念化的盲动故事中,更具有代表性。

左翼作家对这种公式化的叙事倾向及时提出了批评。1932年华汉借《地泉》重版的机会,作了严肃的自我反思,并请瞿秋白、茅盾、郑伯奇、钱杏邨为《地泉》作序。瞿秋白为此写了著名的《革命的浪漫谛克》一文,严厉批评《地泉》的作者不了解现实世界,"连庸俗的现实主义都没有做到"。他将这种创作倾向命名为"革命的浪漫谛克",并认为《地泉》是新兴文学"不应当这样写的标本"[1]。茅盾的《〈地泉〉读后感》,考察了1928—1930年间从蒋光慈到华汉的《地泉》等左翼小说的整体倾向,侧重从艺术角度把这种倾向概括为人物描写的"脸谱主义"和"方程式"的谋篇布局[2]。鲁迅在给沙汀和艾芜的通信中,则提出描写自己熟悉

---

[1] 瞿秋白:《革命的浪漫谛克》(1932年4月22日),《瞿秋白文集》文学编第1卷,人民文学出版社1985年版,第457页。

[2] 参见茅盾《〈地泉〉读后感》(1932年4月24日),《茅盾全集》第19卷,人民文学出版社1991年版,第331—335页。

的题材,不必趋时的主张①。这预示着"革命的浪漫谛克"倾向必将得到纠正。不过创作的转变是一个实践的问题,左翼作家都将作出自己的探索。

区别于公式化的左翼小说,首先显示自我风貌的是"左联"五烈士之一的柔石(1902—1931)。他的中篇小说《二月》以1926年早春的浙江水乡小镇为背景,描写主人公萧涧秋独战周遭环境而败走的故事,对五四个性主义和人道主义作出了较为深刻的反思。萧涧秋是二十年代集"漂泊者"和"寻路者"于一身的知识青年典型,"他极想有为,怀着热爱,而有所顾惜,过于矜持"②,不愿当"旁观者",可又做不了"弄潮儿",于是只能徘徊于"南方的光明"与"北方的哲理"之间。为寻求改革社会的途径,他曾四处漂泊,可是在时代思潮由个性主义演进为社会革命时,他却从生活的激流中败退下来,想在芙蓉镇吸点"清新空气"。不料芙蓉镇并非世外桃源,无情的现实使他很快就卷进斗争的漩涡。萧涧秋坚持"笑骂由人笑骂,我行我素"的人生态度,他违心地拒绝了陶岚的爱,以人道主义的同情心与自我道德完成的信条去援助烈士的儿女和妻子。不幸的是但他实行"牺牲主义"的结果,既没有能力拯救烈士遗孤的病亡,也无法阻止寡妇文嫂在失去儿子之后绝望的自杀。萧涧秋陷入的实际上是中西两种不同文化的冲突,而又无力解决,于是惟一的出路只有败逃。《二月》围绕萧涧秋与陶岚的爱情和萧涧秋援助采莲、文嫂两条线索展开情节,叙事与抒情结合,弥漫着浓郁的抒情氛围。《为奴隶的母亲》是柔石的短篇小说代表作。小说以朴实凝炼的笔墨,通过浙东农村"典妻"这种野蛮而残酷的风俗描写,鞭挞了宗法制度的罪恶。"典妻"现象作为宗法社会的一种丑恶习俗,在二三十年代小说中多有表现。许杰的《赌徒吉顺》分析男性"典妻"之后的复杂心理,罗淑的《生人妻》展开女性被"典"之后的激烈抗争,而柔石侧重揭示的是女性自身的痛苦和心理,更加震撼人心。柔石的这些作品,以其紧扣时代思潮的取材,敏锐的生活视野,精彩的艺术描写,为左翼小说走出公式化概念化的套路,做出了特有的贡献。

同是"左联五烈士"之一的胡也频(1903—1931),更加专注于探索革命和恋爱的复杂关系,发展了一种"革命加恋爱"的小说类型。"革命的浪漫谛克"小说虽然也写恋爱,但却不具备独立意义,恋爱在这类小说中只是人物的一种欲求,是幻想的革命故事的一种点缀。"革命加恋爱"的小说类型却要复杂得多。长篇小说《到莫斯科去》是一部充满激情的"革命罗曼司"。小说描写北平国民党政府要员的妻子张素裳厌倦贵妇生活,爱上共产党人施洵白。不幸的是,她的丈夫发

---

① 参见鲁迅《二心集·关于小说题材的通信》(1931年12月25日),《鲁迅全集》第4卷,人民文学出版社2005年版,第375—378页。
② 鲁迅:《三闲集·柔石作〈二月〉小引》,《鲁迅全集》第4卷,人民文学出版社2005年版,第153页。

现了隐情,施洵白被秘密处死。于是张素裳继承施洵白的遗志:"到莫斯科去"!胡也频以诗人的热情,讲述了一个缠绵悱恻的恋爱加革命的悲剧故事,渲染了革命者的巨大影响力和吸附力:既能获得知识女性的爱情,又能转变她的思想,使她走上革命道路。但昂扬的革命热情却未能同艺术描写完美结合,共产党人施洵白的形象较单薄。长篇《光明在我们的前面》仍然是一个革命加恋爱的故事,背景是五卅运动前后的北京。与《到莫斯科去》不同,描写的重心不再是缠绵悱恻的爱情,而是共产党人在北京发动群众声援五卅运动的斗争,以及发生在一对革命恋人之间的不同"主义"和"革命"的论争。小说从二十年代思潮演变的角度切入,描写共产主义者刘希坚引导年青的无政府主义信徒白华转变信仰,并获得白华的爱情。小说反映了二十年代知识分子思想信仰演变的历史潮流,描写白华思想信仰的转变,并进行心理分析,轨迹清晰可辨。小说写思想交锋,铺展长篇议论,个别章节,几乎成为论辩之文。"革命"和"恋爱",这是五四新文化运动之后影响中国社会生活和知识分子人生道路的重大思想和实践,胡也频同当时的许多作家一起,抓住了这两个敏感的时代主题,形成了一个稳定的叙事类型。

　　丁玲(1904—1986),原名蒋伟,字冰之,生于湖南临澧县一个没落的封建世家。1927年秋写成短篇《梦珂》,投寄《小说月报》后得到叶圣陶赏识,以"创作"首篇在这个著名的文学刊物上发表。紧接着,《莎菲女士的日记》、《暑假中》、《阿毛姑娘》等又刊载于《小说月报》。这些作品以其大胆越轨的描写和细腻入微的心理刻画,引起文坛瞩目,于是丁玲便以不同于五四女作家的独特风采登上文坛。

　　显示丁玲独特风采的这些早期作品,多写苦闷彷徨中的叛逆女性追求独立自主的欲望。她们在精神气质上类似于茅盾笔下的"时代女性",只不过生活环境和人生经历有所不同。《梦珂》描写坚持五四个性主义的知识女性,倔强地抗争社会的歧视侮辱,以及她在这种孤独的抗争中心灵经受的痛苦和煎熬。引起广泛注意的日记体小说《莎菲女士的日记》,运用人物内心独白和心理分析方法,通过莎菲三个月的日记,记述了她与两个外貌、性格、气质、品德迥然不同的男性之间的情感纠葛,刻画了一个倔强孤傲而又苦闷躁动的灵魂。但这并非三角恋爱故事,也不同于二十年代一般恋爱小说中青年女性心理的呈现。正如莎菲自己所说,她分析和暴露的是"一个完全癫狂于男人仪表上的女人的心理"。在这种癫狂的心态中,女性情感与理智的交叠,肉的欲求与精神欲求的矛盾所产生的冲突,以及这些冲突所产生的矛盾痛苦,都被作家以女性特有的感触和认知,在中国文学史上作了前无古人的分析解剖。莎菲以她胜利者和失败者兼备的姿态,以她的倔强性格和心灵的创伤,挑战了男性中心主义。莎菲、梦珂等倔强孤傲的女性形象系列的创造,是自觉和超前的,带有女性主义"先锋派文学"的意义。

1930年，丁玲加入"左联"后，发表了以瞿秋白和王剑虹的恋爱故事为原型的长篇《韦护》、中篇《一九三〇年春上海》等，转向探索恋爱与革命的关系。不过与胡也频表现恋爱和革命的协调不同，她更加关注革命和恋爱的冲突。她重视心理分析，注意描写革命者性格中的新旧思想冲突，避免了流行革命小说的公式化、脸谱化的通病。这些作品虽然采用风靡一时的"革命加恋爱"的叙述模式，不脱浪漫感伤的情调，但却标志着丁玲创作中的"莎菲"时代已经结束，她正由个性主义走向集体主义。1931年春胡也频的被害，对丁玲的生活和创作发生了重大影响，她的小说创作开始走出"革命加恋爱"的叙述，向着当时提倡的"新写实主义"迈出重要步伐。作者力图运用"群像"描写，正面表现工农群众生活，开拓血与火交织的现实题材。代表这一创作倾向的有《水》、《田家冲》、《法网》、《夜会》、《某夜》、《奔》等中短篇小说。《水》以1931年震动全国十六省的大水灾为背景，描写官逼民反，饥饿的灾民被迫涌向抗争求生的道路。"水"其实只是一个象征性的题目，隐喻着农民群众革命的洪流。小说写"群像"而不重视刻画个人，所以采用速写式的场面连缀来结构布局。《水》的叙述模式得到左翼评论家的肯定，冯雪峰认为这是左翼文学应当有的"新的小说的一点萌芽"①。与《水》的场面阔大、笔墨粗犷相比，《田家冲》更见细腻和清新。小说通过农家女幺妹的视角，描写女革命者三小姐在农村从事革命活动的经过。作者从农家女与革命者朝夕相处的日常生活中描写革命者形象，而把她的革命活动以及她的被捕推向侧面描写。出生地主家庭的三小姐被写得平易朴素，突破了"革命小说"流行的一个阶级一个典型的公式，不仅对描写革命作出了新的探索，而且显示出丁玲在艺术上的独立思考。

1932年，丁玲加入中国共产党后，出任"左联"党团书记。长篇小说《母亲》三部曲的构思和创作，感应了当时正在兴起的社会剖析的小说思潮，把塑造革命女性形象和家族分析、社会分析相结合，显示丁玲的小说创作又力图作出新的探索。丁玲从自己出身的大家庭的衰败中，看到了其中包含着一个社会制度在历史过程中的转变，而她的母亲恰恰就是前一代革命女性的典型。当小说写完第一部第四章时，丁玲被国民党特务秘密逮捕。为了抗议国民党的暴行，在鲁迅的建议下，上海良友图书公司当年便出版了这部未完成的长篇小说。小说主人公于曼贞是辛亥革命之前走出封建大家庭的革命女性。她由封建没落大家庭的少奶奶，到成为一名以天下兴亡为己任的知识女性，走过了极为艰难曲折的道路。于曼贞的人生道路，从一个侧面反映了近代中国妇女为自身解放和国家民族振兴而艰难困苦的奋斗历程。丁玲在构思和创作《母亲》时，决定放弃"欧化文章"

---

① 丹仁(冯雪峰):《关于新的小说的诞生——评丁玲的〈水〉》,原载1932年1月《北斗》第2卷第1期。

的写法,有意识的"按《红楼梦》的手法去写"①。所以她通过具体客观的生活细节,人物的语言和动作,以及一定的生活故事来反映社会生活的变化和社会历史的进程,成功地刻画了于曼贞这一女性形象。

1936年,丁玲逃离监禁地南京,转赴陕北,此后成为延安和解放区的重要小说家,发表了《我在霞村的时候》、《在医院中》、《夜》和《太阳照在桑干河上》等影响广泛和争议不断的作品。丁玲一生道路的坎坷不平和小说创作的不断开拓,表征着现代作家和现代文学与政治意识形态之间关系的那种难解难分、错综复杂的历史特点。

张天翼(1906—1985)祖籍湖南湘乡,生于南京。与三十年代大多数作家的思想发展历程不同,他没有直接受到五四新文化的洗礼;当五四新文化运动轰轰烈烈展开的时候,他在思想上还是林琴南的信徒。是鲁迅《阿Q正传》的艺术魅力,使他发现自己"也有阿Q的灵魂原子"②,向他昭示了讽刺艺术的正路。从此,他自觉汲取中外喜剧文学的艺术营养,展露讽刺的艺术才华,相继出版了十二部短篇集和五部长篇小说,构筑起一个风格独特的喜剧世界,由新文学的"异类"转变为左翼文学的一个"独特存在",为现代小说讽刺艺术的发展作出了独特贡献。

1929年,张天翼的小说《三天半的梦》发表于《奔流》杂志上,受到鲁迅和文坛的重视。他初期作品虽然"有时失之油滑","有时伤于冗长"③,但却能用明快的笔墨,喜剧性的敏捷风格,鞭挞市民社会的庸俗灰色的生活。他摒弃了左翼小说中的浪漫感伤主义和"革命加恋爱"的叙事模式,以新的文体和风格给文坛带来了新鲜气息,因而在当时就被誉为"新人张天翼"④。这个"新人"继承了鲁迅改造国民性的思想,笔触深入到人性层面和文化传统的积淀中,挖掘国民劣根性,给予辛辣的讽刺和揭露。这构成张天翼讽刺小说的基本主题。张天翼小说的取材,主要瞩目于处在社会结构中间位置的市民社会,鞭挞市民阶层人物在伦理道德、文化风俗、人生理想和情欲追求等方面的卑劣与丑恶。他也写到底层社会,但批判的锋芒主要不是对着芸芸众生中那些安于命运的奴隶,而是指向那些燃烧着向上爬的欲望,力图挤进中流社会的痛苦不安的灵魂,在他们爬跌顶撞的人生挣扎中,排演出一出出使人心灵颤傈的悲喜剧。他的批判锋芒超越了左翼小说集中关注的社会政治经济和农村破产等层面,拓展到人性、伦理道德、文化

---

① 冬晓:《走访丁玲》,引自袁良骏编《丁玲研究资料》,天津人民出版社1982年版,第191页。
② 张天翼:《论〈阿Q正传〉》,原载1941年1月《文艺阵地》第6卷第1期。
③ 鲁迅:《致张天翼》(1933年2月1日),《鲁迅全集》第12卷,人民文学出版社2005年版,第364页。
④ 李易水(冯乃超):《新人张天翼的作品》,原载1931年9月《北斗》第1卷第1期。

风俗等领域,为左翼小说带来了色彩丰富的大千世界的众生相。在张天翼的小说世界中,不论是批判国民劣根性的基本主题,还是小市民生活悲喜剧的取材,最终都能通过他所创造的喜剧人物和喜剧性格体现出来。

地主豪绅和官僚政客是张天翼小说着力讽刺的对象。对于这一类型人物,他集中展开的是辛辣的道德讽刺,揭露人物的道德沦丧和虚伪狡诈的面目。但他从不停留在道德谴责的层面,而是深入到传统文化心理的层面,揭露封建礼教和道德说教的虚伪性,挖掘地主豪绅阶级道德沦丧的文化根源。写于1933年的《脊背与奶子》,与吴组缃的《一千八百担》、沙汀的《在祠堂里》一样,都把故事的发生地安排在封建宗法势力的象征——宗族祠堂里。小说叙述封建家族中的族绅长太爷调戏并妄图占有本族漂亮的堂客任三嫂,逼得她与情人远逃外村。恼羞成怒的长太爷派人抓回任三嫂,在排列祖宗牌位的祠堂里,导演了一幕鞭打任三嫂的血腥与色情交织的丑剧。当长太爷在列祖列宗面前宣讲维持风化的道德说教,鞭打任三嫂的脊背时,他的内心却在垂涎任三嫂的"奶子"。道德的说教与男盗女娼的反道德行为构成了人物表里不一的喜剧性矛盾,而这一切却是在披着维护宗族"面子"和执行"族规"的外衣之下进行的,从而把对讽刺人物的道德批判引向对宗法制度和家族文化的批判。写于1936年的《砥柱》,以辛辣的笔触极为圆熟的创造了一位"乡愿"——外貌忠诚谨慎,实则欺世盗名——的典型。小说写黄宜庵带着女儿进城相亲,在航船上管束女儿"非礼勿视,非礼勿听";而自己却到官舱里与"经学研究会"的同行们畅谈嫖妓经。作者同样没有停留于道德谴责,而是深入到心理层面,揭示这些道貌岸然、灵魂肮脏的道学家,其实不过是拿着程朱理学变戏法的一些骗子手。黄宜庵这个自称"乱世里的中流砥柱"的道学先生,其实正是鲁迅笔下四铭一类的人物,张天翼的艺术构思受到《肥皂》的启发不言而喻,不过笔墨有些夸张与显豁。

张天翼同样长于描摹小市民尤其是小公务员的奴才心态和嘴脸,画出一系列的"市侩相"。他把野心勃勃、激情燃烧着向上爬的小市民的人生挣扎,和这种挣扎过程中的悲喜剧,写得淋漓尽致,触目惊心。作于1937年的《陆宝田》就是这方面的代表性作品。陆宝田是一个兼具走狗性和牛马性的喜剧形象。作为一名身患肺病的小书记员,他干的是牛马活,却对自己的身份地位浑然不知,依然欲望膨胀,妄想取得走狗的资格,以致病入膏肓,被上司辞退。小说采用悲剧性的谑虐手法,在冷峻的讽刺中夹着几分酸辛,刻画了这个可鄙可怜、可恨可悲的形象,漫画化地呈现了小市民的生存挣扎。长篇小说《一年》更是对小市民为了向上爬而谄上骄下的奴性,展开了穷形尽相的刻画和鞭挞。故事虽略显松散,但刻画白慕易、梁梅轩等人物形象的市侩丑态,几近绘声绘色,充分显示出作者披露人性的犀利和深刻。

对于力图改变自身命运,而欲望又与现实发生悲剧性冲突的愚昧不幸的城乡劳动者,张天翼的讽刺笔触也不时涉及。《包氏父子》写了父子两代人不同欲望的破灭:父亲老包一心一意"望子成龙",想尽一切办法让儿子进学校念书;但儿子包国维却受到同学中贵族子弟的不良影响,向往成为一个"花花公子",爬入贵族子弟的行列,以致走向堕落,被学校开除,绝望的老包带着幻灭的悲哀离开人世。张天翼运用悲喜剧交错的艺术手法,导演了一曲愚昧不幸的劳动者的悲喜剧,成为含泪的笑。小说的批判锋芒直指民族文化中根深蒂固的传统心理,揭示了人性中盲目"望子成龙"的一种普遍弱点。对于这种脱离实际的欲望所造成的悲喜剧,张天翼有着较多的关注。《同乡们》里的长丰大叔,《善女人》里的长生奶奶等等,都是这一类的形象。

张天翼的讽刺小说,以冷静而优越的眼光观照世态人情,俯视讽刺对象,往往用夸张的笔墨把对象漫画化,因而锋芒显豁,意旨浮露。他的讽刺缺少鲁迅的深沉,老舍的温和,沙汀的凝重,钱钟书的尖刻,他的特点是明快泼辣。张天翼的小说淡化故事情节,依靠喜剧性的矛盾和细节来结构小说,往往采用几个片断或是相互矛盾的细节来勾画人物的性格特征,因而见出片断性、速写性强的特点。

第二节 茅盾的《蚀》与《虹》

茅盾(1896—1981),原名沈德鸿,字雁冰,浙江省桐乡县乌镇人。第一次大革命失败后,他在苦闷失望中写成小说《幻灭》,署笔名"矛盾",被《小说月报》代理编辑叶圣陶改为"茅盾",从此以茅盾名于世。他生长于思想开明、要求严格的家庭,七岁开始接受正规系统的学校教育。小学时期即善于作文,尤长于理性分析的论说文。1916年北京大学预科毕业后,因家庭经济困难而辍学,由亲戚介绍进入上海商务印书馆编译所工作,开始"叩文学的门"。走进社会的头十年间,茅盾主要承担了两种社会角色:积极的文学活动家和尽职的革命者。

作为二十年代重要的文学活动家,茅盾主要从事文学理论批评和翻译介绍外国文学。他系统地阐发过文学"为人生"的现实主义文学主张,认为"文学是有激励人心的积极性的。尤其在我们这时代,我们希望文学能够担当唤醒民众而给他们力量的重大责任"[①]。他强调文学要表现人生,反映民众的疾苦,揭露社会的黑暗,反对把文学当作高兴时的游戏或失意时的消遣,批判鸳鸯蝴蝶派、颓废派和唯美派等形形色色的文艺观。这种功利色彩强烈的启蒙主义文学主张,同样表现在他译介外国文学的活动中。他认为,"介绍西洋文学的目的,一半果

[①] 茅盾:《"大转变时期"何时来呢?》,1923年12月31日《文学》周报第103期。

是欲介绍他们的文学艺术来,一半也为的是欲介绍世界的现代思想——而且这应是更注意些的目的"①。由此,他不仅致力于译介俄苏文学、被压迫民族和弱小民族的文学,而且译介欧美文学,大量写作"海外文坛消息",介绍二十世纪世界文学的发展趋向。

茅盾"为人生"的现实主义文学思想,产生于批评、译介、编辑等具体的文学活动中,具有实践型的工具理性特征。同时对于进化论、泰纳的艺术社会学和左拉自然主义理论的择取,也构成茅盾文学思想的重要理论资源。他认为新文学是"进化的文学",主张文学要倾诉"全人类的共通的感情";对泰纳的文学构成"三要素说"(人种、环境、时代),茅盾更加强调社会背景的作用;对于自然主义理论,茅盾主要选择其描写技巧上的长处。五卅前后,茅盾的文艺思想开始发生变化。他的长篇文学论文《论无产阶级艺术》,虽然大部分是对波格丹诺夫《无产阶级的艺术批评》的转述和改写,但却针对中国的"革命文学"问题作出了某些独立的思考和探讨,这说明他已经开始充实和修正"为人生"的文学主张。

作为中共早期党员之一,茅盾在1921—1927年间与当时的中共领导核心有着密切联系,对基层组织和群众也有着广泛地接触和了解。1927年7月,汪精卫的武汉政府叛变,蒋、汪合流,茅盾受到国民党政府通缉,回到上海蛰居,在极度失望和痛苦的心情中,他开始专注于文学事业,完成《幻灭》、《动摇》、《追求》三个连续性的中篇和一些短篇小说。与此同时,从《鲁迅论》开始,茅盾自觉运用社会阶级分析和艺术技巧分析并重的批评方法,写作了大量的作家作品论,开创了现代文学批评中的"茅盾批评范式"。1928年7月茅盾东渡日本。在日本,他参加了当时国内激烈展开的无产阶级革命文学论争。经过反思,茅盾表示不再颓唐。写于1929年的长篇《虹》,就是这种精神转变的表现。

1930年出版的《蚀》,由三个略带连续性的中篇《幻灭》、《动摇》、《追求》组成,三篇在情节时间上互有交错,少数次要人物时现时隐,而主要人物则各篇不同。《蚀》三部曲是茅盾经过长期文学活动准备,广泛地经历社会人生之后,在精神极度痛苦压抑中的出品。茅盾曾经怀着改造社会人生的巨大热情,参加了轰轰烈烈的第一次大革命。在广州和武汉,他既感受到革命洪流的汹涌澎湃,同时也亲身经历和目睹了蒋介石、汪精卫叛变革命,屠杀人民群众的血腥罪行,"经验了动乱中国的最复杂的人生的一幕"②。因此当他进行小说创作时,第一次大革命前后的现实生活,就成为最生动的文学素材。

《幻灭》以章静女士的初恋被骗到终于恋爱成功为线索,集中呈现她在革命

---

① 茅盾:《新文学研究者的责任与努力》,1921年2月《小说月报》第12卷2号。
② 茅盾:《从牯岭到东京》,《茅盾全集》第19卷,人民文学出版社1991年版,第176页。

烘炉武汉频繁调换"革命工作"的心路历程,表现了大革命前夕知识青年的亢奋和幻灭。《动摇》在大革命时期武汉附近一个小县城风云诡谲的社会情态中,通过店员罢工风潮、筹建"妇女解放保管"所、反动势力攻打妇女会和县党部三大事件的描写,表现青年革命者与地主豪绅之间的曲折复杂的斗争。《追求》描写大革命失败后,一群青年聚集上海,不甘寂寞,继续作最后的人生追求:张曼青追求"教育救国"和"东方型"爱人,王仲昭试图通过"半步主义"的报纸版面改革以影响社会,史循怀疑颓废以至于不断地设想着理想的自杀方式,章秋柳追求感官刺激以达到自我麻醉,并力图用"性"来挽救史循……这群被迫从革命潮流中退出的知识青年,在精神痛苦迷惘中作病态的追求。但他们都不得不面对失败的结局,"理想"被残酷的"现实"撞成碎末。

《蚀》三部曲以鲜明的时事性、社会性、客观性,描绘了第一次大革命时期的时代风云,茅盾一出手就显出善于捕捉社会重大政治事件和时代特点的才能。小说在广阔的地域空间中,描写了大革命中的重大政治军事事件和紧张动荡的氛围,以及时代壮潮怎样直接影响到小说人物的思想行动和性格发展。小说对第一次大革命中工农运动"上右下左"的倾向,作了客观反映。《动摇》中店员风潮的盲动性,农民协会提出"耕者有其田,多者分其妻"的主张,游行妇女喊出"拥护野男人!打到封建老公!"的口号等等,作者都如实写出,从而揭示了第一次大革命中工农运动"左倾"幼稚病的一个侧面。《动摇》揭露了国民党右派势力与封建土豪劣绅投机革命、镇压工农的罪恶活动。劣绅胡国光这个"积年老狐狸"的卑劣与残暴,写得鲜活如生。茅盾曾经说:"本来可以写一个比他更大更凶恶的投机派,但小县城里只配胡国光那样的人,……小说的功效原来在借部分以暗示全体,既不是新闻纸的有闻必录,也不同于历史的不能放过巨奸大憝。"[①]这一投机革命的"两面派"形象的创造,是审美选择和历史发现的结合,具有典型性。

三部曲突出地表现了知识青年在第一次大革命时期的精神特征。三部曲的中心内容是描写知识青年的"恋爱"与"革命",但茅盾的着眼点不在恋爱本身。他不过借着"恋爱的外衣",刻画受到五四新文化思潮洗礼的知识青年,在恋爱和革命中的心路历程与精神特征。在这里,"恋爱"已经包含了女性人权意识的觉醒,"革命"正是建立民族国家的历史途径。但恋爱和革命的实现,却路途多艰:恋爱中充满了谎言和欺骗,革命更有叛卖和血污。于是,投身革命大潮中的知识青年便以其敏锐的触觉,在大革命的烈火燃烧中感觉到隐藏其中的阴冷,患上了特有的"时代病":普遍的疲倦烦闷,迷茫怅惘和痛苦矛盾。《幻灭》中的章静,为摆脱初恋被骗的心灰意冷,投身革命洪炉。然而她无论是在政训班、妇女会,还

[①] 茅盾:《从牯岭到东京》,《茅盾全集》第19卷,人民文学出版社1991年版,第184页。

是在省工会,看到的都是灰暗,遇到的都是单身女性不同男性恋爱就等于反革命的无声斥责。精神的苦闷压抑,让她一次次失望和幻灭。《动摇》中县党部执行委员兼商民部长的方罗兰,更是这种精神矛盾和煎熬的代表:既在革命和反革命势力搏战的革命大事中进退失据,又在爱恋"东方型"的太太陆梅丽和"西方型"的女性孙舞阳之间举棋不定……,"革命"与"恋爱"的不断追求和不断幻灭,使得这些大革命前后的知识青年陷入无法克服的精神矛盾痛苦之中。

三部曲令人瞩目地创造了慧女士、孙舞阳、章秋柳等"时代女性"形象系列。在茅盾笔下,慧女士这一类型的女性从伦理道德观念、生活追求、性格气质,都已经与"东方型"女性的人格精神挥手告别。她们是在五四伦理道德革命中,沐浴欧风美雨成长起来的"西方型"女性,旺盛强健的生命活力和强悍泼辣的个性,使她们成为现代社会的"女性英雄"和现代文学人物画廊中的"新人"。在"革命"中,她们的见识往往高于那些动摇软弱的男性。《动摇》中孙舞阳对店员风潮的分析,对劣绅胡国光的明察,对妇女解放保管所的看法,其见解的深刻和洞察事物的能力,都让那个痴迷她的方罗兰望尘莫及。在"恋爱"中,她们更是驱使男性拜倒于石榴裙下。不论是慧女士、孙舞阳、章秋柳,她们都蔑视并且颠倒了传统的两性关系,向"男性中心主义"发出了前所未有的挑战,以致成为反传统反男性的女性"狂人"。她们在五四伦理道德革命造成的道德失范和道德真空中,走向了道德虚无主义,成为一种变态的叛逆。茅盾肯定她们思想性格中那些反叛封建传统的闪光精神,欣赏她们身上涌动的生命强力。他认为,只要环境改变,这样的女子能够革命的,"如果读者并不觉得她们可爱可同情,那便是作者描写的失败"[①]。

1928年冬,茅盾与女友秦德君从日本东京移居京都。秦德君的人生经历和她家乡四川的人情风物,引起了茅盾浓厚的创作兴趣。在秦德君提供的某些素材的基础上,茅盾结合自己对五四至第一次大革命时期"时代女性"的了解,于1929年春夏创作了长篇小说《虹》。

小说主人公梅行素与茅盾笔下的"时代女性"慧女士、孙舞阳、章秋柳等,同属一个精神家族。"现在主义"的我行我素的人生态度,永远"往前冲"的人生追求,构成她性格的主要特征。梅行素是五四新文化思潮的女儿。自幼养成的孤洁狷傲而又坚强执著的性格,却无法抵抗被迫的婚姻,正是五四个性解放思想给她带来了希望和力量,使她滋生了征服环境和命运的"野心",决心同封建礼教势力抗争。对易卜生剧本《娜拉》中林敦夫人的师法,使她我行我素,决心打破一切贞操观念,于是利用与柳遇春的结婚,免除了家庭债务,婚后便逃出家庭。为着

[①] 茅盾:《从牯岭到东京》,《茅盾全集》第19卷,人民文学出版社1989年版,第179页。

自我的生存发展,为着人生意义的追求,她来到泸州师范教书。不料这个提倡新文化的学校,却是一座被新思潮装饰的古庙。更为险峻的是,她随时可能被标榜"新思想"的军阀惠师长拉进他的"阿房宫"。面对这种恶劣的生活环境,梅女士虽然破灭了职业的幻想,但绝不与世浮沉。她以"现在主义"直面现实的人生态度,独闯茫茫人海的"往前冲"的人生追求,应对周旋于那些追逐她的同事之间,操控着贪恋她美色的军阀惠师长的纠缠。最终,借助出席全国学生联合会的名义,她走出夔门,奔向上海,开始新的生活。然而梅行素在上海接触革命者梁刚夫以后,却感受到从未有过的迷茫:梁刚夫并不仰望她的美色,而她对于梁刚夫所从事的政治活动、社会活动,却没有起码的知识。但梅行素并不动摇徘徊,"往前冲"的性格,驱使她像五四时代阅读新思潮的书籍那样,开始阅读新的马克思主义书籍。由此,她否定了自己一向信仰的个性主义,并听从梁刚夫的意见,到实际生活中去领受革命斗争的宇宙观和人生观,终于投身到轰轰烈烈的"五卅"反帝爱国斗争运动……

小说通过梅行素的三段人生历程的叙述——成都婚变和泸州教书生涯的生动细腻的描写,上海革命新生活的轮廓化的粗略描摹,刻画了一位娇生惯养、性格狷介的小姐,如何在五四新文化思潮影响下,搏击生活海洋中的惊涛骇浪,从反叛旧式婚姻起步,发展到抗争侮辱压迫的生活环境,终于走向革命的道路。作者以"虹"这种幻美而易变化的自然现象作为象征性的题目,遵循生活的自然节奏,写出了梅行素的性格特征及其逐步发展,写出了五四时代知识女性选择人生道路的时代趋向:从个性主义走向集体主义,从个人的孤独反抗走向群体的社会革命。

当茅盾的《幻灭》、《动摇》、《追求》1928年由商务印书馆以单行本问世时,现代中长篇小说已经出版了80余种。然而其中还很难找出一部作为由古典进入现代的标志,茅盾的《蚀》和《虹》,恰恰从总体上反映了中长篇小说艺术的这种历史性的变化,因而成为现代中长篇小说区别于古典小说的界碑。

现代中长篇小说艺术发展的基本趋向之一是"向内转"。小说的基本任务已经从讲述情节复杂曲折的故事,转向人物内心的描写和表现。作家关注的中心,也由人物的行动或动作,转向人物的思想、情感,乃至人物的梦幻、潜意识。小说的基本任务和作家关注中心的变化,直接影响到现代中长篇小说对"内心独白"和"心理分析"的大量运用。对现代中长篇小说的这种"内化"倾向,茅盾在《蚀》和《虹》中有着自觉的追求和表现。从小说描写的侧重点看,四部小说都是表现人物的心灵历程,而不是人物的行动过程。《幻灭》等三部中篇,题目就是人物精神状态的表征。在这些小说中,大量的内心独白、心理分析、梦境、幻觉,乃至人物的潜意识描写,都吸引着读者。但茅盾的"内化"倾向,并没有走向主观或神秘，仍然具有鲜明的现实客观性。叙述者的视角紧扣社会时代，人物的内心独白和心理分析蕴涵着深厚的社会现实内容，梦境和幻觉折射着现实事件引发的人物思想情绪，是《蚀》和《虹》"内化"倾向的明显特点。

在《蚀》和《虹》中，茅盾把短篇小说"横断面"的写法引入中长篇小说，开创了现代中长篇小说新的叙述模式。这种描写生活横断面的叙述模式，在稍后的《子夜》中有着长足的发展。时间和空间是构成小说叙事的两个基本维度。强化、扩张、突出空间维度，减弱、缩小、冲淡时间维度，是茅盾创造的这种中长篇小说叙述模式的本质特征。由此，产生《蚀》和《虹》这样的结构方式和诸多艺术技巧。茅盾总是在小说的一开头就切入人物经历或事件发展的某一阶段来展开叙述，不大关注人物的经历、事件、情节线索的头尾。因此，他的小说具有鲜明的"共时性"特征。"横断面"写法和"共时性"特征，主要通过场面描写和典型环境的创造来实现。《蚀》和《虹》的故事并不复杂曲折，吸引人的地方在于精彩的场面描写。《追求》第一章描写同学会聚会，一下子就把全书中的主要人物调动上场，让他们出台亮相，通过他们自己的言行和思想活动，以及他人的叙述介绍，描摹人物的性格特征，揭示他们即将开始的不同追求。《虹》第六章的泸州师范开学前的茶话会和"双十节"提灯大会，第七章的忠山聚餐赏月会，都是精彩的场面描写。由于重视场面描写，小说的情节演进时间几乎停顿，故事情节的连续性被生活的横剖面截断，读者看到的只是一个个不同场景的联结。《蚀》和《虹》常常把人物的心理活动和思想情绪置放在特定的时代氛围、人事环境乃至自然环境中，着力描写人物的思想行动产生的环境背景，而对人物的许多经历则往往采取"跳过去"的手法。侧重"横断面"和"共时性"，但茅盾并没有轻忽"历时性"，而是以"共时性"描写为重点，以"历时性"叙述为线索，达到了二者的结合。

由于着重人物内心的表现和截取社会生活的横断面，势必要打破情节线索的连续性，从而改变了中长篇小说常见的以情节线索贯串的结构方式。茅盾融合中西小说艺术，把"横断面"描写与"历时性"线索有机结合，形成了他的小说特有的"情节单元式"的中长篇小说结构方式。《幻灭》以静女士追求恋爱和革命为"历时性"线索，但情节并没有连贯性，而是以静女士在上海、武汉、庐山三地的生活描写，形成三个明显的"情节单元"，构成小说的有机整体。《动摇》以胡国光的投机革命和方罗兰在恋爱与革命上的动摇，形成两条平行发展的线索，同时又以店员风潮、建立妇女解放保管所、土豪劣绅攻打妇女会和县党部等三大事件，作为两条平行发展线索相互重合扭结的"情节单元"，把"共时性"描写与"历时性"线索紧密结合，构成完整的叙述结构。《追求》以同学会聚会提起全篇，同时展开三条主要线索：王仲昭改革报纸第四版的失败和追求理想爱人的落空；张曼青追求教育救国的失败和理想婚姻的破灭；章秋柳拯救史循而导致史循死亡，自己也被染上性病。小说在"共时性"的描写中展开三个带有"历时性"的"情节单元",并以章秋柳暂住同学会作为共同的圆心,使这三个单元形成相互扭结重合的三个同心圆,结构严密。《虹》以梅行素的不懈人生追求为线索,以成都婚变、泸州师范教书生涯、上海新的生活为三个"情节单元"组织全篇。在叙述时间安排上,以梅行素乘船驶出夔门作为象征性的开头,从情节发展中段开始叙述,然后倒叙梅女士在成都和泸州的生活,打破了传统小说叙述时间的呆板形式。这种把"共时性"描写和"历时性"叙述有机结合而形成的"情节单元"型结构方式,是茅盾寻求中西小说艺术结构契合点的一种独特的创造和贡献。

第三节 《子夜》、《霜叶红似二月花》等长篇小说

1930年4月,茅盾从日本回到上海,参加了左联。在文学创作上,他"想改换题材和描写方法"①,于是利用养病的机会,每天访亲问友,并到上海证券交易所和一些丝厂实地观察,从中接触了解到大量生动的感性材料,特别是民族工商业的处境和前途,引起作者的理论思考和创作的兴趣。1931年底开始,经过较长时间的酝酿构思,茅盾开始"大规模地描写中国社会现象",完成了《子夜》等一系列作品。这些作品以其时代性的内容、史诗性的追求、理性化的叙事、社会剖析的艺术,创造了现实主义小说的一种新的叙事范型并影响深远。

《子夜》是茅盾小说的代表作,也是三十年代左翼文艺运动的重要收获之一。它以鲜明的倾向性与历史真实性相统一的思想内容,宏大而缜密的艺术构思,甫一出版,立即畅销,获得"中国第一部写实主义的成功的长篇小说"的好评②。《子夜》也是一部丰厚繁复的小说。作者对创作意图过多的说明,文本叙述中意图的朦胧和变形,主要人物性格内涵的复杂,艺术方法的包容性所产生的审美张力等等,都使得这部小说的阐释不断产生歧义。

《子夜》是一部"工业的金融的"都市小说。故事发生在1930年春末夏初的上海,主要讲述资本家吴荪甫为发展民族工业,筹组运营益中信托公司,兼并八个小厂,既受困于劳资冲突,更受到金融资本家赵伯韬的围堵,并最终与赵伯韬在公债市场决战乃至失败的悲剧故事。小说的主题和故事发生的环境,被置放在极为鲜明广阔的政治、经济、思想的时代背景之下。冯玉祥、阎锡山等挑战蒋介石中央政权合法性的"中原大战",帝国主义转嫁世界经济危机的经济侵略,中国共产党领导的工农革命运动的风起云涌,都使得中国民族工商业面临萧条破

---

① 茅盾:《我的回顾》,《茅盾全集》第19卷,人民文学出版社1991年版,第408页。
② 乐雯(瞿秋白):《〈子夜〉和国货年》,原载1933年4月2日《申报·自由谈》。

产的命运。而民族资产阶级为了转嫁自身危机,便加紧剥削压迫工人,从而进一步激化了劳资矛盾。面对这样的政治经济环境,思想界试图作出解释,于是展开了一场关于中国社会性质的论战。论战从社会经济视角切入,争论的中心问题是:帝国主义经济的入侵,是阻碍还是促进了中国民族资本主义的发展,是维持还是瓦解了中国的封建经济?中国社会究竟是半殖民地半封建社会,还是资本主义社会?在这种激烈的思想论争环境中,茅盾以其特有的政治理论素养,依据观察收集到的具体材料,进一步明确了《子夜》表现的主题。因此,他以"兼具文艺家写创作与科学家写论文的精神"[①],着重从社会经济分析入手,并与政治、文化和家庭生活分析相结合,通过《子夜》揭示了民族资本主义在特定历史时代的悲剧命运,为半殖民地半封建的中国社会作出了艺术的"定性"分析:"中国并没有走向资本主义发展的道路,中国在帝国主义的压迫下,是更加殖民地化了。"[②]这充分说明茅盾是具有社会科学家气质的小说艺术家。

创造鲜明的性格,一直是茅盾小说关注的中心。在《子夜》的九十多个人物中,小说主人公吴荪甫是作者倾力描写的形象。小说初版扉页上的图案由许多"The Twilight: a Romance of China in 1930"字样重复构成,《子夜》着力讲述的,正是吴荪甫这位"二十世纪机械工业时代的英雄骑士和'王子'"在1930年的中国的"罗曼司"——他为实现民族工业振兴而奋斗、挣扎、失败的冒险传奇故事。身为民族资本家,吴荪甫选择走发展民族工业的道路来实现中国的现代化,所以他鄙视以赵伯韬为首的金融投机集团。但资金周转困难迫使他必须迅速扩充资本,他不得不钻进公债市场去豪赌一场。这就种下了他与赵伯韬决战公债市场和必然失败的根苗。创办实业与投机公债市场的两难选择,是吴荪甫必须直面的矛盾;时势如此,本性所然,他身不由己,只能作"绝望的抗争"。小说由此深入,多侧面全方位地写到吴荪甫面对工人罢工、同业竞争、下属无能、家族矛盾,以及各色人事纠纷时的刚强与软弱、果断与犹疑、远见与短视、不近女色与兽性破坏等种种同形异相而又相反相成的心态和行为,刻画了他的复杂多变的矛盾性格。茅盾的立意也许是为了揭示吴荪甫所隶属的民族资产阶级的两面性,但读者看到的却是一个民族资本家的人性的复杂性。

形象的描写往往会超越理性思考的范围,所以小说中的吴荪甫不仅是一个充满矛盾的性格,而且是一个悲剧英雄。吴荪甫想在中国发展民族资本主义,实现工业现代化。他并非庸碌之辈,与赵伯韬、杜竹斋等人比较起来,无论在精神境界、经营方略、铁的手腕等方面,他都远胜一筹。但1930年的吴荪甫却"生不

---

① 叶圣陶:《略谈雁冰兄的文学工作》,原载1945年6月24日《新华日报》。
② 茅盾:《〈子夜〉是怎样写成的》,原载1939年6月1日《新疆日报》副刊《绿洲》。

逢时"，时代和历史没有为他提供发展中国工业现代化的机遇。除了"中原大战"的影响、世界经济危机的入侵、工农革命运动的阻遏这些无法逾越的障碍之外，吴荪甫还陷入许多无法超拔的矛盾漩涡。发展民族工业，首先需要"国家象个国家，政府象个政府"，但这个先决条件并不存在。当权的蒋介石政府就是独裁的买办资本家代表，对民族工业早就采取了打压政策。滥发"棺材边"（关税、裁兵、编遣）等多种公债，推动债券投机市场的畸形发展，造成了一批中小工业资本家的破产。所以吴荪甫才那样希望标榜"民主政治"的北方军阀的胜利。外国金融资本的压迫更是民族工业的致命伤。赵伯韬对吴荪甫一直虎视眈眈，软硬兼施，想方设法吞并他。半殖民地半封建的中国也不可能为吴荪甫发展资本主义提供必需的管理人才——忠实而能干的职业化、专业化的管理专才。他的工厂职员，多的是莫干丞一类的"帮闲食客"、争风吃醋的管车、流氓打手的稽查，少的是屠维岳这样的"干才"。此外，处在文化转型和社会转型中的家庭成员，包括吴荪甫的父亲、妻子、弟妹等，居然全都不能理解他的"雄图大业"。因此，吴荪甫的失败完全不同于左拉《金钱》中的萨加尔的失败，他并不缺乏才干，也不曾由于个人品行不端导致决策错误，他的悲剧来自中国社会各种政治、经济、文化、阶级的力量相互抗衡而产生的合力，是特定的社会时代造成的。历史的必然要求无法实现，又遭到现实社会中各种矛盾冲突的无情阻遏，于是，吴荪甫成为中国工业现代化艰难历程中的一个悲剧英雄。茅盾的文学创作一直关注着民族资本主义的生存发展，吴荪甫、周仲伟等人物之外，他还创造了唐子嘉（《多角关系》）、何耀先（《第一阶段的故事》）、王伯申（《霜叶红似二月花》）、林永清（《清明前后》）、严仲平（《锻炼》）等形象，构成一个民族资本家的形象系列，反映了中国民族资产阶级在现代中国的历史道路及其总体特点。这是茅盾继"时代女性"之后，对现代小说人物创造的又一突出贡献。

《子夜》描写资本家形象，吴荪甫多的是浓墨重彩，其他人物则多的是简笔画，甚或漫画。吴荪甫的对手赵伯韬是三十年代美国资本家的掮客。他的使命就是扩张帝国主义在华经济势力，掌控中国的经济命脉。他的后台老板是美国财团，拥有雄厚的资金。在政治上，他有政府作为靠山，并与军界有着广泛联系。所以他照搬美国金融资本支配工业资本的办法，组织"托辣斯"，在公债市场上兴风作浪，对吴荪甫实施经济封锁，妄图全面攫夺中国民族工业。小说对于他的阴险狡诈、诡计多端、神通广大、粗俗跋扈，以及赤裸裸的荒淫无耻，都做了比较鲜明的刻画。金融资本家杜竹斋是吴荪甫的姐夫，周旋于吴荪甫和赵伯韬之间，处处见出他好利而多疑的性格特征。"红头火柴"周仲伟与吴荪甫性格的丰富性相比，更见其形象的生动性。尤其是他对付工人代表抗议停工时的那一幕令人哭笑不得的悲喜剧，把这个"抖"起来容易，"躺"下去也快的资本家写得活灵活现。

周仲伟终于无奈地将火柴厂顶给日本商家,做了"挂名的老板","变相的买办"。周仲伟的破产,被作家安排在吴、赵决战前夕,预示着也衬托着吴荪甫即将面临的命运。

资本家形象之外,《子夜》还塑造了许多鲜明的性格。工厂职员中,屠维岳这个性格刚强、机警干练的管理"专才",在镇压工人罢工浪潮中的胆识与诡计被写得有声有色。地主形象中,逃到上海做寓公的冯云卿被刻画得入木三分。这个搏战于公债市场却屡遭失败的没落地主,为了刺探行情,竟然指派女儿献身于赵伯韬。小说对这一人物道德沦丧的心理过程,写得一波三折,摇曳多姿,从而揭示了资本主义势力对宗法关系和封建道德观念的彻底破坏。"新儒林"人物中的经济学教授李玉亭往来于吴、赵之间,集多种使命于一身,处处小心谨慎,帮忙帮闲两不误,不难看出经济学教授乞食于"经济"的无奈。新诗人范博文享受现代文明而又诅咒现代文明,小说对他的描写时有谐谑之笔。他畅论吴老太爷去世是"古老僵尸"在现代都会的"风化",攻击资本家的狂荡行乐是"死的跳舞",斥责"甲虫样的汽车"和"恶俗的洋房","到处点污了淡雅自然的西子"、"诗意的苏堤",都看出他批判的犀利。然而他与林佩珊的恋爱游戏,钱庄倒闭后不再做诗而研究"民诉法"的人生选择,却正如他自己所说:"诗神也跟着黄金走"!这说明"儒林"之"新",就新在知识者已经成为资本的奴仆。在《子夜》的诸多女性中,林佩瑶形象的刻画衬托了吴荪甫性格的悲剧性。她和丈夫确乎同床异梦:林佩瑶的精神世界永远停留在中世纪"罗曼司"的迷梦中,而吴荪甫却梦想着二十世纪的资本主义工业王国;林佩瑶需要两性关系的缠绵悱恻,而吴荪甫却早已掀掉了覆盖在两性关系之上的温情脉脉的面纱,所以他对妻子手中那朵枯萎的白玫瑰和那本破旧的《少年维特之烦恼》,毫不关心。林佩瑶固然不能归入吴老太爷、四小姐吴蕙芳、范博文等"憎恨现代文明"的一派,但她却从来没有、也不打算理解和支持吴荪甫的"烟囱林立"的梦想和事业,她和吴荪甫只是"熟悉的陌生人"。此外,小说也写到罢工斗争中的工人和中共"立三路线"时期盲动的地下革命者,但由于作者或得自第二手材料,或不熟悉生活,这些人物都留有较为明显的概念化痕迹。

茅盾是一位自觉的长篇小说艺术家。这种自觉性不仅表现为他对社会生活史诗性的反映,而且更突出地表现为他对长篇小说叙事艺术的不懈探索。《子夜》采用第三人称叙述,叙述者本可以无所不能,但茅盾却作了适度的限制:对直接叙述和间接叙述各自承担的任务作了有意识的分工。直接叙述更多地用于介入人物心理,展开细腻入微的分析,甚至作出判断性的评价,充分发挥了作者长于心理刻画的艺术才能。间接叙述更多地用于人物对话,使小说人物语言的功能得到极大发挥,承担着表现社会时代脉搏和刻画人物性格的双重使命:举凡

1930年中国的政治、经济、军事大事,几乎全部交给了人物对话,叙述者很少直接插手。这样,心理分析和人物对话就构成《子夜》文本的主体,也是形成小说"客观性"的主要成因。由于人物对话总是发生于具体的语境并带有片断化的特点,所以用人物对话表现时代特征难免给阅读者带来理解的困难:这需要多方面的知识来还原具体的历史文化语境,才能真正把握《子夜》所呈现的社会时代特点和人物思想行为的心理动因,获得感性和理性有机结合的审美感受。但冷静客观的理性分析和情感表现所构成的审美张力,正是"史诗性"作品的一般特征。

茅盾对于长篇小说的结构艺术总是力图创新。在《子夜》中,他努力走出《蚀》和《虹》的"情节单元"型结构模式,追求与现实生活更加适应的人物众多、情节复杂、线索纷繁而又严密完整的"蛛网式"的密集结构。《子夜》第一章写吴老太爷从乡镇来到上海,患脑溢血而死,实际是个"楔子",象征着封建地主阶级的历史喜剧已经结束,资产阶级登台演出的历史悲剧即将开始。第二三章是热闹的大场面。作者采取类似托尔斯泰《战争与和平》第一章的写法,借着吴老太爷的丧事,让《子夜》中的所有重要人物登台亮相,并围绕主人公的际遇提出三条重要的情节线索:吴荪甫加入公债投机市场,面临已经开始的罢工浪潮,商定筹组益中信托投资公司。第四章写双桥镇农民暴动。构思中的这条农村革命的线索未能展开,但在情节进展中还是不忘时时照应。小说从第五章开始,将笔力集中于都市描写,三条线索交错发展,直至第十九章吴、赵决战,小说的情节发展达到高潮。围绕三条情节线索的交错发展,作者腾出大量篇幅,安排了许多小故事穿插其间:林佩瑶与雷参谋的旧梦重温,"五卅"纪念大游行,交际花刘玉英的献媚和刺探商情,没落地主冯云卿置身公债市场时的道德沦丧,"红头火柴"周仲伟的挣扎与破产,"新儒林"人物对资本家的"帮忙"或"帮闲",有产阶级青年男女的调情和游戏人生,四小姐吴蕙芳的单恋与离家出走等等,使整篇小说情节的展开,张弛结合,多条线索、多重矛盾相互纠缠,形成了较为严密的"网状"结构。

在《子夜》中,茅盾描写三十年代中国社会缩影的创作意图未能完全实现。这个遗憾在同时期写作的《林家铺子》和《春蚕》等短篇小说中得到了弥补。《林家铺子》属于乡镇商业破产小说。茅盾在上海"一·二八"事变前后的广阔社会背景下,以"年关"这一乡镇商业促销和年终结算的"关键时刻"作为叙述的切入点,采用层层解剖、严密分析而又波澜曲折的叙述方法,通过一个小店的倒闭,揭示了乡镇商业破产的深广的社会原因。《林家铺子》虽然仍是"中篇压缩体",但艺术安排已经相当精致圆熟,所以朱自清曾推举其为茅盾小说的"最佳之作"[①]。被称为"农村三部曲"的《春蚕》《秋收》《残冬》,通过老通宝和多多头两代农民

---

① 朱自清:《子夜》,原载1934年4月《文学季刊》第1卷第2期。

形象的塑造，表现三十年代乡村经济崩溃带给农民的灾难，以及父辈和子辈对于不同生存道路的选择。其中，《春蚕》的艺术成就较高。《林家铺子》和《春蚕》等小说表现了较为完整的三十年代乡镇生活图画，构成了茅盾大规模地剖析中国社会，探索中国社会发展前途的重要组成部分。

全面抗战爆发后，茅盾虽然过着漂泊不定的生活，但仍然笔耕不辍，创作了反映上海"八一三"抗战的长篇小说《第一阶段的故事》，散文《白杨礼赞》、《风景谈》，日记体长篇小说《腐蚀》，以及未完成的长篇小说《霜叶红似二月花》、《锻炼》等许多作品。

写于1941年夏的日记体长篇小说《腐蚀》，连载于邹韬奋主编的《大众生活》周刊。作者以"皖南事变"前后或明或暗、尖锐复杂的政治动向为背景，把政治小说与心理小说熔为一炉，通过女特务赵惠明的"自讼、自解嘲、自己辩护"的一束日记，写了她的受骗、犯罪而又不甘于堕落，并走上自新之路的心路历程，集中抨击了国民党法西斯特务统治制度的罪恶。按照作者原来的构思，小说写到小昭被害时结束。但1941年的读者却要求把赵惠明救出苦海，《大众生活》的编辑基于周刊出版合订本的需求，也希望茅盾把《腐蚀》的故事续写下去。这部小说正是在读者、编辑、作者的互动中，给赵惠明提供了一条自新之路。然而赵惠明的走向新生，却不是人为的"安排"，而是她的性格合乎逻辑的发展，是她基于个人生存安危的必然选择。在茅盾的艺术构思中，赵惠明原本就是一个被腐蚀的误入歧途的青年，是"时代女性"中的某些性格元素在特定时代和境遇中的扭曲发展。因此，小说描写的中心和重点并不是她的堕落过程，而是揭示她处于弱者地位的痛苦挣扎史。前者采用的是回叙和虚写，后者则采用实写，呈现的是一个不甘堕落的灵魂的直接剖白。茅盾通过细致绵密的描写和心理分析，从内外两个方面揭示了推动赵惠明走上自新之路的诸多原因，从而使得赵惠明的自新合乎人情事理。因此，整部日记不仅是赵惠明的灵魂痛苦史，也是她追求新生的忏悔书。《腐蚀》采用日记体第一人称叙述，结构紧凑，布局严密，充分显示出茅盾对长篇小说不同体式的纯熟运用。《腐蚀》也荟萃了茅盾运用心理分析方法的各种技巧和手段，集中地反映了作家在明显的理性导向下，运用这种方法描写社会现实的杰出才能。

《腐蚀》取材于刚刚发生的政治现实，带有强烈的政治批判色彩。1942年写于桂林的长篇小说《霜叶红似二月花》却返归五四时期的历史和文化，是作者面对历史的沉思。茅盾此前的小说，带给读者的多是重大的社会时代题材，社会科学家的敏锐视野，雄大的气魄格局，大开大阖的矛盾冲突，大起大落的情感刺激；而在《霜叶红似二月花》中，茅盾的写作心态，似乎已经驶过急流险滩的紧张，进入了平湖秋月的舒缓。他依然关注历史进程中的矛盾斗争，有时也会正面展开阶级的冲突；但更多的时候，他把这些冲突和斗争推向了生活的深层，而在五四前夕的家庭细故、伦理道德、风俗人情、饮食男女这些平凡的日常生活中，开掘深层的文化意蕴，委婉纡徐地写出萌发中的新文化思潮对江南水乡县城的影响，从而折射出那一时代的社会政治、经济、思想、文化的冲突和变动。

《霜叶红似二月花》在五四前夕的时代氛围中，围绕县"善堂"一笔公款支配权的争夺，展开故事线索。惠利轮船公司经理王伯申为扩展产业，试图谋取这笔公款的支配权。而掌管公款的地主守旧派赵守义为了保住这笔财产，决定先发制人，一方面告王伯申占用官地，另一方面煽动农民反对轮船公司侵害农民利益。于是王、赵由此勾心斗角。与此同时，具有改良主义色彩的乡村青年知识分子钱良材为农民谋求福利，主张疏浚河道，筑堤防水，也想动用这笔公款，并要求王伯申捐资，因而与赵守义、王伯申发生纠葛。结局是王、赵相互妥协，钱良材的改良主张被王、赵拒绝，也没有得到农民的理解和支持，最终受害的还是农民。但这只是小说故事的"线索"，而不是小说文本描写的主要内容。因为在全书十四章中，直到第十章，由这两条线索所网络的多重矛盾冲突才正面展开。

小说突出的特点是用大量篇幅描写日常生活，通过家庭平淡琐屑的生活描写，通过张、黄两个大家庭的没落，来刻画人物性格，交代和铺垫小说情节的主要冲突，反映社会时代潮流的嬗变。也正是在琐碎的日常生活细节的生动描写中，小说写出了一些有血有肉、带着生活原汁原味的人物形象。其中，张婉卿的精干练达、会做人、善理家的性格，会使读者联想到《红楼梦》中的某些女性形象。采用《儒林外史》微辞狙击、婉而多讽的笔法创造的清末维新人物朱行键，他对"科学"的入迷，遇到公益事业好出头的性格，更是跃然纸上。此外，急公好义、颇想有为，却无能施展抱负的钱良材，善于钻营、唯利是图的王伯申，奸猾而且顽固的赵守义等，也都写得性格鲜明，各具特色。但《霜叶红似二月花》只是作者的宏大构想——描写五四至大革命时期的"政治、社会和思想的大变动"①的长篇三部曲的第一部，后两部没有完成，所以无法看出这些人物性格的展开。

这部长篇依然采取类似《追求》和《子夜》的开篇办法，即通过场面描写来交代人物，提出主要的情节线索。小说交替使用全知视角和人物视角展开叙述，更加重视运用人物视角的叙事功能，为此小说设置了一个串线人物张恂如，通过他的人际交往，来串联不同的场面、家庭、人物和事件。此外，小说通过人物的行动、语言、日常生活、给人物以故事等手法刻画人物性格，以家庭的故事作为安排情节"单元"的基础和埋设伏线的结构布局等，也都见出作家对中国古典小说优秀传统的融化。这些承续和转化传统小说艺术手法的试验，也与四十年代长篇

---

① 茅盾：《霜叶红似二月花·新版后记》，《茅盾全集》第 6 卷，人民文学出版社 1984 年版，第 250 页。

小说民族化的探索潮流相应和。

茅盾一生的文学成就广泛。他是二十世纪中国杰出的小说家、文学批评家、散文家、翻译家和编辑家。他的文学创作，相当全面地反映了五四前后到抗日战争时期中国社会广阔的生活，是现代中国社会的一部"形象的编年史"，一部"史诗"。与鲁迅关注国民灵魂改造的现实主义传统不同，茅盾开创了以社会分析批判为主要特征的现实主义传统。

第四节　社会剖析小说的兴起与吴组缃、艾芜等新人的作品

1933年《子夜》的出版成为一个标志，左翼小说终于结束了"革命的浪漫谛克"和"革命加恋爱"的叙事，迎来了社会剖析的时代。社会剖析小说在三十年代初期出现并成为一种新的小说叙事类型，是特定社会时代的产物，有其深刻的思想理论资源和丰厚的文学资源。

社会剖析小说是小说艺术和社会科学的结合，它的兴起与马克思主义社会科学理论和经济理论在中国的译介和传播密不可分。1929年"社会科学翻译年"的出现，1930年中国社会性质的大论战，扩大了科学的社会理论在中国的译介和传播。1930年"中国社会科学家联盟"成立后，又发起成立以大学生为主要成员的"社会科学研究会"，学习马克思主义社会科学理论。马克思主义的社会科学理论被中国知识界当作一种最新潮的科学理论来译介和推荐，便使得一般前进的知识者和倾向进步的青年作家，把它当成必须努力学习和掌握的新思想、新知识。

五四以来，西方批判现实主义文学已经成为中国现实主义小说不断发展的重要文学资源。但批判现实主义如何同新的社会科学理论结合，是左翼作家必须解决的问题。从日本译介的新现实主义理论，从苏联译介的唯物辩证法的创作方法等，实际上都使左翼文学走过一段弯路。而瞿秋白等人对马克思主义的现实主义文学思想，特别是对恩格斯"典型环境中的典型性格"理论的译介，则开阔了左翼作家的艺术视野。左联执委会1931年11月的决议要求作家"注意中国现实社会生活中广大的题材"，而"分析中国社会"则是这个决议一再强调的原则和关键词①。左翼小说的发展，期待着能把社会科学理论与丰厚的生活经验、杰出的小说艺术有机结合的作家作品的出现，茅盾《子夜》的诞生，成为左翼作家和现实主义小说发展期待已久的一个"示范"。

---

①　参见《中国无产阶级革命文学的新任务——一九三一年十一月中国左翼作家联盟执行委员会的决议》，原载1931年11月《文学导报》第1卷第8期。

《子夜》出版后，左翼文学引以为豪，审美追求各异的人们，如吴宓、赵家璧、李辰冬、顾凤城等同样给予好评。朱自清一直关注茅盾的小说创作，他赞扬《子夜》采用"严密的分析"，"写的是民族资本主义的发展与崩溃的缩影"，认为现代小说"正应该如此取材，才有出路"①。朱自清的看法影响了清华学生吴组缃、端木蕻良等人。号称清华"四剑客"的吴组缃、季羡林、林庚、李长之倾心仰慕《子夜》而展开的热烈讨论，不仅使吴组缃写了那篇评论《子夜》的重要文章，而且诞生了《黄昏》、《一千八百担》等社会剖析小说的代表作。而茅盾对青年作家总是不遗余力地介绍和推荐，沙汀正是由于茅盾的帮助，才走上社会剖析的创作道路，并在四十年代趋于成熟。这种互动的结果，使社会剖析小说逐渐成为三十年代小说的主流。

社会剖析小说意在揭示中国社会的性质，所以总是以雄大的气魄，开阔的视野，切入时代最热点的社会现象，描写众多的人物，力图写出社会的全貌和总体特征。但全景式的描写，在实际操作中往往遇到许多难以逾越的障碍，使得作者不得不改变原来的艺术构思，这种情况在茅盾的创作中多次出现，所以剖析小说往往采取社会全景"缩影"式的艺术构思。茅盾就一再强调要写"社会生活全体的缩影"。朱自清赞赏茅盾的《林家铺子》和《春蚕》，也是因为觉得这种"缩影"式的描写更适合茅盾的笔力。吴组缃似乎深得全景"缩影"式艺术构思的精髓，他的《一千八百担》虽然是一个短篇，但同样把握全貌，不仅写到了社会生活的各个方面，而且塑造了三教九流的各类人物。

社会剖析小说重视描写社会经济生活。这一方面因为经济生活是社会生活的基础，社会剖析小说的思想理论资源本来就与马克思主义的经济学说密切相连。茅盾写作《子夜》就搜集并研究了大量经济活动的素材。吴组缃不仅熟悉近代以来中国经济演变的史实，而且能从经济上、潮流上的变动来反映社会的变动。他们总是努力从经济的变动中揭示社会的演变。另一方面，这种关注也与当时世界经济危机侵袭中国，导致中国城乡经济破产的现实密不可分。描写社会经济生活本来就是现实主义小说的职责，是批判现实主义小说的传统。因此，现代作家要关注现实、抓住时代，经济破产也就顺理成章地成为剖析小说的重要叙事题材。写都市经济破产的小说，如茅盾的《子夜》、《多角关系》；写乡镇商业经济破产的小说，如吴组缃的《天下太平》，鲁彦的《桥上》，茅盾的《林家铺子》；写农村破产的，如吴组缃的《黄昏》、《一千八百担》，叶紫的《丰收》，夏征农的《禾场上》，叶圣陶的《多收了三五斗》等，不仅描写了经济破产带来的各种灾难，而且深刻地剖析了城乡经济破产的深广的社会历史原因，显示了现实主义的深度。关

---

① 朱自清：《〈子夜〉》，原载 1934 年 4 月《文学季刊》第 1 卷第 2 期。

注经济破产的小说,往往把金钱这种经济生活中冷酷无情而又无所不能的"媒介",作为展开情节、刻画性格、呈现人性复杂性的"锁扣"。茅盾就曾指出金钱这个"经济原因",在吴组缃的《樊家铺》、王统照的《父子》等小说中,起着不同的作用①。其实,在沙汀的《代理县长》、吴组缃的《某日》、蒋牧良的《赈米》等小说中,人物性格和人性异化之所以被刻画得入木三分,金钱这一"媒介"起了更加重要的作用。

社会剖析小说在结构布局方面截取社会生活的横断面,主要是通过场面描写实现的。这种需要深厚艺术功力的技巧,在茅盾和吴组缃的小说中表现突出。《子夜》第二三章吴老太爷的丧事描写中,不难看到茅盾场面描写和调度的功力。吴组缃的《黄昏》只有一处场地,就是叙述者乘凉的院子,但就是在这样逼仄的院落,作家居然自如地调动各式人物和声音演出了一幕幕活剧。人物对话在社会剖析小说中,往往承担着描摹社会时代、刻画人物性格、表达叙述者的价值取向等多重任务。人物对话在这些小说中的地位和功能有时甚至超过叙述,乃至成为戏剧式的语言。

正是由于这些鲜明的艺术特点,社会剖析小说不仅成为现实主义小说一种影响深远的叙事类型,甚至成为一种小说思潮和艺术方法,深刻地影响着三十年代文学的发展。

吴组缃(1908—1994),安徽省泾县茂林镇人。1929年入清华大学经济系,一年后转入中文系。他在清华钻研了马克思主义社会科学理论和经济理论,系统地接受了中国古代文学、西洋文学和五四新文学的教育,是三十年代知识结构和文学教养最为完备的作家之一。1930年开始,他陆续发表了一批优秀的小说散文(后结集为《西柳集》和《饭余集》),成为三十年代社会剖析小说的重要作家。

吴组缃在审视自己所养所遇的那一份独特的乡土生活经验时,曾经作过多方面的艺术探索。茅盾的《子夜》"用一个新兴社会科学者的严密正确的态度","抓住巨大的题目来反映当时的时代与社会"②,更使他开阔了艺术视野,看到了应用马克思主义社会科学理论分析社会时代的巨大艺术潜能,于是吴组缃决定把皖南农村破产作为描写对象,要从经济上、潮流上的变动来反映整个社会时代的变动。

在剖析皖南农村破产时,吴组缃特别关注乡镇的骚动不安和宗法大家族的分崩离析。《黄昏》采取回乡歇暑的知识者的第一人称叙述,通过他在自家院子一个晚上的耳闻目睹,描摹了皖南乡镇嘈杂喧嚣、动荡不安而又震撼人心的一幕幕悲剧。"黄昏"在这里成为一个象征:破败的皖南乡镇正在走向漫漫长夜。《一

---

① 茅盾:《〈文学季刊〉第二期内的创作》,原载1934年7月《文学》第3卷第1期。
② 吴组缃:《〈子夜〉》,原载1933年6月《文艺月报》第1期。

》》是吴组缃的代表作。在这个近三万字的短篇中,他运用文学速写技巧,截取生活的横断面,剖析了皖南乡镇社会的崩溃。小说以明暗两条线索贯穿全篇。明线(主线)描写七月十五日"鬼节"这一天宋氏大宗祠的家族集会,正面展开家族成员争夺宗祠一千八百担积谷的纷争;暗线(副线)描写宋氏家族的革命者发动农民抢粮的斗争。小说最后,暴动的农民冲向大宗祠哄抢一千八百担积谷,两条线索汇合,共同把故事推向高潮。小说不仅描写了家族的没落和农民的暴动,更重要的是剖析了造成乡镇动荡骚乱的深刻根源。宋氏家族是宗法制乡村社会中"一百八十多房,二千多家"的名门望族①,但是随着中国封建社会的逐步瓦解,这个家族已经败落。帝国主义商品的大量倾销,连年的军阀混战,政府的苛捐杂税,不仅摧毁了宋氏家族的经济命脉,更把农民驱入绝境。因此,宗祠积谷才成为家族成员和农民拼命争夺的财产。小说依靠唇吻毕肖的人物对话来描写,既分析了社会时代,又刻画了鲜明生动的人物性格。有名有姓的登场人物十八人,类似宗祠管事柏堂、讼师子渔、豆腐店老板步青这样栩栩如生的人物就有近十个,充分显示了作家对人物性格的准确把握和速写形象的才能。《一千八百担》侧重通过大家族的没落来剖析半殖民地半封建的中国社会,而在《樊家铺》和《某日》中,吴组缃或是描写弑母逆伦的悲剧,或是描写农民抗争地主强迫婚姻的喜剧,他的笔触又伸展到破产农村中的人伦关系和婚姻家庭关系的矛盾纠葛中。他在这些震颤人心的悲喜剧中,从乡村伦理道德观念的惊人变化,鉴照出乡村社会的剧烈变动,不仅"实录"了三十年代乡村社会的全面崩溃和农民崛起抗争的历史动向,而且以其受过五四新文化思潮洗礼的现代知识者的眼光、科学的社会理论武装起来的头脑,审视和思考古老乡村社会的历史性变化,以及在这种历史性的社会巨变中人性的复杂形态。

吴组缃具有多副笔墨:剖析乡镇破产和农民铤而走险,场面阔大,愤懑沉郁;透视妇女命运,则往往化为诗意的抒情。《卍字金银花》带着"淡淡的悲哀",吟唱了一曲献给毁灭之美的"凄婉缠绵"的挽歌。《箓竹山房》通过一对年轻的新婚夫妇到二姑姑家作客时的耳闻目睹,描写了三十年代封建没落的皖南农村中一位大家闺秀的守节生活,以及在这守节生活中的精神痛苦和变态心理,揭露封建礼教摧残人性的罪恶。小说笔法精致,布局缜密,精心设置了喜剧转化为悲剧的两个相似结构的镶嵌:在"现在进行时"故事中插入一个"过去时"故事。"过去时"的"才子佳人"喜剧故事,带着一点《红楼梦》人物的悲剧色调。"现在进行时"故事中,则把一对现代知识者的年轻夫妇,放置到仿佛"聊斋"鬼故事的环境氛围

---

① 据《西柳集》,上海生活书店 1934 年版。人民文学出版社 1954 年版《吴组缃小说散文集》中,改为"八十多房,好几百家"。

中。于是,年老的二姑姑的神态言语和行为举止,处处见出不和谐的喜剧性。直到小说的结尾,在窗口张望的"鬼脸"被迫"原形毕露"后,喜剧性的氛围也就达到了极点。然而情节的"陡转"使极度紧张的阅读悬念消解之后,却是更深一层的悲剧——含泪的笑的悲剧!

抗战时期,吴组缃有短篇《铁闷子》和长篇《山洪》。《铁闷子》"化腐朽为神奇",写一个作奸犯科的逃兵,在正确思想教育下,转变成抢救军火列车而英勇献身的战士。小说在喜剧转化为正剧的氛围中,发掘了下层士兵的爱国精神和人性向善的力量。《山洪》是抗战时期较早探索民族抗战力量源泉的作品。小说在皖南乡风民俗的长卷中,通过主人公章三官由普通农民成长为抗日战士的思想历程,雕刻了优秀品格与精神负荷集于一身的山乡民魂,揭示人民才是抗战力量最深厚最伟大的源泉,显示了深刻的现实主义精神。章三官等"活人"形象的成功创造,表明吴组缃的"爱而知其丑,憎而知其善"的小说人物美学思想,在四十年代已经趋于成熟。

叶紫(1912—1939)的小说同样带有鲜明的社会剖析倾向,但与一般左翼作家稍有不同,他突出地发展了社会剖析方法中的阶级对抗和阶级分析,以揭示农村阶级冲突的尖锐性著称。

短篇《丰收》属于当时文坛屡见不鲜的"丰灾"小说,艺术构思不脱茅盾"农村三部曲"的影响,不过更加突出了农民父子两辈人的思想冲突。被鲁迅称赞的《电网外》,则逐渐显露自家面目。小说在工农红军与国民党军队的战斗中,通过安分保守的农民王伯伯的切身遭遇和觉醒,在比较中描写了性质不同的两种军队对待人民的不同态度。稍后的《山村一夜》同样描写国民党军队残杀人民的罪恶,但艺术安排更见精心。作家选择小说人物桂公公作为叙述人,讲述了一个怯懦的年老农民,如何受地主政权愚弄欺骗,致使他参加革命斗争的儿子文汉生被诱杀的惨痛故事。中篇小说《星》是一部颇有特色的作品,叶紫以其独特的生活经历,抒写了一曲农村妇女渴求解放的颂歌。小说在1927年湖南农民运动高潮及其失败的环境中,描写农村妇女梅春姐在妇女会的支持下,排除了无赖丈夫陈德隆的阻拦和凶杀,与农会副会长黄先生相恋并自由结合。不久时局突变,黄先生被害,梅春姐遭受长期折磨后,最终离家走向那明天就有太阳的东方。这自然也是革命加恋爱的叙事,但叶紫关注农村妇女在大革命时代的生活命运和婚姻选择,却是独特的艺术发现。小说注重心理描写,梅春姐的性格发展写得层次分明;陈德隆的形象并没有漫画化,而是写出了人性中较为丰富的内涵;在描写水乡自然风物时,则常有抒情的笔调。这些都不难看出叶紫力图作出新的艺术拓展。

叶紫的创作总是在情感燃烧、心灵压迫的状态下,火山爆发似地倾泻着"对于客观现实的愤怒的火焰"①,"作者简直像欲亲自跳到作品里去和人家打架似的"!② 这种创作心态,为他的小说带来了激情和力度,然而却缺少了一份审视生活和创造人物所必需的平静,因而他所描绘的生活被评论家认为是"黑白分明的铅画,不是光影匀净的油画"③。

艾芜(1902—1994),原名汤道耕,生于四川新繁县(今属新都县)。1925年成都一师毕业后,在"劳工神圣"思想影响下,开始南国异域的漂泊生涯,度过了五六年的流浪生活,在为自我生存挣扎的同时,也广泛地接触并经验了社会底层人民的苦难和各种生存形态。1931年因为参加缅甸的革命运动,被英国殖民主义当局逮捕,遣返回国。1932年加入左联,从此以自己的漂泊生涯为底本,描写南国异域的底层社会的传奇性故事,先后出版了《南行记》、《南国之夜》、《夜景》等短篇集和中篇《芭蕉谷》。其中以《南行记》为代表的"南行"系列小说采用第一人称视角,基本按照作家漂泊生涯的行程(昆明街头、滇缅道中、茅草地、仰光)来叙事写人,带有明显的自传性。他以流浪汉的身份,社会分析和阶级分析的眼光,民主、科学和人道主义的价值取向,审视南国异域的自然风物,叙述生活其中的底层人物的生存挣扎,刻画出各式各样的具有特殊性格和命运的流民形象。

在这些流民形象中,小说叙述者"我"占有显著的位置,具有独立意义。这个"我"受过五四新文化的洗礼,具有顽强的生存意志,坚忍不拔的向上、向真、向善、向美的人生态度。《人生哲学的一课》是艾芜最早发表的作品。小说没有完整的故事情节,仅以"我"的艰难谋生为线索,串联几个片断,记录了作者1925年流落昆明街头的一段困苦生活。小说人物尽管遭遇了一连串的不幸,但他仍然坚持"我要活下去!……就是这个社会不容我立足的时候,我也要钢铁一般顽强地生存!"描写坚强不屈的生存意志和人性向上的力量,是"南行"小说的一个基调。

"南行"系列中写得更多的,还是那些在社会生活底层进行生存挣扎的流浪汉、赶马人、滑杆伕、偷马贼、烟犯子、强盗等。上层阶级把持的社会,把这些野性未驯的人们抛出了正常的生活轨道,他们被迫奉行独特的生存哲学和道德观念,顽强的生存意志驱使他们采取各种奇特的谋生手段,表现出人性尊严的特异色彩。《松岭上》写逃犯,他因妻子被奸而复仇,曾经杀死地主的一家。《流浪人》写

---

① 叶紫:《我怎样与文学发生关系》,原载郑振铎、傅东华编《我与文学》,上海生活书店1934年版,第41页。
② 叶紫:《〈丰收〉自序》,原载短篇集《丰收》,上海容光书局1935年版。
③ 李健吾:《叶紫的小说》(1940),《李健吾创作评论选集》,人民文学出版社1984年版,第521页。

铤而走险的走私者和寻求生路的流浪汉结伴而行的途中,相互合谋的一些生存骗局。《山中送客记》写"盗亦有道":盗马贼也不乏同情和侠义心肠。《我们的友人》写沾染了各种恶习的烟贩子的善良和诚实。《海岛上》写充满同情心的小偷等等,作者总是努力挖掘底层人民身上那些被社会尘垢所掩埋的美好品性,从而使那些社会常规观念中的"罪人",放射出人性美的光亮。

《山峡中》是"南行"系列的代表性作品。小说写"我"与一群被生活逼迫、铤而走险的流浪者在一起所经历的几天行窃生活。这群行窃的流浪者有着残忍的"人生哲学",这就是首领魏大爷说的"不怕和扯谎","在这里,懦弱的人是不配活的",因为天底下对我们残酷的人多如苍蝇。为了集体的生存,他们走私、行窃,杀人越货,心地已经变得干硬,甚至残忍地把行窃中表现懦弱且受伤的小黑牛扔进大江。即便如此,他们仍然以神像作伴,憧憬着美好的生活,关心和同情与他们命运相似、对他们友好相待的"我"这样的文化人,显露出爱憎分明的情感和心灵美的闪光。小说中外号"野猫子"的姑娘,是作者着意刻画的形象,通过"野猫子"与父亲及同伙的取闹,与"我"假扮夫妻配合同伙偷窃,疑心"我"要出卖他们而试图动武,得到"我"的保护后又高兴异常,乃至最后给"我"留下三块钱而悄悄地离开等精心设置的情节,突出地描写了她的强悍不羁和美丽善良的品性。

艾芜在描写这些传奇性的底层人物时,实际上做着一种灵魂"淘金"的工作。作者以抒情的笔触赞美底层人民身上美好的品格,在最卑微的人物身上发掘他们灵魂中的高尚美德,同时又以批评性的议论淘洗掉他们灵魂的锈蚀和身上的污泥。正如他四十年代所说,这些人物身上"禀赋有最好的东西",对于他们的缺点,"我能像糠皮稗子沙石一样地簸了出去,……我又如同一个淘金的人一样,我留着他们性情中的纯金"[①]。这种赞美的抒情和批评的议论,通过叙述者"我"——南国异域生活的经历者、观察者、介入生活的评价者和情感抒发者,与小说中底层人物在同病相怜、平等相待的基础上展开"对话"来完成,由此构成"南行"系列小说中的"对话结构"和双线布局。对话结构的叙述方法,熔自然景物、故事、人物描写于一炉,半叙景物,半涉人事,在类乎游记性的抒情写景中,又不失去故事情节的兴味,把故事的魅力,抒情写景的感染力,人物性格塑造的形象性,较好地统一起来,从而构成"南行"小说独特的诗意和意境,开创了现代抒情小说的一种新类型。全面抗战爆发后,艾芜小说的创作方法、风格、题材等都发生了明显的转变。

---

① 艾芜:《南行记·我的旅伴》,人民文学出版社1980年版,第244页。

第五节 萧军、萧红、端木蕻良与东北作家群

1931年"九一八"事变后,东北沦陷,中华民族危机日益严重,民族生死存亡的矛盾在当时剧烈的阶级冲突中,日益凸显出来。萧军、萧红、端木蕻良、骆宾基、舒群、罗烽、白朗、李辉英等流亡关内的东北作家,仇恨敌伪,眷恋乡土,反映东北人民的抗日斗争生活,被文学史家称为"东北作家群"。东北作家群的小说创作是左翼小说的重要组成部分,这不仅因为他们的创作思想、题材内容、艺术风格等方面与左翼文学的共通性,而且因为他们在1935—1937年间以群体面貌登上文坛时,与左翼作家的大力扶持密切相关,其代表作家几乎都得到过鲁迅、茅盾等左翼作家的关怀和指导。萧军、萧红同鲁迅有着师生般的情谊,端木蕻良的创作得到重病之中的鲁迅的悉心指教,骆宾基甚至每写完一章书稿就寄给鲁迅请求指教,并得到茅盾的审阅和推荐发表。正是在鲁迅、茅盾等左翼作家具体的指导帮助下,东北作家群的小说创作以其鲜明的反抗日本帝国主义侵略的民族意识,粗犷强悍的受难者、反抗者的形象,色彩斑斓的地域文化特征,充满阳刚之气的"力之美"的艺术风格,在现代文学史上呈现出独有的风姿。

萧军(1907—1988),辽宁省义县人。自幼性格倔强。早年从军,并广泛接触文学作品。1931年"九一八"事变后,曾与朋友组织抗日义勇军,失败后逃往哈尔滨,从此开始文学生涯,并结识了金剑啸、罗烽、舒群、白朗等革命青年文艺家,成为中共地下党领导的革命文艺队伍中的一员。1933年10月,与萧红合著短篇小说集《跋涉》出版。1934年因受迫害逃往青岛,开始与鲁迅通信,并在青岛完成《八月的乡村》。同年11月赴上海,在鲁迅的关怀和培养下,登上文坛。1935年,《八月的乡村》由鲁迅作序,作为"奴隶丛书"之一出版。此后,萧军又陆续出版了短篇小说集《羊》、《江上》,散文集《绿叶底故事》、《十月十五日》等。1937年开始发表长篇小说《第三代》第一、二部,中篇小说《涓涓》等。全面抗战爆发后,两度前往延安,参加了延安文艺座谈会。抗战胜利后,重返哈尔滨,创办鲁迅文化出版社。1948年因主编《文化报》受到错误的批判,此后潜心文学创作,完成了长篇小说《第三代》等多部作品。

《八月的乡村》是萧军的成名之作。小说通过"九一八"事变后东北山区一支抗日游击队对敌战斗的几个片断,刻画了游击队领导人陈柱司令、铁鹰队长、青年知识分子萧明、朝鲜女战士安娜,以及从农民转变为抗日战士的唐老疙瘩、李七嫂等众多人物形象,揭示了庄严神圣的民族抗战对人民群众和抗日战士的磨炼,透射出作者对侵略者的憎恨,对失去的土地的热爱,对抗日战士的礼赞,"显

示着中国的一份和全部,现在和未来,死路与活路"。① 小说在民族危亡的时刻,以新鲜的题材,严肃的内容,粗犷的画面,短篇连缀式的结构,激情充沛地描写了中华民族同敌人血战到底的英雄气概,成为抗日文学的先行作品。因而在出版的当时,就受到鲁迅、周扬、胡风、乔木等左翼作家的好评。

《第三代》是萧军小说艺术趋于成熟之作。这部花去作者近二十年心血完成的八十多万字的长篇,以二十世纪初辽宁西部偏僻的山区凌河村和半殖民地化的新兴都市长春为背景,广泛地描绘了辛亥革命以后到袁世凯酝酿帝制时期,东北社会中乡村生活和都市场景的诸多方面,集中呈现了军阀统治下东北农民的苦难生活和他们自发反抗豪绅阶级的斗争画面。小说一共分为八部六十四节。前四部以凌河村的井泉龙、林清等为代表的农民群众与大地主杨洛中的矛盾冲突为叙述中心,多方面地展现东北农村的生活风貌:普通农民的艰难困苦生活,铤而走险的"胡子"英雄的活动,被逼无奈的农民与地主、官府的血泪抗争,流徙的饥民群众有组织的武装讨粮的生动场面,以及地主庄园中的种种丑态和罪恶等。后四部以凌河村村民汪大辫子、翠屏、林青等人在长春的谋生为主要线索,笔触伸向了东北都市畸形生活的各个角落:贫民窟、小酒馆、工厂、学校、官府衙门、监狱、妓院、洋教堂、租界等,既有贫穷百姓和童工在屈辱中的痛苦挣扎,也有达官富商们的残暴淫逸,殖民统治者的凶残肆虐,更有贫民窟居民抵制强行拆迁的请愿风潮,市民反对卖国"二十一条"的示威游行。小说正是在城乡生活的交错描绘中,呈现了东北农民的剽悍倔强和原始野性的生命强力,刻画了具有顽强反抗意志的两代农民井泉龙、林青、刘元、翠屏等众多人物形象。

在全书描写的六十多个人物中,井泉龙和林青是老一代反抗农民的代表。井泉龙是具有外向型的反抗性格的农民,青年时代参加过义和团,勇敢豪放,疾恶如仇,爱打抱不平。他是凌河村穷人的主心骨,支持"海交帮"的"胡子"打击杨洛中。他就像一团燃烧的烈火,时刻点燃着凌河村农民心头的反抗火种。林青与井泉龙形成对照,他的反抗性格是内向的。他善良倔强,内向深沉,在极度忍耐中以琴弦和歌声倾诉着人世间的种种不平,常常把人们引向对于"公道"、"正义"的深思与渴求。他不像井泉龙那样锋芒毕露,但更见出韧性的倔强。

在众多反抗者的形象中,《第三代》令人瞩目的描写了东北特有的"胡子"的生活世界和人物群像,呈现了他们的活动方式、生活习俗、语言、内心活动和情感世界,突出地刻画了他们作为"义匪"形象的特点。海交、刘元、杨三、半截塔、黄发等一伙盘踞在羊角山、青沙山的绿林人物,原本都是良善的农民,是地主和官

---

① 鲁迅:《且介亭杂文二集·田军作〈八月的乡村〉序》,《鲁迅全集》第6卷,人民文学出版社2005年版,第296页。

府的压榨,使他们失去了正常的生存方式,被迫走上了绝望抗争的道路和扭曲的生存形态。在作者笔下,这伙以海交为首啸聚山林的"胡子",有着严厉的"绺规"和"仁义"行为,他们杀富济贫,与周围的农民有着天然的"鱼水"之情。而剿匪的军队与他们相比,却更像是一群土匪。因此,当刘元、翠屏被逼无奈时,都义无反顾地投奔"海交帮",并且受到友好的对待。在这伙"义匪"中,首领海交是被旧世界逼迫得铤而走险的绝望的反抗者。无尽的苦难,从小不肯屈服的个性和对统治者刻骨的仇恨,使他落草为寇,成为草莽英雄。他胆大心狠,对穷苦村民秋毫无犯,对山林兄弟充满柔情。但他内心却充满着矛盾和苦闷,由于看不到人生的出路,精神上始终弥漫着绝望的情绪,最终悲壮地死去。刘元是由农民成为"胡子"的第二代反抗者,他承继着海交的事业和精神气节,鄙视杨三投降官府的变节行为,也不甘心重走海交绝望抗争的旧路。他顽强地探索着新的出路,在"海交帮"溃散后,离开森林草莽,去寻求别样的道路。

翠屏是一个大胆泼辣、刚强果敢的劳动妇女,对生活有着执著的追求和极大的耐力。她投奔"胡子",同丈夫汪大辫子流浪长春,入修道院当佣工,最终摆脱洋教堂的诱惑,重回凌河村等等,处处显露了她对恶势力和苦难命运永不屈从的抗争性格。勤劳俭朴、忠厚老实而又保守执拗、委曲求全的汪大辫子与他妻子翠屏的性格形成鲜明的对照。他是全书着墨最多,也是写得比较生动的人物。他对社会和命运的不公,常有不满和怀疑,却又自私怯懦,处处明哲保身,在民国时代还保留着的那根大辫子,是他性格的基本象征。此外,趋炎附势的奴才杨五爷、投降变节者杨三、流浪者林荣、青年爱国者焦本荣等人物,也都写得面目鲜活。

与《八月的乡村》相比,《第三代》的艺术构思更加开阔完整,生活场景的描绘和人物形象的刻画更见具体生动,而在浓郁的东北乡土气息、风俗民情的呈现,重视展开人物内心活动和思想情感的分析,采用电影分镜头式的描写手法,截断情节发展的连续性,从而形成小说故事发展大幅度的跳跃性等方面,则又一以贯之。由此构成了萧军的小说在粗犷中带有一点"野性"的艺术风格。

萧红(1911—1942),原名张迺莹,黑龙江省呼兰县人。中学时代醉心于文学和绘画。1931 年因反抗家庭包办婚姻,与家庭决裂,走上痛苦艰辛的流浪生活。1932 年与萧军结合,开始文学创作。1934 年与萧军逃离东北,经青岛到上海,得到鲁迅的帮助和教导。1935 年起,陆续出版了中篇《生死场》和《商市街》、《桥》、《牛车上》等小说散文集,从此步入文坛,成为东北作家群的代表作家。全面抗战爆发后,她同当时的许多作家一样,投身到抗日斗争的烽火中。1938 年与端木蕻良结合,经武汉、重庆到达香港。在香港,她完成了长篇小说《呼兰河传》、《马伯乐》等。1942 年 1 月,萧红在寂寞中病逝于香港,年仅 31 岁。萧红的一生充满悲剧色彩,创作生涯只有短短的十年,却留下了十一本小说散文集。其中,《生死场》与《呼兰河传》是她的代表作。

《生死场》是萧红的成名之作,写于 1934 年 9 月,1935 年由鲁迅作序,作为"奴隶丛书"之一出版。小说描写 1921 年到 1931 年"九一八"事变之初,哈尔滨附近一个偏僻村庄的人民如同动物一样,在沉滞闭塞的生活中经历着"生、老、病、死"的轮回,以及日本帝国主义侵占东北后他们遭受到的更深重的苦难和为生存而被迫奋起的抗争。

全书共十七节,明显地分为前后两部分。前十节描写"九一八"事变前十年,农民愚昧麻木的非人生活。小说主要通过一些片断的情节,描写乡村人民生命意识的麻木,生存境遇的困苦和精神世界的荒凉:"在乡村,人和动物一样忙着生,忙着死……"人的生育甚至不如猪狗的生产,生命竟然毫无价值,而且流逝的时间没有改变这里的一丝一毫,一切都凝固在生死轮回中。在小说的这些描写中,处处流露着萧红对人的生存状态所特有的悲悯感。《生死场》不仅以悲悯之心描写了人的价值的泯灭和生命的浪费,而且揭示了造成这种生命无价值的原因。这不仅是由于"自然的暴君"和"两只脚的暴君"的淫威,同时也是由于封建文化制度造成农民精神世界的麻木,因此才导致价值的颠倒——"农家无论是菜棵,或是一株茅草也要超过人的价值"。小说后七节描写在日本帝国主义侵略下,农民生存意志的顽强和民族抗争意识的觉醒。东北沦陷后,日本侵略者烧杀奸淫掳掠,使农田荒芜,尸横遍野,即便是非人的生活也已经不可得到。血淋淋的现实把这些老中国的愚昧儿女从精神麻木中唤醒,开始走上抗日的道路。小说第十三节《你要死灭吗?》描写国家观念和民族意识觉醒后的农民"盟誓"抗日,在宏壮悲愤的典礼中,剔抉出乡间没有"死灭"的人心和民魂,力透纸背地照见了"北方人民的对于生的坚强,对于死的挣扎"①。

《生死场》没有贯穿全篇的故事情节,虽然描写了王婆、二里半、赵三、金枝、月英、李青山等人物,却没有集中笔墨去刻画这些人物性格。《生死场》的艺术力量主要是通过散文式的叙述和描写,渲染出一种情调和氛围,表达了作家对于北方农村人民的生存状态和精神状态的一种主观感受。作家的"情思"——对于国民性的悲悯的思想和情感,把人物、场景、情节的一些断片贯穿在一起,使全篇结构成为一个整体。

从 1937 年开始构思,1940 年底完成的《呼兰河传》是萧红小说艺术风格成熟的作品。她在《生死场》和许多短篇小说中表现出来的以抒情笔调写自我主观

---

① 鲁迅:《且介亭杂文二集·萧红作〈生死场〉序》,《鲁迅全集》第 6 卷,人民文学出版社 2005 年版,第 422 页。

感受,散文化的结构,善于刻画"沉默的国民的魂灵"等创作特点,在这部长篇中都有着更加突出的发展。萧红 1938 年在《七月》杂志座谈会上曾说过:"现在或者过去,作家们写作的出发点是对着人类的愚昧"①,这部长篇直接呈现的就是"人类愚昧"的悲剧和作者对于这人类灵魂受毒害的悲剧所感到的悲悯。

小说正是以这样的题旨贯穿了全书七章三个"单元"。第一二章描写小城的风情民俗。不仅以东二道街上大泥坑的象征性描写,凸现了小城人民的"泥坑"式生活状态和精神状态,而且描写了小城人民精神上的各种盛举,如跳大神、放河灯、野台子戏、娘娘庙会等,通过一系列风俗画的呈现,刻画了小城人民"为鬼神而不为人"的愚昧麻木。第三四章写自我传记片段,笔触由整个小城收束到"我家",并转换了叙述视角——"我"在童年的经历和见闻。作家在回忆中讲述了祖孙的亲情和后花园的乐趣,以及"我家"大院里的各种房客。在童心童趣的愉悦生活中,始终回旋着童年的寂寞和"我家是荒凉的"主调。从第五章开始,小说集中笔力讲述小城人物故事:第五章写小团圆媳妇的惨死,令人心灵颤栗地刻画了小城人民"愚昧的残酷"和"善良的杀戮",以及小城人民普遍的"看客"心态。第六章写有二伯的精神扭曲和心理病态,塑造了一个介乎阿 Q 式的奴隶和焦大式的奴才之间的形象。第七章写磨倌冯歪嘴子违背礼俗的婚姻,以及妻子病死后他的顽强的生存意志,在全书的悲哀色调中升腾出一线希望。

作者立意为呼兰河小城作传,采用了先"小城"后"我家"、从概括介绍到具体叙述的艺术构思。"家园"意象在这个艺术构思中显然占据着中心位置。现实中的家园已经沦陷,暂时不能复返;于是只能在童年回忆的家园中寻求精神的皈依,然而不幸的是,童年回忆中的家园却又是那样的荒凉和寂寞,使人不敢皈依,却又只能皈依,作者的思想和情感是极为复杂的。这也正是东北流亡文学中的"家园"意象所承载的复杂内涵和更深一层的题旨。全书以童年的回忆展开,采用全知叙事和限制性叙事相结合的叙述视角:前两章采用第三人称,成人视角,全知叙事;后五章采用第一人称,童年视角,回忆性笔调,限制性叙事。前四章类似散文,后三章则更像是可以独立的短篇小说。萧红采用东北"唠嗑"式的话语风格,把叙述、描写、抒情、议论糅合在一起,自由出入于童年回忆和成人思考之间,突破了小说常规的限制,为现代散文化小说的发展提供了新的文体和风格。

《呼兰河传》所显示出来的这些艺术特色,在萧红的一些优秀短篇,如《手》、《牛车上》、《小城三月》中同样有着突出的表现。这些作品或描写出身染坊家庭的乡下姑娘因为有一双黑手,在求学中备受欺侮,并被赶出学校的痛苦辛酸的故事,或描写农村妇女讲述自己丈夫因当逃兵而被杀害的悲惨故事,或刻画封建婚

---

① 《现时文艺活动与〈七月〉》(座谈会纪录),1938 年 6 月《七月》第 3 集第 3 期。

姻制度造成的凄婉动人的爱情悲剧,都采用第一人称儿童视角,幼年生活回忆的写法,打通小说与非小说之间的壁垒,不仅延续了新文学运动以来的启蒙主义和人道主义思想,拓展了鲁迅改造国民性的主题,而且给现代小说带来新的叙述视角和描写内容,创造出一种介于小说、散文和诗之间的小说样式,发展了现代小说的诗性特征。

端木蕻良(1912—1996),原名曹京平,满族,辽宁昌图人。1932年加入北平左联,主编北平左联机关杂志《科学新闻》,同年考入清华大学历史系。1933年秋北平左联遭到破坏后,在天津完成长篇小说《科尔沁旗草原》,并开始与鲁迅通信。1935年底前往上海,在鲁迅、茅盾、胡风、王统照等作家的关怀下,1936年开始发表短篇小说,受到文坛重视,出版有短篇小说集《憎恨》、《风陵渡》。1938年后,陆续出版了以审视"人与土地"和"人与家族"为中心内容的《大地的海》、《科尔沁旗草原》、《大江》等多部中长篇小说,以及剧本、文学评论、诗歌、散文和译作等。晚年创作了长篇小说《曹雪芹》。

长篇小说《科尔沁旗草原》是端木蕻良的代表作。小说以"直截—横切"的结构方法,在大家族演化史的叙述中展开社会经济的分析。前三章以"直截面"手法描写丁氏家族二百年间聚敛土地资本的发家过程,呈现丁氏家族"不同年轮的历史"。后十六章用"横切面"手法描写丁氏家族经济由土地资本向商业资本和金融资本转变过程中的衰变,以及地主家族的腐败、农民与地主的冲突、胡子与地主的争斗等,全面展开家族衰败过程中的"各方面的姿态"。由于作者亲历过"大家族史的演换",并运用科学的社会理论"分析过这草原上所有的社会的机构"[①],所以小说通过科尔沁草原大地主丁氏家族兴衰史的叙述,侧重从社会政治经济的角度揭示"人与家族"、"人与土地"的基本主题,在家族衰败史的描写中展开社会剖析,不仅解析大家族没落衰败的社会历史原因,而且分析东北农村社会经济结构的演变,从而拓展了茅盾开创的社会剖析小说的叙述模式。

《科尔沁旗草原》以电影剪接式的镜头和画面奏出多重旋律,不仅有丁氏家族的发迹和衰败,东北农村社会经济结构的变迁,农民的苦难和反抗,以及近代以来民族的屈辱,而且以主要篇幅正面刻画了贵族知识分子丁宁的心灵史——丁氏家族末代子孙与家族、土地的复杂情感和纠缠。丁宁的性格复杂而矛盾,他接受了托尔斯泰人道主义与尼采超人哲学的影响,是一个尚未成熟的热衷于思考的青年知识者,一个阶级矛盾和民族矛盾剧烈冲突时代的忏悔贵族。他渴望在科尔沁草原把自己锻炼铸造成为"新人",冲决家庭和父辈腐败堕落的纠缠,但他却无法成为"新人"。沃野山林、大漠新风、纯洁少女,并不能淘洗他的灵魂。

---

① 端木蕻良:《科尔沁旗草原·后记》,开明书店1939年版。

水水和春兄的被害使他无比痛愤,平息农民"推地"风潮带来的却是幻灭的悲哀和自我的嘲讽,最终,他只能高喊着"奔向新的生活",逃离大草原。小说以哈姆雷特式的优柔,唐·吉诃德式的莽撞,聂赫留道夫式的忏悔,尼采式的超人心态,托尔斯泰式的贵族气息等,成就了丁宁精神气质复杂多变的内涵,也成就了三十年代初期另一类知识者的典型。

《科尔沁旗草原》显示出端木蕻良的小说创作具有多副笔墨兼备杂糅的特点,既粗犷豪放,又温馨旖旎。这种风格的多样性在他的一些优秀的短篇小说中同样表现出来。《鹭鹭湖的忧郁》讲述了一个笼罩着月与雾的"忧郁"的夜晚,两位年轻的看青人与偷青者的故事,刻画了东北农民生存的困苦艰辛。小说以冷隽的笔调把几个场景组接在一起,精心营造的"月"和"雾"的意象,使得悲剧性的故事情节安置在一个朦胧的氛围中,从而创造出沉郁而哀婉的诗意诗境,韵味深长。《遥远的风砂》描写东北抗日部队的一支小队,在队长"双尾蝎"的率领下,奉命前去收编"煤黑子"的土匪队伍途中发生的冲突与战斗。通篇在大漠风沙、战马嘶鸣、土匪黑话和激烈枪战所刻意营造的紧张野性的氛围中,生动传神地刻画了"煤黑子"这个善恶交织、美丑集于一身的东北土匪形象,不仅揭示了东北土匪本质上的两面性,而且也从一个侧面呈现了东北抗日部队成长的艰难。《初吻》采用童年回忆视角写女性悲剧性命运,蕴涵着多重寓意。小说在父辈"始乱终弃"的故事框架下,通过一个聪慧早熟少年前后两个时段的经历、认知、感觉与幻觉——"我"与灵姨之间的类乎俄狄浦斯情结的复杂关系,不仅描写了男性世界与女性世界的对立,女性世界对男性世界的屈从,而且也描写了"我"的心灵成长史。当小说的结尾"我"发现灵姨不过是父亲的依附者与施虐的对象时,也就颠覆和解构了"我"在初始阶段所建构的幻美神秘的女性世界,"我"也将走出少年时代。小说采用真幻交织的描写方法,在温馨旖旎中寄寓着复杂的情感。

此外,舒群有名篇《没有祖国的孩子》,骆宾基则在四十年代有更大的发展。

第十一章
巴金和老舍的创作

第一节　巴金的文学创作历程

　　巴金(1904—2005)曾是二十世纪三四十年代中国热血青年为之倾心的青春偶像型的作家,他自称是"五四运动的产儿"[①],他的创作经历和思想发展,鲜明地体现出五四新文化影响下的中国一代知识分子求索、奋进、彷徨、突围的心路历程。他是一个有个性的作家,他所经历的独特的思想道路和写作道路,在文学史上有着相当典型的意义。

　　巴金原名李尧棠,字芾甘,早年曾用笔名黑浪、佩竿等,1929年发表小说《灭亡》时用笔名巴金,以后遂成为主要用名。巴金出生于成都的一个官僚地主的家庭。因父母过早去世,他从小受到其他房长辈的欺压,对大家族的形式与道德产生了直感的厌烦,推而论之,他对压制人性、妨碍青年人个性发展的整个专制制度也都深恶痛绝。五四前后,来自西方的各种文化思潮深深影响了巴金这一代寻求个人出路的苦闷青年,为他们打开了一个不同于自身处境的新世界,俄国无政府主义理论家克鲁泡特金的政治演说《告少年》、波兰民粹派作家廖亢夫的剧本《夜未央》,以及国际上一些无政府主义活动家的宣传文章,不断激发起他内心的热情和献身的愿望。巴金很快就成为一个无政府主义的信仰者,他宣布:"我现在的信条是:忠实地生活,正当地奋斗,爱那需要爱的,恨那摧残爱的。我的上帝只有一个,那就是人类。"[②]这种"人类至上"的思想后来成为巴金的人道主义思想的基本核心。同时,他渴望通过革命行动改变眼前不合理的社会现实,梦想着消灭人类的不公正和不平等,建立一个万人安乐和幸福的社会。巴金从无政府主义信仰出发,形成了独特的反对专制和强权、追求个性发展和自由独立的思想,他和同时代的众多青年人一样,很快就融汇到五四的时代洪流中。

---

①　巴金:《随想录·五四运动六十周年》,《巴金全集》第16卷,人民文学出版社1991年版,第66页。
②　巴金:《海行杂记·两封信》,《巴金全集》第12卷,人民文学出版社1989年版,第52页。

1923年,巴金离开成都的大家庭,先后在无政府主义思想比较活跃的上海和南京等地求学,不断联合同道,从事社会活动。在一种混合着青春热情和献身激情的贫苦生活中,巴金狂热地宣传自己的信仰,他甚至宣称:"无政府主义是我的生命,我的一切,假若我一生中有一点安慰,这就是我至爱的无政府主义。在我的苦痛与绝望的生活中,在这残酷的世界里,鼓励着我的勇气使我不时向前进的,也是我所至爱的、能够体现出无政府主义之美的无政府主义的先驱者们。对于我,这美丽的无政府主义理想就是我的惟一光明,为了它,我虽然受尽一切的人间的痛苦,受尽世人的侮辱我也甘愿的。"[1]无政府主义信仰在巴金的文学创作中烙下了深刻的印痕。他早期投入社会运动,曾为实现自己的社会理想而奔波,直到1927年后国民党建立了统一的国家政权并且在随后的"黄金十年"逐步巩固,无政府主义运动彻底瓦解以后,他才将这种剩余的政治热情与无可奈何的失望情绪倾吐在艺术创作之中,用他的文学活动来宣泄已经死亡的政治激情。他常常说:"我有感情必须发泄,有爱憎必须倾吐,否则我这颗年轻的心就会枯死。"[2]这种创作心理只有放在他的信仰背景下才能体会到其真诚性;而且,巴金是在政治信仰变得渺茫以后才去从事创作的,他在创作中很少正面宣扬他的信仰,更多的是通过对绝望的感情的抒发,在审美意识上曲折地表达出特有的理想色彩。他崇尚个性的绝对自由,追求高尚而抽象的道德人格,对黑暗的社会现状采取彻底的反抗态度,这都决定他的抒情风格必然带有强烈个性,它是绝望的、倾诉的和狂热的。他总是一遍又一遍地写青春的毁灭,死亡的痛苦,人生的不堪忍受,以及年轻的恐怖主义者在暴力中毁灭敌人也毁灭自己的同归于尽……这种紧张、热烈,充满着生生死死、爱爱仇仇的故事曾对当时的年轻读者产生极大的诱惑力,也构成了巴金审美风格的主要特征。

　　1927年2月,巴金远赴法国,这是他生活和思想的一个新的起点。到达巴黎不久,在国际无政府主义运动的刺激下,在远离祖国的寂寞和敏感中,巴金开始了中篇小说《灭亡》的创作,于次年完成,1929年连载于《小说月报》。在这部小说中,巴金借助无政府主义革命家杜大心这一艺术形象,描述了自己参加社会活动以来的心灵历程。这部作品并不成熟,在结构和语言上有很多毛病,但是它真实地反映出某些青年知识分子在恐怖政策下的绝望、激愤与追求反抗的心理。杜大心是一个带有小资产阶级狂热性的革命者,他患有严重的肺结核病(巴金本人当时也有肺结核病),这在当时的环境下是不治之症,于是他忍受着极大的生理痛苦,为反抗专制统治而拼命抗争。肺病使他看不到个人的前途,而强大的黑

---

[1]　巴金:《答诬我者书》,《巴金全集》第18卷,人民文学出版社1993年版,第179页。
[2]　巴金:《谈〈灭亡〉》,《巴金全集》第20卷,人民文学出版社1993年版,第380页。

暗环境又使他看不到人类的前途。虽然,他也被人爱过,但个人的爱情远远抵不住他面对人类苦难时产生的绝望,他终于自愿走上了灭亡的道路,以求用一死来获得永恒的安宁。当一个工友被敌人杀头以后,他企图用暗杀活动来平息内心的痛苦,最后牺牲了自己。这样一个以暴抗暴的英雄形象出现在恐怖笼罩中国大地的1929年初,理所当然地会引起社会的强烈反响。

《灭亡》使巴金顺利走上了文学的道路。回国以后,他把写作看作是自己不可缺少的一种生活方式,在创作中倾吐内心的痛苦。他居无定所,边创作边旅行,奔波于上海、北平、福建、广东、日本等地,写下了大量的小说、散文和随笔。直到1935年,巴金担任了文化生活出版社的总编辑,才结束了漫长的流浪知识分子的漂泊生活。文化生活出版社是一家凝聚着知识分子理想的出版社,创办之初曾经得到过鲁迅的大力支持,成为鲁迅晚年最信任的文学团体之一。鲁迅去世后,巴金自觉继承了鲁迅的精神,团结大多数追求进步的青年作家,继续编辑出版了《文学丛刊》、《译文丛书》等大型丛书,积极介绍青年作家的作品,为二十世纪三四十年代的文学发展作出了重要的贡献。1937年,全面抗日战争爆发后,巴金辗转广州、昆明、桂林、重庆等地,一边写作,一边编书,直到抗日战争结束后,他又回到了上海,从此定居下来,在上海度过了半个多世纪。从1929年到1949年底,巴金的创作激情几乎像火山爆发似的,一共创作了18部中长篇小说、12本短篇小说集、16本散文随笔集,还有许多翻译作品,成为这一时期中国文学中最重要的作家之一。

在巴金的创作中,中长篇小说创作占了主要地位,其中又以两大题材的系列创作最为显著。其一是表现社会革命,表现知识分子寻求真理的题材系列,包括《灭亡》(1929年)、《新生》(1933年)、《爱情的三部曲》(即《雾》1931年,《雨》1933年,《电》1935年)、《火》的第一部(1940年)、第二部(1942年)等;其二是表现日常家庭生活,抨击旧式家庭制度的题材系列,主要有《春天里的秋天》(1932年)、《激流三部曲》(即《家》1933年,《春》1938年,《秋》1940年),还有《火》的第三部(1943年)、《憩园》(1944年)、《寒夜》(1947年)等。这两大系列创作曾在社会上发生过重大影响。

表现社会革命,探索青年知识分子寻求真理的心路历程的创作系列,在艺术风格上基本是《灭亡》的延续。这些作品中凝聚了作家青年时代的生活斗争经验以及社会运动失败的激愤情绪,表达了作家面对社会现实,满腔愤怒又无处发泄,渴望斗争却找不到战场的绝望心理。作家常常把自己的文学叙事称作"诅咒",这"诅咒"本身就包含着反抗的火种,但这又是没有实际行动、无可奈何的反抗,所以笼罩着忧郁的阴影。代表作为《爱情的三部曲》,分别由《雾》、《雨》、《电》三个中篇组成,着重描写了一群不满现实的青年知识分子的恋爱与斗争生活。

在这个系列小说中,作家有意模仿俄罗斯作家屠格涅夫的创作方法,力图在人物的恋爱过程中把握其真实性格,暗示出他们对人生、革命以及信仰的态度。《雾》写了两个性格相反的知识分子,一个是革命者陈真,身患重病,但他整个身心都投入到革命工作中,拒绝与女性接触,只是在内心的苦恼折磨与没日没夜的工作中消耗自己的生命,这个形象显然又是杜大心的翻版。另一个是周如水,他懦弱、寡断,对生活缺乏追求的勇气,他明明与一个女子真诚相爱,但不敢割断与旧礼教的联系,终于失去了自己的幸福。在《雨》中,陈真与周如水都意外地死去,他们的朋友吴仁民成了小说的主人公。吴仁民的性格与陈、周相反,他热情洋溢,精力充沛,他对现实充满了激愤之情,却又无所事事,扮演了一个"多余人"的角色,把精力浪费在一场三角恋爱的悲喜剧中。作家通过吴仁民的种种变态心理的刻画,比较真实地揭示出知识分子面对社会黑暗现实而产生的软弱、动摇、浮躁的心理。《电》描写了一群知识分子在福建晋江从事无政府主义的革命活动,他们在学校、工会、妇女会等各方面公开同军阀斗争,但由于环境的残酷和团体缺乏严密组织,他们的活动遭到了军阀的镇压,这些年轻的战斗者,一个个庄严地活着,一个个勇敢地死去,把置身恐怖下的战斗者的心理表现得相当透彻。在这部小说里,作者正面提出了无政府主义信仰与恐怖主义反抗策略的问题,敏是中国文学史上难得出现的一个恐怖主义者的形象,他从一个和平、软弱的知识青年发展到以死报死的恐怖主义革命家,其心理种种变化与外界的种种刺激相辅相成、步步深入,真实地揭示出这类人的生命悲剧从何而来。巴金本人并不赞成恐怖主义活动,但他通过艺术形象的塑造为这类人留下了真实动人的英雄主义剪影,至今仍然有着重要的认识价值和审美价值。同时其在结构布局上比较有新意,很奇特,故事情节几重并发,就如一道道闪电,同时在人们眼前划过,稍纵即逝,而且文句干练简洁,在巴金的作品中较有特色。

描写家庭生活,抨击旧式家庭制度腐朽的创作系列是从《激流三部曲》的第一部《家》为起点的,它凝聚了作家少年时代在家庭中获得的种种生活印象与人生经验。《激流三部曲》是一个整体,以一个四代同堂的旧式大家庭为背景,描写了家长们如何利用旧式家庭的教育和伦理观念,经包办婚姻而把一个个善良、懦弱的青年男女推上绝路。他们自己荒淫无耻地挥霍祖上产业,最终也挖空了家庭的根基,使大家族在风雨飘摇中自行崩溃。这个"家"本身具有象征性,又是依据了作家自己的生活经验,所以具有较高的认识价值和审美价值。在《家》中,作家着重写了高家祖孙之间的矛盾冲突,写了家长高老太爷如何在绝望中死去,孙儿一辈的高觉慧如何冲破家庭的束缚,奔向广阔的天地。在《春》中,作家又引入了另一个大家庭周家,对照地写了父女两代人的冲突,并以两个女性的不同结局——淑英受了俄国民粹革命党人故事的影响,敢于反抗父亲包办的婚姻安排,终于在表兄们的支持下逃离家庭,走上新生。蕙却因生性怯懦只能默默地放弃自己所爱的人,服从父命,被迫嫁给一个自己不爱的男子,终于郁郁而死——为青年人反对封建家庭专制指出了道路。《秋》的气氛更加悲哀、肃杀,留在高家的地主们一个个沉溺于声色,加速自行灭亡,而那些无力反抗家长压迫的弱小者,心灵上、生理上都加倍地受到摧残,不可挽回地成了旧制度的陪葬,为这毫无价值的生活方式增添了牺牲品。从《家》到《秋》,不但小说的基调从高昂转向低沉,而且在叙述方式上也由主观的倾诉型转向客观的叙述型。尤其是《秋》,几乎没有什么故事线索,作家由着生活状态的自然发展,如实地记录了这个地主家族一天天的败落趋势,大量的生活细节描写支撑了小说的框架,读起来感到琐碎、沉闷、冗长,但小说的艺术效果也令人感到更加逼近生活。从《家》到《秋》,《激流三部曲》花了巴金将近十年的时间。《秋》发表于1940年,当时作者的叙事风格已经开始转变,到了1944年发表的中篇小说《憩园》,一种新的风格已经定型,小说的技巧也更加圆熟。《憩园》是巴金在抗战后期创作的一部重要小说,从题材上说,它是发表了《激流三部曲》的一个分支,将其中的一个纨绔子弟的故事进行了移植与重新创造。小说的主人公杨梦痴与《激流三部曲》中的高克定是同一个生活原型,作家放弃了高家的故事改写杨家,在形象塑造上有了更大的自由,但其精神气质仍是一脉相承的。杨梦痴不务正业,沉湎于吃喝嫖赌之中,肆意挥霍祖产,终于在败落以后被家人驱赶出门,沦为乞丐,潦倒而死。但作家没有像《激流三部曲》那样对这个人物一味谴责,而且从更加广泛的人性角度,探讨了旧式家庭教育的缺陷,伦理的悲剧以及人与人之间缺乏沟通而造成的冷漠环境。巴金最后一部长篇小说《寒夜》也是属于家庭系列的故事,但已经完全摆脱了高家大院的阴影,展示了一个五四新文化背景下新型家庭的破碎。

巴金还创作了大量的散文,有《海行》(1932年)、《旅途随笔》(1934年)、《忆》(1936年)、《旅途通讯》(1939年)、《生之忏悔》(1936年)、《点滴》(1935年)、《黑土》(1939年)、《梦与醉》(1938年)、《龙·虎·狗》(1942年)等,有的是回忆录,有的是游记随笔,也有的是杂文、序跋、怀人抒情的散文等。由于体裁样式的不同,作品的特点也各异,一般游记写得比较随意,融抒情、议论、叙述为一体;有的抒情散文,结构相当精致,寓意深远。但热情、坦率、真诚地把读者当作朋友,敞开他的胸怀,喋喋不休地倾说着心中的感情,是巴金散文始终如一的风格。巴金曾经说过"我的写作的最高境界,我的理想绝不是完美的技巧,而是高尔基《草原故事》中的'勇士丹柯'——'他用手抓开自己的胸膛,拿出自己的心来,高高地举在头上'……我要掏出自己燃烧的心,要讲心里的话。"[①]这一美学风格在他的散

---

① 巴金:《探索集后记》,《巴金全集》第16卷,人民文学出版社1991年版,第273页。

文里表现得尤为鲜明。

1949年以后,巴金与大多数留在大陆的知识分子一样,一方面获得了比较高的社会荣誉和社会地位,过着安定而舒适的生活,另一方面又不得不为了保住这种良好的生活状况而忍受甚至附和"思想改造"、"反胡风"、"反右"、"拔白旗"等政治运动对知识分子的各种迫害。在那压抑个性的日子里,巴金虽然还在不停地创作,但其风格渐渐变了,向读者敞开心胸说真话、吐真情,写自己所熟悉的生活和人物的作品越来越少,而迎合当时的政治指令,写自己所不了解的事情而盲目表态的作品越来越多,虽然在这些作品中,热情词藻依旧,但由于写作的主题都是与某一历史阶段的政治中心主题联系在一起,例如"抗美援朝"、"大跃进"之类,随着时过境迁,其文学价值也就所馀无几。巴金在"文革"结束以后,深感丧失个性的可怕,终于在自我忏悔中重新提倡独立思考和说真话,恢复了一个知识分子的责任感与社会良知。

"文化大革命"中巴金与所有的知识分子一起经受了劫难的磨炼:在这"地狱"与"炼狱"中,巴金以极大的毅力忍受了失去爱妻的痛苦,在还没有恢复自由的恶劣环境下,默默地翻译俄国十九世纪思想家赫尔岑的回忆录,通过这位伟大的革命先行者对沙皇专制的诅咒来宣泄内心的悲愤。"文革"后当他重新出现在读者面前时,已经是一头苍苍白发的老翁了。对历史和自身经历的深刻反省,使他的人格发展显示出良知复苏的巨大威力,他开始克服老年人的生理障碍,一字一句,十分沉重地写作《随想录》,集回忆往事、反省历史、议论时事、重抒理想之大成,以"讲真话"为纲领,见证了近四十年来社会历史所发生的巨大变化和知识分子人格磨难的坎坷历程。由于这一百五十篇"随想"触及当代中国文化生活中的各种争议、冲突和斗争,熔铸了老人丰富的政治斗争经验和独立思考的良知,其中许多篇章的发表都引起了社会的震动和人们的争议,激发起人们特别是知识分子的思考和自省,并且鼓励了老中青三代知识分子坚持"说真话"的勇气,《随想录》发表后,不管人们怎样看待它,怎么议论它,它已经成为一个不容抹杀的当代思想文献,产生了巨大的影响。正如巴金一再推崇的法国作家左拉为德莱斐斯冤案申辩是挽救了法兰西的名誉一样,巴金的《随想录》也同样挽救了四十年来在历次政治运动中怯懦偷生的中国知识分子的名誉。在九十年代,巴金以自己老病中的行动来昭示他的人格和思想,他把大部分的精力用于编校26卷本的《巴金全集》和10卷本的《巴金译文全集》的工作,他看校样,回顾往事,写短文和回忆,真实地回顾了自己一生的创作道路、思想道路以及人生道路,同时在最后一本文集《再思录》里也说出了一些《随想录》时期没有完全说出的真实思想。

第二节 《家》与《寒夜》的思想艺术特色

《家》最初连载于1931年4月—1932年5月的《时报》(中间有两次停载),原题为《激流》。1933年出版单行本,改书名为《家》,为《激流三部曲》第一部。据统计,自1933年到1951年,开明版《家》印行32次,平均每年将近要开印两次;从1951年起由人民文学出版社重排新版,到1985年又印行了20次,排除"文革"十年外,几乎也是每年开印一次。这还不计收入各种全集或选集中印行的数字,并且《家》还被改编为各种影视作品和戏剧作品,所以,它当之无愧地成为新文学史上最畅销的作品之一。[①]

巴金在《〈激流〉总序》中声称:"在这里我所要展开给读者的乃是过去十多年生活的一副图画,自然这里只有生活的一小部分,但我们已经可以看见那一股由爱与恨,欢乐与受苦所构成的生活的激流是如何地在动荡了。"[②] 这股生活激流正是作品所描写的——中国年轻一代在专制的文化传统中如何被吞噬,或者由挣扎到斗争等不同命运的生活历程,作者是带着强烈的情绪色彩来描写这一过程的,他呼号,他控诉,并通过一幅幅生活的画面,来揭露专制的传统势力的罪恶、不义以及它不可挽救地走向末路的命运。少年时代的生活经验帮助他实现了这一艺术使命,使他跳出早期创作中过于情绪化的局限,沉浸到血肉的实际生活中去,以逼真的生活细节和真切的生活情感来完善这部作品的现实主义的艺术成就。

其实小说中描写的高家并非是作家少年家庭的真实写照,而是具有深远的象征意义,作家把它描写成一个典型的中国旧式社会结构的组织:四世同堂的家庭结构,金字塔式的家长专制地位,以及与此相关的一整套诗书礼教的道德规范。在作家的笔下,高家仿佛是一个硕大无比、浸透毒汁的蜘蛛网,让那些天真、怯弱、善良的少男少女陷落在网中作徒然的挣扎,直到耗尽体力,走到生命的终点。小说里以三条人命案——鸣凤、梅和瑞珏的死,勾勒出这么一幅冷酷得令人发怵的可怕图景。在高家,鸣凤是贫贱丫环,梅是贵族小姐,可是她们面临着一个同样的命运:没有人尊重她们作为一个人的自由意志。中国的传统文化制度的最大特征就是"尊卑有序"、"上下有别",当这种特征渗透到人们的意识深处,支配着人们的日常生活时,它才表现出真正的残忍。这在瑞珏的悲剧中体现得最为明显。瑞珏的身份不同于鸣凤,也不同于梅,她出身名门,贤淑温柔,既是

---

① 根据人民文学出版社的《巴金全集》第1卷扉页说明提供的数字。
② 巴金:《〈激流〉总序》,《巴金全集》第1卷,人民文学出版社1986年版,第4页。

高家的长房长媳,又是高家第四代重孙的母亲。可是在这传统的旧制度和旧道德中,不管她的地位多么高贵巩固,作为一个女人,她应有的权利仍然得不到保障。人们(包括她的丈夫)情愿保护死去的高老太爷的尸体,也不愿或不敢去保护活着的少奶奶。这就是作者所一再重申的"我所憎恨的并不是个人,而是制度","我要向一个垂死的制度叫出我的 J'accuse(我控诉)"①的思路轨迹的体现。

巴金总是强调,在生活中制造悲剧的真正元凶不是个人,而是个人背后的旧制度。这是他刻画反面形象的一个基本原则。但是,旧制度是依赖于人而建立、而实现的。当人们为维护、顺从旧制度行事时,这些人本身就成了旧制度人格化的对象。作者塑造的高老太爷正是扮演了使这个旧制度人格化的角色,他赖于传统旧制度而淫威,旧制度又赖他的行为而实施。这就是作者对这一问题进行长期探索、思考的一个充满理性色彩的结论。

在小说中,高家克字辈人物可以分为两类:迂腐的卫道士和荒淫的纨绔子弟。前者代表是克明,后者代表是克安和克定。高老太爷作为他们的父亲两者兼而得之。他既以卫道士自居,对子孙"教孝戒淫",反对一切新事物;又偏以风雅自命,不但年轻时风流荒唐,而且在衰朽之年还玩小旦,娶姨太太,那个满身恶俗气的陈姨太,正是高老太爷的腐朽灵魂与低劣审美趣味的最好注脚。可以这样说,这个艺术形象最集中地体现了专制体制下的统治者的基本德性与特点。从作品所提供的情节来看,高老太爷本人并不残忍,他一生宦海沉浮,广置田产,修建房屋,造就了这份大家业,并且实现了中国传统社会最圆满的家庭形式——四世同堂。小说第十三章所描写的高老太爷望着一家团聚的热闹景象所发出欣慰的笑容,是符合人物性格特征的。高老太爷与这个家庭的儿孙辈之间不需要也不必要具备残忍这个性格因素,他只是这个大家庭的创始人,一个恪守旧道德的家长。然而问题也正在这儿,当他依藉着旧制度和旧道德来统治这个家庭的时候,传统制度和传统道德的残忍性就不能不借助于他的人格体现出来。小说中每一桩血泪故事,追根溯源,都直接或间接地牵连到他,他成为罪恶与惨剧之间的因果纽带。不管他个人品质如何,甚至不管他活着还是死了,人们都可以借助他的名义来体现旧制度的一切残忍本质。他嫁丫环,想抱重孙,甚至死后受到亲属的迷信保护,都不算残忍,可是当这一切发生在缺乏人性的传统制度下,就酿成了一桩桩人命惨剧。他既然成为专制制度的人格化,当他统治这个旧式家庭的时候,就不能不依赖旧制度最主要的统治手段:专制。他靠专制建立起自己

---

① 巴金:《关于〈家〉》,载《巴金全集》第 1 卷,人民文学出版社 1986 年版,第 442、443 页。《我控诉》,法国小说家左拉(1840—1902)的一篇文章的题目。

在这个王国中的绝对权威,人们也乐意利用这个专制的偶像来为旧制度本身的腐朽与罪恶打掩护。"这是老太爷的意思"成为一句口头禅挂在高家主人们的嘴边,任何伤天害理的事情只要推出这块招牌就通行无阻。这就给高老太爷造成一种自我陶醉的幻觉,以为他真的能够按照自己的意志来统治和主宰这个王国。正如他所说的:"我说是对的,哪个敢说不对?我说要怎样,就要怎样做。"

正因为高老太爷是旧制度的人格化,所以他的荣衰都取决于旧制度本身的命运。当传统旧制度行将灭亡时,高老太爷的专制、权威、招牌都不足以挽救这个制度内部的腐烂与日趋衰败的前途。他能在表面上打儿子,斥媳妇,靠发脾气来震慑家奴,但他无法驱除徘徊在心灵上的一种末世感。高老太爷最后的死是颇有象征意义的,作者描写了他在极度失望之后产生的幻觉:"他隐隐约约看见他的儿子们怎样饮酒作乐,说些嘲笑他和抱怨他的话。他又看见他的孙儿们骄傲地走在一条新的路上……他自己衰老无力地躺在这里。"这是导致他死亡的两大原因:纨绔子弟的荒淫无耻从内部蛀空了旧式大家庭,新一代人叛逆者又从外面动摇了这个制度的根基。一叶落而知近秋,他的死,敲响了封建制度的丧钟。

与中国传统的家庭小说不同,巴金没有让黄泉路近的封建家庭出现一个"兰桂重放"的大团圆的结局,与西方批判现实主义的家庭小说也不同,巴金没有用冷峻的笔调为行将崩溃的旧家庭写出一曲无穷悲凉的挽歌。巴金是五四新文化运动的产儿,是一个政治热情高于艺术敏感的知识分子,歌颂理想的激流永远是他的小说的真正主题。巴金对旧式家长们的揭露与抨击的态度本身,只能说是一种战斗的、热情的产物。因此,他在小说中以更多的篇幅来刻画这个家庭中的年青人,即高家觉字辈的人物,以他们的行动、追求和遭遇,来展示新旧两种文化在现实生活中是如何冲击和碰撞的。

在觉字辈的人物中,作家着重描写了觉慧、觉民和觉新三弟兄的不同个性。觉慧幼稚、大胆,充满青春活力,并接受了当时作家所能理解的社会主义思想,因此他不是个人至上主义者,而是以改造社会为己任的少年革命家。他第一个冲出家庭牢笼,代表着青年人追求真理的道路。觉民则是一个个性主义者,他的思想和行为都留下了五四初期青年人从觉醒到反抗的发展趋向,他以个性主义为行为准则,敢于从家长手中争夺自己的幸福权利,在死气沉沉的家庭里代表着一种生气勃勃的青春力量。但他在《家》里还不具备革命者或者社会主义者的素养。作家塑造得最成功的是觉新。这是巴金为新文学提供的一个崭新的艺术形象。所谓的"觉新性格",已经超出了人物本身的意义,成为人类某种普遍性的悲剧。觉新首先是一个懦夫,同时又是一个清醒地认识到自己悲剧性命运的精神奴隶。他绝不是愚昧麻木,五四新空气使他和他的弟妹们一样,清楚地认识到旧家庭制度必然崩溃的命运,但他与他的弟妹们的根本区别在于,他本身又是这一行将崩溃的旧家庭制度的产物,他无法甩掉这个包袱,轻装前进。他整个人就是属于这个制度的,他是这个家庭的"长房长孙",担负着中兴这个家庭的历史责任,他无法想象自己离开了这种家庭的生活方式将会变得怎样。他处处维持着这个溃烂了的家庭,甚至为缓和它的内部冲突和崩溃命运而不得不去做它的帮凶。他一次次向恶势力退让,每一次退让都是以牺牲别人(包括他所爱的人)来换取一己的暂时安宁——为此,他也付出了惨重的代价。觉新的悲剧,是专制时代的一部分知识分子的悲剧,是以清醒的头脑眼睁睁地看着把善良的人们(最后也包括自己)送进坟场而无法摆脱的悲剧。他并不怀疑自己的悲剧性命运,但总抱着一丝幻想,祈求这最后命运晚一点到来,这似乎也带有一点儿悲凉的味道,由此产生了绝望、悲观、深度自卑以至精神崩溃等种种心态。这一形象对于现代中国的某些知识分子说来,是具有很大的概括力的。

在《家》中,高老太爷是以作家巴金的祖父为原型的,觉新是以作家的大哥为原型的,因此巴金在创造这两个艺术形象时抱着极为复杂的感情。对于高老太爷,他是采取比较严厉的批判态度的;对于觉新,他更多的是怀着怒其不争的遗憾,但由于这两个形象的原型来自他身边的亲人,在具体描写时又情不自禁地注入了作者血缘上的亲情感,使这两个人物含有很浓的人情味。尤其是觉新,作者满怀同情地描写着这个人物的种种弱点和不幸的遭遇,以致引起一些评论者的误解,指责作家对他的软弱性、妥协性批判不力。其实,一个作家对艺术形象所抱的态度,应该体现在描写之中,而不是外在的判断语。作家生动地描写了这个人一步一步走上绝路,并且内心深受煎熬的过程,已经表明了自己的立场和批判态度。而且作为一种艺术典型,它必然具备多重的内涵:他的善良、仁爱、忍辱负重、顾全大局、怯弱自私、痛苦与自虐等等,构成了人物性格多侧面的实体,以致成为某种知识分子心态的概括,这是无法用简单的是非标准来判断的。巴金早期的小说,总是以两分法思维来处理人物的关系,总是以壁垒森严的两种力量的对立来揭示人物的斗争,代表革命的一方总是青年知识分子、工人、流亡革命家……唯有《家》中,高老太爷和觉新这两个形象超越了这种脸谱化的障碍,依靠作者所拥有的血缘亲属之间的感情力量,淡化了脸谱化和概念化的因素,使之成为现代文学人物画廊中令人注目的艺术形象,这是情感力量对理性力量的超越,是现实主义反对概念化的胜利,也是艺术创作规律的胜利。

长篇小说《寒夜》从1946年8月开始在《文艺复兴》上连载,次年由上海晨光出版公司出版。这部小说是巴金创作生涯中的最后一部长篇小说,也是他后期创作的代表作。

巴金创作风格的转变从1942年中篇小说《还魂草》的发表就开始了,主要特点体现在《憩园》、《第四病室》、《寒夜》等抗战后发表的小说中。这种转变比较明显地体现在几个方面:一是"家庭"观念的变化,在巴金前期的小说创作中,"家庭"是专制体制的象征,是青年追求自由和解放的对立物。而在他的后期创作里,"家庭"多了温情色彩,不再是青年人的对立物,而是寄托了作家追求人与人之间平等、相爱的理想的伦理组织。二是作家塑造英雄形象的热情逐渐向塑造平凡的小人物转化,杜大心式的浪漫知识分子的形象不见了,被日常生活中的压垮的"小人物"形象所取代。三是作家的人道主义的思想越来越显示出它的本色,"人类之爱"的思想在创作中表现得更明显,人性的描写更具有复杂丰富的内涵。而《寒夜》在艺术上集中体现了巴金创作风格变化的特点。

《寒夜》通过社会底层的一个家庭中三个人物的感情纠葛和凄凉命运,展示出现实社会的悲剧。作家依然描写了一个走向崩溃的家,但这个"家"已经不是传统的大家庭了,而是在新文化运动中产生的新型家庭模式:一对理想主义者因恋爱而同居,并产生出爱情结晶而形成的三口之家(核心家庭)。主人公汪文宣和他的妻子曾树生都是新文化运动中接受教育的知识分子,他们都是大学毕业,追求爱情与理想的统一,对生活充满信心与勇气。可是,由于日常生活中贫苦与疾病的折磨,特别是在长期仰人鼻息的社会环境中讨生活,他们的生活理念、个人性格、心理状态都不能不发生巨大扭曲。汪文宣成了一个可怜的小公务员,懦弱、多病、善良而无能;曾树生则凭着美貌当了资本家的"花瓶",必须不断应付着感情与经济两方面的压力。这种贫困以及心理的沉重负担给家庭带来严重危机,战争又为它下了一道催命符——汪母为逃避战祸来到重庆加入了他们的家庭,婆媳不和使原有的感情矛盾进一步复杂化,终于陷入无以自拔的悲剧。尽管这对知识分子夫妻很相爱,双方都想重温旧梦,不断地想着"你对我太好了",但一丝灯钨的温情无法与寒夜般的现实对抗,他们不能不走向破裂:曾树生随人他去,汪文宣在抗战胜利的欢呼声中吐血身亡。从故事情节的发展来看,"家庭"不再是"新人"的敌人和压迫者,而是他们相濡以沫的避难所,家庭的破裂也象征了这对理想主义青年的人生道路的彻底失败。

作家在小说里处处将个人的悲凉命运感与社会浮面上的喜庆场面作对照,艺术氛围上弥散着绝望的冷气,表明了作家对国家对社会的清醒认识。这种认识也代表了当时的知识分子普遍的社会良知和社会责任。作家没有将三个人物的冲突简单化地处理为新旧两种思想的冲突,而是将这种描写上升为文化变迁下的某种社会心态的概括。比如,小说中的汪母不是一个简单的思想守旧的恶婆婆的形象,她是一位善良、富于自我牺牲精神的母亲,但她却不是一个好婆母,她越是爱自己的儿子和孙子,就越瞧不起媳妇,但又不得不用媳妇挣来的钱来维持生活。为了维护自己的尊严和地位,她不得不拿起精神胜利法,以媳妇没有举行过旧式婚礼为理由,来作可笑的精神自卫,这种丧失了原先优厚地位的旧时代人物在现实生活大变动中的无奈、软弱的精神状态被刻画得入木三分。曾树生则是一个内心和生活都充满矛盾的个人主义者，作家没有过分地谴责她，反而写出了她的彷徨和艰难，以及在家庭、道德和情感等各种因素压力下的精神痛苦。她的离家出走，反映出一种反道德、重自我的新型现代女性的道德特征。在她的身上体现了作者对五四时期确立下来的一些新的道德规范和价值观念的反思。小说中刻画得最感人的还是汪文宣，虽然这是一个失败者，但他的善良性格和对人的爱心，始终闪烁着五四时代理想主义知识分子的高贵精神。作家刻画了一系列的生活细节，来描写他深深地爱着妻子，可是当他明确感到自己不能够给妻子带来实际的幸福生活时，尤其是感受到妻子的感情世界里已经容纳了他人的爱时，他虽然很痛苦，仍然鼓励妻子离开自己，去寻找新的生活未来。这让人联想到俄罗斯革命知识分子车尔尼雪夫斯基的著名小说《怎么办》里鼓吹的"新人"的道德思想，而巴金则在一个失败的小人物身上体现了这种英雄的崇高的理想主义伦理精神。

《寒夜》中没有人为安排的紧张情节，一切都是自然的、平凡的。作家把人物性格与社会悲剧结合起来，在广阔的社会背景下寻找人物命运的根源。整部作品在结构上仿佛没有刻意的布局，情节的每一场起伏发展，都是在一系列日常生活琐事中不知不觉地推进，小说如同现实生活一样朴素、自然，达到了艺术与生活浑然一体的效果。

第三节　老舍的文学创作历程

老舍（1899—1966）是一位自觉代表了现代下层市民的世俗想象和审美趣味的作家，他的为人和全部创作的语言风格的追求，都具有极为鲜明的个性。他一生中经历了两次创作高峰，分别以长篇小说和多幕话剧为其标志性的成就，在中国现代文学史上具有别人不可取代的贡献和地位。

老舍原名舒庆春，字舍予，出生于北京的满族旗人家庭。父亲是保卫紫禁城的一名护军，在抵抗八国联军攻打北京时阵亡，这使老舍的家庭陷入贫困的境地。老舍幼时上学读书都是靠一位乐善好施的刘大叔（后来当和尚，号宗月大师）的帮助，还曾因交不起学费从北京市立第三中学转到了免费供应食宿的北京师范学校。老舍的母亲虽备遭不幸，但却是一个性格非常坚强的妇女，她以缝缝补补养家糊口。贫苦的生活经历，母亲的品格熏染，令老舍对底层的生活伦理和世俗的审美趣味有着很强的认同感，"我自己是寒苦出身，所以对苦人有很深的同情。我的职业虽使我老在知识分子的圈子里转，可是我的朋友并不都是教授与学者。打拳的,卖唱的,洋车夫,也是我的朋友"。① 尤其是对以胡同和四合院为外形,以传统的仁义观念和现代伦理变迁为特点的古都北京的文化世情,老舍更是了然于胸。他后来曾经说过:"我生在北平,那里的人、事、风景、味道,和卖酸梅汤、杏儿茶的吆喝的声音,我全熟悉。一闭眼我的北平就完整的,象一张彩色鲜明的图画浮立在我的心中。我敢放胆的描画它。它是条清溪,我每一探手,就摸上条活泼泼的鱼儿来。"②这些情感和记忆都成为他日后写作取之不尽的宝藏。

1918 年师范学校毕业后,20 岁的老舍先是被任命为北京内城左区方家胡同市立第 17 高等小学兼国民学校校长,后又被提升为京师郊外北区劝学所劝学员。1922 年辞职,到天津南开学校任中学部国文教员。教师的职业有相对稳定的生活保障,很容易使他陷入小康的市民生活模式,因此与五四时期那些留洋接受了现代教育的精英知识分子很不相同,他的骨子里没有那么多的反叛情结和批判意识,对市民的安定生活非常满足,而不喜欢社会秩序发生动乱。老舍曾经说,他每月的薪水,除了孝敬母亲外,因为"感到世界上非常的空寂,非掏出点钱去不能把自己快乐的与世界上的某个角落发生关系。于是我去看戏,逛公园,喝酒,买'大喜'烟吃","也学会了打牌"③。他完全融进了小市民的生活方式之中,这种生活经验使得日后老舍的创作也成为新文学史上的一个"异端"。五四新文化运动对老舍没有太大的影响④,老舍的创作资源来自于民国初到三十年代的民间社会的文化形态。中国的民间社会总是处在被压迫、被漠视的状态,国家的权力意志很自然地强加于民间,使得民间原本的秩序和面貌被改变,原始的自在的生命状态被遮蔽被掩盖;而持启蒙立场的知识分子总是站在鸟瞰民间的位置上,一方面批判国家权力对民间的压迫,另一方面坚持对民众推行理想的改造方案,而民间的独立的因素也因此变得模糊不清。老舍自身就是市民社会中的一员,他作品中的爱与恨同市民社会的爱与恨是一致的,作为市民阶级的代言人,老舍甚至还是一个自觉的国家至上论者,在这些基本立场方面,老舍与五四新文学运动中产生的作家们是不一样的。

虽然老舍很早就有文学创作传世,但他真正的创作生涯是在旅居伦敦期间开始的。1924 年夏天,老舍赴英国伦敦大学东方学院任华语讲师,"二十七岁出国。为学英文,所以念小说,可是还没想起来写作。到异乡的新鲜劲儿渐渐消失,半年后开始感觉寂寞,也就常常想家……小说中是些图画,记忆中也是些图

---

① 老舍:《〈老舍选集〉序》,《老舍文集》第 16 卷,人民文学出版社 1991 年版,第 220 页。
② 老舍:《三年写作自述》,《老舍文集》第 15 卷,人民文学出版社 1990 年版,第 430 页。
③ 老舍:《小型的复活》,《老舍文集》第 14 卷,人民文学出版社 1990 年版,第 118 页。
④ 老舍曾经说过:"五四运动时我是个旁观者;在写《二马》的时节,正赶上革命军北伐,我又远远的立在一旁,没机会参加。"见老舍《我怎样写〈二马〉》,《老舍文集》第 15 卷,人民文学出版社 1990 年版,第 176 页。

画,为什么不可以把自己的图画用文字画下来呢？我想拿笔了。"①于是,陆续写成《老张的哲学》、《赵子曰》和《二马》三部长篇小说。《老张的哲学》最初连载于1926年下半年《小说月报》第17卷7至12号,其幽默的语言风格受到人们的重视。从此以后,老舍正式踏入文坛,成为一名多产的小说家。1929年在归国途中他滞留新加坡,又创作了长篇小说《小坡的生日》。1930年7月,他应聘为济南齐鲁大学文学院教授,以后,陆续创作了《猫城记》、《离婚》和《牛天赐传》等长篇小说,《黑白李》、《微神》、《断魂枪》、《月芽儿》等短篇佳作问世。老舍的小说里所描写的大都是老北京城里的普通市民,这些人物无论活动在欧洲还是异乡,其语言文化、生活方式仍强烈地打着北京市民文化的印痕。他们来自旧传统下的都市社会,随着旧的文化传统和生活方式被打破,现代性因素的侵入,在新旧的冲突中,老市民因为太落伍而显出"可笑",新市民因为趋时也同样"可笑"。老舍夸张这种可笑性,并以活灵活现的北京语言形成了独有的幽默感。老舍曾经说过:"穷,使我好骂世;刚强,使我容易以个人的感情与主张去判断别人;义气,使我对别人有点同情心。有了这点分析,就很容易明白为什么我要笑骂,而又不赶尽杀绝。我失了讽刺,而得到幽默。据说,幽默中是有同情的。我恨坏人,可是坏人也有好处;我爱好人,而好人也有缺点。"②他还说:"所谓幽默的心态就是一视同仁的好笑的心态……这种态度是人生里很可宝贵的,因为它表现着心怀宽大。"③这种写作风格在他三十年代前半期的创作中,一直占据着极其重要的位置。老舍在他幽默的表述和人生的戏闹中,一直力图勾画出某些国民的灵魂来,他写出了这些人的刻板、保守、中庸、好面子、自尊自傲、不知进取,既能够感受到市民的世俗生活之趣味,同时也为一种文化的封闭和枯萎而哀叹。

虽然老舍的作品中带着明显的对国民性的反省,但他的民间文化趣味和轻松的表达方式,却与很多新文学作家之间有着明显的距离。老舍以幽默滑稽的态度来处理严肃的生活现象,这在充满战斗情怀的新文学作家看来未免油滑。胡适对老舍的作品评价不很高④,鲁迅也嫌老舍太油滑⑤。他们与老舍的审美取向、生活取向都不一样。而老舍本人也与精英知识分子保持着距离,他一方面对

---

① 老舍:《我怎样写〈老张的哲学〉》,《老舍文集》第15卷,人民文学出版社1990年版,第165页。
② 老舍:《我怎样写〈老张的哲学〉》,《老舍文集》第15卷,人民文学出版社1990年版,第166页。
③ 老舍:《谈幽默》,《老舍文集》第15卷,人民文学出版社1990年版,第235页。
④ 见梁实秋《忆老舍》:"胡适先生对于老舍的作品评价不高,他以为老舍的幽默是勉强造作的。"收入《老舍研究资料》(上),第281页。
⑤ 鲁迅批评林语堂提倡幽默时说:"此为林公语堂所提倡,盖骤见宋人语录,明人小品,所未前闻,遂以为宝,而其作品,则已远不如昔矣。如此下去,恐将与老舍半农,归于一丘,其实,则真所谓'是亦不可以已乎'者也。"《鲁迅全集》第13卷,人民文学出版社2005年版,第151页。

于那种表现血与火的普罗文学不以为然,另一方面又自觉迎合新兴的文化消费潮流,他的不少作品都发表在《论语》、《宇宙风》这样的流行读物上,他的文化趣味和文化姿态也是市民知识分子所特有的。在他看来,国家的安定、富强、秩序都是第一位的,因为只有这样,市民才有好日子过。这种市民阶级天然的保守性,在老舍作品里体现得特别明显,所以他对待社会动乱以至革命激进的态度都是比较消极的。老舍是五四一代作家中少有对学生运动表示反感的人。他的小说《赵子曰》写学生运动,竭力渲染学生的暴力行为,而且这些激进学生们都是高谈阔论、不好读书、惹是生非之辈。

但是从另外一个角度来看,正因为他的创作资源与五四新文学的一般作家有别,才使他的创作展现了一个独特的艺术世界,那就是一个既藏污纳垢又生机勃勃的中国北方市民社会。在二十世纪三十年代的政治高压下,五四新文学的现实战斗精神的传统面临着挑战,而知识分子的人文精神的实践也越来越朝政治斗争的方面发展,以致逐渐异化为意识形态的斗争工具,老舍却以异常丰厚的社会生活经验巧妙地绕开了激烈的政治意识形态的战场,展现了一个生动活泼、有血有肉的民间社会,大大地开拓了新文学的艺术表现空间,使人道主义和人文关怀还原为对普通群众日常生活细节的关怀。这在三十年代的文学发展史上起过重要的作用。而老舍本人在长期的文学写作中,也渐渐地受到启蒙主义文化的影响,从中国社会每况愈下的现状中感受到知识分子的使命和责任。他创作了《猫城记》,改幽默为讽刺,开始向五四新文学的批判和启蒙的主流靠拢,严厉批判中国人的传统文化心理和所谓的"国民性"。这种批判也包含了他的绝望,这是一个小市民的绝望:对革命、反革命,统统绝望,这是老舍接受了五四新文学的启蒙和批判的创作观,但又是站在传统市民的立场上阐释他的政治理想的表现。1936年,老舍创作了《骆驼祥子》,以此为标志,表明了老舍的创作风格出现明显的转变:他拆除了早期的幽默滑稽的旧篱,开始转向沉郁的生命叩问,开始更加关注社会现实。还有一批中短篇作品,如《月牙儿》是一篇泣血之作,它讲述了母女两代人为生活的逼迫沦为娼妓的经历,以人道主义的笔调表现了底层人的不幸。但与流行的左翼文学不同的是,老舍不是从阶级压迫的角度来写这种不幸的,他是从妇女在性欲/穷困、自身/外在的双重压迫的角度来描写这个主题。《黑白李》虽然也赶上了描写革命者的颇为流行的主题,但老舍的处理方式仍然有着自己的特点,他写出了骨肉深情和潜藏在民间社会的伦理道义。

全面抗战开始后,老舍的市民阶级的国家至上思想转化为狂热的爱国主义,创作思想也相应发生变化,正如他自己所言:"抗战改变了一切。我的生活与我的文章也都随着战斗的急潮而不能不变动了。"①作为中华全国文艺界抗敌协会常务理事、总务主任，老舍在担负起这个组织的实际领导工作的同时，他的创作也融汇到"抗战"的时代共名之中，为了宣传抗日，他创作了大量的大鼓词等通俗文艺，以及《残雾》、《国家至上》(与宋之的合作)、《面子问题》、《大地龙蛇》等剧本。这一时期的长篇小说《火葬》，也是一部宣传抗日之作。但在抗战后期，老舍又反思了自己创作的教训，开始向原来的独特的创作风格回归，其代表作就是从 1944 年开始到 1949 年完成的长篇巨著《四世同堂》、《鼓书艺人》等长篇小说。而《四世同堂》将老舍的现实主义创作推向了高峰。1946 年 3 月，老舍应美国国务院邀请赴美讲学，在那里他边创作边与美国学者合作，将自己的代表作相继译成英文出版。

　　1949 年 12 月，老舍从海外应召归来，先后担任了如政务院文教委员会委员、中国文联副主席、中国作协副主席、北京市文联主席等社会职务。这以后，他以巨大的热情写下了许多歌颂社会主义新政权的作品，代表作是话剧《龙须沟》。1951 年北京市人民政府授予他"人民艺术家"称号，表彰他写作的勤奋与热情。在五六十年代，老舍除了写过许多并不成功、流于表面的歌功颂德作品外，还以极强的艺术个性创作出一些忠实于个人记忆的优秀之作，话剧《茶馆》和小说《正红旗下》②就是其晚年创作中的代表作。《茶馆》是中国当代戏剧舞台上首屈一指的杰作，作家调动了丰富的民间生活资源，通过"茶馆"这样一个小小的社会角落，展现出一幅旧北京社会的浮世绘，表现了五十年来中国历史的变迁。《茶馆》共分三幕，分别选取"戊戌变法"后、北洋军阀统治时期、抗战后国民党统治时代三个典型的中国现代社会生活场景，在这三个场景中，既描绘了北平风俗的变迁，也表现了这三个时代共同的特征：国家政局混乱、社会风气日下、恶人得势、民不聊生等。剧本采取三个横断面的连缀式结构，每一幕的内容均以许多小小的戏剧冲突相连缀。以"人物带动故事"，"主要人物自壮到老，贯穿全剧"，"次要的人物父子相承"，"无关紧要的人物一律招之即来，挥之即去"③，同时，人物的故事和命运又暗示着时代的发展，使剧本紧针密线，形散神凝，以貌似平淡散乱的戏剧情节编织出一幅"清明上河图"式的民间众生相。带有自传性的小说《正红旗下》虽然仅写了十一章，但属于作家的成熟之作，并且能够看出老舍晚年文学创作的审美追求：以自传为线索，表现社会风习与历史的变迁，尤其是对清末

---

　　① 老舍：《我怎样写通俗文艺》，《老舍文集》第 15 卷，人民文学出版社 1990 年版，第 218 页。
　　② 《茶馆》，写于 1957 年，初刊于《收获》1957 年第 1 期。中国戏剧出版社 1958 年版；《正红旗下》，初刊于《人民文学》1979 年第 4、5 期。
　　③ 老舍：《答复有关〈茶馆〉的几个问题》，《老舍文集》第 16 卷，人民文学出版社 1991 年版，第 472—473 页。

旗人的生活习气进行了出色而沉痛的批判。这时候的老舍又回到了他以前创作的审视国民性的角度,在不违时代共名的前提下,他以个人所见所闻的民族风习及其变迁为叙述中心,与民族的历史保持一种亲熟的反省态度,幽默中有着深重的沉痛。这是老舍创作中的市民精神的又一次高扬,冲破了时代共名所规定的种种戒律和束缚,达到了当时中国文学创作的最高峰。

1966年8月24日,"文革"刚刚开始,老舍不堪忍受凌辱,投湖自杀。

第四节 《骆驼祥子》、《四世同堂》的思想艺术特色

长篇小说《骆驼祥子》创作于1936年夏天,连载于《宇宙风》(1936年9月第25期至1937年10月第48期)①,是老舍的扛鼎之作。小说以北平的一个人力车夫的生活经历为描述对象,写出了一个人从年轻力壮、心地纯洁到自甘堕落的生命过程。在这个人的生命过程中,北平特有的传统文化、历史都融入进来。这部小说中,老舍早期的幽默、滑稽风格为五四新文学的"悲情"所替代,他写了一个人的一生从肉体到精神的崩溃,写了"个人主义的末路鬼"——个人主义走到了尽头。一开始,从农村到城市来的年轻力壮的祥子认为自己有的是力气,可以自食其力,他希望攒钱买车,最后做"人和车厂"刘四爷那样的老板。祥子的人生理想一直是靠自己的劳动来维持生活,维持自己的尊严和价值,但人力车夫的经济能力、社会地位,都不足以为之提供生活保障,人力车夫年轻时辉煌了一阵子以后,很快就是遭遇可悲的下场。有人说,老舍写的故事"太苦,太没希望了"②,但老舍当时看到的就是这样一个现实。在这里,小市民的乐天知命的人生观念被知识分子的启蒙精神所取代。

祥子和虎妞是《骆驼祥子》中塑造的两个不朽的艺术形象。祥子三起三落,从一个理想主义者堕落到个人主义的末路鬼,是有一个过程的。在作品的开头,祥子那时自尊自强,作者以非常赞赏的口气写到祥子没有"恶习":"他不怕吃苦,也没有一般洋车夫的可以原谅而不便效法的恶习,他的聪明和努力都足以使他的志愿成为事实。"他信赖自己强壮的身体,相信自己能够改变自己的命运,所以,当他因兵变丢失了车、却得到三匹骆驼,可以换钱重新买车时,精神就非常开朗。作家这样描写:"红霞碎开,金光一道一道的射出,横的是霞,直的是光,在天

---

① 《骆驼祥子》最初连载于《宇宙风》(1936年9月第25期至1937年10月第48期),1939年上海人间书屋出版单行本,1941年文化生活出版社出重庆版。1949年后所通行的人民文学版的《骆驼祥子》,老舍对初版做了删节,结尾部分和涉及阮明的一些情节都被删掉了。本讲所引的《骆驼祥子》,系依据初版本。

② 参见老舍:《〈骆驼祥子〉(修订版)后记》,《老舍文集》第16卷,人民文学出版社1991年版,第369、633页。

的东南角织成一部极伟大光华的蛛网:绿的田,树,野草,都由暗绿变为发光的翡翠……现在,他自由的走着路,越走越光明,太阳给草叶的露珠一点儿金光,也照亮了祥子的眉发,照暖了他的心。他忘了一切困苦,一切危险,一切疼痛;不管身上是怎样褴褛污浊,太阳的光明与热力并没将他除外,他是生活在一个有光有热力的宇宙里;他高兴;他想欢呼!"但是,他的理想终于在命运的折磨中一步步被消磨掉了。从大的社会背景上来看,有政治的、战争的,国家内乱,社会黑暗等原因,但这些都可以统一到一点上,那就是洋车夫的"命运"。在虎妞难产的时候,祥子对"命运"已经有所领悟了:"祥子没办法,只好等着该死的就死吧!"虎妞到生命最后时期,大家只好眼睁睁地看着她死去,没有人能救她。如果用民间的眼光来看,也就是个"命"的问题,命该如此。对祥子来讲也是这样,他的堕落的过程也正是他与命运抗争而不断失败的过程。作品中描写四十岁以上的车夫都是这样:"筋肉的衰损使他们甘居人后,他们渐渐知道早晚是一个跟头会死在马路上。"这就是一个车夫的"命运"。靠体力为生的人力车夫不可能有更好的命运,社会本质已经规定了这个社会角色的命运。

如果以祥子的堕落过程为线索,小说所描写的"三起三落"的买车经过仅仅是主要线索发展的润滑剂,还不是祥子与命运抗争的主要战场。真正的命运之网是从小说第6章开始向他布开的,那一章里祥子与虎妞第一次发生了性关系。事后祥子还是想不明白事情的前因后果,但他已经感到自己遭遇了一张无法摆脱的命运之网:"他对她,对自己,对现在与将来,都没办法,仿佛是碰在蛛网上的一个小虫,想挣扎已来不及了。"在祥子的命运中,尽管有曹先生这样的救星,但曹先生每次伸出援助之手都只能暂时缓和一下祥子的困境,无法根本上解决厄运。相反,虎妞步步向祥子逼近,很快导致祥子不得不跟她结婚,正式陷入"命运"安置的陷阱。可以说,祥子的"堕落"和他性格的展示,是通过他跟虎妞之间的关系呈现出来的,这集中在祥子的第三次买车的具体经历中。

老舍作为市民文学的代表,对社会的认识有着他特殊的方式和途径,《骆驼祥子》中含有风月宝鉴的色戒成分,就如同《红楼梦》里风月宝鉴不断演示美女与骷髅的交替一样,最终要揭示出"色便是空"的大结局。在作家为祥子设计的命运之网下面,祥子结婚以后陷入淫乱的魔窟,忍受着虎妞的"吸人精血"的痛苦。祥子本来应该是个像骆驼那样很棒的农村小伙,气盛精旺,雄风蓬勃。老舍始终把祥子写成一个性禁忌者,对虎妞给予的性爱充满了恐惧。他在第一次与虎妞发生性关系以后,兴奋的心情被恐惧和后悔的情绪所压倒,他形容印象里的虎妞:"她丑,老,厉害,不要脸!……她把他由乡间带来的那点清凉劲儿毁尽了,他现在成了个偷娘们的人!"除了最后一点涉及乡间传统伦理道德外,祥子对虎妞的嫌弃主要还是来自审美(前两样)和生理(后两样),他无法在与虎妞的性生活中获得美感,也无法获得快感。这种恐惧和嫌弃,随着祥子的结婚而愈加严重,几乎造成了祥子的精神危机。

只有弄清楚了祥子与虎妞结婚的象征意义,才能讨论小说里第三次买车与祥子的命运的关系。祥子第三次买车用的是虎妞的私房钱,买的是二手货。如果我们把祥子与虎妞的结婚看作是一个风月宝鉴式的寓言,那么,这辆车子只能是宝鉴所演示的一场诱惑,注定是水中月镜中花,到头来是一场空!车子不是祥子的最爱吗?虎妞就用车子来抓住祥子的心。但祥子从一开始就不喜欢这辆车子——漆黑的车身,配了一身白铜活,黑白相映,在祥子眼睛里像一口棺材,甚至有人还管它叫"小寡妇"。更要紧的是这辆车是从邻居二强子那里买来的,与二强子卖女儿、死老婆有关,他更加感到晦气。这种沮丧的神情,与他第一次买车时的精神焕发形成鲜明对照。有的研究者认为洋车对祥子来说,象征了祥子的性意识,祥子以拉车来取代对女人的性的进攻,拉车也成为他的性宣泄。这在紧接着买车后的一章(第18章)里,"烈日与暴雨下"给予了充分的象征①。祥子在6月15日那天出车,先是在烈日下奔跑,转眼又在暴雨中奔跑,祥子拉着车奔跑着,挣扎着,仿佛在地狱里受尽磨难。而在同时间,虎妞把房间出让给暗娼小福子拉客出卖肉体,嫖客与娼女施淫,虎妞在一旁窥淫,而祥子在暴雨里挣扎,三者遥相呼应。这场人与自然搏斗的精彩描写不能简单地解释成暗示祥子遭遇的性压迫,但是从他在烈日与暴雨中奔跑与挣扎的意象来看,象征了他在婚后的淫乱中感受的痛苦与挣扎是不无道理的。

老舍的小说叙述中有一种身体崇拜和力的崇拜的意识,他一再强调祥子的好身板和好力气,一再说到有了这个祥子就不愁吃了,就有实现自己理想的可能,这当然是针对车夫这个职业所需要的身体条件而言的,但是从另外一方面讲,老舍也在讲人的一种自然规律,人的力气和生命总有磨损和消耗的时候,从壮实到衰老是一个过程,这个过程和这个规律也是不可抗拒的,同样也是一种命运,而男人的性放纵加剧了这一过程的速度。小说里的车夫们以长期的生活经验说明:"我告诉你一句真的,干咱们这行儿的,别成家,真的!""一成家,黑天白日全不闲着,玩完!瞧瞧我的腰,整的,没有一点活软气!……甭说了,干咱们这行儿的就得它妈的打一辈子光杆儿。"祥子由这个联想到自己结了婚,拉车也没有力气了,所以分外懊恼,这个时候想到回家就觉得:"家里的不是个老婆,而是个吸人血的妖精!"祥子不愿在家中坐着吃软饭,坚持要出去拉车,除了维护自己的尊严以外,在性的恐惧方面也不是没有原因,至少他认为虎妞损坏了他赖以谋

---

① 王润华:《〈骆驼祥子〉中的性疑惑试探》,收入《老舍小说新论》,学林出版社1995年版,第160—164页。

生的重要资本。祥子这次致命的重病恰恰是因为他在烈日与暴雨里拉车造成的,如果联系小说所描写的性恐惧,把人与暴雨的搏斗描写看作是祥子婚后性生活挣扎的象征,也未尝不可。但终于,随着虎妞的死去,那辆被风月宝鉴幻化出来的车也重新失落。祥子被命运彻底摧毁了。所以在祥子堕落的道路上,虎妞是有不可推卸的责任的。这是从小说的象征意义上来理解的。一个健康、单纯、朴素、要强、有理想、有道德的祥子,是如何一步步地走向堕落的道路,虎妞成了他命中的邪恶的诱惑。祥子与虎妞的关系构成一张命运之网,虎妞是网上的蜘蛛,祥子是网上的小虫,而买车的故事只是穿插在祥子堕落过程中的诱惑物。

但是,祥子与虎妞的"命运"关系,是从象征意义上说的,也就是说这部小说有一个隐形的结构,即一个人的堕落之路。但在老舍设置的祥子与虎妞的关系中,旧市民文学中的"色戒"意识仍然占了主要的位置,以虎妞的放纵作为祥子的命运之网这样一种命运结构的设置,也暴露出市民阶级的传统偏见和保守的伦理观念,如祥子的结婚恐惧症和性禁忌(即对性事如何戕害身体的迷信),都不能不说是变态的。然而老舍毕竟是一位杰出的现实主义文学大师,小说的显形层面上,虎妞不失为一个市民阶级的底层女性的典型,一个性格鲜明的流氓的女儿,一个北方下层社会中混出体面来的女光棍,一个心理变态的老姑娘,她与祥子的关系在现实的典型环境下又呈现出另外一种意义:在现实环境下,虎妞为祥子布下的命运之网的上面,还有一张更大的命运之网,连虎妞本人也成为网上的一个小小的猎物。

小说里的虎妞,不讲仁义,粗俗凶悍,没有中国妇女常见的懦弱和顺从的性格。她是一个野女人,在她身上看不到传统文化的影响。她自己掌控自己的婚姻,既不需要父亲做主,也不需要媒妁之言,甚至连丈夫祥子的态度也不重要。从审美的角度看,虎妞自然是极丑的,她长得像铁塔一样,又粗又大,很有蛮力,而且性格粗俗,出口伤人,更增其为人的丑陋。祥子不喜欢她,主要就是她的丑陋,生理上的厌恶是无法克服的;而另外一条理由其实不成其为理由,祥子第一次对虎妞表示厌恶是因为发现她不是处女,可是他对待小福子,却是完全两样的态度。祥子喜欢的小福子,又瘦又小,温柔体贴,是男人心中的理想女人,可是小福子的放纵远在虎妞之上,她看过春宫,懂得各种性交的知识,这些恰恰是虎妞所不知道的。后来小福子作暗娼,虎妞主动出借场地以偷窥他们的性动作,然后学了与祥子模仿着做,看得出虎妞性欲的旺盛与不餍足。可是祥子宁可爱小福子,也不在乎她是不是妓女。可见祥子那套男人的伦理道德都是虚伪的,虎妞不被看好的还是她的丑陋的长相与粗俗的性格,与私生活是否检点没什么关系。

虎妞这样的一个形象,恰恰是中国现代文学史上最有光彩的女性形象之一。她没有经过男性眼光的过滤,是一个血肉分明、活力四射的生命的原生态,所以研究者对她的评价历来分歧非常大,有从政治的角度出发,也有从艺术的角度出发,更重要的是一种个人好恶,或者说是男性对女人的规范要求。很少有人喜欢虎妞,老舍本人也是不喜欢的。看看老舍描写她的语言就知道了:"她也是既旧又新的一个什么奇怪的东西,是姑娘,也是娘们;像女的,又像男的;像人,又像什么凶恶的走兽!"这是从祥子的角度看的虎妞,人成了兽,变得不男不女了,虎妞所有个性的魅力哪怕是对祥子的甜言蜜语,都成了虚情假意、带有某种意图的行为,仿佛随时准备要吃掉祥子似的。但如果还原到女性自身的层面来看,虎妞却是一个很有魅力的女人。虎妞的魅力在于她敢于主动爱男人,她想爱就爱,说爱就爱,自己主动献身于祥子,一点也不扭扭捏捏,她对祥子本来在日常生活中就有过亲昵的接触,女性正常的欲望和社会伦理使她把祥子看作是未来的夫婿,这并没有什么不自然的地方,她并不是一个见谁都爱的淫乱女子。当然,虎妞是个有缺点的女人,但惟其有缺点,才显得活泼泼的生动。虎妞与祥子在一起的时候,总是虎妞比祥子更可爱,而且真心,祥子反倒显得虚伪和冷血。虎妞虽然对别人不好,但对祥子是真心实意的,而祥子却一边在虎妞身上讨便宜,一边又把责任推得干干净净。祥子与虎妞发生了关系后有过详细的心理活动,他在下意识里也挡不住虎妞的诱惑,但偏要用市民阶级的一套虚伪理论来否定虎妞对他的魅力,认为这是可耻的。他们婚后有一次吵架,祥子一开口就是钱,除了钱他就没有其他值得关心的话题,而虎妞心里却有着比钱更多的东西,她希望得到丈夫的爱,希望有自己的家庭生活,一个女人的心总是要比男人宽阔得多,在祥子的身上,连农民粗野的原始性冲动也没有,都市里过于现实的计算和过于沉重的劳动早已把他心里诗情的东西都消耗掉了,人性发生了异化。所以,从两性的状态上说,祥子比虎妞更加变态。

老舍的男权主义立场是非常明显的,他歌颂男人非常热烈,一开始就讲祥子肩膀那么宽,人那么粗壮,顶天立地,这才是一个理想中的男人,因此引出了一个与这样一副身材、力气相吻合的道德观念,就是说,男人应该是一个顶梁柱,而女人应该就像小福子那样,靠男人养着,身材非常瘦小,非常软弱,可是当男人有难的时候,女人就要挺身而出救世比如像小福子对自己的家庭,二强子最后被毁了,只会喝酒,不负责任,那个时候小福子要挺身出来帮助男人,养弟弟,养父亲,宁可自己去做妓女等等,即使做了救世主也是下贱的救世主。这才能满足男人既无耻又虚伪的自尊心。这是一个传统的农民的生存结构的伦理精神,而在老舍的心目中,这是男性社会天经地义的一个伦理要求。但是,这个理想在虎妞身上是得不到的。因为虎妞长期生活在一个被遮蔽的民间世界里面,她接受的是流氓家庭的粗野熏陶;又是在粗野的车夫社会里摔打挣扎,早已经变成一个"男人婆"了。她穿的衣服都是很粗糙的,整天吵吵闹闹,完全是把自己当成一个男人,社会使她男性化了。而这样的人,在一个男权主义者眼睛里看来就是一个妖怪。这里有老舍本人的男权主义眼光与一个民间粗野女子之间的观念冲突,所以老舍一手把她写得非常生动,另一手掩盖不住对她的厌恶。其实,不是祥子厌恶虎妞,而是老舍厌恶虎妞,他觉得这个女性太丑陋了,太厉害了,那种凶狠,那种贪婪,那种敢跟任何人吵架的泼辣,哪个男人受得了!其实如果换一个角度来看,在民间社会,一个爱吵架的、比较自私的、有欲望的女人,很普遍很正常,恰恰是几千年来中国女性的欲望不能正当发泄的结果,她是真实地、没有束缚地把自己的本性全部暴露出来,虎妞就是真性情,她自私也不掩盖,贪婪也不掩盖,想计算别人也不掩盖,连性爱的追求也不掩盖,她都敞开了。那么这样一种"敞开",在一个男权为中心的社会里是不能够接受的,虎妞不是男人理想当中的女人,也不是男人欲望当中的女人,她的正面和她的负面都是活生生的欲望人性的标本。也正是这样一个艺术形象,才是中国新文学史上最有光彩的女性的形象之一。

《四世同堂》是老舍在抗战后期开始创作的一部巨著,分三部共一百万字,分别以《惶惑》、《偷生》、《饥荒》为名。其中《惶惑》初连载于1944年的《扫荡报》,《偷生》初连载于1945年的重庆《世界日报》,并都在1946年出版单行本;第三部《饥荒》写于作家访美期间,前二十段初刊于1950年的《小说》月刊,后十三段没有公开发表,原稿遗失,但1951年美国出版了《四世同堂》的英文节译本 The Yellow Storm,结构上是完整的。作家去世后,马小弥将英译本的最后十三段翻译成中文,发表于1982年《十月》杂志。以后的《四世同堂》和老舍的各种文集本,都是将两部分合起来,作为标准版本。但是,《四世同堂》仍然是一个残缺的版本。

根据老舍事先的创作设想:"此书的组织将是:1,段——一百段。每段约有万字,所以2,字——共百万字。3,部——三部。第一部容纳三十四段,二部三部各三十三段,共百段。本来无须分部,因为故事是紧紧相连的一串,而不是可以分成三个独立单位的'三部曲'。"①可见,《四世同堂》在结构上是一气呵成的,有点像《清明上河图》似的历史风俗长卷。这部小说创作时间是从1944年到1949年,老舍花了整整六年时间,其间经过了抗战胜利和赴美国讲学两件大事,生活极其忙乱,但作家还是按照原定计划有条不紊地完成了写作,其过程是极为艰难的。《四世同堂》所表现的是北京(当时称作北平)沦陷八年的市民生活,从卢沟桥事变开始写起,一直写到日本投降,中间陆续写到了上海"八一三"抗战、南京失陷、华北沦陷、汪精卫投敌、太平洋战争、原子弹爆炸等等,几乎把所有的抗战大事都提到了,但都是点到辄止,有些是纯粹为了影射而设计情节,如为了影射周作人附逆事件,设计了牛教授这个形象;为了把原子弹写进去,特地安排

---

① 老舍:《惶惑·序》,《老舍文集》第4卷,人民文学出版社1983年版,第1页。

蓝东阳去日本治病等，由于作家并没有亲身经历沦陷区的生活，一半是间接听来的故事，一半是依凭了以往的经验想象，而且从头到尾都贯穿了抗战意识的热情，所以在艺术上，虽然规模大篇幅长，却缺乏真正有震撼力的现实主义的细节，叙述方法也缺少变化，许多段落显得沉闷、冗长、琐碎，以及人物描写的概念化和脸谱化。但从老舍的创作道路来看，这部小说具有重要的意义。老舍在全面抗战初期把大量的创作热情都消耗在宣传上，写作了大量的通俗文艺和话剧。1941年起，老舍对自己的创作认真做了反思，开始向自己原有的创作风格回归。有的学者把这一创作上的转型，归纳为三个回归：一是回归北京，二是回归幽默，三是回归小说。而《四世同堂》是作家在抗战后期实行三大"回归"的艺术实践的最高成就[1]。

这部作品以作为沦陷区的北京为背景，以北京小羊圈胡同的居民为核心，描写了在日本侵略军占领下的北京市民屈辱、偷生以及所遭遇的悲惨命运。由于作家最熟悉的文化仍然是北京人的文化，最亲切的生活仍然是北京市民的生活，这种极为丰富的生活积累一旦调动起来，仍然产生无穷的魅力。老舍在全面抗战初期为宣传抗战，作品中所描写的地点多是就地取材，曾经以重庆、武汉或者虚拟的城市作为故事背景，结果都失败了，他自己总结创作经验时说："在抗战前，我已写过八部长篇和几十个短篇。虽然我在天津、济南、青岛和南洋都住过相当的时期，可是这一百几十万字中十之七八是描写北平。"……"流亡了，我到武昌、汉口、宜昌、重庆、成都，各处'打游击'。我敢动手描写汉口码头上的挑夫，或重庆山城里的抬轿的吗？决不敢！"[2]所以，老舍创作这部小说是又一次"求救于北京"，放手写了他记忆中的可爱的北平以及北平的文化。民俗民风、婚丧节庆、北平市民的文化心理以及他们的长处和短处，都栩栩如生地出现在作家的笔下。尤其是在沦陷的特殊背景下，旧山河旧民俗都呈现出别样的滋味。作家塑造了一个七八十岁的老北京祁老人，从他的眼睛里感受出北京城里日甚一日的走向颓败的文化现象，从一个眼光短浅的自私老人一步步被逼得走出门槛控诉敌人的经历，表现了国家的命运、北京的文化之改变，与普通市民日常生活的关系，由此写出了北京传统文化在战争中发生的变化。

作家通过解剖中国社会的最基本的组织——家庭、胡同、邻里等单位入手，深入到家庭/国家、个人/民族、生命/自由等人际伦理的深层文化中进行反思。这部作品是老舍创作生涯中的集大成之作，从表层看，它表现了一个古老的民族在危难面前通过自我调整所爆发出的内在力量，合乎一个时代的创作主潮。进

---

[1] 孙洁：《世纪彷徨：老舍论》第七章有关论述，百花洲文艺出版社，2003年版。
[2] 老舍：《三年写作自述》，《老舍文集》，第15卷，人民文学出版社1990年版，第430页。

一步看,其渗透了作家对北平文化的全部生命情感,演绎出丰富多彩的故都社会风情,绘出一幅广阔的民间世俗生活画卷。再进一步说,它延续了抗战前对底层生活和国民性格的关注和反思,跨入到一个更宽广地对历史文化的反思中。这种反思既有从祁老人、祁瑞宣等具体人物出发而解读出来的文化密码,也有从整体上进行的文化反思。如老舍借人物之口所说的:"……再抬眼看看北平的文化,我可以说,我们的文化或者只能产生我这样因循苟且的家伙,而不能产生壮怀激烈的好汉!我自己惭愧,同时我也为我们的文化担忧!""当一个文化熟到了稀烂的时候,人们会麻木不仁地把惊魂夺魄的事情与刺激放在一旁,而专注意到吃喝拉撒中的小节目上去。""这个文化也许很不错,但是它有个显然的缺陷,就是它很容易受暴徒的踩躏,以至于灭亡。"诸如此类的议论时见书中,引导人们对于传统文化的深层的反思。

　　小说以一条胡同为背景,融北京社会的各色人等生活在其中,所描写的大多是小商人、教师、学生、主妇、车夫、理发、棚匠、小贩、使馆里的当差、唱戏的落难贵族、失意小官僚、女流氓、闲人、居民等,也有高级知识诸如旧诗人、教授等,大约有三十人,除了半道死去的,大多数贯穿了小说的始终。小说坚持了善恶有报的原则,有的在战争中出于民族大义而毁家纾难,成为抗日英雄;有的堕落成汉奸,特务,最后也都死无葬身之地。而在这两者之间,还有大量的中间状态的市民,他们接受传统的文化熏陶,比较自私但不失忠厚地生存在被遮蔽的民间社会,由着他们自己的生活原则卑微地生活。他们的实际生活与所谓的国家命运相隔很远,相当被动地接受着国家权力对他们的统治。但是由于战争,他们所生活的民间社会与国家命运之间的距离突然消失,连成了一片,把每个人都卷入进去。老舍认真写出了每一个普通市民的转变,这有点像逼上梁山的结构,把一个个本来与国家命运无关(至少在主观上)的市民,都推上了抗日的道路。祁瑞宣是小说中最重要的角色,他始终处于彷徨、痛苦、动摇之中,一方面是民族大义的良知催促他应该离开家庭和北京,直接投入国家的抗战;但另一面是家庭的责任、对老人孝道,使他又不得不忍辱负重留在沦陷区里当亡国奴。他暗地里一直支持其他青年(包括自己的弟弟)走出北京到后方去抗战报国,但自己却长期陷在灵魂的痛苦之中。这是老舍对沦陷区大多数市民和知识分子精神状态的一种艺术概括,但祁瑞宣终于在太平洋战争爆发后连"英国府"也保护不了他的时候,接受了地下工作者的任务,成为抗日阵营里的一分子。还有像诗人钱默吟、小文夫妇、汉奸女儿高第、姨太太桐芳、里长李四爷等,都是被迫从自己狭窄的生活里走出来,一步步走向自发的反抗,有的献出了生命。这样一些转变过程是相当感人的。

　　由于这部抗日史诗式的作品是作家在 1949 年以前创作的,创作的最后几年老舍身在美国,对于国内的形势并不了解,他对于抗战意义、方式的阐述也多半出于自己的理解,有独特的感受和思考。但随着1949年中华人民共和国成立、小说家必须适应新的历史叙事方式的时候,《四世同堂》显然不合时宜了。它最终没有能在当时的中国大陆完整发表,与这样的背景有关。但是正因为这样,它确实保留了一份抗战当时的真实的时代背景和作家的思想状况,为历史、也为作家,构成了相当重要的研究资料。

郑重声明

高等教育出版社依法对本书享有专有出版权。任何未经许可的复制、销售行为均违反《中华人民共和国著作权法》，其行为人将承担相应的民事责任和行政责任；构成犯罪的，将被依法追究刑事责任。为了维护市场秩序，保护读者的合法权益，避免读者误用盗版书造成不良后果，我社将配合行政执法部门和司法机关对违法犯罪的单位和个人进行严厉打击。社会各界人士如发现上述侵权行为，希望及时举报，我社将奖励举报有功人员。

反盗版举报电话　　（010）58581999　58582371
反盗版举报邮箱　　dd@hep.com.cn
通信地址　　北京市西城区德外大街4号
　　　　　　高等教育出版社法律事务部
邮政编码　　100120